La dama y la muerte

Crimen y Misterio

Biografía

Greta Alonso es el seudónimo de una autora nacida en los ochenta, cerca del Cantábrico. Licenciada en Ingeniería, se conoce su voz, gran parte de sus vivencias, pero no su rostro ni su auténtico nombre, ya que de ese modo logra compaginar su actividad profesional en el campo de las ciencias con su pasión por las letras. En el año 2020 vio la luz su primer libro, *El cielo de tus días*, una novela negra ambientada entre Bilbao y Cantabria. Tras cosechar un éxito inesperado de público y crítica, regresa con *La dama y la muerte*, su segunda obra, un *thriller* que se zambulle de lleno en el mundo del arte.

Greta Alonso

La dama y la muerte

Planeta

PEFC Certificado

Este libro procede de bosques gestionados de forma sostenible

PEFC

PEFC/14-38-00305 www.pefc.es

Avda. Diagonal, 662-664, 08034 Barcelona (España)
www.planetadelibros.com

Adaptación de la cubierta: Booket / Área Editorial Grupo Planeta a partir de la idea original de © Lookacia
Fotografía de la cubierta: © Maria Petkova / Trevillion Images
Primera edición en Colección Booket: enero de 2024
Segunda impresión: abril de 2024

Depósito legal: B. 19.239-2023
ISBN: 978-84-08-28297-6
Impresión yencuadernación: QP Print
Printed in Spain - Impreso en España

Dedicado a P., que apenas lee libros, pero lee personas,
y a mí ha aprendido a descifrarme

ADVERTENCIA

Aunque algunos de los lugares en los que se ambienta este libro son reales, se han tomado ciertas licencias a la hora de recrearlos. Los sucesos que aparecen en la novela son ficticios e inventados, así como los personajes, cuyas conductas y opiniones no son atribuibles a la propia autora ni a ninguna otra persona existente, salvo que se cite de forma explícita. Cualquier semejanza con hechos o personas del mundo real sería casual.

Muéstrame un héroe y te escribo una tragedia.

Francis Scott Fitzgerald

Corbán, Cantabria, 9 de octubre, sábado

Suele ducharse con los ojos cerrados, con la mampara abierta. No hay gel, solo una pastilla gruesa y pesada de jabón artesano con aroma a sándalo, y es tan cuadrada que lamenta utilizarla, pero la restriega por su piel, inspira con fuerza y siente un escalofrío de placer. El olor de las esencias y el calor del agua le relajan los músculos y deshacen el nudo de tensión acumulada a lo largo de la tarde. Alza el rostro, el chorro de la ducha, ágil y potente, se estrella sobre sus párpados. Desliza las palmas de las manos a lo largo de la frente, por el cuello y las axilas. Se jabona con esmero, envuelta en vapor, logrando moderar, al fin, sus pulsaciones aceleradas. Vuelve a abrir los ojos, tampoco hay champú, y decide emplear la misma pastilla para lavarse el cabello. Al ir a cogerla, localiza el insecto. Parpadea con rapidez, la imagen queda plasmada en sus retinas, velada por el vaho. Unas décimas de segundo, el tiempo que tarda el bicho en atravesar su campo visual. Estaba ahí, no cabe duda, era grueso, negro, brillante y escurridizo. Se ocupará más tarde, cuando salga de la ducha. Fricciona la pastilla contra su nuca, contra las sienes, vuelve a posarla sin abrir los ojos, y masajea el cabello, hunde los dedos en la espuma esponjosa, blanca y ligera. Sus párpados permanecen sellados con terquedad, pero ella intuye que el insecto está ahí, sospecha que se ha detenido. Que la observa. «No abras los ojos», se dice a sí misma. Los abre, vuelve a verlo, el bicho merodea por el baño, campa a sus anchas. Parpadea de nuevo, dirige la mano hacia el grifo, con urgencia, pero no le da tiempo a cortar el chorro, porque alguien la golpea por la espalda y siente un estallido doloroso en la nuca. Nota un crujido, y el impacto en su cabeza hace que los pies pierdan contacto con la cerámica del solado. Ella interpone las manos, trata de evitar la colisión, pero la potencia de la caída supera la fuerza de sus muñecas, la de sus brazos, y sus dedos se articulan en un ángulo grotesco. Ni siquiera grita, emite un alarido que está en su interior. Su cuerpo describe una torsión extraña, su sien se estrella contra la pared, se golpea el pecho con violencia, una punzada en el costado. Y se derrumba boca arriba sobre un suelo helado. No puede hablar, no puede ver, es incapaz de moverse, deja de respirar. Pero percibe el frío, el dolor, la sangre cálida que fluye, que abandona su cuerpo y se pierde sin remedio. Advierte un roce en la piel desnuda, el de una toalla al cubrirle el torso. Alguien la observa, respira a su lado. Cinco, seis, siete respiraciones. Inhalación, exhalación. Más tarde oye unos pasos. Se queda sola, el grifo sigue abierto, el agua repica con vigor.

Y ella concluye que va a morir.

PRIMERA PARTE

—

10 AL 19 OCTUBRE

Cuidado con el hombre que no devuelve tu golpe.

GEORGE BERNARD SHAW

1

MATEO VALTIERRA

Santander, 10 de octubre, domingo

Era rubia, tenía una mancha en el muslo, y más tarde recordé que llevaba las uñas pintadas. Burdeos, como el vino; cuadradas, brillantes, muy bien cortadas. Su piel es pálida y fría, lo sé al rozar su muñeca, al tomarle un pulso incierto, al volver a repetirme cuánto odio los domingos.

Ese domingo de octubre va a marcar la diferencia, y el origen del asunto tiene que ver con Rebeca. Nueve de la mañana, yo aún duermo, y cuando suena el teléfono creo que estoy soñando. No he dejado de soñar, cada noche me sumerjo bajo olas gigantescas, sigo batiendo bosques infinitos y aún desafío tormentas violentas, feroces, algo premonitorias. Sigo soñando como cuando era un crío, pero los sueños de ahora son como un huevo sin sal; que sabe a huevo, pero sabe a poco. Rebeca llama a las nueve, y me incorporo en la cama sin saber qué día es, ignorando dónde estoy, qué es lo que hago aquí. Justo ese instante efímero en que uno se siente ciego, perdido, en que uno se siente nadie. Llanto lejano, voz angustiada, un mensaje sin sentido.

—Lo han matado —solloza Rebeca—. Creo que lo han matado —recalca insistente al otro lado del auricular.

Me incorporo desnudo, envuelto en las sábanas. Me froto los ojos y articulo la cuestión:

—¿A quién han matado?

—A Lucas —confirma Rebeca—. Han matado a Lucas Cúe.

Salgo a tientas de la cama, no se me ocurre encender la

luz, y me tropiezo con algo, con el montón de libros que he revisado la noche anterior. Me cago en todo, me aproximo a la ventana, subo la persiana. Llueve.

—Explícame dónde estás, voy para allá.

Rebeca nombra una calle, añade un número, me exige rapidez; luego corta la llamada. Vuelvo a maldecir y me pregunto por qué, de qué manera, cómo cojones me lo he acabado montando para ser, siempre, la persona a quien llamar.

Supongo que me visto, que cierro con llave, que bajo al garaje y que arranco el coche; supongo que lo hago, pero ya no lo recuerdo. Hace tiempo que sueño a lo pobre, sin sal, que ejecuto una tarea planificando la próxima. No desayuno, no tengo hambre, hace frío y pienso en el tejado, en la gotera, en que tengo que arreglarla. Meto primera mientras activo el portón y asciendo por la rampa negando con la cabeza. «Mateo, regalo de Dios en hebreo.» Rebeca solía recitar esas palabras, pero de eso ya hace años. Meto segunda, luego tercera, y la lluvia se estrella, furiosa, contra el parabrisas sucio. Antes de meter cuarta y colarme en la autopista, logro concluir que hay dos clases de individuos: los unos crean problemas y los otros los resuelven. También sé que hace tiempo que Rebeca ha dejado de importarme. «Han matado a Lucas Cúe», me ha asegurado.

—No es posible —murmuro metiendo quinta—. Tengo que estar soñando.

Rebeca me espera bajo el aguacero; está tiritando, lleva un paraguas rojo y parece mucho más pálida que de costumbre. Puede que tiemble de frío, pega unos saltos minúsculos y sujeta su móvil sin dejar de consultarlo. Aparco frente a la valla de los chalés de enfrente, y a ella le falta tiempo para acercarse a mí. Llora con desconsuelo, inspira hondo, y no logro comprender qué es lo que intenta decirme. Me tiende un manojo de llaves y entona su nombre como si fuera un mantra. «Lucas.» También pronuncia el mío. «Mateo.» Sostengo su paraguas, la agarro por el hombro y le pido que se calme; le ruego que me explique qué ha sucedido.

—He ido a entrar en su casa y lo he visto muerto —declara—. Muerto y desnudo.

Trago con fuerza, desvío la mirada hacia el chalé de hormigón que se alza tras el muro.

—Había sangre, Mateo. Mucha sangre. —Rebeca hace un puchero y entierra el rostro en mi pecho, histérica. Siento un calor febril, el que ella me transmite—. Lo han matado —reitera—, debe de haber sido una banda de ladrones.

La aparto con suavidad, vuelvo a rogarle que se tranquilice y le pido que espere en mi coche; que encienda la calefacción y que no haga nada. Nada. Que no llame a nadie, sobre todo eso. Ni a Dios.

—Esto no puede salir de aquí, Rebeca. Sabes bien la que se puede liar.

Ella asiente, pliega el paraguas que le devuelvo y se acomoda en el asiento del copiloto; me mira con cara de cordero degollado y observo su semblante turbado por la llantina. Lágrimas en su rostro, gotas en el cristal. Me dirijo a la valla, llevo en la mano las llaves de la vivienda; recuerdo que están calientes y me sugiero a mí mismo, así como de pasada, que quizá debería avisar a una patrulla. Pero no lo hago.

Estoy convencido, Lucas ha muerto, eso no lo cuestiono. También sé que lo han matado, que Rebeca está en lo cierto. Pero no me espero, ni de lejos, lo que voy a encontrarme en la casa.

Soy el mayor de dos hermanos. Soy el que apaga los fuegos, el que calma los llantos, el que carga con las culpas. Siempre hay un hijo pródigo, se diga lo que se diga, y eso, como todo, tiene un precio. Lo he asumido y, lejos de intentar escapar del lodazal, me resigno al hundimiento. Mientras abro el portón del jardín, completamente empapado, voy pensando en Lucas Cúe; él también es el mayor de sus hermanos, también se maneja de lujo en crisis y lodazales. No se lo han puesto fácil, aunque la gente lo crea, ser el número uno nunca es tarea sencilla, y Lucas lo ha sido en más de una ocasión. Sé que ha tenido problemas, y lo sabe todo aquel que ojee prensa deportiva; y quien no, también lo sabe, porque en este país se silencian muchas cosas, pero de fútbol se habla. Lucas Cúe lleva varias semanas en el ojo del huracán, siendo portada en la prensa, y ese domingo de octubre yo me lo encuentro muerto.

Al entrar en la vivienda me enfrento a mi propia imagen en el espejo inmenso que tapiza el vestíbulo. Mateo Valtierra, treinta y siete años, cara de mala hostia y calado hasta la médula. No me he afeitado y llevo la camisa pegada a la piel, empapada. Me veo tragar, la nuez oscila. «Para ser domingo, no tengo buen aspecto», pienso. Si lo pretendo, con la mirada, puedo hacer que otras personas bajen rápido la vista. También soy capaz de expresar que lo entiendo, que comprendo la miseria, el miedo, el desengaño y la rabia. Causar problemas, resolver problemas, todo se reduce a eso.

Lucas yace en el sofá, desnudo, y lo capto claramente reflejado en el espejo. Un salón amplio a la izquierda. El sofá de cuero de un blanco impecable, los techos sin fin plagados de halógenos, la pantalla enorme de la tele hiperplana, hipercara, con millones de pulgadas. Giro, invado la estancia empuñando la pistola. No hay alfombras, la decoración es fría, minimalista, y me pregunto hasta dónde se habrá movido Rebeca; si habrá avanzado más, o si se habrá detenido, justo, en el punto en que me encuentro.

Es de día, calculo que ya hayan dado las diez, y una claridad gris, algo cetrina, cruza los ventanales que van del suelo al techo; pero las luces están encendidas. Todas. Las cenitales, las de las lámparas, las luces de la escalera que se pierde en las alturas. Siento una gota de lluvia deslizarse por mi sien, resbalando hacia mi cuello, y doy unos pasos, me desplazo hasta el sofá con cierta cautela; Lucas se encuentra allí derrumbado. No hay cortinas farragosas, no hay muebles voluminosos, bultos ni recovecos. Es evidente, no hay nadie más en la estancia, Lucas se encuentra solo, muerto y desnudo. Hacía deporte, cuidaba su cuerpo; grande, musculoso, depilado por completo. Oigo mi respiración, pero también percibo ese sonsonete, un golpeteo rítmico surgiendo del televisor, y reconozco el vídeo con tan solo medio acorde: *Malamente*, de Rosalía. Apenas le presto atención al fotograma fugaz que se graba en mis retinas, a la muchacha de rojo que da palmas con maestría. En condiciones normales habría cogido el mando, habría quitado el volumen, pero no debo tocar nada. Los ojos de Lucas están abiertos, clavados en ningún sitio, inexpresivos e inertes. Su mirada se pierde en la escalinata, y su cabeza se encuentra ladeada en un ángulo extraño. Hay mucha sangre, sangre oscura, casi negra, manchando un cojín tirado en el suelo. Sangre reseca en su sien, en el lado derecho, expuesto, que ha sido golpeado hasta voltear el cráneo de un modo tan grotesco. «Muy mal, muy mal, muy mal.» La melodía resuena en la estancia, y me acuclillo junto al cadáver para tomarle un pulso que no soy capaz de hallar; la piel de su cuello está helada. Lucas ha perdido una oreja, la derecha, el impacto ha sido bestial y ha perforado el hueso salpicando el parqué. Alzo la vista: manchas parduzcas, coágulos sucios moteando la pared, un sillón de cuero claro que parece de diseño y la serie de trofeos que lucen sobre una balda. Grumos rosáceos; restos, quizá, de su tejido encefálico sobre las pequeñas réplicas de las dos Copas de Europa, las que logró con sus clubes antes de dejarlo todo, antes de dar carpetazo y retirarse en la cima con veinticuatro años. Lucas Cúe: demasiado joven para semejante palmarés, para estar de vuelta y para haber muerto.

Me incorporo de nuevo, bajo la pistola, saco el teléfono móvil y marco el número de Chuchi. Mientras oigo las señales, dirijo la vista a la tele; el videoclip se está reproduciendo en bucle, a saber desde qué hora. Repaso la estancia con la mirada. No hay cámaras, tampoco en la valla de acceso, en la calle ni en la urbanización abierta con tráfico rodado. Sin vigilancia, sin más alarmas que la de la propia vivienda, un chalé pareado de lo más normal del mundo. Es llamativo, los futbolistas de élite suelen vivir de otra manera, más a lo grande, aunque no es de extrañar si se trata de Lucas. Digamos que era especial, que se pudo haber movido por cualquier otro ambiente, pero había preferido manejarse por aquí, entre los tristes mortales. Chuchi no me responde, y yo maldigo en silencio.

Vuelvo a barajar si aviso a una patrulla, vuelvo a concluir que no voy a hacerlo. Tomo unas fotos con la cámara del móvil, evoco a Rebeca y decido que debo llamar a mi madre; este domingo no habrá paella.

Los calzoncillos de Lucas y su camiseta están tirados de cualquier modo junto a la chimenea eléctrica: una de esas cajas de metal que se encastran en la pared para simular llamas. Muy triste. Quien haya sentido el auténtico fuego va a entender por qué lo digo. También se encuentra encendida, como la tele y las luces, y da bastante calor. Sobre la mesa de metacrilato, plagada de huellas, el mando del televisor y el del equipo de música. Unas gafas de pasta, un par de copas de vino y un periódico de ayer; está abierto por la sección de Cultura. Vuelvo a acuclillarme junto a las copas, ambas están colmadas, como si hubieran acabado de servirse. «Muy mal, muy mal, muy mal», reitera la canción. ¿Había tenido invitados?

Le envío un mensaje a Rebeca: «Dame un par de minutos más». Decido revisar el resto de la vivienda.

Nada llamativo en el aseo de la planta baja, nada en la cocina, que es de diseño y habría estado impoluta de no haber sido por las dos cajas vacías de *pizza* y una botella de vino, a medias, cerrada con su corcho. El chalé no es grande. ¿Doscientos metros? No es demasiado para ser quien era. Al subir por la escalera, el ritmo de la música se va difuminando y es sustituido por un sonido más vasto, gris, por un ruido neutro. Vuelvo a empuñar la pistola y, una vez que estoy arriba, me dirijo hacia el foco, hacia el lugar incierto del que surge el murmullo: el cuarto de baño.

La puerta está entornada, el grifo de la ducha, abierto y funcionando, y hay mucha más sangre.

Era rubia, tenía una mancha en el muslo, y más tarde recordé que llevaba las uñas pintadas. Burdeos, como el vino; cuadradas, brillantes, muy bien cortadas. Su piel es pálida y fría, lo sé al rozar su muñeca, al tomarle un pulso incierto, al volver a repetirme cuánto odio los domingos.

Al regresar a la calle, abrazo a Rebeca. Ha dejado de llover, quiere salir el sol, pero apenas logra lanzar unos míseros rayos a través de nubarrones gruesos, oscuros y pesados. El asfalto brilla, refleja la luz, y Rebeca me espera fumando un cigarro, junto a mi coche, con el paraguas plegado. Ha transcurrido más de una hora y ya han aparecido Chuchi, las patrullas, la ambulancia y la jueza. Rebeca me pregunta si se puede hacer algo; si hay solución. «Solución», el vocablo más bello que hay en los diccionarios.

—Hemos llegado tarde —admito—. Tenías razón, Lucas ha muerto.

Ella ya no solloza, ni maldice, se queda en silencio con la mirada perdida, y yo la vuelvo a abrazar. La abrazo como antes, como hace tanto tiempo, repitiéndome, por enésima ocasión, que ya hace siglos que ha dejado de importarme. Ella aún tiembla, se estremece, y susurra en mi oído, con rabia ahogada, que Lucas no lo merece. Y que no es justo.

—Lucas no lo merece. No es justo, Mateo.

Nadie merece morir así, pero Rebeca acaba de aterrizar en el mundo real, y yo sé que este abrazo solo va a ser preludio de todo lo que vendrá. Cuestiones, dudas, careos y un tema turbio. Para empezar: ¿habían roto ella y Lucas? Para seguir: ¿por qué ha entrado en el chalé, este domingo lluvioso, a primera hora de la mañana? Nos apartamos, nos miramos a los ojos, y le digo que tengo mucho que hacer. Que debo iniciar las diligencias y la inspección ocular.

—Te llamaré a la tarde. Vete a tu casa, no hables con nadie; la prensa no puede enterarse.

«Pero siempre se acaba enterando, la sangre hiede de lejos, desprende un tufo dulzón», concluyo.

Su mirada se desvía apenas diez grados, ya no está fija en la mía. En ese instante aparece la camilla. Los sanitarios la sacan de la vivienda, la introducen en la ambulancia, y desde aquí es imposible distinguir quién la ocupa, a quién están trasladando; pero Rebeca vuelve a tomar la palabra, porque a los muertos no se los lleva al hospital.

—Lucas no estaba solo, ¿verdad?

—No lo estaba —admito—. Y ahora es mejor que te vayas. Y que no hagas más preguntas.

2

JORGE DEL CERRO

Madrid, 10 de octubre, domingo

La llamada llegó tarde, muchos años de retraso. Cuando sonó el teléfono, Jorge del Cerro se hallaba frente al espejo y se estaba abotonando los puños de la camisa; se estudiaba las ojeras, el nacimiento del pelo, las líneas finas y vanas que habían ido surgiendo con discreción y sigilo a lo largo de su frente. Jorge se sabe atractivo, pero también es consciente de que eso no sirve de mucho; de la belleza no se come.

En aquel momento no reconoció el número, ya hacía lustros que había eliminado a Mario Cayón de su agenda, pero aun así respondió. Jorge empezó a revolverse el pelo, y apenas tardó unos segundos en evocar su voz, en sentirse desarmado; en tragar saliva y dejarse caer en la cama. Mario, su amigo Mario. Veintitrés años más tarde.

Apenas hablaron, en realidad fue Jorge quien estuvo escueto en palabras, quien escuchó en silencio.

—Tenemos que vernos, Jorge, te debo una disculpa, te debo explicaciones, y debe ser cuanto antes.

A la larga, Jorge se ha arrepentido; lamenta haber contestado, no haber colgado a tiempo, esas verdades que ahogó; y lamenta, sobre todo, haberse citado con Mario Cayón. Pudo haber vuelto a llamarlo, pudo haber cancelado el encuentro. No lo ha hecho.

Jorge pasa a solas la madrugada del sábado, a veces se lleva a alguien a casa, y el domingo al despertar solo le invade el silencio. Acude a la cita en coche, desde Madrid, sale de su piso de la calle Zurbano a las cinco de la mañana y no se lo dice a nadie, ni tan siquiera a Judit. Jorge es un tipo sociable, un hombre serio que a veces, cuando está con buenos amigos, suele reír con franqueza; y entonces su atractivo se dispara. Sus ojos, de un marrón cálido, brillan con más potencia, y uno tiene la impresión de poder confiarle todo. Él es la clase de hombre en que la gente cree, pero este día de otoño, nada más amanecer, conduce parapetado tras gafas de sol de aviador y su rictus reservado tan solo impone respeto. Jorge se desvía, hace un alto en el camino, para a repostar en Sotopalacios, a las afueras de Burgos; y acomodado frente a la barra de este bar de carretera, devora un bocadillo de jamón con tomate. Intenta distraerse, sigue pensando en Mario y ojea con desgana la prensa deportiva. La mitad de la portada la ocupa una foto a todo color, la de un futbolista que marca un gol de chilena con la zurda. En la otra mitad se lee un encabezado enorme: «EL REGRESO AL FÚTBOL DE LUCAS CÚE». Y un poco más abajo: «Fuentes fiables del club han asegurado que quien fuera su estrella volverá a fichar por el equipo de sus inicios en el mercado de invierno». Jorge remata el bocadillo. Le haría falta algo más que un reclamo como ese para poder sacarse a Mario de la cabeza. Da con su propia imagen, y su propio titular, en la página número trece de *El País*: «El juez provisional del Juzgado Central de Instrucción número 4, Jorge del Cerro, procesa a los miembros de una organización criminal que operaba en Cádiz». Apura la cerveza y estudia su foto; también es de archivo, fue tomada hace meses a las puertas de la Audiencia.

Dobla el periódico, paga la consumición y abandona el bar mientras se palpa la mandíbula; lo hace cerca del punto en que impactó la hostia que le soltó Mario la última vez que se vieron. De eso, ya hace más de dos décadas.

Jorge detiene su coche junto a la iglesia de Terán, en Cantabria. No hace frío, pero se pone el abrigo, llueve, pero resuelve que es preferible mojarse. Parece que hubiera amanecido a medias, la luz es triste y huele a leña y a lumbre, a pueblo y tierra mojada. Callejas de piedra, casonas de sillería cubiertas de hiedra espesa, arcos de medio punto y balconadas inmensas. Roble oscuro y recuerdos por millares. Ni un alma, solo se oyen el borboteo del agua al fluir por los regueros y el murmullo lejano de una radio encendida. Jorge bordea la tapia que cerca el terreno y se adentra en el portal de la casa de su amigo. Los candiles están encendidos, hay geranios y no percibe luz en el interior. Hace sonar la campana, insiste, pero nadie acude a abrir. Golpea la puerta con el puño, saca el móvil, marca el número de Mario; al ver que no le responde, cae en la cuenta: debe de estar en su estudio.

El estudio es un anexo a la casona principal y se encuentra al fondo del jardín. Jorge vuelve a palparse la mandíbula y se impulsa al otro lado de la tapia apoyando las manos en el musgo esponjoso que la tapiza. Ya hace tiempo que nadie siega, la hierba mojada le cubre las botas de monte, y se dirige a buen paso hacia el porche de la entrada, donde coge una manzana de un cesto.

Las campanas de la iglesia dan las diez. La puerta no está cerrada y la luz del interior se filtra por el resquicio.

—¡Mario! Soy yo, Jorge.

Jorge entra en el estudio, inundado por un resplandor pálido. «Más de veinte años después es demasiado tiempo», se dice. Inspira las fragancias intensas del óleo, del barniz, del aceite de trementina. Puede olvidarse una voz, un rostro o una promesa; nunca un olor. Un par de sofás viejos, quizá sean los mismos de entonces. La alfombra desgastada, llena de pegotes, de manchas oscuras de origen incierto. Las lámparas de pie, una de cada madre, dispersas por la sala amplia y diáfana. Y los cuadros, tres pinturas sobre la pared de piedra; no están bien iluminadas, pero las pupilas de Jorge se dilatan y su ritmo cardiaco se desboca.

El primero de los lienzos muestra cinco cuchillos. Se han dispuesto sobre una mesa redonda de mármol blanco, y un hombre rubio de cabello corto los escudriña con celo. Tras él, de pie, una mujer morena fija en él una mirada grave. En la segunda pintura se distingue a una pareja sobre una cama revuelta. Yacen desnudos, duermen entre las sábanas; quizá estén muertos. Cubren sus rostros con máscaras de raso rojo, y junto al cabezal, sosteniendo un gato negro y envolviéndolo en los brazos, un niño mira al frente; hay una escopeta de caza apoyada en la pared.

Jorge se acerca a las obras, pero no dispone de luz suficiente para localizar la firma. Las tablas se encuentran sin enmarcar, y las revisa despacio, con calma, sumido en una amalgama de admiración y pasmo.

Siente el impulso de contactar con Judit, porque los cuadros son buenos pese a la simpleza técnica. Pero en lugar de eso retoma su avance y se planta frente al tercer óleo, junto a la ventana, algo más iluminado que el resto.

—Impresionante.

Localiza la firma, saca el móvil y les hace una foto a todas las pinturas. Mientras contempla la última obra, marca el número de Judit. Sobre la mesita baja que hay junto a un caballete ve un cenicero atestado de colillas, una cajetilla de tabaco arrugada, un vaso vacío y una botella de *whisky* del malo.

—No hay cobertura —se dice alterado. Algo normal, con esos muros de piedra.

Devuelve el teléfono al bolsillo, recorre las escaleras de caracol y sabe muy bien lo que va a encontrarse: el colchón sobre el suelo de lamas de madera, el aparato de música, un ventilador y aquella estantería atestada de discos. Quizá haya más cuadros, piensa. Oye un ruido, percibe un rumor tosco y difuso, y se topa de frente con el bulto oscuro.

El cuerpo inerte de Mario Cayón cuelga de la soga gruesa que hay amarrada a la viga. Jorge no tiene tiempo de gritar, ni de asombrarse, ni de querer volver a hablar con Judit. Tampoco llega a precipitarse hacia el cadáver ni trata de resucitarlo, si es que aún vive.

Cuando Judit llama a su hermano, minutos después de que él intentara contactar con ella, Jorge ya yace inconsciente sobre el suelo de la estancia. Está derrumbado frente al cuerpo helado de su amigo muerto. Más tarde va a asegurar que alguien le ha golpeado, pero eso no lo tendrá muy claro, y nadie dará con indicios de ello.

—Lo encontró la Guardia Civil, sufre una leve conmoción cerebral y ha estado sedado durante unas horas —le explica el médico a Jorge—. Ahora son las dos de la madrugada y está ingresado en el hospital de Valdecilla, en Santander.

Jorge se lleva la mano a la nuca. Recuerda su cita con Mario, el impacto que ha sufrido. Recuerda haber viajado a Cantabria, haber tomado una manzana de un cesto, pero no recuerda habérsela comido, y en ese momento está hambriento; advierte en la boca un regusto metálico, amargo, y tiene unas ganas inmensas de mear.

—¿Cómo se encuentra? —le pregunta el médico.

—Puede tutearme —le responde Jorge—. Y me encuentro bien, solo me duele la cabeza. ¿Cuándo me dará el alta?

—No puedo darle el alta a las dos de la madrugada. —El doctor desvía la vista, la dirige a sus papeles, y coloca una silla frente a la cama. Luego se sienta, circunspecto, y le explica a Jorge, sin mirarlo a los ojos, que ha de plantearle ciertas cuestiones—. ¿Sabe cómo se llama? ¿Recuerda dónde vive, a qué se dedica?

Jorge acaba de recobrar el conocimiento, pero no ha nacido ayer y reconoce las cosas cuando las ve de frente. Centra la atención en las manos del doctor mientras toma notas. Le gustan. Lleva las uñas bien recortadas, y sus dedos son largos y elegantes. Jorge se recrea, no oculta su interés, y se siente extrañamente lúcido. Tiene una vía enchufada a la vena y se empieza a cuestionar la clase de drogas que le estarán chutando.

—Me llamo Jorge del Cerro —comienza—, tengo cuarenta y cuatro años, vivo en Madrid. —Hace una pausa que es intencionada, solo pretende que el doctor alce el rostro, que lo mire a los ojos. Cuando logra su propósito, carraspea con suavidad, se cruza de brazos y sigue—: Soy juez, ocupo una plaza en comisión de servicios en la Audiencia Nacional. No puedo referirme a los casos que instruyo, son secreto profesional, pero también los recuerdo.

—¿Recuerda lo ocurrido el domingo por la mañana?

Ojos negros, el médico tiene los ojos negros, y Jorge lo está incomodando. Lo nota y le gusta. El asunto es serio, y Jorge es un tipo cabal que sabe comportarse, así que se modera. Lo recuerda todo. La hiedra, las campanadas, el tacto del musgo en las palmas de las manos y tres pinturas sobre una pared. Sobre todo, evoca esa imagen siniestra: la de su viejo amigo, Mario Cayón, colgando sin vida de aquella viga.

—Me he desplazado a Cantabria a visitar a un hombre. Lo encontré muerto y luego creo que me han atacado, que me han asestado un golpe en la cabeza. Aunque eso no lo tengo claro... Usted asegura que ya ha intervenido la Guardia Civil. Y me gustaría hacer una llamada.

—Podrá hacerla, antes debo confirmar que esté bien.

Jorge viste uno de esos camisones tétricos que se estilan en los hospitales y se lo aparta de mala manera para que el médico pueda auscultarlo. Sus manos, las del doctor, huelen a algo que no parece perfume, a algo agradable que le hace sentir a gusto. Nota en su piel el estetoscopio helado, y no es consciente, pero está conteniendo la respiración.

—Respire, Jorge. Profundamente.

Jorge respira profundamente y vuelve la cabeza hacia el lado contrario en que se encuentra el hombre, hacia la ventana. En la calle sigue lloviendo.

—Míreme. He de comprobar su reacción pupilar.

Recibe el haz de luz y el médico analiza sus pupilas. Necesita hablar con Judit, referirse a los cuadros que había en casa de Mario. ¿Le han golpeado en la cabeza? ¿O se ha golpeado él mismo al caer, al sufrir un desvanecimiento? Mario está muerto, Mario se ha ahorcado.

—Tengo que llamar a Judit —dice.

—¿Su mujer?

—No estoy casado, Judit es mi hermana.

—Deben de haberla informado, no se preocupe —apunta el médico—. Su pupila es normorreactiva, responde bien a la luz. —El doctor toma asiento, carraspea, y Jorge vuelve a recostarse en las almohadas—. Mañana vendrán a hacerle preguntas. ¿Cree que se verá con fuerzas para responder?

—Le estoy respondiendo a usted —replica Jorge.

—Yo no soy la Guardia Civil.

—Acostumbro a tratar con esa clase de gente. Soy juez, ¿recuerda? Me duele la cabeza, nada más.

¿Nada más?

—Es muy posible que mañana no se sienta tan eufórico —le advierte el doctor.

—No se preocupe por mí. No soy un niño.

El médico asiente, recoge sus papeles y se dirige a la puerta.

—Buenas noches. Descanse.

Jorge es consciente de lo que está ocurriendo. Ha encontrado muerto a Mario, pero no le duele tanto como creía; ya hace décadas que no sabía de él, así que no es de extrañar que le haya afectado tan poco.

Junto a la cama, sobre la silla, hay una bolsa con toda su ropa, la que se ha puesto esa misma mañana. La cartera, el documento de identidad, las tarjetas de crédito. Y su teléfono móvil, que se ha quedado sin batería. Jorge intenta dormir, al fin cae rendido, y, al alba, le despiertan las enfermeras. Jorge siente mucho calor y le gustaría que volvieran a chutarle lo que le metieron en vena la pasada madrugada. También necesita hablar con Judit, su hermana, salir a la calle y alejarse de esa luz fría, azul y excesiva que satura el ambiente de los hospitales. Huele a comida y el aire es de lata.

—Ahí fuera hay unos agentes. Quieren hablar con usted.

Los guardias son jóvenes, van vestidos de uniforme, se presentan y se explican; pero Jorge apenas atiende. Toman asiento, uno de ellos sostiene un cuaderno, y él les relata lo que ocurrió ayer. La llamada de Mario, el viaje a Cantabria, la puerta abierta y el cadáver colgado. Omite lo de la manzana, lo de la hostia recibida a manos de la víctima cuando solo era un crío de veintiún años. Pasa por alto la impresión que le causaron los óleos del estudio, eso lo oculta a conciencia.

—¿Qué pueden decirme de Mario Cayón? ¿Se quitó la vida? ¿O fue otra cosa?

—Hemos estado investigando —admite el cabo—, y todo apunta a un suicidio.

—¿Dejó alguna clase de nota?

—Le envió un mensaje a su mujer, le aclaraba sus motivos.

Jorge piensa en el tercer cuadro, en la firma diminuta y en las fotos que hizo. Su teléfono sigue sin batería, ya ha pedido un cargador y en breve va a poder encenderlo.

—¿Me golpearon la nuca? ¿Me atacaron?

—No parece que fuera atacado, debió de sufrir un colapso causado por la impresión. Los ahorcamientos impactan. Al desplomarse, su cráneo impactó con el borde de un aparador. Podría haberse desnucado, así que ha vuelto a nacer.

—¿Quién me encontró?

—Alguien lo vio irrumpir en la casa y nos alertó. Ya sabe, suele ocurrir en los pueblos pequeños... Los vecinos ignoraban quién era usted y creyeron que era un intruso, un ladrón. Imagine su sorpresa cuando entraron al estudio.

Jorge sostiene con cierta ironía la mirada del agente; también con dureza. ¿Un caco? ¿Él? Luego vuelve a negar.

—Estamos interrogando a la gente de la zona —indica el cabo—, pero no hay nada inusual. También le hemos tomado huellas.

—¿A mí? —Jorge niega estupefacto, es lo que le faltaba—. Si Mario se ha suicidado, si nadie ve nada extraño, supongo que pueden dejarme tranquilo.

Los guardias se incorporan al mismo tiempo, se despiden sin más trámite. Salen de la habitación, y Jorge se queda en silencio. Su mente va a mil por hora, reflexiona, y al cabo de unos minutos, cuando vuelve el residente, le anuncia que tiene el alta.

—Me gustaría hablar con mi médico.

—Yo soy su médico.

—Con el adjunto —matiza Jorge—, con la misma persona que me atendió anoche.

—Yo soy el adjunto —replica vehemente.

—No era usted con quien traté —protesta Jorge impaciente—. Era un hombre más... —«Era un hombre más hombre», está a punto de alegar. Jorge evoca sus ojos, su voz, las manos del hombre a quien pudo soñar, y lamenta no haber preguntado su nombre—. Era un doctor de unos treinta, estuvo comprobando mi reacción pupilar, me planteó algunas cuestiones. —«Y me hizo sentir muy a gusto», piensa.

—Puede haberlo soñado, ha sufrido una fuerte conmoción cerebral. Descanse, evite los sobresaltos y tome un ibuprofeno si le duele la cabeza.

Un ibuprofeno... Jorge se muerde la lengua y el médico deja la habitación como quien cambia de canal. Un paciente más, un paciente menos. Sale tieso, como si le hubieran metido un palo por el culo, sin siquiera despedirse.

Jorge abandona la cama, vacía la bolsa sobre la silla, se arranca el camisón con el logo hospitalario. Su camisa está arrugada y empieza a abrochársela con rabia y con prisa mientras intenta organizar sus pensamientos: quizá sea cierto, sufre una conmoción, y esa maldita noche ha imaginado a un médico; de madrugada la cabeza iba a estallarle, y recreó a ese hombre de un modo tan intenso que ahora, al evocarlo, llega incluso a estremecerse.

Antes de dejar la habitación, Jorge activa el teléfono; desbloquea el aparato con la huella dactilar y accede, impaciente, a la galería de imágenes. La última foto que encuentra es de cinco días antes. Nada, no hay nada, ni allí ni en la nube; ni rastro de las instantáneas que creyó haber tomado en el taller de Mario. Las de los cuadros.

—¡Mierda! —exclama—. ¡Mierda, mierda, mierda!

Quizá no llegara a hacerlas, quizá haya sido su mente, que a raíz de aquel impacto funcione de un modo anómalo. Quizá no hubo fotos, ni médico ni óleos en la pared. Tiene que haber sido eso, porque lo más increíble, lo más surrealista, es la pequeña firma que podría jurar haber localizado en el tercer lienzo de aquel estudio: Dama.

No es posible, debe de haberlo soñado, porque en teoría existen, pero nadie, nunca, ha visto un cuadro de Dama.

Artículo publicado en la sección de Cultura de un diario de tirada nacional

Sábado 9 de octubre

Nadie sabe quién es Dama, solo que pinta.

Se ignora quién es el artista, se desconoce si es joven o anciano, si es hombre o una mujer. De Dama solo se ha oído que emplea su mano izquierda, que cuando da pinceladas lo hace pleno de rabia, de ira, que ejecuta sus trabajos como acuchillando el lienzo. Dama no existe, es un seudónimo, pero está convulsionando el panorama artístico, y hay quienes se han obcecado en compararlo con Banksy, aunque Banksy es otro asunto.

La última obra de Dama ha sido subastada en la tarde de ayer con un precio de salida de veintiséis mil libras. Un comprador anónimo ha adquirido su pintura, envuelta en papel de estraza, por algo más del triple de esa cifra —unos cien mil euros—; y no ha habido más noticias. ¿De dónde ha salido el cuadro? ¿Se trataba de un retrato, de un paisaje, de una figura abstracta?

Nadie sabe quién es Dama, pero en los últimos tiempos su nombre va resonando con más fuerza en cada giro, al rematar cada puja. No se conoce su imagen, tampoco la de sus óleos, y nadie ha sido capaz, aún, de demostrar qué oculta al otro lado del velo; bajo el envoltorio vasto, de tono parduzco u ocre, con que cubre sus creaciones. Hay quien cree que no hay nada, que Dama tan solo es humo y la tabla luce desnuda. Pero algunas eminencias del panorama artístico han llegado a asegurar que su trabajo es fastuoso, que sus óleos son poesía, que valen lo que se paga. Amantes del arte, coleccionistas, expertos y románticos: todos aspiran a un Dama, todos especulan, comentan y hacen más grande la historia del hombre o de la mujer que se oculta tras su nombre.

Otros, más realistas, hemos de discrepar: Dama podría encarnar una operación de *marketing*, una estrategia publicitaria, solo una burla procaz. Puede que Dama no exista, ni Dama ni sus pinturas.

No se dejen engañar, inviertan bien su dinero, no pierdan más su tiempo.

Dama es un puro embuste.

Judit C. Licenciada en Bellas Artes
y especialista en restauración

3

—

MATEO

Santander, 10 de octubre, domingo

Ya son las diez de la noche y ha dejado de llover. Hace unos pocos minutos que hemos salido del chalé de Lucas Cúe, y Chuchi, mi mano derecha, ha insistido mucho; aunque no me apetezca, acabamos en mi barrio, recorriendo la avenida llena de baldosas sueltas mientras él habla, y habla, y habla sin parar. Cada diez o quince pasos paro a saludar a alguien: un compañero de escuela, un vecino del portal, un cliente de mi madre... Es mi hábitat, debería moverme a gusto, pero en días como este me convendría más volverme invisible.

—Joder, tío, pareces el papa —comenta Chuchi—. Solo les falta hacerte una reverencia.

—No han salido muchos inspectores de la Policía de estos lares.

«No es miedo, es respeto —suele recalcar mi madre—. Siempre fuiste un crío serio, y dabas la cara por todos.»

Cuando das la cara te la acaban partiendo, pero hay algo cierto en lo que dice mi madre: me sentía respetado, y a veces algo temido. Algunos de mis compañeros de clase habían acabado en el trullo. Otros, los más privilegiados, curraban doce horas al día por el salario mínimo. Y el resto debían de estar en el paro, aunque no inactivos; por allí siempre había mucho que hacer: alguna chapuza, ciertos encargos, las cañas del bar y, en los últimos tiempos, las visitas reiteradas a las casas de apuestas; habían proliferado como setas y venían a confirmar que el dinero siempre acaba en los mismos bolsillos. En trescientos metros de trayecto hemos cruzado frente a tres o cuatro establecimientos del ramo, coloridos y estridentes, atrayendo a la clientela en medio de tanto gris.

Chuchi sigue charlando, pero en este momento yo soy incapaz de escucharlo. Voy pensando en Rebeca, histérica; en Lucas, muerto; en todo ese festival de sangre, y en los grumos rosáceos que han salpicado los trofeos deportivos; en los pedazos de seso. La prensa aún no se ha hecho eco del suceso, pero solo va a ser cuestión de horas. Alguien ha irrumpido en la vivienda de uno de los futbolistas más laureados de los últimos tiempos, le ha reventado el cráneo y ha salido de allí como Pedro por su casa.

—¡Valtierra, tío, qué bien te veo!

Hago un alto para saludar al Zuki. Soy policía, puede que imponga respeto y que ya lo inspirara de antes, pero lo del Zuki es harina de otro costal, Zuki provoca miedo. Se ha rapado la cabeza, huele a tabaco que apesta y me explica con euforia que le han concedido la condicional, que tiene curro en el taller del primo y que hace algún trabajillo.

—Ya sabes, Valtierra, hay que moverse por donde está el dinero.

Añade que se alegra de verme de nuevo, que nunca me olvide del barrio. Como para olvidarse... El Zuki va en camiseta de tirantes, lleva un reloj de oro que me llama la atención y lo acompaña un gitano que me suena de la zona. Cuando lo miro, me saluda, y entonces recuerdo su vida y milagros. Hace un tiempo su familia se vio envuelta en un tiroteo burdo; acabó con tres muertos y una explosión de butano. Lo miro sin atender demasiado a lo que me cuenta, aunque soy bien consciente de que el gitano me estudia, me analiza al detalle. Chuchi me lanza un gesto y me despido mientras mascullo que tengo trabajo que hacer; que nos veremos pronto. Cuando retomo la marcha, Chuchi incide en lo mismo:

—Ni el papa de Roma... ¿Quién era ese gitano? No te quitaba ojo.

—Hace unos años hubo un ajuste de cuentas, tiros y una explosión; un lío muy sonado.

—Pero te ha saludado como si os conocierais. Como de igual a igual.

Sonrío sin ganas, no me apetece hablar de aquello ni de nada en realidad, pero a Chuchi le gusta revolver la mierda, y es mejor darle respuestas, evitar que reitere la misma pregunta.

—A mi hermano Samu se le escapó el perro. Samu tenía diez años, salió a buscarlo llorando. Se cruzó con ese tío, que era de su misma edad, y le dijo a Samu que a su puto perro lo había tirado él al río.

—¿Y era cierto?

—El perro estaba escondido entre los cubos de la basura, con el rabo entre las patas. Aun así, cuando mi hermano me lo contó, bajé a parlamentar con ese elemento.

No me da tiempo a rematar la historia, y casi lo agradezco. Suena mi móvil, justo cuando llegamos a Villa Alegría. Chuchi entra, le oigo saludar, charlar a voces con quien sea que esté dentro. Al otro lado de la línea escucho la voz de Jana Villar, de la Brigada Científica, que me pone al día de las últimas maniobras.

—Seguimos en casa del futbolista, recogiendo las huellas lofoscópicas de la ITO. —En cristiano, huellas dactilares de la Inspección Técnico Ocular, lo protocolario—. Además de las huellas de la mesa de metacrilato, hay marcas dactilares en las copas de vino, que estaban intactas; nadie había bebido de ellas. También disponemos de huellas en los picaportes, en las llaves de la luz, en los muebles de cocina.

Jana me impacienta porque no sabe ir al grano.

—Mira, Valtierra, sé que soy minuciosa y lenta, pero siempre digo lo mismo —advierte—: Una sola huella pasada por alto puede dar al traste con la única clave para resolver un crimen. ¿Recuerdas el caso Rojas?

—Me lo recuerdas tú cada vez que hablamos.

—Argentina, 1892. Si no llega a ser por la huella ensangrentada en la puerta de la casa, nadie habría averiguado que había sido la propia madre quien se cargó a los niños. ¿Te lo imaginas, Valtierra? ¿Imaginas si se hubiera pasado por alto?

Soy capaz de imaginarlo con claridad.

—¿Qué más tenemos, Jana?

—Fotografías del conjunto y de detalle, como siempre. Mañana a primera hora haremos la prueba del luminol, para ver si hay más sangre de la que parece. Ya hemos recogido restos de tejido cerebral, algunas muestras capilares; y no hemos hallado ni una sola marca de calzado en el suelo. Solo las tuyas.

—¿Y eso? ¿Cómo es posible? ¿Ni siquiera del propio Lucas?

—Vamos a realizar varias pelmatoscopias; ya sabes, el análisis de huellas plantares. Porque sí que hay rastros de pies descalzos, pero deben ser del propio Cúe.

O de quien fuera que lo matara, pienso. O de la chica de arriba.

—Creo que son del futbolista —apunta Jana sin dejarme meter baza—. Hace años lo escuché en una entrevista; Cúe era muy zen, ya sabes, un hombre muy espiritual. Siempre se descalzaba al entrar en casa, y hacía meditación.

Asiento sin dar mucho crédito, y corto la llamada en cuanto me es posible. Por ahora no hay nada concreto, y no me gusta perder el tiempo.

Entro al local, que está hasta los topes. Chuchi se ha aposentado en la barra y devora un bocadillo mientras charla con Samu, mi hermano. Antes de nada, le planto un beso a mi madre, Valvanuz, que está limpiando una mesa, y le pido disculpas por haberme perdido la paella; sé que para ella es sagrada y aludo a un caso enrevesado, pero no doy más explicaciones y ella tampoco pregunta; sabe de sobra de qué va el percal. Palmeo la espalda de Samu y vuelvo a disculparme por no haber podido ir con él a comprar los semilleros; le aseguro que mañana lo acompañaré sin falta, y sé que me estoy marcando un farol, porque antes puede ocurrir cualquier cosa.

Creo que se me nota, que mi madre se da cuenta: algo no marcha bien, mi mente está en otro sitio, ha sido un día de perros.

—Pasad atrás, estaréis más tranquilos —sugiere Valvanuz mientras repasa la barra con la bayeta—. ¿Te apetece un plato de ensaladilla?

Asiento y le doy las gracias. Vuelvo a prometerle a Samu que nos vemos, y esquivo el biombo de pájaros y palmeras para ocupar una de las mesas del fondo; para ver sin ser vistos. Chuchi me sigue, se lleva el bocadillo, mastica como si no hubiera un mañana y, nada más tomar asiento, me froto los ojos y recuerdo los de ella: abiertos, perdidos, vacíos; y al tiempo, llenos de terror y espanto. Estaba viva, temblaba, había sangre en el suelo del baño, en su piel, en la toalla blanca que le cubría el cuerpo. Y sigo pensando en eso.

Mi madre planta un par de cañas sobre la mesa, la ensaladilla, el cesto del pan. Me lanza una mirada y yo se la devuelvo. Sabemos hablar sin hacerlo. Cuando se larga con la bandeja, Chuchi posa lo que queda del bocata y me pregunta que qué me pasa.

—¿Qué te pasa, Valtierra? Llevas así todo el día.

—No me gustan los domingos —declaro.

Analizamos las fotos que he sacado con el móvil. Lucas desnudo en el sofá. La sangre, los sesos, las Copas de Europa manchadas y las gafas sobre la mesa. ¿Son suyas o de la chica? El periódico del sábado, abierto, como si lo hubiera estado leyendo cuando fueron a matarlo. La tele, las luces, la chimenea encendida.

—Estos ricos son la hostia —dice Chuchi—. Cuanto más dinero tienen, menos muebles meten en casa.

—Les entrará claustrofobia..., qué sé yo.

Observo la ensaladilla; en condiciones normales ya me la habría comido, pero siento el estómago revuelto. Chuchi tiene el colesterol por las nubes y en casa se atiborra a brócoli y a Danacol, pero ya se ha zampado el bocata y comenta que la alarma estaba apagada, que ya ha hablado con los vecinos de Lucas. Que nadie vio ni oyó nada, que eran gente normal, como él o como Vero, su pareja; gente con críos y perro, con paragüero en la puerta y monovolumen beis aparcado en el garaje. Que el sábado por la noche la mayor parte de ellos estaban enchufados al Netflix.

—Ayer por la tarde vieron a Lucas trasegar por el jardín; hablaba por teléfono, se pasó así varias horas. —Chuchi se encoge de hombros—. Era un tipo discreto. A veces llevaba amigos, pero nunca se oían ruidos. Música, si acaso, pero nada del otro mundo. Eso sí, a todos les extrañaba que viviera allí, en esa urbanización, con la pasta que tenía.

—¿Y la prensa? ¿Solía rondar la zona?

—En los últimos días andaban dando por culo. Había saltado la noticia de su vuelta al campo de juego y lo estaban acosando. Pero alguien llamó a los municipales, así que los fotógrafos tuvieron que largarse. Obstrucción de la vía pública.

Saco el boli y tomo notas. «Recopilar recortes de prensa y hablar con su familia, con su mánager, con su entrenador personal. Hablar con Rebeca.» Rebeca, me había olvidado de ella, y le he asegurado que iba a llamarla en cuanto supiera algo.

—¿Qué opinas de la chica? —pregunta Chuchi.

No hay nada que identifique a la chica de la ducha. Ni un teléfono ni un DNI, nada de nada. Ni siquiera sabemos si es española, parece que hubiera aterrizado así en el chalé, descalza y desnuda. Sin bolso, sin ropa, sin reloj ni joyas... No hay huellas suyas en el coche de Lucas.

—Yo creo que era una prostituta —se autorresponde Chuchi—. De esas de lujo.

Yo también lo creo, una mujer como esa no debe de cobrar menos de dos mil la noche, pero no digo nada. Chuchi consulta la hora, comenta que Vero, su pareja, lo va a matar, que es muy tarde. Se rasca la cabeza, me estudia. Llevamos trabajando codo con codo desde hace más de diez años, y alcanza a intuir que estoy tocado. Puede que incluso sospeche un motivo, pero se está equivocando. Chuchi ya pasa de los cuarenta y es un buen tipo; estudió Historia y se hizo policía porque su padre lo era, porque se fue a por tabaco y los dejó tirados cuando él acababa de cumplir los dieciocho. Supongo que tiene un trauma, pero trabaja bien y analiza los asuntos de una manera objetiva. Es eficiente, discreto, Chuchi es un tío normal, no se complica la vida, y en eso somos iguales. Las cosas suelen ser lo que parecen, y casi todo se arregla con el sentido común. Sin embargo, esta noche me siento a años luz de él.

Desde el punto en el que estamos, observo el local sin tocar la ensaladilla, lo contemplo como si no me hubiera criado aquí y quisiera aprendérmelo de memoria: las sillas de madera, las mesas de formica, los ventiladores apagados colgando del techo. En la tele echan fútbol, la gente lo mira absorta y mi madre sirve cafés, un rioja tras otro. Siempre lleva el pelo, negro y brillante, recogido en un moño alto, siempre va remangada y siempre está haciendo algo; en casa tiene un sofá, pero creo que es de adorno. Todo el mundo le recalca que aparenta menos años de los que ha cumplido, y quizá sea ese el secreto: devorar los días y aprender a mirar a las personas.

—¿Te preocupa tu madre?

—Me preocupa el caso. Se nos van a comer vivos, Chuchi. Se han cargado a Lucas Cúe, y mañana se nos va a echar encima toda la prensa. La prensa, el comisario y todo el que sepa que estamos al cargo.

—Empecemos por Rebeca. Ya le han tomado declaración, Mateo, pero tú también deberías hacerlo; cuanto antes. ¿Había roto con Lucas?

—No lo sé, hace días que no hablamos.

—Pero recurrió a ti cuando lo encontró muerto.

—¿A quién iba a recurrir? Soy el único policía que conoce.

—Habría recurrido a ti aunque hubieras sido panadero. Rebeca sigue colgada de ti.

Chuchi se cruza de brazos. No tengo hambre, le ofrezco mi plato y él sostiene el tenedor como si me hiciera un favor.

—No puedes quejarte —resuelve—. Te fue de cine el día del sorteo de la lotería genética. Le inspiras confianza a la gente, y eso incluye a las mujeres.

Vuelvo a dirigir la atención a la barra. Samu friega unos vasos con la vista perdida en el partido de la tele; mañana, pase lo que pase, voy a acompañarlo a buscar los semilleros.

—Ya hace quince años que Rebeca y yo rompimos —le explico—. Me dejó ella, Chuchi. ¿Lo recuerdas? Luego empezó con Cúe, y si lo hizo estando colgada de mí, entonces es que tiene un problema. La cuestión no es esa. ¿Había roto con Lucas? ¿Por qué? ¿Acabaron mal? ¿Se seguían viendo? ¿Por qué se plantó en su casa esta mañana? Ella tenía llaves, de hecho me las pasó, y estaba convencida de que a Cúe se lo había cargado una banda de ladrones.

—La gente ve mucha tele.

Estoy de acuerdo, un telediario al mes habría sido más que suficiente.

—¿Falta algo en el chalé? Aún es pronto para saberlo, pero no había nada revuelto.

—Pudo matarlo ella. ¿Lo has pensado, Mateo?

Lo he pensado, pero la Rebeca que yo conocía no habría matado una mosca. Me remuevo en la silla y evoco a la chica desconocida, a la mujer del baño de la planta de arriba. Rebeca pudo llegar, encontrar con otra a Lucas, perder los estribos.

—La puerta no se ha forzado, tampoco los ventanales, quienquiera que entrase lo hizo de buen modo, con llave o invitación —concluye Chuchi—. Puede que haya intereses materiales, aunque no se llevaran nada. Lucas era una estrella, lo creyeron acabado y ahora volvía a la carga.

Tomo más notas y decido que ya es hora de regresar al chalé, de seguir con mi trabajo.

—Tengo que irme, Chuchi, he de llamar a Rebeca; le aseguré que estaría pendiente y me he olvidado de ella. Nos vemos mañana.

Me pongo en pie, dejo a Chuchi rematando la cena y atravieso a buen paso Villa Alegría. Me despido de mi hermano, le planto un beso a mi madre, que me dice que me cuide.

—Cuídate, hijo.

En la calle ha vuelto a llover y apenas hay gente, porque mañana es lunes. Mientras camino, marco el número de Rebeca, que responde al tercer tono. Me asegura que está bien, aunque su voz suena apagada. Le recalco que iré a verla en cuanto pueda, que tenemos que hablar. Cuando llego al coche ya hace un par de minutos que hemos colgado. Arranco y cambio de planes, decido dirigirme al hospital, volveré más tarde al chalé de Lucas; y de pronto soy consciente de no estar siguiendo ningún tipo de estrategia, de protocolo, ni de pauta establecida; de que este trámite lo podría haber resuelto con una simple llamada. Pero sigo adelante sin desviar el rumbo.

—Soy Mateo Valtierra, responsable del Grupo de Homicidios de la Brigada Judicial. Necesito saber cómo se encuentra la mujer que trajeron esta mañana.

Ella, la mujer sin nombre, permanece en coma inducido, y el médico me explica que la han operado de urgencia. Se ha eliminado el hematoma epidural, producido a causa del golpe que le asestaron. El coágulo ejercía presión en el encéfalo y hubo que aliviarlo de inmediato.

—Ha tenido suerte —aclara el doctor—, el hematoma no le ha afectado a ninguna arteria importante del cerebro. De ser así, la paciente habría muerto.

El pronóstico es reservado, la evolución podría ser una o la contraria. Y hay que esperar.

—Hay lesiones óseas; una fractura lineal del hueso occipital del cráneo que soldará sola. También se golpeó la sien, el tórax con brutalidad, posiblemente al caer, tras el impacto inicial. Fisura de un par de costillas, fisura en el metacarpo del pulgar izquierdo, en las segundas falanges del anular y el meñique.

Era posible que, tras ese golpe en la nuca, interpusiera las manos, tratando quizá de amortiguar el desplome. ¿Vio a su atacante? ¿Podría reconocerlo? El médico retoma la palabra:

—A última hora de la tarde se le ha sometido a una esplenectomía abierta, una extirpación del bazo. En principio, no hay más órganos dañados, pero aún es pronto para asumir conclusiones.

Se encuentra en Intensivos, y me he asegurado de que haya un par de agentes controlando el acceso en tres turnos. Parece improbable, no es previsible que alguien resuelva plantarse en la UCI para acabar de cargársela; pero yo también veo la tele y tengo grabada a fuego esa escena de *El padrino*, la del sicario oscuro que acude a la clínica para intentar rematar a don Vito Corleone.

Paso a ver a los agentes de guardia, los conozco bien, y me aseguran que allí todo está en orden.

De camino al coche, recorriendo los pasillos del hospital, revivo la escena, los minutos que pasaron desde que la encontré en el baño hasta que llegó la ambulancia. Repaso algunas sentencias del Código de Conducta del Cuerpo de la Policía, ese que debe guiar mis actuaciones, y no tengo claro si he procedido proporcionadamente, porque nada más verla en el suelo, cubierta con una toalla mísera, la había tapado con mi propio abrigo. Sus piernas se hallaban bajo el chorro de agua, y el resto del cuerpo yacía derrumbado sobre unas baldosas salpicadas de sangre. Utilizar mi prenda, tenderla sobre su torso, podía encajarse en el punto referido al cuidado prioritario de la dignidad humana.

Yo había apagado el grifo, ella temblaba, y aunque inmóvil, supe que estaba consciente. Boca arriba, cabeza ladeada, ojos abiertos fijos en la nada, un hematoma en la sien, junto al nacimiento del pelo. Había avisado a una ambulancia y, aún sin cortar la llamada, mientras les daba los datos a los operadores del servicio, le había estrechado la mano derecha. Ella se había aferrado a la mía, y su fuerza me había sorprendido. Me había mirado y había intentado comunicarse. «Reflejar sensibilidad en las actuaciones, empatía, autocontrol, ajustar la forma de intervenir a las circunstancias», recalca el Código. Había acariciado su frente, su mejilla, y había dejado de hacerlo. El autocontrol debía imponerse a la empatía, pero al ver que estaba llorando, que no podía moverse, ni sentir ni entender lo que ocurría, había vuelto a rozarle el rostro. En ese punto ya no supe calibrar si gemía de dolor, de impotencia, o si el motivo era otro. La presión de sus dedos cada vez era más débil.

Sus pupilas estaban muy dilatadas. Tanto que aunque sus ojos eran azules parecían negros. Mantuvo la vista fija en los míos, pretendía transmitirme de modo febril lo que era incapaz de expresar con palabras.

Antes de dejar caer los párpados, vencida, de rendirse a los hechos y perder la consciencia, había logrado decir algo; algo que iba a omitir en mi informe. Artículo 22 del Código Deontológico: «La Policía debe mantener la confidencialidad de las informaciones recibidas». Esas seis palabras, susurradas por sus labios, no las voy a compartir, ni siquiera, con mi compañero Chuchi.

En el aparcamiento del hospital también es domingo, y todo parece aún más deprimente. Mientras me dirijo al coche suena el teléfono móvil; desde la Unidad Central de Identificación me aclaran algo que ya sabía: la normativa de protección de datos impide cotejar las huellas dactilares de la mujer de la ducha con ADDNIFIL, la base de datos que recoge las huellas de los ciudadanos cuando renuevan el DNI. Es información biométrica, y el acceso masivo, o un sistema automático de rastreo, sería ilegal e inviable.

—Lo sabes, Valtierra, en la Científica llevamos años exigiendo un cambio legislativo. Hay más de tres mil cadáveres sin identificar en las morgues. Con lo fácil que sería barrer esa base de datos.

—¿Qué hay del SAID? —pregunto.

El Sistema Automático de Identificación Dactilar recopila las huellas de personas detenidas; y ahí sí es posible hacer búsquedas globales.

—Nada, Valtierra. La huella de la mujer no aparece en el SAID.

Corto la llamada, me meto en el coche, aún no entiendo por qué me afecta hasta ese extremo. Y recuerdo sus uñas, la mancha en el muslo, su mano en la mía. Y esa frase pronunciada, en el tiempo de descuento, poniendo todo su esfuerzo.

«Lucas tiene un cuadro de Dama», había susurrado.

4
—
JORGE

Madrid, 12 de octubre, martes

Judit espera a su hermano en la barra y, mientras lo hace, saborea su vermú intrigada y satisfecha. Es festivo, y el sitio está abarrotado; cuestión de modas absurdas. Ha quedado con Jorge en el lugar del momento, en uno de los bares más en boga de Madrid, y estudia el entorno intentando comprender qué es lo que gesta su triunfo. ¿Las barricas viejas? ¿El carácter rústico? ¿O la aparición en redes sociales del *influencer* de turno? Suena un tema que le encanta, no sabe reconocerlo, es la una de la tarde, y cuando ve llegar a Jorge sonríe.

Se incorpora, se abrazan, y a él lo invade el cansancio. Jorge ha conducido de vuelta a Madrid durante toda la mañana; viene de Santander, y aún hay mucho que explicarle a Judit. Cuando se separan, ella le observa el vendaje en la cabeza, y él, incómodo, se acaricia la frente; se sienta en el taburete y le pide al camarero lo mismo que ella toma: un vermú y una de rabas. Al fin y al cabo, esto es como una embajada, un pedazo de Cantabria en la capital del reino, y la cabra tira al monte. Judit se pinta los labios, se acaricia el cabello oscuro, corto, pierde la vista en el local. Luego analiza a Jorge con curiosidad. Parece agotado, pero también inquieto, muy alterado, y alberga algo duro en su mirada oscura. Una tensión latente, salvaje, que lleva tiempo dormida. Jorge posee carisma y además es atractivo; tanto que, como todo, cuando se tiene de más, llega a causar problemas. Ella recuerda al niño que fue, sus ganas de comerse el mundo, y siente un poco de lástima; sabe que Jorge aún no es feliz. Charlan de algunas banalidades. Jorge pregunta por Juan, el marido de Judit, le envía recuerdos; luego se centra, va al grano.

—No debería estar tomando esto. —Jorge señala el vaso, lo aleja de sí con desgana—. Ni siquiera debería haber vuelto a casa, ni conducir tantas horas. He estado a punto de reventarme el cráneo, he perdido el conocimiento y recuerdo cosas que no han sucedido, así que las debo de haber imaginado... —«Y, además, tengo la impresión de que me están siguiendo», está a punto de añadir.

Hace una pausa, recorre el local con la vista y le pregunta a su hermana si le ha costado mucho conseguir mesa. Solo está tratando de rebajar la emoción, de acumular energía para afrontar la charla.

—Ha sido fácil —explica Judit, bien consciente de la maniobra de distracción—. Ya lo sabes, yo me muevo con la gente guapa —comenta irónica.

—La belleza es un fraude, y la moda también.

—Tú y yo ya hemos hablado mucho de belleza, Jorge. Y de moda y de fraudes. ¿Vas a hablarme de Mario?

—Me lo encontré colgado, con una soga amarrada al cuello. Muerto. Perdí la consciencia, pero la Guardia Civil no ha hallado pruebas de que fuera atacado. En teoría, sufrí un desmayo causado por la impresión; me golpeé al caer.

—Eso ya me lo has dicho. Por teléfono. Aún no me has explicado qué es lo que hacías allí, en su casa —suelta Judit con frialdad—. Después de lo que te hizo —remata.

«Después de lo que me hizo», se dice.

—Pensé que ya no estabais en contacto —insiste ella—. Ignoraba que hubiera vuelto de Londres, y en la prensa no hay nada. Ni siquiera se ha publicado una necrológica. Joder, Jorge, estamos hablando de Mario Cayón, ha orquestado causas contra dictadores, empresarios y políticos. Cualquier periodista mostraría interés. Mario había vuelto a su pueblo, se ha colgado de una viga y aquí nadie ha dicho ni mu. ¿Qué está pasando?

Jorge toma otro trago y vuelve a pensar que debería cambiar el vermú por un zumo.

—La Guardia Civil asegura que Mario dejó una nota. A Miriam, su mujer. Lo tienen claro, Mario se quitó la vida, volvió a su casa a morir. —Jorge hace otra pausa, luego sigue—: Me importa bien poco si se ha suicidado o si no. Me dan igual sus problemas y sus casos; yo también tengo los míos. Es otro asunto el que me inquieta. —Se masajea las sienes. Desde el golpe en la cabeza todo parece confuso—. Creo que Mario seguía pintando.

—Mario nunca ha dejado de pintar, querido. Lo suyo no era pasión, era una obsesión enfermiza. Tanto él como Miriam se habían convertido en un par de neuróticos. No he conocido a un solo creador que no fuera vanidoso, y no hay nada más peligroso que un artista fracasado. La gente confunde ambición con valía, no se tiene más talento por pretender tenerlo.

—Había cuadros, cuadros buenos, y puede que fueran suyos. Estaban sin enmarcar.

—¿Eran óleos?

—Eran óleos. —Jorge duda antes de continuar. ¿Se los va a describir? ¿Debe hacerlo? ¿O se trata de algo que debería quedar entre Mario y él?—. Cinco cuchillos sobre una mesa de mármol; un hombre los estudiaba como si fuera a elegir uno de ellos. ¿Para qué? En otra pintura aparece una pareja; están muertos y desnudos, en la cama, con antifaces rojos. A su lado, junto a una escopeta, un niño abraza a un gato.

—Nada que ver con la obra de Mario; solía pintar marinas y bodegones.

—Los trabajos que vi allí eran fuertes e impetuosos. Se presagiaba algo atroz en aquellas escenas... Pero los artistas evolucionan, y Mario pudo haber crecido como pintor. ¿Me equivoco?

—No te equivocas... ¿Hiciste fotos?

—Si hubiera hecho fotos, te las habría enviado.

—Cinco cuchillos, un niño, un arma y antifaces rojos. Todo un derroche, Jorge. Si lo has imaginado, te ha cundido de lujo... ¿Estás seguro de que viste esos cuadros?

—No lo estoy, pero tampoco estoy seguro de no haberlos visto. Ahora lamento habértelos descrito... Encontré muerto a Mario, eso no lo he imaginado. ¿Por qué iba a imaginar todo lo demás?

—Porque sufriste una conmoción cerebral, y porque tienes mucho trabajo, según creo.

—Tengo mucho menos trabajo del que puedo soportar.

—Pasas solo demasiado tiempo.

—Yo elijo cuánto, y sé encontrar compañía cuando la busco.

—¿Y es la compañía más adecuada?

—Llevo la vida que quiero llevar.

—Vives al límite. Te comes los días.

Se miran a los ojos, y Judit vuelve a coger una raba; se está conteniendo. Jorge se guarda una bala en la recámara, y ella también lo hace.

—Intenté llamarte, Judit, el domingo por la mañana. Desde Terán, desde su estudio, poco antes de encontrar a Mario. No había cobertura. La Guardia Civil no ha dado con nada extraño, pero puede que aquello no fuera como parece, y me he obcecado con una idea: alguien me atacó, me dejó fuera de juego y luego hurgó en mi teléfono. Usó la yema de mi propio dedo para desbloquearlo.

—¿Quién iba a atacarte? ¿Quién iba a hurgar en tu teléfono? ¿Y por qué?

«Porque había un tercer cuadro —piensa Jorge—. Y ese sí que estaba firmado; por Dama. Pero soy incapaz de recordar qué es lo que representaba.»

—Aún no me has dicho lo más importante. ¿Por qué fuiste a ver a Mario?

—Quería disculparse.

—¿Y por qué no os citasteis en Madrid? ¿Por qué fuiste hasta Terán?

—No lo sé, la verdad, pero no me importó; siempre me gustó ese lugar, y no habíamos vuelto a hablar desde aquello.

Desde aquello. Desde la peor tarde, la peor semana, el peor año en la existencia de Jorge del Cerro. Judit lo sabe, ella conoce esa historia, sabe que Mario Cayón, uno de los hombres con más carisma que ha conocido, le partió la cara a su hermano, de una hostia, con solo veintiún años. Y que estuvo a punto de volverle loco.

—Voy a ser franca contigo, Jorge. Tocaste fondo. ¿Hace falta que te recuerde lo que te hizo? —Judit se muerde la lengua—. Sigues solo, siempre solo, y se lo debes a él —susurra con lágrimas en los ojos.

—Olvídalo, no quiero hablar de Mario. —Jorge traga saliva, toma aire—. He imaginado a un tipo, a un médico. Fue tras perder el conocimiento; desperté de madrugada, en Valdecilla, y él me hizo unas preguntas.

—Jorge... —Judit se seca los ojos y sonríe—. El domingo por la tarde contactó conmigo la Guardia Civil; estabas inconsciente, en Cantabria, y Juan recurrió a un colega de Santander, a un neurólogo que estuvo pendiente de ti y pasó a visitarte de madrugada; confirmó que estabas bien y nos puso al corriente. —Judit le revuelve el pelo—. Eso no lo imaginaste.

—Me alegra saberlo.

—Ya... Ese médico se llama Rubén, por si te interesa, y estudió con tu cuñado; Juan habla maravillas de él.

—A mí no me hace ni puta gracia.

—A mí sí. Por lo visto, el tal Rubén es un hombre interesante.

—Lo es —admite Jorge claramente picado—. Y ahora que hemos resuelto el asunto del doctor, voy a explicarte qué es lo que me atormenta: en el estudio de Mario había un tercer óleo. —Jorge se ajusta los puños de la camisa, mira a su hermana a los ojos, baja la voz y suelta la bomba—: He visto un Dama.

Se hace el silencio, Judit lo estudia, compone un gesto extrañado.

—Casi nadie ha visto un Dama, Jorge. Hay quien piensa que no existen.

—Yo he visto un Dama. Existen. Quise llamarte, le saqué una foto, a ese cuadro y a los otros, pero esas imágenes se han esfumado. La obra estaba firmada, y era su firma, la que sale en las subastas de ese artista cotizado.

—Descríbeme esa pintura.

—No la recuerdo.

—No te creo.

Jorge se encoge de hombros.

—Pues no me creas.

Dejan el bar a las cinco de la tarde. Los dos van tocados, se han bebido tres vermús, se han puesto tibios a rabas y declaran el garito como el mejor de Madrid; a veces las modas tienen sentido. Se disputan la cuenta, como de costumbre, y acaban pagando a medias. Jorge va al baño, Judit lo espera en la calle y le da tiempo a hacer una llamada, a susurrar unas frases apresuradas, a fruncir el ceño y a pensar en Dama. Aún araña unos segundos y le envía a su hermano un correo electrónico. En el mensaje sin título hay nueve dígitos. «El número de Rubén, el médico que te atendió, por si quieres llamarlo.»

Jorge abandona el bar mucho más relajado de lo que entró hace horas. Lleva el abrigo colgado del brazo, con descuido, y la camisa parece algo más desabrochada que a la una de la tarde.

—Estoy molido, pero creo que me voy al cine.

—Lárgate a casa, a dormir la mona.

—Si me meto en casa, me pondré a trabajar. Tengo un buen volumen de expedientes que estudiar.

Ella acaricia su rostro; a veces, sin saber por qué, lo vuelve a ver como a un niño.

—Ten mucho cuidado, Jorge, hazme el favor. —Lleva algún vermú de más, así que lo suelta—: Mario ha muerto, y yo me he quedado tranquila. Ya no puede hacerte daño.

Jorge abraza a Judit, envuelve a su hermana en los brazos y le ruega que lo tenga al tanto.

—Nos vemos el jueves —responde ella—. En el taller, a las once. Recabaré todo lo que pueda sobre Dama.

Se despiden, toman distintas direcciones. Judit va a casa caminando y no es consciente de que alguien la sigue. Mientras recorre la ciudad vuelve a hacer una llamada y habla unos veinte minutos con aspecto preocupado. Pronuncia varias veces el nombre de Dama. Jorge toma un taxi y se recuesta en el asiento con los ojos cerrados. No quiere hacerlo, pero piensa en Mario, y apenas es consciente de la noticia que dan en la radio, en un boletín extraordinario que corta la programación. Lucas Cúe, el laureado delantero, ha sufrido una intoxicación por ingesta de somníferos. Fuentes no confirmadas hablan de su ingreso en un centro hospitalario.

—Ya será una sobredosis por cocaína —apunta el taxista con desgana—. Está todo podrido, el deporte también.

—Había oído que iba a volver al fútbol —comenta Jorge sin prestar mucha atención.

—No se puede tener todo, veintisiete años y el dinero por castigo. Se cae en vicios; putas, droga y mariconeo.

Jorge se muerde la lengua, algunas batallas se han perdido de antemano, y no ofrece su opinión sobre las putas, la droga ni el mariconeo; pero piensa que nadie lo tiene todo ganado. El insomnio es jodido, y Jorge decide que no debe ser difícil pasarse con las pastillas.

El taxi se detiene frente a su edificio, y cuando saca la cartera para pagar se percata de que hay alguien esperándolo en el portal. El martes ya estaba tardando en torcerse.

Abandona el taxi sin despedirse del conductor, que mete primera y se pierde en la tarde. Su ex, el último hombre con el que Jorge ha estado saliendo, consulta su móvil apoyado en una de las jardineras que adornan la entrada y va vestido de punta en blanco, embutido en ropa de marca. Suele lucir como un escaparate en plena Milla de Oro. Cuando alza el rostro, Jorge se enfrenta a él.

—Como sigas tocándome los huevos, voy a llamar a la Policía.

—Tenemos que hablar, Jorge, y no me coges el teléfono.

—Te he dicho todo lo que tenía que decirte. ¿No eres capaz de entender un no?

Jorge le da la espalda, se aproxima al portal, introduce la llave en la cerradura; el hombre le acaricia el hombro y le pregunta qué le ha ocurrido en la cabeza.

—¿Qué te ha ocurrido en la cabeza?

Jorge se gira, le planta cara, y sin poder contenerse, lo agarra por las solapas y lo estampa contra la pared. Con fuerza y rabia, con la mirada encendida y un gesto brusco que en él resulta insólito.

—Largo de aquí —escupe con voz grave. Luego lo aparta, lo desprecia, el hombre ahoga un sollozo y se jura a sí mismo que aquello no va a quedar así.

—Esto no va a quedar así —murmura entre dientes.

Jorge lo ignora, atraviesa el portal, accede al edificio sin volver la cabeza. Y decide que el próximo fin de semana va a pasarlo en Santander.

5

MATEO

Santander, 13 de octubre, miércoles

La prensa se ha hecho eco, la muerte de Cúe ya es el suceso del siglo, y se le está ensalzando hasta el límite de lo absurdo. Desde hoy por la mañana no hay más noticia que esa; ya no hay paro, borrascas, crisis ni huelgas. El desfile militar del 12 de octubre y los líos entre partidos han dejado de importar, porque Lucas Cúe ha sido víctima de una sobredosis por somníferos con solo veintisiete años. Nadie lo discute, todos coinciden: Lucas ha sido el mejor jugador de fútbol de todos los tiempos, y lo seguirá siendo hasta que muera el siguiente. Los medios lo tildan de inteligente, de elegante, de culto y generoso. Las redes sociales se plagan de imágenes suyas, de vídeos de su chilena, la que hizo a su equipo del alma, el primero en el que jugó, ganar una Copa de Europa en el tiempo de descuento. Da lo mismo, puede o no gustarte el fútbol, todos saben quién es Lucas. Lucas chutando, Lucas celebrando, Lucas llegando a su casa, en Santander, en las últimas imágenes en que se le vio vivo. Fuerte, atractivo, carismático y, para disgusto de todos, celoso hasta el extremo de su vida personal. El precio de la camiseta con su dorsal, la que solía vestir antes de su retirada, se ha disparado en Vinted, en Wallapop y en eBay. El vendedor oficial la declara fuera de *stock*, y ese miércoles de octubre batallones ingentes de niños y adolescentes han acudido a clase pertrechados con su equipamiento. Todos quisieron ser Lucas, pero los héroes caen; ya se narró en la *Odisea*, lo explican la *Ilíada* y la *Eneida*. Ya estaba escrito.

Cuando me recuesto en el sofá, mi hermano me empieza a hablar de personas que van a tatuarse el rostro de Cúe en la piel, a modo de homenaje.

—Mira, Mateo —recalca Samu mientras me muestra la pantalla del teléfono—. Dicen que así Lucas va a vivir para siempre.

Me parece absurdo, pero Samu lo relata con pasión y le dejo seguir soltando carrete. Lo he acompañado a buscar los semilleros al centro de jardinería —con dos días de retraso—, hemos comido en mi casa un cocido de garbanzos —de lata—, y ha subido a la terraza para arreglar la gotera que tenía en el salón. Samu es fontanero, pero también hace trabajos de albañilería, y es un tipo especial desde que perdió el conocimiento, a los cuatro años, después de pegarse un tabanazo en la cabeza. A Samu le costó mucho más que al resto aprender a leer, a escribir, a sumar y a restar con llevadas. Pero se sabe de memoria las capitales del mundo, los ríos, los cabos y las cordilleras. Nunca ha salido de España, pero puede recitar las calles de París que habría que recorrer para ir de la catedral de Notre Dame, por ejemplo, a la basílica del Sacré Coeur, en Montmartre. Es como si aquel impacto hubiera desactivado algunas regiones de su cerebro para potenciar otras. Samu es incapaz de comprender la mayor parte de los chistes, de las ironías, de los dobles sentidos; pero ríe a carcajadas cuando ve vídeos de caídas, de resbalones, o de lo que sea que le envíen por WhatsApp. Odia a los gatos, las cámaras de vigilancia y el pago con tarjeta de crédito —se ha obsesionado, cree que nos controlan, aunque no es capaz de especificar quiénes lo hacen ni por qué—. Samuel es fanático del fútbol, de la supervivencia en el monte —ha sido *boy scout* desde niño—, de todo lo que guarde relación con bosques, jardines y plantas; y es un apasionado de las piedras pintadas. Sí, en sus ratos libres, mi hermano pinta piedras, y cuando viene a casa trae varias bolsas llenas. Así que, mientras tomamos el postre, barajo qué voy a hacer con el cargamento que acaba de depositar sobre la mesa de la cocina.

—Oí decir por el barrio que fuiste tú quien encontró el cadáver —apunta Samu—. Y papá ha comentado que a Lucas no lo han matado las pastillas para dormir. Que debe de haberse pasado con la cocaína.

¿Cocaína? Nada de eso, un homicidio en primer grado con sangre, sesos y muy pocos hilos de los que tirar. Aún no puedo explicarme que no haya trascendido la verdad sobre Lucas Cúe.

—Su madre no lo quería.

Observo a mi hermano, lleva todo el día con la radio a tope, en la furgoneta, mientras va de una casa a otra para desatascar cañerías, atornillar grifos y limpiar canalones.

—Le sacaban el dinero —lamenta—. Por eso dejó el fútbol, porque intentaba ser el mejor, pero prefería ser un chico normal. Yo me lo crucé un día, por Santander, y me atreví a pedirle un autógrafo. En enero iba a volver a fichar por su equipo favorito, el primero en el que jugó. Yo no podría dejar de pintar piedras, y para él, el fútbol, debía de ser lo mismo. No sé si me entiendes, Mateo.

—Te entiendo, yo tampoco podría dejar de hacer lo que hago.

—¿Lo viste muerto?

—Samu... Sabes que no puedo comentar mis casos.

—Pero tú no te crees lo de la cocaína. Lucas no se drogaba.

—Lo de la cocaína es un bulo. Lo saca la gente mediocre, los envidiosos.

En algunos aspectos Samu es como un crío, y para él no existe el gris. La gente buena es muy buena, la mala es como el demonio, y en su sistema mental, Lucas siempre ha militado en el bando de los justos. Las personas como Cúe no esnifan polvo blanco, y no seré yo quien baje a mi hermano del burro. Uno de mis objetivos siempre ha sido protegerlo, creo que lo he conseguido, en el barrio lo respetan casi tanto como a mí.

—¿Viste las réplicas de las Copas de Europa? —añade—. ¿Las tenía por la casa?

«Salpicadas de sesos —pienso—. Aún no he eliminado las fotos del móvil.»

Samu ha dejado de atender a la tele y me observa esperando una respuesta. Lo miro a los ojos oscuros, inocentes, enmarcados por cejas anchas y espesas, y me pregunto, una vez más, si en el fondo no será mucho más hábil de lo que intenta hacernos creer. Si no llevará mil años riéndose de nosotros, desde su fuero interno, a mandíbula batiente.

Cuando Samu se larga, tomo un café en la terraza. Hay nubes altas dispersas, el sol brilla con potencia, y en el suelo localizo un par de baldosas mucho más nuevas que el resto; son las que ha remplazado mi hermano para arreglar la gotera. Vivo frente al parque de las Llamas, junto a la S-20, en un dúplex de construcción reciente orientado al sur. Contemplo la cara norte de Santander, las fachadas de los edificios, de las facultades de Derecho y Ciencias, al otro lado de la vaguada. Me gusta la zona, nueva y despejada, y suelo salir a correr, rumbo al mar, a última hora de la tarde. Pero ya hace tres días que no lo hago, que me planto frente a mi ciudad, sea la hora que sea, muy consciente del bloqueo.

El cadáver de Lucas ha aparecido el domingo; el martes fue festivo, ya es miércoles, y tengo la impresión de no haber sabido hacer nada.

La jueza de instrucción ha decretado el secreto de sumario, y esta misma mañana, en mi despacho, he reunido al Grupo al completo. Hemos empezado a reconstruir los hechos —no había nada revuelto en la casa, todo parecía encontrarse en su lugar— y hemos revisado de un modo minucioso todas las pruebas, los análisis, la información recabada en la escena del crimen. Según la autopsia, Lucas murió a última hora del sábado, y lo hizo a causa de un único golpe certero, tan brutal que proyectó una porción de su masa encefálica. Salvo las suyas y las de la chica, no se han hallado más huellas dactilares en la vivienda. El asesino, fuera quien fuese, debía llevar guantes, atacó a Lucas de frente y era diestro —desde el punto de vista del oponente, los diestros golpean de forma natural en una trayectoria de derecha a izquierda al blandir un cuerpo—. Se han tomado muestras capilares de la víctima en la zona adyacente al trauma, y podrían compararse con las que hubiera en el arma, pero aún no ha aparecido. Los forenses insisten, se usó un objeto pesado y contundente, quizá una barra, y barajan que también fuera empleado contra ella. Ella, la mujer de la ducha, recibió un impacto de alta velocidad en el área occipital; la forma de la contusión es alargada y, según el parte médico, aún es pronto para calibrar el alcance de las secuelas —la ceguera por lesión irreversible es frecuente en esa clase de traumatismos—. Carecemos de grabaciones en el entorno del chalé, no disponemos de cámaras en la valla, desconocemos el móvil del crimen y no hay más pruebas que las huellas difusas de pies descalzos. El caso se me escapa.

—Las huellas no son completas, es como si alguien hubiera intentado borrarlas pasando una mopa o algo así... Pero hemos logrado obtener fragmentos, y se corresponden a cuatro pies diferentes. Los de Lucas, los de la chica de arriba, los de Rebeca Gómez, y hay una cuarta pelmatoscopia parcial de origen desconocido —ha explicado Jana, de la Científica—. Tiene sentido que Rebeca se descalzara; conocía a la víctima, lo visitaba a menudo y sabía cuáles eran las costumbres en la casa. Nos queda la cuarta marca dactilar. ¿Del asesino? ¿Se descalzó al llegar?

Si pertenecía al asesino de Cúe, ¿cómo había accedido a la vivienda? La alarma estaba desactivada. ¿Disponía de llave o se le abrió la puerta? Vuelvo a pensar en Rebeca; ella encontró el cadáver y, en vez de llamar al 061, había resuelto contactar conmigo.

Me he leído su declaración, la que hizo el lunes en el despacho de Chuchi. Yo no quise estar presente, así que se encargó él, que sabe hacer bien su trabajo, y Rebeca aseguró haber acudido al chalé, como cada domingo, para la sesión periódica de fisioterapia y entrenamiento. Usó su propia llave y encontró a Cúe en el salón, derrumbado, rodeado de sangre. Salió corriendo y me llamó a mí.

Se han detectado huellas de Rebeca cerca del sofá, en la cocina, en las escaleras; también en la zona de arriba.

—Puede que fueran de otro día. Rebeca tuvo que captar el panorama desde el espejo del recibidor —le he explicado a

Chuchi—. Lo comprobé al llegar, divisé a Lucas sin necesidad de poner un pie más allá del vestíbulo, y Rebeca no tendría la sangre fría de descalzarse en la entrada, de aproximarse al cuerpo. La reacción más probable habría sido entrar en tromba. Entrar en tromba o salir huyendo.

—Es lo que dice que hizo, salir huyendo, pero quizá oculte algo. Quizá no dejara el chalé tan rápido como declara, sus huellas se encuentran por todas partes, pero ella asegura que ya había estado allí el viernes, entrenando con Cúe. Si nadie había limpiado...

En el registro de la vivienda tampoco se habían hallado documentos de importancia, los típicos papeles que la gente guarda en casa: declaraciones de impuestos, facturas, cartas del banco o informes médicos. Solo había aparecido la escritura de compraventa de la propiedad.

Al acabar la reunión, alguien me ha preguntado si aún creía necesario mantener la vigilancia en el acceso a la UCI, donde sigue ingresada la chica de la ducha. Y yo he respondido con tan solo una mirada: aquella mujer, además de víctima, es una probable testigo. Y aunque sea posible que nunca salga del coma, también puede ser que lo haga. Y quizá, entonces, ofrezca un testimonio.

Todos hablaban de sangre, de sesos, de muestras capilares y pruebas de luminol; y yo seguía callando, omitiendo, enfrascado en la sentencia que pronunció esa muchacha: «Lucas tiene un cuadro de Dama». Estaba bloqueado, sí, pero no tanto como para no percatarme de que el periódico que se había hallado junto al cadáver de Cúe estaba abierto por la sección de Cultura, y de que aquella noticia trataba con profusión de una subasta en Londres: la de la última obra de Dama, el misterioso pintor. No se sabe quién ha adquirido el óleo, tampoco qué hay en el lienzo, las pinturas de Dama siempre se mueven ocultas, envueltas, embozadas en misterio.

Me gusta el deporte, practico montañismo de modo profesional, pero me aburre el fútbol. Tampoco me atrae el arte, aunque a veces, en contadas ocasiones, he sido capaz de apreciarlo. Ya lo he dicho, soy prosaico, pero no soy de piedra;

cuando me sacude una emoción, si es genuina, lo hace con fuerza, y me ha ocurrido algo extraño en ese chalé; mi cabeza no funciona como solía hacerlo, y llevo días realizando búsquedas sobre Dama. He recopilado un buen número de artículos sobre sus obras, sobre su historia, sobre las hipótesis vagas que circulan por los medios acerca de su identidad. Sé que tendré que sentarme a estudiarlos, pero sigo bloqueado.

Me agacho, sostengo una piedra pintada por Samu; las uso para adornar los maceteros. Sonrío, él sabe mucho de fútbol, también sabe algo de arte, a Samuel le cuesta restar con llevadas, pero le pirra el misterio. Quizá le pregunte por Dama.

Antes de calzarme, de coger las llaves y salir del edificio, pierdo la vista en el mar, que puede otearse a lo lejos, y decido que voy a llevar abrigo; pero la prenda que busco está en la tintorería. El domingo la empleé para cubrir el cuerpo de aquella mujer y acabó empapada en sangre. Pese a todo, no fui capaz de tirarla.

Aparco frente al muro del chalé de Rebeca, en Soto de la Marina, no muy lejos de casa de Lucas y a pocos kilómetros del centro de la ciudad. Rebeca edificó una vivienda inmensa de cuatro plantas, moderna y desmesurada. Cristal y hormigón, pizarra y acero; demasiado arroz para tan poco pollo, estoy convencido de que le sobran metros. Ella me espera, y la cancela se abre en cuanto pulso el timbre. En la entrada, junto a mi coche, veo la furgoneta de un centro de jardinería; hay dos hombres podando los setos, manteniendo las flores de los parterres. El deportivo de Rebeca, un Audi TT blanco, se encuentra aparcado en el interior, y ella ya está apostada en el porche, de brazos cruzados, vistiendo unas mallas blancas y un top negro muy ajustado. Lleva el pelo recogido en una cola de caballo; aun así, le llega hasta la cintura. Va descalza.

—¿Me quito los zapatos? —le pregunto.

Dice que no es necesario y accedemos al recibidor. No es la primera vez que vengo a su casa; ni la segunda ni la tercera. Ya hace quince años que rompimos, pero puede decirse que mantenemos una buena relación; más que cordial. Pasamos al salón y me invita a tomar asiento en el sofá en ele de cuero rojo. La decoración es moderna, poco funcional, fría y cara. Pero es muy «ella». Sus labios están pintados en un tono claro, creo que se llama *nude*, y aunque vaya maquillada siempre parece que lleve la cara lavada; al fin y al cabo vende salud. Pómulos altos, nariz retocada y una frente tan lisa que resulta llamativa. Encajaría bien en uno de esos *realities* a los que acude la gente para meterse en problemas, aunque ella no iría ni loca. Siempre ha sido morena, de tez y de pelo, pero ahora su cabello es más oscuro, más brillante; sé que se deja una fortuna en la peluquería, que se lo suele teñir. Ha cumplido treinta y cinco, nos conocimos en los columpios del barrio con pocos años de vida, y ella es el exponente de la escalada social, tan infrecuente en los tiempos que corren. Rebeca se ha hecho a sí misma, todo ganado a pulso: la casa, el coche, su estética rompedora y ese cuerpo diez trabajado en uno de los tres centros de entrenamiento funcional que ha ido abriendo en la ciudad. Licenciada en Fisioterapia, nutricionista, empresaria de éxito y gurú del yoga, del pilates y de la vida sana.

—¿Un café?

—Acabo de tomar uno. Ponme un agua.

Me mira de un modo que no me gusta, como lo hace a veces, como si le debiera algo. Me deshago de la cazadora y me acomodo frente al ventanal orientado al sur; desde allí puedo observar a los hombres trabajando en el jardín, el piano de cola bajo la escalinata y un cuadro horrendo que, en teoría, decora. Hasta donde yo sé, Rebeca entiende muy poco de pianos, de arte y de todo lo que es ajeno a su mundo. Sobre la mesa hay un par de libros, también de atrezo, escritos en japonés. Son álbumes con paisajes, y los devuelvo a su sitio soltando un suspiro. No va a ser una charla agradable.

—¿Ya habéis dado con el asesino? —comienza. Planta un botellín de agua sobre la mesa, desenrosca el tapón de otro y le da un buen sorbo. Mientras lo hace me estudia, y sostengo su mirada confirmando lo esperado: viene combativa.

—Estamos en ello —respondo.

—Ya me han interrogado, supongo que te han puesto al corriente... ¿Acudes a mí en calidad de inspector jefe o de viejo amigo?

—Nunca he sabido desdoblarme.

Rebeca se acaricia el cabello recogido, se recuesta. Su top es muy escotado, pero ella está acostumbrada, y yo también, así que no pierdo el tiempo en imaginar qué hay debajo, en elegir las palabras, el tono ni las formas. Ella tampoco.

—Sospecho lo que vas a preguntarme, Mateo, y eres consciente de que soy la primera interesada en que se averigüe quién se ha cargado a Lucas. Así que puedes sacar tu cuaderno, tu grabadora, o lo que sea que uses. —Rebeca toma otro sorbo de agua, vuelve a tocarse el pelo y se inclina hacia adelante. Apoya los codos en las rodillas y comienza a conducirse en un tono más calmado—. Hace unos meses que Lucas y yo lo dejamos. Aunque eso, claro, casi nadie lo sabía. Lucas era muy celoso de su intimidad; como tú, más o menos.

Ese «como tú» me hace desviar la vista. Pero ella continúa:

—Nadie tenía noticia de que él y yo hubiéramos roto; había cerrado sus redes sociales y la prensa ignoraba que hubiéramos sido pareja durante más de tres años. Al fin y al cabo, nos conocimos entrenando, y todos suponían que yo era su fisio, solo eso. Lo he seguido siendo después de la ruptura.

—¿Por qué lo dejasteis?

—Por lo mismo que tú y yo.

Vuelve a recostarse, pero esta vez no bebe agua. Pierde la mirada en el jardín, al otro lado de la cristalera, y confirmo que tiene lágrimas en los ojos.

—A veces me pregunto lo que habría sucedido si tú y yo siguiéramos juntos.

—Que no tendrías todo esto, Rebeca. Y eso jamás te lo habrías perdonado.

—A veces no me lo perdono, Mateo. Detesto ser como soy, necesitar tantísimo para dormir satisfecha. Y no me refiero a esta vida. —Abre los brazos, como si me mostrara el aire que nos está rodeando—. Solo quería salir del barrio, y ahora lo tengo todo, pero... ¿qué hay del precio?

—Nadie habla nunca del precio.

—Tú lo entiendes, y Lucas lo entendía. Solo un idiota creería que es fácil llegar arriba, coronar la cima. Los alpinistas pierden dedos cuando escalan un ochomil, ¿no? Se les congela la sangre... Lucas no estaba bien, iba a volver al fútbol, pero tenía muchos asuntos sin resolver. De la infancia. Sus padres lo habían machacado, desde pequeño, para ser el mejor; y él también aspiraba a lograr la excelencia, así que vivía obsesionado con sus marcas y sus triunfos. Iba a volver, y eso estaba por encima de todo lo demás. Incluso de mí.

—Un hombre joven y sano que se retira a los veinticuatro. ¿A qué se dedicaba en su día a día? Disponía de mucho tiempo libre.

—Hacía deporte, leía, barajaba volver a estudiar por la UNED. Y era voluntario en la Cruz Roja. Para él, trabajar con niños era enriquecedor.

—¿Tenía enemigos?

—Su mayor enemigo era él mismo. Su madre lo había llamado hacía unas semanas; para pedirle dinero. Él se lo había dado y ella le había pedido más. No les importaba cómo se sentía. —Rebeca juguetea con el botellín—. ¿Sabes, Mateo? Algunas amigas suelen decirme que Lucas y tú os parecíais, que yo no te había olvidado, por eso estaba con él. Hombres atractivos de físico imponente con cierto grado de poder... Pero esa analogía solo es externa. Lucas era frágil, muy sensible, tú solo lo simulas cuando te conviene aparentarlo.

—Confundes la templanza con la frialdad.

—Nunca te he visto llorar, ni siquiera cuando aquello. Sí, de acuerdo, te preocupas por la gente, pero solo lo haces porque crees que es lo correcto. No me dejaste tirada, eres un tío impecable. Eres justo, inteligente, en el barrio se te admira y tu familia te adora. Casi es veneración. Pero dime, Mateo, ¿en realidad sientes algo?

—Rebeca... —Mi mirada le exige que frene, que pare, que se detenga. No he ido a hablar de nuestros problemas, y su salida está fuera de lugar—. Han asesinado a Lucas, y si no eres capaz de centrarte en el asunto, voy a levantarme y me voy a largar. Volveremos a llamarte desde la Brigada.

—Lo siento, Mateo, tienes razón... —Rebeca se recuesta, cierra los ojos, se presiona los párpados y claudica—. ¿Qué me habías preguntado? —susurra.

—Por Lucas, por sus enemigos.

—Ya se lo dije a Chuchi, él no tenía enemigos, mantenía buena relación con los otros jugadores, con los vecinos, con mi familia y la prensa. La mañana del viernes la pasé en su casa. Practicamos yoga, y lo vi como siempre.

—¿Dónde estuviste el sábado por la noche?

—Con amigas, en el local que he abierto. —Me lanza una caja de cerillas con publicidad de La Galerna, el bar de copas que ha inaugurado junto a otros dos socios hace apenas unas semanas—. Puedes comprobarlo, Mateo, estuve allí hasta las tantas. Ellas tomaron unas copas, yo, botellines de agua.

Botellines de agua. Sé que no siempre es así, y recuerdo que el domingo, al dejar la casa de Lucas, me la encontré fumando. En teoría, Rebeca llevaba años sin hacerlo.

—¿Te prestó dinero?

—¿Lucas? ¿A mí? Nunca. —Enrojece, le incomoda que llegue siquiera a suponerlo—. Todo esto me lo he ganado yo. Es mitad mío y mitad del banco; Lucas solo me pagaba por mis servicios profesionales como fisioterapeuta. Y sabes, Mateo, que te digo la verdad.

Lo sé, Rebeca ha peleado con uñas y dientes para triunfar, para hacerse desde cero, pero es orgullosa, muy orgullosa, y nunca demanda ayuda.

—Después de lo que nos pasó a ti y a mí tengo dificultades para quedarme embarazada. —Modera el tono de voz y habla sin mirarme, como si tuviera que hacerlo sin querer en realidad.

Dice que soy insensible, pero en este momento, al oírla, se me cae el mundo encima; porque ella no lo merece.

—Es extraño, Mateo, a partir de ahí todo dejó de funcionar entre nosotros; se esfumó la magia. Con lo que habíamos sido tú y yo. Desde siempre.

Recuerdo los conciertos, las noches de fiesta, las tardes de playa; la vida feliz de dos jóvenes, de apenas veinte años, que quieren comerse el mundo.

—Y a veces, casi siempre, es a ti a quien culpo —apostilla.

Me pongo en pie, le doy la espalda. Quiero cambiar de tema, ella está al borde del llanto, lo de Lucas ha sido un mazazo, y aunque intente convencerme de que Rebeca ha dejado de importarme, no es cierto. Ha sido la única mujer a la que he querido, de las pocas personas a las que he admirado y sigo admirando. Rebeca es de esa clase de gente que construye, que trabaja cada día por lograr superarse.

Paseo frente a la ventana, observo a los hombres trabajando en el jardín y desvío la atención hacia el cuadro que cuelga sobre el piano.

—¿Te has aficionado al arte?

Alza la vista, contempla la tabla con cierta indiferencia.

—Fue un regalo de Lucas. Lo pintó él.

—No sabía que pintara.

—Le relajaba hacerlo, y había empezado a mostrar interés por las artes plásticas, por la fotografía. Pero, como puedes ver, no es ninguna maravilla.

—Ahora valdrá un dineral.

—No tengo intención de venderlo.

Rebeca también se incorpora, se sitúa frente a mí y, antes de atreverse a plantear la cuestión, duda.

—Necesito saber quién era la mujer a la que sacaron de casa de Lucas; en la ambulancia.

—Yo no he dicho que fuera una mujer.

—Tampoco has dicho que fuera un hombre, Mateo, y la prensa aún no se ha hecho eco. Pero yo estoy convencida de que era una mujer.

—¿Por qué estás tan convencida? ¿Cúe estaba saliendo con alguien?

—Le entregué un listado a Chuchi, y en él aparecía toda la gente de su entorno. Hombres y mujeres, nombres y apellidos.

—Lo sé, Rebeca, en ese listado hay cincuenta y dos registros, y estamos en ello; pero no has respondido a mi pregunta. ¿Lucas salía con alguien? —reitero.

—Lucas y yo no rompimos porque hubiera terceras personas, lo hicimos por discrepancias que no vienen a cuento. Aunque sospecho que esa noche, la del sábado al domingo, sí que estaba con una chica.

—¿Por qué lo sospechas? ¿La viste, Rebeca? ¿Cuándo entraste en el chalé?

—No pasé del recibidor —me asegura.

Nos miramos en silencio y no sé si debo creerla. Había huellas suyas por toda la casa.

—¿Desconfías de mí, Mateo?

—Me pagan por desconfiar.

Rebeca asiente. Es práctica, sé que lo entiende, hay que vivir de algo, y cada uno, a su manera, ha conseguido hacerse un hueco en el mundo.

—Lucas te apreciaba —comenta—. Siempre había envidiado a la gente equilibrada.

—Sabes mejor que nadie que a veces pierdo el equilibrio.

«Sobre todo —pienso—, cuando se trata de ti.»

—¿Vas a decirme quién estaba con Lucas? —insiste.

Vuelvo a dudar, barajo la idea de pedirle a Jana una foto de la chica, de mostrársela a Rebeca. Quizá deba hacerlo más tarde, si no conseguimos identificarla; pero el caso se encuentra bajo secreto de sumario —ni siquiera los abogados de las partes investigadas tienen acceso al expediente judicial—, y prefiero guardarme, por el momento, ese as bajo la manga. «Las huellas de Rebeca estaban diseminadas por todo el chalé», me digo de nuevo. No le ofrezco lo que quiere, pero sí suelto algo, atento a su reacción.

—La persona a la que sacaban en la camilla era una mujer joven. Y estaba desnuda, en la ducha. No puedo darte más datos. No debo hacerlo.

—No hace falta que me des más datos, Mateo. Ya he tenido suficiente.

Rebeca traga saliva. Exhala, cierra los ojos y veo una lágrima deslizarse por su mejilla.

6

JORGE

Madrid, 13 de octubre, miércoles

Al llegar a casa se ha arrancado la camisa, los zapatos y el pantalón de vestir; como si le estuvieran abrasando la piel. Jorge es impulsivo, y esa noche deja toda la ropa desperdigada por la moqueta. Ha pasado la jornada enjaulado en su despacho, encajonado en la silla, resolviendo trámites y firmando requisitorias. Solo le quedan diez días en el Juzgado Central, regresará a su plaza en la Audiencia Provincial, y lo celebra. Le dedica a la ducha más tiempo del que dispone, retira el apósito de su cabeza, para que no haya preguntas, y aterriza tarde en la cena.

Varias parejas de amigos de siempre lo esperan alrededor de una mesa redonda. Siete servicios, mantel de hilo blanco, luz cálida. No hay demasiada gente, lo normal para ser miércoles, y Jorge lo agradece, el día ha sido de locos; solo aspira al calor de una buena conversación, a tomar unas copas de vino y a reírse de lo que sea.

—¿Cuánto hace que nos reunimos cada semana?

—Más de diez años —responde alguien cuando Jorge lo pregunta.

Jorge cuida sus amistades, no considera amigo a cualquiera y tampoco deja de hacerlo por motivos estúpidos; es tolerante con los vicios ajenos, mucho más que con los propios.

Sabe que alguna de las personas que lo acompañan va a referirse a Mario. La cuestión es cuándo. ¿En los postres? ¿Después del café? ¿A la hora de las copas? Esa mañana se ha publicado una mísera esquela, pequeña y discreta, en un diario de tirada nacional: Mario Cayón, el reputado letrado de origen cántabro, ha fallecido en su domicilio de Terán. Cuarenta y cuatro años, residente en Londres, padre de una hija y esposo de Miriam Cohen, una exitosa empresaria del Reino Unido.

En el segundo plato, alguien menciona a la última pareja de Jorge, al tipo que lo esperaba la tarde anterior en el portal. Y él, al oír el nombre de aquel sacacuartos, nota cómo se le cierra el estómago.

—No me jodáis la cena, por favor...

—Va diciendo por ahí que lo echaste de tu casa, que lo agrediste. Ha ido a ver a un abogado y baraja denunciarte por malos tratos.

—Quiere pillar tajada, en resumen... ¿A qué se dedica ahora?

—A gastar tu dinero, el que te estuvo sacando durante el poco tiempo que lo soportaste, y a intentar sacarte más... Cuando me lo crucé salía de Louis Vuitton cargado de bolsas. Parecía Julia Roberts en *Pretty Woman*. —La amiga de Jorge lo mira a los ojos y lo apunta con el tenedor—. De bueno a tonto solo hay un paso, y tú has dado dos.

Jorge es consciente de haber pecado de blando y evoca la hostia que Mario le arreó a él, hace años, en toda la jeta. «Eso sí fue una agresión», piensa.

Al final de la cena, cuando acaban la noche en el *pub* de siempre, Mario sale a colación. En ese momento Jorge se toma un *whisky* con hielo, suena Pink Floyd, *Wish You Were Here*, y hace unos minutos que se ha remangado la camisa, que ha iniciado el juego de miradas con un hombre que hay en la barra. Siente el calor del licor en las entrañas y se acoda en la mesa para atender mejor a la charla del grupo.

—¿Os habéis enterado de lo de Mario Cayón? Dicen que se ha suicidado.

Jorge no muestra sorpresa ante el comentario, pero tampoco admite que ya lo supiera. No ha compartido su periplo en Santander y celebra que ninguno llegara a saber nunca lo que ocurrió entre ellos.

—Lo del suicidio no me sorprende —declara alguien—. Mario era un hombre frustrado, un hombre con secretos.

Todos callan después de esa frase. Jorge posa el *whisky* antes de preguntar:

—¿A qué te refieres con lo de «secretos»?

—A que, de joven, Mario sintió algo por ti.

El silencio barre la mesa. Jorge se recuesta, parece impasible, y su amiga intenta explicarse:

—Mario era muy sensible.

Su amiga está en lo cierto, Mario se conmovía con facilidad, vivía en lucha continua entre el deber y el deseo, y a veces necesitaba oscuridad, silencio, una pantalla de plomo para mantenerse a salvo. Había sido un hombre atormentado.

—Estudió Derecho por ti. Sus padres pretendían que llevara la farmacia, en Santander, pero a él le fascinaban la historia y el arte. Te siguió hasta aquí con solo dieciocho años.

—Eligió Derecho porque le mareaba el olor de los medicamentos.

Todos analizan a Jorge con escepticismo, y empieza a sonar *Friday I´m in Love* de The Cure.

—A mí siempre me dio mucha pena de Mario.

—¿Pena de Mario? —replica Jorge con más vehemencia de la que suele—. Llevaba una vida de lujo en Londres, se codeaba con empresarios, con gente importante. Y antes de eso había trabajado en casos de defensa de derechos humanos que habrían sido el sueño de cualquier abogado con convicciones. Mario lo tuvo todo.

—Bueno, nunca se tiene todo. Fue muy duro lo de su hija.

—¿Lo de su hija? ¿Qué le ocurrió a su hija?

—¿No os habéis enterado? Su hija había muerto hacía un par de semanas. Lo leí ayer, en la prensa británica.

—¿Nina ha muerto? —pregunta Jorge como si no pudiera creerlo—. ¿Cómo ha sido?

—No lo sé, pero circulan rumores. Mario y su mujer recibían amenazas.

Sigue sonando la música, y el tono desgarrado en la voz de Robert Smith hace que Jorge se sienta aún peor.

Al día siguiente, Jorge llega al museo a las once, como un clavo, puntual e impresionado. Le ha costado pegar ojo, apenas ha dormido dos o tres horas, viene siendo así desde el golpe en la cabeza; y después del impacto que le causó la noticia de la noche anterior, se largó a casa con el estómago revuelto: Nina, la hija de Mario, también ha muerto.

La mañana es soleada y bordea el edificio principal del Prado —el palacio Villanueva— hasta alcanzar la ampliación de los Jerónimos, anexa a la iglesia. El edificio moderno de ladrillo rojo, construido en torno al claustro, alberga los talleres de restauración. Y al salir del ascensor en la cuarta planta Jorge se encuentra con un espacio inmenso, diáfano y luminoso, rodeado de ventanales y atestado de cuadros, grúas y focos. La altura de los techos es imposible, y apenas hay técnicos trabajando, pero se ha citado allí con su hermana Judit. Huele a disolventes, a óleo y a resina. Sobre los caballetes de madera y metal reposan lienzos, pinturas coloridas de tamaños diversos, y en las mesas de laboratorio que circundan las obras localiza botes de trementina, pinceles, espátulas y torundas de algodón. El suelo está plagado de cables que zigzaguean, hay ordenadores, equipamiento técnico, y los arcos de piedra cubiertos por cristaleras comunican el taller con el claustro, cuatro plantas más abajo. Judit trabaja junto al ventanal, sentada en un taburete, frente a una tabla de grandes dimensiones. Viste una bata negra, lleva guantes del mismo color y sujeta una púa de puerco espín —más flexible que un bisturí—. Usa unas gafas extrañas de cristal cuadrado para enfocar la mirada en la obra que restaura. Cuando Jorge se acerca, las retira y sonríe.

—¿Te queda mucho? —pregunta él.

—Cinco años —bromea ella señalando la pintura—. *Tríptico de la redención,* siglo XV. El proceso no es fácil.

Judit le explica a su hermano que el barniz de almáciga que cubría aquella tabla era demasiado grueso y amarillea rápido. Primera fase del proceso: retirarlo con disolventes, junto con la suciedad acumulada.

—Ahora estoy centrada en la reintegración del color, en

recuperar las pérdidas. Los desconchones, para que me entiendas.

—¿Y luego? ¿Volveréis a barnizarlo?

—Sí, con resina Damar. Es más cara que las sintéticas y nos llega en forma de piedras, de lágrimas del árbol del que procede. Shorea, árbol que llora. Aquí se trabaja con ella desde los ochenta, desde que vino John Braley, del Metropolitan de Nueva York, a restaurar *Las meninas*.

Judit se quita los guantes, posa la púa y decide ir al grano. Podría tirarse horas hablando de restauración: de forraciones, reintegraciones, recrecido y reflectografía. Pero no ha dejado de pensar en Mario ni en Dama desde la cita con Jorge.

—¿Llamaste a Rubén?

El médico que lo atendió la noche que pasó ingresado en Santander...

—Yo no voy por la vida llamando a personas a las que no conozco.

—Ya lo creo que lo haces.

Judit se incorpora estirando la espalda, como si tanto tiempo en esa postura le hubiera destrozado las lumbares. Es su hermano quien toma la palabra:

—Anoche he descubierto que Nina, la hija de Mario, también ha muerto.

—Ya lo sabía, Jorge. Me enteré cuando ocurrió, a finales de septiembre.

—No me dijiste nada.

—Nunca te digo nada de Mario. Sé que te duele.

Se desafían con la mirada. Judit se encoge de hombros. Jorge traga saliva.

—¿Cómo ocurrió?

—Lo desconozco, solo sé que ocurrió, que Miriam y Mario estaban destrozados.

—¿Cómo lo supiste?

—Tengo contactos en el mundo de la cultura.

Contactos para conseguir mesa en los locales de moda de Madrid, para prestar servicios de manera esporádica en el Museo del Prado y para enterarse, antes que nadie, de dramas que acontecen en países extranjeros.

—¿Nunca hablas claro? ¿Quién te lo dijo?

—Eso no importa, pero es comprensible que Mario se suicidara después de algo así. ¿No crees? Que regresara a su estudio, en Cantabria, que volviera a pintar. Incluso cobra sentido que te llamara, Jorge. Perder un hijo debe ser devastador, más siendo él como era. Nina solo tenía tres años.

—He oído que la familia estaba recibiendo amenazas.

—Eres juez, no deberías creer todo lo que oyes.

Jorge trata de ponerse en el lugar de su amigo. «Joder —piensa—. ¿Habrá ocurrido de forma violenta?»

Fija la atención en el tríptico que restaura su hermana: el panel lateral representa la expulsión del paraíso de Adán y Eva. Eva trata de ocultarle una manzana mordisqueada al ingenuo de Adán; y al fondo, la serpiente enroscada en el árbol muestra un rostro femenino, un gesto astuto y taimado.

—Eres una gran restauradora, nunca he comprendido por qué dejaste de pintar.

—Me paso el día sujetando hisopos, forrando lienzos deteriorados. Me dejo los ojos estudiando craquelados, y el poco tiempo libre de que dispongo prefiero dedicárselo a mi marido, o a ti.

Jorge no quiere hurgar en la herida, pero capta dolor en el tono de Judit. Puede que el motivo de esa renuncia sea pura frustración. Ella misma, hace días, aludió a la vanidad de los artistas, al peligro del fracaso.

—¿Qué puedes decirme de Dama?

Judit vuelve a tomar asiento y le muestra a Jorge su último artículo, publicado el sábado: según Judit del Cerro, Dama es un puro embuste. Jorge digiere el texto con rapidez y ella empieza a explicarse:

—Pinto desde que era niña, estudié Bellas Artes y luego pasé al Instituto de Restauración. He conocido a grandes creadores, me he reunido con el Gabinete de Documentación Técnica, con conservadores e historiadores. Nadie, nunca, ha visto un Dama. Los cuadros de Dama son seres mitológicos, como las sirenas o los unicornios. No hay pruebas de que existan, pero se habla de ellos.

—Los cien mil euros que han desembolsado en Sotheby's por la última pintura del artista sí que existían, Judit. Nadie paga dinero por nada, y en la casa de subastas deben de haber confirmado la existencia del lienzo, su calidad; son profesionales, no juegan con su prestigio.

Judit vuelve a ponerse en pie, se acaricia la barbilla y cacharrea con un bisturí que hay sobre la mesa.

—Lo más parecido a Dama podría ser Banksy —replica—. El grafitero que pinta a escondidas en calles de grandes ciudades; pero cualquiera está en disposición de contemplar su trabajo: piezas satíricas, críticas contra el sistema, en fachadas y muros. A mediados de año, una de sus obras se autodestruyó en plena puja; pese a ello, se vendió por el triple del precio de salida: más de un millón de euros. Así anda el mundo del arte, Jorge. Banksy ha publicado libros, ha expuesto su obra en diversas galerías y ha establecido un contacto con el espectador. De Dama, sin embargo, no hay nada.

—En el artículo indicas que Dama emplea su mano izquierda. «Pleno de rabia, de ira, que ejecuta sus trabajos como acuchillando el lienzo.» También dices que hay testigos, testigos que aseguran que «su trabajo es fastuoso, que sus óleos son poesía». Interpreto que hay quien ha visto sus obras. Alguien más que los especialistas de Sotheby's.

—Hay quien dice haberlas visto —admite Judit.

—¿Quién dice haberlas visto?

—Tú lo has dicho, Jorge; aunque afirmes no recordar lo que mostraba el cuadro ni el lugar de la firma. Su agente, la mujer que gestiona los contratos con la casa de subastas, también ha sido testigo de lo que pinta Dama; reitera haber contemplado su obra, aunque no llega a aclarar si conoce al pintor en persona. Y luego tenemos a los compradores, que, en teoría, son anónimos.

—¿Lo son?

—La prensa no tiene acceso a la sala de pujas, pero circulan rumores sobre la identidad de los asistentes. Acuden con invitación, con solicitud previa; el aforo es limitado, pero cualquiera que lograra disponer de un pase podría asistir al evento. —Judit toma aire, reanuda su retahíla—. Una agencia de noticias se ha hecho con revelaciones de modo confidencial, algunos de los clientes se han declarado expertos en arte y aseguran que Dama es un hombre.

—¿Y eso puede saberse?

—Hay quien considera que los hombres le imprimen más fuerza a la pincelada. Yo creo que es un prejuicio. Las pinturas de Dama reflejan rabia, intensidad, ira y desesperación. Son como un alarido en medio de la madrugada, silenciosa y oscura... —Judit sonríe, espera una reacción de Jorge.

—¿Qué más se ha dicho de Dama?

—Que sus obras van en series, que están relacionadas, y que forman parte de un relato más amplio, de un mensaje que intenta enviar. ¿A quién?

Judit agita el ratón del portátil y le muestra a su hermano una imagen ya preparada en pantalla. Veintiún retratos, veintiuna piezas de un lienzo inmenso que se creyó destruido por el fuego en 1915 y apareció troceado, un siglo después, en el Museo Cerralbo.

—El autor de este óleo se llamaba Aparicio Inglada, y las porciones anduvieron rodando por el Rastro durante años. El caso de Dama podría ser similar. En apariencia, sus pinturas serían obras independientes, pero en realidad podría tratarse de un solo trabajo seccionado, de una gran tabla subastada en fragmentos.

—Para no creer en su existencia, has investigado bastante.

Judit ignora la observación de su hermano y retoma la exposición.

—Dama siempre firma de la misma manera, como Jan van Eyck en *El matrimonio Arnolfini*: «Dama fuit ic», Dama estuvo aquí. Es como si diera un testimonio, como si el cuadro fuera un documento oficial. E imita a un pintor francés de finales de los cincuenta, Camille Saint-Jacques: fecha sus cuadros de un modo extraño, con números romanos que indican los años transcurridos desde el día de su nacimiento.

—Entonces será sencillo averiguar su edad.

—Los compradores sellan un contrato de confidencialidad, no pueden publicar reproducciones de la obra, desvelar nada de lo que aparezca en ella ni revenderla. Claro, no se puede controlar si se la muestran a alguien en su entorno más privado...

—¿Algo más?

—La firma está oculta en el cuadro, no es visible a simple vista. Es una miniatura que puede estar escondida en una brizna de hierba, en el extremo de un lazo o en el iris de un ojo. Eso también lo hacía Durero en el siglo XV. Zurbarán o el Greco representaban una nota de papel, minúscula, en algún lugar de la tabla, y allí se encontraba la rúbrica... Recuerdo haberlo visto en Bilbao, en el Museo de Bellas Artes.

—¿Lo del iris del ojo?

—Lo del iris del ojo es cosecha de Dama, no lo había oído antes —admite Judit—. Dama no titula sus obras, las numera, como Rothko. Lo hace en castellano, por eso se cree que el artista es español, o sudamericano. *Uno*, su primer trabajo, se subastó en octubre de 2018, y su precio de salida fue de tan solo mil libras.

—¿Sotheby's trabaja con obras de tan baja cotización?

—Sotheby's ofrece bienes de calidad; el valor no está en el precio, Jorge, aunque hay que admitir que las cifras millonarias despiertan mayor repercusión mediática. En cualquier caso, *Uno* se vendió por el doble del precio inicial de salida: dos mil libras. Causó mucha sensación que se sacara a subasta el cuadro envuelto de un artista enigmático; y alguien arriesgó, alguien pagó por aquello, quizá ni siquiera fuera alguien muy pudiente, porque dos mil libras no es una cifra de locos. Resumiendo, Jorge, que la bola fue creciendo.

—¿Y qué hay del último cuadro?

—La obra del pasado viernes llevaba el nombre de *Siete* y fue adquirida por unos cien mil euros. La cotización de Dama ha ido ascendiendo de manera exponencial; también la expectación y el poder adquisitivo de los asistentes a las pujas. ¿No es sorprendente, Jorge? ¿Que se pague más por la idea que por el propio objeto?

—Dama podría ser un artista fracasado.

—O un artista consagrado. O un perfecto impostor.

—Creo que quien empezara con esto lo hizo a modo de desafío, de experimento... Quizá se le haya ido de las manos; ya se han subastado siete obras en tres años.

—Cinco obras —lo corrige Judit—. Ha habido dos Damas que nunca han salido al mercado. *Cuatro* y *Seis.*

—¿Por qué?

—Es una incógnita.

—¿Y nadie ha tirado del hilo? En fin, debe de haber un contrato entre el artista y su agente, entre el artista y la casa de subastas... ¿Declaraciones de impuestos por las ventas?

—Si hubiera contratos, serían confidenciales, a no ser que Dama se viera implicado en un hecho delictivo y un juez los solicitara... En cualquier caso, se rumorea que aquí no hay contratos escritos, que la casa de subastas no conoce al pintor. —Judit desafía a su hermano con seriedad—. La agente recibe un cuadro, eso y las instrucciones. Es quien trata con la casa de subastas, como propietaria única de la obra. Tras la puja, se queda con un porcentaje de la cifra, paga impuestos por la ganancia obtenida, y el resto, el grueso de la suma, se la transfiere al autor. Se supone que lo hace de modo legal...

—Es demencial, Judit.

—¿Demencial? Es el negocio del siglo, y está revolucionando la vanguardia artística. Y tú has visto un Dama. O eso dices. En casa de Mario Cayón, que llevaba pintando desde crío. ¿Recuerdas, Jorge? Él y yo íbamos juntos a la escuela de arte.

—No lo he olvidado, Judit. Ni creo que lo haga.

7

MATEO

Santander, 14 de octubre, jueves

El miércoles por la noche salgo con unos amigos, acudimos a un concierto, y a eso de las once, en plena apoteosis, siento vibrar el teléfono móvil. Los agentes que hacen guardia en la UCI me pasan con el responsable de la Unidad, y él me comunica que la mujer que hallamos en casa de Cúe ha sufrido una crisis; es improbable que salga adelante. Contra todo pronóstico, logran estabilizarla, y este jueves de octubre aún permanece con vida. En la Brigada aún andamos a vueltas con el tema de su ropa y sus pertenencias. No se han hallado en el chalé de Lucas, y nos cuesta comprender qué motivó al asesino para limpiar así la escena de un crimen. Chuchi se acomoda frente a mi mesa, en mi despacho, y toma un refresco a morro, de la lata, mientras me escucha hablar con la jueza. Cuando corto la llamada, se aproxima a la ventana, pero no contempla la calle, solo se apoya en el alféizar y me escruta con interés. Yo también lo estudio a él. ¿Cómo se las apaña para que todos sus jerséis estén infestados de bolas? ¿Para que toda su ropa, aunque sea nueva, parezca sacada de la basura?

—Voy a ponerme a dieta con un especialista —comenta—. Me ha vuelto a sangrar la nariz, yo sé que es por el calor, por el viento sur, pero Vero piensa que no me alimento bien, que voy a acabar enfermando de escorbuto.

—¿Escorbuto? ¿Eso no se ha erradicado?

—Prueba a comer tres meses de lata, verás si se ha erradicado o no. Internet ahí es ambiguo, la ausencia de vitamina C puede causar hemorragias nasales, y los cambios bruscos de temperatura también.

Sostengo su mirada. Cuando ingrese en la Secretaría de Estado de Seguridad, voy a echar mucho en falta estas conversaciones surrealistas.

—Me sangra la nariz porque cavilo demasiado. —Se apunta la sien con el dedo índice. Hay que reconocerlo, en esa cabeza ya queda poco pelo, pero bullen las ideas—. Vero también ha dejado caer que ayer por la noche, después del concierto, te notó raro, Valtierra.

—Define raro.

—Llevas extraño desde el domingo pasado, desde todo lo de Lucas. Y creo que es por Rebeca.

Me gusta Chuchi, no se anda por las ramas. Se está quedando calvo a un ritmo vertiginoso, pero le importa un pepino; otro poli en su lugar se habría rapado la cabeza al cero para parecer más duro, se habría dejado barba y habría empezado a perseguir un reto; lo habitual cuando irrumpe la crisis de los cuarenta: correr maratones, quemarse en la bici o convertir el *crossfit* en una obsesión. A Chuchi solo le preocupa desempeñar su trabajo del mejor modo posible; eso, y que Vero esté bien. Quizá también le preocupe cómo estoy yo, porque espera a que le responda; pero no lo hago.

—No me has explicado de qué hablasteis ayer —insiste—, Rebeca y tú, cuando le fuiste a tomar declaración a su casa.

—Rebeca tiene coartada para la noche del sábado; lo he comprobado. Había roto con Lucas, pero seguía siendo su preparadora, y parece que mantenían una relación cordial.

—¿Como la que mantiene contigo?

—Me volvió a reprochar lo de siempre...

—Bueno, la gente suele culpar a los ex por su pasado, a la familia, por su presente y al Gobierno por el futuro. Cuesta asumir compromisos cuando uno, desde niño, solo ha tenido derechos.

—Rebeca no es el paradigma de mujer irresponsable. —Hago una pausa, Chuchi le pega otro trago a la lata—. Y además es cierto, no jugué limpio. Le di libertad para decidir, ella quiso abortar; y pese a no compartir su punto de vista, no expresé mi postura... Nunca he llegado a recriminárselo, pero en mi fuero interno, aun sabiendo que es injusto, lo hago. Y Rebeca lo intuye. Lo intentamos con ganas, pero a partir de ahí ya nada fue igual. Creo que ella también se arrepiente.

—¿Arrepentirse? Rebeca no tendría nada de lo que tiene de haber sido madre a los veinte. Y tú tampoco. No habríais podido estudiar, prosperar, llegar al lugar en que estáis... Pero desde que rompiste con ella no has vuelto a tener una relación seria, solo rollos, líos, nada de calado.

—Puso el listón alto. —Suspiro y me pregunto qué encaje tendría una relación seria en la rutina que llevo. ¿Una pareja? ¿Para qué? ¿Para compartir un desayuno rápido y la cena fría a última hora de la noche? También me pregunto por qué es tan difícil que me importe alguien, que me importe hasta el punto de querer cambiar de estilo de vida. Quizá busque la magia de entonces, esa que destrozamos al truncar aquel embarazo sobrevenido. Ahora Rebeca no puede concebir hijos, y yo soy incapaz de salir del bucle—. Cuando supo que había una chica con Cúe, en la ducha, Rebeca se echó a llorar.

Chuchi se vuelve a sentar frente a mí.

—He repasado el atestado, Mateo, cuando encontraste en el baño a esa mujer, aún se hallaba consciente. ¿Te dijo algo?

—La chica era incapaz de hablar.

—¿Lo intentó?

—No. —Desvío la vista y sé que Chuchi sabe que miento—. ¿Cuándo tendremos el análisis del móvil de Lucas Cúe?

—Esta semana. —Chuchi simula que no le importa cambiar de tema—. Y estamos recopilando todo lo que se ha publicado sobre él. Tenemos que averiguar en qué andaba metido, nos sigue extrañando que no hayan aparecido documentos por la casa.

Es la hora, le hago un gesto a mi compañero y apura el refresco. Dejamos el despacho, rumbo al aparcamiento.

Febrero y octubre, meses de viento sur en el norte; al salir del edificio nos sacude un golpe de aire caliente, y casi al tiempo, nos ponemos las gafas de sol. Sé que más pronto que tarde volverá a insistir en lo mismo: ¿intercambié algún tipo de información con la chica del baño de Cúe? Chuchi espera a pillarme con la guardia baja, pero eso no es fácil; aunque lleve «raro» desde el domingo, sigo conservando mi habilidad principal, esa que me ha definido en todos los cargos que he ido ocupando: sé mantener el control, sé dirigir un equipo en situaciones extremas, ese es mi signo de identidad; y por eso, en pocas semanas, pasaré a ocupar un cargo en la Secretaría de Estado de Seguridad.

Chuchi conduce como un octogenario, no sabe estar en silencio, y yo a veces desconecto; voy disfrutando del paisaje, todo lo que se puede disfrutar de la salida de la ciudad en dirección a Palencia por la A-67: supermercados, polígonos industriales, bloques de pisos plagados de humedades y municipios dormitorio seccionados por el tráfico. Los prados, de un verde intenso, se han infestado de plumeros amarillentos; la hierba de la pampa es una especie invasora y ha colonizado el terreno ante el asombro de los ciudadanos y la falta de medidas coordinadas. Este jueves, al menos, hace sol.

A la altura de Bezana, Dama irrumpe en mi cabeza. Pienso en la información que he estado recopilando y decido que puede haber sido una pérdida de tiempo. Según la chica de la ducha, Cúe tenía un cuadro de Dama, pero Cúe tenía muchas más cosas, y nada de ello tiene por qué guardar relación con el crimen. Sin embargo, el asunto me obsesiona y malgasto unos minutos pensando en Lucas, en su reciente interés por las artes pictóricas.

Para variar, hay un accidente, y paramos diez minutos junto al acceso a Mortera con las luces de emergencia en modo parpadeo. Cuando suena *Malamente*, de Rosalía, le pido a Chuchi que cambie de canción. Y cuando pregunta el porqué, se lo explico:

—Estaba sonando en casa de Lucas cuando lo encontré muerto.

Chuchi pasa al siguiente tema, *Vigilantes del espejo*, de Triángulo de Amor Bizarro.

—¿No es tu canción favorita?

—Una de ellas —admito.

—Pero anoche en el concierto ni siquiera la tarareaste.

No se le escapa una.

Pocos kilómetros después llegamos a la empresa de la familia de Lucas: Materiales de Construcción Ángel Cúe.

Materiales de Construcción Ángel Cúe se emplaza en una nave inmensa ubicada en el polígono de Cudón, a unos quince kilómetros de Santander. En la explanada que hay frente al edificio no cabe sombra, y tres Mercedes de menos de dos años lanzan destellos cegadores desde sus carrocerías impecables. Antes de plantarnos aquí nos hemos informado, qué duda cabe. Cuando la madre de Lucas se quedó embarazada, con diecinueve, no abortó; así que nos encontramos ante un matrimonio joven de entre cuarenta y cincuenta. Nos esperan en el aparcamiento como quien espera al autobús; allí, sin más. Los reconozco, Chuchi me ha mostrado fotos, solían ir a ver jugar a su hijo. Ella se llama Clara y luce unas gafas de sol sicodélicas con un logo en la patilla; casi duplica el tamaño de la lente. Va de peluquería, embutida en pitillos rosas que podrían ser del Berska, aunque deben ser de marca, y calza unos tacones de diez o doce centímetros.

—Tetas operadas, ella. Viaje a Turquía, él —resume Chuchi poniendo el freno de mano.

El padre de Lucas tiene demasiado pelo, y no sé si ha ido a Turquía, pero se lo han injertado de un modo tan burdo que parece una escoba plantada en la cabeza.

—Como un soldado romano con el penacho en el casco.

—Joder, Chuchi.

Han enterrado a su hijo hace apenas unas horas, han tardado unos días en entregarles el cuerpo, y tienen coartada para la noche del sábado: habían acudido a una feria en Stuttgart. Nos apeamos del coche, nos presentamos, el caballo en la pechera del polo del padre compite con el logo de las gafas de su mujer. Estrechamos sus manos y nos invitan a pasar a la oficina. Están nerviosos, muy serios, y me cuesta asimilar que siendo tan jóvenes hayan perdido a un hijo de veintisiete. La oficina está vacía, y es de lo más corriente: un par de ordenadores, archivadores, fluorescentes y mesas atestadas de papeles. No hay fotos. Por suerte, el aire acondicionado está a tope, y tomamos asiento en una mesa redonda junto a un ventanal que da al aparcamiento. Ninguno de los dos se quita las gafas de sol, nos ofrecen un agua que rechazamos, y Chuchi les dice que lamenta mucho la muerte de su hijo; que haremos cuanto podamos por detener al culpable.

—Nos estamos planteando contratar a un detective —anuncia la madre.

—Si lo creen oportuno, están en su derecho. —Chuchi carraspea, abre el cuaderno y comienza a manejarse con solvencia—. Quienquiera que entrara en la casa no se ha llevado nada; aunque, claro, eso no es fácil saberlo. Pero todo estaba intacto, al menos en apariencia. El móvil del crimen no parece ser el robo.

—Salvo que buscasen algo que no se encontrara en el chalé —sugiere el padre.

—Algo ¿como qué?

—¿Una caja fuerte?

Chuchi toma notas, el padre de Lucas se explica y yo analizo la escena, atento a cada reacción. Una caja fuerte, ahí podrían estar todos los documentos que hemos echado en falta. En cualquier caso, es significativo que en el primer minuto de juego ya haya salido a escena el puto dinero.

—Mi hijo tenía efectivo, mucho efectivo. También joyas, monedas, lingotes de oro... Inversiones, ya saben. ¿Había alguna caja fuerte en el chalé?

—Quizá custodiara esos bienes en el depósito de un banco.

—Puede —admite el padre—, pero sabemos que hace unos años, cuando se retiró, adquirió una caja de metro y medio de altura. ¿Estaba en la casa? —reitera.

La madre de Lucas saca un abanico del bolso, se quita las gafas, tose sin cubrirse la boca. Lleva los ojos pintados de un modo impecable, y aun así, sé que ha llorado. Es guapa, se cuida y estudia las bolas del jersey de Chuchi, lo repasa de pies a cabeza componiendo un rictus sutil de desagrado. Desvío la mirada, evito que fije su vista en la mía, e intervengo.

—¿No conocían el chalé de Lucas?

—No tuvimos ese gusto —responde la madre—. Mi hijo era muy suyo, nunca estuvimos allí, pero sabemos que hizo instalar la caja fuerte en alguna parte. Quizá entraran al chalé a desvalijarla.

—Señora, en el chalé no había ninguna caja de seguridad, se lo puedo garantizar —zanja Chuchi sin miramientos—. ¿Lucas disponía de más propiedades? ¿De más viviendas?

—Cuando se retiró del fútbol lo hizo todo dinero. Solo conservaba ese chalé de mala muerte, aunque hemos oído que iba a venderlo; ya ven, no tenía obligaciones, y podría haberse instalado en La Finca, en Madrid, donde los otros futbolistas. Con una modelo y tres churumbeles. Pero se largó a una urbanización de clase media a pudrirse él solo, a perder el tiempo con esa basura del voluntariado.

—¿Por qué lo hizo? ¿Por qué se retiró?

—Porque se le fue la cabeza —decreta el padre con disgusto—. Se agobiaba, le aterraba la prensa y se largó a hacer yoga durante unas vacaciones. Luego dejó el fútbol, repetía que le hacía sentir enfermo, y ya ni siquiera cumplió con sus contratos publicitarios.

—Insistía en que los anuncios estafaban a la gente —interviene la madre—. Recalcaba que él no iba a contribuir a que las familias humildes se dejaran el salario en deportivas caras ni en casas de apuestas. Usaba mucho una palabra... ¿Cómo era, Ángel? —le pregunta al marido mientras se rasca la cabeza de un modo poco elegante.

—Compromiso ético —pronuncia el padre con hastío—. Sabe Dios lo que querrá decir eso. —Cruza una pierna sobre la otra, se tensa—. Si una cajera del Lidl vive en un chalé con tres cuartos de baño, un futbolista de éxito debe vivir en uno de diez. ¿O no? Se lo dimos todo, no se hacen idea de lo que pudimos sacrificar para que llegara donde llegó. Nos dejamos la piel, cerré mi negocio para llevar sus asuntos, nos mudamos con él mientras estuvo jugando.

—Tengo entendido que cerró su negocio a causa de problemas financieros —apunto—. Debía cerca de trescientos mil euros a Hacienda, y otro tanto a proveedores. Por aquel entonces su hijo había fichado por un gran club y se encargó de la deuda.

—¿De dónde ha sacado esa información?

—Disponemos de medios para averiguar esas cosas.

Ángel enrojece y recurre a su mujer en busca de apoyo. Ella se acoda en la mesa, rehúye la mirada del marido y observa el aparcamiento con tristeza, como si nada de lo que se habla aquí dentro fuera de su interés.

—También sabemos que fue su hijo quien financió esta nave, quien adoptó el compromiso ético de sufragar los gastos. Se preocupó por ustedes, no los dejó en la calle.

—Qué menos, yo lo llevaba a los entrenamientos cuando era alevín. Nos gastábamos dinerales en gasolina, en equipamiento, y cuando salió de Cantabria lo acompañamos —reitera—. Era un crío, no podía irse solo, y lo dejamos todo aquí. Por él.

Todo era un puñado de deudas, un negocio fracasado y más de cien días de lluvia al año. Lucas sostenía la economía familiar y, pese a ser un crío, se echó a la espalda un buen par de lastres.

—¿Cómo va ahora su empresa?

—¿Por qué lo pregunta, inspector? Dispone de medios para averiguar esas cosas y sabrá que estamos al borde de la quiebra, una vez más —replica Clara con ironía.

—Nos ha ido mal con la crisis —puntualiza Ángel suavizando la respuesta de su mujer.

—¿Con qué crisis? ¿Con la del año pasado? ¿La de 2011? ¿O la de 2008? —plantea Chuchi muy serio.

—Taparemos los agujeros con lo que nos haya dejado Lucas.

—¿Ya se han abierto las últimas voluntades?

—No, inspector, no ha transcurrido el plazo, pero no se puede desheredar a unos padres.

Cierto, y posiblemente injusto en los tiempos que corren.

—¿Cómo era su relación?

—Excelente.

—¿Cuándo se vieron por última vez?

—Se lo dijimos a los agentes con los que hablamos el lunes; nos vimos en enero, vino el día de Reyes a traer unos regalos a sus hermanos.

—Y estamos en octubre... —precisa Chuchi mientras toma notas, como si no se quisiera perder ni una letra.

—¿Solían discutir?

—¡Claro que discutíamos! —estalla el padre abriendo tanto los ojos que están a punto de salir de sus órbitas—. ¿Cómo no íbamos a discutir si nos estaba destrozando la vida? Se levantaba a las cuatro de la madrugada. ¿Ha oído hablar del club de los cinco? Gente que duerme cinco horas para aprovechar el tiempo; personalidades y deportistas, como Kobe Bryant, sin ir más lejos. Mi hijo se exprimía, se sometía a una disciplina espartana. Saltaba a la comba hora y media cada día, se daba duchas de agua helada, hacía ayunos. Se machacaba. ¿Y usted sabe para qué? Para perder sus mejores años en este lugar rastrero. Eso equivale a coger un fajo de billetes de quinientos y prenderle fuego. ¿Cómo no íbamos a discutir?

—Sin embargo, iba a volver a jugar en enero.

—Porque a mí no me hacía caso; a su padre, al hombre que le enseñó a darlo todo en el campo, pero había empezado a visitar a un loquero que le sacaba los cuartos y le había lavado el cerebro para regresar.

—¿Quién era ese psicólogo?

—Era un psiquiatra —matiza la madre—. Y no sabemos cómo se llama, solo nos llegó el rumor.

—¿Lucas tenía enemigos?

—¿Enemigos? Como no fueran las pelusas de debajo de la cama... Ya no iba a fiestas ni a eventos.

—Pero se relacionaría con gente, ¿no?

—Con esa entrenadora de medio pelo con la que andaba. Rebeca, se llama, muy vieja para él; ni siquiera ha acudido al funeral. No le conocimos más parejas, aunque sí que debía tener algún amiguete por Santander.

—Pudiendo estar con una modelo —reitera el padre—. Crear una familia, ceder los derechos de imagen. Qué desperdicio de vida. Y ahora van y lo matan, y los cabrones de los periodistas insinuando que se metía cocaína. ¡Mi hijo! No se ha drogado en la vida.

Chuchi consulta la hora, y sé que esa es la señal. Nos ponemos en pie como si fuéramos a despedirnos, pero antes de soltar la artillería pesada se abre la puerta y aparecen dos niños. Tirso y Cayetano, los hermanos pequeños de Lucas. Once años, pelo pincho como el padre. Tirso le saca a Cayetano cabeza y media, debe pesar cinco o seis kilos más que su mellizo y, al contrario que el primero, no lleva gafas de culo de vaso. ¿Qué sabrán, qué tipo de información les habrán dado sobre lo que le ha ocurrido a su hermano mayor?

—Estos señores son policías —comenta Clara dirigiéndose a sus hijos—. Como Lucas se ha ido al cielo, y lo ha hecho tan pronto, nos están ayudando a averiguar el porqué.

Buena explicación. Cayetano se abraza a su madre, ni siquiera nos mira, parece tímido, y los ojos de ella se llenan de lágrimas. Clara le coloca el jersey, le quita las gafas para limpiárselas y se interesa por el cuento que lleva en la mano.

—Es de Gerónimo Stilton, me lo regaló Lucas cuando fuimos al cine —murmura el niño azorado.

—Tirso es una pequeña promesa del fútbol —dice Ángel henchido de orgullo mientras palmea la espalda del otro mellizo, que nos analiza con curiosidad—. Va a superar a Lucas, es un campeón nato.

—¿Lleváis pistola? —lo interrumpe el crío.

—La pistola solo la llevamos cuando hay que defenderse de los malos —replica Chuchi—. Así que juegas al fútbol...

—Es un crack —insiste Ángel—. Este va a batir todas las marcas, ¿verdad, machote?

—¿Tú también juegas al fútbol? —me dirijo al otro hermano, al del libro.

—Ese nada —zanja Ángel sin prestar mucho interés, secándose la frente con un clínex que saca del bolsillo. Se incorpora, también su mujer lo hace, dejamos a los niños en la oficina y volvemos a salir al aparcamiento.

—¿Van a averiguar quién ha matado a Lucas? —plantea Clara con un hilo de voz.

—Haremos todo lo que esté en nuestra mano.

—Lucas era un buen chaval —concluye su padre de pronto muy emocionado—. Tenía sus rarezas, sus miedos absurdos, pero no le hacía daño a nadie... ¿Ya hay algún sospechoso?

—¿Sospechan ustedes de alguien?

Se miran, dudan, ella se cubre los ojos. Rompe a llorar, y su marido le da un apretón en el hombro.

—Nadie forzó su puerta, ¿verdad? Así que, quien lo hiciera, debía ser conocido.

—¿Disponían de llaves de la casa?

Niegan; ella se seca los ojos y vuelve a ponerse las gafas de sol.

—Entiendo que nos hagan esa pregunta, sé que hay mucho hijo de puta suelto; padres que matan a los hijos, hijos que matan a los padres... Yo no acabaría con mi propia sangre. Teníamos diferencias, pero queríamos mucho a Lucas. Hablen con su preparadora, con su psiquiatra, con la gente de su club.

—En el salón de la casa había unas gafas graduadas —deja caer Chuchi.

—Lucas estaba operado de la vista, no usaba gafas.

—¿Y le gustaba el arte? —suelto.

Chuchi, que acaba de cubrirse la nariz con un pañuelo, me lanza una mirada extrañada.

—El arte, los cuadros, la pintura —puntualizo.

La pareja niega, como si no lo supieran o jamás hubieran sospechado nada ni parecido. Nos despedimos, volvemos al coche de Chuchi, ellos regresan a la oficina y los veo alejarse mientras mi compañero arranca, mete primera y se incorpora a la general. Me han parecido personas superficiales, con muchos prejuicios; pero también me voy convencido de que no por ello han querido menos a su hijo mayor.

—¿Qué opinas, Chuchi?

—Hasta los gatos quieren zapatos, y las gatas, alpargatas. —Se restriega el clínex por la nariz, menciona otra vez el dichoso escorbuto—. Se rodean de símbolos para sentirse superiores, pero en el fondo saben que solo son tropa; con las formas justas. Al padre le han prohibido el acceso a los campos de juego, agredió al árbitro en un partido del crío, solía insultar a otros chavales... Se cree inteligente, pero solo es malicioso.

—¿Y ella?

—Admira más al mellizo que lee, intuye que a la larga le dará menos problemas, aunque es posible que se equivoque... ¿A qué venía eso del arte? ¿Por qué se lo has preguntado?

—Rebeca tenía un cuadro; en el salón, junto al piano, y dejó caer que lo había pintado Lucas.

—¿Lucas? En su casa no había un solo lienzo; ni un caballete ni un estuche de pintura.

Abro el cuaderno, me quito las gafas de sol y, mientras Chuchi resintoniza *Vigilantes del espejo*, anoto varias cuestiones con mayúsculas: «BUSCAR CAJA FUERTE, ¿QUIÉN ERA EL PSIQUIATRA DE LUCAS? ¿DE QUIÉN SON LAS GAFAS?».

Vibra mi móvil, es un mensaje. Valvanuz, mi madre: «Ha estado aquí el Zuki. Quiere hablar contigo, insiste en que es importante, dice algo de la muerte del futbolista, pero me he negado a darle tu número. Como siempre, hijo, codeándote con lo mejorcito...».

Sorprendido, bloqueo el teléfono. ¿El Zuki? ¿Qué tiene que ver Zuki, el mayor quinqui del barrio, con lo de Lucas Cúe?

—Chuchi, acércame a Villa Alegría —le pido.

8

JORGE

Madrid, 14 de octubre, jueves

Jorge se toma libre la tarde del jueves, también el viernes completo, pero no se arriesga a volver conduciendo a Santander. No se lo ha dicho a su hermana, desde que sufrió aquel golpe le pitan los oídos, percibe luces difusas y sufre extrañas pesadillas. Después de su encuentro en el Prado con Judit, Jorge toma el AVE en Chamartín, llega a la estación a las dos de la tarde y arrastra una maleta con ruedas. Vuelve a llevar el abrigo bajo el brazo, una camisa blanca perfectamente planchada, las gafas de sol de aviador. Jorge siempre es consciente de cómo suelen mirarlo algunas mujeres y, aunque le gusten los hombres, le agrada sentirse atractivo. Detesta el olor de esos trenes y pronto empieza a dolerle la cabeza. A la altura de Segovia cae en la cuenta: se le ha olvidado comer, pero no se le ocurre acercarse al vagón cafetería; y si se le ocurre, la idea no cala hondo. Tiene un libro en el regazo, intenta leer, pero en lugar de eso ve desfilar el paisaje amarillento al otro lado de la ventanilla, con la mente en blanco. Jorge viaja en primera, pero eso no evita que cuatro horas más tarde, al llegar a Santander, se sienta como si tuviera una hormigonera rugiendo en la cabeza. Ha regresado el pitido, un aullido agudo que invade su espacio consciente, y la camisa blanca ya no parece tan impoluta, la espalda está algo arrugada. Jorge no vuelve a ponerse las gafas; llueve en Santander, el cielo es de un gris parduzco, ya son las seis de la tarde; y en vez de pedir un taxi coge el autobús número siete. Aún es de día, aún no han cambiado la hora, y él solo piensa en llegar a casa, a la que fuera la casa de sus padres; ahora es de Judit y suya, y ya hace dos décadas que Jorge vive en Madrid, pero cuando piensa en «casa», Jorge evoca Santander, el lugar en que nació. Allí creció, y allí conoció a Mario.

No sabe por qué lo hace, pero se apea con la maleta casi un kilómetro antes de alcanzar su destino, cerca del palacio de los Botín, y recorre una avenida Reina Victoria batida por el aguacero; cuando salió de Madrid ni siquiera barajó la opción de llevarse un paraguas. Llueve a cántaros, hace viento, y el paseo bordea la playa de los Peligros, varios metros más abajo, al otro lado de la arboleda. Los temporales son cada vez más feroces, y en la ciudad hay temor: la violencia del oleaje podría llegar a tragarse los arenales. Enfrente, tras la neblina difusa y la cortina de agua, divisa el puntal de la playa de Somo, un brazo de arena en medio de la bahía. Recorre el trecho que falta sintiendo las gotas de lluvia, el frío en la piel, la luz de la tarde, que ya parece de plomo. Vuelve a notarlo, alguien lo sigue; pero no mira atrás, camina como si nada, contra el viento. El pitido se agudiza, la cefalea se agita, y al alcanzar la curva, cuando el paseo se bifurca, Jorge ya ve la veleta, las chimeneas, el tejado de pizarra y la hiedra en la fachada. Lleva el abrigo pegado a la camisa, la camisa pegada a la piel y, al atravesar el jardín, húmedo y oscuro, siente que lo ha conseguido.

La casa está ventilada, limpia, como si alguien viviera allí; llamó al jardinero ayer por la noche y se ha ocupado de todo. Tanto Judit como él visitan con frecuencia la propiedad y nada ha cambiado. Alfombras mullidas, chimenea de piedra, el piano de cola y las lámparas de araña. Deja la maleta en el recibidor, junto a cajas repletas de comida que ha encargado al supermercado esta mañana. Se cruza de brazos frente al ventanal del salón y ve luz en el chalé de al lado; no es el único que ha regresado a casa, que ha viajado desde lejos. Luego se va a la ducha, sin reparar en el fajo de cartas que hay sobre el aparador.

Se deshace de la camisa; está empapada, la deja caer al suelo y siente un escalofrío. Evoca la esquela de Mario, su rostro simétrico, varonil y atractivo en la foto que han elegido para anunciar que ha muerto. Bajo el chorro de agua caliente, piensa en Nina, su hija, también fallecida, y luego en Dama. También piensa en sus series de cuadros, esos que según Judit podrían hilar un relato. Pinturas numeradas del uno al siete, obras envueltas en papel de estraza, ocultas, cotizando al alza. *Cuatro* y *Seis* nunca han salido al mercado, y su autor las rubrica como «Dama fuit ic», tres palabras camufladas tras pinceladas de hierba, en la esfera de un reloj, llenando el iris de un ojo. Fechas en números romanos que toman como referencia el año de nacimiento del misterioso pintor y contratos de confidencialidad firmados por compradores tanto o más enigmáticos. Sabe por dónde empezar: ¿quién adquirió *Uno*, el primer cuadro de Dama? ¿Quién pagó por la obra el doble de su precio de salida? Y sobre todo: ¿por qué lo hizo?

Se seca con vigor, la toalla ya no huele como cuando vivía su madre, y lamenta no haber atendido a los detalles; entiende mucho de leyes, de vinos y cine, pero en este momento, esta tarde de jueves, siente haber ignorado lo que importaba de veras.

El pitido aún persiste, pero la hormigonera gira a menos revoluciones por minuto y, antes de salir de casa, de atravesar el jardín y pulsar el timbre del chalé de al lado, sostiene el teléfono y busca un nombre en Internet. Rubén Hevia, neurólogo. Tiene su número personal —se lo envió su hermana Judit—, pero llama a su despacho. Rubén trabaja para la sanidad pública, en Valdecilla, pero también ejerce en su consulta privada del paseo de Pereda tres tardes por semana. Le responde una voz femenina, y Jorge pide una cita para el viernes a las cinco.

—¿Es la primera vez que acude a consulta con el doctor?

—La primera. Sufrí una conmoción cerebral y aún padezco secuelas.

Vuelve a pasar de largo junto al fajo grueso de cartas. Sigue sin prestar atención a los detalles.

¿Cómo averiguó Judit lo de la muerte de Nina? La portilla de la casa de sus padres apenas se encuentra a diez metros de la de los padres de Mario. Y Miriam, su viuda, tarda en abrirle. Se sorprende y no lo disimula, porque Jorge era la última persona con la que pensaba encontrarse esta tarde de otoño. Ha salido descalza.

—¿Qué haces aquí? —pregunta con un marcado acento extranjero.

—¿Podemos hablar?

Miriam está a punto de darle con la puerta en las narices; Jorge ha sido su bestia negra, pero lo invita a pasar, y solo lo hace porque le recuerda a Mario, porque él formó parte de su vida.

Jorge se fija en sus ojeras, en la copa que lleva en la mano, en que va sin maquillar y en su cabello oscuro, brillante, demasiado largo para pasar de los cuarenta. Lo lleva recogido con un pasador de jade, y va vestida de rojo, con un caftán largo, de lana, entallado y estiloso. Fue una rival digna, ambos lo han sido para con el otro. Jorge la sigue hasta el salón, muy parecido al suyo, cálido y confortable. Fuera ya ha oscurecido, y desde esos ventanales solo se aprecia la negrura densa del día que escapa.

—¿Quieres vino?

Jorge está a punto de rechazarlo, pero lo acepta; sabe que en esa casa hay una buena bodega, de las de antes. Sobre la mesa reposa una botella de Muga, Miriam sirve una copa y se la tiende a Jorge. Luego se acomoda frente a él y lo escruta. Lo hace como si quisiera aprenderse cada rasgo de su cara. Él le dice que lamenta lo de Mario.

—Lamento lo de Mario, Miriam.

—Tú lo encontraste. ¿Qué es lo que hacías allí? ¿A qué fuiste a su estudio?

Jorge esperaba la cuestión; pero no así, tan de pronto, a bocajarro.

—¿Os seguíais viendo? —inquiere ella con voz rota.

—Hacía más de veinte años que no nos veíamos —asegura—. Que no hablábamos. Me jode que dudes, Miriam. Mario me rompió la nariz, me sacó de su vida, y hasta hace una semana nunca más volvió a llamarme. Siento mucho lo ocurrido; lo de Mario y lo de Nina.

Cuando oye el nombre de su hija, Miriam traga saliva y desvía la mirada.

—¿Por qué has venido, Jorge?

—¿Crees que se suicidó?

—Creo que no es asunto tuyo si se suicidó o no. —Se seca los ojos con un pañuelo de hilo y sigue hablando—: Creo que me estoy volviendo loca.

Miriam le tiende una *tablet*, la tenía junto a los álbumes de fotos, y lo invita a leer la pantalla con un gesto. Es el atestado policial, el dosier que recoge las conclusiones de la inspección del estudio de Mario, en Terán. Jorge no se molesta en preguntarle de dónde lo ha sacado, Miriam Cohen dispone de recursos.

Según el informe forense, la causa de la muerte fue la asfixia por colgamiento. La ahorcadura fue completa, todo el cuerpo se halló suspendido en el aire, sin puntos de apoyo, y no se habían encontrado signos de muerte previa, ni lesiones que indicaran que fuera ahorcado a la fuerza. El colgamiento fue asimétrico; el nudo, lateral; se usó la cuerda del pozo, y no se habían localizado más huellas dactilares que las del propio Mario. Compresión de la hioides, oclusión laríngea, corte vascular de la circulación yugular y una foto del surco de ahogamiento, un tajo violáceo en el cuello de Mario; el tono cianótico y las livideces indicaban el tiempo de suspensión: se había ahorcado en la madrugada del sábado 9 al domingo 10 de octubre, pocas horas antes de que Jorge lo descubriera. No hubo rastro de narcóticos en el cadáver, el frotis con hisopos sobre la zona de agarre de la soga solo reveló el perfil genético de Mario, y la inspección del lugar mostraba que la víctima había empleado un escabel de veinticinco centímetros para alzarse hasta el lazo. En ese punto, Jorge evoca un viejo caso, el de un presunto suicida colgando sobre el suelo a más altura de la que pudo lograr con cualquiera de los objetos del lugar en que fue hallado: un homicidio que se pretendió encubrir como si fuera un suicidio.

Jorge reconoce el escabel de la imagen; estaba allí cuando él llegó. También se alude a eso en el atestado, a su presencia en el estudio en la mañana del domingo. «Vecinos del pueblo, alertados por el merodeo de un extraño por la zona, acceden al estudio y dan parte a la Guardia Civil.» Jorge se palpa el cráneo; se siente confuso, aún le cuesta hilar los pensamientos. En la imagen del informe las paredes lucen desnudas, ni un solo cuadro en sus superficies. ¿Dónde estaban? ¿Los había imaginado? ¿O había irrumpido alguien para apropiarse de ellos antes de personarse la Guardia Civil? No habían dado con huellas de extraños, y se citaba un mensaje manuscrito del suicida; aquello cerraba un caso que ni siquiera había llegado a ser considerado como tal. El trabajo de los guardias había sido impecable, pero Jorge aún no está conforme.

—Enterramos a Mario ayer, con las cenizas de Nina, en el cementerio de Terán —precisa Miriam—. No he querido incinerarlo, y he estado investigando por mi cuenta; los germanos ahorcaban a los desertores, a los traidores, era su modo de castigarlos.

—¿Crees que alguien quiso castigar a Mario?

Miriam no le responde. Jorge también ha estado indagando y ha rescatado un artículo de 1923, de un tal Godofrov; recalca la importancia de analizar la viga que soporta la cuerda que emplea un suicida. Si la soga se cuelga sin peso y es la propia víctima quien inserta el cuello en el lazo, no habrá fibras desprendidas. Pero si el cuerpo es izado tirando del otro extremo de la soga, las fibras de madera se desprenderán hacia arriba en la parte anterior y hacia abajo en la posterior. Nada de eso aparece en el informe, solo un par de detalles más: Mario no llevaba teléfono móvil, y a primera hora de aquella mañana alguien creyó haber visto por allí el todoterreno gris de algún cazador.

—Nina falleció el sábado 25 de septiembre; leucemia. Viajamos a España para traer sus cenizas. Yo regresé a Londres, necesitaba volver a trabajar, era el único modo en que podía seguir adelante. Pero Mario se quedó; se refugió en Terán, necesitaba lamerse las heridas. Hablábamos cada noche, y recibí una carta suya; me la había enviado desde el pueblo, anunciaba que iba a acabar con todo.

Miriam le muestra el texto, la cuartilla manuscrita con letra picuda. A ella le tiembla el pulso, Jorge es capaz de notarlo.

Querida Miriam:

> Lo teníamos todo, y ahora nos lo han quitado. Quizá nunca fuera nuestro. No supimos conformarnos con vencer en la batalla; fuimos a por la guerra, y hemos pagado el precio. Tuvo que ocurrir esto para empezar a entender. Voy a acabar con todo.
>
> MARIO

Miriam también le tiende un álbum, y Jorge pasa las hojas hasta dar con esa foto, con la imagen colorida de aquella tarde lejana.

Mario y Jorge fueron amigos de siempre. Sus padres habían sido vecinos y, ya de niños, compartieron chapuzones de verano, meriendas eternas y pupitre en la escuela. Hacían carreras, solían nadar desde la playa del Sardinero, bordeando cabo Menor, hasta la playa de Mataleñas. Cuando con doce años Mario empezó a hablar de chicas, Jorge llevaba un tiempo prestando atención a asuntos de otro calibre: a la espalda de Mario, fuerte y bronceada, a sus ojos negros y expresivos, o a su sonrisa blanca de dientes perfectos. Al simular luchas en la arena de los Peligros, Mario observaba a las niñas de soslayo. Jorge, sin embargo, se excitaba sintiendo el calor de la piel de su amigo, elástica y dorada, la fuerza de sus músculos, el tacto de sus manos.

Lo asumió a los quince, le gustaba Mario, y sentía una atracción que llegó a causarle dolor. Al principio mantuvo el secreto, le avergonzaba ser presa de esa fascinación, y solo aceptó compartirlo con Judit, que acudía con Mario a las clases de pintura. Una tarde de lluvia sus padres quisieron hablar con él; perfectamente conscientes de cómo era el hijo que habían criado, le explicaron a Jorge que siempre lo apoyarían, que su único objetivo era que él fuera feliz.

«Pero no todo el mundo va a saber comprenderlo, Jorge. Hay gente muy pequeña», resumió su madre.

Al cumplir los dieciocho, cuando Jorge se fue a estudiar a Madrid, Mario lo acompañó. Se habían matriculado en la Escuela de Derecho. Jorge lo hizo por causas vocacionales, por un interés real en convertirse en juez. Mario, sin embargo, huía de casa, de la farmacia familiar; quería estudiar Bellas Artes o Historia, pero el miedo a imponerse lo había paralizado. Falto de agallas, había resuelto seguir a su amigo, buscar cobijo bajo su ala.

A Mario le gustaban las chicas y era guapo a rabiar, pero no tenía arrestos para dirigirse a ellas o entablar conversaciones. A Jorge le gustaba Mario y lo había apadrinado como a un hermano pequeño: sus amigos de Madrid fueron también los de él; Judit, la hermana de Jorge, fue como su propia hermana. Y había formado parte de su vida hasta que acabaron los estudios, hasta aquel maldito verano en que Mario se cruzó con Miriam: una mujer seis años mayor con la que había coincidido en las clases de pintura. Por aquel entonces, ella aún estaba casada con otro hombre.

Algo hizo clic en Mario. Algo cambió. Había crecido, ganó entereza, y cuando Jorge, resuelto, decidió confiarle sus sentimientos, ya era tarde. Mario lo culpó de haberle ocultado su orientación sexual, de haberlo engañado durante años. Empleó un término sucio, feo, una palabra cruel: «Asco». Jorge le daba asco.

—Pues tú a mí no me das asco —le respondió Jorge—. Yo siempre te he querido.

La réplica de Mario había liquidado más de dos décadas de amistad: un puñetazo brusco, una nariz partida y un corazón roto.

Jorge le echa un último vistazo a la foto. Mario y él en la playa, sonriéndole a la cámara. Tenían veinte años, quizá veintiuno, la imagen es de poco antes de la «ruptura».

—Mario no era homosexual, a mi marido le atraían las mujeres, pero también tú.

—Eso no es cierto. —Jorge se pone en pie, pasea por la

estancia—. Mario necesitaba a alguien fuerte a su lado, y se zafó de mí cuando te conoció a ti, aquel verano.

Es pasado, ya no duele, y solo intenta saber si su amigo se ha suicidado; por qué lo había llamado. Necesita averiguar cómo se borró esa foto en su teléfono, la del cuadro de Dama que creyó haber visto en Terán. Quiere confirmar si alguien lo sigue. Y le gustaría descubrir qué sucedió con los lienzos del estudio.

—Perder a nuestra hija fue parte del castigo —asegura Miriam.

—¿A qué castigo te refieres? Nina murió por causas naturales.

—Hacía unos meses que había enfermado, pero alguien se alegraba, y en los últimos días de vida de la niña, esa persona nos lo quiso hacer saber. Recibimos amenazas y las relacionamos con alguno de los casos sociales que había llevado Mario en el pasado; derechos humanos, legislación ambiental...

—¿Qué clase de amenazas estabais recibiendo, Miriam?

—Siete notas. Fueron apareciendo a lo largo de una semana, de lunes a domingo, en lugares insospechados: en mi taquilla del gimnasio, en una carta sin remitente, sobre el parabrisas del coche de Mario. —Miriam también se incorpora, se planta frente a Jorge y recita de memoria el contenido de los textos—: «Seis cosas aborrece Yavé, y aun siete abomina su alma: ojos altaneros, lengua mentirosa, manos que derraman sangre inocente, corazón que trama iniquidades, pies que corren presurosos al mal, testigo falso que difunde calumnias y enciende rencores entre hermanos».

—Suena a la Biblia.

—Es el Antiguo Testamento. Proverbios 6, 16-19. La Policía británica no cree que sean relevantes.

A Jorge también le cuesta entender que esos versículos lleven implícita una amenaza.

—¿Los tienes aquí?

—Los rompíamos, ahora lo veo de otra manera, pero entonces no les dimos importancia, estábamos volcados con la niña. Solo he conservado el último: «Y enciende rencores entre hermanos». Estaba en una de las coronas de flores del funeral de Nina.

—¿Sospechas de alguien concreto?

Miriam niega.

—¿Había vuelto a pintar?

—¿Mario? Nunca. Al poco del desencuentro que tuvo contigo, hizo una exposición con sus últimos trabajos y no vendió ni uno. Aquello fue la puntilla a su vocación frustrada.

—Pero había un caballete en su estudio de Terán.

Miriam parece extrañada, y le responde a Jorge que eso es imposible.

—Es imposible, Jorge. Mario y yo éramos un par de artistas fracasados, y renunciamos al arte como quien renuncia al *whisky*. La pintura fue como la droga: un corto periodo de disfrute y décadas de sufrimiento. Ni Mario ni yo pintábamos ya.

—También vi tres cuadros. Allí colgados. No se citan en el atestado, no aparecen en las fotos. Cuando llegaron los guardias, se habían esfumado.

—Imposible —reitera—. Allí no hay nada, nunca lo ha habido.

«Mientes —piensa Jorge—. Había tres óleos, y uno de ellos, al menos, estaba firmado por Dama.»

—¿Cómo eran esas pinturas? —tantea Miriam en tono casual.

Jorge está a punto de describírselas, pero logra mantener el pico cerrado. La información es poder, y aún lamenta haberle confiado a Judit lo que había en esos lienzos; desde el día en que lo hizo, ella lo mira como si estuviera loco.

—No recuerdo cómo eran —miente.

Miriam se acerca a la salida como si invitara a Jorge a largarse cuanto antes.

—La próxima semana pondré esta casa a la venta —dice ella.

«Y ahora cambia de tema.»

—Dale recuerdos a tu hermana Judit —le pide—. Pienso mucho en cuando los conocí, a ella y a Mario, en la escuela de arte. Sé que ahora restaura, y que a veces colabora con grandes museos. ¿Sigue pintando?

—Ella también lo dejó.

Se despiden en el porche, y Jorge atraviesa el jardín cavilando sobre algo que no le encaja: si Mario pensaba ahorcarse, si lo había planeado, ¿para qué se había citado con él? ¿Con qué intención?

No es el de siempre, pero desde aquí aún percibe el olor del mar, así que no ha perdido el olfato. Miriam asegura que ya no pintaban, ni ella ni Mario, pero en la casa que acaba de dejar olía a trementina que apestaba.

9

MATEO

Santander, 14 de octubre, jueves

Me intriga, necesito averiguar qué es lo que quiere decirme el Zuki —él, precisamente— sobre la muerte de Cúe. En cuanto cambia el viento empieza a llover; y al volver a Santander después de hablar con los padres de Lucas, Chuchi me deja en el barrio, en la rotonda de acceso. Recorro a pie el kilómetro hasta Villa Alegría. Ya son las dos de la tarde, los niños bulliciosos salen del colegio público, y no me sorprende que varias de las mujeres que acuden a recogerlos lleven hiyab. Nada ha cambiado mucho desde que yo iba allí, aunque se han instalado algunas familias de refugiados sirios y ya no hay falsos avisos de bomba para correrse las clases o evitar los exámenes; en los ochenta solían ser el pan de cada día. La fachada de la escuela ya no está sucia ni desconchada, pero cada vez que cruzo frente a la verja recuerdo el lío que se armó a principios de los noventa: una mañana apareció un cadáver en la cancha de futbito. Aquel día se suspendieron las clases, y más tarde se dijo que se había tratado de un simple ajuste de cuentas. Líos de drogas.

Voy pensando en Lucas Cúe, en su familia, en los motivos que arrastran a una persona como él a romper con todo en la cresta de la ola. Lucas convirtió en dinero todas sus propiedades, renegó de la vida pública, de los contratos, y se autoimpuso una rutina espartana. «Nadie forzó su puerta», me repito a mí mismo. «Y tenía una caja fuerte de metro y medio de alto», recuerdo. Alguien lo convenció, alguien había logrado que quisiera volver a jugar, y entonces pienso en Rebeca: «Ella debe de saber quién era ese psiquiatra que estaba tratando a Cúe».

Antes de entrar en Villa Alegría esquivo a un anciano sucio y desgreñado que avanza en silla de ruedas; se impulsa arrastrando los pies, pese a ir sentado, y sostiene un vaso de tubo con un líquido rosáceo: nada bueno. Sé que fue de los pocos supervivientes a la plaga de heroína en los ochenta. Me saluda por mi nombre, me conoce desde crío, y me sugiere que escarbe en lo que importa de veras. Que investigue a los cabrones que se llenan los bolsillos con mordidas.

—Lo tendré en cuenta —le digo alejándome.

Me apunta con el índice como si fuera un revólver y añade algo que me sorprende:

—Y ve con cuidado, majo; mira lo que le ha pasado al futbolista ese.

En Villa Alegría hay barullo: clientes comiendo, obreros en su mayoría, pero no localizo a mi madre, que a esas horas suele estar atendiendo las mesas; en su lugar, lo hacen los dos camareros de siempre. Samu está solo, almorzando al fondo.

—¿Qué tal, Samu? —Va con buzo, tomo asiento frente a él y me da las buenas tardes enarbolando una cuchara llena de marmitako—. ¿Y mamá?

—Ha tenido que salir. Algo del banco, que cerraba ahora.

—Eso que comes está mejor que los garbanzos que te hice ayer, ¿no?

—Los garbanzos que me pusiste eran de lata, no los hiciste tú —replica.

En la tele echan un programa de marujeo, y los vocerios de los tertulianos compiten con los de la parroquia; observo a Samu, y aprovecho la coyuntura para seguir con el caso.

—Samu, ¿has oído hablar de Dama? ¿Del pintor?

Responde sin mirarme, con la vista clavada en la pantalla de la tele.

—Claro. Se subastó un cuadro suyo la pasada semana.

—Ya, eso ya lo sabía... ¿Y tú qué opinas?

«¿Qué opino de qué?», me habría respondido cualquier

otra persona. Pero Samu emite sus ondas en una frecuencia distinta y entiende a la perfección qué es lo que le pregunto.

—Dama está haciendo negocio —dice—; dinero, que es lo que busca la gente. Y estoy convencido de que es una mujer mayor.

—¿Por qué crees eso?

—Porque todo el mundo repite que es un hombre zurdo, y nadie suele acertar. —Hace una pausa, posa el cubierto, absorto en su lógica particular—. ¿Recuerdas cuando fuimos al Museo del Prado, Mateo? ¿Cuando nos llevaron de niños? Mamá me explicó muchas cosas de pintura, y allí surgió mi interés.

Lo recordaba; por su puta culpa nos tiramos cinco horas dando vueltas alrededor de millones de óleos polvorientos. Yo solo tenía doce años, el arte me importaba menos que nada y, desde luego, aquella no era mi idea de «disfrutar de Madrid».

—Allí tienen buenos cuadros —decreta Samu—. Mi favorito es el *Fusilamiento de Torrijos.* La sangre en la arena, las manos atadas, las vendas en los ojos de los hombres... ¿Te lo había dicho?

Unos dos millones de veces.

—El Prado es un gran museo, pero no es siempre así. El porcentaje de piezas falsas en el mercado del arte ronda un veinte por ciento.

Lo analizo en silencio; el dato es preciso, lo he confirmado esta misma mañana, cuando ojeaba unos boletines de la Brigada Central de Patrimonio.

—Hace un rato te estaba buscando el Zuki —suelta de pronto, como si el tema del arte ya no le interesara—. Ha hablado con mamá, le dijo algo del futbolista. Se refería a Lucas, ¿verdad?

—No tengo ni idea —miento.

—El Zuki asusta, pero conmigo es majo, siempre me da palmadas en la espalda. Dicen que pasaba droga... ¿No será cierto lo de que Lucas Cúe tomaba cocaína?

—Ya te he dicho que eso no es cierto, Samu, y el Zuki no ha mencionado a ningún futbolista, lo has entendido mal.

—No lo he entendido mal, Mateo. —Samu me taladra con los ojos—. El Zuki ha dicho algo del futbolista —reitera con tozudez.

Suelto una bocanada de aire, harto; mi hermano puede ser muy complicado. Oigo un vaso estrellarse y vuelvo la cabeza; localizo a un par de borrachos en la barra dándole la trisca al camarero.

—No los mires —me advierte Samu bajando la voz.

—¿Por qué no los puedo mirar?

—Porque ya es el tercer vaso que rompen. Están buscando lío. ¿No lo ves?

Lo veo, por eso me pongo en pie, porque las personas como Samu no deberían temer a los tipos de esa clase; me aproximo, y uno de ellos, el más perjudicado, se dirige a mí como si me conociera de toda la vida, que no es el caso.

—Este es mi amigo Dimitri —me explica arrastrando las palabras, señalando al otro borracho—. Lo quiero como a un hermano, y solo lo conozco hace diez minutos.

—¿Por qué has roto ese vaso? —le pregunto.

—Porque me ha salido de los cojones.

Lo agarro del antebrazo, lo saco a la calle a empellones. El otro, el presunto Dimitri, va proclamando que los he agredido, que están en su derecho de seguir en el local.

—Como os vuelva a ver por aquí, os largo a hostias. A vosotros y a vuestros derechos.

Se alejan calle abajo, tambaleantes, y veo aparecer a mi madre, que ha sido testigo de la escena. Cuando llega a mi altura me recalca, por enésima vez, que hay dos clases de personas: las que tienen derechos y las que tienen deberes.

—Ya lo sabes, Mateo, tú perteneces al segundo grupo.

Lo sé de sobra, desde hace años, y ella modera la voz, me comenta que está preocupada por Samu.

—Hay que aumentarle la medicación, últimamente está muy machacón y se tira horas muertas pintando piedras. Va a venirse unos días a casa, con tu padre y conmigo, creo que le han vuelto las ideas extrañas; con las cámaras de los bancos, con los drones, con otras mil bobadas.

Sí, se ha puesto burro con lo de Cúe y la cocaína... Mi madre saca del bolsillo una nota con un número de teléfono. «Zuki.» Hemos sido compañeros de clase, nos conocemos de siempre, pero el Zuki nunca ha mostrado tanto interés en contactar conmigo.

—Venía muy alterado —explica mi madre—. Yo creo que se había metido algo, porque no atinaba con las palabras. Parecía asustado y quería que lo llamaras.

Antes de marcar su número y comprobar que comunica, me despido de los camareros, de Samu y de mi madre, que me prepara un táper lleno de marmitako.

A las seis de la tarde aún le estoy dando vueltas a lo de la caja fuerte. Cúe no tenía más propiedades que aquella vivienda; es cierto, lo hemos comprobado, y sus padres estaban convencidos, la caja existía, de modo que solo cabe una opción: que estuviera en el chalé oculta a conciencia. ¿Cómo se oculta a conciencia una caja de seguridad de metro y medio de altura? Tomo una copia de todos los informes relativos al caso: el del levantamiento del cadáver, los atestados de los técnicos y las transcripciones de las entrevistas que se han realizado hasta el momento. Luego abandono la Jefatura, me subo al coche y pongo rumbo a la urbanización de Lucas.

Hay mucho tráfico, y tardo treinta minutos en llegar. Cuando aparco frente a la valla aún es de día, pero sigue lloviendo y la luz es sucia. Vuelvo a marcar el número del Zuki, que no responde. No he parado de dar vueltas desde que me puse en pie, a las cinco y media de la mañana, y me he comido el táper de marmitako de mala manera, en el despacho, rodeado de papeles. Puede que esté molido, creo que debo de estarlo, pero entonces no lo noto; quiero avanzar en el caso, resolverlo, hacerlo antes de ingresar en la Secretaría de Estado y evitar que aparezca algún listo de Madrid para hacerse con el mando. Quizá haya más, algún otro motivo que me esté impulsando a avanzar con esta furia, pero en este momento, mientras salgo del coche con la carpeta bajo el brazo, no soy capaz de apreciarlo. La vivienda sigue estando precintada, la familia aún no tiene permitido el acceso, y los técnicos llevan días barriendo cada milímetro; he estado esperando a que acabaran, con impaciencia y ganas, y lo han hecho esta mañana. Puedo moverme a mi aire, sin invalidar pruebas. El hormigón de la fachada vuelve a mostrar manchurrones de humedad, como el domingo, pero hoy estoy solo, hoy no me espera Rebeca bajo aquel paraguas rojo. Mientras abro la portilla, evoco con claridad la escena de hace unos días. Y de nuevo, pienso que debo llamar a alguien; a Chuchi, por ejemplo. Soy el jefe del Grupo de Homicidios, pero no es buena idea meterse en la casa a solas. No llamo a Chuchi, palpo el teléfono y recorro los mismos pasos, compongo los mismos gestos; hay menos claridad, pero en esencia nada ha cambiado: la cerradura, el vestíbulo, el espejo y mi rostro. No hay música, las luces están apagadas, y en lugar de pulsar el interruptor, me pongo unos guantes de látex, saco la linterna y entro en el salón. Huele a alcohol, a productos químicos, nadie ha borrado los restos de sangre, y hay polvo físico, el que se usa para revelar huellas, cubriendo las superficies. El silencio es opresivo y las sombras son difusas. Oigo mi respiración y hago un alto frente a la chimenea. Sé que no tengo toda la tarde, también sé que soy pertinaz, insistente, muy tozudo; que se me escapa algo, y que sea lo que sea, voy a averiguarlo. Aquí, en la misma estancia en que mataron a Lucas. Me aproximo a la escalera, me siento en un peldaño, desbloqueo el móvil y busco el tema de Rosalía. Mientras reviso informes de un modo minucioso, suena en bucle *Malamente*. Dos minutos y cuarenta y ocho segundos, eso dura el videoclip. A la mitad de la cuarta reproducción me pongo en pie, abandono los papeles, vuelvo a lanzarle un vistazo al salón y me dirijo al mueble sin soltar la linterna. Si hay una caja de grandes dimensiones, tiene que estar empotrada en algún sitio. Tardo en dar con las escrituras de la casa, los únicos documentos relativos a Lucas que han aparecido en los registros. Según su familia, Cúe quería vender el chalé, y puede que fuera cierto, porque en esta carpeta también hay un folleto de una agencia inmobiliaria. En la escritura consta un plano de la construcción, y decido revisar todas las estancias, voy a compararlas con las del papel. Nada extraño en la planta baja. Algo curioso en la primera. En el croquis impreso la habitación de Lucas es rectangular, pero aquí, sobre el terreno, es un cuadrado perfecto. ¿Dónde se encuentra el espacio que falta? Una cama de dos metros, estanterías con libros, un sillón y una lámpara. Hay un armario empotrado, sí, pero no puede tener tantos metros de fondo.

En el techo abuhardillado, una claraboya; en el plano constan dos.

Ningún arquitecto es capaz de ubicar dos tragaluces sobre un tejado y lograr que solo uno sea localizado desde el interior.

Hay una falsa pared que divide en dos la superficie. Los metros restantes se encuentran al otro lado del armario, y debe de haber una manera de acceder al área sellada de este cuarto seccionado. Doy la luz, estudio el fondo del armario empotrado. Busco un resorte, una palanca, algo que permita abrir la división. ¿Un mando a distancia? El chalé se ha barrido a conciencia, nadie ha encontrado nada. ¿Cómo pasaba Lucas al cuarto secreto? Siento el impulso de llamar a Chuchi, marco su número; como diría mi madre, personas con derechos y personas con deberes.

—Chuchi, necesito que te acerques a casa de Cúe. Tráete a varios agentes, a alguien de la Científica, y venid con material. Creo que sé dónde está la caja fuerte.

Pasan los minutos, sigo analizando el interior del armario. La ropa de Lucas huele a lavanda y a limpio. «Al final, habrá que derribar el tabique que separa las estancias», pienso.

—Cabe otra opción —me digo a mí mismo—. Acceder al cuarto sellado desde la cubierta del edificio, por la claraboya que tiene encima...

Y así, de ese modo, decido subir al tejado, a las nueve de la noche de un jueves gris de octubre. Cuando resuelvo hacerlo, Chuchi ya está en la vivienda; lo acompaña Jana, de la Científica, que ya lleva días batiendo el terreno; también va con ellos uno de sus agentes.

—El armario parte en dos la habitación —explico—. Hay un espacio de unos cuatro metros cuadrados al otro lado; y el segundo tragaluz queda sobre ese sector de la partición.

Insisten, acceder desde el tejado no es el mejor modo de hacerlo, menos aún bajo esta tormenta. Pero si no encontramos un mando, algo que active el sistema de apertura, habrá que echar abajo el fondo del armario; y no podemos perder más tiempo. Los miembros de mi equipo saben que suelo practicar montañismo y escalada, que siempre llevo material en el maletero: cuerdas dinámicas, empotradores de roca, clavos tipo Peckers...

—¿Cuál es mi sueño en la vida, Chuchi? —pregunto con ironía.

—Coronar el Annapurna por la arista sudeste —responde resignado.

Bajo al coche, rebusco y regreso cargando con unos arneses. Me embuto una palanca en la cintura del pantalón, abrimos el tragaluz, y en menos de cinco minutos he accedido al tejado. Llueve, hace viento, me repito que yo no hago así las cosas. Pero me desplazo a gatas sobre la pizarra húmeda; sin guantes, calado hasta los huesos. Sé hacia dónde me tengo que dirigir, y cuando llego, cuando alcanzo la segunda claraboya, inserto la barra en la junta y tiro de ella con fuerza. Suena un crac sordo. Vuelvo a introducirla, percibo otro chasquido, hinco los dedos en el hueco y hago presión con el brazo. Cede. Dentro, oscuridad absoluta.

Me amarro a un extremo del arnés y aseguro el otro enganche a la base de la parabólica. Cuelo las piernas por el hueco y me quedo colgando, sujeto a los bordes del tragaluz.

Un habitáculo oscuro, silencioso, que huele a cerrado. Calculo que me encuentro a más de dos metros del suelo. Inspiro, me dejo caer, y la cuerda, deliberadamente corta, me frena. Quedo flotando, sé que estoy cerca del suelo. Libero la sujeción, caigo al parqué y recuerdo que tengo una linterna en la boca. En condiciones normales me habría percatado de ello sin problema, pero algo en mí no marcha bien, ya no funciono como solía. Enciendo el foco, paseo el haz de luz, me vuelvo a poner unos guantes y confirmo que el cuarto, prácticamente, se encuentra vacío.

—¿Me oís?

Me oyen, y yo percibo sus voces tras el pladur que separa las estancias. Localizo una caja de casi dos metros de altura; junto a ella hay una palanca, y al accionarla, se activa un mecanismo y se desliza un panel que permite el paso desde la habitación de Lucas. Los tres agentes de mi Grupo acceden al cuarto oculto, cruzan desde el otro lado; me estudian con recelo.

—Mateo, estás sangrando.

He debido de cortarme con algún borde afilado en las pizarras del tejado, o puede que haya sido al forzar la claraboya. Sangro con profusión, atravieso el armario de Cúe y me dirijo al baño de la planta de arriba sin dejar de presionar la herida del brazo.

Al dar la luz me quedo clavado frente a la ducha, donde encontré a la chica. Sobre las baldosas blancas, salpicando la mampara de cristal esmerilado, hay unas manchas parduscas, negras y endurecidas; nadie ha limpiado su sangre, lleva aquí desde el domingo. Trago saliva, suelto un suspiro. Me digo que no soy un hombre aprensivo, que he visto cosas peores, muchísimo más turbadoras que a esa mujer en el suelo. En mi recorrido profesional he asistido a escenarios espeluznantes, y sigo sin comprender lo que me está sucediendo. Abro el grifo del lavabo, desabrocho el puño de la camisa, que tiene la manga rasgada. La herida es profunda, y la lavo sintiendo el escozor crudo de un mordisco en la carne; el dolor late, necesitaré puntos, y vuelvo a fijar la atención en la ducha, reflejada en el espejo. Luego me miro a los ojos, cierro el grifo y envuelvo la herida en una toalla. Me la ha tendido Jana Villar.

—Está limpia, siempre llevamos toallas en el coche —me explica.

Su vista también se detiene sobre el fluido reseco.

—¿Seguís sin saber quién era la chica? —me pregunta.

—Nadie ha denunciado su desaparición. Es triste, ¿no?

—Un poco —admite—. Aunque solo hace cuatro días que

dimos con ella, y con la vida que llevamos en los tiempos que corren... ¿Crees que saldrá adelante?

—Quiero pensar que lo hará.

Jana asiente y murmura que no es fácil acostumbrarse a estas cosas.

—Valtierra, por más mierda que se vea, no es fácil acostumbrarse.

Han llamado al especialista, se va a descerrajar la caja de seguridad, no esperaremos a mañana. Ya están tomando huellas, preparando su utillaje, Chuchi ya ha convocado a la jueza y llegará en un rato. Los puntos de sutura van a tener que esperar, porque algo como eso no me lo voy a perder.

—Es extraño, Lucas debía disponer de un sistema, de algo que activara el acceso al habitáculo sin que fuera necesario subir al tejado.

—Quizá tuviera algún mando, pero debió de ocultarlo. A conciencia. Puede que ni siquiera esté en el chalé, puede que lo destruyera... La cuestión es por qué. El porqué de ese empeño en proteger la caja.

—Lo sabremos cuando se abra.

Me lavo la cara con agua fría, Jana abandona el baño y revivo la escena del domingo, evoco la piel de aquella mujer. El chorro de la ducha, la fuerza en su mano aferrada a la mía, el hematoma en la sien. El temblor, la sangre, sus pupilas dilatadas. Y aquel mensaje susurrado con terror: «Lucas tiene un cuadro de Dama».

Antes de regresar al cuarto para enfrentarme a la caja, suena mi móvil. Vuelvo a fijar la vista en la sangre y oigo una voz conocida, la de uno de los agentes que custodia el acceso a la UCI. «Ella ha muerto», pienso.

—¿Valtierra? La chica está consciente, nos lo acaban de notificar, hace unas horas que ha despertado; su médico quiere reunirse contigo. Y ya sabemos cómo se llama. Bianca. Bianca de Arbide.

10

—

JORGE

Santander, 15 de octubre, viernes

Regresan los acúfenos, lo hacen mientras se arregla para acudir a la consulta del neurólogo. De Rubén. La cabeza aún no le duele, pero sabe que va a hacerlo, y también es consciente de que esa maniobra, la de plantarse en el despacho de ese médico, no es demasiado ortodoxa; Jorge se define como un tipo equilibrado, con una ética firme, serio y responsable; pero en lo que respecta a su relación con los hombres, es imprevisible y le gusta apostar fuerte.

Sabe sacarse partido: camisa blanca, pantalones chinos y treinta y cuatro horas sin ver la cuchilla de afeitar. Para variar, lleva el abrigo en el brazo. Le brillan los ojos, es muy consciente, el aspecto físico siempre ha jugado a su favor; también sabe que eso no tiene ningún mérito.

Cuando accede a la consulta, sigue a la recepcionista hasta la sala de espera y se repite que se ha perfumado de más. Es cierto, se ha excedido con el 212 Men, pero está convencido de haber dado el paso adecuado de la manera correcta; y no le tiembla el pulso. Jorge no es de la clase de personas que se sientan tranquilas a esperar las cosas.

El piso es antiguo, se ha reformado, pero no lo han llenado de halógenos, ni de muebles ridículos de corte moderno. Todo parece nuevo y limpio, y muestra un tono clásico, atemporal y elegante. Jorge se planta frente a una galería orientada al sur y contempla la Grúa de Piedra —uno de los viejos emblemas de la ciudad, junto al puerto—, el palacete del Embarcadero y a los cientos de paseantes que bordean la bahía en la tarde soleada. Entre todos los barcos de velas blancas que navegan por las aguas, localiza uno de velas negras; puede que sea el mismo que ha visto esta mañana, al amanecer, mientras trotaba por la arena de la playa de los Peligros después de nadar varios kilómetros —ha decidido hacerlo cada día mientras esté en Santander—. El arenal estaba vacío, silencioso, solo se percibía el murmullo suave del romper de las olas; y enfrente, tras la neblina espesa, ya empezaba a adivinarse el perfil afilado del puntal de Somo. Ha vuelto a sentir la impresión de que alguien lo vigilaba.

La recepcionista pronuncia su nombre. Puede pasar a consulta.

Rubén está escribiendo, remata un documento con la vista fija en el trazo; desliza la pluma con fluidez y estilo. Jorge accede a la estancia, se fija en sus manos, elegantes, como lo hizo el domingo de madrugada, cuando aquel hombre lo atendió en el hospital. El doctor se incorpora, le da las buenas tardes.

Lo reconoce.

Está bien claro que lo ha recordado; algo sutil, casi imperceptible, se ve alterado en su gesto, y estrecha la mano de Jorge. El apretón es firme.

Si le quedaban dudas, acaban de despejarse: Rubén le atrae mucho, y comparte con Mario ese punto melancólico, ese carácter pausado que tanto le fascinaba. Es de su misma estatura, quizá solo un par de centímetros más bajo. Rubio, ojos negros, complexión atlética y rostro agradable. Parece serio, mucho más serio que Jorge; y se queda sin palabras porque está incómodo, sorprendido y bastante turbado ante la presencia apabullante del paciente de las cinco. Es evidente, el médico no muestra la seguridad palmaria que caracteriza a Jorge. Este lo sabe e intenta atemperar la situación, no pasarse de frenada ya en la primera curva.

—Me atendió el domingo. De madrugada, en Valdecilla. ¿Lo recuerda? —comienza Jorge como sin darle importancia a la situación.

—Lo he recordado al verlo —admite Rubén mientras organiza sus papeles en un intento probable de calmar sus pulsaciones—. Su nombre es Jorge del Cerro; su cuñado y yo estudiamos juntos en la facultad. —Rubén invita a Jorge a tomar asiento. Luego se acomoda frente a él—. ¿Cómo va su conmoción?

—Estoy sufriendo problemas de concentración, de sueño. Me duele la cabeza todos los días.

—¿Le duele ahora?

—Está empezando a dolerme. Y también padezco acúfenos.

Rubén estudia a Jorge mientras se explica. Sostiene la estilográfica, pero no anota nada; solo contempla al paciente con gesto concentrado, enfrascado en sus palabras.

—¿Se ha mareado?

—Alguna vez, pero no he llegado a perder el conocimiento.

Silencio. Apenas tres segundos de silencio mientras se miran a los ojos. Rubén inclina la cabeza, comienza a escribir y le pregunta a Jorge si ha descansado. ¿Descansar? Jorge lleva una semana de infarto. El lunes, nada más dejar el hospital, tomó un taxi hasta Terán; después recuperó su coche y el martes condujo de vuelta a Madrid, cuatro horas al volante. Luego estuvo bebiendo con su hermana y se pilló una medio cogorza de la que no se recuperó hasta el miércoles. Para rematar la faena, ayer volvió a Santander y se ha levantado a las siete para salir a nadar.

—No suelo descansar.

—¿Eso qué significa?

—Que soy una persona activa, muy atareada. Nunca echo la siesta, practico deporte, intento mantener la mente ocupada. —Sería capaz de volver a cantar los trescientos cincuenta temas del manual de Judicatura como lo hiciera a los veinticinco, poco antes de ingresar en la Escuela Judicial de Barcelona. Está a punto de añadirlo, de decírselo a Rubén. Pero se contiene.

Rubén le planta el capuchón a la estilográfica y se recuesta en el sillón. Vuelve a mirar a Jorge a los ojos.

—Las conmociones cerebrales se recuperan con descanso —le aclara—. Rebaje el ritmo.

—En mi caso es complicado.

—Ya... El domingo no localicé señales de fractura de cráneo ni hemorragia cerebral. Por la mañana revisé sus cuestionarios: agilidad mental, memoria y razonamiento. Todo en orden. Podríamos realizarle una tomografía, o una resonancia, pero creo que no ha lugar.

Rubén se pone en pie y le pide al paciente que fije la vista en un punto lejano. Toma la linterna y alumbra la pupila derecha de Jorge. Luego la izquierda.

—Su reacción pupilar sigue siendo simétrica. —Rubén se acerca a la ventana, baja el estor y repite la prueba en situación de penumbra—. ¿Ha sufrido convulsiones? ¿Náuseas? ¿Pérdidas de memoria?

—Sigo sin discernir algunos detalles de lo que ocurrió el domingo.

—Si no recuerdo mal, encontró muerto a su amigo.

No, Rubén no recuerda mal, Jorge encontró a Mario colgando de una soga.

—Hacía décadas que no nos veíamos —le explica—; ya ni siquiera hablábamos. El efecto emocional ha sido moderado.

—El efecto emocional de las cosas que ocurren no es algo cuantificable.

Rubén apoya la cadera en la mesa, frente a Jorge, y vuelve a analizarlo. Esta vez sin linterna, como si tan solo con mirarlo a media distancia pudiera calibrar si lo suyo reviste gravedad. Ya no parece inquieto ni alterado; el mango de la sartén ha cambiado de mano.

—Pensé que vivía en Madrid —comenta—. Que trabajaba en la Audiencia.

—Ocupo una plaza de modo provisional, en comisión de servicios —matiza Jorge—, sustituyo a un magistrado, al titular, y he vuelto a Santander a pasar el fin de semana. Nací aquí, me crie aquí, tengo casa en la ciudad, y puede que le haga caso, que me tome unos días y me quede por un tiempo. —Jorge interrumpe su retahíla. Sin saber por qué, se le agotan las palabras y empieza a sentirse ridículo.

Rubén alarga el brazo, sostiene un bloc, anota algo. Arranca la hoja y se la tiende a Jorge como si fuera una receta.

—Si decide tomarse esos días libres y le apetece quedar, puede llamarme a este número; es mi móvil personal.

Jorge asiente, sostiene el papel y lo guarda en el bolsillo. Esto no se lo esperaba, y presiente que no va a usar ese billete de vuelta a Madrid, el que ha comprado para presentarse el lunes, de nuevo, en la Audiencia. Se incorpora, se dirige a la puerta. Rubén lo acompaña y hace girar el picaporte. Jorge le da las buenas tardes, muy consciente de su cercanía física, de la tensión latente; poco más puede agregar, las ideas se le han ido, siente mucho calor y no puede comprenderlo. Rubén añade algo más:

—Jorge, si decides llamarme, no me trates de usted.

Sabe que tiene que descansar, pero cuando deja la consulta regresa caminando; necesita que le dé el aire. La atracción que sintió por Rubén en la madrugada del domingo no fue fruto del golpe, de la confusión mental, ni de las drogas que le habían inyectado; era real. Recorre el paseo de Pereda; al pasar junto a las esculturas de los raqueros, en el muelle de Calderón, imagina a los críos que representan saltando al agua en busca de monedas; a principios del siglo XX los turistas solían lanzarlas al mar. Vuelve a abordar Reina Victoria y apenas se detiene a respirar.

Ya en casa, Jorge enciende la radio, se dirige al despacho de su padre y busca un ejemplar de la Biblia. Miriam y Mario estaban recibiendo notas, siete en una semana, y habían aparecido en lugares insospechados. Pasa las páginas del libro con urgencia y llega a Proverbios 6, 16-19.

«Seis cosas aborrece Yavé, y aun siete abomina su alma: ojos altaneros, lengua mentirosa, manos que derraman sangre inocente, corazón que trama iniquidades, pies que corren presurosos al mal, testigo falso que difunde calumnias y enciende rencores entre hermanos.»

Miriam le había asegurado que tanto Mario como ella habían dejado de pintar, pero su casa apestaba a trementina la tarde anterior... A las ocho, cuando ya ha atardecido, Jorge recibe un mensaje de Judit. En él, su hermana hace constar los datos de Cresilda Stoner, la agente de Dama.

«Yo hablaría con esa mujer, es quien más sabe del autor.»

«¿De dónde sacas tanta información?»

«Ya lo sabes, les doy cobertura informativa a las subastas del artista.»

A Jorge le intriga el empeño de su hermana en desprestigiar al pintor, y duda de que Cresilda Stoner vaya a acceder a reunirse con él.

«Quiero averiguar quién compró *Uno* —escribe Jorge—. Quién desembolsó el doble de su precio de salida.»

Judit no responde al último mensaje, pero sigue conectada. Jorge redacta la siguiente frase:

«He visto a Rubén, el neurólogo. Pedí cita en su consulta, y me ha dado su número personal».

Judit contrataca con rapidez:

«Ya tenías su número personal, te lo envié el otro día».

«Ahora me lo ha dado él. Por si me quedo en Santander y me apetece llamarlo.»

«¿Quedarte en Santander? Creí que tenías mucho trabajo en Madrid.»

«Necesito reposo.»

«¿Reposo? Tú necesitas acción.»

«Sé de sobra el tipo de acción que necesito.»

«Has vuelto a Santander, te estás sugestionando, pero Rubén no es Mario, no repitas esa historia. Mario nunca te quiso, asúmelo.»

«El otro día me animabas a llamarlo.»

«Pues ahora lo lamento. Ese hombre no lo ha pasado bien.»

«Ya. ¿Un desengaño amoroso? ¿Un trauma infantil? ¿De qué clase de drama se trata en esta ocasión?»

«Que te lo cuente él mismo.»

Cuando quiere, Judit sabe ser tajante. Se desconecta sin más y deja a Jorge con la palabra en la boca, mucho más intrigado de lo que ya lo estaba.

Decide salir a cenar y, cuando pasa por el recibidor, repara en el fajo de cartas que hay sobre el mueble auxiliar, lo sostiene en las manos y revisa los sobres con desinterés: facturas, recibos del gas y algo de propaganda. En el aire flota una de esas canciones que suenan como cualquier otra, y cuando dan las ocho, la cortan en seco para emitir el boletín informativo; el locutor recita una noticia de última hora: el padre de Lucas Cúe, el popular deportista fallecido el sábado, ha desvelado a la prensa que el motivo de la muerte de su hijo no fue la ingesta de somníferos; que apareció asesinado en su propio domicilio, con el cráneo reventado.

Jorge cree recordarlo, ese chico vivía por aquí, bastante cerca, pero apenas le presta atención al asunto, no le atañe. Localiza una carta dirigida a su nombre. Lleva un membrete de Sotheby's. Extrañado, rasga el sobre y desliza la vista sobre las líneas oscuras que componen el texto.

Estimado señor D. Jorge del Cerro:

Nos complace invitarle a la subasta nocturna que tendrá lugar a las 6:00 p. m. del próximo día 22 de octubre en la sede londinense de la casa de subastas Sotheby's. En el lote ofertado se incluirá una única pintura —titulada *Ocho*—, inédita, obra del enigmático artista conocido como Dama —uno de los más emergentes del panorama actual—. En el anexo se recogen los datos técnicos del cuadro.

Siendo de interés para el autor su presencia en el evento, cursamos en su nombre la presente invitación.

Reciba un saludo cordial.

Nota: Se exige etiqueta.

Anexo: *Ocho,* óleo sobre lienzo. Dimensiones: 50 × 70 cm. Dama, 2021. Precio de salida: 85.000 £. No se adjuntan imágenes.

11

MATEO

Santander, 15 de octubre, viernes

Me deshago de la cazadora, saludo, tomo asiento frente a la mesa redonda y alguien me pregunta cuántos puntos me han dado en el brazo.

—Doce —respondo.

El tajo es profundo, la sutura tensa, pero mereció la pena subir al tejado anoche. Todo se precipitó al saber de la existencia de ese habitáculo sellado tras el armario empotrado de la habitación de Lucas, al abrir la caja fuerte a la que aludieron sus padres; nadie invierte tanto afán en ocultar algo si no reviste cierta importancia.

Somos cinco policías, acaban de dar las ocho de la mañana, y nos hemos reunido en mi despacho tras una madrugada larga y frenética. Chuchi bosteza, Jana organiza sus papeles, y yo consulto la hora consciente de que el tiempo va jugando en nuestra contra; el tiempo nunca corre a favor de nadie. Parezco impaciente, y lo estoy, no he podido pegar ojo, y sé que detestan que sea tan metódico, tan estricto, tan escrupuloso en las formas y en el fondo. A las ocho y un minuto me hago con la palabra. No me ando con contemplaciones, este viernes no es mi día, y esbozo un resumen breve de mis averiguaciones nocturnas; no han sido muchas.

—Como sabéis, en la caja de Lucas había unos cuantos millones de euros; en oro. Toda la documentación que habíamos echado en falta, dinero y un lienzo enrollado, bien sellado, en el interior de un tubo. —No, el lienzo no era un cuadro de

Dama. Todos manipulan una *tablet* o un portátil, y lo manejan como si en ello les fuera la vida; es una costumbre que se ha ido extendiendo, que se ha normalizado, y ya no hay nada que hacer. Yo solo uso una carpeta atestada de fichas, un cuaderno de tapas duras y mi teléfono móvil—. Aún no he contactado con la Brigada de Patrimonio, pero llevo un par de horas recabando información.

—¿Un par de horas? Son las ocho, Valtierra. ¿A qué hora te has levantado?

—No me he acostado.

No habría podido dormirme ni aunque hubiera querido, y al volver del hospital, tras los puntos de sutura, he estado trabajando en casa. No hay comentarios, yo tampoco les doy pie, siguen afanados en sus pantallas y retomo mi exposición:

—El lienzo, algo deteriorado, contiene un óleo titulado *Las novias*. Es una obra simbolista de 1916 y la pintó un artista llamado Gustav Klimt.

Planto sobre la mesa la fotografía impresa; en ella aparecen dos bellas mujeres, una de ellas desnuda. Observan al espectador con sonrisa sugerente y misteriosa. La imagen no le hace justicia a la potencia del cuadro, de trazos fuertes, tono intenso y motivos orientales. Un metro de alto por un metro de ancho.

—¿Y qué relevancia tiene esto para el caso? —Chuchi le lanza un vistazo a la lámina; con desinterés—. Lucas estaba forrado, invertía su pasta en arte. ¿Y bien? Lo que tenemos que averiguar es quién se lo ha cargado.

—Quién y por qué —preciso sin mirarlo—. El móvil del crimen puede llevarnos al autor. Lucas acumulaba millones en su domicilio, documentos por estudiar y un lienzo al óleo que tiene su miga. Quizá alguien lo supiera y accediera al chalé para llevarse el botín.

—¿Y esa pintura es valiosa? —me interrumpe Jana.

—La última obra de Gustav Klimt se vendió por cincuenta y seis millones de euros en el año 2017. Pero la pintura que hemos hallado tiene que ser una copia —admito—. La tabla original fue destruida en la Segunda Guerra Mundial; en teoría, ardió en 1945.

—He oído hablar de ese asunto —dice uno de los subinspectores—. Vi una película que trataba sobre eso, sobre un alto cargo nazi que acumulaba obras de arte robadas.

—Hermann Göring —replico—. Ministro de Aviación, comandante supremo de la Luftwaffe y vicecanciller del Reich. El número dos de Hitler.

Chuchi lanza un silbido, y el subinspector apunta algo más:

—Fue el fundador de la Gestapo.

Planto una foto sobre la mesa, la de su ficha en los juicios de Núremberg. Un rostro serio, una mirada cruel, dura, hueca. Fue condenado a la horca, pero la noche previa a su ejecución se suicidó con una ampolla de cianuro potásico.

—Göring amasó una fortuna procedente del expolio y la confiscación. Su colección artística llegó a estar valorada en más de doscientos millones de dólares.

Chuchi resopla, se inclina sobre la mesa, pero no le doy tiempo a intervenir.

—Yo también pensé en Hermann Göring cuando intuí que el cuadro era de Klimt; es un artista fácilmente reconocible... Sin embargo, el periplo de este óleo ha sido muy extraño. En efecto, fue un cuadro confiscado por los nazis, había pertenecido a una familia de coleccionistas vieneses, los Lederer; pero cuando empezaron los bombardeos aliados sobre la capital, los cargos alemanes lo trasladaron, con otras doce obras, a un castillo del sur de Austria; para protegerlo. Ese castillo ardió. Fueron los propios nazis quienes le prendieron fuego para evitar que el Ejército Rojo se hiciera con las pinturas.

—A ver, Mateo... El cuadro fue confiscado, se ocultaba en un castillo y más tarde fue destruido. Ahora, casi ochenta años más tarde, hace aparición en casa de Cúe. ¿Pretendes insinuar que es el auténtico?

—Yo solo expongo los hechos. Contactaré con la Brigada Central de Patrimonio, la jueza ha autorizado el traslado del lienzo a Madrid; será analizado por especialistas.

—Irá custodiado, supongo.

—Lo custodiaré yo, quiero tratar en persona con los técnicos.

—Una pérdida de tiempo, Valtierra. La clave del crimen no está en el óleo.

Cabal, responsable, ortodoxo: son los apelativos con que suelen calificarme. ¿Un tipo práctico? Mucho. Ahondar en la autenticidad y el origen de la pintura puede ser una pérdida de tiempo, pero hace unos días que me estoy manejando de manera impulsiva, y no cabe discusión: iré a Madrid, no soltaré ese cabo.

—Son demasiadas incógnitas —comenta Chuchi dando por zanjado el asunto del lienzo—. Para empezar, quienquiera que se colara en la vivienda de Cúe, no lo hizo con violencia; entró por la puerta, como si fuera alguien en quien él confiara; un invitado.

—También pudo irrumpir valiéndose de amenazas, empleando un arma a modo de coacción.

—No hubo disparos, ignoramos con qué objeto se golpeó a las víctimas.

—En la caja de seguridad solo hemos hallado huellas de Lucas —interviene Jana—. Como si fuera el único que accedía al cubículo. Pero os recuerdo que la pelmatoscopia de la tarima muestra la huella parcial de un pie de origen desconocido. Podría ser del asesino.

—O de cualquiera que hubiera entrado en los últimos días —matiza Chuchi.

—¿Qué me decís del mando que accionaba el mecanismo para llegar a la caja? Cúe no lo tenía en la casa.

—Lo había ocultado de un modo muy sutil, ha aparecido esta mañana; en la guantera del coche, como si fuera el mando del portón de un garaje. ¿Quién iba a imaginar que abría un cuarto secreto?

De pronto se dan cuenta de que sigo allí; de que atiendo a sus razones cruzado de brazos.

—¿Qué opinas, Mateo?

—Que Lucas temía por esa caja. Que escondió el mando de modo premeditado. Se sentía amenazado.

—No se sentiría muy amenazado cuando le abrió al asesino la puerta del chalé.

—El asesino pudo usar llave —concluyo.

Chuchi se recuesta en la silla, vuelve a sostener la lámina que he dejado en la mesa, la del cuadro simbolista.

Luego se incorpora, enciende el proyector y anuncia que él también ha estado investigando, que no soy el único que ha pasado la noche en vela. Se están revisando los documentos; las facturas, los contratos, todo el papeleo de la caja fuerte.

—Es una suerte que Lucas fuera a vender la casa —apostilla—, que los planos del chalé estuvieran en el salón. Si no, jamás habríamos dado con ese habitáculo.

Chuchi apaga la luz, baja las persianas, y sé que eso es parte de la liturgia, de una puesta en escena estudiada y efectiva. Nos muestra una imagen, la de unas gafas de pasta negra junto a un par de copas de vino.

—Son las gafas que se hallaron en el salón de Lucas. Sin huellas. No eran suyas, eran de Bianca de Arbide, la mujer de la ducha. Anoche hablé con su familia, y han confirmado la procedencia; dos dioptrías en cada ojo. Por cierto, Mateo, no era una prostituta —aclara con toda la intención sin siquiera mirarme.

Chuchi pulsa el control remoto y aparece otra imagen, la de un BMW X3 negro aparcado en las inmediaciones del chalé de Cúe. Un vehículo idéntico al mío.

—Este es el coche de Bianca; es como el tuyo, Valtierra. En su interior descubrimos parte de lo que se había echado en falta en la vivienda: un bolso con su documento de identidad, un monedero, las tarjetas de crédito, el móvil...

—¿Por qué lo dejó todo en el coche? —pregunta alguien.

—Quizá no pensara pasar mucho tiempo en la casa; debió de acudir para una visita rápida, y acabó como acabó... El vehículo llevaba allí desde el sábado por la noche; he revisado las cámaras de la zona, ella llegó a eso de las once y media, estacionó un poco lejos del chalé, donde encontró aparcamiento; y venía de Madrid.

—¿La ropa de Bianca también estaba en el coche? —intervengo—. No apareció en la vivienda —le recuerdo.

—Seguimos sin saber qué ha sido de su ropa.

Chuchi vuelve a accionar el proyector, y entonces la veo a ella. Inhalo aire, me recuesto en la silla y aparto la vista de su imagen. Se me dispara el pulso. Luego dirijo la mirada hacia Chuchi, que me estudia intrigado.

—Bianca de Arbide —recita—. Treinta y dos años, natural de Santander, residente en Madrid. Su familia denunció su desaparición ayer mismo, a primera hora de la tarde. Sabían que estaba vinculada a Lucas Cúe y supieron por los medios que él había muerto; la gente aún creía que fue por una ingesta de somníferos... La llevaban llamando desde el miércoles por la noche, ella no respondía. No hablaban todos los días, Bianca iba bastante a lo suyo, pero empezaban a estar preocupados y acabaron en comisaría. Ayer a las siete de la tarde ella despertó y dio su nombre.

Vuelvo a observar la imagen. Creo que es la foto de su DNI. Vuelvo a apartar la vista, abro el cuaderno, anoto algo; ni siquiera sé qué es. Cierro el puño con fuerza y me estudio las uñas con interés, como si allí hubiera algo que analizar.

—Bianca y Lucas eran amigos —sostiene Chuchi—; quizá estuvieran liados. No he podido deducir mucho más, solo que procede de clase alta, que está consciente y que ya ha solicitado el alta voluntaria. Tendremos que hablar con ella.

—¿Y todo eso lo has averiguado en tan pocas horas?

—Lo he averiguado de madrugada, Mateo. Mientras te suturaban la herida y trasteabas en Wikipedia buscando nombres de jerarcas nazis.

Todos sonríen. Yo no lo hago y Chuchi tampoco. Sé que le intriga mi actitud, me conoce demasiado, así que hago un esfuerzo y vuelvo a fijar la atención en el rostro de Bianca. Los mismos ojos azules, los mismos labios carnosos. Es atractiva sin serlo, su semblante es uno de esos que despiertan interés. No es belleza, es carisma, es cierta asimetría que, paradójicamente, resulta agradable, magnética y un poco misteriosa. Evoco el tacto de su piel y me invade un ansia irrefrenable, el de encender la luz, levantar las persianas y hacer estallar el puto proyector. No sé de dónde ha salido esa instantánea, pero la chica muestra mucho mejor aspecto que el que tenía cuando la encontré; el efecto que me causa, sin embargo, es similar: una amalgama de calma y caos.

—Bianca de Arbide tuvo antecedentes penales. —Frente a nosotros surge una ficha de la Dirección General de la Policía—. Se vio involucrada en un altercado, fue en la calle Padilla, de Madrid. Con tan solo veinte añitos le golpeó a un hombre con el casco de la moto; le reventó la nariz y le partió dos vértebras.

Rostros de asombro, un silbido.

—Parece muy delicada, y dices que proviene de clase alta.

—Su forma de mirar no es delicada; es intensa. Y en las clases altas también nacen niñas con temperamento —observa Chuchi—. En el juicio aseguró que volvería a hacerlo.

—Y si tiene antecedentes —intervengo—, ¿cómo es que sus huellas no aparecían en el Sistema Automático de Identificación Dactilar?

—Ya lo sabes, los antecedentes penales se cancelan, los policiales también. Ella ejecutó su derecho, ya hace un par de años, ante la Comisaría General de la Policía Científica... Para llegar a esto he tenido que remover cielo y tierra, tirar de contactos. —Chuchi se dirige a mí—: Mateo, no me puedo creer que hayas pasado la noche reuniendo información sobre el cuadro de Klimt y no hayas indagado nada sobre esta chica.

Me he volcado en el lienzo, precisamente, para evitarla a ella.

—Bianca de Arbide no es muy activa en redes sociales, pero posee un perfil de Instagram con casi diez mil seguidores.

—¿Eso es mucho?

—Lucas Cúe superaba los doce millones cuando clausuró su cuenta. Pero sí, diez mil seguidores son bastantes para una persona de a pie.

—¿A qué se dedica Bianca? ¿Es modelo, o algo así? —pregunta Jana.

—Bianca emplea su perfil para dar consejos sobre bienestar mental. Es experta en Desarrollo Personal, terapeuta en Programación Neurolingüística y *coach* ejecutiva de alta dirección. Se licenció en Medicina, se especializó en Psiquiatría y cobra pequeñas fortunas por ayudar a personas a salir de los bloqueos. Sus métodos se han puesto de moda entre ejecutivos jóvenes, artistas, deportistas... Tiene consulta en Madrid y en Santander; entre otros, lleva a un par de *influencers*, a una actriz y a algún cantante de éxito. Se ha focalizado en gente de menos de treinta, empieza a estar cotizada. Y es la responsable de que Lucas Cúe fuera a volver al fútbol.

Al salir de la reunión, Chuchi me ha preguntado si ya conocía a Bianca de antes.

—La conocías de antes, ¿es eso? A Bianca.

—No la había visto en mi vida.

Es cierto, y la destierro de mi mente en cuanto me alejo de la Jefatura, al decidir que debo frenar, volver a trabajar como siempre lo he hecho: conservando la templanza.

—Mateo, por cierto, Bianca constaba en ese listado que Rebeca elaboró: «Conocidos de Lucas». Su nombre aparece en el último lugar, como si ella no le diera mucha importancia; o como si no quisiera que nosotros se la diéramos. Ha colocado antes a su dentista... La verdad, creo que esto roza la obstrucción a la justicia.

Como solo, en casa, mientras escucho música y pienso en los planes del fin de semana: el sábado iré a la Padiorna con un grupo de amigos; aún es pronto para el esquí de montaña, pero a dos mil metros de altitud, inspirando el aire helado, empezaré a sentir que recupero el control. Me conozco bien, sé cómo he de manejarme, cómo debo encauzar las aguas cuando el torrente me arrastra. Paso la tarde en casa: organizando papeles, revisando material de próximos cursos, redactando un artículo para un manual de criminología. Vuelvo a telefonear al Zuki, pero sigue sin responder, y decido que en cuanto pueda me pasaré por el barrio —por su casa— para ver qué es lo que quiere. A las siete me largo al gimnasio a liberar endorfinas. Hago cardio, algo de pesas, logro mantener a raya los pensamientos que debo mantener a raya; y cuando salgo, me encuentro a Rebeca en recepción. Los viernes por la tarde suele andar por aquí, colabora en unas clases de yoga. Me detengo, nos saludamos, y así, como de pasada, me pregunta si tengo planes para esta noche.

—Mañana me levanto a las seis —le explico—. Alta montaña, una ruta de un par de días.

—¿Te apetece cenar conmigo?

Tardo tres segundos en responderle. Lleva la cara lavada, un recogido prieto, viste un vaquero gastado y una camisa blanca. Calza tacones altos —vende salud, pero huye del cliché— y sabe conjugar juventud con elegancia, dinamismo y clase. Parece cansada, y apuesto a que lleva en pie desde las cinco de la mañana, trabajando a destajo.

—¿En tu casa? —le pregunto.

—Es tarde para reservar en cualquier otro sitio —comenta—. Podemos encargar algo.

Acepto, va cada uno en su coche, y veinte minutos más tarde me encuentro, de nuevo, frente a su chalé. Vuelvo a traspasar el muro de su propiedad y soy muy consciente de la boca de lobo en la que me estoy metiendo; pero sé que debo hacerlo. El césped del jardín está salpicado de puntos de luz blanca y, al fondo, tras los setos pulcros, resplandece la piscina, iluminada en la noche. Rebeca lo tiene todo, pero dudo que disponga de tiempo para disfrutarlo; suele ocurrir cuando se vuela alto. La espero en el salón mientras se pone cómoda. No se quita los tacones para subir, como una centella, por la escalinata de vidrio, y me dice que me sirva lo que quiera, que sé dónde está la bebida.

—A mí ponme un agua —añade cuando está arriba.

Sirvo dos copas, una de agua y otra de vino. Me acomodo en el sofá y, mientras encargo la cena, analizo la pintura que, en teoría, Cúe le regaló. Según ella, a Lucas le relajaba pintar, pero me cuesta entender la clase de calma que puede encontrarse en trazar una mancha negra, otra roja, y fundirlas sin concierto. En la chimenea eléctrica encastrada en la pared brilla una lumbre de pega que me hace evocar la que ardía en la casa del futbolista. Toda la vivienda está domotizada, y suena *jazz*. Rebeca regresa a los pocos minutos; descalza, con un pijama corto de hilo blanco y el cabello suelto. Se sienta frente a mí, lo hace en la otra punta del sofá, encoge las piernas y se abraza a un cojín. Le brillan los ojos, hay rubor en sus mejillas, y parece relajada. Me dice que no tuvo fuerzas, que no acudió al funeral de Lucas, ni asistirá a las misas. Luego toma un sorbo de agua y me da las gracias por cenar con ella.

—Gracias, Mateo, hoy no me apetecía estar sola.

—A mí tampoco —admito.

Pero no he venido aquí a cenar, y mientras esperamos a que llegue la comida charlamos de banalidades. Rebeca comenta que sus negocios van bien, que ha aumentado la plantilla en los centros de fisioterapia, que no dan abasto con las dietas.

—Se aspira a cuerpos de revista —me explica—; pero no se consiguen a golpe de clic. Poca constancia y cero resistencia a la frustración. Es la cultura de lo urgente, de lo efímero... Todo el mundo lo quiere todo.

—¿Recuerdas aquella cita de Sun Tzu que aprendimos en el instituto?

—«Suda más en tiempos de paz, sangra menos en tiempos de guerra».

Llega la cena y hablamos de Samu, de cuánto les preocupa a mis padres. De su hermana y su cuñado, que están en paro, y del dinero que les pasa para mantener a sus sobrinas. Charlar con Rebeca es como hacerlo conmigo mismo; nos conocemos tan bien que podríamos comunicarnos sin abrir la boca.

—¿Cómo vais con lo de Lucas?

—Hemos identificado a la chica que estaba en la casa. Se llama Bianca de Arbide.

Soltarlo así ha sido intencionado, y su nombre hace estallar la burbuja; el ambiente se enrarece y el aire se vuelve mucho más denso; cuesta horrores respirarlo.

—¿Bianca? —susurra—. ¿La chica era Bianca?

Asiento.

—Dime que está bien, Mateo. Dime que Bianca está a salvo.

—Lo está. —Observo a Rebeca. Está perpleja, parece afectada, si está fingiendo, lo hace bien—. Ya se encuentra fuera de peligro —le aseguro—. Veo que la conoces, y parece que la aprecias.

La conoce, claro que la conoce. Bianca de Arbide constaba en el listado que Rebeca le hizo llegar a Chuchi. Bianca de Arbide era el último nombre del registro, y eso no deja de llamarme la atención.

Rebeca posa los palillos, murmura algo que no comprendo; es como si le doliera pronunciarlo, pero vuelve a hacerlo.

—A Bianca y a Lucas los presenté yo.

A Bianca y a Lucas los presentó ella, y me lo dice de manera atropellada, tomando un sorbo de agua, acariciándose el pelo y gesticulando con profusión.

—Bianca pasa largas temporadas en Santander; fines de semana y vacaciones. Cursó aquí sus estudios de Medicina, hizo la residencia en Valdecilla; es unos años más joven que yo, sufría algunos problemas de salud y contrató mis servicios como fisioterapeuta. He trabajado con ella desde entonces, y se puede decir que congeniamos. Mucho, Mateo. Las dos llamamos a las cosas por su nombre. —Rebeca se incorpora, me da la espalda; no abunda en todo lo que comparten ella y la chica de la ducha—. Se puede decir que somos amigas. Muy buenas amigas. Más bien, que lo hemos sido.

—Nunca me habías hablado de ella.

—Cuando la conocí, tú y yo ya habíamos roto. Y no te lo cuento todo.

Rebeca no me lo cuenta todo, lo sé, pero conozco bien a la mayor parte de sus amigas. De sus «muy buenas amigas», que no son demasiadas.

—Le presenté a Lucas cuando empezamos a salir —sigue—. Y hará cosa de un año, él se puso en sus manos. Bianca es una gran profesional, excelente en el campo de la psiquiatría. Es la mejor. Tanto como para lograr que él pretendiera volver a jugar.

—No lo entiendo.

—Lucas amaba el fútbol, pero detestaba todo lo que comporta el deporte de élite. Los contratos publicitarios, la presión de la prensa, el sacrificio familiar... Salió de ahí, pero era un tormento asumir la renuncia a hacer lo que amaba. Bianca le aportó herramientas para sobreponerse a todo lo que no fuera el balón. Lucas iba a volver, Mateo. Y estaba ilusionado, eufórico; estaba fuerte. —Rebeca vuelve a tomar asiento, ya no en el otro extremo del sofá, ha acercado posiciones, podría tocarla con extender el brazo—. Lucas renacía, pero todo empezó a viciarse entre nosotros. Precisamente por Bianca.

—Tú nunca has sido una mujer celosa. Ni posesiva. Tampoco controladora.

—Bianca lo hizo cambiar.

—¿Para bien?

—Lucas volvió a centrarse en su carrera, y eso era bueno, pero pospuso la idea de formar una familia. Y eso yo me negaba a asumirlo.

—Así que culpabas a Bianca.

Rebeca se encoge de hombros y replica a su manera:

—Bianca y yo estábamos distanciadas... Soy lo peor, Mateo, llevo días pensando cosas horribles de ella, preguntándome por qué no llamaba para darme sus condolencias por lo de Lucas. —Toma un sorbo de agua y reflexiona en voz alta, con lágrimas en los ojos—. De modo que estaba con él, que también la han atacado...

—Debiste hablarme de ella.

—Y tú debiste mostrarme su foto. ¿Por qué no lo hiciste, Mateo?

Ahora soy yo quien no le responde. Apuro la copa de vino, la poso sobre la mesa. Rebeca observa las llamas electrónicas y vuelve a abrazarse al cojín.

—A veces creo que solo he estado enamorada cuando lo estuve de ti.

La observo. A la chica que fue, a la mujer que es, que a veces repite que solo ha estado enamorada de mí. Recuerdo otras relaciones, de cuando he estudiado fuera, de cuando he trabajado en Madrid. Rollos de una noche, líos de un mes, de dos, de casi un año. Y siempre vuelvo a Rebeca. A nuestro auge, y a la caída. Demasiado pasado a las espaldas. Vuelvo al sexo intempestivo, impredecible, irrepetible. No admiro a nadie como a ella, nadie me excita tanto como Rebeca con ese pijama, y podría decirle que es nuestra última cena. Su agua, mi vino, la música en el aire. Podría explicarle que vamos a acostarnos, que lo sé desde el instante en que la vi esa tarde, subida a aquellos tacones. Que hay que hacerlo, prender fuego a los cimientos y dejar atrás lo de atrás. Lo que hubo entre nosotros ya está muerto aunque se arrastre, aunque tiremos de ello por pura inercia.

—¿Cuándo fue la última vez que nos acostamos?

—Hace un año —señalo—. Supongo que Lucas nunca llegó a imaginarlo.

—Nunca.

«Y te pasaste tres días llorando —pienso—. Porque ni tú ni yo nos hemos permitido pasar página.»

Ella da el primer paso. Se aproxima, me acaricia el pelo, me muerde el lóbulo de la oreja. Y yo contrataco con ímpetu, sin medir los tiempos, como en una coreografía aprendida de siempre. La desnudo con rapidez, y nos comemos la boca con un ansia pavorosa, sin freno ni red. Nos devoramos, y ni siquiera me deshago de la camisa. Quiero que sea brutal, rápido, de una vez y para siempre, y apenas reparo en sus pechos, ni en sus muslos, ni en sus jadeos suaves. Sus ojos me escrutan, se cierran, vuelven a abrirse, sus labios susurran mi nombre en mi oído. Volver a Rebeca es regresar al Mateo que fui, al que engullía el mundo, es visitar viejos días memorables. Por unos minutos soy el hombre que sueña a color, como antes, y fulmino el blanco y negro. Rebeca y yo, aquel equipo imbatible que al final fue reducido a un mal pastiche. Ningún imperio dura mil años, el tiempo pudre todas las cosas.

Lo que está ocurriendo era innegociable, no se ha precipitado, ya estaba escrito, y no he sido yo quien lo ha decidido. Pero sí soy yo quien decide pararlo, quien se bate en retirada. Inhalo con fuerza, me incorporo sin mirarla y me voy al baño, porque lo que está escrito se puede borrar. Respiro con rabia, lamento haber alcanzado ese punto.

Cuando vuelvo al salón recupero mi ropa. Me visto en silencio, y Rebeca me observa desde su posición, desnuda, abrazada al mismo cojín. Mejillas encendidas, labios hinchados, la mirada ardiendo. Me siento junto a ella, le cojo las manos y le ruego que me escuche, que me mire a los ojos.

—Es el final —le explico—. El final —repito—. Ni tú ni yo merecemos esto.

—¿Qué quieres decir, Mateo?

—Que no volveré a llamarte, y tampoco voy a responder a tus llamadas. —Hago una pausa, trago saliva—. No es sano. Es lo mejor.

—Lo mejor para ti, que vives una vida trazada con tiralíneas. Que no improvisas, ni arriesgas, ni apuestas fuerte. Siempre das el paso correcto. —Se está conteniendo, pero Rebeca no va a derramar ni una lágrima, no delante de mí. Y estoy tentado de decirle que la quiero, que nunca querré a nadie como la quiero a ella, pero esa batalla ya está perdida de siempre.

—Me quieres, me quieres, sé que me quieres —insiste.

—Va a ser muy doloroso, Rebeca. Para los dos. Pero debemos perdernos de vista.

12

—

JORGE

Novales, 18 de octubre, lunes

Jorge ha alquilado un coche, y a las once de la mañana ya se encuentra frente a la valla de la casa de Cresilda Stoner, la agente de Dama. Lleva todo el fin de semana dándole vueltas al asunto: la convocatoria a la subasta del próximo cuadro del artista: «Siendo de interés para el autor su presencia en el evento, cursamos en su nombre la presente invitación».

Según el sello de Correos, la carta salió de la sede madrileña de Sotheby's el lunes día 11 de octubre; para entonces, Mario ya había muerto. Pero eso no implica que Mario no fuera Dama: antes de perder la vida, pudo haber dado orden de que se invitara a su amigo. ¿Por qué no le habían escrito a su domicilio de la capital? ¿Por qué a Santander? El cielo está encapotado, muestra un tono gris sucio que apenas permite filtrar la luz; cae una llovizna fría, fina y pertinaz que oscurece aún más el ambiente, y Jorge se planta frente al muro del palacete. Cierra el paraguas negro, se ajusta la gabardina y consulta la hora. No le gusta llegar pronto.

La mansión se alza en una pequeña villa cercana a la costa, y el jardín está poblado de arbolado centenario. Magnolios, un roble, castaños y sauces. Las gotas de lluvia, lentas y pesadas, recorren las ramas desnudas. Muro de sillería, portón de madera roja, campana en lugar de timbre. Cuando la hace sonar, Jorge se siente ridículo y observa un tejado colosal de pizarra y formas onduladas. Le abre un hombre de unos sesenta años con traje de mayordomo. Le franquea el paso —la señora lo espera—, y atraviesan el jardín que se extiende hasta el porche. En el ventanal de la torre que corona la villa, Jorge percibe un rostro; alguien lo observa desde el interior. ¿Cien años? ¿Doscientos de antigüedad? Un par de estanques con nenúfares, invernadero de cristal, senderos sin mantener y un césped que crece salvaje, como si fuera el auténtico dueño de la finca. La escalinata los lleva hasta la puerta, adornada con forja de extrañas figuras. Es el entorno perfecto para filmar una película de terror.

El vestíbulo, de techos amplios, está atestado de lámparas Tiffany. Brillan con potencia, dibujan destellos vibrantes en las paredes. La escalera que comunica con la primera planta es de roble oscuro, y en lo alto, una vidriera filtra la luz solar. Muestra a un san Jorge matando al dragón.

El mayordomo lo acompaña hasta el salón del fondo, y allí, tomando un té, lo espera Cresilda Stoner. La mujer le da las gracias a su empleado, pero no se incorpora para saludar al invitado. Está acomodada en un sofá que se hunde bajo su peso, parece que fuera a tragársela, y estrecha la mano de Jorge, que asume que debe tener dificultades para ponerse en pie. ¿Ochenta años? ¿Noventa? Debe rondar los cien, puede que sea más vieja que la propia casa, de la que parece formar parte de manera natural: los cuadros, las lámparas, las alfombras mullidas y Cresilda Stoner sorbiendo el té rodeada de cojines. Media melena de cabello blanco rozándole la mandíbula, rostro delgado, seco, casi apergaminado, como de papel *kraft* plegado miles de veces. Delgada, muy delgada, tanto que pareciera que se le fuera a quebrar la muñeca mientras sostiene la taza, al sujetar el asa entre sus dedos de alambre, largos y escurridizos. Lleva los labios finos pintados de un rojo intenso y analiza a Jorge mientras le ofrece asiento. Su mirada es clara, viva, tiene los ojos verdes, y en ellos aún brilla el alma de quien mantiene cuentas pendientes, batallas por librar y sueños que cumplir. Jorge acepta un café, y el mayordomo le sirve el brebaje más cargado que ha tomado en su vida. Cresilda atiende a la escena en silencio, como si no quisiera perderse ni uno solo de sus gestos. Cuando se va el sirviente, ella se dirige a Jorge de un modo muy resuelto:

—¿Le gusta mi palacete?

—Es impresionante. —«Usted también lo es», está a punto de añadir—. ¿De qué época data?

—De 1904, lo hizo construir mi padre. Combina el *art nouveau* con el neonormando, y lo diseñó el mismo arquitecto que la Casa Montero de Bilbao. ¿Le interesa el arte?

—Soy capaz de apreciarlo, pero la experta es mi hermana.

—Su hermana, Judit del Cerro, una joven con carácter. Sé por qué no le ha acompañado, es una eminencia en el campo de la restauración, pero me tiene pavor. —Cresilda sonríe, estudia a Jorge con interés y le pregunta qué tal está el café.

—Su sabor es extraño.

—Lo es, y usted no le ha echado azúcar. ¿Por qué echarle azúcar a algo que, de entrada, debería ser amargo?

—Nunca lo he comprendido.

—Yo tampoco —admite la anciana—. Ese que está tomando proviene de Indonesia, es café de civeta. El animal ingiere los granos y luego se extraen de sus heces, se limpian y se tuestan. El estómago del bicho secreta algún tipo de enzima que altera el sabor del producto. ¿Cree que es una moda ridícula?

—¿Lo es?

—No lo es. Francisco de Quevedo ya hablaba de él en el siglo XVII. No todo son modas ridículas, aunque su hermana lo crea. Dama tampoco lo es.

Cresilda ha sabido dar un rodeo hasta tocar el tema que les atañe. Jorge toma otro sorbo de café, consciente de que ese mejunje viene a ser algo así como una infusión de mierda de gato.

—Y si no es una moda, ¿qué es Dama? —pregunta Jorge.

—Dama es un sueño. El hechizo se inició en 2018, cuando se subastó *Uno,* su primera obra. Dama es lo que se oculta bajo un envoltorio, lo que se evita mostrar. Los compradores firman un contrato de confidencialidad, apenas veinte personas pueden haber visto un Dama, y es un privilegio formar parte de ese club. Usted no estaría aquí de no ser por eso, por el misterio. Su hermana tampoco escribiría esos artículos incendiarios sobre el pintor. Y nadie habría soltado las ochenta y cinco mil libras que se han desembolsado en la última subasta.

—Usted ha visto esos cuadros. ¿Lo valen?

—¿Alguien lo paga?, entonces lo valen. La cultura es un producto, se mercadea con el arte, y ahí reside el problema: la cultura es mucho más cara que el entretenimiento. Le diré algo, la tele de pago no es cultura.

—¿Usted sabe quién es Dama?

—¿Por qué está aquí, señor Del Cerro? Sé que es juez, y no comprendo su interés por este asunto; a no ser que Dama se haya visto implicado en algún asunto turbio, cosa que dudo. —Cresilda interroga a Jorge con la mirada y establece algo más—: Dama es una persona encantadora. Dama no es un delincuente.

—No ha respondido a mi pregunta. ¿Sabe quién es el pintor?

—Sé quién es Dama. Ella, o él, también se ha tomado un café de civeta acomodado ahí mismo, donde está usted ahora; apuesto a que ya no bebe otra cosa. —Cresilda sonríe, extiende el brazo y alcanza una *tablet* que hay sobre la mesa baja. La manipula con destreza, sin dejar de sonreír—. Dama es especial —afirma—, no es una persona al uso, y yo sé por qué funciona así. Tiene motivos sobrados. Dama no es un fraude, he podido ver lo que pinta y me siento afortunada, porque voy a cumplir noventa y tres años y he visto mucho, pero no he contemplado nada como eso.

—Yo también he visto un Dama.

—Lo dudo, joven. Sé que lo han invitado a la próxima subasta por decisión del artista, pero eso no le hace especial; solo podrá ver un Dama si consigue adquirir *Ocho*.

—No desembolsaría semejante fortuna por algo que puede ser humo.

—Señor Del Cerro, lleva pagando por humo durante toda su vida.

Cresilda se pone en pie con dificultad. Se aleja con paso incierto, aunque enérgico, y se aproxima al fondo de la estancia, en penumbras. Acciona un interruptor, hace un gesto y Jorge la sigue.

—Su hermana Judit es una de las restauradoras más prestigiosas del país; también es una artista frustrada; estudia el arte ajeno por no haber sabido gestar el propio. Conozco a su hermana, y también conocí bien a Mario Cayón y a su mujer, Miriam Cohen. Fui su agente, todos prometían mucho al salir de aquella escuela, y siempre me han fascinado los artistas emergentes. Pero ninguno ha sabido gestionar su talento. Ni su talento ni su vanidad. Lamento mucho lo que le ha sucedido a Mario, lo de su hija, y el desenlace fatal.

—Recibía unas notas bastante amenazantes.

—Lo sé —admite Cresilda sosteniendo su mirada—. Señor Del Cerro, no va a sacarme más información de la que yo le quiera ofrecer.

—Tiene noventa y tres años, pero no se librará de testificar ante la Policía, o ante un juez, si se relaciona a Dama con el suicidio de Mario.

—No sería la primera vez que tengo que enfrentarme a la Policía. —Cresilda coloca los brazos en jarras, desafiante y altiva, en su poco más de metro y medio de estatura—. ¿Y dónde dice que vio ese Dama que dice haber visto? —pregunta burlona.

—En el estudio de Mario Cayón. La mañana que lo encontré colgado de una soga.

—Entiendo... Localizó su firma oculta. ¿Es eso? ¿Y dónde está ahora ese cuadro?

—Desapareció, cuando llegó la Guardia Civil no estaba allí.

—¿Me lo podría describir?

Jorge niega en silencio, y Cresilda vuelve a sonreír. Cresilda le muestra a Jorge unas pinturas; todas le son familiares, pero ella se refiere a dos óleos en concreto.

—¿Ve esa niña? La máscara blanca con forma de calavera, el vestido rosa, la flor amarilla en la mano y la cabeza de tigre en el suelo. Va descalza, el cielo está tormentoso, y al fondo se alzan unas montañas blancas. ¿Y la segunda versión? Aquí el vestido tiene más volantes, la niña calza zapatos y sostiene un pañuelo. Su cabello es oscuro y asoma bajo la máscara.

—¿Los pintó Frida Kahlo?

—En efecto. Sufrió la poliomielitis con seis años de edad, pasó casi un año en cama, postrada y sola. Eso forjó su carácter, y a veces el arte surge de ahí: del tormento. Esa pintura se titula *Ella juega sola*, y Frida se representa a sí misma en el Día de los Muertos. La niña y la muerte. ¿Qué le parece?

—Tétrico. ¿Son las originales?

—La versión del pañuelo se perdió hace años; nadie sabe dónde se encuentra. La versión de la flor se expone en el Museo de Arte de Nagoya, en Japón. Oficialmente, quiero decir.

Jorge sonríe. ¿Oficialmente?

—No irá a decirme que el museo japonés exhibe una copia.

—Yo no aseveraría semejante barbaridad. Solo pretendo que entienda lo que es el arte, joven. Acaba de declarar que vio un cuadro de Dama en casa de Mario Cayón, y que algo más tarde se había volatilizado. El arte se pierde, lo hace con frecuencia, pero vuelve a aparecer; a veces. Otras, se copia o se versiona.

—En ese museo de Nagoya dispondrán de técnicas para evaluar la autenticidad de sus obras, ¿no es así?

—Para ser juez es usted muy inocente, señor Del Cerro. Si dirigiera un museo, ¿anunciaría en prensa que se ha demostrado que tal o cual lienzo de los que se exponen en él es falso? Hace unos años Portugal desatribuyó la autenticidad de tres de los seis Boscos que se muestran en el Prado.

—Lo recuerdo. Y el equipo de restauración confirmó que eran auténticos.

—Difama, que algo queda. Cuadros que van, que vienen, que se versionan o copian. Se restauran, se esfuman y vuelven a la actualidad. Requisados, robados, ocultos, exhibidos... ¿Sabe lo que creo? —concluye Cresilda—. El arte es un buen motivo por el que morir, y defenderé a muerte la identidad de Dama. —Les da la espalda a sus pinturas y regresan al sofá—. ¿Le apetece otro café?

De regreso a Santander, Jorge se detiene en una gasolinera y toma un café que ya no le sabe más que a demonios. También se traga un analgésico, porque ha regresado el rumor en la cabeza.

Necesita saber quién compró *Uno*; quién fue el artífice del origen de la leyenda. Pide el periódico atrasado del domingo y se lo lleva con él; espera a llegar a casa para leer el último artículo de su hermana en la sección de Cultura. Mientras conduce de vuelta, su mente regresa al palacete, al tono de voz de la anciana, a sus dedos como alambres. También evoca el sabor de ese café. Piensa en la torre de la mansión, donde podría asegurar haber percibido un rostro. ¿Había alguien más en la vivienda? ¿Hubo testigos de la conversación que ha mantenido con Cresilda?

A la una de la tarde, en Santander, Jorge atraviesa el jardín y fija la atención en el chalé vecino. Se oye música clásica, Miriam está en casa, no se ha movido de ahí en todo el fin de semana, y es posible que tarde en regresar a Londres. ¿Sigue revisando fotos? Al girar la cabeza hacia el sur, vuelve a avistar el barco de velas negras fondeado en la bahía.

A punto de introducir la llave en la cerradura, se detiene en seco; la cristalera del salón está abierta, hay un resquicio de unos quince centímetros, y está convencido de haberla cerrado. Accede al vestíbulo, y entonces lo lee en letras rojas, pintado con espray en pleno recibidor: «Muérete, maricón de mierda».

Lo normal es que hubiera acudido una patrulla de la Policía Local, pero Jorge es juez de instrucción en la Audiencia Nacional, así que el asunto es serio, y toma el mando el inspector jefe de uno de los grupos de la Brigada Judicial: Mateo Valtierra. Aunque no es lo habitual, lo acompaña otro inspector, Jesús Collado. Jorge es incapaz de recordar si ha conectado la alarma, y los policías atienden al desastre: quienquiera que haya allanado la vivienda lo ha hecho desde el jardín, a través de la cristalera. Un par de espejos rotos, de mesas volcadas, de cajoneras descuartizadas. Cojines destrozados, montones de papeles ardiendo en la chimenea, que está encendida

—aún habrá que dar gracias por que no se haya incendiado el salón—. Y en el fregadero de la cocina, un portátil machacado, hecho pedazos. Los agentes apenas han tardado en llegar, fuera hay otra patrulla, y le preguntan a Jorge qué ha estado haciendo en ese periodo de tiempo; si ha tocado algo.

—He recorrido la casa, a ver si con suerte aún pillaba al hijo de puta que ha hecho esto.

Jesús Collado le lanza un vistazo a su jefe; últimamente piensa demasiado alto, y Valtierra captura al vuelo el mensaje: «¿Ves, Mateo?; los hombres de ley también se pasan las normas por el forro de sus caprichos».

Jorge debió haber esperado en la calle, Valtierra está a punto de subrayarlo, pero se ahorra el sermón; ese tipo encamisado no es de los que se conmueven ante discursos moralizantes. Sospecha que el juez Del Cerro pilota su propia nave.

—¿No lleva escolta?

—No manejo casos de tanto calado como para eso, y en unos días ceso en el Juzgado Central, vuelvo a mi plaza en la Audiencia Provincial de Madrid.

—¿Ha revisado sus documentos? ¿Echa en falta algo importante?

—Nada, inspector. La persona que ha entrado solo quería joderme por un tema personal.

—Un asunto pasional, ¿no? —interviene Jesús Collado, conciliador.

—Llámelo así si quiere. —Jorge les tiende la mano a modo de despedida—. Lamento que hayan tenido que perder el tiempo viniendo hasta aquí.

—¿No va a interponer una denuncia? Va a personarse gente de la Científica.

—¿Una denuncia? —Jorge del Cerro sonríe—. ¿Para qué? Miren, señores, el hombre que ha hecho esto es un pobre diablo; sé de sobra de quién se trata, y ya ajustaremos cuentas.

Jorge sospecha que ha sido su última pareja, el mismo tipo al que golpeó en Madrid; y de no ser por la semana de mierda que lleva, casi le haría gracia. Su amiga tenía razón: de bueno a tonto solo hay un paso, y él ya ha dado unos cuantos.

—Le ha destrozado la casa.

—Saquen fotos si quieren —decide Jorge—. Pero no voy a interponer ninguna denuncia.

Jorge se aproxima al ventanal como si aquello ya no fuera con él. Luego se sienta, abre el periódico que hay sobre el sofá, el del domingo, y comienza a ojearlo ante la mirada atónita de Valtierra. El otro policía, que lleva un pañuelo pegado a la nariz, se encoge de hombros. Admira a las personas como Jorge y se dirige al jardín mientras Mateo se acomoda en un sillón, frente al juez.

—Y si no va a interponer ninguna denuncia, ¿podría explicarme por qué nos ha hecho venir?

—No se me pasaría por la cabeza causarles tanto trastorno por una triste pintada.

—Nos ha llamado la vecina —interrumpe Jesús desde fuera—. Asegura que oyó golpes, alboroto; que aquí vivía un juez muy importante, de Madrid.

—En SIGO, la base de datos de la Guardia Civil, consta que fue hallado inconsciente, hace apenas ocho días, en una casona de Cabuérniga —insiste Valtierra—. Pasó unas horas hospitalizado.

Jorge aparta el periódico y le planta cara a Mateo.

—Eso fue por otro asunto.

—¿Otro asunto... pasional? —apunta Valtierra con ironía—. Su vida es una verbena.

Jorge está acostumbrado a imponer respeto, a ser tratado de un modo que roza la veneración; aún hay mucho clasismo en la Judicatura. Y Valtierra es un hombre correcto, escrupuloso en las formas, pero tiene un límite, y dos sucesos con intervención policial en poco más de una semana rozan la alarma estadística.

—Jefe... ¿Valtierra? Agradezco su interés, ya de por sí tiene mérito que se haya molestado en solicitar datos de ese fichero policial; eso no es lo corriente. ¿Quiere hacer algo útil? Investigue las redes de pederastia, las de tráfico de órganos, las de blanqueo de capitales.

—También lo hago.

—¿Lo hace, o lo intenta? Todo son trabas en lo que respecta a la ley, por eso creo tan poco en ella.

—Pues si usted, que es juez, no cree en la ley...

—Imagínese cómo están las cosas.

Valtierra da el asunto por imposible, se pone en pie y reconoce el artículo que Jorge ha estado ojeando. Se encuentra en la sección de Cultura del diario y es la crónica de la subasta inminente del nuevo cuadro de Dama: *Ocho.* Será en Londres, a finales de semana.

—¿Le gusta el arte? —pregunta Jorge siguiendo la mirada del inspector.

—No. ¿Y a usted?

—Tampoco —admite—. Pero me llama la atención todo ese asunto de Dama.

—A mí también.

13

—

MATEO

Santander, 18 de octubre, lunes

En esta ocasión soy yo quien conduce. Ha dejado de llover, un sol famélico asoma tras nubarrones negros y generosos, se refleja en la superficie del pavimento mojado, y calculo que nos quede media hora de trayecto. Bordeamos la bahía de Santander, nos dirigimos a Loredo para hablar con Bianca de Arbide. La incursión en casa del juez nos ha hecho salir con retraso, y ha acabado de ponerme en el disparadero. Chuchi parece tranquilo, ha dejado de sangrar por la nariz y contempla el paisaje repanchingado en el asiento del copiloto. Comenta que ha ido al médico, que le han hecho análisis.

—Me han sugerido que tome más vitamina C. De seguir así, podría perder las uñas y los dientes. Escorbuto, lo que decía Vero.

Doy por hecho que bromea. Recorriendo la autopista junto a las grúas enormes de los astilleros —de lo que queda de ellos— empieza a echar pestes sobre la prensa, que ha dado voz a las declaraciones de Ángel Cúe: «A mi hijo no lo mató una sobredosis, Lucas murió asesinado». Yo he negado con hastío, no estoy para mucha conversación. Mi madre me ha llamado esta misma mañana, Samu le preocupa, se ha largado al trabajo sin querer desayunar y en una sola tarde ha pintado más de doscientos cantos rodados. Amenaza con dejar la medicación y ahora también le ha cogido miedo a pasarse por Villa Alegría.

«Habla con él, Mateo, te tiene en un pedestal, a ver si te cuenta lo que le está ocurriendo.»

Maldigo el pedestal, los cantos rodados y el día en que Samu se pegó el tabanazo en la cabeza. El fin de semana he estado en la montaña, la sutura del antebrazo no me impidió pasar la jornada a más de mil metros de altura, con las primeras nieves, respirando aire puro; y aun así fui incapaz de aflojar la tensión, de olvidar la manera en que di carpetazo a lo mío con Rebeca. Le hice más daño del que había pretendido, y ni siquiera sé si tuvo sentido. Llevo años intentando expulsarla de mi vida, y empiezo a asumir que ya nunca podré hacerlo.

—¿Qué te ha parecido el juez? —Chuchi me saca de mis reflexiones, y aunque no me apetezca hablar, agradezco la interrupción—. Un tío con dos cojones, ¿no?

—Me ha impresionado —admito—. Un juez tan joven que no cree en la Justicia... Pero estaba mucho más afectado de lo que ha pretendido aparentar.

Me cuesta entender que esa clase de personas se vean envueltas en semejantes fregados. Dejamos atrás Dynasol, la fábrica de polímeros de Gajano, con sus llamativos depósitos esféricos. Estaremos en Somo en menos de quince minutos.

—Seguimos analizando todo el papeleo de la caja fuerte de Lucas. Disponemos de mucha documentación y no demasiados recursos, pero sí hemos averiguado que guardaba las facturas de Bianca de Arbide... —Chuchi hace una pausa—. ¿Has planificado algo de esta entrevista?

¿He planeado el encuentro con la mujer de la ducha? Lo he hecho, supongo, tanto y con tantas ganas que me he quedado en blanco.

—Tengo muchas dudas —afirma Chuchi—. ¿Qué relación mantenía la chica con el futbolista? ¿Excedía lo profesional? ¿Por qué dejó todo en el coche cuando entró en su casa el sábado por la noche? Y lo más importante, ¿qué le estaba ocurriendo a Cúe? ¿Por qué decidió volver a jugar? ¿Por qué ahora? Rompió con Rebeca de la mañana a la noche, y he oído una entrevista de hace semanas. Lucas era muy crítico con los deportistas que han fomentado las apuestas y los juegos de azar cuando hacerlo aún era legal.

El país cuenta con la mayor tasa de Europa de ludópatas

menores de veintiún años. Recuerdo el dato, pero no lo pronuncio en voz alta.

—¿Dónde se encuentra la ropa de Bianca? —abunda Chuchi—. ¿El móvil del crimen fue el robo? En apariencia, no falta nada en la casa.

Pienso en el cuadro hallado en la caja fuerte, *Las novias* de Klimt, el que teóricamente se habría destruido hacía décadas. No articulo palabra, pero ya hace un buen rato que hemos rebasado la zona industrial, que circulamos a través de pequeñas poblaciones salpicadas de casas, de chalés, de viejas iglesias. Praderas verdes y poco tráfico. Al llegar a Pedreña volvemos a bordear la bahía; y contemplamos Santander enfrente. La ciudad se alza majestuosa, en el otro extremo de la media luna que acabamos de recorrer. Estamos tan acostumbrados a otear el puntal de Somo desde la capital que cuesta entender que la propia capital pueda ser avistada desde allí.

—Si no te sientes en condiciones de llevar esta entrevista, puedo encargarme de todo —me propone Chuchi.

Cruzamos la ría de Cubas, la desembocadura del Miera en la bahía.

—Yo sigo al mando.

Aparcamos al borde del acantilado, el mar bate el litoral, y frente a nosotros, bañada por el Cantábrico, se encuentra la isla de Santa Marina, desértica y pedregosa; está atestada de gaviotas ruidosas que baten las alas con fiereza. A lo lejos se divisan la isla de Mouro, el palacio de la Magdalena y el faro de cabo Mayor. El chalé de los Arbide se ubica en las afueras de Loredo, entre la playa de los Tranquilos y la de Langre, y la urbanización está aislada, oculta en un área boscosa que linda con el océano. Cuenta con varias fincas blindadas a conciencia tras muros imponentes, y todas disponen de cámaras de seguridad; poseen piscina, pista de tenis y unos dos mil metros cuadrados de terreno, tal y como observo en Google Maps.

Me pregunto por la clase de gente que vivirá aquí, y yo mismo me respondo: aquí vive gente a la que le molesta el ruido. Gente que, probablemente, haya inventado, ofrecido o comercializado algo que interesa a muchas personas; a las mismas que se hacinan en la ciudad de enfrente, al otro lado de las aguas agitadas de la bahía.

Son las cuatro de la tarde, Chuchi ha contactado con la familia de Bianca, y están informados de nuestra visita. Sopla un viento frío y hostil que anuncia lluvia, el sol esquivo de primera hora solo ha sido un espejismo. Mi compañero se deshace del chicle y yo me abrocho el abrigo mientras paseo la mirada por el entorno. De no ser por los chillidos de las gaviotas y por el rugir de las aguas, el silencio sería sepulcral.

Chuchi maneja la contingencia, se comunica por el interfono con la solvencia de siempre; explica quiénes somos, y mientras esperamos a que nos franqueen el paso, le pregunto a qué se dedica la familia de Bianca. Chuchi declara que se dedican a ganar dinero, y que a Vero, su mujer, le encantaría vivir en un lugar como este. Entonces concluyo que me lleva ventaja. El responsable del Grupo sigo siendo yo, aunque a veces me cueste entenderlo.

Nos abre un hombre, debe rondar los sesenta, va pertrechado con unos vaqueros, mocasines náuticos, una americana de pana verde y gafas de pasta. Se presenta, estrecha nuestras manos, él es el padre de Bianca y nos invita a pasar con gesto taciturno. Parece preocupado. Es alto, uno de esos tipos con el tronco desproporcionadamente corto en comparación con las piernas, y sé que practica deporte sin necesidad de que nos lo confirme; Chuchi también lo sabe, estamos acostumbrados a fijarnos en la gente. No puedo evitar comparar, notar tantas diferencias entre la armonía de esta propiedad y la estridencia de la vivienda de Rebeca, en Soto de la Marina. Lo del dinero es curioso; cuanto más reciente, más chirría. Aquí todo es natural, equilibrado, como si la piedra de la fachada hubiera brotado de la tierra húmeda al mismo tiempo que los árboles o que las rocas del acantilado. Los ciclámenes, la chimenea espigada y la veleta con forma de galeón, sometida al viento del norte. El padre de Bianca nos invita a pasar y, ya en el recibidor, modera el tono de voz; aún con el ceño fruncido, nos aclara algunos puntos:

—Mi hija se ha empeñado en hablar con ustedes cuanto

antes. —Traga saliva—. Apenas hace un día que ha dejado el hospital y aún está afectada. No es la de antes. Aunque sigue siendo igual de obstinada, y esta mañana ha acudido a una misa en memoria del futbolista. Ha vuelto a salirse con la suya.

—Si se queda más tranquilo, puede estar presente en la entrevista.

—No se preocupen, a Bianca la acompaña una amiga de la familia. Entiendo que vienen a hacer su trabajo, pero debo rogarles que sean comprensivos; ella a veces es muy impulsiva.

No atiendo a la respuesta de Chuchi, a la retahíla de rigor; es un crack quedando bien. La casa huele a velas perfumadas, a saúco y a eucalipto. El hombre nos guía hasta la piscina cubierta orientada al sur, junto al jardín de atrás. Desliza el panel corredero, nos hace pasar, y entonces volvemos a vernos, Bianca y yo, por segunda vez.

Intimidad. Es lo que se respira en la estancia acristalada, inundada de luz cálida y llena de vegetación; como en un gineceo griego. A Bianca la acompaña una muchacha joven, morena, de pelo corto y rostro aniñado. Se incorpora para saludarnos, se llama María y es la mejor amiga de Bianca, que está sentada al borde de la piscina. Balancea las piernas en su interior y atiende a la escena a distancia, como si nada de esto fuera con ella. Pero se pone en pie, no sin dificultad, apoyando en el suelo la palma de su mano sana. Se aproxima, va descalza, salpica de agua el pavimento de gres y nos da las buenas tardes mientras estrecha la mano de Chuchi.

—Jesús Collado, inspector del Grupo de Homicidios de la Judicial —se presenta mi compañero—. Y aquí mi superior, el jefe Valtierra.

Bianca se deshace del apretón de Chuchi, dirige la vista hacia mí, y ninguno de los dos hace ademán de intercambiar un saludo. Nos miramos a los ojos y el aire empieza a pesar, a agitarse, a fluir con lentitud. ¿Me ha reconocido? Ha habido un cambio en la presión del día y lo sentimos todos; los cinco. El silencio es tan grave que podría masticarse, y María se cubre con su chaqueta de lana. Bianca me estudia, y es su padre, apresurado, quien rompe el embrujo acercándose a su hija. Le palmea la espalda y le sugiere que se abrigue; la trata con cautela, como si fuera un buen fardo de dinamita. «Muy impulsiva», nos ha dicho hace un rato. Ella viste pantalón corto, camiseta de algodón, nos invita a los sofás sin pronunciar palabra, con una señal apenas perceptible. María sonríe de modo cortés, y antes de dejarnos, el padre de Bianca nos lanza una mirada llena de significado. Por si se nos ha olvidado, debemos manejar con tacto a su hija.

María nos ofrece un café. Yo lo rechazo, Chuchi lo acepta, y observo a Bianca de espaldas mientras tomamos asiento. Lleva la melena recogida en una trenza, y en la nuca, bajo el peinado, localizo el vendaje. Fue ahí donde la golpearon. Se seca las piernas con una toalla, lo hace con torpeza, lleva escayolado parte del antebrazo, la muñeca, la mano izquierda, y presupongo que cualquier movimiento, por nimio que sea, debe de dolerle horrores: le fisuraron un par de costillas y le han extirpado el bazo. Pelo rubio, uñas cuadradas pintadas de oscuro, como las recordaba. Piel pálida, ojos azules y rostro sugestivo de perfección imperfecta; no es bella, sí es bella. Caminando por la calle nadie se va a girar a mirarla, pero al mirarla una vez provoca algún tipo de hechizo, de aturdimiento; un ansia vaga y cruda que invita a mirarla de nuevo. Aún tiene la sien amoratada, muestra una herida rojiza en el nacimiento del pelo, se sienta frente a mí y vuelve a observarme, pero ahora es ella quien desvía la atención. Huele a cloro y a flores, al otro lado de la cristalera se extiende el jardín, y entonces caigo en la cuenta: he olvidado el cuaderno en el coche; pero dispongo de Chuchi, y aunque parezca intimidado por una puesta en escena que quiero creer casual, recupera el aplomo en cuanto sorbe el primer trago de café. María toma otro, Bianca lo ha rechazado, y Chuchi comienza con la entrada de rigor: lamentamos lo ocurrido, agradecemos su disposición a declarar y esperamos que se reponga con prontitud. Bianca lo escucha, asiente, y excepto por eso, es María quien responde por su amiga, quien asume el control. Bianca pierde la vista, distraí da, en el resplandor turquesa de la piscina brillante. Luego se dirige a mí:

—¿Usted no quiere café?

—Gracias, estoy bien así. ¿Usted tampoco lo toma?

—Me lo han prohibido los médicos. Ya sabe, la cafeína.

Asiento, y de modo improvisado me adelanto a Chuchi, altero los roles que hemos acordado:

—¿Recuerda algo de lo que ocurrió?

—Nada. —Bianca se muerde el labio inferior, se encoge de hombros y amplía la respuesta—: Lo último que recuerdo es haber salido de Madrid a eso de las siete de la tarde del sábado día 9. Paso en Cantabria muchos fines de semana, aquí, en Loredo; tengo pacientes en Santander, suelo venir los jueves, pero el sábado me surgió un compromiso, así que retrasé el viaje.

—¿Recuerda el trayecto?

Bianca vuelve a negar. Me estudia de un modo que me hace sentir extraño, como si quisiera responder sin pronunciar palabra. Con la mano derecha se acaricia el hombro izquierdo, sin dejar de mirarme. Chuchi y María deben de estar ahí, lo estaban cuando empezamos, pero su presencia ya apenas es perceptible.

—En las cuatro horas que estuvo conduciendo contactó con Lucas en doce ocasiones —le explico—; esta mañana nos han enviado los datos de su operadora, y hablaron por teléfono durante más de cien minutos. Cuando llegó a casa de Cúe, ya en Santander, dejó todas sus cosas en el coche. Como si fuera con prisa, como si fuera urgente atenderlo de inmediato.

—No lo recuerdo, lo siento. —Bianca cierra los ojos, se frota la frente como si sintiera rabia, como si así pudiera decodificar ese episodio, el de su visita al futbolista; extraerlo de un recodo oscuro de su mente—. De aquella tarde solo evoco sensaciones. Dolor, muchísimo dolor, y un miedo pavoroso. Sé lo que ocurrió, me lo contaron los médicos, mataron a Lucas, y tuvieron que aspirarme un coágulo epidural. No puedo aclararle mucho más.

—¿Conocía bien a Lucas?

—Nadie conocía a Lucas tan bien como yo —decreta contundente. En esas ocho palabras hay mucha más fuerza que en todas las anteriores. He detectado un brillo, una dureza dormida en sus ojos; y he comprendido lo que ha pretendido decirnos su padre: «Mi hija no es la de siempre». Supongo que esa sentencia ha sido pronunciada por la Bianca de siempre, la de las narices partidas con cascos de moto. Se recuesta en el sillón, y amplía la respuesta sin que yo se lo pida:

—Me licencié en Psiquiatría, pero me dedico al desarrollo personal, a la programación neurolingüística.

—Y al *coaching* ejecutivo de alta dirección —remato—. Lo sé, trabajaba para Lucas, por eso iba a volver a jugar.

—No iba a volver a jugar porque yo fuera su terapeuta. Iba a volver a jugar porque le hacía feliz; yo solo lo ayudé a asumirlo y a afrontarlo.

Ahora tendría que preguntarle si la relación entre ellos excedía lo profesional, pero tardo unos segundos en hilar la cuestión y Chuchi me toma la delantera:

—¿Su relación con Cúe excedía lo profesional?

—¿Quiere decir si follábamos? —Bianca orienta la mirada, por primera vez, hacia un eje ajeno a mi rostro. Se dirige a mi compañero—: Se refiere a eso, ¿no?

—La encontraron desnuda, en la ducha, y él estaba sin ropa en el sofá del salón.

—¿Usted nunca se queda en pelotas?

—Bianca... —murmura María.

—No nos acostábamos —responde. Luego ignora a Chuchi, vuelve a dirigirse a mí, continúa—: Entre Lucas y yo no había nada que rebasara la admiración, la amistad y un profundo afecto. —Añade algo con toda la intención, de nuevo, como si estuviéramos solos ella y yo—: Los que somos como nosotros, entre nosotros, solemos reconocernos.

Le sostengo la mirada. Cae un relámpago y tiñe de azul los contornos, las tulipas de las lámparas y el agua de la piscina. A los tres segundos se oye un trueno.

—¿Lucas tenía enemigos? —pregunto.

—Las personas como Lucas siempre los tienen. Él era su mayor enemigo, pero supongo que se refiere a enemigos de fuera. De esos también tenía, gente que quiso ser él y se quedó en el camino.

—¿Podría concretar?

—¿Podríamos dejar de tratarnos de usted?

—Lo prefiero —respondo.

—Lucas tenía problemas con su familia —admite—. Pero eso está a la orden del día, la familia es causa del noventa por ciento de los conflictos emocionales.

—¿Cómo era la relación entre Lucas y sus padres?

—Los padres de Lucas le llevaban machacando desde niño para que fuera agresivo, ambicioso y competitivo. Él solo quería jugar al fútbol, hacer disfrutar a la gente viéndolo salir al campo. Una de las razones de su retirada, hace tres años, fue la presión mediática, pero ese no fue el principal motivo. El detonante final fue su familia; su exigencia, el chantaje emocional al que lo estaban sometiendo, y el sentido del deber del propio Lucas. No lo olviden; entonces, él solo tenía veinticuatro años, y Ángel y Clara le habían hecho creer que les debía sus éxitos... —Bianca hace una pausa, toma aire y enfatiza con vehemencia, sin tratar de ocultar su creciente indignación—: Muchas personas utilizan a los hijos para suplir frustraciones. Pero los hijos no son proyectos, trofeos, ni los medios para un fin. Hay algo repugnante en esa vanagloria de algunos padres. —Bianca remata el discurso con cierto derrotismo—: Ahora, supongo, esa pareja irá a recibir una lluvia de millones.

—¿Conocías a Ángel y a Clara?

—No en persona, pero sé que percibían como una amenaza que su hijo recibiera ayuda profesional. —Bianca le lanza un vistazo a María, y ella le tiende la manta del respaldo del sillón. Ha estallado la tormenta, la tarde se ha oscurecido, y una lluvia violenta golpea los cristales de la estancia. Bianca se cubre las piernas, vuelve a acariciarse el hombro y se anticipa a mi próxima cuestión—: Lucas sostenía un pleito que le estaba amargando la existencia. Cuando aún jugaba al fútbol había firmado un contrato publicitario; más tarde se había negado a cumplirlo.

—¿Casas de apuestas? —pregunta mi compañero.

Bianca asiente.

—Andaba inmerso en un buen barullo jurídico. Su último club también lo había demandado, pero a él le preocupaba lo de las apuestas deportivas. —Da datos, da nombres, Chuchi escribe a toda velocidad, y asiente, como si parte de esto ya le sonara a raíz de los hallazgos de la caja fuerte.

—¿Qué puedes decirme de Rebeca Gómez?

—Que estaba celosa de mí, que no tenía motivos. Que pondría la mano en el fuego por ella. Y no me quemaría: Rebeca no mataría una mosca, pero estaba muy dolida.

—¿Cómo es la relación entre vosotras?

—Cordial. En su día fue muy estrecha, Rebeca sabe de mí tanto como yo de Lucas, y ahora no estamos bien, pero aún la considero una gran amiga... Si me llama, acudiré.

—Como acudió el sábado día 9 a las llamadas de Cúe —nos interrumpe Chuchi, que sigue tratando a Bianca de usted—. Me gustaría consultarle otra duda.

—Dígame, inspector —replica ella con ironía.

—¿Nos oculta algo?

—¿Por qué iba a hacerlo? Han estado a punto de matarme. ¿Cree que soy idiota?

—No he sugerido tal cosa.

—Lo ha insinuado. Pero Lucas era mi paciente, y existe un código deontológico.

—Lucas ha muerto —intervengo—. Y eso hace saltar por los aires cualquier clase de código.

—El jefe Valtierra está en lo cierto —añade Chuchi—, debería poner a nuestra disposición toda la información que haya recabado sobre la víctima. Y si mi cuestión no es de su agrado, sabe que tiene derecho a un abogado; se lo he dejado claro a su padre.

—Inspector Collado, María es mi abogada —lo corta Bianca—. Ya le he dicho que no soy idiota.

No es tarea fácil dejar a Chuchi sin palabras, y Bianca de

Arbide, con dos costillas dañadas, varias falanges fisuradas y recién salida del hospital, acaba de hacerlo.

—Tengo entendido que tuvo antecedentes. —Chuchi no se arredra.

—Los tuve, le reventé la nariz a un tío, le partí dos vértebras. Y en el juicio dejé claro que volvería a hacerlo, porque tenía motivos que ahora no vienen a cuento...

—También dispone de licencia de armas.

—Como usted. Y como su superior, el jefe Valtierra. —Bianca vuelve a mirarme, retira la manta con brío y se pone en pie disimulando una mueca de dolor—. Me enferma la violencia venga de quien venga, y eso incluye la que ejercen los Cuerpos y Fuerzas de Seguridad.

—Entiendo...

—Mi licencia es legal, practico tiro deportivo, y es el único uso que concibo para un arma. Estoy federada y compito con frecuencia. Licencia tipo F, ¿le suena?

—Bianca... —murmura María una vez más.

—Por lo que sé, a Lucas le abrieron la cabeza con un objeto contundente —precisa Bianca bajando la voz, dirigiéndose a Chuchi sin ocultar su cabreo—. ¿Podría explicarme la relación que hay entre eso y mi licencia de armas?

—Ninguna. —Soy yo quien responde, quien también se incorpora, quien le hace un gesto a Chuchi para indicar que nos vamos. Ya ha sido suficiente. Por el momento.

Bianca sostiene la manta, es como si de pronto toda su furia se hubiera evaporado, y vuelve a ser la mujer del comienzo, la chica retraída con el brazo escayolado. Sigue en pie, parece desorientada y no deja de observarnos mientras hablamos con María. Pero se acerca a Chuchi y le dice algo que nos sorprende:

—Lamento mi actitud, inspector. A veces pierdo las formas, y sé que solo está haciendo su trabajo.

—Lo comprendo, su situación no es fácil, ha sido valiente atendiéndonos hoy.

Se estrechan las manos, y ella se despide de mí con un asentimiento de cabeza que replico en señal de respeto y agradecimiento.

Bianca se queda ahí, es María quien nos acompaña a la salida, quien nos ofrece un paraguas que rechazamos. El aguacero arrecia, la tarde ya es casi noche, y antes de dejar el porche, mientras Chuchi va al aseo, vuelve a aparecer Bianca y me pregunta si puede hablar conmigo; no va a ser más que un minuto. María regresa a la piscina, nos quedamos a solas, y ella titubea, se muestra insegura y al fin lanza la cuestión:

—Nos hemos visto antes, ¿verdad?

—¿No lo recuerdas?

Ella niega. Estuve a su lado durante los siete minutos que tardó en llegar la ambulancia.

—Fui yo quien te encontró en casa de Cúe, tras el ataque.

Bianca suspira, se aferra a la manta, le tiembla la voz.

—Me cogiste de la mano, me cubriste con tu abrigo —recuerda.

Vuelvo a asentir. Podría decirle que le acaricié el rostro, que me susurró algo; me transmitió un mensaje. Dama. Pero no lo hago.

—Ni siquiera me has dicho cómo te llamas.

—Mateo.

—Mateo..., ¿qué debo hacer si recuerdo algo más?

—Llamarme.

Chuchi le ha dado a María nuestros datos, y Bianca estaba presente, pero me pide que espere, vuelve al recibidor y, al regresar, me tiende un boli con una tarjeta. Ha escrito «Mateo» con la mano útil. Bajo mi propio nombre, apoyándome en una de las columnas del edificio, le anoto mi número personal. Le devuelvo la tarjeta, me abrocho el abrigo y salgo al jardín sin despedirme.

Sé que vamos a volver a vernos. Llueve con fuerza.

14

BIANCA DE ARBIDE

Loredo, 18 de octubre, lunes

Cuando se van los de Homicidios, Bianca memoriza el número de Mateo. Luego se acerca a la chimenea del salón, su padre está allí viendo una película, frente a las llamas, y ella lanza la tarjeta a la lumbre pasando de largo de vuelta a la piscina. Él le pregunta cómo ha ido todo, y ella responde evasiva, algo confusa: que ha ido bien, que apenas ha podido ayudar a los policías.

Bianca regresa a la campana de cristal, a su refugio cálido, y María la recibe con una sonrisa amplia, dentro del agua, nadando hacia ella. María es un sol, un rostro amable entre ondas luminosas de un azul opalescente. Sin salir de la piscina, se acoda en el borde, posa la barbilla en el cruce de los antebrazos y analiza a Bianca con gesto divertido, como si esperara un comentario, una observación, o el resumen de las mejores jugadas del partido.

—¿No vas a decirme nada? —suelta al fin.

—Has sido testigo de todo, María. —Bianca se acurruca en el sillón, vuelve a cubrirse con la manta y lamenta haber sido tan educada con ese inspector, con el tal Jesús Collado—. Debimos haberlos recibido pegando tiros en el jardín.

María sabe que su amiga solo bromea a medias.

—Es curioso, Bianca, me he sentido desaparecer. El policía y yo nos hemos volatilizado durante unos diez minutos, como si solo estuvierais Valtierra y tú. ¿Podrías decirme qué ha sido eso?

—Atracción, supongo. El tío tenía algo magnético.

—Lo tenía, ya lo creo —afirma María—. Pero tú no eras tú, parecías cortada. —Se apoya en la tarima, toma impulso, sale de la piscina chorreando agua y, desnuda, se aproxima a los sillones y se envuelve en una de las toallas. Sigue lloviendo, las gotas se estrellan ruidosas contra los cristales—. Sabes que sueles caer mal de entrada, ¿verdad, Bianca? A simple vista lo tienes todo, y eso incomoda a la gente; provoca recelos.

—Lo sé, María, sé lo que son los prejuicios. —Bianca se encoge de hombros, como si fuera corriente causar una mala primera impresión—. ¿Puedo usar tu teléfono? —añade desviando el tema.

—¿Aún no has encendido el tuyo? —replica María al tiempo que se lo lanza.

Bianca admite que no lo ha hecho, sostiene el móvil de su amiga y hace un rastreo rápido: «Mateo Valtierra inspector». Mateo Valtierra es licenciado en Derecho, doctor en Criminología, jefe del Grupo de Homicidios de la Brigada Provincial de la Judicial, y tiene un currículum amplio: dirigió el Grupo de Operaciones Especiales de Cataluña, acumula más de una decena de distinciones, y fue condecorado con la Medalla al Mérito Policial en el año 2016 por desarticular una red de explotación de seres humanos. Su nombre suena como uno de los nuevos cargos de la Secretaría de Estado de Seguridad. Profesor asociado en el máster de Ciencias Forenses, coordinador de grupos de trabajo, de jornadas, de congresos varios... A Bianca le escuecen los ojos, se le fatiga la vista, y se hace una idea concreta y bastante acertada de la clase de persona que es el hombre al que se enfrenta: uno de esos que aún creen en el sistema, forman parte de él y nadan con la corriente. Le sorprende que una simple búsqueda en Internet le ofrezca tantos datos sobre un agente de la ley, pero en el mundo de hoy ya no existen los secretos. Se siente aturullada por tanta palabrería, tanta condecoración, tanto proyecto biensonante; así que se dirige a la pestaña de imágenes, se acomoda en el sillón, nota una punzada en el costillar y vuelve a deshacerse de la maldita manta; ahora tiene calor. A Mateo Valtierra le fascina el alpinismo, y es técnico deportivo de alta montaña. En las fotos aparece rodeado de nieve, sonriendo, con gafas de sol reflectantes, o sin ellas. Haciendo cumbre bajo un cielo azul, o impartiendo un curso de táctica policial con armas de fuego en traje y camisa. Muy versátil.

Bianca bloquea el teléfono, se lo devuelve a su amiga, contempla las aguas de la piscina. Si no fuera por la escayola, por los puntos que le han dado para extirparle el bazo, ya se habría zambullido en la masa azul eléctrica. Se lo repite, ese hombre tiene algo magnético, y le asalta la tentación de volver a repasar las imágenes del móvil; lo hará más tarde, cuando se encuentre a solas. Finge, se comporta como si nada de lo que ahí se ha hablado, hace un rato, revistiera la más mínima importancia. Pero está hirviendo por dentro.

—¿Qué le has dicho a Valtierra cuando os habéis quedado a solas?

—He vuelto a pedirle disculpas por mi actitud.

—Te has pasado, Bianca, aunque no tanto como otras veces. ¿Estás aprendiendo a controlarte?

—No lo creo. No estoy al cien por cien, en ese hospital me han inyectado demasiado narcótico y aún no lo he eliminado.

Confusión, aturdimiento, debilidad y vértigo. Secuelas frecuentes.

—Ellos también estaban bastante cortados. El jefe más que el otro. —María se pone en pie, se ajusta la toalla alrededor del cuerpo y se acerca a Bianca por detrás. Le deshace la trenza, Bianca inclina la cabeza y la apoya en el vientre de su amiga, que empieza a cepillarle el pelo con cautela. No quiere rozar el apósito de la nuca, ni hacer presión sobre un cráneo dolorido. Bianca intenta relajarse, cierra los ojos, pero vuelve a abrirlos en cuanto afloran el miedo, la angustia, la sensación de desastre. Siente el puño en el estómago, el vacío en el pecho. Es fácil evitarlo, solo tendría que tomar medicación, esa que ella misma prescribe en ocasiones; pero no va a hacerlo, saldrá por sí misma del agujero en que se encuentra.

—Hablaré con mi secretaria, quiero anular todos los compromisos durante el próximo mes. Es pronto para regresar a Madrid. —Bianca espera estar en forma a mediados de noviembre; entonces dará comienzo la gira de conciertos de uno de sus pacientes más paradigmáticos, y ella va a acompañarlo en las fechas clave, va a apoyarlo en su vuelta al escenario tras una profunda crisis personal—. Me quedaré aquí una temporada, María; con mi familia y contigo —decide.

—Estaré encantada de tenerte cerca; de todo lo que he dejado en Madrid, eres lo que más he echado de menos.

Bianca y María se conocen desde niñas, estudiaron en el mismo colegio y sus familias veraneaban en Loredo; pero hace un par de años que María se casó, que abandonó su carrera y se instaló en Cantabria con su marido y su hija. Viven en la casa de al lado.

—Quizá llame a Rebeca —comenta Bianca—. ¿Debería hacerlo?

—Han matado a su novio. Llámala. Si no quiere verte, que sea ella quien te lo diga.

—Ese policía estaba en lo cierto, no les he contado todo lo que sé.

—Eras la psiquiatra de Lucas Cúe y te ampara el Código Penal, el artículo 199: obligación de sigilo. De todas maneras, Valtierra tiene un punto de razón: deberías cooperar; tu cliente ha muerto, y el silencio no es una opción.

Bianca sabe que Lucas ha muerto, nadie deja de repetirlo, parece que disfruten regodeándose en ello, en la caída del héroe.

—Valtierra ha insistido —sigue María— en que llamaste a Lucas cuando venías desde Madrid. Hablasteis en doce ocasiones, casi dos horas de charla durante el trayecto. ¿De veras no lo recuerdas?

Bianca se cierra en banda. No le ha dicho toda la verdad a la Policía, y tampoco se la va a revelar a su amiga. Recuerda y no recuerda. Es como si un chispazo hubiera desconectado determinadas áreas de su cabeza, las que registraron lo que aconteció a partir de las siete de la tarde del sábado día 9. Recuerda haber preparado un neceser, visualiza los jerséis que metió en la maleta. Aquel día comió en un restaurante, y podría recitar los platos del menú. Pero a partir de ahí su memoria se ve envuelta en bruma, ruido blanco y emociones negativas.

María cepilla el cabello de Bianca durante un buen rato, y a eso de las ocho recoge su ropa del suelo, se viste y anuncia que se va; tiene compromisos familiares. Besa a Bianca en la coronilla, ella se incorpora, se abrazan y se despiden hasta el día siguiente.

Cuando se queda a solas, Bianca enciende su portátil, entra en el buscador y vuelve a empaparse en la trayectoria de Mateo

Valtierra. Esto solo es la punta del iceberg, siente curiosidad por su currículum oculto, por todo lo que excede a la carrera laboral. Mateo. ¿Es tan sólido como aparenta? ¿Tan cabal, tan metódico? ¿Duerme en pijama? ¿Desnudo? ¿Solo o acompañado?

En los días que ha pasado en coma, de algún modo, lo ha tenido presente; y como en sueños difusos ha evocado todas las emociones que él le hizo sentir: alivio, seguridad, calidez. Al verlo esa tarde ha reconocido su voz y su mirada.

Han matado a Lucas. A Lucas. Bianca se pone en pie y vuelve a acercarse al borde de la piscina. Lucas había hecho un esfuerzo ingente por vencer sus fantasmas, y ahora no está.

—Pobre Lucas —susurra tratando de contener las lágrimas.

Bianca no cree en la suerte, ni en el destino, es una fiel defensora del trabajo y la constancia, pero aquella noche de hace dos sábados sus puntales saltaron por los aires. Basta un golpe para acabar con todo.

Sigue lloviendo, y siente la tentación de salir a disparar, así como está, descalza. Necesita desahogar la pena, la rabia y la impotencia. Recuperar el dominio, porque ella nunca ha sido de las que viajan de copiloto. Se ve reflejada en el cristal, lleva el cabello suelto y casi parece un fantasma. Lo ha sido, ha vagado por un limbo de terrores y sueños, enterrada en el letargo de esa cama de hospital.

Y tardaron cuatro días en denunciar su desaparición.

—Cuatro días —se dice.

Piensa en su familia, en María, en sus amigos de la capital y en su secretaria. ¿Cómo ha llegado a este punto? Tiene treinta y dos años y va tan a lo suyo que nadie la echó en falta. Cuatro días, creían que estaba en Madrid, trabajando como siempre, pero al oír lo de Lucas pensaron en ella... ¿Qué habría sucedido si la prensa hubiera tardado más tiempo en anunciar que él había muerto?

Bianca se pone un jersey, calcetines de lana, las deportivas viejas. No apaga el ordenador ni las luces, sale de la estancia y se dirige al salón. Su padre aún ve la película, la luz cálida de la lámpara de pie se derrama sobre sus manos. Alza la vista cuando la ve aparecer, ella se acerca al sofá, se sienta a su lado, se tumba; vuelve a notar la punzada en el costado y apoya la cabeza en el regazo de él, que empieza a acariciar el cabello de su hija. Bianca fija la atención en las llamas poderosas que arden en la chimenea y siente un calor reconfortante. En su rostro se refleja el resplandor crepuscular, y las paredes se plagan de sombras sinuosas. Por suerte, su padre siempre está ahí.

—¿Qué ves, papá?

—Un documental sobre el cambio climático. ¿Has hablado con la abuela?

—No me ha llamado.

—No puedes saber si te ha llamado, Bianca. No has encendido el teléfono.

El móvil está apagado, pero su abuela puede haberla llamado al fijo. También pudo coger el coche, o el Alvia, o un vuelo de una hora. Madrid no está tan lejos de Santander, y su abuela no es una mujer ocupada.

—No voy a sentirme mejor ni peor porque alguien me llame o deje de hacerlo.

—A veces parece mentira que seas tan buena en lo tuyo. —Guzmán de Arbide apaga la tele con el mando—. Esa capacidad que tienes para ayudar a las personas deberías emplearla para ayudarte a ti misma. —Luego cambia de tema, añade algo más—: Luz llega mañana, está deseando verte.

Luz, la mujer de su padre, ha pasado unas semanas en el extranjero —colabora con varias revistas de viajes—, y a ninguno de los dos les cabe la duda: todo va a encauzarse cuando ella regrese.

—Voy a averiguar quién me ha hecho esto —resuelve Bianca—. Quién nos ha hecho esto a Lucas y a mí.

—Lo que tienes que hacer es recuperarte.

—¿Pretendes que me quede de brazos cruzados?

—Eso es lo que debes hacer. Descansar, dormir, cruzarte de brazos por una vez en tu vida. No puedo permitirme el lujo de perderte, Bianca.

—Ni yo a ti, papá.

Bianca cierra los ojos y, sin quererlo, le asalta un viejo recuerdo: el de la bronca que le echó su padre, en este mismo salón, con tan solo cinco años. Bianca se sobresalta, cree que él lo ha notado, despega los párpados. Bianca sufrió un arrebato, desmembró uno de sus libros.

—He revivido un episodio. Cuando hice trizas aquel libro que leías.

—No fuiste una niña fácil. Pero los niños fáciles, cuando crecen, pueden convertirse en gente aborregada. En gente dócil, manipulable. Siempre lo he dicho, pobres de los padres que críen hijos sumisos.

—He recabado información, papá. Sobre el asesinato de Lucas. —Aún está aturdida, confusa, pero hace unas horas puso la radio y se ha enterado de cosas—. Al principio aseguraron que Lucas había muerto por una sobredosis de somníferos. Ahora ya ha trascendido la verdad, y Ángel, su padre, ha declarado que le golpearon el cráneo; con tanta fuerza que su masa encefálica salió disparada.

—¿A dónde quieres llegar, Bianca?

—Mi cabeza no es más dura que la de Lucas. Creo que a mí me golpeó otra persona.

—La Policía hará su trabajo.

—Yo no soy de esas mujeres que se sientan a esperar.

Guzmán pone freno a sus caricias y Bianca espera la retahíla de rigor: «Tienes que aprender a controlarte, desahoga el ímpetu por medio del deporte, emplea tu energía en asuntos constructivos».

—Sé muy bien cómo eres, Bianca; sé que jamás cedes las riendas, y siempre te he dado la libertad que has querido. Desde niña. Pero a veces hay que saber delegar. Deja trabajar a esos agentes.

—Que trabajen como agentes de la ley no implica que estén siempre del lado de la ley. No son mirlos blancos, algunos policías cometen errores, se protegen entre sí y tienen claroscuros.

—Son falibles, como cualquier persona en cualquier colectivo.

—Los miembros de este colectivo van armados.

—¿Pretendes que vayan lanzando flores? Mira, Bianca, esto es absurdo. Mantente al margen, colabora, aporta toda la información que tengas; toda, no ocultes nada, cualquier detalle podría ser importante. Pero no trates de ir por libre, esto ya no es una broma. Han intentado matarte. —Guzmán traga con fuerza, su voz se quiebra—. ¿No lo comprendes, hija?

Bianca se incorpora, se revuelve el pelo y mira a su padre a los ojos. Él ya sabe quién va a tener la última palabra. Nada ha cambiado.

—Lucas era mi paciente. Me debo a él. Sé cosas, y no sé si puedo confiar en la Policía. Él no lo hacía.

Martes. Recogen a Luz en el aeropuerto, pero en vez de ir a casa, de regresar a Loredo, deciden pasear por el centro de Santander. Luz decreta que ahora que ha vuelto, ya nadie le va a hacer daño.

—Nadie va a hacerte daño, Bianca. He vuelto.

Toman café en una terraza bulliciosa de la plaza de la Esperanza, junto al mercado de abastos del mismo nombre, en el corazón de la ciudad. Los cuatro: Guzmán, Luz, María y Bianca. Evitan el tema, solo charlan de banalidades; Luz relata anécdotas de su periplo en París y María suelta alguna tontería que les hace reír a todos; nadie saca a colación lo de la muerte de Lucas ni lo del coma de Bianca, y media hora más tarde, cuando Guzmán se despide para acudir al trabajo, Luz resuelve lanzarse sin red:

—¿Estás tan recuperada como parece, Bianca?

Bianca se ha arreglado poniendo todo su afán en parecer la de siempre; en parecer fuerte, solvente y casi feliz. También se ha maquillado, aunque no suela hacerlo; ha perfilado sus ojos con una línea de kohl que resalta el azul de su mirada intensa. Vestido negro, cazadora de cuero, cabello recogido en una cola de caballo y botines de ante con tachuelas.

—Pronto estaré como antes —declara—. Como siempre.

Luz aprieta la mano de Bianca y susurra que todo se va a arreglar. Para Bianca, Luz es más madre que su propia madre, y ha estado ahí, pendiente de ella, desde la adolescencia.

—Te llamé el pasado martes, Bianca, ya me extrañó que no respondieras. Sueles ir a tu aire, pero siempre devuelves las llamadas.

—Háblale a Luz del policía de ayer —interviene María quitándole hierro al asunto.

Es María quien relata el episodio de ayer por la tarde: la tormenta, el jefe Valtierra, sus cuestiones sobre Lucas y la tensión sexual que flotaba en el aire.

—¿Llamarás a ese hombre?

—Solo lo haré si recuerdo algo. Y es muy poco probable que lo haga.

Bianca está incómoda, y mientras ellas charlan, mientras hablan de restaurantes, de museos, de tiendas y librerías, pierde la vista entre el gentío y aprovecha para hacer algo que ha planeado desde que salió del coma: enciende su móvil. Ha esperado a ese momento, a estar acompañada por personas que la quieren, para sentirse a salvo, segura, capaz de activar el cacharro. Lo ha estado cargando durante toda la noche y ahora empieza a dudar. ¿La clave de desbloqueo? Acierta al segundo intento, la mente aún le funciona a un ritmo anómalo.

Durante su convalecencia ha recibido más de ochenta llamadas. El teléfono debió quedarse sin batería el sábado día 9, de madrugada, cuando lo dejó en el coche. Algunas llamadas son de pacientes, y siente desolación, le da mucha rabia no haber podido atenderlos, tendrá que esmerarse para ir recomponiendo las piezas quebradas.

En uno de los mensajes, de la tarde de aquel sábado, Bianca le pide a su secretaria que anule todas sus citas, las reuniones de la semana. Va a tomarse unos días de descanso, le explica. Vaya si se los tomó... Canceló las consultas, liberó su tiempo durante varias jornadas, sabía que Lucas la necesitaba.

Bianca hace un alto en uno de los registros. Cuatro llamadas perdidas del sábado día 9, todas muy próximas a las doce de la noche.

Mario Cayón.

Mario Cayón es el nuevo representante de Lucas, el hombre que engrasaba las piezas del engranaje para que volviera al fútbol. Cayón es el abogado que iba a manejar el pleito contra aquel mastodonte de las apuestas deportivas, y Bianca lo conoce, han coincidido en alguna ocasión, pero hay algo que no entiende: ¿por qué quiso hablar con ella? ¿Por qué aquel sábado?

SEGUNDA PARTE

—

19 AL 26 DE OCTUBRE

Los hombres amontonan errores en sus vidas,
y crean un monstruo al que llaman destino.

John Keats

15
MATEO

Santander, 19 de octubre, martes

Ocho, la nueva obra de Dama, va a subastarse el próximo viernes 22 de octubre, en Londres. Me desayuno con la noticia, el anuncio aparece ocupando media página en un diario de tirada nacional; el mismo en que suele escribir sus artículos la mayor detractora de Dama, una tal Judit C. Arranco la hoja, la meto en la mochila y repaso mi agenda mental: ¿tengo algún tema importante el viernes 22 de octubre? No he compartido con Chuchi nada de lo de Dama, ni siquiera sé muy bien si tendría algún sentido, y temo que todo se acabe filtrando a la prensa. ¿Dama guarda alguna relación con el asesinato de Cúe? En unos días viajaré a Madrid, voy a reunirme con personal del Prado para estudiar *Las novias*, la pintura que se halló en el chalé del futbolista; y el hecho de haber encontrado esa enigmática obra, perdida hace décadas, hace aún más verosímil que Bianca de Arbide pronunciara aquella sentencia: «Tiene un cuadro de Dama». ¿Lucas Cúe había empezado a coleccionar arte?

Tomo un sorbo de café, aparto el periódico y observo a mi madre en la barra mientras sirve desayunos y orujos mañaneros; ni siquiera ha amanecido y ya hay a quien le urge el calor de un copazo quemando el esófago. Levantarse de noche, acostarse de noche.

Vuelvo al periódico, paso las hojas sin leer lo que estoy viendo; en mi cabeza, revivo la conversación de ayer por la tarde, nuestro encuentro con Bianca de Arbide, las respuestas que nos dio. Deliberadamente, aparqué demasiadas cuestiones en el tintero y, aunque me cueste asumirlo, sospecho que ella también lo hizo: no compartió con nosotros todo lo que sabía. Vuelvo a doblar el diario, lo dejo a un lado; pensar en sus ojos me incomoda, Bianca de Arbide no es una mujer al uso, tiene carácter, y ni tan siquiera Chuchi pudo salir indemne de la entrevista. «Los que somos como nosotros, entre nosotros, solemos reconocernos», dijo sosteniendo mi mirada, con determinación, refiriéndose a Lucas, y no solo a Lucas. Pillé el mensaje. ¿Nos habíamos reconocido?

A las siete menos veinte ya me he acabado el café, ya me he comido el bizcocho, y la barra del local sigue estando abarrotada. Espero a mi hermano, también a Chuchi, pero en lugar de ellos es Rebeca quien irrumpe. Se ha levantado a las cinco, ya lleva siglos haciéndolo, y recuerdo que desayuna aquí cada día, desde hace años. Soy yo quien ha alterado su rutina. Yo, el mismo que aseguró que no volvería a llamarla ni a responder a sus llamadas. Lamento mi mala memoria, haberme plantado en Villa Alegría justo en este momento. Rebeca lleva un pantalón ajustado de vestir, los tacones de costumbre, una cazadora beis de cuero, entallada. El cabello como siempre, tenso, en una coleta prieta y altiva. Medio mostrador dirige la vista hacia ella, algún baboso demora la mirada más de lo tolerable y la contempla como a un fenómeno astral. Nos lanzamos un vistazo sin siquiera saludarnos; como si no nos hubiéramos querido, odiado, esperado y maldecido. Nada que haga indicar que en una ocasión, ya hace tiempo, pudimos tener un hijo en común. Nadie se inmuta, pero apuesto a que mi madre sí ha captado la jugada; no se le escapa una. Rebeca se sienta junto a la barra, posa su bolso en el taburete contiguo, por si a alguien se le ocurre proponerle acompañarla; y yo decido atender al televisor. Bombardea con noticias de la jornada anterior que no le interesan a nadie.

Bianca de Arbide también aludió a Rebeca: «No mataría una mosca, tiene celos infundados». Y soltó una sentencia para enmarcar, para grabar en un epitafio: «Si me llama, acudiré».

De haber fumado, ya habría salido a fumar, pero como no

lo hago, pido otro café y vuelvo a ojear el periódico con bastante desgana. Vuelvo a soltarlo cuando veo entrar a Chuchi, que se acerca a la barra a saludar a Rebeca, a saludar a mi madre, y por fin toma asiento frente a mí. Se disculpa por el retraso, trae un chocolate a la taza, un plato lleno de churros, y mientras se acomoda, señala a un tipo que juega a la tragaperras. Lleva ahí desde que he llegado.

—¿Viste, Mateo? Quien no da en un vicio concreto, da en otro vicio peor; por eso no me pongo a dieta.

Pienso en Lucas, que iba a iniciar su propia cruzada contra las casas de apuestas. Lo comento en voz alta, y Chuchi replica que Lucas tenía todas las de perder.

—Esos *lobbies* son muy fuertes, y Lucas ya debía haber estado de vuelta. ¿De qué le han servido los trofeos, la fama y el dinero?

—Algunas personas viven orientadas al reto, compiten consigo mismas. Personalidad tipo A, búsqueda compulsiva del éxito.

—En fin... —Chuchi le da un trago al chocolate, se seca los labios y abre el dosier que sujeta bajo el brazo—. Ayer, después de la entrevista, apenas hablamos.

No le respondo, sé que va a responderse él mismo.

—Estábamos en estado de *shock* —concluye—. Esa chica, Bianca de Arbide, no es normal.

—A mí me pareció perfectamente normal. —Sin quererlo, lanzo un vistazo rápido a la barra; Rebeca sigue desayunando de espaldas.

—Yo, desde luego, no estoy acostumbrado a ese tipo de mujeres. ¿Clases de tiro? ¿Narices partidas con cascos de moto? ¿Programación neurolingüística? ¿Y qué me dices de su abogada? Lo repito, Bianca de Arbide no es normal, pero tengo que admitir que bien mirada tiene un puntazo. —Chuchi sostiene un churro, le planta un mordisco y luego lanza una cuestión que tiene poco de retórica—: ¿Os conocíais de antes?

Es la segunda ocasión en que me lo pregunta.

—Ya te lo dije. No.

Chuchi entorna la mirada, encoge los hombros como un animal sigiloso que aceche a su presa.

—Bien, Mateo, comencemos. Enemigos de Lucas Cúe: no tiene enemigos, pero mucha gente lo envidiaba. ¿Deberíamos sospechar de otros deportistas? No merece la pena seguir por ahí; nos volveríamos locos, salvo que hubiera alguien muy concreto. ¿Su familia? Ya hacía meses que no se veían y están más preocupados por la caja fuerte que por dar con el asesino. No disponían de llaves del chalé y tienen coartada para esa noche. ¿Habrían enviado un sicario para acabar con Lucas? Aún no se han abierto las últimas voluntades, pero apuesto a que esa pareja va a resolver de golpe todos sus problemas financieros. Lucas les había cerrado el grifo.

—No lo veo, Chuchi, no creo que fueran sus padres. Un poco cínicos, hipócritas, consumistas, muy interesados. Pero me dio la impresión de que querían a su hijo.

Chuchi asiente, consulta sus documentos y sigue:

—Bianca de Arbide nos aportó algunos datos, y fue un poco más precisa que Rebeca. Lo que nos dijo coincide con lo que muestran los hallazgos de la caja. Lucas estaba en pleitos, perdió cuatro millones de euros al romper con su último club sin haber expirado el contrato; renunció a otros tantos en acuerdos publicitarios, pero lo habían demandado por cinco millones más. ¿Te cargarías a alguien por cinco millones cuando tú acostumbras a embolsarte veinte, treinta, cien? Yo lo descartaría, Mateo.

—No merece la pena seguir por ahí.

Chuchi tiene delante el listado que nos hizo llegar Rebeca. Tacha algo. Vuelve a tachar: descartados los padres, su antiguo equipo y algunos anunciantes. ¿Estaremos yendo demasiado rápido?

—Su nuevo abogado, la persona que iba a ayudarlo con esa cruzada contra el *lobby* de las apuestas, era un tal Mario Cayón. Está afincado en Londres y, según los documentos de la caja fuerte, también había empezado a representar a Cúe; como agente. La prensa aún no se había hecho eco.

—Quiero que nos reunamos con ese hombre, tener una charla con él. Su nombre me suena.

Chuchi replica que el tal Mario Cayón ya constaba en el

listado de Rebeca y en el registro de llamadas de la víctima, pero ellos apenas le dieron importancia.

—Estamos desbordados, Mateo, y hemos priorizado otros frentes, con otras personas que creímos más cercanas. Voy a intentar localizarlo cuanto antes.

Bianca de Arbide y Mario Cayón, gente de suma importancia para Lucas. Rebeca, sin embargo, los había incluido en aquel inventario como a dos conocidos más. ¿Por qué?

—La opinión de Lucas levantaba ampollas en el mundo del balón. Antes del cambio legislativo, del decreto de 2020, muchos deportistas cobraron cifras de escándalo por ceder su imagen a campañas de apuestas y juegos de azar. Influían en millones de niños y adolescentes, y en su día era legal, pero Lucas no lo consideraba ético, por eso incumplió su contrato.

Sin quererlo, vuelvo a observar al tipo de la tragaperras y recuerdo las hordas que acostumbran a vagar cerca de las casas de apuestas del barrio.

—Hace unas semanas Lucas realizó unas declaraciones incendiarias, aludió a algunas figuras del deporte, las cuestionó, y se le unió algún otro futbolista. Abogaba por endurecer, aún más, la legislación. Iba a llevar un proyecto a Bruselas, ese tema le tocaba la fibra.

—¿Por algún motivo concreto?

Chuchi se encoge de hombros.

—Pregúntale a Bianca de Arbide, su programadora neurolingüística.

Está claro, ahí hay un hilo del que tirar.

—Hemos revisado el móvil de Lucas y no hay nada reseñable, salvo unas llamadas bastante extrañas que recibió aquel sábado; cinco en total, fueron llegando a lo largo de la tarde, y se hicieron desde una cabina de Madrid ubicada frente a Neptuno. Esas conversaciones fueron cortas, pero nos han intrigado.

Asiento, tomo notas. Hoy en día ya nadie usa cabinas para llamar, algunas ni siquiera están operativas, así que el asunto, cuando menos, es curioso.

—¿Qué hay de Rebeca? —sigo—. ¿Se ha averiguado algo más?

—Ya oíste a Bianca, Rebeca estaba celosa de ella...

—Oí a Bianca, que también aseguró que Rebeca no mataría una mosca.

—Las moscas son una cosa, los futbolistas son otra. No subestimes a una mujer despechada. —Chuchi dirige la vista hacia Rebeca justo en el instante en que ella se pone en pie.

Planta un par de euros sobre el mostrador, se despide de mi madre y abandona el local sin siquiera mirarnos.

—Bien, ahora nos vamos a centrar en la noche del crimen. Bianca de Arbide conduce desde Madrid. Vuela desde Madrid, mejor dicho, porque según la triangulación de su teléfono se desplazó a una velocidad media de ciento veinte kilómetros por hora... ¿A qué tanta urgencia?

—Quizá conduzca siempre así de rápido. Va con su forma de ser, ¿no?

—Va con su forma de ser, cierto, pero estuvo hablando con Lucas durante ciento catorce minutos. ¿No es demasiado? Cuando llegó a Santander tenía tanta prisa que olvidó el móvil en el coche. Entró en el chalé de Lucas, y ya no se supo más. Todo tan vertiginoso, tan precipitado, tan frenético. ¿La agredieron en la ducha? ¿O la agredieron en otro lugar y fue arrastrada hasta allí, desnuda, para que pareciera lo que no era? Porque asegura que Lucas y ella no estaban liados.

—No hay signos de que fuera trasladada, habría aparecido sangre en la prueba del luminol; regueros, el rastro del fluido arrastrado. La ropa podría haberse ocultado para borrar huellas.

Las huellas dactilares solo quedan grabadas en superficies pulidas, nunca en tejidos ni en materiales rugosos, pero las prendas de ropa sí son capaces de absorber fluidos: sangre, semen o saliva, y en las fibras puede quedar prendida alguna hebra capilar, vello con bulbo piloso.

—¿Se llevaron la ropa de Bianca para curarse en salud?

—No cabe otra explicación.

Chuchi remata la taza, el plato ha quedado barrido, y se recuesta en la silla al tiempo que vuelve a cerrar el dosier. Se encoge de hombros, me muestra las manos vacías y declara que eso es todo. Pienso en la caja fuerte, en la pintura de Klimt, pero no me refiero a ella, Chuchi es demasiado pragmático para seguir por ahí; tanto como yo solía serlo.

—La clave está en Bianca —decreta—. Fuera lo que fuese que le ocurriera a Lucas, él se lo había confiado. Tienes que volver a reunirte con ella.

—Tenemos.

—Tienes —insiste Chuchi—. Y no voy a explicarte por qué eres tú quien debe hacerlo. Tampoco voy a preguntarte de qué hablasteis cuando quiso quedarse a solas contigo, ayer, después de la entrevista.

Él no iba a preguntarme, yo no iba a responderle. Chuchi se encoge de hombros.

—El hijo de puta de mi padre se fue de casa y nos dejó hasta arriba de deudas —dice—. La familia de Bianca, sin embargo, forma parte de una de esas estirpes de ricos con pedigrí. Miles de tíos posicionados, de primos con buenas carreras, de amigos ocupando puestos relevantes... Una red enmarañada de contactos. Bianca tendría a quien pedirle un favor si se viera obligada... Ya ves, Mateo, para que luego digan que todos somos iguales.

Observo a mi madre; cuando no hay nadie a quien servirle cafés, Valvanuz no se cruza de brazos ni se recuesta en la barra ni se sienta a ver la tele; Valvanuz sigue trabajando, y ahora restriega con fuerza, empleando un paño, las botellas de licor que retira del mueble y vuelve a colocar.

—Bianca podría vivir sin trabajar ni un solo día de su vida —advierte Chuchi—, pero pone todo su empeño en ser la mejor en su campo; y lo logra. El entorno de Bianca está a años luz del nuestro, Mateo. Del tuyo y del mío. Métetelo en la cabeza.

Chuchi me palmea la espalda, se pone en pie, se embute en su cazadora y dice que se larga a la Jefatura. Se lleva el dosier, y yo le comento que aún tengo que esperar a mi hermano. Samu se está retrasando.

Me he acercado a la barra, he pedido otro café —esta vez descafeinado— y, aunque ya hace días que podía haberlo hecho, entro por primera vez en la cuenta de Instagram de Bianca de Arbide. Accedo desde mi cuenta, un perfil personal con veinte seguidores titulado GeorgeMallory37 —George Mallory fue el primer alpinista que, según algunos, habría logrado culminar el Everest—. Dispongo de pocas fotos, en las imágenes soy un hombre sin rostro que escala de espaldas, dos manos toscas anudando una cuerda, un perfil dibujado a contraluz sobre una cumbre nevada, la de Torre Cerredo. Bianca de Arbide cuenta con casi diez mil seguidores, y aunque no sea muy activa, su última publicación es del día anterior al asesinato de Lucas. Vídeos, textos, pautas para estar en paz, ser feliz y lograr alcanzar la mejor versión de uno mismo. Sube un par de reflexiones al mes, y su auditorio es fiel.

Bianca en su biblioteca, en el bosque, navegando, acariciando a un perro, leyendo un libro, dando una conferencia frente a un montón de empresarios o en su mesa de despacho. En ninguna de las fotos aparece disparando, portando cascos de moto o lanzando esa mirada cargada de indignación que le dedicó a Chuchi. Más que evidente, todo medido y muy edulcorado, la parte combativa se la guarda para sí. Hago una pausa en esa imagen del 4 de enero: Bianca en el puntal de Somo, junto a Lucas y Rebeca. Al otro lado de la bahía puede avistarse la ciudad de Santander, el edificio imponente del hotel Real y el palacio de la Magdalena, abrigado en su península por el arbolado oscuro. Bianca trabaja para altos cargos, para artistas y deportistas, pero allí asesora a gente de a pie: aprende a decir no, aprende a quererte, a organizar tu tiempo, a evitar las rumiaciones, practica la higiene del sueño. «Si cuidas lo que comes, ¿por qué no cuidar lo que piensas?» Una cita de Dostoievski: «Pensar demasiado es una enfermedad».

Alzo la vista, bloqueo el teléfono. Conque una enfermedad... Consulto la hora, es evidente, Samu me ha dado plantón, y cuando decido irme, cuando resuelvo llamarlo para pedirle explicaciones, me topo de bruces con un rostro conocido. Una mujer en bata, en pijama y zapatillas. Va despeinada, muestra uno de esos semblantes prematuramente viejos que siempre parecen cansados, gastados, demasiado utilizados. No hay arrugas, lo de ese rostro son surcos, y las bolsas de los párpados casi se rozan con los pliegues de la nariz. Vive en el portal de al lado, solía limpiar oficinas, ya no lo hace, y supongo que ese es su uniforme de batalla, que se pasa de esa guisa la mayor parte del tiempo, salvo si visita al médico, al abogado o al juez que le firma a su sobrino la condicional.

—¡Ponme un café, Valvanuz! ¡Bien cargado! —le grita a mi madre. Se acerca a la máquina de tabaco y se dirige a mí mientras introduce monedas en la ranura y se rasca la cabeza con fruición—: Ahora que te encuentro, Valtierra, no veo a mi sobrino desde el jueves, y eso es raro.

Su sobrino es el Zuki, y mi madre y yo intercambiamos una mirada cargada de munición. La mujer se acerca, huele a fritanga que apesta, y juguetea con el tabaco, aún precintado, mientras me explica, no muy preocupada, que Zuki solía ir con mala gente; aunque se estaba reformando y ya no tomaba drogas; o ya no tomaba tantas.

—Tú lo sabes, Mateo, se quedó sin padres siendo muy chico, y han sido las amistades las que me lo han maleado. Él siempre fue un crío noble.

Siempre las amistades corrompiendo a las personas. Le pregunto por cómo vestía la última vez que se vieron —ella en bata y zapatillas, por supuesto—, por si el Zuki parecía inquieto, nervioso, alterado. La miro a los ojos mientras le hablo, aunque sin quererlo la atención se me escape hacia la imagen de la cajetilla: un tipo escupiendo sangre sobre un pañuelo. «Fumar daña los pulmones», reza el texto que acompaña a la foto. Le sugiero que se pase por la caseta y proclama que ella no va por allí, que eso está atestado de ratas y bichos, de meadas y cagadas. La caseta es una especie de picadero mediocre, una cuadra derruida a las afueras del barrio, en medio de un descampado invadido por zarzales, lleno de mugre y basura. En los ochenta solía ir la gente a pincharse y ahora acuden los críos a beber calimocho, a hacer pintadas y a grabar vídeos absurdos para subirlos a YouTube, a TikTok, o a donde sea que lo hagan.

Son las ocho, decido darme una vuelta por la zona; Zuki iba allí a beber, me lo contó un día, lo hacía cuando le daba el bajón, cuando pensaba en la cárcel y en las cosas que vio, que debieron de ser muchas. Me despido de mi madre, que me estudia reflexiva.

—Pensar demasiado es una enfermedad —le susurro al oído después de plantarle un beso en la frente.

—¿Me lo dices a mí, o te lo estás recordando a ti mismo? —me responde circunspecta.

Intercambiamos una mirada que le deja claro al otro que tenemos pendiente una conversación y salgo a la calle dispuesto a ir al descampado.

Apenas tardo diez minutos en llegar al prado perlado de escarcha. Está amaneciendo, un sol famélico comienza a asomarse tras los invernaderos tristes de las huertas cercanas; por aquí cruza una rotonda de circunvalación, y hay tanto tráfico que el rugido de los motores aplasta el trino de los pájaros. Entro en la finca, avanzo a través de hierba alta y matorrales salvajes que proliferan a su antojo; no veo ratas, pero oigo bufar a un gato que se ha enzarzado con otro en una refriega dura, a mordiscos, sin cuartel. Son de esos gatos con los hocicos sucios, sin dueño, con las costillas marcadas y el pelaje como en punta, mate, siempre erizado y rebozado en mugre. Hay basura, latas, colillas y trozos de clínex. La caseta, al fondo, se sostiene a duras penas, como si hubiera sido herida de muerte.

Entro con la linterna, aún no hay luz suficiente, aquí hay más zarzas, se oye un zumbido, deben de ser las avispas. Huele de un modo extraño. Mil botellas por el suelo, todas vacías, aunque parecen recientes. Una manta llena de desgarrones, de suciedad, de lamparones siniestros. Periódicos viejos, restos de una hoguera, unos calzoncillos sucios, una deportiva huérfana, sin pie ni pareja. «Bajo el cielo es mi refugio», se lee en un grafiti rojo en una de las paredes. Siento esa sensación, la misma que me invadió cuando entré al chalé de Lucas. Oigo mis propias pisadas, pero de fondo, machaconamente, también se percibe la canción de Rosalía, que está sonando en mi mente como en un *déjà vu* insidioso. Saco el teléfono, hago unas fotos y, aunque parezca irónico, intento contaminar tan poco como puedo este escenario dantesco. Donde hay una fuente tiene que haber un desagüe, y esta caseta solo es el subproducto del atajo de bondades de nuestra vida moderna.

No veo rastro del Zuki. Guardo el móvil, saco un paquete de clínex, trato de retirar los tablones que cierran el paso a otro habitáculo; en su día fue un gallinero. Noto un latigazo en la sutura del antebrazo, los tablones son pesados. No me puedo cubrir la nariz; con la mano derecha aparto las tablas, con la otra sujeto la linterna, y el tufo que me azota me provoca una arcada, me hace inclinarme a un lado y vomitar los cafés, el pedazo de bizcocho y el único churro que he podido esquilmar del plato de Chuchi antes de que él se zampara el resto.

El Zuki, lo que queda de él, está derrumbado boca arriba, sobre el suelo polvoriento; con la cabeza ladeada, ligeramente, hacia la derecha. Mi viejo compañero de colegio acababa de recibir la condicional, tenía curro en un taller, solía acudir donde estaba el dinero. Pero ahora solo es un cadáver grotesco, azulado, y le faltan los meñiques de las dos manos; ahora solo es un cuerpo sin vida con los globos oculares cosidos a puñaladas.

16

JORGE

Santander, 19 de octubre, martes

Este martes, a las nueve y doce minutos de la mañana, la paciencia de Jorge acaba de colmarse. Lleva despierto desde las siete, rumia el asalto del día anterior, y ha estado frotando con amoniaco la pintada de la pared: «Muérete, maricón de mierda». Sabe que ha sido su ex, ninguna otra persona actuaría de un modo tan infantil, tan burdo ni tan poco agradecido. Nunca debió ayudar a aquel parásito chupasangres cuando acabó tirado en la calle. Frente a aquellos policías que aparecieron por casa, Jorge supo fingir calma; logró simular que aquel tipo de sucesos apenas lo alteraban, pero está realmente cabreado, y mientras se deshace del estropajo, mientras se restriega las manos para intentar borrar el tufo a disolvente, abandona la mirada al otro lado de la ventana y vuelve a verlo: el barco de velas negras fondeado en la bahía. «¿Otra vez?», se pregunta Jorge escamado. Cierra el grifo, va al salón y se acerca al catalejo. Hay un hombre en cubierta, lleva unos prismáticos y los dirige hacia la casa. El sol aún va a tardar en brillar con potencia, y la mañana es fría, pero la mar está en calma, y ese velero es el único que alcanza con la vista. Desde allí no es capaz de leer la matrícula. Jorge no se lo piensa, si lo hubiera hecho no se habría desnudado a esa velocidad, no se habría arrancado la camisa con semejante ímpetu ni se habría embutido en el bañador oscuro. Iba a salir a nadar igualmente, como lo hace cada mañana desde que está en la ciudad. Baja las escaleras de tres en tres, activa la alarma, cierra con llave y la lanza bajo el felpudo. Va descalzo, atraviesa el jardín en dirección al camino que conduce a la playa; saluda a Miriam, que desayuna en el porche, y está a punto de darle las gracias por haber avisado a la Policía el día anterior. Pero no lo hace, vuelve a pensar en la pintada, y eso le pone enfermo. Cuando planta un pie en la arena, suave y gélida, decide que está haciendo lo correcto. Y se zambulle en las aguas.

Se le eriza la piel, sus músculos se agarrotan y su mente le ruega que se detenga, que regrese al abrigo de la casa, de la ropa cálida de otoño; pero Jorge es más fuerte y bracea con potencia en la mar salada. Sus pulmones se inflaman, sus pupilas se contraen y lamenta no haber hecho esto todas las mañanas de su vida, como cuando era joven, como cuando nadaba, cada día, desde la playa del Camello hasta la de Mataleñas. Con Mario.

Mientras avanza, baraja por dónde abordar el velero y recuerda que su familia solía tener un fueraborda en Puertochico. Judit y su cuñado deben de seguir usándolo de vez en cuando, pero él no puede esperar a que le expliquen cuál es el amarre; ni puede esperar ni le apetece hacerlo, va a asaltar ese barco como lo hicieran los raqueros en la noche de los tiempos: a nado.

A medida que se aproxima, va moderando el ritmo, deja de nadar a crol y empieza a hacerlo a braza para ser más silencioso. Los primeros rayos de sol del día le rozan de perfil y cree distinguir que la cubierta sigue estando vacía. Jorge calcula diez metros de eslora; no es un velero de lujo, ni siquiera uno mediano, pero puede albergar a unas cuatro personas. Cuando se encuentra a menos de un metro, roza el casco con los dedos y se impulsa por la popa. Apenas le ha dado tiempo a ponerse en pie, un hombre sale de la cabina y le apunta con una pistola. Jorge se sujeta a la botavara y se restriega el cabello con la mano libre. No siente miedo, algo le dice que ese tipo no dispara, que no suele hacerlo; aun así, su intuición no es muy de fiar, y le ordena que baje el arma.

—Baje el arma.

El hombre obedece, y Jorge observa la costa desde esa situación.

—¿Hace falta que le explique quién soy? —pregunta Jorge—. ¿Por qué estoy aquí? ¿O usted sabe de mí más de lo que yo sé de usted?

Jorge chorrea agua, tiene la piel de gallina, y el hombre capta un brillo duro en los ojos del recién llegado; sabe quién es Jorge del Cerro, conoce de sobra sus movimientos, su rutina, su carrera profesional. Pero jamás lo habría imaginado así; emana una fuerza que impone.

—¿Tiene una toalla?

El hombre oculta la pistola en la cintura del pantalón y, sin pronunciar palabra, le tiende a Jorge una toalla blanca, gruesa, perfectamente doblada. Jorge se seca de la cabeza a los pies. El hombre lo contempla impávido y Jorge le calcula la edad que puede tener. ¿Setenta años? Setenta y cinco quizás. Buen aspecto, ojos claros, piel curtida por el sol. Es un anciano pero no es un anciano; es difícil de explicar, su mirada es joven, nada que ver con sus gestos y sus arrugas. Jorge posa la toalla, interpela al individuo:

—¿A quién vigila? ¿A Miriam Cohen o a mí?

—Buscaba el momento propicio para dirigirme a usted.

Tiene acento extranjero, pero Jorge es incapaz de discernir, de distinguir nada que no sea esa mirada, de un azul que impresiona.

—¿El momento propicio? ¿Y pretendía leerlo en mi cara? ¿Escrutándome con los prismáticos? Oiga..., usted no está muy bien de la cabeza, ¿verdad?

El hombre se encoge de hombros, estudia a Jorge en silencio y este lo estudia a su vez.

—Esto es surrealista. Dígame quién es, qué es lo que quiere y por qué me vigila.

—Mi nombre es Ernest Laufen. Fui socio de Mario Cayón durante una temporada, en Madrid, además de un fiel amigo. Ahora soy su albacea.

—¿Por qué va armado?

—¿Usted no va armado? Es juez.

—Hasta donde yo sé, solo llevan armas los mafiosos y la Policía; no los jueces, los abogados, ni los albaceas testamentarios.

—La llevo para protegerme de la Policía y de los mafiosos.

Jorge se repite que es surrealista. Puede que esté soñando, que todo se deba al golpe, aún no se ha recuperado. Toma asiento en la bañera del velero, bajo el sol, se frota los ojos y nota el salitre lamiendo su piel. Mira hacia el sur, hacia el puntal de Somo. Está cansado, y ni siquiera entiende qué pinta aquí, bajo la vela negra de esta extraña embarcación.

—Mario se ha suicidado, pero me había pedido un favor ya hace tiempo —dice el tipo antes de meter la mano en el bolsillo de la americana y sacar una carta.

Se la tiende a Jorge, que no está para misterios, para juegos ni acertijos. Jorge desgarra el sobre sin miramientos y algo cae sobre la cubierta tintineando. Brilla, es una pieza metálica, una llave de titanio. Jorge se inclina, la recoge, siente su tacto frío y acerado.

—¿Qué es lo que abre esta llave?

—La caja de seguridad de un banco de Ginebra. Todo lo que haya en su interior es suyo. Mario lo quiso así. En la nota constan las instrucciones.

—¿Su acento es francés?

El hombre asiente.

—¿Cuánto hace que tiene esta llave?

—Muchos años. Mario siempre ha temido que le ocurriera algo, siempre ha vivido al límite. ¿Cómo dicen ustedes? En la cuerda floja.

—¿Y yo? ¿Qué tengo que ver con esto?

—Mario confiaba en usted, reiteraba que era íntegro; que si le ocurría algo, si naufragaba, solo usted tomaría las riendas.

—Creo que se equivoca de persona. ¿En qué andaba metido Mario?

—En muchos asuntos, pero se quitó la vida porque murió su hija. Y su hija murió, justamente, cuando sufría una grave crisis de conciencia. Esa crisis se agravó con la recepción de una serie de notas anónimas. En su día, Mario había batallado contra estamentos prestigiosos. Y ahora iba a volver a hacerlo, iba a enfrentarse a personas poderosas.

—¿A qué personas? ¿Por qué asuntos?

—*Lobbies* de ciberapuestas, de juegos *online*. La Asociación Americana de Psiquiatría ha equiparado la dependencia que generan los juegos de azar con la heroína o la metanfetamina, y Mario iba a iniciar una cruzada contra los grupos de presión que fomentan la expansión de estos conglomerados; tienen mucha influencia en Bruselas, y eso iba a convertirse en un David contra Goliat. —Ernest hace una pausa, como esperando que Jorge asimile a quiénes se está refiriendo; quiénes son David y Goliat.

Mario había sido un hombre comprometido, y aunque su relación juvenil con Miriam Cohen no hubiera prosperado, habían vuelto a rencontrarse. De eso hacía tres años; y entonces, sin más, Mario cerró su bufete, olvidó sus convicciones, aparcó sus casos de corte social y se casó con ella. A veces la vida da otra oportunidad. También había empezado a trabajar para Edulis & Cohen, el conglomerado empresarial de los Cohen, una familia de grandes terratenientes de cierto abolengo.

—¿Cree que Mario se suicidó? —sigue Jorge.

—Lo de Nina lo hundió, y Mario nunca fue un hombre emocionalmente fuerte. Aunque eso usted ya lo sabe.

Jorge se incorpora, vuelve a frotarse el pelo y se guarda la llave en el pequeño bolsillo con cremallera del bañador. Lee la nota, estudia las instrucciones que explican cómo acceder a la caja del banco. Memoriza la información y hace el papel pedazos. Deja que la brisa los haga volar, que los arrastre lejos. Acaban en el mar, sobre las aguas, pronto se disolverán; celulosa, salitre y tinta oscura que se irá perdiendo.

—¿A usted también lo han amenazado? —pregunta Jorge.

—Me retiré hace años, ya no supongo ningún peligro. Me dedico a navegar, no es fácil localizarme, y manejo un arma.

Jorge se despide y le da las gracias, aunque ni él mismo entienda por qué; esto es un sinsentido. Se zambulle saltando desde la popa y comienza a nadar. Cuando alcanza la arena, se dirige al jardín trasero y vuelve la vista hacia atrás, hacia las aguas de la bahía; lamenta haber olvidado leer la matrícula sobre la amura. El barco de velas negras ha desaparecido y han regresado los acúfenos.

Después de la zambullida, de charlar con Ernest Laufen y de darse una ducha, Jorge decide llamar a Rubén. Ya hace días que acudió a su consulta y ha rondado su cabeza de un modo muy insistente. Pero tras marcar su número salta el contestador y le deja un mensaje de voz: «Rubén, soy Jorge, Jorge del Cerro. Me gustaría verte. Si te apetece quedar, fija el lugar y la hora».

Jorge siempre está demasiado ocupado, pero por primera vez en muchos años, el lugar y la hora han dejado de importar; dispone de todo el tiempo en sus manos. La respuesta llega quince minutos más tarde, en forma de mensaje de texto: «¿Te viene bien esta tarde? ¿A las seis? Podemos vernos en la cafetería del Real, es un lugar discreto».

«Discreto y elitista», piensa Jorge. Pasa el resto de la mañana haciendo llamadas. Contacta con gente de Judicatura, con un par de colegas de Estrasburgo, con personas de la Escuela Oficial de Abogados. Necesita información sobre Ernest Laufen, el patrón del barco de velas negras. Tiene a Miriam, la viuda de Mario, en el chalé de al lado, pero prefiere enviarle un mensaje. ¿Qué datos puede ofrecerle del antiguo socio de su marido en Madrid? Los acúfenos se han intensificado, y el episodio del velero vuelve a parecerle una escena increíble.

Jorge estaba convencido de que el suicidio de Mario guardaba relación con aquel cuadro de Dama; pero su encuentro con Laufen le hace replantearse su composición de lugar. ¿Y si estuviera equivocado? Mario había manejado casos complicados, y aunque fuera David quien venciera a Goliat en el Antiguo Testamento —lo había matado usando una honda—, Jorge sabe que en la vida no es así: David es un niño, Goliat es más fuerte y maneja espada, lanza y jabalina.

La invitación a la subasta de *Ocho* —sellada en Madrid dos días después del suicidio de Mario— y su visita a Cresilda Stoner, la agente de Dama, bien pueden haber sido una vía muerta. Pero algo está claro: Mario lo citó en su casa de Terán con la intención de que hallara esas pinturas.

Jorge se arregla y decide acudir paseando hasta el hotel, una atalaya blanca de estilo neoclásico que se ha reformado y ha vuelto a decorarse con el estilo originario de los años veinte. La cafetería se encuentra vacía, y se acomoda frente al ventanal que comunica con la terraza, desplegada frente a la bahía. Jorge extiende el periódico sobre una mesilla de mármol negro y vuelve a toparse con el texto que anuncia la subasta de *Ocho*, el nuevo trabajo de Dama.

La aparición de Rubén aparta a Jorge de esa obsesión, y cierra el diario poniéndose en pie. Se estrechan la mano, profieren un «buenas tardes» simultáneo, apresurado, y se sientan frente a frente casi al tiempo. Jorge vuelve a fijarse en las manos de Rubén: dedos largos, de aspecto fuerte y al mismo tiempo elegante; los puños de la camisa, blanca y almidonada, se cierran alrededor de unas muñecas que muestran algo de vello, y en la izquierda, Rubén luce un Omega que parece antiguo. Jorge desliza la vista a lo largo de la onda que se extiende entre el final de la mandíbula de Rubén y el principio de su cuello; un cuello fuerte que acaba en la nuez, expuesta por un par de botones desabrochados. Nácar y tela blanca, piel de aspecto templado. Bajo el tercer botón se intuye el inicio de un pecho atlético. Jorge evoca la escultura de Bernini; el poder, el vigor muscular de ese *David* esculpido en mármol que pudo observar en la Galería Borghese. Fue en Roma, tenía quince años, había viajado con sus padres y su hermana; y aunque el arte nunca fuera objeto de su interés, aún recuerda la excitación que sintió y el modo en que le impactaron la anatomía del guerrero, la potencia en su postura y la tensión en su rostro bello y masculino.

Lanzaba la piedra contra Goliat.

Vuelve a embargarle la misma sensación, pero bloquea el recuerdo y logra dominarse. Le hace un gesto al camarero.

—Lo de siempre, un *whisky* solo, sin hielo —decreta Rubén.

Jorge pide otro *whisky*, y habría tomado lo mismo que su acompañante sin importarle de qué se hubiera tratado: vino, cerveza, ginebra o aguarrás. Su mente está demasiado ocupada en procesar cada gesto, cada imagen. Jorge traga saliva, su nuez oscila, y ahora es Rubén quien acaricia, sin ser consciente, la correa del reloj.

—¿Habías estado aquí antes?

—Nunca, es la primera vez. ¿Tú vienes a menudo? —pregunta Jorge.

—Este lugar me devuelve el equilibrio. —Los ojos de Rubén se clavan en los de Jorge, que ha vuelto a perder su aplomo habitual. Es Rubén quien toma las riendas, Jorge se deja llevar y, aunque no suela ser su caso, se siente a gusto, casi liberado—. ¿Cómo va tu cabeza?

—Quisiera decirte que mejor. Pero no es así.

Llegan los *whiskies*, Jorge toma un sorbo y agradece la aspereza en su garganta.

—Apenas sé nada de ti —le dice a Rubén.

—Ni yo de ti.

—Sabes que pasé unas horas inconsciente, que me encontré el cadáver de un viejo amigo. Conoces a mi cuñado, sabes quién es mi hermana, que soy juez. Te conté que me cuesta bajar el ritmo... ¿Qué hay de ti?

—No hay mucho que explicar —admite resignado—. Nací en Santander, como tú. Soy algo más joven, me apasiona mi profesión, y hace tiempo que no quedaba con alguien. Que no me sentaba a hablar con un hombre como lo estoy haciendo contigo. Suelo estar solo.

Jorge es impulsivo, decidido, belicoso. La invasión, el asalto y la conquista son sus maneras de obrar. Sin embargo, algo despierta al Jorge de antes de Mario, al de la piel sin curtir. Sabe que Rubén ha sufrido alguna clase de golpe; hay una herida sin cicatriz.

—¿Qué es lo que quieres de mí, Jorge?

«A ti.» En condiciones normales, esa habría sido la réplica. Pero no se han conocido en condiciones normales. Aun así, Jorge responde sin dudar:

—Me atraes, Rubén. Y me intrigas. Ahora también me cuesta entender por qué no me has rechazado.

—Porque también me atraes, y también me intrigas. —Rubén cierra los ojos, presiona los párpados con las yemas de los dedos, vuelve a abrirlos—. Hace tres años perdí a mi marido. Es el único hombre con el que he estado, nos conocimos siendo muy jóvenes. Él murió, y en cierto modo resolví morir con él.

—¿No has pedido ayuda?

—A los veinte perdí el contacto con mi familia; cuando supieron que era homosexual me dieron la espalda. A los treinta le pedí ayuda a mi dios, le rogué que mi marido venciera esa enfermedad, pero él también me falló. Ahora no creo en nada ni en nadie.

Jorge está impresionado. Por las palabras, por el modo en que han sido pronunciadas: con rotundidad, aplomo y una calma seca y grave; pero, ante todo, a Jorge le asombra el dolor, el desgarro que capta en los ojos de Rubén. Y sin pensarlo, sin calibrar su gesto, extiende el brazo y le acaricia la mano.

Unos segundos después toma conciencia de la situación: ¿le merece la pena meterse en ese jardín? ¿Quiere jugar con Rubén? ¿Es solo un reto, un desafío, tierra por calcinar?

Comenta que tiene asuntos que atender, que se le ha hecho tarde; no es cierto, pero sabe que debe pulsar la tecla de pausa, barajar los estragos que pueda causar. Su relación con los hombres suele ser rápida, improvisada, física y visceral; ya puede oler la sangre, se anticipa a la embriaguez de la conquista. Y, sin embargo, por ahora, va a indultar a la presa.

Se ponen en pie, caminan hacia la entrada bajo el arbolado, en silencio, y por unos instantes Jorge se olvida del viaje a Londres, de Dama, de la caja de seguridad que lo espera en Suiza. Piensa en Rubén y se dice a sí mismo que va a hacerse a un lado hasta haberse decidido; pero es impulsivo, de modo que, sin quererlo, o porque quiere, precisamente, se detiene, se planta frente al neurólogo, le acaricia el cuello y lo sujeta por la nuca. Lo besa con fiereza, invade su boca, nota el pálpito de la carótida de Rubén en la yema del pulgar. Rubén se aferra a su brazo, con fuerza, luego desliza la mano por la espalda de Jorge como queriendo captar su potencia muscular. Y es Jorge, qué ironía, quien renuncia a continuar; se recompone, fija la mirada en las pupilas del adversario.

—Rubén, lo siento, tengo que irme. Ya hablaremos.

Jorge ya no es el de siempre, y regresa a casa sumido en divagaciones. ¿Qué ha hecho? ¿Qué va a hacer? «Ya hablaremos», le ha dicho a Rubén. ¿Hablar? Es el problema, se habla demasiado y se avanza poco. Aún siente en los dedos el calor de Rubén, pocos hombres lo han excitado hasta ese punto, pocos lo han enfrentado a semejante dilema. Acelera el paso, sus ideas bullen, se detiene en seco cuando empieza a sonar el teléfono, inflamando el aire, corrompiendo el momento.

Jorge se acoda en una barandilla, frente al mar, modera el resuello y observa la pantalla. Lo llama uno de sus contactos de Estrasburgo. Responde y, a medida que escucha, va componiendo un gesto de estupor: no han dado con ninguna persona que responda al nombre de Ernest Laufen.

—No me cabe duda, Jorge —declara su interlocutor—, he tirado de varias fuentes, y te puedo asegurar que Ernest Laufen no existe. Ni aquí ni en ninguna otra parte.

¿Quién era entonces el sujeto del velero? ¿Por qué ha dado un nombre falso? Charlan un par de minutos; cuando cortan la llamada, Jorge se percata de que tiene unos cuantos mensajes. Los lee apresurado, sus colegas del Colegio de Abogados confirman la información que acaba de recibir: no han encontrado a nadie llamado Ernest Laufen. El último texto es de Miriam, la viuda de Mario, y apenas hace un cuarto de hora que ha sido enviado:

«Jorge, Mario no nombró albacea testamentario, y no conozco a ese tal Ernest Laufen. Ignoro quién es el tipo del que me hablas, pero Mario conocía a muchísimas personas, y no todas se movían por los cauces ordinarios. En cualquier caso, lo que te ha transmitido el patrono del barco es cierto: acabo de hacer unas llamadas y lo he verificado: Mario disponía de una caja de seguridad con acceso nominativo; como ha fallecido, tú eres el único autorizado a abrirla. Confiaba en ti; hasta ese punto seguías estando en su vida».

17

—

MATEO

Santander, 20 de octubre, miércoles

La síntesis de la clorpromazina se realizó en 1950. Poco después se convirtió en el primer antipsicótico de la historia. Al Zuki lo había matado una sobredosis de clorpromazina combinada con metamizol.

—Hasta el desarrollo de la clorpromazina, la psicosis se trataba con electroshock —me explica el forense—. La irrupción de este fármaco supuso un cambio radical en la psiquiatría. Se emplea para paliar los delirios, la esquizofrenia, la fase maníaca del trastorno bipolar...

El Zuki ha muerto a causa de una hipotermia causada por fármacos, y el facultativo me tiende el prospecto de una caja de Nolotil: «Si se administra junto con clorpromazina puede provocar un descenso de la temperatura corporal».

—En la sangre de la víctima se han hallado restos de ambas sustancias; cuando se combinan, producen una hipotermia extrema que, en su caso, ha sido letal. También había ingerido alcohol. Este hombre ha perdido calor mucho más rápido de lo que lo ha producido.

Nos encontramos en el Instituto de Medicina Legal, en el hospital de Valdecilla, y el forense desgrana los resultados de la autopsia que se le ha realizado al cadáver del Zuki. Un cuerpo con la piel azul, los ojos apuñalados y dos dedos menos: los meñiques de ambas manos.

—Ha habido fallo cardiaco, y los cortes en los globos oculares y en las falanges se han producido cuando la víctima aún se encontraba con vida, aunque probablemente inconsciente; no hay más signos de violencia.

Esos signos de violencia me parecen más que suficientes.

—Hubo hemorragia, retracción tisular en los bordes de los dedos, y eso nos lleva a pensar que el hombre aún conservaba las constantes vitales cuando se produjeron las disecciones.

Chuchi plantea una posibilidad: ¿podría tratarse de una mutilación necromaníaca? El asesino pudo seccionar las falanges a modo de trofeo o fetiche.

—También cabe el fin intimidatorio. Quien lo haya hecho puede estar enviando un mensaje. La cuestión es a quién, y el porqué.

El caso se encuentra bajo secreto de sumario, pero dos meñiques amputados harían las delicias de determinado tipo de prensa. Ni que decir de los ojos.

—La mutilación se ha realizado en dos fases —detalla el forense—. Primero se han escindido los tejidos blandos; parece ser que se ha usado un cuchillo. Para los tejidos duros, es decir, huesos y tendones, se ha empleado un machete; hemos analizado la morfología de las lesiones y es lo más probable.

Los miembros no han aparecido, y por la coloración de las fosas iliacas del abdomen, que es negruzca, y por la hinchazón se considera que el cuerpo ha alcanzado la fase enfisematosa —que se inicia a los tres días de la muerte—; la actividad bacteriana ya ha generado un buen volumen de gases, y la lengua, el pecho y los genitales están inflamados.

—Aún no se han hundido los tejidos, no se desprenden el pelo ni las uñas; no lleva ni siete días muerto.

Soy objetivo, me ciño a los hechos y mantengo a raya conjeturas y presunciones. Pero en esta ocasión barajo cientos de hipótesis basadas en una imagen, la que me asaltó al retirar aquellos tablones: la del cadáver del Zuki, el compañero de escuela al que conozco de siempre. Se estaba reinsertando, y no es el primer muerto que veo; tampoco va a ser el último, pero hay una gran diferencia respecto al resto: al Zuki ya lo había tratado cuando aún estaba vivo.

El cuerpo yace sobre la mesa de acero, presiento sus formas bajo la sábana. Yo pude observarlo en todo su esplendor: amoratado, hinchado, con dos pegotes oscuros en las cuencas oculares; sangre negra y coagulada. Evoco el olor, el tufo inmundo que desprendía, y vuelvo a sentir el estómago revuelto. El forense prosigue, Chuchi lo escucha, asiente, hace alguna anotación. Yo desconecto y pienso en volver allí, en regresar al lugar donde encontré el cadáver. Se me escapa algo y necesito darle palabras a esa sospecha. Me está sucediendo demasiado a menudo, siento como si el suelo se hundiera bajo mis pies, y yo nunca fui de esos, yo solía pisar firme.

Regresamos al descampado treinta horas después del hallazgo. Atravesamos el precinto policial y volvemos a irrumpir en la caseta. Los de la Científica ya han hecho su trabajo, pero nada ha cambiado en esencia desde mi primera visita la mañana del martes: vigas carcomidas, muros derrumbados, las botellas, los periódicos viejos y el grafiti: «Bajo el cielo es mi refugio». Nos ponemos los guantes, miramos alrededor y noto que faltan algunos objetos: no localizo la manta, los calzoncillos, ni la deportiva blanca. Todo está siendo analizado en el laboratorio —quizá haya rastros biológicos, algo que pueda indicar quién más ha estado aquí—. Los vestigios de la hoguera siguen en esa esquina; ya han tomado muestras.

—La tía del Zuki le perdió la pista el pasado jueves a mediodía —resume Chuchi—. A esa hora, más o menos, fue visto en Villa Alegría preguntando por ti, Mateo. Las cámaras del banco lo muestran saliendo apresurado, dirigiéndose, probablemente, a esta caseta. Iba hablando por teléfono y llevaba la misma ropa que se halló en ese rincón. —Chuchi me mira a la cara—. Zuki le dijo a tu madre, textualmente, que tenía información sobre la muerte del futbolista; que lo llamaras. Debieron de matarlo poco después.

El Zuki. La muerte del futbolista. ¿Alguna clase de nexo? No me cabe en la cabeza que esos dos homicidios puedan guardar relación. El Zuki era un macarra de tres al cuarto, un pobre hombre viviendo a salto de mata, sin presente ni futuro.

Cúe, por el contrario, era un triunfador que iba a volver a la cima.

—No veo el vínculo. Mi madre debió de entenderlo mal.

—No subestimes a tu madre, Mateo. Lo entendió perfectamente, y además insiste en que lo notó nervioso, muy alterado.

—¿Qué conexión podía tener Zuki con Lucas Cúe?

—Hay que averiguarlo, dar con ella. Quizá le vendiera droga, aunque nada apunta a que Lucas se drogara... Dos cadáveres en cinco días, asesinados de modo violento, desnudos. Y encontrados, casualmente, por la misma persona.

Vuelvo a sentirlo: hay algo que se me escapa.

—La tía del Zuki nos ha entregado un puñado de recetas, algunos informes médicos. Su sobrino padecía un trastorno bipolar y lo estaban tratando con clorpromazina desde los veinte años. La hipotermia la causó la combinación de ese fármaco con Nolotil. ¿Se lo inyectaron? ¿Se lo inyectó él mismo?

—Había ingerido alcohol, pero no se cortó los dedos él solo, no se apuñaló los ojos. —Desbloqueo el móvil, analizo las fotos que tomé aquí mismo, en la mañana del martes, a medida que me movía por este estercolero atestado de inmundicia—. ¿Algo más?

—Se está interrogando a otros chavales del barrio. A compañeros de presidio, a su primo el del taller... Estamos a la espera de los resultados de los análisis; de su ropa, de toda la porquería que se ha recogido. No hemos dado con su móvil, pretendemos descubrir qué es lo que anduvo haciendo en los días previos al crimen, dónde y con quién.

—¿Alguna suposición, Chuchi?

Chuchi remueve algo de basura con la punta de la bota, vuelve a observar la pintada, trazos rojos sobre cal gastada.

—Yo no tengo ninguna suposición, Mateo. Pero tú sí, te conozco bien.

—Hay algo —admito—, pero no sé explicarlo.

Vuelvo a estudiar la pantalla, la foto del cadáver tal y como lo encontré. Boca arriba, con la cabeza ladeada y mostrando el perfil derecho.

—Lo de los dedos cortados es habitual en la mafia japonesa, la Yakuza —subrayo—. Se trata de un ritual con una doble vertiente: un castigo o una disculpa.

—Inverosímil, Mateo. ¿La mafia japonesa en tu barrio? —Chuchi estalla en carcajadas—. Es lo que me quedaba por oír.

—No tiene pies ni cabeza, Chuchi, pero en Japón se hace como pago de deudas de juego, y hoy en día hay mucho borrego, demasiada información en Internet. Alguien lo oye, se sugestiona y luego se viene arriba...

—¿El Zuki jugaba?

—Todo el mundo juega en el barrio. A la amputación del meñique se le llama *yubitsume*, y también es un modo de castigar al traidor. Cortan los meñiques para que no pueda blandir la espada con suficiente fuerza. Le envían las falanges al *kumicho*, al jefe de jefes de la Yakuza. —Sigo estudiando las fotos—. No encaja lo de los ojos. Eso no tiene sentido, ni siquiera lo de los fármacos. Es una forma extraña de matar, de mutilar a un hombre. De presentarlo.

—¿De presentarlo?

De presentarlo.

—A Cúe le reventaron la cabeza —recuerda Chuchi—, se la golpearon con brutalidad, y eso está en las antípodas de causar una hipotermia a base de nolotiles. Nada que ver.

—Ambos estaban desnudos, boca arriba, como expuestos. Con la cabeza girada levemente. No sé explicarlo, pero en casa de Lucas todo era surrealista. Onírico. Y aquí igual. Dimos por hecho que fue el propio Lucas quien se había quitado la ropa.

—Humo, Mateo, solo tenemos humo. A Lucas no le amputaron las falanges ni le apuñalaron los globos oculares.

—Es la misma sensación.

—Es la misma sensación porque eres tú, la misma persona, quien ha hallado los dos cuerpos. ¿No lo entiendes, Mateo? Necesitamos pruebas, algo tangible. No estamos asistiendo a un sueño, ni interpretándolo como Freud.

Ha sido eso, precisamente, lo que he estado observando: un par de sueños cargados de simbolismo. Ideados con ánimo de causar cierta impresión en aquel que los contempla.

Chuchi toma alguna foto más, y yo salgo al exterior porque está sonando el móvil. Ya son las dos de la tarde, sigue brillando el sol, y me alejo en dirección a los zarzales. No reconozco el número, pero respondo igualmente.

—Mateo Valtierra. ¿Con quién hablo?

—Buenas tardes. Soy Bianca, Bianca de Arbide. Nos vimos el lunes.

Hablamos el lunes, cierto, lo recordaba de sobra.

—¿Te cojo en mal momento? —añade—. Puedo llamarte más tarde.

—Me pillas bien. ¿Has recordado algo más?

—No, en realidad no, pero quería saber si podríamos vernos.

Estoy a punto de decirle que estaré en mi despacho, en el edificio de la Jefatura hasta las seis de la tarde; que puede pasarse cuando más le convenga. Pero algo me hace contenerme. En el cielo flotan algunas nubes difusas, altas y esponjosas, y una de ellas, de pronto, cubre el sol. La sombra, la caída momentánea en el tono de la luz, me hace alzar la mirada. Sobre los cables largos del tendido eléctrico reposan tres cuervos negros. Vuelve a salir el sol, vuelvo a bajar la vista, le doy la réplica a Bianca:

—¿A solas?

—Lo prefiero. Puedo desplazarme a Santander. Cuando te venga bien.

—¿Esta tarde? ¿A las seis? ¿Junto al tiovivo de los jardines de Pereda?

—De acuerdo. Pero..., Mateo, no he recordado nada.

—No importa.

No nos decimos adiós. Corto la llamada y los cuervos alzan el vuelo.

Lo he hecho más veces, citarme con un testigo fuera de las dependencias de la Brigada, pero es la primera vez que lo hago a solas, sin Chuchi y sin nadie, habiendo omitido el encuentro de modo deliberado. A eso de las cinco y media me pongo el abrigo, dejo mi despacho y me largo a la calle. No es infrecuente que salga a esta hora, pero sí que me dirija al centro en vez de acudir a alguna reunión, al gimnasio o a trabajar a la biblioteca. Conduzco, cambio de marchas mientras cambio de emisora, de carril, de hipótesis y de ideas. Pensamiento errático, una vez más. Mi mente está en la subasta de *Ocho,* en Dama, en los homicidios de Cúe y del Zuki, y en el cuadro que se halló en la caja fuerte de Lucas, *Las novias.* Doy las luces, accedo al aparcamiento, estaciono el coche. Son las seis menos cuarto y marco el número de mi hermano. Samu responde a la quinta señal y, después del plantón de ayer, solo acierta a argumentar que se quedó dormido.

—Me quedé dormido, Mateo, por eso no fui a desayunar contigo —se justifica.

—Pues te quiero en mi casa, a ver cómo te lo montas, tenemos que hablar. Esta noche a las nueve. Cenaremos *pizza.*

Cuelgo sin más dilación y lo imagino en el balcón de la cocina pintando piedras como un maníaco. Cojo el abrigo y salgo del coche. Mientras subo las escaleras que comunican el subterráneo con los jardines de Pereda vuelvo a pensar en Chuchi, en algo que comentó: «La clave está en Bianca. Fuera lo que fuese que le ocurriera a Lucas, él se lo había confiado».

Aún brilla el sol en la calle, y me dirijo hacia el Centro Botín, que se alza frente a la bahía entre el arbolado urbano, en pleno corazón de la ciudad. Siempre me ha recordado a una gran nave espacial; nacarada, gigantesca, de formas curvas y perfil moderno. Atracada junto al mar como si fuera a zarpar, a iniciar su singladura en este preciso instante. El parque está atestado de críos, el carrusel infantil gira y el estanque, con su puente de metal, vuelve a estar lleno de patos.

Bianca aún no ha llegado, la espero a la sombra de un tilo plateado, y unos minutos antes de que den las seis entro en su perfil de Instagram. Lo hago desde mi cuenta, la de George-Mallory37, y confirmo que acaba de hacer su primera publicación tras el sábado fatídico. En la imagen se la ve de espaldas, sentada frente al mar. Su texto comienza con una cita de Ezra Pound: «Esclavo es aquel que espera que alguien venga a liberarlo». Y desarrolla una reflexión bastante cuestionable: «Nunca es cómodo nadar a contracorriente, ser siervo es mucho más fácil».

—Buenas tardes.

Alzo la mirada y la veo frente a mí. Con un vaquero gastado, una americana negra tipo bléiser y unos zapatos claros, descubiertos, de tacón. Lleva el pelo recogido, un bolso colgado del brazo, y todo eso lo capto en décimas de segundo. También noto que respira con fuerza, como si hubiera llegado corriendo y le faltara el aliento. Bloqueo el teléfono, lo guardo en el bolsillo y respondo al saludo. Luego le suelto que estaba ojeando su publicación.

—Estaba ojeando tu publicación, la que acabas de hacer hace un rato.

Creo que le sorprende mi honestidad. A mí me sorprende mi honestidad.

—¿Te interesa el crecimiento personal?

—Somos la Policía, hemos estado indagando sobre ti, y eso incluye tus redes sociales.

Nos quedamos en silencio, allí plantados, de pie. Noto cómo modera el ritmo de su resuello, cómo pasea la mirada por el parque, por el estanque; luego la vuelve a fijar en la mía, y estoy a punto de preguntarle si se encuentra bien, si ha tenido algún problema. Pero ella se adelanta.

—No sé por qué te he llamado. —Traga saliva, cambia el bolso de posición, lo sujeta con el brazo sano—. La verdad es que aún no lo sé. He estado a punto de telefonearte para cancelar el encuentro. No quiero hacerte perder el tiempo.

—En cualquier caso, iba a citarte en la Brigada. Sospecho que el lunes te guardaste muchas cosas, así que no me haces perder el tiempo.

Se muerde el labio inferior y se acaricia la frente con la palma de la mano, como si estuviera confusa. No lo había percibido en la piscina, pero ahora lo confirmo: su mirada destila ese tono azul potente que se achispa con la luz, que se conmueve un poco; es como si el día le doliera. Sus ojos son de esos que observan con cierta calma, tratando de reprimir algo que ocultan dentro, tras las pupilas; alguna clase especial de sabiduría antigua.

—¿Vamos a un sitio tranquilo?

Asiente y camina a mi lado sin cuestionar hacia dónde nos dirigimos. Noto que cojea, levemente, pero también soy consciente de su afán por ocultarlo. Creo que intenta adaptarse a mi paso, así que modero el mío y recuerdo que pese a todo se ha plantado unos tacones que ni en las pasarelas. Bianca de Arbide no es de esas personas que se dejan vencer por las circunstancias; no es de las que esperan a ser liberadas.

La cafetería del hotel Bahía se encuentra ahí mismo, a unos cien metros, y adoptamos un ritmo que no es rápido ni lento, el ritmo de aquellos que van a algún sitio, pero que lo hacen sin prisa, recreándose. Le pregunto si ha venido en lancha, y ella responde que sí, que ha salido de Somo en la línea regular que atraviesa la bahía.

—¿No tienes coche? —Pienso en el BMW que pilotaba la tarde en que llegó desde Madrid, a demasiados kilómetros por hora, para encontrarse con Lucas.

—Me han quitado las llaves —confiesa—, me han prohibido conducir. Por lo del coma y esa mierda —dice—. Pero no me importa desplazarme en lancha. En realidad, lo disfruto, y es más rápido que bordear la bahía por carretera.

Me gusta su voz porque no es impostada y no finge ser más suave de lo que lo es; para ser una mujer, tiene un tono algo grave, y eso contrasta con su rostro, con su complexión fina, con el modo en que se expresa. Llegamos al hotel, empujo la puerta abatible, le cedo el paso; noto que huele a perfume, y tomamos asiento el uno frente al otro, junto al ventanal que se abre de cara al museo. Apenas hay gente en la cafetería, volvemos a mirarnos, no articulamos palabra, y sé que tenemos que romper el hielo; el asunto pesa demasiado para dejarlo ahí, flotando entre nosotros, en suspenso. Se me vuelve a adelantar y me da las gracias por el mismo motivo por el que yo estaba a punto de pedirle disculpas.

—Quería darte las gracias —comienza—. Esta mañana he

acudido a revisión y los médicos me han explicado lo de la escolta en la UCI. Llamaste cada día para ver cómo estaba.

—Es mi trabajo.

—No todo el mundo es competente en su trabajo. También quería agradecerte tu actitud; allí, en la casa de Lucas, cuando me encontraste. He ido recordando.

—Mi actitud en casa de Lucas no fue apropiada.

Bianca sonríe, es la primera vez que la veo hacerlo, y algo en ella se ilumina. No usa pintalabios, tampoco parece que utilice maquillaje, y tiene un moretón entre la sien y la frente, donde suele empezar a nacer el pelo; justo en la zona en que se golpeó al caer.

—¿Por qué no fue apropiada? —pregunta.

—La Policía no va por ahí acariciándole el rostro a las víctimas. Yo, al menos, nunca lo había hecho. Y no estuvo bien.

—No me molestó. —Borra la sonrisa, se cruza de brazos—. Todo lo contrario.

—Sigue sin estar bien. Me rijo por un código, y jamás me lo he saltado.

—No cruzaste la línea roja que separa la sensibilidad del autocontrol. Supiste moverte bien a lo largo de su trazo; sin desviarte un ápice. Ir más allá habría sido inapropiado, pero quedarse en menos, desde mi punto de vista, también. No pude verme desde fuera, pero soy muy capaz de imaginar lo que sentiste al encontrarme. —Niega como si quisiera evitar la evocación de esa imagen—. Supongo que no eres de piedra.

—Nadie lo es.

—Fustígate tanto como quieras, pero si vuelve a ocurrir, vuelve a hacerlo. Vuelve a estrechar mi mano como lo hiciste. —Sonríe de nuevo, con sinceridad.

Yo me recuerdo que estoy trabajando y decido cortar en seco este diálogo extraño, tan improvisado como fuera de lugar.

—¿Para qué me has llamado?

Bianca titubea, aparece el camarero y pregunta qué vamos a tomar. Ella susurra que no debería beber alcohol, ni café, ni siquiera una cerveza.

—Menuda mierda —tercia mientras se abanica con la carta de postres.

El camarero espera, pensando probablemente que la paciencia no está pagada. Yo pido un café, suena el teléfono de Bianca, ella lo saca del bolso, lo silencia con desgana; creo que lo ha apagado.

—Es imposible vivir en paz —se queja entre dientes.

El camarero sigue esperando, y Bianca decide que tomará un zumo. Cuando nos quedamos solos, ella vuelve a mirarme a la cara, inhala con rotundidad y por fin va al grano. Lo hace con más dureza de la que yo he empleado en mi última cuestión.

—Vale, Mateo, hablaremos claro si es lo que quieres. Sé que te dije algo, pero no recuerdo el qué. Allí, en el baño de Lucas, cuando yo agonizaba en el suelo y tú te pasabas por el forro ese código de conducta que a nadie más que a ti parece importarle.

—Así que es eso —concluyo—; sabes que me dijiste algo, pero no recuerdas qué.

—Apostaría una mano, y no la perdería, a que te habrás ceñido a alguna clase de principio irreprochable para guardarme el secreto. Dando por supuesto que iba a morirme, probablemente.

—Artículo 22 del Código Deontológico. Confidencialidad. Te he guardado el secreto, claro. E insisto, es mi trabajo.

—¿Qué fue lo que te dije exactamente?

—Que Lucas tenía un cuadro de Dama.

18

BIANCA

Santander, 20 de octubre, miércoles

Un Dama. Antes de perder el conocimiento, Bianca le dijo a Mateo que Lucas tenía un Dama. Bianca escucha estupefacta, y el camarero aparece con el café y con el zumo. Mateo le da las gracias y toma un sorbo, Bianca pega un buen trago y la verdad cae a plomo, como un castillo de naipes que se quiebra de un buen golpe.

Lucas tenía un Dama, era cierto; Lucas la había llamado aquella tarde de sábado, cuando ella aún estaba en Madrid, cuando estaba merendando en un local pijo de la calle Jorge Juan con su abuela. Lucas estaba asustado, alterado, muy nervioso. Tenía que verla, pronto, como fuera, y le pidió a Bianca que volara a Santander, que fuera a verlo a su casa. Necesitaba ayuda, la necesitaba a ella.

—Pero no me dijo el porqué. Insistía en que no podía explicarlo por teléfono, nos teníamos que ver. Reiteraba que iban a por él, que no colgara, que no dejara de hablarle. Y lo hice mientras conducía, estuvimos en contacto prácticamente durante todo el trayecto.

Bianca se había alarmado, ella era muy consciente: en unos meses Lucas volvía al campo de juego, y la presión y el miedo estaban pudiendo con él. La prensa, los focos, el pleito por incumplimiento de aquellos viejos contratos publicitarios.

—Lucas era frágil, así que me puse en marcha. Iban a por él, se hallaba en peligro, eso es lo que él decía; pero nunca creí que estuviera en lo cierto, pensé que se estaba sugestionando.

Cuando tomé la autovía en dirección a Cantabria no consideré que el riesgo fuera real.

Bianca vuelve a frotarse la frente y, por un momento, olvida que está con Mateo, a plena luz del día, en esa cafetería que se abre a la bahía. Tenía tanta prisa por reunirse con Lucas que en la noche lluviosa del sábado 9 de octubre, al llegar a Santander, ni siquiera se acordó de sacar sus cosas del coche; corrió bajo el diluvio hasta alcanzar la portilla del chalé del futbolista. Llevaba un chubasquero, pero iba sin paraguas. Bianca había pulsado el timbre, con insistencia, pero Lucas no le abría.

—Me pillé una buena caladura —le explica a Mateo con la vista fija en sus ojos—. Sabía que Lucas estaba dentro porque había luz. Tardó un buen rato en aparecer, y cuando lo hizo pensé que había perdido la cabeza, que no estaba en sus cabales.

—¿Por qué?

—Porque me lo encontré temblando; lloraba, estaba histérico, y entonces me aclaró que había comprado un cuadro de Dama, que lo había adquirido el día anterior en Londres. Confirmé que era cierto, según aquella noticia que me mostró en su móvil se había subastado un cuadro del artista el viernes 8 de octubre; también me enseñó un artículo en el periódico abordando el mismo tema. A Lucas le había dado por coleccionar arte, y al principio pensé que era por invertir, pero ahora pienso que disfrutaba de aquello. Que apreciaba las pinturas.

—¿Viste el Dama?

—Aún no había llegado, estaba esperando al intermediario de la casa de subastas; las entregas no son inmediatas, hay que resolver varios requerimientos administrativos. —Bianca permanece en silencio unos segundos, enfrascada en sí misma—. A Lucas se le estaba yendo la cabeza —reitera.

—¿Por qué estaba tan alterado?

—Porque alguien le había ofrecido el triple de lo que él pagó.

—Pero eso es imposible, Bianca, los cuadros de Dama se adjudican en secreto, no se hace público quién es el comprador. Nadie podía saber que era suyo.

—Pues alguien lo había averiguado, alguien sabía que Lucas había adquirido la obra. Le ofrecieron el triple y él lo rechazó. Luego le ofrecieron cinco veces más, y él se volvió a negar.

—Entiendo que Lucas no se movía por motivos económicos.

—Nunca —admite Bianca—. Por eso se metía en tantos líos. Lo habían amenazado; iban a su casa, a negociar, y si no era por las buenas, pues sería por las malas. —Bianca parece un poco sobrecogida—. Lucas no daba crédito a lo que oía, y le recordó a su interlocutor que en unos días habría otra subasta; que iba a tener otra ocasión para hacerse con un cuadro del artista.

—Muy razonable. Y lógico.

—La persona que llamaba le respondió: «No quiero otro Dama, quiero el tuyo».

«Quiero el tuyo», repite Bianca en su cabeza.

—¿Por qué no lo denunció a la Policía?

—Lucas no confiaba en la Policía, le ocurrió algo hace años. —Bianca toma aire. Eso es confidencial, irrelevante para el caso, y ella no quiere compartirlo con Valtierra, que la observa y la escucha con interés.

—De acuerdo —conviene Mateo—. No quiso dirigirse a la Policía, dejémoslo ahí. ¿Te dio algún dato de las personas que lo amenazaban?

—Ignoraba quiénes eran, contactaban con él desde un número extraño, pensamos que era desde una cabina.

Mateo recuerda las cinco llamadas breves que han localizado en el móvil de Lucas. Se habían realizado desde una cabina ubicada frente a Neptuno.

—¿Quién lo llamaba? ¿Un hombre o una mujer?

—Lucas insistía en que era una voz neutra. Una o varias, no se aclaraba, estaba cardiaco, y empleó ese término: «Neutra».

—¿Qué ocurrió entonces?

—Que logré tranquilizarlo. Charlamos un rato, frente al fuego, le estreché las manos. Con Lucas funcionaba el contacto físico; se calmaba. Era como un niño, y le hice comprender que aquello era un sinsentido, un lío absurdo y ridículo. Nadie va por las casas coaccionando a las personas para llevarse cuadros ni ninguna otra cosa. Además era cierto, en unos días habría otra subasta, otro Dama por el que pujar.

—Así que no le creíste.

—No al principio. Luego pensé que era extraño. No que tuviera el cuadro, porque ya hacía tiempo que hablaba de Dama, que le intrigaba el asunto. Lo que me empezó a inquietar es que alguien hubiera averiguado que él era el comprador, y que hubiera logrado contactar con Lucas de un modo tan sencillo; sus datos no eran de dominio público... ¿Por qué querían su cuadro? ¿Por qué no otro? Lucas descartaba denunciarlo a la Policía, pero yo iba a hacerlo sin que él lo supiera.

—¿Lo hiciste?

—Tenía el teléfono en el coche, me lo había olvidado allí con las prisas, y pensé en salir a por él; pero había aparcado un poco lejos, no quería dejar solo a Lucas ni que volviera a alterarse. Decidí esperar al día siguiente, o a que él se durmiera. Activé la alarma, serví un par de vinos, le sugerí que apagara el móvil y puse música. Estaba helada, muerta de frío, tenía el pelo mojado, los oídos taponados por el viaje; hay mucho desnivel entre Castilla y la costa. Así que dejé por allí el chubasquero y subí a su baño a darme una ducha. —Bianca suelta un suspiro—. Lo demás ya lo sabes.

—¿No oíste el timbre? ¿No viste quién te agredió?

Bianca solo recuerda el impacto en la nuca, la caída y la oscuridad.

—Recuerdo el miedo. El pánico y el dolor. El sabor metálico, dulzón, de la sangre en la boca. Luego llegaste y el terror se evaporó.

Mateo no ha tomado notas, ni siquiera lleva cuaderno, para variar; apenas ha tocado el café, pero Bianca ya ha ventilado todo el zumo. Mateo le hace un gesto al camarero y le señala la copa vacía. Bianca le da las gracias, el camarero colma otra copa y ella vuelve a beber; tiene muchísima sed, siente ganas de llorar, ha recordado a Lucas, y Lucas era muy buen tipo. Una muy buena persona. Bianca se traga la pena, no es el momento ni es el lugar adecuado para desahogarse. Mateo le inspira mucha seguridad, certidumbre de pisar en terreno nivelado, sin brechas; cree comprender el porqué, pero no va a soltar una lágrima, y tiene que obligarse a deshacer el nudo, a ignorar el puño que le obstruye la garganta.

—¿Y todo esto lo has recordado ahora, de golpe?

Bianca lo desafía con la mirada.

—Nunca lo he olvidado.

—Te acordabas de todo. Desde el principio.

Bianca se había acordado de todo desde el principio. De todo excepto de él, de Mateo Valtierra. Lo que había sucedido entre el ataque y el coma había quedado sepultado, retenido a la espera en algún rincón ignoto. Al ver a Mateo en su casa de Loredo, el pasado lunes, tuvo un *déjà vu*. Conocía a ese hombre. ¿Se habían visto antes?

Bianca evocaba el olor de Mateo, la memoria emocional siempre es más fuerte que la episódica. El modo en que él procedió pudo estar fuera de lugar, pero logró confortarla, la sosegó, y eso aún lo hace más atractivo a sus ojos.

—Te recordé al volver a encontrarnos —admite—, al oír tu voz. Pero era incapaz de discernir de qué, de dónde, en qué momento nos habíamos cruzado. Cuando me lo explicaste, empecé a aclararme.

—Bianca, el lunes, cuando te fuimos a tomar declaración, omitiste toda esta historia. Lo de Dama, lo del cuadro, lo del pánico de Lucas y las amenazas que había recibido. ¿Por qué?

—¿Porque creo que es algo confidencial? Has de entenderlo, el vínculo que se había establecido entre nosotros no se quiebra con la muerte. Yo estaba ahí para él, y lo sigo estando, aunque ya sea tarde. Yo también me ciño a un código.

—Me cuesta asumir que un hombre hecho y derecho muestre tanta dependencia, tanto sometimiento a una mujer como tú —decreta Mateo—. Me has dibujado a Lucas como a un ser humano débil, ansioso, temeroso y perturbado. Se siente amenazado y solo recurre a ti, a una persona que en ese momento se encuentra a más de cuatrocientos kilómetros. Y cuando llegas a su casa, así como por ensalmo, las aguas se encauzan. Lucas se calma mágicamente.

—Es mi trabajo. —Bianca repite sus propias palabras, la misma frase que él, Mateo, ya ha soltado esta tarde en un par de ocasiones—. Soy buena en mi profesión.

Vuelven a estudiarse sin pronunciar palabra, Bianca lee duda en los ojos de Mateo, y él sostiene el café; se lo toma de un trago, posa la taza con fuerza y ese gesto la sorprende. Hay algo duro en él, algo que trastoca la impresión que le había causado; aunque admite que ese matiz, ese giro en su carácter, lo hace aún más interesante. Un hombre meticuloso que sigue las normas a rajatabla; que a veces las quiebra sin pretenderlo, o simulando no pretenderlo. Ha sido sincera, le ha desvelado todo lo que sabe, y si no lo ha hecho antes ha sido por lealtad, por cautela, por discreción y miedo. Sí, por miedo. Han estado a punto de matarla.

—Han estado a punto de matarme —declara de modo impulsivo.

—Lo sé. —Él fija la mirada en el vendaje de su brazo y vuelve a hacerle un gesto al camarero—. Póngame un *whisky*, solo, sin hielo. —Vuelve a dirigirse a Bianca—: ¿Quieres más zumo?

—A mí póngame otro *whisky*.

A la mierda la medicación; Bianca necesita algo fuerte, hace días que lo sabe, que se siente abotagada, que ha dejado de ser ella misma; se está consumiendo con toda esta historia, y antes de que llegue la copa se pone en pie, se disculpa y se va al baño. Pensar en Lucas y hablar de él la ha entristecido, y la ha alterado. Quiere deshacerse de la americana, pero no iba a hacerlo delante del inspector, tiene muchas dificultades para extraer el brazo lesionado de la manga del bléiser. Cuando al fin lo consigue se aproxima a la barra y abona las consumiciones. Sospecha que Valtierra es de esos tipos correctos que suelen pagar primero, y ella es de esas mujeres que se costean sus bebidas; sobre todo, si las toma con un hombre.

Vuelve a sentarse, Mateo está consultando el teléfono y ella aprovecha para analizarlo; no es que no lo haya hecho hasta el momento, no se ha cortado un pelo, en realidad. Y él tampoco. Cuando se ha dirigido al baño, ella ha notado sin verlo cómo la ha repasado con la mirada; lo ha sentido de algún modo. Él pertenece a la clase de hombres que a ella le gustan, pero también es de esos que dominan sus impulsos, que anteponen el trabajo, su carrera y millones de razones a cualquier instinto básico. Bianca bebe un poco de *whisky*, le raspa la garganta, se la quema; como la cabeza de un fósforo rasgando la caja, haciendo brotar la llama. Repasa el cuello de Mateo, su frente, sus pómulos; el rostro serio, perfectamente afeitado. No se ha acostado con nadie desde principios de septiembre. Nunca ha tenido problemas para conseguir a un hombre, ella también tiene algo magnético; y es consciente, pero ahora no es lo mismo, la situación es extraña, incómoda, y este tipo es diferente. Mateo vuelve a guardar el móvil, sorbe un trago de *whisky*, retoma el hilo:

—No había cuadros en casa de Lucas. Ni uno solo. Dices que había empezado a mostrar interés por el arte.

—Había empezado a pintar. A su aire. Le relajaba. Regalaba sus trabajos y había planeado adquirir algunas obras, o eso decía. Pensaba custodiarlas en una caja fuerte.

—¿Te confió dónde estaba esa caja?

—En un banco, imagino. No lo sé, la verdad. A Lucas le intrigaba lo de Dama, un día le oí decir que sería maravilloso poder jugar al fútbol con seudónimo, de la misma manera en que Dama pintaba sus cuadros.

Mateo sonríe. Es la primera ocasión en que Bianca le ve hacerlo, y le devuelve la sonrisa.

—Supongo que te gusta tu trabajo —comenta él.

Bianca asiente. Le fascina su trabajo, ayudar a las personas a salir de los agujeros, a luchar con valentía y dar lo mejor de sí mismas. Pero sufre, se implica demasiado, y eso le impide ejercer la psiquiatría clínica, su verdadera pasión. Es su fantasma y su cuenta pendiente: trabajar con los que están al borde del abismo, como lo hizo en su etapa de cooperante, sin morir en el intento. Bianca es experta en aniquilar el miedo ajeno, aunque no es tan fácil manejar el propio.

—¿A ti te gusta tu trabajo?

—Solo a veces —responde Mateo—. Solo si gano.

—¿Sueles ganar?

—Una derrota tiene más peso que diez victorias.

—Siempre hay un pico más alto que culminar, ¿no? —Bianca es consciente, sus palabras acaban de delatarla: conoce de sobra la afición del inspector, la escalada y el montañismo.

—¿Tú también me has estado investigando? —le pregunta él con seriedad.

—Yo no soy la Policía, pero me haces sentir curiosidad.

—Ya... —Mateo ignora el comentario—. Tenemos que ir acabando, Bianca. Necesito saber algo, parece absurdo, pero es relevante. Cuando dejaste a Lucas en el salón, frente al fuego, y subiste arriba a ducharte, ¿estaba desnudo?

—Estaba vestido. Descalzo, porque siempre íbamos descalzos, pero vestido.

—Lo encontramos sin ropa, y eso no ha trascendido a los medios. ¿Crees que pudo desnudarse él mismo?

—¿Por qué iba a desnudarse? Es ridículo.

—¿Y por qué iba a desnudarlo el asesino?

Bianca se encoge de hombros y, entonces sí, Mateo saca un bloc, un bolígrafo y apunta algo en él.

—Lucas conocía a muchas personas, disponemos de un listado ingente de nombres; pero quisiera saber si hay alguien, además de ti y de Rebeca, en quien él confiara de veras.

—Os lo comenté el lunes, Lucas confiaba en Mario Cayón. Era el hombre que lo iba a representar en su vuelta al fútbol. Un abogado de Londres, español. Esa tarde Lucas también lo había llamado, pero Mario no tenía el móvil operativo. También llevaba sus pleitos, pero hacía muy poco que trabajaban juntos y la prensa aún no estaba al corriente.

Mario Cayón, el hombre del que Chuchi le habló a Mateo el día anterior y al que iba a tratar de localizar.

—¿Por qué iba a iniciar aquella guerra contra las casas de apuestas?

—¿Piensas que lo mataron por eso? —Bianca niega con rotundidad—. La gente que lo llamó solo quería el Dama. El suyo.

—Tengo que contemplar todos los escenarios, Bianca. ¿Sabes por qué le afectaba tanto lo de los juegos de azar?

—Porque Lucas era más sensible que tú y que yo. Se conmovía con facilidad, y parte de mi trabajo consistía en encauzar ese afán de apoyar a los débiles. Debía elegir una causa y volcarse en ella. Pura terapia.

—¿Quién eligió esa causa? ¿Tú o él?

—La eligió él. Libremente. Tenía hermanos pequeños, su futuro le preocupaba; conocía los daños que provocan las apuestas en los jóvenes. Lucas no era un hombre hueco, conservaba sus principios, trabajaba muchas horas como voluntario en la Cruz Roja. Y yo no manipulo a mis pacientes, Mateo, yo solo lo guiaba.

A Bianca le disgusta la última mirada que le lanza el inspector; ella también se conduce por una ética estricta y la sigue a rajatabla, o al menos lo intenta. Los vasos están vacíos, ya ha anochecido, Mateo concluye que eso es todo; por el momento, no tiene más cuestiones. Ella tampoco tiene nada que agregar, así que se ponen en pie. Cuando Mateo pregunta cuánto se debe, el camarero responde que ya ha pagado la señorita.

—La próxima pago yo —le anuncia él mientras se abrocha el abrigo.

Así que da por hecho que habrá «próxima», piensa Bianca. Ella recoge su americana, se plantea cómo va a introducir el brazo sin hacer el ridículo y decide helarse de frío, llevar la prenda sujeta en la mano, con el bolso. Pero al salir a la calle los abofetea un viento crudo que presagia lluvia, y ella se encoge sin quererlo; Mateo le pide su bléiser.

—Déjame el bléiser y estira los brazos hacia atrás.

Bianca posa el bolso, le tiende la prenda y alarga los brazos, admirada por la capacidad de observación del inspector. Mateo extiende las mangas y, en una sola maniobra, hace que la americana se le ajuste con facilidad. Ella le da las gracias, azorada por el gesto, lamentando haber sido como un libro abierto. Se despiden ahí, en la entrada del hotel. Él le pregunta, por pura cortesía, a qué hora sale la próxima lancha; y ella responde que en diez minutos. No han sido conscientes, han pasado más de dos horas hablando frente al ventanal, y ya ha anochecido.

—Estamos en contacto —le dice él.

Ella asiente, está a punto de añadir algo más y sabe que él lo nota, pero las palabras no llegan a pronunciarse y parten en rumbos distintos: Mateo, hacia el acceso al aparcamiento; Bianca, cojeando levemente, hacia el palacete del Embarcadero. Allí atraca la lancha que cruza la bahía.

Las luces pálidas brillan al otro lado de la masa oscura, al otro extremo de las aguas frías. Cuando alcanza el puerto sube a la embarcación, y aunque arrecie el frío, Bianca decide acomodarse en cubierta, a la intemperie. Hay estrellas en el cielo, brillarán más fuerte a medida que se alejen de la ciudad. Abre el bolso, se descalza, cambia por bailarinas los zapatos de tacón y los guarda en la bolsa doblada que ocultaba en uno de los compartimentos. También saca una bufanda y se la enrolla al cuello.

Aún piensa en Mateo: en su rostro, en su cuerpo y en su voz. «Debe de estar casado —concluye—. Tendrá pareja o novia.» Lo contrario le extrañaría.

La lancha se hace a la mar y ella localiza al hombre que la lleva siguiendo desde que salió de casa, a eso de las cuatro y media de la tarde. Es el mismo que ha estado rondando Loredo con una Picasso de color gris topo. Se lo comentó a su padre, que le restó importancia. Luz tampoco pareció preocuparse, y María le dijo que quizá fuera un poli. Lo es, Bianca lo ha confirmado en la cafetería, ha captado de sobra la mirada que han intercambiado el tipo y Valtierra cuando se ha aposentado en la barra medio minuto después de que el inspector y ella se acomodaran junto al ventanal. Bianca es impulsiva, así que se pone en pie, atraviesa la cubierta y se dirige al sujeto; está leyendo, alza la vista y la observa sorprendido cuando la tiene delante.

—Disculpe, agente. Puede decirle al jefe Valtierra que, si sospecha de mis movimientos, debería detenerme, conducirme a la sede de la Judicial e interrogarme formalmente. Pierden su tiempo siguiéndome.

El hombre la estudia sin palabras. Ella está a punto de darse la vuelta, pero él replica:

—No le diré nada al jefe Valtierra, señora. Se lo puede decir usted misma, y él le explicará que no desempeño tareas de vigilancia, sino de escolta. No sabemos quién es la persona que la atacó, pero esa persona sí sabe quién es usted. Y puede temer que haya recordado algo.

—¿Por qué no se me ha comunicado?

—Quien se lo debía comunicar debe de haber pensado que usted iba a reaccionar tal y como lo está haciendo, y ha evitado ese trámite, ha antepuesto su seguridad. Disponemos de una autorización judicial, yo solo cumplo con mi trabajo, y lo seguiré haciendo hasta que se me indique otra cosa. Buenas tardes.

El tipo vuelve a su libro, con soberbia e indiferencia, y Bianca se queda sin palabras. No acierta a decidir qué le ha jodido más: que ese muchacho imberbe la haya llamado señora o que Mateo Valtierra la haya calado tan bien.

Regresa a su asiento, las luces de Somo ya se van aproximando y se siente acorralada. Ella es de esas personas que suelen tener la última palabra, pero no va a rebajarse a telefonear a Valtierra para pedirle aclaraciones. Y es muy probable que antes de que acabe el día sea el agente quien llame a Mateo y le relate el episodio; que ambos se rían a gusto cuando él se lo cuente, cuando le describa cómo se dirigió a él, en la lancha, bien sulfurada; cómo le cerró el pico con cuatro palabras bien puestas. La ha llamado «señora». Es lo que le faltaba.

El agente saca el móvil, escribe un texto, y ella también coge su teléfono, también envía un mensaje, pero este es de voz.

«Mateo, quiero que me retires la protección policial; si es necesario, presentaré un escrito formal. También me gustaría que revisaras a fondo ese código de conducta por el que te riges, que valores si es posible que volviéramos a vernos. No como poli y testigo, sino como Mateo y Bianca. Tienes mi número, la pelota está en tu tejado.»

19

MATEO

Madrid, 21 de octubre, jueves

Cuatro horas al volante dan para pensar mucho. Estoy acostumbrado a madrugar, como todas las personas que practican montañismo, escalada u otros deportes extremos, y este jueves lluvioso me pongo en marcha a las cinco de la mañana para viajar a Madrid. Voy a menudo, mi traslado a la Secretaría de Estado ya es un hecho inminente, y suelo acudir a reuniones y congresos, pero en esta ocasión el asunto es muy distinto: en los asientos traseros del coche, bien precintado, transporto el lienzo que hemos hallado en la caja fuerte de Lucas: *Las novias.* Tengo una cita en el Prado para valorar la obra y dejarla depositada.

Los primeros kilómetros los recorro pensando en mi hermano, que ha vuelto a darme plantón sin tan siquiera esmerarse en idear una excusa. Ayer nos citamos a las nueve de la noche en mi casa, y lo estuve esperando hasta las nueve y media con un par de *pizzas* sobre la mesa, botellines de cerveza y un montón de paciencia lista para servir. Pero Samu no apareció y solo me envió aquel mísero mensaje: «Mateo, no iré, no me apetece verte». No me apetece verte, chúpate esa. A Samu nunca le apetecen demasiadas cosas, pero verme a mí, su hermano mayor, suele ser una de sus prioridades. Lo llamé, no respondió, y de no haber sido por el madrugón de hoy me habría apostado en su casa a primera hora de la mañana. Estoy preocupado, pero también estoy cansado de estar preocupado, de vivir en vilo y ejercer de centinela. Bianca de Arbide, su sentencia de Instagram, podía estar en lo cierto: «Nunca es cómodo nadar a contracorriente, ser siervo es mucho más fácil». La opción de soltar las riendas cada vez me tienta más.

A las siete de la mañana aún no ha amanecido y hago una parada en una estación de servicio en mitad de un secarral. Los jueves suelen gustarme, pero este no es un buen día; tengo un volumen ingente de trabajo acumulado, y en la barra, mientras sorbo un café con demasiada leche, desgrano un resumen de lo que he averiguado ayer. Me centro en los datos, en la crónica, y evito evocar a la emisaria, a esa mujer de mirada intensa con quien compartí dos horas de conversación, un café bien cargado y un *whisky* solo y sin hielo.

Lucas Cúe había adquirido un Dama, y pocas horas después alguien le había ofrecido por esa pintura mucho más de lo que él había desembolsado. Primera conclusión: la intención inicial del asaltante había sido pagar por el lienzo, y no cargarse a su dueño. Quienquiera que lo hubiera amenazado había tenido la opción de pujar por la obra en la subasta, de volver a hacerlo días más tarde, pero había enunciado una sentencia unívoca: «No quiero otro Dama, quiero el tuyo». ¿A qué tanto interés por un cuadro que había estado disponible solo horas antes? ¿De qué modo habían descubierto aquellas personas la identidad del comprador de *Siete*?

Anoto algunos comentarios de Bianca: «Asustado, angustiado, cuando llegué no oyó el timbre». «Iban a por él.» «No confiaba en la Policía, a Lucas le había ocurrido algo.» «A Lucas le interesaba el asunto de Dama.» «Cuando me fui a la ducha, Lucas estaba vestido. ¿Por qué iba a desnudarse?»

«¿Por qué iba a desnudarse?», me pregunto también yo. Subrayo la frase y decido que no fue él quien lo hizo. Lo desnudó su asesino, pero no había nada revuelto en la casa, todo parecía encontrarse en su lugar. Y el propio Cúe debió de abrirle la puerta, porque no había saltado la alarma que Bianca aseguraba haber activado. «El extraño accedió al chalé sin emplear la fuerza. ¿Se descalzó al entrar?» Pienso en esa pelmatoscopia de origen desconocido, abandono el boli, pido una botella de agua y resuelvo ponerme en marcha; esta estación en mitad de la nada me parece un lugar desolador, y eso no lo mejora el amanecer furtivo que comienza a despuntar, un resplandor frío y lejano tras páramos yermos.

Arranco, meto primera, vuelvo a incorporarme a la autovía. No se sintoniza ninguna emisora y apago la radio; tampoco me apetece escuchar música, así que regreso al caso, a los datos objetivos. Bianca no vio el cuadro de Dama, Lucas aún no lo había recibido. Esta mujer había sido capaz de encauzar los temores del futbolista y le ofreció un motivo por el que luchar cada día. Ella había logrado engrasar las piezas de su motor agotado.

Rebeca había estado en lo cierto: «Bianca lo hizo cambiar». ¿Hasta qué punto? Su papel fue crucial en la vuelta de Lucas al campo de juego; antes de una entrevista, de reuniones de trabajo, él solía pedirle consejo, y aquella noche, la del 9 de octubre, Bianca había sabido calmarlo. ¿Capacidad de persuasión? No he detectado nada oscuro en Bianca de Arbide, en realidad, parece una mujer bastante transparente, muy temperamental, con agallas y arrojo. Aun así, me sigue sorprendiendo la clase de dinámica que llegó a establecerse entre ella y la víctima. ¿Funciona de ese modo con el resto de pacientes?

Marco el número de Chuchi, no responde. Sin soltar el volante, activo la grabadora, registro una idea: «Preguntarle a Chuchi si ya se ha reunido con el nuevo representante de Lucas, con el tal Mario Cayón al que aludió Bianca». Apenas me da tiempo a rematar la frase, mi compañero me devuelve la llamada.

—Acabamos de saber algo que puede ser importante —me comenta después del saludo de rigor—. Mario Cayón, el representante de Lucas Cúe, ha fallecido. Un suicidio —precisa—. Encontraron a Mario ahorcado en su casa, aquí, en Cantabria, y ocurrió el mismo domingo en que hallamos el cuerpo de Lucas Cúe, pero la Guardia Civil no ha dado con indicios de criminalidad; el hombre tenía motivos, se le había muerto una hija y andaba con depresiones, muy alicaído. Dejó una nota de despedida.

—Todo eso lo tendremos que comprobar, Chuchi, es demasiada casualidad, ¿no crees?

Demasiada coincidencia. El representante de Lucas se quitó la vida el mismo fin de semana que fue asesinado el futbolista, en la misma región. Y todo ello, solo unas horas después de que este hubiera adquirido *Siete*.

—Más cosas, Mateo, acabamos de recibir un escrito. Lo rubrica la abogada de Bianca de Arbide: en su nombre, pide que se le retire la escolta policial. ¿Qué hacemos?

Niego. Saco las gafas de sol de la guantera, me las pongo y vuelvo a negar. Después del mensaje que me envió el agente que la escoltaba el día anterior, me lo esperaba; estaba convencido de que ella haría algo así.

—Retiradle la protección e informad a la jueza, Chuchi. Bianca dispone de licencia de armas, ¿no? Que se busque la vida. ¿Algo más?

—Bueno, Bianca acaba de hacer una publicación en Instagram. Viene a decir lo siguiente: «Nunca vendas por oro lo que con oro no puedas comprar».

—Es una buena sentencia, pero no la considero crucial para el caso —bromeo.

—Es una cita de Samuel Johnson —explica Chuchi.

Lo corto en seco, ya sé por dónde va y no lo he llamado para hablar de Bianca, por mucho empeño que ponga.

Admito que he estado hablando con ella, le resumo la conversación de la tarde anterior, omito ciertos detalles. Pero sí aludo a Dama, al cuadro que Cúe había adquirido, a las amenazas que, presuntamente, había recibido. Chuchi cuestiona la declaración de Bianca, nunca ha oído hablar de Dama, y ni siquiera le da importancia a la pintura que llevo en los asientos traseros.

Chuchi pasa a referirse al Zuki, al análisis de los objetos hallados en la caseta del descampado.

—La manta mugrienta, la deportiva vieja y los calzoncillos sucios no muestran más rastros de ADN que los del propio Zuki. Las cenizas de la hoguera son de hace más de una semana; sí que se ha quemado parte de la ropa de la víctima, pero no hay nada reseñable. El grafiti se hizo hace más de dos años.

—Alguien tuvo que meterle ese chute de Nolotil, amputarle los meñiques, apuñalarle los ojos. Y arrancarle la ropa.

—No sabemos si lo desnudaron, Mateo. Pudo hacerlo él mismo.

¿Él mismo? ¿Para qué? Fijo la vista en la línea discontinua que separa los carriles; el sol ya se ha alzado un palmo y no hay una sola nube.

—Se nos escapa algo. Intuyo una conexión entre los dos escenarios.

—¿Sigues obcecado con esa idea, Mateo? Olvídalo, no hay ningún nexo, solo estás sugestionado. ¿Le mostraste a Bianca la foto del Zuki?

Había olvidado hacerlo, aunque en mi fuero interno sé que habría sido absurdo. ¿Qué nexo puede haber entre Lucas y el Zuki? Chuchi aprovecha la pausa, los tres segundos de margen que le ofrezco; regresa al tema que le interesa.

—¿Fue complicado sacarle información?

—Ella intenta colaborar, pero creo que aún está afectada por el coma.

—Estamos todos un poco tocados... En fin, Mateo, suerte en ese museo, yo también tuve una vena artística.

Antes de colgar, Chuchi deja caer que de niño era nervioso e inquieto; para sosegarlo solían ponerle a moldear arcilla.

—También dibujaba, nunca lo hice mal del todo —asegura—, pero al final lo dejé.

Me asombra la cantidad de gente que pinta, que escribe, que cocina y que canta. Corto la llamada y ya no hay escapatoria; ha amanecido y acabo de quedarme a solas con mis reflexiones.

La pelota está en mi tejado, Bianca lo dejó claro, y su mensaje de voz, ese que me envió a los pocos minutos de habernos despedido, dice mucho de ella: es valiente, decidida, es la clase de mujer que siempre me ha fascinado. Pero Bianca de Arbide significa problemas; problemas profesionales, complicaciones personales, demasiada intensidad. Un pico de potencia para el filo de una bombilla que lleva tiempo agotada. Hacía años que no me tomaba un *whisky* antes de que anocheciera, y aquella conversación, su voz y su cuerpo, habían desatado mi otra versión, la del hombre que deja de regirse por certezas.

Son demasiados frentes abiertos, y sé a ciencia cierta que lo mejor que podría ocurrirme es no verla nunca más.

Me lo ponen fácil, transporto un objeto valioso y accedo con el coche hasta el aparcamiento subterráneo que hay bajo el edificio de los Jerónimos, en el Museo del Prado. Me identifico, rubrico montones de papeleo, traspaso el detector de metales, no me hacen desprenderme de la pistola reglamentaria y el ujier que me acompaña me anuncia que me esperan en la cuarta planta. Taller de restauración: atriles, grúas, pinturas por doquier y un olor penetrante a barnices y disolventes. Apenas hay gente trabajando esta mañana, pero alguien me espera junto al ventanal analizando una tabla con gesto profesional. Es una mujer de mi edad, más o menos, que luce cabello corto y viste una bata negra. Se pone en pie, me saluda, se retira los guantes y estrechamos nuestras manos. Comenta que sustituye por una baja médica a la persona que debería haberme atendido y se presenta:

—Judit del Cerro, restauradora.

Pronuncio mi nombre, cito mi cargo y celebro mi suerte. Judit C. lleva meses publicando artículos sobre Dama, y hace un par de semanas que los estudio al detalle. Dirijo la vista hacia la obra que restaura, la tabla lateral de un tríptico antiguo; muestra una serpiente de gesto ladino y aspecto artero enroscada a un árbol, mientras Adán y Eva son expulsados del paraíso; ella, Eva, oculta con malicia una manzana mordida.

—Los artistas del Medievo no dejaban en muy buen lugar a la mujer.

—La mujer siempre ha sido objeto del arte, pero un objeto pasivo. En el Prado hay mil setecientas pinturas expuestas, y solo trece son de autoría femenina.

Judit se vuelve a poner los guantes.

—Recuerdo haber visto un cuadro en Florencia, en la Galería de los Uffizi —admito—. *Judith decapitando a Holofernes*, de Artemisia Gentileschi. Me impresionó su crudeza.

—Artemisia sobrevivió a una violación —comenta Judit—. Lo denunció y fue sometida a torturas para hacerle variar su testimonio. El arte es más que una pintura, es el relato que oculta detrás. Aquí se conserva una de sus obras, *Nacimiento de san Juan Bautista*. También hay varias tablas de Sofonisba Anguissola; durante años sus trabajos fueron atribuidos a Coello.

—¿Suele haber dudas al atribuir la autoría de los cuadros?

—Sí que hay dudas, inspector. —Judit se incorpora, se desprende de la bata y me pregunta de cuánto tiempo dispongo.

—De todo el del mundo.

Dejamos el lienzo que he transportado, aún envuelto y enrollado, y accedemos al edificio principal del Prado por un pasadizo interior. Atravesamos galerías amplias y silenciosas, y acabamos frente a un óleo que representa a un niño de aspecto inocente. Usa una cuerda para amarrar el cabello de un hombre decapitado.

—*David vencedor de Goliat* —explica Judit—. Durante siglos se creyó que era una copia. En 1991 un estudio radiográfico confirmó la autoría de Caravaggio. Los rayos X descubrieron otra versión subyacente bajo la capa superficial; en ella, Goliat muestra una expresión fiera, iracunda, prácticamente idéntica a la de otras creaciones del maestro veneciano.

—¿Y por qué repintó encima?

—La obra fue realizada por encargo, y el comprador debió de considerar la expresión de Goliat demasiado espeluznante. —Judit manipula su *tablet* y me muestra la radiografía de la tabla. En ella se ve al Goliat oculto, con ojos exorbitados, ceño fruncido y la boca abierta en clara expresión de pavor—. Es asombroso lo que podemos averiguar empleando rayos X. Injertos, desgarros, añadidos; pero también descubrimos el dibujo original, el esbozo. O pinturas iniciales que no guardan relación con lo que se ve. En ocasiones ha aparecido la firma enmascarada.

—¿Es frecuente que suceda? ¿Que se camuflen textos bajo la cobertura del óleo exterior?

Judit me estudia, sonríe, bloquea la *tablet.*

—Van Gogh solía reciclar sus lienzos y pintaba unas obras sobre otras. Una tercera parte de sus primeros trabajos pueden estar velados bajo otros recientes.

Pienso en Samu, en cuánto habría disfrutado una visita como esta. También pienso en el asesino, que no quería otro cuadro de Dama, quería *Siete,* el del futbolista. ¿Qué mostraba ese óleo envuelto?

Al regresar a la sala de restauración, y tras hacerle firmar un par de documentos, Judit me pregunta qué le he traído. Le sugiero que sea ella misma quien lo descubra, quien retire el tubo que protege la obra; y lo hace con cautela. Su expresión se altera a medida que va desenrollando el lienzo: los tonos oscuros contrastando con los cálidos, la potencia del color en los ojos de esas mujeres, insinuantes y expresivos, amenaza y seducción. Y esa sensualidad en el cuerpo desnudo de una de ellas. Ambas desafían al espectador con sonrisas enigmáticas, dueñas quizá de algún tipo de secreto.

—¿*Las novias*? —dice—. Tiene que ser una copia..., esa pintura fue destruida. —Judit se aleja unos pasos para tomar perspectiva, ladea la cabeza, analiza el óleo que hemos hallado en casa de Cúe—. La obra original fue creada por Gustav Klimt en 1916 —me explica—. Fue uno de sus últimos trabajos, con mucho más equilibrio cromático y ciertos matices del arte oriental. Una imagen erótica, sugerente, y en su día tildada de pervertida y pornográfica. Simboliza el amor lésbico y combina tonos fríos y cálidos. Eso ya lo hacía Tiziano en el siglo XVI. «Ensuciar sus colores.»

—¿Ensuciar sus colores?

—Todo el mundo debería probarlo —sugiere Judit reflexiva—. Gustav Klimt huía de todo academicismo, y aunque fue un gran artista, ha sido muy cuestionado como persona.

—¿Qué más sabes de este cuadro?

—*Las novias* pertenecía a un matrimonio vienés, los Lederer; poseían una inmensa colección del autor, la mayor del mundo. Pero fue requisada en 1938. Siempre me ha extrañado que, pese a todo, ni esta obra ni ninguna de las que sacaron de aquella vivienda fueran consideradas «arte degenerado».

—¿Arte degenerado?

—Los nazis creían degenerado todo el arte moderno. Demonizaban a los autores, se les prohibía crear, exponer, impartir cátedra. Según Hitler, la depravación del arte era un síntoma de la degradación de la sociedad. Se hizo una limpieza, se requisaron más de dieciséis mil obras. Fueron incautadas a museos y particulares, y más tarde, algunas fueron exhibidas para exaltar al pueblo y enardecer los odios, también para hacer burla de ellas. La intención era mostrar la miseria del arte, su deterioro.

—Un modo de censura.

—También hoy hay censura, inspector. Más sutil, más sibilina. Todo ofende, todo perturba... Hace apenas cuatro años se recogieron miles de firmas para retirar una obra de Balthus en el MET de Nueva York. La joven del cuadro mostraba las bragas, y se acusó al museo de cosificar la infancia.

—¿Se retiró la pintura?

—Se mantuvo expuesta, pero en muchos colegios se ha prohibido el cuento de *Caperucita.* O se ha alterado el final: ahora el lobo es vegano.

«El mal está ahí —pienso—. Y lo seguirá estando aunque se reescriban los finales de los libros.»

—¿Qué clase de arte toleraban los nazis?

—El arte heroico. Raza, servilismo, patria y pureza. Más tarde, tras varias exposiciones, muchas de las obras de «arte enfermo» se subastaron; estaban corrompidas, pero eran útiles para financiar al régimen. Otras se destruyeron, se quemaron o se perdieron. Obras de Picasso, de Chagall, de Van Gogh o Modigliani. *Las novias* de Klimt fue expuesta en Viena, aunque no como arte degenerado, y luego acabó en el castillo de Immendorf, en el sur de Austria, protegida de los bombardeos de la aviación aliada. En mayo de 1945 el lienzo ardió junto a otros doce trabajos del artista. Los propios nazis prendieron fuego al castillo y a las obras, temían que cayeran en poder de los rusos, no las creían dignas de ellos.

—De modo que esta pintura no puede ser la original.

—Dudo que lo sea. —Judit hace una pausa y me lanza una cuestión sabiendo que no debería responderle—: ¿De dónde ha salido el óleo, inspector? ¿Dónde se ha hallado?

—Eso está bajo secreto de sumario.

Ella asiente, vuelve a observar la pintura. Le apasiona su trabajo y me detalla las pruebas a las que la van a someter: rayos X, estratigrafía, reflectografía. ¿Cómo pudo acabar en la caja fuerte de Lucas Cúe?

—Se dice que los nazis, la noche anterior a la quema, organizaron orgías frente a los cuadros de Klimt. Lo leí hace años, en un reportaje de *The Guardian*... Siempre creí que era absurdo, pero ahora, contemplando a estas mujeres, no me parece tan descabellado.

Antes de despedirnos Judit vuelve a insistir. ¿Le podría decir si ese lienzo de Klimt guarda relación con un hecho delictivo? Judit del Cerro es muy aguda.

—Eso tampoco te lo puedo desvelar —repito—. Pero tú sí podrías decirme por qué has identificado el cuadro. Lo has hecho nada más verlo, no has titubeado. Conocías al pintor, su concepción de la obra y toda esa historia del arte degenerado.

—Siento interés por el arte robado —declara—. Por el arte perdido, destruido y expoliado. Escribo un libro sobre eso.

—Lo sé. También sientes un interés especial por Dama. He leído tus artículos.

Capto su reacción. Sonríe, pero es una sonrisa falsa. Vuelve a ponerse en pie, a abrocharse la bata, a quitarse los guantes. Le ha desconcertado el giro en la conversación.

—Siempre he pensado que Dama era un fraude —admite—. Una estrategia comercial sin ningún tipo de fundamento. Pero he empezado a dudarlo.

Nadie conoce al pintor, pero se ha hablado de un mensaje, de un sentido oculto en las tablas. ¿Crónicas narradas mediante la propia pintura? ¿O algún texto subyacente, velado bajo el óleo? «No quiero otro Dama, quiero el tuyo.»

—Dama firma su trabajo con tres palabras camufladas: «Dama fuit ic» —«Dama estuvo aquí»—. Fecha sus obras indicando los años transcurridos desde su nacimiento. Y las titula con números. *Cuatro* y *Seis* nunca han salido a subasta; se desconoce el motivo.

—Tus artículos le están generando buena publicidad; estás engordando el misterio, potenciando su nombre. ¿Eres consciente?

Asiente resignada y yo la analizo; tiene que saber mucho más de lo que admite.

—Creo que sabes más de lo que admites.

—Y yo creo que no has preguntado por Dama por simple curiosidad —replica—. ¿Qué quieres que te diga?

—Todo cuanto hayas averiguado.

—Mañana va a subastarse *Ocho*, su última obra. Nada de prensa, el acceso al evento es restringido, solo se puede acudir con solicitud previa de invitación, y el aforo está completo. Pero colarse allí sería un buen modo de medir el terreno. Cualquiera puede pujar, aunque los precios de ahora ya no son los del principio... Y está claro, Sotheby's no opera con nada que no sea bueno, así que debe de haber algo; algo que marca la diferencia. Tú eres policía, te será sencillo hacerte con un pase.

Yo soy policía, y por eso soy consciente de algo que ella ignora: al último comprador se lo han cargado a las pocas horas de hacerse con *Siete*.

—¿Tú has recibido invitación?

Judit niega.

—Me disgusta que el arte se convierta en espectáculo. —Y cita a la agente de Dama, a una tal Cresilda Stoner—. Es una mujer peculiar, y asegura conocer al artista en persona. Voy a darte otro nombre, solo eso. Mario Cayón.

—¿Quién es Mario Cayón? —pregunto fingiendo ignorancia—. ¿Artista o comprador?

—Puede ser ambas cosas, y quizá esté relacionado con lo que sea que busques.

—Supongamos que esto no fuera una estrategia publicitaria —propongo—. Que exista una causa para pintar y subastar cuadros bajo seudónimo. ¿Cuál podría ser?

—Enviar un mensaje. Y hacerlo sin sufrir las consecuencias, temiendo que un día las pinturas se harán públicas. Dama podría ser alguien atípico, alguien que por su importancia, o su situación, prefiera estar en la sombra.

—¿Un político? ¿Un preso? ¿Alguien con información sobre asuntos relevantes?

—Ni siquiera sabemos qué hay plasmado en esos lienzos, a quién puede interesarle que sean vistos o queden ocultos. —Judit remata la charla de un modo muy prosaico—: Inspector, si yo fuera policía, dejaría de perderme en motivos románticos, en ensoñaciones vanas o mensajes ocultos. Para averiguar quién es Dama, me centraría en el móvil principal de casi todos, casi siempre. Y seguiría una única pista: la del dinero.

20

JORGE

Santander, 21 de octubre, jueves

Jorge concluye que el viejo socio de Mario, el hombre del barco de velas negras, le ha dado un nombre ficticio; quizá por temor, quizá por cautela. Al fin y al cabo, Jorge impone cierto respeto y no puede desprenderse de un rol inevitable: es juez, y eso incomoda a muchas personas.

Sostiene la llave de titanio, la que abre la caja del banco ginebrino. Lo ha confirmado, acaba de hablar con el responsable de la entidad, y es cierto: existe un depósito a nombre de Mario Cayón, y solo él está autorizado a abrirlo. Viajará a Suiza la próxima semana.

Mario Cayón iba a iniciar una cruzada transnacional, arriesgada y ambiciosa contra los *lobbies* del juego de azar y las casas de apuestas; pero esa no había sido su primera batalla, porque antes de rencontrarse con Miriam, allá por 2018, y de enrolarse en las filas de Edulis & Cohen —el conglomerado financiero de la familia de ella—, ya había luchado contra esa industria. ¿Por qué, ahora, había vuelto a la carga?

El sonido del móvil aparta a Jorge de sus divagaciones. Es su hermana, y parece alterada, inquieta, algo excitada. Le pregunta a Jorge si va a acudir a la subasta de *Ocho*.

—Ya hace días que he reservado el vuelo a Londres.

Judit insiste en que vaya con cuidado; la invitación que ha recibido podría ser una trampa. Jorge se ríe.

—¿Me has llamado para eso, Judit? ¿Para volverme a soltar que vaya con cuidado?

—Te he llamado porque ha estado aquí un policía, uno de los jefes de la Judicial de Santander. Traía un lienzo, venía por un asunto bastante increíble. En fin, no puedo darte demasiada información, y lo poco que sé me lo debo guardar; la cuestión es que me ha preguntado por Dama...

—¿Y qué le has respondido?

—Me he referido a Cresilda Stoner y a Mario Cayón.

—¿Cuál era el nombre de ese policía?

—Mateo Valtierra.

Jorge cae en la cuenta, Valtierra es el hombre que acudió a su casa a causa del asalto que había sufrido.

—Y dices que te ha llevado un lienzo... ¿De qué pintor?

—Digamos que se trataba de una obra perdida, Jorge.

Demasiada coincidencia. Un inspector de Santander con un viejo cuadro extraviado acudiendo al taller de restauración del Prado y preguntando por Dama.

Judit reitera que vaya con mucho cuidado y se despide.

La sede londinense de Sotheby's se encuentra en Mayfair, uno de los barrios más sofisticados de la ciudad. Pese a su cercanía a áreas bulliciosas y comerciales como Regent Street, al este, o a Oxford Street, al norte, es una zona tranquila. Mayfair está plagado de galerías de arte, de *boutiques* exclusivas, de restaurantes selectos; también alberga algunas embajadas.

Jorge aterriza en Londres a las dos de la tarde del viernes 22 y, después de registrarse en el hotel, de darse una ducha y tomar un tentempié, sale a pasear por el barrio anochecido; recorre las calles bordeadas por casas victorianas, salpicadas de plazas semiocultas y de jardines georgianos. Evita pensar en Rubén, evita evocar la escena del martes, cuando no pudo resistirse a besarlo en plena calle; tomará una decisión cuando vuelva a casa, cuando se haya centrado. La subasta es vespertina, dará comienzo a las seis, y eso es muy poco habitual. Jorge se ha arreglado como si fuera a una boda, la invitación lo dejaba claro, se exige etiqueta. Así que se ha enfundado el esmoquin de su padre y no se ha visto mal del todo envuelto en ese fajín, con las solapas de seda y la pajarita oscura. En el vestidor familiar de Santander también ha encontrado un viejo abrigo de lana merina, y antes de acudir al evento se toma un café cargado en Taylor St. Baristas. Hasta hace bien poco ese ha sido su café favorito, pero después de su visita a Cresilda Stoner, eso ha cambiado: tras el café de civeta que le sirvió la anciana, los otros tipos de grano le saben a cloaca. Cresilda ya se lo avisó: solía ocurrir.

A las cinco y media se dirige al edificio que alberga la casa de subastas, en New Bond Street. Pasa junto al busto de la diosa leona Sekhmet —imagen oficial de Sotheby's—, se identifica, deja su abrigo en el guardarropa y accede sin problemas a la recepción previa. Firma unos documentos, el acuerdo que le compromete a no hacer fotos ni a grabar imágenes, a mantener en secreto lo que acontezca en el evento. Le ofrecen champán, toma un canapé de la bandeja y de un modo rápido cuenta unos quince asistentes dispersos por el salón, acomodados en los sofás o en pie junto a las ventanas. Charlan en parejas o en pequeños grupos. Seda, diamantes, dinero y ópera. Se exige etiqueta, pero Jorge entiende que allí también habrá gente ordinaria; al fin y al cabo, los trabajos de Dama aún no están muy cotizados. Se oye hablar en inglés, en francés, percibe el castellano con acento cubano. Nadie acude a una subasta de Dama sin haber sido invitado, y algunas de esas personas representan a otras, a los auténticos postores, que deben estar a miles de kilómetros.

Jorge localiza a Cresilda Stoner, la agente del artista. Va enfundada en un escandaloso vestido largo de color lila, luce un sombrero extravagante sobre el cabello blanco y ha llegado del brazo de un hombre. Él es joven, rubio, de buena estatura, y va pertrechado con un chaqué rojo. Cresilda se aproxima a Jorge, camina con dificultad, y, sin más preámbulos, le pregunta si va a pujar.

—¿Va a pujar, señor Del Cerro?

—He acudido como observador. Sentía curiosidad.

—Pues al gato lo mató la curiosidad. —Cresilda sonríe, toma un sorbo de la copa de champán y analiza a Jorge con sus ojillos traviesos—. ¿Es la primera subasta de su vida?

Jorge asiente, escucha a Cresilda con cortesía, pero en realidad está calibrando el terreno.

—Supongo que no se ha podido quitar de la cabeza aquellas copias que vio en mi casa, ¿verdad? Las niñas con las calaveras de Frida Kahlo.

—Ni siquiera había vuelto a pensar en ello, la verdad. Pero sí siento curiosidad por saber cómo se fijan los precios de salida de los Damas.

—El precio de salida de *Ocho* es el precio de venta de *Siete* —declara Cresilda con jovialidad, como si fuera obvio—. *Siete* fue adquirido por unos cien mil euros. ¿Qué le parece? En realidad es una bagatela.

—Lo será para usted.

—Lo es si lo comparamos con *Salvator Mundi*, de Da Vinci. Fue adjudicado a un príncipe saudita por seiscientos millones de dólares. Se subastó en Christie's hace unos años, y hay quien rumorea que era una copia de taller. —Cresilda le da otro sorbo a la copa y vuelve a analizar a Jorge—. No puedo creerme que solo esté aquí por curiosidad, señor Del Cerro. ¿Se ha obsesionado con Dama?

—Debe de ser Dama quien se ha obsesionado conmigo; me ha invitado *motu proprio*. Ya se lo dije, yo no me gastaría cien mil euros en humo.

—No se equivoque, esa cifra solo es el precio inicial, y tengo un pálpito, presiento que hoy la cotización se va a disparar. El año pasado se multiplicó por nueve el precio de salida de un cuadro de Banksy. —Cresilda lanza una carcajada—. Era un óleo memorable, mostraba un montón de chimpancés en el Parlamento británico, asistiendo a una sesión. El primer ministro también era un simio, y sostenía una carpeta. ¿Sabe lo que escribió Banksy en sus redes sociales? «Reíd ahora, pero llegará el día en que no haya nadie al mando.»

—¿Dama no tiene redes sociales?

—No las tiene, señor Del Cerro, pero le haré llegar su propuesta.

—No era una propuesta, solo una pregunta.

Cresilda palmea la espalda de Jorge, le desea buena suerte

y se aleja con la copa vacía. La vuelve a llenar al cruzarse con el camarero y luego saca su móvil del bolso, marca un número e inicia una charla que va a prolongarse durante toda la subasta.

La segunda sorpresa de la tarde llega con otra mujer: una chica irrumpe en el salón cinco minutos antes de que dé comienzo la puja. Ha interpretado a su modo el tema de la etiqueta, y ello provoca que acapare las miradas: el dobladillo de su vestido, que es negro, queda un par de dedos por debajo de la rodilla, como establece el protocolo, pero su escote de palabra de honor es de sobresaliente. Luce unos guantes oscuros, calza unos zapatos con demasiado tacón y lleva un recogido bajo que le estiliza el cuello, los hombros y la barbilla bien dibujada. Pese a lo sensual de su indumentaria, destila elegancia. La acompañan un par de empleados de la casa, están hablando en inglés, ella gesticula, parece justificarse, y Jorge detecta un acento marcado, conocido; esa chica es española. En cuanto se queda a solas, Jorge se aproxima a ella y se presenta en castellano. Ella parece aliviada; rechaza la copa que le ofrece un camarero y estrecha su mano sana con la del juez Del Cerro; lleva la izquierda en cabestrillo.

—Bianca de Arbide, encantada de conocerte.

Bianca sonríe con los labios, también con los ojos, y comenta que ha estado a punto de quedarse fuera.

—He estado a punto de quedarme fuera. No lo entiendo, ya hace días que tenía la invitación, he recurrido a la ayuda de un familiar para acceder, y todo estaba en regla. —Habla de un primo banquero, cliente habitual de la casa de subastas, al que todo el mundo debe favores, incluida la gente de Sotheby's.

Jorge piensa que debe de tener parientes muy influyentes.

—Es curioso, siempre hay españoles por todas partes —señala Bianca—. ¿Vas a pujar? —le pregunta a Jorge.

—No voy a hacerlo. ¿Y tú?

Bianca replica con seriedad:

—Yo he venido a llevarme el Dama.

21

—

MATEO

Londres, 22 de octubre, viernes

Pese a no disponer de invitación previa, se me ha permitido acceder al salón de subastas, pero estoy a un paso de ingresar en la Secretaría de Estado, así que he abusado del privilegio y he preferido atender a la puja desde la sala de seguridad de Sotheby's. Apenas hace unas horas que he aterrizado en Londres, solo faltan treinta minutos para las seis de la tarde, y desde los paneles del área de vigilancia capto la panorámica de la estancia inmensa, aún vacía.

Me acompañan algunos miembros del equipo de seguridad, pero no pueden ofrecerme informes de los invitados; es la política de protección de datos, y solo podría violarse si hubiera de por medio una orden judicial; no la hay, nada vincula el trabajo de Dama con sucesos delictivos.

Sin embargo, antes de que dé comienzo el evento, y de modo extraoficial, me han permitido repasar las grabaciones de las subastas previas, y lo hago a conciencia. Suelen acudir unas treinta personas —galeristas, curiosos y representantes de algunos compradores que operan en la sombra, a distancia—. Hay una serie de rostros que se repiten, de gente incondicional que ha estado aquí desde el principio. Me he hecho con una imagen de Cresilda Stoner —la agente de Dama—, y la localizo en todas las ediciones desde que se subastara *Uno,* la primera obra del misterioso artista. Mi sorpresa es mayúscula cuando, a partir de la tercera subasta, ahí sentado, veo aparecer a Mario Cayón, el abogado de Lucas —Chuchi también me ha enviado un par de fotos de él—. En la última edición Mario Cayón entra en liza por *Siete.* Y se lo lleva.

«Así que es eso —me digo—; fue él quien pujó por el óleo. Y lo hizo para Lucas, en su nombre.»

¿Qué ha sido de la pintura? Cúe fue asesinado a las pocas horas de la compra, sin llegar siquiera a recibir el cuadro, y, según Chuchi, Mario se quitó la vida el mismo fin de semana. Alguien quería el Dama de Lucas; ese, y no otro.

Anoto algunas cuestiones: ¿quién tiene el óleo? ¿Llegó a las manos de Mario? Según Bianca, Lucas llamó a Mario en la tarde del 9 de octubre, pero su móvil no estaba operativo. ¿Viajaba en un vuelo de vuelta desde Londres? ¿Llevaba el Dama con él?

Vuelvo a analizar los fotogramas, estudio cada detalle, no se me permite sacar los vídeos de aquí. La subasta de *Siete* fue muy desapasionada, nadie pujó con fiereza, y el cuadro se lo llevó Mario Cayón sin apenas competencia. No encontró obstáculos. ¿Quién le ofreció a Lucas Cúe cinco veces la cifra que había desembolsado? Esa persona, quienquiera que fuese, ¿por qué no pujó en la propia subasta?

A las seis en punto, cuando ya he revisado todas las grabaciones, se abren las puertas del salón y veo desfilar a los asistentes. Se van instalando en mesas redondas de manteles blancos. Al fondo está la tarima, el atril, el logo de la casa de subastas, y a la derecha, sobre una pantalla inmensa, se proyecta la imagen de un cuadro envuelto, atado con un par de cordeles rojos. Un sello azul, dos palabras: «*Ocho.* Dama».

Contemplo a los invitados a medida que se ubican, diviso a Cresilda Stoner —sería difícil no verla con esa macarrada de vestido lila, colgada del brazo de un joven con un chaqué rojo—. La cotización de Dama crece como la espuma, también su marca, y eso atrae cada vez a más gente.

—Mierda. No es posible.

Sí lo es, reconozco a esa invitada del vestido negro, de los guantes hasta el codo y la gargantilla de brillantes. Bianca de Arbide acaba de materializarse en la sala y camina hacia su mesa, cojeando levemente, acompañada de un hombre que también me es familiar.

—Es el juez de Madrid —murmuro mientras niego, mientras amplío la imagen.

Ese hombre alto de aspecto elegante es el mismo tipo cuya casa fue asaltada a principios de semana. «Muérete, maricón de mierda», le habían escrito en la pared. Es el juez de la Audiencia Nacional que declaró, sin paños calientes, no creer en la Justicia. Recuerdo su nombre, Jorge del Cerro, y también recuerdo bien cómo admitió su intriga por el asunto de Dama. Ahora se acomoda junto a Bianca y charlan de modo amigable. ¿Se conocían de antes? Ninguno de los dos, ni Bianca ni Jorge, habían estado presentes en subastas anteriores; y ambos, sin duda, son gente con contactos: acceder a estos eventos cada vez es más difícil.

Activo el audio, el director de arte surrealista les dirige unas palabras a los asistentes. Se refiere al procedimiento de evaluación de la obra, a la verificación de la autoría, al genio del autor y a su talento instintivo. Alude al juego de luces y al dramatismo cromático de sus pinturas. Luego reparte algunas instrucciones, se sitúa en el atril enarbolando el martillo y comienza la función. En la pantalla, junto a la imagen del cuadro envuelto, aparece el precio de salida de *Ocho* en diferentes monedas. Ochenta y cinco mil libras. En euros, unos cien mil. Al principio solo pujan tres asistentes; dos de ellos llevan auriculares, se comunican con alguien usando el móvil. Las cifras van ascendiendo hasta llegar a cien mil libras —unos ciento veinte mil euros—. Y a partir de ahí, el ritmo se ralentiza y solo dos personas compiten por la pintura. Al alcanzarse las ciento veinte mil libras, se produce un silencio. Nadie da más. Llevamos unos minutos de contienda, y cuando estoy convencido de que *Ocho* va a conseguirlo una mujer pelirroja de aspecto inteligente, Bianca de Arbide alza su paleta y ofrece cinco mil libras más. Sonríe con suficiencia, también lo hace Jorge del Cerro, a su lado. La pelirroja sube, da otras cinco mil. Bianca, cinco mil más. Y así durante un intercambio que arrastra el precio de *Ocho* hasta las ciento cuarenta y cinco mil, ofrecidas por Bianca. Ya no sonríe, parece inquieta, y asumo que ha establecido un máximo; puede que acabe de alcanzarlo. También cesa la pugna de la otra mujer, se hace el silencio, y doy por hecho que este episodio está a punto de zanjarse: *Ocho* le será adjudicado a Bianca. Pero alguien entra en liza, contrataca y ofrece cinco mil libras más desde la otra punta de la sala. Se trata del joven que acompaña a Cresilda, el rubio del chaqué rojo.

Murmullo general. Sorpresa. Apuesto por Bianca, hay magnetismo en el modo en que alza el brazo, en que proclama las cifras, en su osadía inocente. Ha perdido el control, estoy convencido. Y ambos, ella y el rubio, retoman la escalada hasta las ciento setenta mil, ofertadas por él. En ese punto, Bianca posa la pala en la mesa, se muerde los labios y se reclina en su asiento. Se ha dado por vencida, no puede ofrecer más. Se eleva el martillo, el rubio del chaqué va a conseguir la pintura; y entonces Jorge del Cerro, el juez que no cree en la Justicia, levanta el brazo y ofrece ciento setenta y cinco mil libras —algo más de doscientos mil euros—. El rumor de voces vuelve a invadir la sala. Pasan algunos segundos, nadie más puja, esto se ha acabado. *Ocho* ya tiene nuevo propietario, y me planteo una cuestión: si yo fuera Dama, ¿habría acudido a la subasta de mi propia obra?

Voy pertrechado con el esmoquin que vestía en la boda de Chuchi. Me abrocho el abrigo e intercambio unas palabras con el jefe de seguridad: le pregunto cómo le hacen llegar la pintura al adjudicatario.

—Los requerimientos administrativos ralentizan el proceso —me dice—. Solemos colaborar con empresas de transporte externas, pero tratándose de Dama, es un trabajador de la propia casa quien suele entregarle el óleo al propietario.

He perdido demasiado tiempo, me pongo en marcha, las pantallas se han apagado, el personal ya está recogiendo y bajo de tres en tres las escaleras del edificio. Tengo que hablar con Jorge del Cerro, averiguar qué le ha traído hasta aquí. Cuando alcanzo la calle veo una hilera de coches, los invitados se van dispersando. Localizo a Jorge a lo lejos, se despide de Bianca con un apretón de manos. Ella se ha subido a un taxi que se aleja, y él pone rumbo al sur, camina a buen paso hacia Picadilly. Voy tras él, lo sigo por New Bond Street, que a esas horas —solo son las siete de la tarde— ya casi está desierta. Hace un frío que pela, pero Jorge camina ufano, como si flotara; satisfecho, supongo, después de haber conseguido llevarse la obra de arte. Su abrigo está abierto y los faldones oscuros flotan tras él. Parece un personaje victoriano, un espectro de buena estatura recorriendo las calles vacías de un Londres gélido. Su sombra es alargada, y las farolas emiten un resplandor difuso que se pierde en el aire. Cuando estoy a punto de gritar su nombre, diviso el vehículo.

Viene de frente, desde el sur, circula despacio, demasiado despacio, y lleva los faros apagados. Aumenta la velocidad antes de que me dé tiempo a recordar que no voy armado, antes de ser consciente de cómo va desviando su trayectoria, de cómo acelera. Cuando echo a correr, el todoterreno ya está a punto de embestir a Jorge, de invadir la acera y atropellarlo. Pero él, en una maniobra rápida y ágil, se lanza al suelo, rueda y se acuclilla tras un contenedor. Redoblo la potencia de mi carrera hacia él, el coche se detiene, un hombre lo abandona y se dirige al juez enarbolando un cuchillo de grandes dimensiones. Jorge vuelve a incorporarse, lo veo en la lejanía, se enfrenta al sujeto y se lanza sobre él, lo aborda sin miedo, rodea su cuello con los brazos y forcejea. Ambos se precipitan sobre el pavimento y el cuchillo sale volando, Jorge lo ha desarmado. Puñetazos, golpes, un par de masas oscuras machacándose en el asfalto. La refriega es dura, sucia, el juez lleva las de ganar, acomete al asaltante, pero en plena ofensiva, cuando tiene al individuo agarrado por las solapas, este le asesta un cabezazo y el impacto hace que Jorge caiga hacia atrás, desplomado. El tipo se incorpora, recupera el cuchillo, regresa hacia su presa dispuesto a rematarla, y entonces lo alcanzo y le lanzo una fuerte patada en la sien. No logro desarmarlo, se derrumba, me tiro sobre él y le lanzo un puñetazo, otro, lo estrello contra el suelo. Él intenta clavarme el arma, rasga la noche con el filo puntiagudo, que silba en el aire. Me libro por poco, y él aprovecha para incorporarse, para alejarse; echa a correr hacia el norte. Voy tras él, lo sigo, el coche lo espera solo unos metros más lejos, con el motor al ralentí. El atacante se cuela en su interior, el vehículo acelera, quema rueda, huele a goma. Los pierdo, maldigo, me quedo plantado en mitad de la nada lamentando estar en Londres, sin medios y sin pistola.

Saco el móvil, marco un número. Jorge sigue tendido en la acera; ahora es un bulto oscuro bajo la luz plomiza de una farola. Mientras me acerco a él, hablo con un contacto londinense en quien confío y le doy una serie de explicaciones en inglés. Me niego a provocar un lío entre Policías, un conflicto diplomático o un follón mediático. Un juez de la Audiencia Nacional y un inspector jefe al servicio del Estado español se acaban de ver implicados en un intento de atropello en pleno centro de Londres. ¿Ha habido testigos de la reyerta? Según *El arte de la guerra*, de Sun Tzu, «ganan los que saben cuándo luchar y cuándo no».

Mi contacto me asegura que va a encargarse de todo y sugiere que nos larguemos de aquí cuanto antes. Desaparecer rápido, regresar a España en el primer vuelo.

Jorge se encuentra aturdido pero consciente. Se está incorporando, se apoya en los codos y se pone en pie observándome. Me despido del inglés, guardo el teléfono en el bolsillo del abrigo. Jorge tiene un siete en su camisa elegante, la pajarita es historia y muestra un corte, largo y sanguinolento, en el pómulo izquierdo.

—¿Inspector Valtierra? —dice al reconocerme—. ¿Qué coño hace aquí?

—Iba a preguntarle exactamente lo mismo: ¿qué ha venido a hacer a Londres?

He nacido en un barrio obrero y he sido testigo de muchas cosas, pero nunca había visto a un pijo de Santander pelear como lo ha hecho el juez Del Cerro. Hemos dejado Mayfair, evitamos la llegada de alguna patrulla, la nube de polvo mediática o policial, y estamos en su hotel.

—¿Dónde aprendiste a golpear así?

Jorge sonríe. Se aloja en un establecimiento de cuatro estrellas de Jermyn Street, y hemos podido pasar al ascensor con los abrigos abrochados hasta el cuello para no levantar suspicacias.

—He sido un crío un poco asalvajado —confiesa mientras se desprende de su camisa, hecha jirones—. Mi padre era juez, pero estudió con becas; venía de abajo, y siempre nos inculcaron que había que estar en el mundo. No he vivido en una burbuja, sé lo que hay por ahí; y no me asusta.

—Yo también crecí en Santander, y nunca te vi por mi barrio.

—A ti te prepararon para subir sabiendo que subirías; y a mí, para poder bajar, por si tenía que hacerlo.

Y ha tenido que hacerlo esta noche, en una de las zonas más exclusivas de Londres. Jorge me relata que asistió a un colegio público, que ha recibido clases de kárate, que no juega al tenis ni al golf; siempre ha preferido el básquet. A los catorce, organizaba guerras con los críos de Cueto, con los del Barrio Pesquero. No me habría creído ni una sola de sus palabras de no haberlo visto. Jorge alude a su primer caso como titular en un juzgado de menores de Madrid, cuando un chico de once años declaró, con absoluta normalidad, haberle clavado a otro una cheira en la garganta.

—En el salón de vistas nadie sabía lo que era una cheira. Luego alegó que le había pegado un par de mojadas más cuando el otro ya estaba en el suelo, inconsciente. ¿Crees que se puede juzgar sin saber lo que es eso? Muchos jueces lo ignoran, se han pasado la vida con las narices sepultadas en el Código Penal; y luego, en su día a día, hacen cosas muy extrañas. Uno de mis compañeros pagó cinco euros por una lechuga viva.

—¿Viva? —pregunto.

—Viva, sin cortar. La compró con raíces, estaban sumergidas en un vasito de agua.

El filo del cuchillo me ha rozado el cuello y tengo una hendidura que duele y escuece. No disponemos de alcohol, Jorge ha abierto una botella de ginebra, ha empapado unas toallas y desinfectamos las heridas de mala manera, como podemos. Jorge murmura que le duele la cabeza, que han vuelto los acúfenos, el ruido mudo en su cráneo. Le tendrían que dar puntos en ese corte del pómulo, no deja de sangrar, pero no parece inquietarle.

—No pensaba pujar —me aclara—. Lo hice en caliente, me he fundido buena parte de la herencia de mis padres...

Luego me da las gracias.

—De no ser por ti, me habrían acuchillado tras ese contenedor de New Bond Street. ¿Por qué me seguías?

Es una larga historia, va a llevarnos toda la madrugada, así que pedimos una bandeja de sándwiches y los devoramos sentados frente a frente, en una mesa redonda, junto a la ventana, contemplando los tejados de la ciudad dormida hasta que quiera amanecer.

Comienzo por el principio: la noche del 9 de octubre Lucas Cúe fue asesinado; no se halló el cuerpo hasta el día siguiente. Poco antes había adquirido una obra de Dama, *Siete.*

—El representante de Lucas pujó en su nombre, consiguió el cuadro. Poco después alguien, una voz neutra, le ofreció a Cúe cinco veces la cifra que había desembolsado. Él declinó la propuesta. Lo habían amenazado, al final se lo cargaron, y aún no hay rastro del asesino. Ni de la obra.

—¿Piensas que lo mataron para hacerse con el Dama?

—Es una opción. Ignoramos qué ha sido del óleo, pero ayer averigüe que Mario Cayón, el representante de Lucas, se quitó la vida el mismo fin de semana que liquidaron al futbolista.

Jorge compone un gesto de extrañeza. Creo que está a punto de interrumpirme, pero me invita a seguir.

—Mario solía acudir a las subastas, pero solo pujó en la de *Siete.* Dicen que se suicidó porque había perdido a su hija, porque estaba medio hundido. Tenemos un tercer cuerpo, y aún no sabemos si está relacionado con el caso; pertenece a un camello de poca monta, a un delincuente común apodado el Zuki que quiso tratar conmigo sobre la muerte de Cúe. Antes de poder hacerlo, apareció intoxicado en una caseta del barrio; sin ojos ni meñiques.

—¿Sin meñiques? —pregunta Jorge—. Eso lo hace la Yakuza japonesa.

—Lo sé, Jorge. La cuestión es que hay algo, y no sé explicar el qué, que conecta las dos escenas del crimen, la de Lucas y la del Zuki.

—¿Se conocían entre ellos?

—No lo creo. Mundos distintos. Ambos estaban desnudos, mostrando la sien derecha, era como si se buscara un impacto estético.

—¿Te refieres a un patrón?

Afirmo con la cabeza y Jorge suelta un suspiro. Prosigo.

—He interrogado a la novia de Lucas, Rebeca —continúo—, que tiene coartada para esa noche. A sus padres, un par de infelices codiciosos que van a recibir un buen baño de millones. Lucas sostenía un pleito contra su último club y contra varios anunciantes, pero algo me dice que lo único que importa es el asunto de Dama.

—¿Intuición?

—Intuición, y un cuadro perdido en 1945 y hallado en su caja fuerte, oculta a conciencia en el chalé. *Las novias,* una pintura que, en teoría, se destruyó en un incendio. Por lo visto, a Lucas le había dado por coleccionar arte.

Jorge se cruza de brazos, me analiza. Son las tres de la madrugada y le cedo la palabra. Le he confiado todo cuanto sé y sospecho que él también tiene algo que compartir.

—Bien, Mateo... Yo soy el hombre que halló el cadáver de Mario Cayón colgando de una soga en su estudio de Terán. Fuimos amigos en la infancia, volvió a llamarme, nos habíamos citado en su casona de Cabuérniga. Y me lo encontré muerto.

Lo recuerdo, recuerdo haber leído algo de eso en SIGO, la base de datos de la Guardia Civil, cuando me presenté en su casa por el lío aquel del asalto y la pintada.

—¿Por eso has venido a la subasta de *Ocho*? ¿Sabías que fue Mario quien se hizo con *Siete*?

—Desconocía eso. Solo he venido porque Dama me invitó.

Jorge se pone en pie, se acerca a su abrigo, saca algo del bolsillo y me tiende el texto en que Dama, por medio de la propia casa de subastas, le ofrece asistir al evento.

—No tengo la menor idea de quién es Dama —admite Jorge—. Llegué a pensar que era Mario, pero la invitación se selló cuando él ya había muerto. En Terán, frente a su cadáver, sufrí un mareo. Me golpeé la cabeza y perdí el conocimiento. Esa es la versión oficial, la Guardia Civil no ha hallado indicios de que ocurriera de otro modo. Mario tenía un Dama.

—¿Pudiste verlo?

—Creo que lo hice. Había más cuadros, tres en total, y uno de ellos era un Dama, estoy convencido. Quizá fuera *Siete,* el cuadro de Lucas que buscaba su asesino. Mario pretendía que yo lo encontrara, supongo. —Jorge cierra los ojos, se recuesta—. Le saqué una foto a la obra, también al resto de lienzos, pero esas imágenes se han borrado. He recurrido a un informático y no hay nada en el teléfono, ni en la nube. No logro recordar cómo era esa pintura... Cuando llegaron los guardias, aquello estaba barrido. Solo se halló el cadáver de Mario y mi cuerpo inconsciente.

—¿Podrías describir los otros dos óleos?

Jorge duda, se retuerce las manos, parece incómodo.

—Prefiero no hablarte de ellos. Eran extraños, y no creo que eso sea relevante.

Asiento. Fuera lo que fuese que viera allí, le causó un fuerte impacto.

Jorge vuelve a tomar asiento, frente a mí.

—Mario iba a iniciar una guerra en Bruselas contra los *lobbies* de las apuestas y el juego de azar —me explica—. Había perdido a su hija, es cierto, falleció de leucemia. Su mujer y él habían estado recibiendo unas notas muy extrañas, y es muy probable que Mario se suicidara. La niña se llamaba Nina.

Trato de asimilar toda la información. Pasan unos segundos.

—En la subasta charlabas con Cresilda Stoner.

—Cresilda ha visto los cuadros, sabe quién es el pintor. Fui a entrevistarla a su casa, fue todo surrealista. —Jorge describe la vivienda de la anciana, recuerda detalles de aquella conversación, y entre otras cosas alude a la luz, al ambiente, al café que tomó y a unas pinturas de Frida Kahlo—. Creo que anda metida en algún chanchullo extraño de arte falsificado —concluye al final—. Me lo insinuó claramente. Y hay algo más: Mario disponía de una caja de seguridad, en Ginebra, y solo yo puedo acceder a su contenido. Un viejo socio de Mario, un anciano que tiene un barco, me hizo entrega de la llave.

Ahora soy yo quien se cruza de brazos. Las piezas del puzle de Jorge encajan con las del mío, pero aún parece incompleto. ¿Quién lo ha atacado al salir de Sotheby's? ¿Por qué?

—Bianca de Arbide —apunto.

—¿La chica de la subasta? La he conocido esta tarde, no la había visto en mi vida.

—Bianca estaba con Lucas la noche en que lo mataron. La atacaron, pasó unos días en coma inducido.

—¿Eran pareja?

—Ella era su terapeuta.

—Pues ha pujado con muchas ganas —observa Jorge—. Tiene pinta de ser persistente.

—Tozuda, más bien...

Cierro los ojos, pesa el cansancio. Tomo un trago de agua, llevamos toda la noche hablando y caigo en la cuenta: no he reparado en ella, en Bianca. ¿Habrá llegado a su hotel? ¿O la habrá abordado algún atacante, como le ha ocurrido a Jorge?

—Una duda —añado para acabar—: Lucas había empezado a pintar. Mario pintaba. Incluso Chuchi, mi compañero en la Judicial, iba a dibujar de crío. ¿Tú pintas?

Jorge sonríe.

—Es cierto, pinta hasta la churrera, pero yo no lo he hecho en la vida. En cualquier caso, tiene sentido que tantas personas lo hagan; si preguntas a cualquiera, es probable que haya pintado en algún momento, de niño o de adulto. Mi familia y la de Mario fueron vecinas de siempre, y antes no había tantas extraescolares; los críos disponían de tiempo para aburrirse, se emborronaban folios, y al final se los mandaba a clases de dibujo artístico. Mario y mi hermana comenzaron juntos en la misma escuela. Yo preferí tomar lecciones de kárate. Mario y Judit siguieron hasta el final. Mi hermana es la restauradora con la que hablaste ayer en el Prado.

Claro, Judit del Cerro. ¿Cómo no lo he pensado?

—Miriam, la viuda de Mario, veraneaba en Cantabria. También solía acudir a las clases, fue allí donde Mario y ella se conocieron, aunque no se casaron hasta hace tres años, tras un rencuentro después de décadas.

—¿Había más gente en aquella escuela?

—Decenas de alumnos. Cada vez se pinta más. Y se escribe, y se cocina, y se componen canciones. Los humanos necesitan darle sentido a las cosas, y el hombre ha pintado desde la noche de los tiempos; solo hay que ver las cuevas de Altamira, los bisontes rojizos que inundan sus paredes. Ritos, ofrendas, motivos espirituales o de invocación de la caza...

La pintura es algo innato, esencial en la infancia, los críos necesitan poner orden en su mundo novedoso, vibrante y desconocido.

—¿Y Dama? ¿Por qué pinta? Quizá intente expresar algo, y al mismo tiempo ocultarlo.

—Cuando reciba *Ocho,* lo sabremos. —Jorge hace una pausa—. Aunque puede que me ocurra como a Lucas y me ofrezcan más por él.

—El asesino dejó algo claro, se lo recalcó a Cúe por teléfono antes de cargárselo. No quería otro Dama, solo quería el suyo.

22

BIANCA

Santander, 23 de octubre, sábado

«No cedas, no edites tu alma de acuerdo a la moda. Sigue sin piedad tus obsesiones intensas.»

La cita es de Kafka, Bianca acaba de publicarla en sus redes sociales y certifica algo que siempre ha defendido. No ha sido fácil llegar a ser médico —su padre siempre insistía en que estudiara finanzas—, mucho menos mantenerse —no deja de formarse—, pero sabe a ciencia cierta que nada hay más propio que una obsesión.

Bianca ha vuelto de Londres en un vuelo desde Stansted, aterriza en Santander sobre las dos de la tarde.

Ha acudido a la subasta con la certidumbre absurda de llevarse el Dama, pero no se siente vencida por el contratiempo; su punto fuerte es la perseverancia, sigue sin piedad sus obsesiones intensas, y Dama se ha convertido en la más acuciante; averiguar quién mató a Lucas, quién la atacó la noche del 9 de octubre, es su mayor desvelo.

Vuelve a evocar la puja, la escalada loca del precio de esa obra. Recuerda la excitación que sintió al pugnar, al ofrecer más por aquel misterio ignoto envuelto en papel de estraza. ¿Qué es *Ocho*? ¿Qué se oculta bajo su envoltorio? Rebasó el límite económico que se había fijado y llegó a paladear las mieles de la victoria, pero aquel hortera del chaqué rojo la derrotó. Le consuela pensar que la obra, finalmente, se la ha llevado ese hombre de Santander. No está claro si es legal, firmaron muchos papeles para acceder a Sotheby's, pero Jorge del Cerro le ha asegurado que, en cuanto reciba el cuadro, la invitará a su casa para que pueda verlo.

Toma un taxi para llegar a Loredo desde el aeropuerto, va revisando su agenda. Está agotada, ha sido precipitado hacer el viaje sin estar recuperada, pero le surgió la idea, vio la oportunidad y se lanzó a comprar el billete a Londres.

No está atendiendo a sus pacientes como solía, quizá debiera volver a Madrid, pero sabe que no debe exigirse demasiado.

Ha anulado los talleres, las conferencias, todas las jornadas que había planificado. Hace unas llamadas, concreta unas cuantas sesiones de refuerzo. Uno de sus pacientes se enfrenta a una importante reunión de negocios —su empresa se juega una fusión que implica la subsistencia de miles de empleos—; Bianca va a prepararle para abordarla. También debe ocuparse de un conocido tenista ruso; ha sufrido un episodio de agotamiento mental y, tras un parón de seis meses, necesita herramientas para afrontar su regreso.

La gente grande suele sentirse pequeña, y el perfeccionismo provoca inseguridad.

«Pero yo no estudié Psiquiatría para esto, yo quería ayudar a otro tipo de personas», se mortifica.

El taxi la deja frente al muro de la vivienda y contempla el mar, que bate con brío el acantilado. Inhala, huele a sal y, aunque viva en Madrid la mayor parte del tiempo, sabe que ha vuelto a casa. Su hogar está aquí, junto al Cantábrico, frente a la isla de Santa Marina.

Abandona el maletín en el recibidor, se deshace del abrigo, de la bufanda, le dicen que su familia está en la piscina y se dirige hacia allá, consciente de la tormenta que se avecina. Le espera un buen chaparrón.

Luz escribe un artículo, su padre ve las noticias. Apenas le da tiempo a decir «buenas tardes», aparece Carmen, la mujer del servicio, y planta sobre la mesa el almuerzo de Bianca. Ella le da las gracias y la mujer le lanza una mirada elocuente. «Prepárate, guapa, que hay marejada», parece querer decir.

Luz abandona el teclado, Guzmán modera el volumen de la tele, y ambos estudian a Bianca. Se largó sin anunciarlo, les envió un mensaje desde el aeropuerto, cinco minutos antes de despegar hacia Londres; están preocupados y tienen motivos para ello. Bianca les da un beso a cada uno —ya ha superado los treinta, pero hay cosas que no cambian, y en realidad es un beso sentido, nada impostado—. Luego se disculpa.

—Lo siento, tuve que salir de viaje, no os avisé antes de irme porque no me habríais permitido hacerlo.

—Nunca te hemos encadenado a la pata de la cama —declara Guzmán.

Bianca no puede evitarlo; imagina la escena y esboza una sonrisa incontenible. Luz también sonríe, negando, pero a Guzmán no le hace ni puñetera gracia.

—Tenía que atender a unos pacientes —se excusa Bianca poniéndose seria de nuevo. Y no miente, se sigue sintiendo en deuda con Lucas.

—Acabas de salir de un coma, por si se te ha olvidado.

No lo ha olvidado, lo recuerda como si acabara de suceder.

—No puedo dejar tirada a la gente —insiste Bianca—. Soy responsable en mi trabajo, es lo que he visto aquí, desde pequeña; tu compromiso con las empresas.

—Yo no tuve otro remedio, había que sacar la firma adelante —replica Guzmán poniéndose en pie—. Tú, sin embargo, trabajas porque quieres, Bianca, y es admirable que seas así, lo respeto, pero ahora debes cuidarte.

—No trabajo porque quiera, trabajo porque en mi vida no hay nada más importante que ver el progreso de mis pacientes. Vivo por y para lo que hago.

—Pues lamento decirte, hija, que te estás equivocando. Deberías cultivar otras facetas de la existencia.

Bianca sobrentiende a qué se refiere su padre: a formar una familia, por ejemplo, como ya han hecho casi todas sus amigas.

—Y también trabajo por dinero, la verdad —admite Bianca—. ¿Has leído a Virginia Woolf? Ella defendía que la mujer dispusiera de una habitación propia. De su propia habitación y de su propio dinero.

—Tú ya tienes tu propio dinero.

—Quiero ganarlo, no que me llegue caído del cielo. ¿Me hablarías así si fuera un hijo en vez de una hija?

—Qué difícil has sido siempre, Bianca. —Guzmán saca un fajo de cartas del cajón de una mesilla y se lo tiende—. Toma, ese dinero que ganas te vendrá de perlas para saldar estas sanciones por exceso de velocidad.

Tres cartas de la DGT. En la tarde del 9 de octubre, en su trayecto frenético desde Madrid a Cantabria para ocuparse de Lucas, Bianca hizo saltar tres radares.

—Un dineral en multas —resume Guzmán—. Y da gracias por que no te retiren el carné de conducir. O por no haberte matado.

—Aquella tarde estuvieron a punto de matarme, pero el exceso de velocidad no tuvo nada que ver. —Bianca niega sulfurada—. Una muere cuando tiene que morir; ahí tienes a mamá, que jamás sufrió un accidente, se la llevó por delante una puta enfermedad.

Bianca lamenta haber soltado eso. Su padre muestra las palmas de las manos con resignación, dice que lo deja por imposible y anuncia que sale a pescar. Las invita a acompañarlo y ambas prefieren quedarse en casa. Guzmán se larga rumiando entre dientes.

—¿Me he pasado? —pregunta Bianca.

—Está acostumbrado, y te quiere como eres... Las mujeres del norte tenemos carácter —replica Luz—. En el fondo te admira, Bianca. Otra chica en tu lugar se pasaría los días malgastando la fortuna familiar, yéndose a Ibiza con las amigas y colgando vídeos en las redes. Guzmán sabe que no es fácil tomar las riendas de la propia vida, y tú lo has hecho desde muy joven, pese a todo.

«Pese a todo» significa pese a su madre, pese a haberla perdido siendo una niña.

—Todos recalcan cuánto me parezco a ella, a mi madre. Antes me gustaba oírlo, pero ahora me agobia; yo soy yo.

—No te atormentes, la desgracia no es hereditaria —apunta Luz—. La fatalidad tampoco.

Bianca jamás se ha sentido desatendida, sola ni desamparada, porque Guzmán ha sido más que suficiente. Severo, sí, un poco desfasado y muy afectado por la pérdida de su mujer. Pero una niña como ella, osada e impulsiva, necesitaba pautas, ser encauzada en firme. Bianca no quiere pensar lo que habría sido de ella de no ser por su padre, por sus dosis justas de cal y arena. El pobre hombre, al final, no ha cosechado el éxito merecido: Bianca aún le sigue dando disgustos, y eso que intenta controlarse...

Bianca se toma la medicación, detesta las cajas de medicinas, y María le ha regalado un pastillero de plata. Estudia a Luz mientras charlan y vuelve a dar gracias por que llegara a sus vidas, hace ya quince años. Enérgica, atrevida, emprendedora y apasionada. Guzmán, a su lado, le parece a Bianca un viejo dinosaurio de movimientos lentos y vida ascética; ha dejado Madrid, prácticamente se ha retirado del mundo y contempla los toros desde la barrera.

—Tú también crees que me equivoco, ¿verdad, Luz? También piensas que debería casarme con un Cayetano, o un Jaime, o uno de esos Alfonsos de mi cole de Madrid. Y parir un niño al año, como hacen mis amigas.

—Debes hacer lo que te haga feliz.

—Mi carácter no es fácil —declara Bianca—. Y sería complicado dar con alguien que consiga soportarme.

—Solo usas a los hombres para acostarte con ellos; en una fiesta, en un congreso o en una noche de copas. Dime que me equivoco, Bianca.

Luz no está equivocada, pero Bianca no responde. Conoce bien la mecánica: al principio, cuando comienza el idilio, todo son vino y rosas, todo son águilas fuertes, majestuosas, moviéndose en libertad. Luego, de un modo muy sutil, se adquieren ciertos derechos; y sin quererlo o queriendo, se le corta a la persona que uno tiene a su lado un pedacito de ala, solo un trozo cada noche. Pronto amanece el día en que ya no se puede volar, en que una solo logra arrastrarse, despacio y a saltos cortos, como un pollito en su jaula.

—El tipo de unión que intentas venderme, ese que se

pretende normalizar, existe pero no abunda; hay demasiadas relaciones tóxicas, y de ahí tantos divorcios. Celos, dependencia emocional o reparto desigual de cargas y tareas... Soy escéptica.

—¿Escéptica, Bianca? ¿O un poco cínica?

—Yo estoy hecha para estar sola. Y, además, ya tengo una familia.

Bianca sube a su cuarto, se pone el pijama, regresa a la piscina. Se recuesta en el sofá y se va quedando dormida. El sol de la tarde le roza el rostro y recuerda que le han dicho que descanse; para reponerse solo necesita reposo. Cae rendida, estaba agotada, pronto empieza a soñar; sus últimos pensamientos han sido para Lucas, y lo evoca tembloroso, llorando, explicándole por qué no confiaba más que en ella. También evoca a Rebeca, se dice que debe llamarla, que tiene que hacerlo cuanto antes; Lucas ha muerto, y pese a estar distanciadas es imperdonable que Bianca aún no se haya dignado a descolgar el teléfono.

Vuelve a intentarlo, quiere soñar con Lucas y con Rebeca; intenta revivir la tarde en que fueron navegando a Mataleñas. Antes Bianca podía controlar sus sueños, pero ahora es incapaz, y en lugar de con Rebeca y Lucas, se topa con esa anciana, estrafalaria y rara, que ha conocido en la subasta del cuadro de Dama. Se dirigió a ella en la recepción previa, con su vestido lila y su sombrero hortera.

«¿Va a pujar, querida?», le soltó sin siquiera presentarse, con la mirada fija en su gargantilla de brillantes.

En su pesadilla, la vieja no tiene dientes, y en vez de preguntarle si va a pujar por el cuadro, agarra su joya y tira de ella con fuerza, como si quisiera estrangularla. Bianca se debate, sabe que está dormida e intenta despertar. Pero la vieja se ríe a carcajada limpia y muestra unas encías rojas y repugnantes. Bianca jadea, trata de abrir los ojos. Entonces oye el pitido, el timbre, la melodía del móvil. Bianca despierta, se incorpora, está sudando. Se ubica y coge el teléfono. Contesta sin comprobar el nombre en la pantalla. Está en su casa, está en Loredo, y la angustia se evapora.

—¿Bianca? Soy Mateo, Mateo Valtierra. Necesito plantearte unas cuestiones, y tiene que ser cuanto antes. ¿Podrías pasarte por las dependencias de la Judicial?

Bianca se acaricia la frente con inquietud, busca a Luz con la mirada; la ve en el jardín, podando los rosales con su sombrero de paja. Eso la hace sentir segura, allí no hay viejas sin dientes.

—¿Tendría que ser ahora? —responde sin entender el porqué de tanta prisa.

—Estaré en mi despacho hasta las ocho de la tarde, acércate cuando puedas.

A Bianca le cuesta reaccionar; cuando lo hace, para variar, es fiel a sí misma y replica como suele:

—¿Y si no puedo acercarme? ¿Vas a enviar una patrulla que me lleve a declarar?

—No pensaba llegar tan lejos. Tú decides.

—Pues mándame la patrulla.

Bianca cuelga y siente la tentación de lanzar el móvil al agua. Se contiene, se pone en pie y maldice en voz baja. No puede darle otro disgusto a su padre; como vea aparecer a otra pareja de polis, sufrirá un infarto. Pero intuye que Valtierra va a enviarle esa patrulla, lo cree capaz. Es un tipo correcto, se ciñe a las normas, pero prefiere dictarlas; no es un blando ni un pelele, y ella acaba de tratarlo como tal.

Subē a su cuarto, se da una ducha, se viste a prisa con lo primero que pesca. Necesita las llaves del coche, puede imaginar dónde las han escondido, no quieren que conduzca. No tiene tiempo de secarse el pelo, suena el timbre, alguien va a abrir. Desde la ventana de su cuarto, que da al islote de Santa Marina, avista el coche patrulla detenido junto a la verja.

Su despacho es pulcro, muy luminoso, se encuentra en la segunda planta del edificio, y los agentes que la escoltan hasta la puerta la invitan a pasar. Valtierra está ahí sentado, rellenando unos papeles; ella supone que comandar un grupo de la Brigada Judicial debe de acarrear mucha más carga burocrática que trabajo de campo, pero en realidad le importa muy poco lo que se haga en la oficina. Bianca se siente humillada, y eso no lo soporta.

Mateo alza la vista, le pone el capuchón al boli y la invita a sentarse. Ella lo hace a desgana, lleva el cabello suelto, no le ha dado tiempo a secárselo, y piensa en Luz, que se ha quedado en Loredo, sola y muy preocupada. Bianca le ha hecho jurar que no le dirá nada a su padre.

—Si fuera un hombre, ¿también me habrías hecho salir así de mi casa?

—Si fueras un hombre, te habría sacado yo mismo. Sin intermediarios.

—¿Intermediarios? ¿O esbirros?

—Bianca, no tengo tiempo para pataletas. Si la Policía lo llama a uno a declarar, uno acude a declarar.

Bianca no va a responderle, entraría en bucle, soltaría otra sandez y la haría parecer ignorante y ridícula: así que se muerde la lengua y contiene las ganas de escupir barbaridades. Observa los archivadores, las pilas de papeles organizadas con escrúpulo, los cactus en la repisa de la ventana; se percata de la ausencia de detalles personales y se siente exhausta, sin fuerzas ni para hablar. Mateo se incorpora, cierra la puerta, vuelve a sentarse.

—Seguir sin piedad tus obsesiones intensas va a arrastrarte al mismo sitio en que se encuentra Lucas —le advierte.

—¿También controlas lo que publico en mis redes sociales?

—¿A qué fuiste a Londres?

—¿Me estáis vigilando? Solicité por escrito que se me retirara la protección.

—Y se te ha retirado la protección, pero yo también asistí a esa subasta y fui testigo del espectáculo.

¿Valtierra en Sotheby's? Bianca lo habría visto, duda de sus palabras, aunque puede que sean ciertas.

—Pujar por el cuadro fue temerario —sigue él.

—¿Temerario? No comprendo por qué, ya se han vendido varios óleos del artista y nadie se ha cargado a los compradores.

—¿Has confirmado eso que dices, Bianca?

—Yo no soy la Policía. ¿Lo has hecho tú, Mateo?

—No lo he confirmado, pero estoy en ello. Y ayer por la noche, nada más dejar Sotheby's, alguien intentó atropellar a Jorge del Cerro, el hombre al que conociste en la subasta.

—¿Jorge está bien?

—Lo está, sabe defenderse. —Mateo la mira, él también parece cansado, aunque su camisa siga luciendo impecable y sus formas también lo sean—. Bianca, déjanos trabajar. No interfieras, recupérate, vuelve cuanto antes a tus quehaceres y olvídate de este asunto.

—¿Hablaste con Mario Cayón, el representante de Lucas? —plantea Bianca ignorando las últimas palabras del inspector—. ¿Te ha explicado por qué me telefoneó en la madrugada del 9 al 10 de octubre? Yo no logro contactar con él.

—Mario Cayón ha muerto.

«Mario Cayón ha muerto, y hasta ahí puedo contar», parece querer decir. Bianca analiza a Mateo, estupefacta, sin dar crédito a lo que oye. Apenas conocía a Mario Cayón, pero habían coincidido en varias ocasiones, lo tenía en alta estima y ahora comprende que no estuviera en la misa por Lucas, que no haya vuelto a llamarla.

—¿También lo han matado?

No hay respuesta, y eso la intriga aún más. Valtierra saca un dosier, lo abre, pasa las hojas y le tiende una foto a Bianca. En ella aparece un joven de unos cuarenta años, con un par de *piercings* y el pelo rapado, la mirada oscura y cejas espesas y mal arregladas. Sonríe con suficiencia, con la boca torcida, lleva una cadena de oro al cuello y viste una camiseta de tirantes. Mateo le pregunta si ese muchacho era amigo o conocido de Lucas.

—No lo he visto en mi vida.

—Le llamaban el Zuki.

—¿Zuki? ¿Como la marca Suzuki?

—Con quince años robaba motos y las vendía por piezas. Se quedó con ese mote, el Zuki, aunque su auténtico nombre era Lorenzo.

—Te refieres a él en pasado... ¿Otra víctima? Lucas nunca

me habló del Zuki, ni de Lorenzo, pero por lo que veo te estás enfrentando a un asesino en serie. ¿Me equivoco?

De nuevo, no hay réplica, y eso la exaspera.

—Una última cuestión, Bianca. Sé que estuviste en la subasta, te vi allí, pero habías aterrizado en Londres unas cuantas horas antes. No tienes que responder, ni siquiera tendrías que decirme la verdad, pero me gustaría saber si lo que fuera que hicieras tiene que ver con todo este asunto.

—Intento descubrir quién es Dama. Tengo entendido que firma como Van Eyck, titula como Rothko, se maneja como Banksy. Y es muy probable que sus pinturas contengan un mensaje; supongo que lo has pensado... Así que he acudido a la Tate Modern para ver si se me encendía la bombilla.

—¿Y se encendió?

La bombilla llevaba un tiempo fundida, ya ni siquiera era capaz de controlar lo que soñaba. Bianca pasó media hora analizando una talla en mármol, pero eso no debería contárselo al inspector; no cree que pueda interesarle.

—Pasé la mañana dando vueltas alrededor de una escultura. *El beso.* Representa a dos amantes, desnudos, que fueron asesinados en *La divina comedia.* Por adúlteros. Ella lo envuelve en sus brazos, él le acaricia el muslo... La percepción varía según el ángulo de visión. Un trabajo extraordinario, aunque no es mi obra favorita de Rodin.

—¿Cuál es? —pregunta Mateo sin demasiado interés.

—*El ídolo eterno.* Es mucho más sensual, más erótica. Ella domina al hombre, que le ofrece placer con las muñecas atadas a la espalda y...

—¿Averiguaste algo relativo a Dama? —la corta Valtierra.

—No, pero he estado pensando en las causas, en los motivos que puedan llevar a un autor a divulgar su obra bajo seudónimo. ¿Algo que esconder en la vida del artista? Puede que ese pintor ejerza otra profesión, algo relevante en un ámbito ajeno al mundo artístico; quizá salir a la luz sea un inconveniente. Puede que se trate de una persona enferma o recluida, de un preso, un político o alguien con una patología mental... Quizá no se sienta al nivel de su trabajo.

—Te recuerdo que no hay autor, Bianca, pero tampoco hay obra. Esos cuadros se venden envueltos.

Mateo abre el cajón de su escritorio, saca una bola de plástico opaco y se la tiende a Bianca, que la examina y luego la desenrosca. En su interior hay un pequeño payaso de juguete.

—Es una bola sorpresa, la he sacado de la máquina de un bar. Muchos objetos se adquieren así, a ciegas. Los niños compran paquetes de cromos ignorando cuáles les van a salir, y en Pascua se regalan huevos de chocolate con algo en su interior. Apuesto a que no es la primera vez que se lanzan al mercado obras de arte embaladas; en subastas benéficas, por ejemplo, cuando su autor posee cierto prestigio y hay interés por el objeto de la puja. Pero aquí no hay autor, no hay obra; no la hubo antes y no la hay más tarde, porque los cuadros tampoco se muestran después de haber sido adjudicados; y eso también marca la diferencia.

—Esas pinturas podrían encerrar algo controvertido. Exhibirlas al mundo podría ser un problema, y el quid está ahí, más que en el propio seudónimo.

—Yo mismo empleo un alias en mi perfil social.

—¿Cuál es?

—George Mallory.

Bianca deja la bola sobre la mesa, y Mateo la devuelve al cajón.

—Por ahora, Bianca, es todo; puedes irte. ¿Necesitas que te acerquen a tu casa?

Ella niega.

—Y no te lo voy a repetir —añade el inspector—, deja de interferir. Ya han intentado matarte una vez, no me gustaría asistir al levantamiento de tu cadáver.

Muy explícito, aunque no muy convincente. Bianca se pone en pie, Mateo la acompaña hasta la puerta, se dicen adiós sin mucha efusión, una agente la escolta hasta la entrada y en la calle se enfrenta al chaparrón del siglo. Es lo que ocurre cuando cambia el viento. Dedica unos minutos a decidirse, podría pasar la noche en el apartamento cerrado que tiene en Menéndez Pelayo —a veces va allí a trabajar o a estudiar—, pero prefiere volver con su familia, por eso se encamina a la acera de enfrente, a esperar al urbano que la lleve al embarcadero. Al cruzar por el paso de peatones oye un pitido, gira la vista y ve un coche negro de la misma marca y modelo que el suyo. Primera noticia, Valtierra y ella conducen vehículos idénticos.

—Sube, Bianca, te acerco a donde quieras —le pide Mateo por la ventanilla.

—Gracias, inspector, no es necesario.

En realidad sí lo es, pero Bianca no frena el paso y toma asiento bajo la marquesina de la parada, frente al colegio María Sanz de Sautuola. En lo que respecta a ese hombre, Bianca no va a volver a humillarse, sería capaz de atravesar a nado la bahía de Santander.

La tormenta arrecia y el bus de la línea diecisiete tarda un rato en llegar al centro. Bianca se apea en los jardines de Pereda y cae en la cuenta: ya se ha ido la última lancha hacia Somo. La alternativa razonable sería coger un taxi hasta Loredo, le saldrá por un ojo de la cara y no le gusta malgastar. Como no escampa, se cala la capucha de la sudadera, hunde las manos en los bolsillos y enfila el paseo. No hay taxis, se ampara en los aleros y solo piensa en llegar a casa, en darse una ducha y dormir un lustro; con su pijama, ese del que le hicieron deshacerse a toda prisa. Tiene los pies empapados, la lluvia machaca el asfalto, se resguarda en un portal, consulta el móvil y ve un mensaje de Jorge del Cerro. El texto es parco en palabras, no se extiende demasiado, y Bianca, impactada, suelta un silbido: «Dama ha abierto una cuenta en Instagram».

Pincha el enlace, la lleva a un perfil de creación reciente. Más de doscientos seguidores, cero seguidos. «Dama. Artista.» Es todo, solo consta una publicación de hace apenas quince minutos, y en ella se anuncia la subasta de *Nueve*; el evento tendrá lugar el 29 de octubre en Casa Ansorena, una de las galerías más antiguas de Madrid. ¿Por qué no Sotheby's? ¿Por qué ese cambio? ¿Por qué tan pronto?

Vuelve a dejar su refugio, retoma el camino hacia los taxis de Ataúlfo Argenta y, sin causa aparente, desvía su rumbo, cruza la plaza Pombo, recorre unos metros y se detiene en mitad del aguacero, bajo el fulgor azulado de un rótulo de neón. Se encuentra frente al bar de copas de Rebeca: La Galerna. Hace muy poco que se ha inaugurado, y es improbable que ella esté ahí; tiene más socios y vuelca su energía en los centros de entrenamiento, pero Bianca cree en los impulsos y apenas duda. Se olvida del taxi, de llegar a casa, se retira la capucha y accede al local calada hasta el tuétano.

Bianca presume de tener muchas amigas, pero solo baja la guardia con Rebeca y con María; no la juzgan, la quieren tal como es, y se dejan la piel en todo lo que hacen.

El *pub* acaba de abrir y aún se encuentra vacío. Bianca se acerca a la barra, dos camareros cortan limones, preparan la intendencia para esa noche. Bianca pregunta por Rebeca y uno de ellos va a avisarla, está en la parte de atrás.

Bianca traga saliva, teme el modo en que va a ser recibida, y se ve reflejada en uno de los espejos: lleva el cabello empapado y su rostro denota cansancio y angustia. Percibe los tacones de Rebeca antes siquiera de verla; cuando aparece, sus miradas se cruzan, Rebeca se detiene, frena en seco y observa a Bianca a distancia; como si se estuviera enfrentando a un animal salvaje. Luego camina hacia ella y le pregunta cómo está.

—¿Cómo estás?

—Te echaba mucho de menos —responde Bianca.

Se abrazan, y Bianca se dice que, ahora sí, ha vuelto a casa. Rebeca está sollozando y Bianca le susurra que lo lamenta mucho, que siente en el alma lo de Lucas. Pasan así unos segundos, la una junto a la otra, afectadas por el rencuentro. Más tarde toman asiento en los sillones de cuero, junto al ventanal que da a la calle Hernán Cortés. Bianca contiene sus emociones, es una amiga, pero también es profesional. Rebeca entierra el rostro en las manos y se derrumba; libera todo el dolor, la angustia, toda la tensión que ha estado acumulando. Bianca sabe de sobra que no debe intervenir, que no debe interrumpir ese llanto sentido, hondo y liberador. Cuando Rebeca se calma, alza el rostro y se seca los ojos enrojecidos.

—¿Tú cómo estás, Bianca?

Bianca le quiere decir que está bien, pero le cuesta encontrar palabras, así que comparte lo de su coma, lo de su bazo, lo de las falanges fisuradas.

—Un sector de mi cerebro pasó unas horas en blanco. He vuelto a perder sensibilidad, movilidad en la pierna; y me gustaría que fueras tú quien me tratara, como hace años.

Rebeca asiente y responde que estará encantada de ayudarla. Además tienen mucho de qué hablar, pero antes necesita ir al baño.

—No esperaba verte, Bianca. Y menos con esas pintas... ¿Por qué no te secas un poco?

Suena *Save Your Tears*, de The Weeknd. Bianca se ha recompuesto, Rebeca se ha retocado el maquillaje y parece más calmada. Bianca recuerda el día en que le presentó a Lucas, la ilusión que leyó en sus ojos, el modo en que se miraban. Rebeca y Lucas estuvieron muy enamorados, pero luego, para variar, irrumpió la adversidad: la vuelta inminente a los campos de juego, la obsesión de Rebeca por convertirse en madre y, sobre todo, los celos; unos celos absurdos e infundados.

Al principio tratan de asuntos sin importancia: Bianca comenta que vivirá a caballo entre Loredo y Madrid, y Rebeca le habla de sus próximos proyectos.

—¿Cómo es estar en coma, Bianca?

—Soñaba continuamente.

—¿Y qué soñabas?

—Que todo era como antes. Como cuando tú y yo estábamos bien.

Recuerdan los viejos tiempos: las noches de fiesta, las tardes de playa y las mañanas de agosto navegando por la bahía, tomando el sol en cubierta y riéndose por todo. Pero el asunto de peso flota sobre ellas, y ambas lo saben. Bianca coge el toro por los cuernos, decide zanjar esa cuestión de una vez y para siempre.

—Rebeca, yo estaba con Lucas la noche en que lo mataron. Pero nunca hubo nada entre nosotros.

Rebeca coge la mano de Bianca, la estrecha entre las suyas y baja la voz.

—Me ha costado comprenderlo, ahora lo veo con claridad. Él no me dejó por ti, me dejó porque lo estaba volviendo loco. Con todo ese asunto de la maternidad, de los celos... Tú has sido lo mejor que nos ha ocurrido; a ambos. Y lamento mucho mi actitud hacia ti.

—Él quería volver contigo, Rebeca.

—Habíamos hablado el viernes, el día anterior a su muerte; íbamos a casarnos. —Rebeca suelta la mano de Bianca y se ajusta un tirante del vestido—. ¿Viste quién te atacó?

Bianca no vio quién la atacó.

—¿Sospechas de alguien?

Bianca analiza a Rebeca, su rostro siempre impecable. Ella aún lleva los pies empapados y hoy no se siente nada atractiva.

—Sospecho de esas dos sabandijas, de los padres de Lucas.

—Menudo par de alimañas... —murmura Rebeca—. La Policía me preguntó si los creía capaces. Y respondí que sí; que por supuesto.

—El representante de Lucas también ha muerto.

—¿Mario Cayón? ¿También lo han matado?

—En realidad lo ignoro.

Rebeca, dubitativa, comenta que es muy extraño. Toma otro sorbo de agua, contempla el local, que empieza a llenarse, y estrecha de nuevo la mano de Bianca.

—Darán con los asesinos —concluye—. El inspector que investiga el crimen no es de los que cierran los casos en falso. Lo conozco bien desde que era un niño.

—¿A Mateo Valtierra?

Rebeca asiente. Bianca sonríe.

—Un hombre con mayúsculas. —Bianca va a agregar algo más, nunca se corta cuando está con Rebeca, mucho menos si hablan de hombres. Pero algo le hace callar, esperar, escuchar a su amiga, que aún no lo ha dicho todo.

—Mateo y yo somos del mismo barrio —dice Rebeca—. ¿No crees que se da un aire a Lucas?

—Se dan un aire, sí, pero Lucas era débil, y Mateo me ha parecido otra cosa.

—Es otra cosa, Bianca. Mateo es de hielo. O de acero, como prefieras verlo. Hace unos años se cargó a un tío. —Rebeca cambia de expresión, entorna la mirada—. Fue en legítima defensa, siendo menor, en Villa Alegría, el negocio de su madre. Aquel quinqui entró a llevarse la recaudación. Iba armado, el local estaba hasta los topes y pudo haber ocurrido una desgracia, pero Mateo se enfrentó a él. Lo desarmó, le dio un mal golpe y el tipo acabó en la morgue. En el barrio, Valtierra es poco menos que un héroe; pero él se avergüenza de aquello y suele omitirlo. Aquel atracador había salido de la cárcel, disfrutaba de un permiso, y era padre de dos hijos. Mateo no se lo puede perdonar.

Las piezas encajan, Bianca empieza a asimilar qué es lo que había intuido en los ojos de Valtierra, esos que le hacen perder la templanza: un ímpetu medido, controlado, custodiado a buen recaudo y aplacado con rigor. Rebeca sostiene la mirada de Bianca. Y Bianca lee algo más, entre líneas. Aun así, plantea su duda:

—¿Estuvisteis juntos, Rebeca?

—Imposible estar más juntos. Mateo es aquel chico del que te hablé una vez. ¿Lo recuerdas?

Bianca afirma. Lo recuerda: Rebeca hizo alusión a alguien por quien sufrió demasiado. Y el tema musical sigue sonando, refiriéndose al dolor y a corazones rotos.

—Íbamos a tener un hijo —añade Rebeca—. Y aborté, entonces decidimos que era lo mejor. —Hace una pausa, suelta la mano de Bianca, remata el botellín—. No pudimos superarlo, se fue todo a pique. Pese a todo mantenemos el contacto, y cuando vi muerto a Lucas llamé a Mateo. Fue él quien te encontró a ti.

—Yo aún estaba consciente cuando llegó.

«Pero no me pareció que Mateo fuera de hielo», piensa Bianca. No ha tocado la bebida, juega con el cordón de su sudadera mojada. Analiza a Rebeca y siente morir su optimismo. Acaban de lanzarle un buen jarro de agua fría, y la noche, de pronto, es un poco más oscura.

23

MATEO

Santander, 23 de octubre, sábado

«Sensual», «erótica» y «placer». Bianca pronunció aquellos tres términos en la misma frase, y yo la había frenado en seco. Oír esas palabras saliendo de sus labios me había alterado. Entro en el buscador, escribo *El ídolo eterno.* Al contemplar la escultura comprendo que su descripción se estaba quedando corta: dos figuras, un hombre y una mujer tallados en piedra. Ella está de rodillas, abre sus caderas, arquea la espalda y alza sus pechos mientras se ofrece al hombre, rozándose con las manos los dedos de los pies. El hombre, también de rodillas, mantiene los brazos, musculosos y fornidos, pegados a la espalda; como si le hubieran atado las muñecas. Se encuentra inmovilizado, cautivo, es ella quien lo domina. Él roza con el torso el vientre de la mujer, su pubis, y hunde la cabeza en el pecho de ella, lo devora con la boca. «Símbolo de la mujer que destruye a quien ama», puede leerse. El hombre de la escultura no parece destruido; está sometido, pero en ello no capto ningún sufrimiento.

«Veo que te enfrentas a un asesino en serie», comentó Bianca con cierta ironía. Busco un patrón, cierto, he detectado cierta analogía en ambas escenas del crimen —la de Lucas y la del Zuki—, pero hacer alusión a asesinos en serie es precipitado. Un asesino en serie suele elegir víctimas indistintas, anónimas, con cierto valor simbólico; un asesino en serie trata de satisfacer anhelos como el poder, el control o las ansias sexuales. El móvil de estos crímenes sigue siendo un misterio, pero el perfil de las víctimas es dispar; habría sido difícil dar con dos tipos más diferentes: Lucas y el Zuki: uno de los futbolistas más laureados de los últimos tiempos y un camello de medio pelo.

Este sábado, frío y tormentoso, llego a casa a las ocho de la tarde. Estoy hecho polvo, llevo fuera desde el jueves y, después de un encuentro con Judit del Cerro en el Prado, de haber asistido a la puja de Londres y de vivir un ataque en pleno Mayfair, aún me han quedado ganas de convocar en mi despacho a Bianca de Arbide.

Entro en el piso, abandono en el suelo la bolsa de viaje y enciendo tantas luces como hallo a mi paso. Luego abro a tope el grifo de la ducha, me desnudo y me meto bajo el chorro; ni siquiera espero a que el agua se temple. Me escuece el cuello, aún me cuesta creer que aquel cuchillo afilado del agresor de Mayfair no se me incrustara en la carótida; pasó a mi lado rozándome y me rasgó la piel, que muestra un latigazo estrecho, fino y oscuro. El calor me reconforta, cierro los ojos y celebro estar en casa. Me apoyo en las baldosas, en la pared mojada, y me abandono. El agua se desliza por mi espalda, y al cerrar los ojos vuelvo a revivir la escena: el vehículo, los focos, el asalto en plena noche. Jorge del Cerro en el suelo, derrumbado, y el tufo a goma quemada, el de los neumáticos del todoterreno que se perdió, raudo, entre las brumas sucias de Londres. No fui capaz de ver la matrícula.

Alguien ha ido a por Jorge, sin esperar, justo después de haber adquirido el cuadro. Y mis contactos en la Policía británica no han hallado pruebas que permitan dar con los atacantes.

«Van a volver a por Jorge —me digo—. ¿Quiénes? ¿Quiénes van a volver a por Jorge? ¿Y por qué?», me pregunto. El juez Del Cerro ha rechazado la protección policial. «Como Bianca», decreta mi voz interior. Como Bianca, es cierto, hay gente convencida de ser inviolable, imbatible, y Bianca de Arbide es otro buen ejemplo de esa clase de personas. Ella también pilota su propia nave, aun a riesgo de estrellarla. Tan elegante, tan imponente, accediendo al salón de subastas y acaparando miradas. Su vestido oscuro, ceñido a la cintura, ajustado a las caderas, con escote pronunciado; demasiado voluptuoso, demasiado insinuante. Los guantes negros rozándole los codos. Y esa gargantilla rodeando su cuello, largo y esbelto, acariciando el punto en que sus dos clavículas se topan sobre sus pechos.

Cuando salgo de la ducha me envuelvo una toalla alrededor de la cintura, froto el espejo empañado y vuelvo a examinar el corte del cuello. Luego voy al salón, pongo música y me dejo caer en el sofá. Pienso en Cresilda Stoner, la agente del artista, en su perfil siniestro y en su atuendo estrafalario. Una sonrisa sardónica, fría y tenebrosa. Su acompañante, el rubio gigantesco del chaqué rojo, pujando contra Bianca. Su suficiencia, ese acento extranjero, casi pueril, la mirada pétrea.

Cojo el móvil, marco el número de Jorge y espero a que responda. Lo hace al tercer pitido y me pregunta si he vuelto a España, si he descansado, si he averiguado algo.

—He vuelto a España, no he podido descansar y lo único que he averiguado es que Bianca no conocía al Zuki; dudo que exista alguna relación entre él y Lucas Cúe.

Scotland Yard no ha hallado huellas en la zona del ataque al juez Del Cerro, pero eso lo omito. Jorge parece un hombre cabal, pero algunos de los detalles de su relato chirrían. Mario Cayón se ahorcó, y Jorge me dijo que había contemplado unas extrañas pinturas; bien podían ser invenciones: ni siquiera se atrevió a describírmelas.

—Recibiré el cuadro el martes —explica Jorge sin darme tregua—. Un empleado de Sotheby's me lo traerá en persona. Y yo sí que he descubierto algo, Valtierra: Dama acaba de abrirse un perfil social.

No hablamos mucho más, en cuanto cuelgo el teléfono accedo a mi cuenta de Instagram, GeorgeMallory37, compruebo que tengo una nueva seguidora, Bianca de Arbide. Y desde ahí busco a Dama. Su perfil ya cuenta con cerca de mil seguidores. «Dama. Artista.» Eso es todo. Por el momento, Dama —o quien sea que maneje sus redes— no sigue a nadie y solo ha realizado una publicación. En ella anuncia la subasta de *Nueve,* la última obra de un genio que pinta cuadros a un ritmo vertiginoso. ¿A qué tanta prisa? La puja va a celebrarse el 29 de octubre en Ansorena, la casa de subastas madrileña. ¿Qué ha llevado al pintor a cambiar de sede? ¿Por qué ha cortado con Sotheby's?

Después de cenar algo ligero envío un par de mensajes y anulo un plan que me apetecía mucho, que a buen seguro me habría ayudado a escapar de esta vorágine. La montaña limpia la mente, y aunque he organizado una ruta por Liébana para mañana, no me siento preparado para enfrentarme a la roca; necesito ganar horas de sueño.

Quito la música, bloqueo el teléfono, me voy a la cama. Ya he tenido suficiente. Oigo la lluvia, su golpeteo burdo rompiendo sobre el tejado, sobre los adoquines de la terraza. Sin apagar la luz, pienso en Bianca, esta tarde. Y sonrío sin querer. La he hecho acudir a mi despacho y en parte me arrepiento, pero en parte no. A los dos nos jode recibir órdenes y, aun viniendo de mundos tan diferentes, preferimos impartirlas. Esa maniobra, haberla convocado sin previo aviso, le ha dolido en el alma. Pero ella no me ha dejado opción, se estaba metiendo en camisas de once varas y tenía que imponer algo de autoridad.

Sin peinar ni maquillar, claramente rendida al cansancio, al cabreo, al hecho de haber perdido el control sobre sus planes. Vuelvo a evocar su mirada retadora y el mensaje de voz, ese que me envió la tarde en que nos citamos en el hotel Bahía; de hecho, vuelvo a escucharlo:

«También me gustaría que valores si es posible que volviéramos a vernos. No como poli y testigo, sino como Mateo y Bianca».

Apago la luz, no tardo mucho en quedarme dormido. Cuando despierto, un par de horas después, me cuesta ubicarme. Al principio creo que es lunes; luego me percato de que está sonando el móvil. Y en la pantalla aparece el nombre de mi madre: Valvanuz.

Una de la madrugada, conduzco hasta el barrio, tardo en llegar quince minutos. Me he plantado una sudadera, me he encasquetado un vaquero y he atravesado la ciudad, abatida por la lluvia, sin dar crédito. A veces, cuando ocurría algo como esto, me asaltaba un pensamiento: había que llamar a la Policía. Luego caía en la cuenta: la Policía era yo.

Nunca he visto a mi madre llorar y creo que ha tenido motivos. Esta madrugada la veo hacerlo por primera vez. Me franquea el paso con la ropa de faena, calculo que no hace mucho que ha regresado de Villa Alegría, los sábados cierra a la una. Se restriega los ojos con el dorso de las manos y me pide que eche abajo la puerta, que saque de ahí a mi hermano. Samu se ha encerrado en el cuarto de baño, tiene un cuchillo y asegura que va a rebanarse el cuello. Se oyen golpes, mi madre insiste, Samu lleva un buen rato estrellando la cabeza contra la pared, o contra el borde de la bañera, quién sabe. Clama que quiere morirse. Mi padre, ojeroso, va en pijama, despeinado, con cara de alucinado. Se jubiló de la mina ya hace tiempo, padece problemas cardiacos, apenas sale de casa, y lo veo tan pálido y tan sobrecogido que temo que sufra un infarto. Les digo que no se preocupen, que ya he llegado, que voy a arreglarlo. Que Samu no va a cometer ninguna locura porque yo estoy aquí. Y se calman. Nunca lo entenderé, no soy mucho más capaz que ellos, pero sueno convincente y se lo creen. Les pido que se larguen, que se vayan al salón, que calienten unas tilas, lo que sea. Que me dejen a solas con Samu; sé cómo convencerlo para que salga.

Me aproximo al baño, poso la mano sobre el picaporte, pero no hago presión. Podría descerrajar la puerta de una simple patada, ni siquiera tendría que ser muy fuerte, pero Samu ya lleva días haciendo cosas extrañas, y temo precipitarme.

—Samu —susurro—. Soy Mateo, y estoy solo. Ábreme, voy a ayudarte.

Un golpe sordo, imagino su cabeza rebotando contra la loza, la intensidad del dolor. Intenta anular otra clase de tortura, y le oigo llorar, le oigo gemir, murmurar y lamentarse.

—Samu, no puedes hacerme esto, no puedes dejarme aquí fuera, tirado, sin contarme qué te ocurre. Yo te lo cuento todo.

—¡Mentira! —brama—. No me lo cuentas todo. ¡Ya no me cuentas nada! Soy el hermano idiota y os reís todos de mí. Tú, y mamá, y toda la gente de Villa Alegría. Rebeca. Y los vecinos, y tu amigo Chuchi. Hasta papá se ríe de mí.

Samu solloza, percibo otro golpe, presiono el picaporte. Apoyo la frente en la puerta y me asfixia el nudo que atenaza mi garganta. No siento lástima, más bien es rabia, furia, ira por haber descuidado a mi hermano.

—Eso no es cierto, Samu. Todos te aprecian, disfrutan cuando hablan contigo. Sabes de ciudades, de arte, de animales y plantas. —Hago una pausa, necesito que asimile lo que le estoy diciendo—. Eres sensato, ofreces buenos consejos. Y sí te lo cuento todo. Te lo conté cuando rompí con Rebeca, y te lo cuento cuando conozco a una chica, cuando escalo un pico, cuando tengo un problema. —Hago otra pausa, puede que me equivoque, le estoy hablando como si fuera un crío, y Samu es adulto—. Eres mi hermano, siempre has estado ahí cuando te he necesitado. Ahora soy yo quien quiere ayudarte.

—Tú no puedes ayudarme, yo ya no soy tu hermano. Solo me quiero morir.

El estruendo, el estallido de cristales truena un segundo antes de que eche la puerta abajo de una patada seca y certera que revienta el picaporte. Samu ha golpeado el espejo con la cabeza y yace en el suelo rodeado de cristales, de esquirlas afiladas; astillas de vidrio que se le han incrustado en la frente ensangrentada, en las manos encogidas. Una de ellas, la derecha, empuña una de esas cuchillas y se la clava con saña en el antebrazo izquierdo, la incrusta en la carne como si quisiera abrirla, rajarla, sacarse por ahí la vida. Me precipito hacia él, le sujeto las muñecas, forcejeamos, y me sorprende que sea tan fuerte, que desprenda tanta cólera. Clama que lo olvide, que me largue a mi casa, que deje de meterme en sus asuntos. La cuchilla que maneja se hunde en su piel y un borbotón de sangre, oscura y espesa, brota del tajazo con profusión. Samu es más fuerte, siempre lo ha sido, pero lo que sea que lo mueva a comportarse así es mucho menos potente que el motor que me domina: no puedo permitir que se inmole aquí mismo, es algo innegociable; y por eso me aferro a sus muñecas y logro que suelte el filo brillante. Samu se agita, se debate, vuelve a emitir un alarido. Está fuera de sus cabales y, derrumbado entre esquirlas, vuelve a golpearse la nuca, cabecea con violencia arriba y abajo, haciendo restallar el cráneo contra el suelo.

—¡Llamad a una ambulancia! —me oigo gritar.

Luego pronuncio un «no», y otro, y otro más. Exclamo «no» tantas veces que ya ni siquiera puedo oírme. De algún modo logro que cesen sus contorsiones y acabo abrazado a él, en el suelo, aplastándole el torso y conteniendo sus sacudidas con mi propio cuerpo tendido sobre el suyo. Solloza, jadea ahogado, balbuce palabras que no llego a comprender. Bloqueado al fin, reducido por mi peso. Mis manos presionan las suyas, brazos en cruz sobre las baldosas. Desde el punto en que me encuentro, boca abajo sobre Samu, solo acierto a captar un plano lateral del suelo, bañado en sangre y tapizado de cristales. Samu masculla que quiere morirse, que lo suelte, que me olvide de que existe. Delira, intenta zafarse, gime, y aunque parezca un animal cazado, sé que si lo soltara pondría fin a su vida. He aplacado su furia, pero solo se halla latente, al acecho.

—Samu, si te mueres tú, nos matas a todos —le susurro al oído.

Samu es el pegamento, el motor de esta familia, pero ni siquiera creo que me haya escuchado. Cuando llegan los sanitarios, me incorporo, lo sujetan entre cuatro, lo arrastran a la camilla. Y él está paralizado, con la frente ensangrentada y la mirada fija en un punto incierto. En la nada. Pupilas muertas, vacías, labios sellados. Sigue temblando, tiene cortes en el rostro, en el cuello, su ropa está destrozada. Me incorporo, percibo el crujido del cristal bajo mis suelas. Inmovilizan a Samu con unas correas, como si fuera un tigre abatido a tiros, sedado con urgencia. Mis padres lloran, se sostienen, se sirven de apoyo junto al quicio de la puerta.

—Lo acompañaré en la ambulancia —les digo.

Voy tras los sanitarios, en la escalera se ha congregado un enjambre de vecinos ávidos de un titular, de un buen escándalo. Siempre ocurre, es así, nada tan sugestivo como un drama jugoso. Todos tenemos debilidades, y a todos nos gusta leer sobre las debilidades de los demás, pero cuando Patricia Highsmith pronunció esa frase olvidó que hay algo aún más fascinante: presenciar la tragedia en vivo y en directo.

A la atención de D. Mateo Valtierra

Desde la casa de subastas Ansorena, tenemos el placer de invitarle a la puja privada que se celebrará el próximo día 29 de octubre a las 21:00 horas en nuestra sede madrileña. En la sesión se subastará el lote 513, que consta de un único trabajo pictórico titulado *Nueve,* obra del artista conocido como Dama.

Se cursa la presente invitación a petición del autor.

En el anexo se recogen los datos técnicos del cuadro.

Saludos cordiales.

Anexo: *Nueve,* óleo sobre lienzo. Dimensiones: 50 × 70 cm. Dama, 2021. Precio de salida: 200.000 €. No se adjuntan imágenes.

Lunes 25 de octubre, al abrir el buzón esta mañana me encuentro un sobre y lo desgarro ahí mismo, en el portal. La invitación del artista me pilla con el pie cambiado, no me hace ni puta gracia que corten por mí el bacalao.

He retrasado mi cita con Jorge, en vez de a las nueve quedo a las diez. La idea era ir a Terán, visitar el estudio de Mario, revisar los cabos sueltos. Cuando llego, ya me espera, charla al teléfono, lo hace apoyado en el muro de su casa, con la mirada perdida en las aguas de la bahía. Detengo el coche, corta la llamada y nos ponemos en marcha hacia el oeste.

—Lamento haber aplazado el encuentro —le digo—. Este fin de semana me ha surgido un imprevisto y hoy ando de cabeza.

Pienso en Samu, en los gritos, en los cristales rotos. Bloqueo esa imagen.

—No te preocupes —replica Jorge—. He aprovechado para salir a nadar, para cargar pilas...

No lo escucho, estoy distraído, voy pensando en mi hermano. Y bajo el volumen de la música. Jorge reconoce la canción; suena *Home*, de Morgan, y él bromea.

—Ya sospechaba que no te gustaba el reguetón.

No soy el mismo de la pasada semana, pero, aun así, logra arrancarme una sonrisa. Conduzco con decisión, cambiando las marchas como quien golpea un saco. Jorge me estudia algo intrigado.

—De no haber sido por ti, aquel individuo de Londres me habría acuchillado en plena calle. Pero durante el fin de semana, por lo que veo, has seguido salvando vidas.

Jorge luce un corte en el pómulo y yo llevo un apósito en el cuello. Pero además —y esto es nuevo, consecuencia del ataque que sufrió mi hermano—, muestro un vendaje en la mano izquierda y algunos arañazos en el rostro.

—He tenido algunos problemas familiares —resumo.

Jorge asiente, parece intuir cuándo está hablando de más, y cambia de tema. No tardamos en dejar atrás Cabezón de la Sal, en cruzar el río Saja por el puente de Santa Lucía.

—Dama ha alcanzado los cinco mil seguidores en redes sociales —comenta—. En tan solo un par de días. Y ni siquiera ha subido una foto de perfil. Fui yo quien le dio la idea a Cresilda Stoner cuando nos vimos en Sotheby's.

—Quizá sea ella quien maneje esa cuenta.

—No me extrañaría, esa mujer sabe jugar sus cartas, y ni siquiera concibo que tenga la edad que dice tener, que parece tener. Podría ser Dama.

—¿Te han invitado a la subasta de *Nueve*?

—Ya he recibido la carta —admite Jorge.

Omito que no ha sido el único.

—¿Te queda dinero para seguir pujando?

—Podría vender mi piso de Madrid —ironiza—. Mi hermana me mataría.

—Es una locura. El otro día me hablaste de gente que paga por lechugas vivas. ¿Qué sentido tiene comprar un cuadro envuelto?

—No puedo responderte. Me he obsesionado con Dama.

—Y Dama contigo, por lo que veo... Le he dado muchas

vueltas, Jorge, y hay algo que no encaja, te lo tengo que preguntar. ¿Estabas liado con Mario Cayón?

Jorge se cruza de brazos, suspira y me responde:

—Fue mi mejor amigo, pero nunca nos liamos. Él era hetero.

—Pero te llamó de pronto, más de dos décadas después. Y tú acudiste.

—¿No habrías hecho lo mismo? ¿Tú a quién querías hace veinte años? ¿Acudirías si te llamara?

Pienso en Rebeca. Claro que acudiría. De hecho, había acudido.

—¿Crees que soy Dama?

—No lo puedo descartar, Jorge.

—¿Y si lo fuera?

—Dama no ha cometido ningún hecho delictivo, que sepamos. Podrías ser Dama, haber adquirido tu propio cuadro en la subasta, haber ideado todo el número para hacer subir el precio. —Hago una pausa—. También podrías no serlo y, aun así, te podrías haber cargado a Mario Cayón. Haberlo colgado de esa soga, por el cuello, en su propio estudio.

—¿Y por qué iba a hacer algo así?

—Por celos, por un lío pasional. O por dinero, qué sé yo.

—No puedo ser Dama, nunca he cogido un pincel.

—Pensé que ibas a decir que nunca habías matado a nadie.

Jorge sonríe.

—Podrías haber inventado todo ese rollo de la llamada de Mario —propongo—. Lo de la llave de la caja suiza, lo de esos óleos que viste en el taller... En cualquier caso, sea quien sea el artista, creo que os conocéis.

—Hace tiempo que tengo esa impresión —replica Jorge. Lejos de incomodarle, parece que la charla le divierta—. Ayer estuve con Bianca de Arbide —añade—. El otro día, en la subasta, me cayó bien, así que quedamos a tomar algo. Le admití que fui yo quien halló muerto a Mario, que allí había un Dama, aunque no le di más detalles; me incomoda recordarlo, y ella ya está muy sugestionada... Bianca pretende indagar por su cuenta, apreciaba a Lucas Cúe, quiere saber quién es el pintor;

y me contó lo del sábado, cuando la hiciste llevar a tu despacho a última hora de la tarde.

—¿Y qué más te contó? ¿Que la hice salir de casa sin maquillar? ¿Que no le dio tiempo a peinarse? ¿O que me mandó a tomar por el culo cuando le ofrecí acercarla a donde ella quisiera?

—No me dijo nada de eso, solo me preguntó si estabas casado.

Vuelvo a sonreír.

—No sabía si lo estabas, Mateo, pero soy muy observador y he podido deducir que eres soltero, analítico, metódico y escrupuloso. Un hombre pertinaz, con un sentido acusado de la justicia. Calculas tus pasos antes de darlos, aún no estás de vuelta. Y todavía no has escarmentado.

—Supongo que tienes parte de razón. Pero no toda.

—Y yo supongo que no fue Bianca quien te arañó la cara —apunta Jorge.

—No lo fue. Pero no me importaría que lo hubiera hecho.

Según Jorge del Cerro, hacía quince días el pueblo olía a leña, a lumbre y a tierra mojada. Esta mañana de lunes, además, huele a pan recién hecho. No llueve, pero el cielo es gris, y aparco junto a la iglesia, en el mismo lugar en que lo hizo el juez la mañana en que encontró el cuerpo de su amigo. Casonas de piedra, calles sinuosas y tapias cubiertas de musgo y hiedra. Se oyen cencerros de vaca, trinos de pájaros y unos silbidos limpios y efímeros: alguien afila un dalle en algún prado cercano.

Los padres de Mario tenían aquí una casa, y algunos fines de semana, de niño, Jorge solía acompañar a la familia. Terán es un pueblo pequeño en mitad de un valle. Apenas se encuentra a veinte minutos de Cabezón de la Sal y del acceso a la A-8, pero cuando uno está allí se siente aislado, lejos de todo.

—Al poco de licenciarse, Mario fundó su propio despacho —me explica Jorge—. Algunas empresas superan el PIB de ciertos Estados y emplean su poder para influir en las leyes. Mario luchaba contra eso, contra los *lobbies*, y muy especialmente contra los *lobbies* del juego.

—Era un hombre con principios.

—He leído algunos de sus artículos. Y estoy impresionado, la verdad. Muchas sociedades insisten en el deber de autorregularse y promueven la ética corporativa. Compañías de diversa índole: transportes, servicios, materias primas, alimentación..., pero, según Mario, solo es una pose; lo hacen, precisamente, para evitar el control gubernamental.

—Y si Mario luchaba contra todo eso, ¿por qué abandonó? ¿Por qué prefirió trabajar para Miriam? Y ahora, ¿por qué iba a retomar la batalla?

Jorge no sabe qué responder, ese es el quid de la cuestión.

—Mario se había instalado aquí, llevaba en Terán desde el funeral de Nina. Su mujer regresó a Londres, pero él se quedó.

Ha sido ella, la propia Miriam, quien nos ha prestado la llave del taller. Jorge se la ha pedido el día anterior, y ella ha accedido sin poner impedimentos. En teoría no hay caso, la Guardia Civil zanjó aquel asunto de un modo impecable, y esta visita es informal, extraoficial. Atravesamos el jardín.

Los postigos cerrados, los candiles apagados.

—Esta puerta estaba semiabierta y se colaba luz por la rendija. Cuando entré olía a disolventes.

Hago girar la llave y empujo la puerta. Le tiendo unos guantes a Jorge y yo me ajusto otro par.

La estancia está a oscuras y Jorge acciona el interruptor. Poso la bolsa en el suelo y saco un par de focos con pies extensibles. La luz que escupen es fría, potente, altera el ambiente íntimo de este estudio de pintura. Jorge dirige la vista hacia la pared, ahí es donde estaban los cuadros, pero no hay nada, ni uno solo. Señala el muro de sillería, estudia con insistencia la superficie, como si a fuerza de hacerlo las obras fueran a aparecer de nuevo, mágicamente.

—Me aproximé a los lienzos, buscaba una firma, intenté localizar letras, inscripciones, lo que fuera. Las tablas estaban sin enmarcar.

—Dama oculta su nombre —añado—, no es visible a simple vista, y Judit me comentó que el artista siente predilección por los ojos; por el iris. Camufla ahí las palabras «Dama fuit ic». Puede que esas pinturas sí estuvieran rubricadas y que en aquel momento, en penumbra, no pudieras apreciarlo.

Abro la carpeta que llevo bajo el brazo, saco un informe, lo he recibido esta misma mañana y con los líos familiares aún no he podido revisarlo. Jorge ya lo conoce, es el atestado de la Guardia Civil que Miriam le mostró en su *tablet*.

—Según esto —explico—, cuando llegaron los agentes las paredes estaban desnudas. No había cuadros ni caballetes. Y sí que se citan el cenicero, la cajetilla de tabaco, el vaso y la botella. Los análisis, creo que usaron cretona, solo revelaron huellas dactilares del propio Mario.

El documento es escueto, lo único llamativo es el hipotético todoterreno gris que los vecinos dijeron haber visto por la zona; creyeron que era de unos cazadores. Al final hay un anexo con varias imágenes, y eso a Jorge le sorprende, Miriam no le mostró aquellas instantáneas.

—En las fotos del dosier aparecen la botella, las colillas, los pegotes de mugre en la alfombra. Pero no hay ni un solo lienzo.

—Eran tres. Uno de ellos era un Dama.

—El otro día no fuiste capaz de describírmelos.

—Cinco cuchillos sobre una mesa de mármol, un hombre los contempla. A su lado, una mujer. En otra de las pinturas, una pareja en la cama, sábanas revueltas, rostros cubiertos con antifaces. Junto a ellos, una escopeta de caza, y un niño, que sostiene un gato negro y contempla a la pareja.

Jorge suelta un suspiro. Yo suelto un silbido.

—Puedo asegurarte que estaban ahí —insiste.

—Quizá dejaran de estarlo entre el instante en que perdiste la conciencia y el momento en que llegaron los guardias.

—¿Quién se los llevó?

Vuelvo a ojear el informe, no respondo a su pregunta.

—¿Piensas que fue un suicidio? —plantea—. Ya sé que, por cada caso de asesinato, se dan unos doce suicidios.

—¿Mario pretendía que lo encontraras muerto?

—No tiene mucho sentido —admite Jorge.

No lo tiene.

—El Dama estaba aquí. —Jorge señala la pared vacía—. Recuerdo haberlo leído, «Dama fuit ic», en algún lugar del cuadro.

Dudo. Luego nos dirigimos a las escaleras y subimos a la planta alta. La mirada de Jorge se dirige al escabel, al pequeño asiento que habría utilizado Mario, según la Guardia Civil, para alzarse hasta la viga. Sostengo el dosier, lo repaso con interés.

—¿Qué ropa llevaba Mario? ¿Lo recuerdas?

—Una camisa vieja, de franela, a cuadros rojos y negros.

Le tiendo el atestado y Jorge vuelve a toparse con el cadáver de su amigo. Le sudan las manos, se muerde los labios y empieza a comprender. En la foto Mario aparece desnudo. Sin nada, en pelotas, de la cabeza a los pies.

—No puede ser, estaba vestido.

—La ropa que has descrito apareció ahí tirada, sin doblar. La camisa de franela, un pantalón de pana y unos calcetines gruesos, oscuros, de lana merina. Todo apilado en el suelo —explico—. Alguien lo desnudó. Tú lo encontraste vestido. ¿Sabes lo que eso implica?

Tanto el cadáver de Lucas como el del Zuki se habían hallado desnudos.

—Tres cadáveres desnudos —resumo—: Mario, Lucas y un delincuente recién salido del trullo que decía tener datos sobre la muerte de Cúe. Ambientes preparados e impacto estético.

—Mientras estuve inconsciente, alguien desnudó a Mario. Se llevó su teléfono, desbloqueó el mío y eliminó las fotos de aquellos tres cuadros. Pero Mario ya había muerto cuando yo lo encontré.

—Pudo ser un suicidio; lo de su hija le había afectado. O quizá supiera que venían a por él y quisiera adelantarse. Alguien llegó, se topó contigo. ¿Tú ya habías perdido el conocimiento? Es posible, no hay indicios de que fueras atacado. El intruso descolgó los lienzos; descolgó el Dama y desnudó el cadáver.

—¿Es el patrón que buscabas?

—No lo es —replico—. A ti no te desnudaron, y a Bianca de Arbide tampoco; la habían cubierto con una toalla. Ni siquiera llegaron a mataros, aunque puede que creyeran que lo habían hecho.

—Ni Bianca ni yo tenemos que ver con Dama ni con los óleos.

—No teníais nada que ver —matizo—. Ahora eres el propietario de *Ocho,* y ella pujó en la subasta.

Vuelvo a estudiar el informe, leo en voz alta: «No se han hallado signos de muerte previa ni lesiones que indicaran que la víctima fuera ahorcada a la fuerza. El individuo se habría suicidado en la madrugada del sábado al domingo».

Saco un plástico de la bolsa, cubro la superficie del escabel, lo utilizo para alzarme. Reviso la viga desde lo alto y comento que no hay fibras desprendidas; que la cuerda era gruesa y habría levantado vetas de haber sido tensada para izar un cuerpo.

—Había oído hablar de homicidios que se disfrazan de suicidios. Puede que aquí ocurriera lo contrario, que alguien pretenda atribuirse un crimen no cometido. Se desnudó a la víctima después de encontrarla muerta.

Deslizo las palmas de las manos, embutidas en los guantes, sobre la superficie áspera de la madera vieja. No localizo astillas.

—Apenas hay luz.

Jorge rebusca en mi bolsa y me lanza una linterna de buena potencia.

—Han usado un punzón, una aguja, la punta de un clavo. Se ha rayado la viga. Aquí pone algo.

Hay algo escrito, es evidente, una inscripción reciente o antigua, quién sabe. No cuesta comprenderlo, son solo tres palabras: «Dama fuit ic».

Artículo publicado en la sección de Cultura de un diario de tirada nacional

Lunes 25 de octubre

El régimen nazi incautó más de dieciséis mil obras a museos y a particulares. Muchas se destruyeron después de ser sometidas a escarnio en la Entartete Kunst de Múnich —la Muestra de Arte Degenerado organizada por los nazis en 1937—. Pero otras muchas fueron subastadas. «Así sacaremos algo de esta basura», declaró el Führer.

El 30 de junio de 1939 —poco antes de la invasión alemana de Polonia—, tras la quema de cinco mil cuadros considerados no aprovechables, se organizó una de las subastas más ignoradas de la historia. El evento se celebró en el Grand Hotel National de Lucerna, en Suiza, y solo tuvo un propósito: lograr financiación para las ansias bélicas del Tercer Reich.

Obras de Gauguin, de Picasso, de Ernst y de Chagall fueron licitadas y adquiridas por marchantes, particulares y conservadores de grandes museos. Todos acudieron, como buitres, a aquel desembalaje de arte confiscado. Aún hoy muchas de aquellas pinturas de oscura procedencia se muestran en instituciones de renombrado prestigio.

Existe un cuadro, *Las novias* de Klimt, que se creyó destruido durante décadas. La relación entre el fuego, el arte y la literatura ha sido estrecha a lo largo de la historia, y, en teoría, *Las novias* fue una de las obras reducidas a cenizas en el incendio voraz del castillo de Immendorf. Sucedió en el sur de Austria en 1945. Pero nuevas investigaciones hacen pensar que el lienzo pudo haber sobrevivido al fuego. Las dimensiones de la tabla habrían hecho posible su retirada previa, y cabe la opción de que hubiera sido vendida años antes, en Lucerna u otro lugar, como parte del afán recaudatorio del régimen.

¿Fue *Las novias* uno de los óleos subastados por los nazis? ¿Fue adjudicado a algún coleccionista? ¿Pudo haber acabado en España?

JUDIT C. Licenciada en Bellas Artes
y especialista en restauración

24

JORGE

Santander, 26 de octubre, martes

—Llevamos todo el día en Terán —explica Valtierra al otro lado del teléfono—, los de la Científica, con calzas y trajes estériles, ya han desplegado la artillería pesada y están examinando el estudio de Mario: suelos, paredes, objetos y vigas. Han delimitado zonas empleando un barrido en cuadrícula, llenan contenedores, manejan hisopos húmedos y toman fotografías.

Jorge escucha con atención, y Mateo le asegura que no se han hallado restos de sangre en la estancia —se ha empleado Adler, un compuesto que reacciona con sangre lavada sin necesidad de luz fluorescente—.

—No disponemos de la colilla, pero sí se han recogido trazas biológicas de la cuerda que estranguló a Mario; solo han mostrado su propio perfil genético, aunque se están ampliando los análisis.

—Se llevaron las pinturas, desnudaron a Mario, hubo alguien más en el estudio y debe haber algún resto epitelial —resume Jorge—. Daréis con algo.

—No dimos con restos epiteliales en el chalé de Lucas —replica Mateo.

Tras haberle expuesto la situación, la jueza ha autorizado la exhumación del cadáver de Mario, que había sido enterrado en Terán; se ha admitido a trámite una segunda autopsia del cuerpo, pero Mateo aún no está satisfecho.

—Pretendo suspender la subasta de *Nueve*, y solicitaré a Sotheby's la lista de compradores del resto de obras. Además, me gustaría verme con Cresilda Stoner; quiero que hable, va siendo hora de arrancarle la careta a Dama.

Antes de colgar se citan para esta tarde en casa de Jorge. Mateo va a estar presente cuando se desembale la obra que el juez adquirió en Londres.

Jorge lleva despierto desde las seis de la mañana; está excitado —en unas horas llegará el cuadro en barco desde Portsmouth— y ha estado planificando la instalación del nuevo sistema de alarma. Se van a ubicar cámaras en el jardín, en el acceso desde la playa, y ha de ir pensando en asegurar la obra. ¿La colgará en el salón? Quizá fuera mejor custodiarla en la caja de algún banco de Madrid.

Debe asumir demasiadas novedades: laborales, personales y de carácter práctico. Pero esta mañana en su mente solo cabe la reunión de la tarde: ha organizado una cena para desembalar *Ocho*.

Después de la charla telefónica con Valtierra, Jorge retoma su tarea y vuelve a acceder a la Biblioteca Central. Se ha citado con Bianca de Arbide en el archivo histórico y llevan un par de horas revisando prensa antigua. ¿Ha habido alguien, antes que Dama, que haya actuado del mismo modo en que lo hace el pintor? Muchos artistas han empleado un seudónimo, y aún hoy existen decenas de obras de autoría desconocida.

—Judit ignora que adquirí el cuadro —confiesa Jorge—, y no le va a sentar bien ser la última en saberlo.

—¿Y por qué no se lo has dicho? —pregunta Bianca.

—Porque es muy escéptica en lo que respecta a Dama.

Jorge acudió a la subasta, y eso Judit lo sabía, pero desconoce cuál fue el resultado de la puja. No ha oído nada del intento de atropello ni de que Jorge regresara a Terán y pasara una mañana en el estudio de Mario con el inspector Valtierra. Jorge no le ha hablado de la firma, del «*Dama fuit ic*» grabado en la viga de la que colgaba el cuerpo.

Ha vuelto a verse con Rubén, han vuelto a besarse. Tampoco se lo ha dicho a Judit, y no tiene ni idea de la firme decisión que ha adoptado su hermano: Jorge va a pedir el traslado a Cantabria, a la Audiencia Provincial. Quizá ponga en venta su piso de Madrid.

—No me has descrito las obras que había en el taller de Mario —apunta Bianca.

—El arte no se describe, el arte se siente...

Ambos sonríen.

—Describir un cuadro antes de que alguien pueda contemplarlo es como hacer espóiler de un libro. Debería ser delito. Esta tarde verás *Ocho*.

—Te agobia revivirlo, ¿verdad?, evocar el episodio de Terán.

—Mucho —admite Jorge—. No me gusta hablar de ello. Tampoco he logrado recordar cómo era el lienzo firmado por Dama, y eso me consume.

Bianca desvía la atención del libro que consulta y observa al juez.

—Jorge, creo que estamos perdiendo el tiempo.

Es cierto, no han avanzado y no logran concentrarse. Abandonan la sala, ya en la calle, los abofetea el viento sur. Cruzan Marqués de la Hermida con el semáforo en rojo y se meten en un bar a tomar un café.

—Así que es definitivo, dejas Madrid.

Se acomodan en la barra, Jorge intenta explicarse. Comienza a hablar de su infancia, de su juventud, de su marcha a la capital. Y de aquel desengaño que le hizo cambiar.

—No sé por qué te cuento todo esto, apenas nos conocemos.

—Suele ocurrirme, la gente suele confiarme cosas.

—¿Y qué opinas de mi idea de romper con todo?

Bianca se encoge de hombros.

—Dime de qué sirve, para qué estamos aquí, si no es por ese motivo. Para arriesgar a fondo.

Jorge asiente, no puede estar más de acuerdo.

—Aunque quizá no debas fiarte de mi criterio —observa Bianca—. Eres impulsivo, te vi pujar por el cuadro, y le has pedido opinión a otra persona impulsiva. Quien elige consejero elige consejo. ¿Me preguntas lo que haría? Haría lo mismo que tú, y no miraría atrás.

A las tres de la tarde el Dama llega a Cantabria. *Ocho* se ha embalado a conciencia, va en un cajón de madera con forma de plancha y muestra una etiqueta con las dimensiones, la fecha de salida, la dirección de Jorge y los datos del remitente —la propia Sotheby's—. La obra ha viajado en un vehículo blindado, conducido y custodiado por agentes de seguridad privada. Jorge localiza los sellos de la aduana británica y el del control portuario. Rubrica un montón de papeles y, cuando se van los hombres, toma asiento frente al cuadro, aún oculto en su sarcófago. Se sirve un *whisky* que le acaricia la garganta, se acomoda en el sillón y observa la caja. Va a colocar la tabla sobre un caballete.

Sube al cuarto de Judit, ambos conservan sus habitaciones en la casa como cuando eran niños. La de su hermana es idéntica a la suya, y desde allí se otea la bahía, amplia y luminosa, en toda su extensión. El día es soleado, y Jorge repasa la estancia con la vista. Judit dejó de pintar, dice no tener tiempo, pero conserva todo el material de trabajo. El maletín con los óleos, con barnices, los aceites y pinceles. El caballete se encuentra junto a la ventana y sobre él hay un lienzo en su bastidor. Jorge lo estudia, no está firmado, pero capta su atención; no tiene nada que ver con las pinturas que contempló en casa de Mario Cayón, y tampoco es del estilo de su hermana. El cuadro está a medio pintar, muestra un batiburrillo sucio y amorfo, sin orden ni concierto. Es como si Judit lo hubiera intentado, como si hubiera aspirado a hacer algo útil y no lo hubiera logrado. En cuanto llegue, le tendrá que preguntar por el asunto.

Rubén se presenta dos horas antes que el resto de invitados. Trae vino, posa las botellas sobre el mueble del recibidor, y Jorge lo besa con ganas, sin tregua, sin preámbulos ni cautela. Le da las gracias por haber acudido y lo invita a pasar al salón. No se han visto desde el jueves, pero Jorge presiente que está preparado para iniciar algo serio. Algunas cosas se saben, y se saben porque sí.

Iba a confiarle su decisión, la de mudarse, la de pedir un traslado a Santander; pero en unos días va a viajar a Ginebra, va a averiguar lo que ocultaba Mario en ese banco suizo. Quizá se trate de un regalo envenenado, y por eso, solo por eso, sepulta la llave en el bolsillo del vaquero y demora su anuncio.

Rubén parece cohibido y dirige la atención hacia el lienzo embalado sobre el caballete. Se acerca a él, lo observa de cerca, y mientras lo hace, Jorge lo estudia de lejos. Sirve un par de copas de vino.

—Y este óleo que has comprado ¿guarda relación con la muerte de tu amigo?

Jorge afirma y responde con otra cuestión:

—¿Has oído hablar de Dama?

—Últimamente se ha puesto muy de moda. He oído algo en la radio, y me he preguntado quién puede estar tan loco, quién pagaría por un cuadro envuelto. —Rubén sonríe y observa a Jorge, que se encoge de hombros—. Aunque puede que sea ahí donde radique la magia; en hacer del hecho de contemplarlo un asunto privado. —Rubén se humedece los labios—. Un acto íntimo —resume con intención.

Jorge toma un sorbo de su copa.

—Van a venir más personas —explica—; mi hermana, un inspector de la Policía y una mujer a la que conocí en la subasta. ¿Crees que estarás a gusto? No quiero presionarte ni que te sientas incómodo.

—Estaré bien, Jorge, y te agradezco que hayas contado conmigo.

Si de él dependiera, Jorge volvería a aproximarse a Rubén, le arrancaría esa copa de la mano, lo agarraría por las muñecas y volvería a besarlo. Si fuera por Jorge, ya estarían en su cama, la misma en que dormía cuando era niño. Pero se contiene. En ese momento suena el teléfono.

Lo llama su hermana, debe responder. Jorge se disculpa, se aleja, abandona la estancia y sale al jardín.

—Jorge, ha habido un imprevisto —le dice Judit en tono cansado—, un corte en la catenaria, el tren se ha averiado en Aguilar de Campoo. Llegaré tarde, pero llegaré.

Jorge replica que en pleno siglo XXI aún sería más eficiente viajar a Cantabria en diligencia que en avión, coche o tren.

—No te preocupes, Judit. Cuando aparezcas, te esperan un par de sorpresas.

Al cortar la llamada, sin ser consciente, Jorge ya se ha adentrado en la playa. Pero en vez de regresar a casa, sigue caminando por la arena; lo ilumina una explosión de luz anaranjada, la del atardecer lento del día de sur. Anochece, se aproxima al mar, a la línea incierta que separa el Cantábrico de la arena cálida; se sitúa en el punto en que baten las olas. Aún queda una hora para que lleguen sus invitados, es de día, y dispone de tiempo para regresar al cuarto, plantarse el bañador y darse una zambullida. Puede que Rubén quiera acompañarlo. Da media vuelta, se encamina hacia la casa, atraviesa la portilla y cruza el jardín. En el salón pronuncia el nombre de Rubén; lo ha dejado aquí, disfrutando de las vistas, pero Rubén no está. Vuelve a llamarlo, nadie responde, y Jorge sube las escaleras, las recorre apresurado hasta irrumpir en su cuarto. Se detiene en seco junto al quicio de la puerta, paralizado por la imagen: Rubén yace tumbado en la cama. Su rostro está hundido contra la colcha y sus brazos están levantados, ocultos bajo la almohada. Jorge da un paso hacia él mientras siente el golpeteo burdo y rápido de su propio corazón. Bombeando en su pecho con ímpetu y furia.

—¿Rubén?

No hay respuesta. En su costado izquierdo la palidez clara de la camisa blanca se ha teñido de rojo. Jorge se abalanza sobre el cuerpo del hombre, lo hace girar. El pecho de Rubén muestra un par de marcas más: manchas profusas de sangre limpia, de esa que brota de las heridas recientes. Los ojos de Rubén están abiertos y se clavan con firmeza en ningún lugar concreto; es la mirada de un muerto, cruda y vacía, la mirada de alguien que ya no es nadie, que ya no podrá reír, llorar, ni contemplar con calma los ojos de Jorge. Y Jorge grita, grita un «no» mientras lo abraza. Posa el dedo índice y el corazón en el cuello de Rubén, buscando un pulso que ya no existe. Jorge vuelve a lamentarse, vuelve a tocarlo, a plantar las manos sobre el tejido empapado de la camisa; esa que quiso arrancarle. Tiene que llamar a una ambulancia, se lo recalca a sí mismo, e intenta sacar el teléfono del bolsillo. Lo hace derrumbado junto al hombre que quiso apearse del mundo. Con el alma cosida a cicatrices, con el cuerpo zurcido a puñaladas. Iba a dejarlo todo por él.

Tiembla, el móvil resbala, se inclina a recogerlo. Percibe un chasquido, otro golpe, un ruido sordo en la planta inferior.

Jorge se incorpora, se aleja del cadáver, recorre el pasillo y se precipita escaleras abajo. Respira con dificultad, se ahoga, invade el salón y se topa con el caballete. El embalaje está ahí, pero lo han descuartizado. Está abierto, con el fondo astillado, y no hay nada en su interior. Alguien se ha llevado el cuadro y ha dejado el envoltorio; la muda seca de una culebra vieja. En el suelo hay sangre, y la puerta de la cristalera que da al jardín delantero sigue abierta. Una figura siniestra, turbia y vestida de oscuro cruza la extensión como una rata veloz. Jorge inicia una carrera frenética y el intruso toma el acceso que conecta con el callejón, con el paso estrecho que se abre entre los muros de las casas colindantes. Jorge recorta distancias, sabe que puede atrapar al espectro. La persona a la que sigue se encuentra en forma y se aproxima al final de la vía, que desemboca en un sendero peatonal, amplio y transitado. La sombra se detiene, frena en seco, se planta en mitad del camino y da media vuelta. Jorge modera el ritmo. También se detiene a pocos metros de distancia del sujeto. La figura se retira la capucha y muestra su rostro. Desafiante.

—Eras tú... —comprende el juez.

No hay respuesta. El asesino aún sujeta el cuadro bajo el brazo. *Ocho.* Y se lo muestra a Jorge. Él lo contempla sin dar crédito a sus ojos. Sin entender. Casi entendiendo. El monstruo sostiene una pistola, la empuña, orienta el cañón hacia Jorge. Quizá quiera huir, quizá pretenda dejarlo con vida; puede que solo sienta interés por el cuadro. O puede que no; ha acabado con Rubén, quizá disfrute matando. Jorge es un hombre impulsivo, está herido, desengañado, consumido de dolor, de rabia y cansancio. Vuelve a pensar en Rubén, en su rostro, y evoca la noche en que lo atendió en el hospital. Jorge no tiene nada que perder y se abalanza sobre el demonio vestido de oscuro. Pero no llega a derrumbarlo, ni a desarmarlo, ni siquiera lo roza. Antes de alcanzarlo, Jorge recibe tres tiros que lo hacen caer fulminado.

Muerto.

En el acto.

25

MATEO

Terán, 26 de octubre, martes

Me he citado con Jorge del Cerro para el desembalaje del Dama, pero esto urge y dispongo de tiempo para estar en Santander a la hora convenida. Llevo en Terán todo el día, después del «Dama fuit ic», de esas tres palabras grabadas en la viga, se ha montado un buen despliegue en el estudio.

Los de la Científica ya han rematado su trabajo, y yo me he quedado a comer en el pueblo. Me he hecho con una orden de exhumación urgente, y a las cinco de la tarde el cuerpo de Mario va a salir del lugar en que fue enterrado.

Son las cuatro, apenas hay gente en el bar de Terán, y estoy sentado en una de las mesas bajas, junto a la chimenea. Los muros de piedra están cubiertos de albarcas, de mazorcas de maíz, de cencerros de vaca y ristras de ajos largas y gruesas. Huele a castañas asadas y me asalta la impresión de haber viajado al pasado. La máquina tragaperras contrasta de un modo extraño con la cabeza de jabalí que cuelga sobre ella, y sorbo un café de puchero mientras repaso el periódico. No hay mucha luz, prácticamente estoy en penumbra, pero hago una pausa en la página ocho: el anuncio de la subasta de *Nueve* ocupa toda la hoja y hace constar en letras bien gruesas que, según *The New York Times,* Dama se ha convertido en el artista vivo más rentable de todos los tiempos; en solo quince días —el periodo transcurrido entre las dos últimas subastas— su cotización se ha incrementado en un 34 por ciento.

Dama firma todos sus cuadros, pero su rúbrica también ha

aparecido en la viga de la que colgaba un cuerpo sin vida. Dama ha iniciado un juego siniestro: he recibido una invitación oficial a la subasta de *Nueve* y, al coger el teléfono para llamar a Chuchi, veo una solicitud de seguimiento en mi cuenta privada de Instagram. Dama —o quienquiera que maneje sus redes sociales— sabe que ese GeorgeMallory37 y Mateo Valtierra somos la misma persona. Accedo al perfil social del artista, veo que sobrepasa los ocho mil seguidores. La bola sigue creciendo, y pese a todo, la jueza sigue desestimando mi petición, sigue sin observar motivos contundentes para requerirle a Cresilda la identidad del artista.

No soy un hombre impulsivo, pero en su cuenta aparece una dirección de correo electrónico, damafuitic@dama.com. Redacto un mensaje rápido, improvisado, desde mi *mail* oficial del Cuerpo de Policía.

Estimado artista:

Me gustaría conocer el motivo de su invitación, de su interés en que asista a la próxima subasta.

Atentamente,

Mateo Valtierra,
Jefe del Grupo de Homicidios de la Brigada Provincial
de la Policía Judicial de Santander

Bloqueo el teléfono, pago el almuerzo, salgo a la calle y tomo el camino que conduce al cementerio, frente a la iglesia. Me cruzo con un par de cazadores; llevan escopetas colgadas al hombro y me dan las buenas tardes. Mi teléfono vibra, pero yo lo ignoro.

Soy el segundo en aparecer, Chuchi charla con los sepultureros de un modo amigable. Nada más verme, se acerca, deja caer que acaba de llegar, que se tendrá que ir pronto, y me pregunta por Samu. ¿Cómo está?

—Sigue ingresado en la planta de psiquiatría y se niega a recibir visitas. No articula palabra.

—¿Quieres que me acerque al hospital? ¿Que lo intente yo? Siempre nos hemos traído un buen rollo.

Rehúso su ofrecimiento, dirijo la atención hacia la tumba de Mario y repaso el panorama. Todo se encuentra bajo control, veo llegar a la jueza con el secretario, al forense, a gente de la Científica. Junto a ellos se encuentra Miriam Cohen. La viuda de Mario me saluda con un asentimiento de cabeza, discreto y apenas perceptible. Replico su gesto.

—La viuda de Mario no te quita ojo —apunta Chuchi.

—Somos viejos conocidos. —Alzo la vista, Miriam desvía la suya—. Ya sabes, Chuchi, todos los que frecuentamos Santander nos acabamos cruzando más pronto o más tarde.

Le intriga mi respuesta, pero no indaga más en el asunto.

—Debiste contarme lo de Dama mucho antes —me reprocha bajando la voz.

—Te habrías reído en mi puta cara —replico—. Lo hiciste cuando te hablé de *Las novias*, el lienzo que hallamos en casa de Lucas.

Miriam me observa, puedo sentirlo, y evito mirarla. Sé que voy a tener que interrogarla, y me gustaría hacerlo esta misma semana, aunque estoy hasta arriba de trabajo. Los empleados del cementerio preparan sus herramientas y ya merodean alrededor de la sepultura.

—¿Crees que nos enfrentamos a un asesino en serie, Chuchi?

—Un asesino en serie elige objetivos anónimos, sin relación entre sí, y yo tengo la impresión de que este asesino ya conocía a sus víctimas. Hay simbolismo en los crímenes, cierto, pero creo que Mario se suicidó —concluye.

—En el caso de Mario hay una firma oculta, como en los cuadros de Dama. Puede que hubiera rúbricas en los otros escenarios.

—Y estarían camufladas en cualquier recodo, Mateo, a estas alturas de la película ya no sería fácil hallarlas.

«Dama fuit ic». Dama estuvo aquí. ¿Podrían ser la misma persona el pintor y el asesino? ¿Está firmando sus crímenes? ¿O los firma alguien ajeno al artista?

—Yo también creo que Mario se suicidó —afirmo—. Mario se adelantó al que iba a ser su verdugo, le robó su crimen. Cuando vinieron a por los lienzos se lo encontraron muerto y firmaron tras la viga.

—Hay algo que sigue sin cuadrarme —dice Chuchi—. Jorge del Cerro y Bianca de Arbide. No los mataron —decreta—. Tampoco los desnudaron. ¿Por qué? ¿Porque solo fueron testigos casuales? ¿El lugar equivocado en el momento equivocado?

—Se llama fatalidad y, contra ello, hay poco que hacer.

Mientras izan el mármol, Chuchi comenta que espera que esto no se eternice, tiene que volver pronto a la ciudad. Consulto el móvil y confirmo que he recibido un *mail* automático desde el correo de Dama, la respuesta a mi mensaje de hace una hora:

> Dama no establece comunicación directa con su público. Para tratar asuntos vinculados con su obra puede dirigirse a su agente, doña Cresilda Stoner.

—Hay que joderse.

Cuando bloqueo el teléfono veo que ocurre algo. Los sepultureros hablan con la jueza, que parece confusa, y me aproximo a ellos.

—Esta tumba se ha profanado. Apenas hace diez días que se selló la fosa, pero alguien ha desplazado la lápida.

En la base, donde debía haber una plancha de ladrillos afianzados con cemento, se ha abierto un socavón de cerca de un metro cuadrado. Los de la Científica sacan fotos, el secretario toma notas y la jueza les pide a los operarios que prosigan. Es imposible que se haya extraído el féretro, la abertura es ancha, pero ni de lejos tan amplia como para poder sacar un ataúd.

Los hombres pican, van retirando ladrillos, y el calor es sofocante. Estudio a Miriam, que atiende a las maniobras con interés. No parece sorprendida, y eso no me sorprende. Como le he dicho a Chuchi, somos viejos conocidos, y sé bien que en público suele ser bastante fría.

Bajo el montón de cascotes, sobre el ataúd de Mario, hay una bolsa negra de cuero; una bolsa de viaje que no debería estar aquí. El olor es nauseabundo, pero eso no es extraño, hace muy poco que Mario y su hija fueron enterrados —ella incinerada—, y el hedor es lo esperable en exhumaciones recientes.

Alguien lo hace, alguien extrae la bolsa del hoyo. La alza, la deposita sobre la hierba y desliza la cremallera.

En su interior hallamos un cuerpo seccionado en fragmentos; es humano, y está seco, blanquecino y momificado.

Ya casi es de noche, son las ocho menos cuarto, llego a casa de Jorge a la hora convenida. Voy pensando en el desembalaje de *Ocho* y escucho *Blinding Lights,* de The Weeknd.

El teléfono suena cuando abordo Marqués de la Hermida, cuando detengo el coche en mitad del atasco de rigor, típico a esas horas en los días laborables. Es Jana, de la Científica, y se refiere al hallazgo en la tumba de Mario, al cadáver momificado, troceado y grisáceo que acabamos de extraer de la fosa de Terán. Siguen en la zona, me explica, examinando el entorno, y me da algunos datos. Cuando cortamos la llamada, vuelvo a elevar el volumen de la música y enfilo el paseo de Pereda rumbo a la zona de playas, a la vivienda de Jorge. Voy a asistir al desembalaje de un Dama.

Aparco en Reina Victoria, arrecia el viento, y al apearme localizo el coche de Bianca, idéntico al mío, un par de plazas más allá. No ha cruzado la bahía en lancha, ha vuelto a conducir y ha llegado puntual.

Sé que algo no va bien cuando veo la casa a oscuras, no hay una sola luz, y eso me extraña; en teoría, todos debieran estar ya allí. Aún no es de noche cerrada, al oeste aún late el resplandor vago de un sol esquivo. La portilla está abierta de par en par y atravieso el jardín delantero; también está abierta la cristalera que lleva al salón de la vivienda. Oscuridad, silencio, desde aquí solo se oye el mar, el golpeteo rítmico de las olas suaves rompiendo en la playa cercana. Eso, y el silbido de un viento denso, caliente y premonitorio. Pulso el timbre de la entrada principal; no suena. Sostengo el móvil y marco el número de Jorge; da señal, pero nadie responde. Al séptimo tono regreso al coche, me hago con la linterna y vuelvo a enfilar el sendero empuñando la pistola.

Entro en la casa por la cristalera abierta, no hay electricidad y, en algún lugar, la corriente de aire hace batir una ventana.

No hace mucho que estuve aquí; alguien había hecho una pintada en el recibidor, había volcado los muebles, había revuelto los papeles de Jorge. Ahora todo está en orden, la linterna ilumina los recodos del salón, en penumbra, y nada chirría. Detengo el foco, lo freno en seco al localizar la caja; plana, cuadrada, descuartizada. Abierta sobre el caballete. ¿El embalaje de *Ocho*?

—Ya han extraído el cuadro.

Vuelvo a marcar el número de Jorge, sigue sin responder, pero oigo sonar un móvil en la planta superior.

Asciendo los peldaños empuñando la pistola, sosteniendo la linterna; lo hago despacio, con cautela, no sé qué voy a encontrarme. Llamo a Jorge de nuevo, y el soniquete que repica y me guía hasta su habitación se funde con otro sonido, el de una pieza de música clásica. Pulso el interruptor, pero aquí tampoco hay luz, la estancia está a oscuras.

Oriento el foco, lo dirijo hacia el lugar del que procede la melodía, pero no llego a captar nada. La linterna vuela por los aires, alguien se abalanza sobre mí y me golpea en el cráneo con un objeto pesado, contundente. Sigo sosteniendo la pistola, intenta golpearme de nuevo, pero freno el impacto y empujo con fuerza al agresor, lo estrello contra la pared; evito usar el arma, pero tampoco la suelto. Siento un fluido caliente, sangre viscosa en mi sien. El trancazo en la cabeza me ha desequilibrado, pero no voy a perder el conocimiento. Mi oponente vuelve a lanzarse contra mí, intenta huir, bloqueo la salida. Y sin poder verlo, a tientas, suelto un codazo violento que es capaz de derribarlo, de hacerlo caer. Gime, solloza, me digo que mi objetivo no es el ataque; solo debo defenderme y aplacarlo.

—No te muevas —le ordeno—. Te estoy apuntando con una pistola.

—No me mates —ruega.

Caigo en la cuenta, reconozco su voz. Es Bianca.

La linterna ha ido rodando sobre el parqué, y el fulgor que vomita muere en una esquina. La recojo y alumbro a Bianca, que se ha acuclillado en el suelo. Desvía la vista del foco, del fogonazo, y entonces entiendo que la estoy cegando.

—Soy Mateo.

Me agacho a su lado y me pide que me aparte, que me aleje de ella. Me lo ruega por favor. Luego, sin pronunciar palabra, señala la cama. Dirijo hacia allí el haz de luz, hacia la masa de piel, hacia los cuerpos que yacen sobre una colcha impecable.

—Están muertos, Mateo —me aclara—. Cuando llegué, aún había corriente eléctrica, pude verlos con claridad, les tomé el pulso; y están los dos muertos, Jorge y su amigo.

Bianca susurra que no es bueno ser puntual, que aun llegando un poco tarde se corre el riesgo de descubrir cosas.

—Hay que salir de aquí. —Le tiendo una mano, la ayudo a incorporarse y abandonamos la estancia.

Antes de pisar la calle, en el vestíbulo, localizo los fusibles. Se hace la luz y ella esquiva mi mirada. Bianca tiembla, parece indefensa, la realidad le ha sacudido una buena bofetada, y fija la atención en la valla de la entrada con impaciencia. Yo la clavo en su mejilla enrojecida y concluyo que ha sido ahí donde ha impactado mi codazo. No me contengo, le acaricio el pómulo como el primer día. En sus ojos leo el abismo de aquellos que se cruzan con la muerte. Cierra los párpados, se los cubre con las manos, aterrada. Y la abrazo. No se resiste, claudica, apoya la frente en mi pecho y sigue susurrando que están muertos, muertos. Lo repite incapaz de frenar su latido acelerado y una respiración breve, frenética, casi ahogada. Lo he visto en más ocasiones, está a punto de sufrir una crisis, de rendirse al pánico; pero se calma, logra reponerse. Ahora son mis pulsaciones las que se han desbocado, y al fin nos apartamos.

—He llegado hace pocos minutos, las puertas estaban abiertas —dice—. No había nadie, pero he seguido el rastro de una melodía; supongo que surgía del teléfono de Jorge... Me los he encontrado ahí, en la cama, sobre la colcha.

—¿Por qué no me llamaste?

—Iba a avisar a la Policía, pero saltaron los fusibles, todo se fundió a negro, y oí ruido abajo —responde—. Me oculté en el armario, en silencio. Poco después percibí que alguien subía las escaleras. Ignoraba que eras tú. Siento haberte atacado.

—Has hecho bien, te has defendido. Podía haber sido cualquiera.

Las sirenas de ambulancia y los destellos azules anuncian la llegada de los sanitarios. Se dirigen a nosotros, me identifico y les anuncio que hay dos hombres en el cuarto de arriba; lo he comprobado, ya no es posible practicar la reanimación.

Bianca reitera que no hay pulso, que están muertos. Le pido que espere aquí, con un par de agentes, Chuchi le tomará declaración, lo estoy llamando, está en la ciudad y él va a ocuparse. Nos decimos adiós como siempre, sin ceremonia, y ella me da la espalda. Yo vuelvo a entrar en la casa; y no se me pasa por la cabeza pedirle que sea discreta. Sé que lo es.

TERCERA PARTE

—

26 DE OCTUBRE AL 14 DE NOVIEMBRE

El tiempo ve y oye todas las cosas, y todas las revela.

SÓFOCLES

26

MATEO

Santander, 26 de octubre, martes

Jorge y Rubén, sin signos de vida sobre la colcha. El médico certifica que Bianca estaba en lo cierto: han muerto. Tomo fotos, lo hago antes de que se presente la comisión judicial, de que lleguen los del Grupo de Delitos Violentos de la Científica, y bordeo la cama intentando asimilar lo que encuentro ante mí.

Rubén yace boca arriba, desnudo; tiene los ojos cerrados y la sábana envuelve su ingle. El cuerpo muestra un par de puñaladas en un costado y parecen haber sido lavadas. El cadáver de Jorge se encuentra de medio lado, en posición fetal, también con los ojos cerrados, y apoya la sien en el pecho de su amigo; es como si escuchara el latido de su corazón. Esa postura no es verosímil, sus rodillas están flexionadas y abraza a Rubén, se aferra a su torso. Piel con piel. Las manos de Rubén acarician el pelo de Jorge, entierra los dedos en su cabello espeso.

Es indudable, no es natural, los cuerpos han sido colocados de este modo. Jorge también se halla desnudo, y no puedo determinar la clase de herida que ha acabado con su vida. Su espalda está intacta, y asumo que lo han atacado de frente.

Restos de sangre, en la colcha y por el suelo, algunas gotas en la escalera y un pequeño charco en el salón, junto al ventanal que comunica con el jardín.

Cuando llegan los de la Científica, la jueza y el secretario, se inicia el protocolo; y sé que es tarde para volver a plantarme frente a esa cama, para contemplar los cuerpos una vez más y sentir, de nuevo, esa extraña sensación; el halo de intimidad, el mismo que me asaltó en el chalé de Lucas cuando encontré su cadáver con el cráneo reventado.

Hace unas horas que había hablado con Jorge del Cerro por teléfono, y me cuesta creer que lo hayan matado. De camino a su casa he venido escuchando un tema de The Weeknd, pero ahora, cuando casi es medianoche, la melodía ha virado; al aparcar, al cruzar este jardín abatido por el viento, he vuelto a oír, en mi mente, la canción de Rosalía. *Malamente.* Y ahora no puedo sacarla de ahí.

Del móvil de Rubén, tirado junto a los cuerpos, brotaba una pieza de música clásica; ha estado sonando hasta que se ha agotado la batería.

Los de la Brigada Científica ya han desplegado sus focos, se han adueñado del escenario, del que fuera el dormitorio del juez Del Cerro. Y mientras tomo notas, fijo la atención en lo más impactante: en la inscripción. Está sobre el cabecero, es inmensa y se ha trazado con letras rojas: «Parcite dum propero, mergite cum redeo».

Pasadas las seis de la mañana entro en Villa Alegría. He vuelto a olvidarme de Rebeca, que suele venir por aquí a estas horas, y cuando irrumpe en el local nos saludamos y cada uno sigue a lo suyo: ella a su desayuno, yo a mis papeles. No he pegado ojo, el levantamiento de los cuerpos no ha tenido lugar hasta las cinco de la madrugada, y solo entonces se ha podido certificar la causa del fallecimiento del juez Del Cerro: tres disparos limpios y certeros, directos al corazón. Sobre su pecho, oculto por la postura, tres palabras grabadas en sangre: «Dama fuit ic». Jorge ha muerto, y yo estoy más afectado de lo que estoy dispuesto a asumir. Apreciaba a ese tipo.

«Crimen brutal en Santander», reza el periódico.

¿Cómo es posible que el suceso ya esté en prensa? Este texto, vano y escueto, no hace alusión a cuadros robados, a firmas en sangre ni a asesinos en serie. Por suerte.

El cuerpo sin vida del juez Jorge del Cerro fue hallado en su domicilio con claros signos de violencia. La Policía Judicial investiga el hecho y trata de hallar conexiones con algunos de los procedimientos que manejaba la víctima. Se ha decretado el secreto de sumario.

A continuación hace un repaso de los últimos casos que Jorge ha investigado. Ni siquiera cita a Rubén, pero sí menciona la tasa de criminalidad en la región: uno o dos homicidios al año, y veintiocho delitos por cada mil habitantes, la mitad de la media nacional. En lo que va de mes hemos destrozado la estadística.

Mi madre toma asiento frente a mí, lleva un par de tazas en la bandeja —al verter la leche ha dibujado figuras en el café y, sin quererlo, pienso en las piedras de Samu—. Dos zumos, tostadas y aceite de oliva. Lanza un vistazo a la portada del diario y me pregunta si estuve allí anoche.

—Vengo de allí —le aclaro—. Y conocía al juez, era un buen hombre.

—¿No son demasiados crímenes, Mateo? ¿En tan poco tiempo?

No le respondo, y ella interpreta mi gesto. No debo responderle, pero sí, son demasiados. Cuatro crímenes en diecisiete días: Cúe, el Zuki, Jorge y Rubén. Además, un suicidio con cabos sueltos y un cuerpo momificado en una tumba reciente.

—¿Cuándo te vas a Madrid?

—Tengo reunión la próxima semana, pero puede que al final rechace el puesto.

Mi madre me mira a los ojos, lo hace con tanta dureza que me hace bajar los míos. Introduzco la cucharilla en el café y lo revuelvo como si estuviera preparando una masa de hormigón.

—¿Y por qué ibas a rechazarlo, Mateo? Llevas años trabajando, esforzándote, mereciendo el nombramiento.

—Por Samu.

—Samuel tiene sus problemas y tú tienes los tuyos. Ya va siendo hora de que los resuelvas.

—Si me voy a Madrid, ya nada será igual.

—Mateo, nada debe ser igual. Tú no eres igual, no eres el mismo que hace veinte años, ni que hace diez; te engañas con tus proyectos, con tus trabajos, te ocupas de los demás, pero dime, ¿qué hay de ti?

—El éxito en la vida no es un cargo en la Secretaría de Estado.

—¿Y qué es el éxito en la vida? ¿Estar pendiente de gente que ha hecho la suya como le ha venido en gana? Samu no va a empeorar por que te largues, tampoco mejorará por que te quedes. —Mi madre da un golpe en la mesa con la palma de la mano. Y Rebeca, que sigue en la barra, nos lanza una mirada distraída—. Nunca me he metido en tu vida, Mateo, uno ha de ser dueño de sus errores, pero ahora debo hacerlo. Vive un poco para ti.

—Ya vivo para mí.

—¿En serio? —Valvanuz vuelve a buscar mi mirada—. Te conozco bien, eres como un reactor a punto de estallar. Demasiada contención... Pobre del que esté cerca el día que explotes.

Antes de llegar a la Brigada, desde el coche, marco el número de Bianca. Son las ocho de la mañana, quizá aún no sean horas, pero intuyo que es de esa gente que madruga; apuesto a que el día se le suele quedar corto. Cuando responde, la imagino tal y como la vi anoche; luego destierro su rostro de mi mente y le pregunto si es buen momento. Replica que no ha pegado ojo.

—No he pegado ojo, Mateo, tenía la imagen de sus cuerpos grabada en las retinas.

Jorge y Rubén, sus cadáveres sobre la colcha. Evoco los orificios de bala, secos y oscuros sobre el pecho del juez.

—¿Quieres que acuda a declarar a tu despacho? —pregunta.

Necesito tomarle declaración, por supuesto, pero ya he decidido que se encargará Chuchi. Mi madre tiene razón, soy como un reactor a punto de estallar, y mi grado de autodominio cuando la tengo enfrente se reduce a niveles mínimos.

—No, no, no te he llamado por eso. Enviaré a alguien para que se ocupe... Solo quería saber cómo estabas.

—Es complicado explicar cómo estoy —admite—. Había algo aterrador en la escena, Mateo. Espeluznante, y al mismo tiempo magnético.

Sabía de lo que hablaba, me había ocurrido lo mismo frente al cadáver de Cúe.

—Es el poder sugestivo de la tragedia —apunto—. La conciencia de la propia mortalidad.

—Cuando murió mi madre, ya hace años, pasé un par de horas allí, en el velatorio, contemplando su rostro.

—No sabía que tu madre hubiera muerto.

Murmura que estaba enferma, y lamento estar manteniendo esta conversación por teléfono. Ella también debe de lamentarlo, porque de modo tajante me da las gracias por haberla llamado y trata de abreviar la charla.

—Bianca, me veo obligado a insistir —añado—: Me gustaría ponerte protección. Al menos, mientras sigas en la ciudad.

—Yo también debo insistir, Mateo: valoro mi libertad por encima de todo y asumo las consecuencias de anteponer eso a todo lo demás.

—La libertad no está reñida con la seguridad. No me perdonaría que te ocurriera algo.

—Si me ocurriera algo, te lo tendrías que perdonar. Eres inspector de la Brigada Judicial, no eres Dios. ¿Nunca cometes errores?

—Es una de mis máximas: minimizar el riesgo, restarle oportunidades al azar.

—Pues yo de ti iría cambiando de máxima... Las cosas más importantes se las debes al azar. Y sin riesgo, no hay héroes.

—¿Eso es un no?

—Es un no alto y claro. Ya te lo puse por escrito. Supongo que todo este asunto se encuentra bajo secreto de sumario.

—Supones bien.

—Pero ahora sabes que te enfrentas a un asesino en serie. Jorge y Rubén estaban desnudos. Como Lucas.

«Como Lucas y como el Zuki», pienso.

—Lo siento, Bianca, no puedo hablar de ello.

—Tú no, pero yo sí. Voy a enviarte algo; cuando lo estudies, comprenderás muchas cosas. Entenderás, por ejemplo, qué había de magnético en la escena del crimen. La atracción no se debía al poder sugestivo de la tragedia, como tú lo has llamado. Revisa el mensaje que acabo de mandarte. Y luego me llamas.

Bianca cuelga, y me faltan segundos para analizar su *e-mail*. En el correo se adjuntan varios archivos, y uno de ellos es una pista de audio. La reproduzco y reconozco la melodía que brotaba del móvil de Rubén cuando lo encontramos muerto. Se trata de una pieza para piano escrita por Schumann en el siglo XIX. Se titula *In der nacht* —«En la noche»—, y se basa en el trágico mito de Hero y Leandro. Abro los textos, en ellos se explica que Hero esperaba a Leandro en una torre rodeada de mar, cada noche. Usaba una antorcha para guiar a su amante, que atravesaba a nado las aguas del Bósforo. Pero el fuego se apagó, Leandro se ahogó y Hero, al descubrirlo, se lanzó al vacío desde lo alto de la atalaya, junto al cuerpo sin vida de su amor.

El asesino ha recreado su propia versión del mito griego, un mito que ha sido evocado a lo largo de los siglos en la música, la pintura, el teatro y la poesía. Un soneto de Garcilaso, un cuento de Marlowe, alusiones en obras de Shakespeare, de Quevedo, en *Los miserables* de Víctor Hugo... En la antigua Roma llegaron a acuñarse monedas con grabados del relato, y también hay óleos de Rubens y William Etty sobre el mismo tema.

El asesino ha estampado una firma sobre el torso de Jorge, en su piel: «Dama fuit ic». La colocación de las víctimas podría no significar nada en absoluto, pero la cita en latín, trazada en la pared, no deja lugar a dudas: la ha copiado de un viejo epigrama dedicado a los amantes mitológicos, castigados por el mar y por el fuego: «Parcite dum propero, mergite cum redeo».

Vuelvo a llamar a Bianca.

—Necesito hablar contigo. En persona.

—Pensé que ibas a enviar a alguien para que se ocupara.

—He cambiado de idea. ¿A qué hora te viene bien vernos?

—A ninguna. En media hora cojo un avión. Tengo trabajo en Madrid.

27

BIANCA

Loredo, 27 de octubre, miércoles

Bianca cuelga el teléfono, entra en la galería del móvil y vuelve a estudiar la foto que tomó en ese dormitorio —la de los cuerpos sin vida de Jorge y Rubén—. Es imposible que sea casual, que sonara una sonata dedicada a los amantes del mito griego y se hubiera escrito esa cita en la pared. Quien haya recreado esa escenografía lo ha hecho a conciencia y dirige el foco hacia un lance legendario, hacia la vieja leyenda de Hero y Leandro.

Mateo Valtierra ha captado el mensaje, el asesino ha dispuesto su propia visión de esa tragedia y la ha firmado en la piel de una de sus víctimas. ¿Ha sido así en los otros casos? Lo desconoce. Bianca se incorpora, abandona el portátil y vuelve al jardín, que aún se encuentra sembrado de escarcha. Un amanecer frío va despuntando por el este, y ella se dice que es cierto, tiene trabajo en Madrid, pero en realidad no volará hasta la tarde. Le ha mentido a Mateo, no está en el aeropuerto, aún no ha salido de casa, y ni siquiera entiende por qué lo ha hecho, por qué ha evitado otro encuentro con él; o quizá sí lo sepa, en realidad es simple: anoche la atracción que flotaba entre ellos casi podía amasarse, y no se había atenuado por la tensión, por el pánico ni por el impacto bruto de la escena del crimen. Más bien al contrario, las circunstancias habían disparado el magnetismo y lo habían potenciado hasta unos límites insólitos, perturbadores e insoportables. Tras el encuentro frente a los cuerpos, tras el golpe y el codazo, salieron a la calle. Mateo le acarició la mejilla del mismo modo que la primera vez en casa de Lucas. Ambos lo comprendieron, se estaban dejando arrastrar a ese instante. Después la abrazó, y ella fue consciente de lo que implicaba el gesto para una persona como él; tan preocupado, siempre, por el fondo y por las formas, por sus malditos códigos éticos. En aquel momento Bianca había estado a punto de comerle la boca al inspector Valtierra. Lo había visualizado, casi lo había sentido como si lo hubiera hecho; había imaginado sus labios en los de él, una mano en su pecho, la otra en su espalda; o en su cuello, o revolviéndole el pelo. ¿Y las manos de él? ¿Qué habría hecho él con las manos? Se le había puesto la piel de gallina, pero en vez de ejecutar su fantasía se había refrenado, porque Jorge acababa de morir asesinado. Y se había contenido, sobre todo, por la tensa línea roja que había trazado el sábado: gruesa, firme, de un tono muy cegador.

Mateo Valtierra es el mismo hombre por el que Rebeca Gómez lleva años sufriendo. Y Bianca nunca ha traicionado a una amiga.

«Línea roja»: según el diccionario, es un punto imaginario de no retorno. Un límite tras el cual la seguridad ya no puede ser garantizada.

Bianca nunca ha traicionado a una amiga, cierto, pero tampoco, nunca, se ha traicionado a sí misma. Así que ya no se trata de una sola línea roja, se trata de dos; se cruzan, compiten, y ella se encuentra atrapada entre sus límites. Siente claustrofobia y empieza a asumir que tarde o temprano traspasará una de ellas, aun a costa de dañar su autoconcepto.

Está sola, su padre ha madrugado, tenía reunión en Bilbao y Luz lo ha acompañado para hacer unas compras, así que ha decidido aprovechar la coyuntura: Bianca se ajusta los cascos, se planta frente a las dianas, estudia su posición; luego empuña el arma con ambas manos y empieza a disparar. Lleva un mes sin hacerlo, tras lo de Lucas todo se ha complicado. Empieza con el tiro en seco, utiliza su Baikal de calibre 22. Ya le han retirado la escayola, las costillas no le duelen, pero su pulso no es el de siempre y aún es pronto para practicar con la 9 milímetros. Ella no tira por vicio, por capricho, ni siquiera lo hace para mantenerse en forma. Bianca compite porque su mente lo necesita: equilibrio, templanza, cálculo y precisión; de no ser así, estallaría.

Levanta, para, alinea y dispara. Vuelve a hacerlo con la cabeza ligeramente ladeada, aguzando la vista e intentando centrarse en su objetivo: recuperar la calma. Veinte tiros después, sigue sintiendo presión en el pecho, angustia, sigue evocando la imagen de aquellos cuerpos sobre la cama de Jorge; piel muerta, carne fría. Y sigue contemplando, en su mente, el rostro de Lucas: su ilusión, su euforia desmedida al anunciarle que iba a volver a jugar, que iba a arreglar la situación con Rebeca; iba a pedirle que se casara con él. Veinte tiros de precisión, uno tras otro, y sus cavilaciones se van difuminando. Cuarenta tiros en veinte segundos, apretando las mandíbulas y tensando la espalda; Bianca empieza a ver borroso, sus ojos se llenan de lágrimas, está a punto de rasgarse, de desahogar la emoción que ha venido conteniendo desde que todo empezara. Y al fin rompe a llorar. Suelta el arma, la deja caer, se arranca los cascos y da rienda suelta al llanto. Nadie puede verla, nadie puede juzgarla, nadie podría entenderla. Se desliza hasta el suelo, se sienta en la hierba, siente en los muslos la humedad del rocío; flexiona las rodillas, entierra el rostro en las manos y solloza con violencia.

Por fin. Lo logra. Tantos días después de que el inspector Valtierra la encontrara en aquel baño, ha vuelto a llorar. Y sabe que cuando acabe y pueda incorporarse será mucho más fuerte. Aunque seguirá estando terriblemente cansada.

> Hero vivía cautiva en el templo de Sestos, en los Dardanelos, y cada noche guiaba a su amante con una antorcha. Leandro nadaba hasta la fortaleza, pero un día Hero se durmió, el fuego se apagó, Leandro se ahogó y Hero se lanzó desde la torre.

«Parcite dum propero, mergite cum redeo.» Leandro les ruega a las aguas salvajes que le perdonen la vida cuando nada hacia la torre, que lo ahoguen después, tras haber yacido con Hero, cuando regrese a tierra. Ni la mar ni el fuego tuvieron piedad de aquellos amantes.

Bianca toma notas en su cuaderno. Ya lo había intuido, volar en avión no iba a ser buena idea; desde el coma, los cambios de presión le afectan demasiado, pero aun así lo ha hecho. Sigue pensando en el mito griego, en la escena del crimen, en la sien de Jorge sobre el pecho de Rubén. Había estado con el juez Del Cerro la mañana de su muerte, era un buen tipo, y no le cabe duda alguna: habrían acabado siendo amigos. Pero a Jorge también lo han matado, como a Lucas. Cuando aterriza en Barajas, a las cuatro de la tarde, llueve a mares. Se ajusta la gabardina, compra el periódico y se sube a un taxi. Ojea el diario y encuentra la noticia en las primeras páginas:

> La Policía descarta la intervención de una mafia y abre nuevas vías de investigación en torno al homicidio del juez Del Cerro: podría tratarse de un crimen homófobo, con móvil pasional. En el momento de los hechos, la víctima estaba acompañada por otro hombre, que también fue asesinado. No ha trascendido su identidad.

Bianca lee el artículo del tirón; al principio lo hace algo intrigada, pero cuando llega a la última línea y alza el rostro, siente rabia. Circulan por el centro de Madrid, el taxi bordea la Puerta de Alcalá, y aunque le alivie el hecho de que la prensa ignore todo ese asunto de Dama, lamenta que siempre acabe cayendo en el tópico: dos hombres asesinados en la misma vivienda tiene que significar, sí o sí, que se trate de un crimen homófobo.

Bianca se apea del taxi frente a un portalón, amplio y elegante, de la calle Hermosilla. No lleva paraguas, pero apenas se moja. Arrastra la maleta, accede al portal, le da su nombre al portero y sube hasta la cuarta planta. Bianca siente excitación, allí la espera Victoria.

Victoria es una mujer entrada en años, debe rondar los setenta, pero aún sigue ejerciendo su profesión. Victoria Moriz es psicóloga y conoce a Bianca desde que era niña. Bianca ya no recuerda cuándo acudió a su consulta por primera vez, pero sabe por qué la enviaron, cuáles fueron los motivos: su madre estaba muy enferma.

Bianca y Victoria se abrazan.

—Me encantan esas personas que no cambian de perfume —comenta Bianca—. Son de fiar.

Victoria suelta una carcajada y se aleja de Bianca para contemplarla, para verla mejor. La agarra por los hombros, estudia su rostro y le pregunta cómo está. Bianca responde que ha estado disparando, que ha vuelto a hacerlo tras un mes convaleciente, y Victoria comprende que Bianca está mejorando. Y que no ha estado bien.

La consulta está como siempre, nada ha cambiado, y eso a Bianca le da seguridad. Abandona la maleta, se desprende de la gabardina y se recuesta en el diván; se suelta el pelo, deja caer la cabeza y cierra los ojos. La luz es cálida, huele a cedro, y Victoria cierra las puertas correderas, las desliza antes de acomodarse frente a ella; lo hace con calma, como si siguiera una coreografía. Al principio, la psicóloga solía tomar notas; usaba un cuaderno pequeño de papel pautado y deslizaba su pluma con soltura por las hojas. Ya hace tiempo que dejó de hacerlo; Bianca acude a terapia solo una vez al año, dos o tres si se turba su equilibrio. Y Victoria la conoce tanto o más que ella misma; ya no necesita anotar lo que le explica.

—Tu abuela me dijo que sufriste un accidente.

Es la versión oficial: Bianca ha estado en coma porque ha sufrido un percance. La verdad solo la saben cuatro personas contadas, y Victoria Moriz va a ser una de ellas.

—Lucas Cúe, el futbolista asesinado, era mi paciente. Y estaba con él cuando lo mataron.

Bianca le relata la agresión, se refiere al coma y comparte su decisión de pasar un tiempo en Santander. Victoria asiente, como si lo que Bianca le explica fuera de lo más normal. Bianca fija la vista en los ojos de la doctora. Grandes, oscuros, expresivos tras las lentes montadas al aire. Cabello corto y blanco, traje de chaqueta azul y elegante.

—¿Por qué has venido, Bianca? ¿Ha ocurrido algo más?

—Me estoy obsesionando con un asunto. Me he deshecho de algunas de las acciones que me dejó mi abuelo. Quiero comprar un cuadro, una pintura de Dama. Soy consciente de que estoy perdiendo el norte.

—Lo que vas a hacer es un disparate. No vas a adquirir ese cuadro estúpido; a no ser que te hayas vuelto tan estúpida como la gente que hace esas cosas.

—Yo no le hablaría así a uno de mis pacientes.

—¿Y por qué acudes a mí? Te podrías haber dirigido a alguno de esos colegas de tu escuela. Ya sabes, la gente de mantequilla, los que fabrican mendigos emocionales. Pero has vuelto, siempre regresas a Victoria Moriz. Pese a todo.

Victoria chasquea la lengua y observa a Bianca con un gesto duro, seco, con un rostro serio que podría resultar bastante turbador.

—Bianca, fui muy consciente de ello —señala la psicóloga—, lo percibí en cuanto apareciste por mi consulta. Tenías ocho años, eras preciosa, una de esas niñas monas, despiertas y vivarachas que acaban resultando repelentes.

Bianca ya está acostumbrada a la honestidad de la doctora y sostiene su mirada. No es fácil hacerlo, al principio era incapaz. La temía.

—Mis métodos han sido muy criticados —alega—; llegué a recibir alguna demanda por maltrato emocional, se me ha tildado de todo. Tú eras un mico, Bianca, te encaramaste al diván un poco acobardada. Tu madre estaba muy enferma, luego murió, y te negabas a comer, a dormir, a obedecer a tu padre y a tu abuela. Te declaraste en guerra contra el mundo. Yo te ordené que bajaras los pies, que te sentaras bien, y te expliqué lo que era la muerte. No te hablé como a una niña, te hablé como a una persona, y luego te exigí que cerraras los ojos, que imaginaras durante un rato qué es lo que ocurriría si un día, al llegar a casa, alguien te comunicara que también tu padre había muerto, que ya no ibas a volver a verlo. Nunca.

Bianca traga saliva. Si hubiera sido un hombre, su nuez habría oscilado.

—Te echaste a llorar, Bianca. «¡Sigue imaginándolo!», te ordenaba cuando pretendías huir de esa imagen.

—No me extraña que te denuncien... Llegué a odiarte, aún lo hago a veces.

—Lo sé, pero tu familia veía resultados.

Bianca gira la cabeza, aparta el rostro. Relaja la mirada durante unos segundos.

—Seguiste acudiendo, le pedías a tu padre que te trajera aquí. Una pregunta, Bianca, ¿te recreas en eso? ¿En la muerte de tu madre? ¿Dedicas tu tiempo, caro y precioso, a pensar en ti misma como en una víctima? Porque tú no eres una víctima, y aquello lo comprendiste a las dos semanas de perderla.

—Y lo sigo comprendiendo. Nunca caigo en el victimismo.

—No te lo puedes permitir. A determinados niños se los cría entre algodones, y las niñas como tú acabáis siendo mujeres patéticas, salvo que se os hable claro.

Bianca recuerda las palabras de Victoria: «Tu madre murió, y puedes llorar tanto como quieras. La gente va a sentir lástima, pero la lástima no es amor, solo es miseria».

—¿Te acostabas con ese futbolista?

—No me acuesto con mis pacientes.

—¿Te atraía?

—Era débil, yo necesito a alguien fuerte.

—¿Qué hay de aquella amiga de la que solías hablarme? ¿Rebeca?

—He vuelto a soñar, y soñé que la agredía. La golpeaba hasta derribarla. Con saña.

—Pensé que la apreciabas.

—Y la aprecio, pero ha hecho algo que me ha molestado.

—¿Algo que te ha molestado? —repite Victoria—. Bianca, por Dios, háblame claro.

—Algo que me ha jodido. He conocido a un hombre, me interesa, tuvo una historia con ella; algo serio. Pero Rebeca solo me lo ha revelado cuando ha intuido que podría surgir algo entre nosotros.

—Es la primera ocasión en la que te has referido a un hombre.

—Me he acostado con hombres, y a veces te he hablado de ellos.

—Este hombre te interesa, y eso es inédito.

—Yo no traiciono a mis amigas.

—Pero sí sueñas que las machacas a hostias.

—Solo es un sueño.

—Los sueños reflejan lo que alberga el subconsciente... Tu padre te trataba como si fueras de porcelana. También lo hacía tu abuela, te habrían convertido en un ser pusilánime, pero logramos cambiar la inercia de las cosas desde el primer minuto. No eres dócil, tienes criterio propio, vives de tu dinero, eres responsable, reflexiva y creativa. Y además eres empática, aunque lo eres demasiado, y ese es un grave problema... ¿Aún impartes clases de español para extranjeros?

—La vida me ha dado mucho, el voluntariado es mi forma de compensarlo.

—Es tu manera de castigarte, Bianca, porque atender a esa gente te resulta gratificante, pero también doloroso, siendo como eres.

Bianca cambia de postura.

—No estamos hablando de mí, Victoria, hablamos de un hombre, de mi interés por él, y de Rebeca.

—¿Quieres saber mi opinión? Ese hombre no es de nadie, nadie es de nadie, nada está escrito. Y no deberías ceder en todo. —Victoria se pone en pie como si diera la charla por zanjada, pero añade algo más—: Volvamos al inicio de esta conversación, a ese cuadro que quieres comprar. ¿Por qué? ¿Qué es lo que buscas?

—He de saber quién es Dama, asesinaron a Lucas por una de sus pinturas.

—En esta consulta he oído de todo; la gente llena su tiempo de los modos más extraños, pero buscar asesinos es infrecuente. Incluso en ti.

—He venido a que me ayudes.

—Sin rodeos, Bianca, no des más vueltas. ¿Qué quieres?

—Tu padre era galerista. Ya falleció, pero quizá conserves papeles. No sé; manuales, catálogos, folletos de exposiciones.

—La prensa no deja de machacar con todo ese asunto de Dama —replica la psicóloga—. Esas subastas dieron comienzo después de la muerte de mi padre. ¿Por qué iba a tener documentación sobre el artista?

—Porque creo que Dama ya pintaba mucho antes. En criminología forense existe un principio, el principio de Transferencia o Intercambio. El asesino deja huellas en la escena del homicidio. No solo huellas físicas, también psicológicas y conductuales; rasgos de su personalidad. Si aplicamos ese principio al mundo real, debería haber algo, en algún lugar, que nos condujera a Dama.

—¿Y qué harás si lo encuentras? Dama no tendría por qué ser el asesino... ¿Has hablado con la Policía? Puede que les interese tu teoría.

—A veces creo que te ríes de mí.

—Y yo a veces creo que eres tú misma quien se ríe de ti. —Victoria se quita las gafas, las frota sobre el reposabrazos del sillón. Se las vuelve a poner—. Te voy a ayudar; estás perdiendo el equilibrio y necesitas algo en lo que fijar la atención.

No charlan mucho más, Victoria reitera que Bianca es una bomba de relojería, que ya lleva un tiempo caminando con paso incierto sobre la cuerda floja; en cualquier momento podría abatirla una racha de viento. Le recuerda el episodio del casco; sucedió hace años, cuando Bianca golpeó a aquel hombre que maltrataba a su mujer en plena calle. Le partió dos vértebras, hubo un juicio y la mujer agredida testificó en favor del marido. Según su versión, él nunca le había puesto la mano encima.

—Le salvé la vida a aquella mujer —relata Bianca por enésima vez—, él no dejaba de patearla y ella estaba indefensa, inconsciente, en el suelo; no tuve alternativa. Volvería a hacerlo, Victoria, se lo dije al juez, de no haber atacado a ese tío, él la habría matado. La omisión del deber de socorro es un delito.

—Tienes que controlar ese afán justiciero, Bianca —insiste Victoria cuando se despiden—. Al final siempre sales escaldada. Y no dilapides tu dinero para adquirir un Dama. Los cuadros se roban, se queman, se pierden y se falsifican. Tú eres más lista que todo eso. Cavila un poco.

Bianca deja la consulta siguiendo el consejo de su terapeuta: cavilando mientras camina. Ha anochecido, sigue lloviendo, pero resuelve ir a casa a pie, no está muy lejos, y arrastra su maleta buscando cobijo bajo los aleros. A tres portales del suyo, bajo el aguacero, ve a un chico extranjero agazapado entre cartones: un mendigo. Bianca pasa de largo, la lluvia arrecia y apenas dispone de energía para alcanzar su bloque, saludar al portero, tomar el ascensor e introducir la llave en la cerradura; así que descarta la idea de rebuscar en el bolso, de encontrar unas monedas para dárselas al hombre. Pero ya en casa evoca sus meses de cooperante y empieza a imaginar poblados perdidos en medio del Congo, mafias mineras, niños cruzando desiertos y a personas en patera atravesando el Estrecho. «Lo estarán explotando —se dice—. A saber cuánto tiempo lleva sin comer, quizá no sepa el idioma, ni tenga amigos, ni techo ni dinero para medicinas.» La persona que se ocupa de las tareas domésticas le ha llenado la nevera, y Bianca saca un par de yogures, fruta, unos blísteres de jamón. Enarbola un paraguas, vuelve a la calle, se encamina hacia el punto en el que estaba el muchacho; tan agotada que ni siquiera es capaz de ocultar la cojera. Cuando llega al lugar, el chico se ha ido. No hay nadie, solo un montón de cartones empapados.

Son las once de la noche y Bianca lee en su sofá. En pijama, recostada en los cojines y abrigada con la manta. Podía haberse citado con alguna amiga, hace tiempo que no las ve, su vida se ha quedado en el limbo desde lo de Lucas. Pero prefiere estar sola, en casa, oyendo la lluvia al caer. Aquello le está afectando más de lo que va a admitir.

Ya ha tomado una decisión: el viernes va a subastarse *Nueve*, pero va a conservar sus ahorros. Bianca marca un número en su móvil. Responde un hombre y, sin mucho preámbulo, ella le lanza una pregunta:

—¿Podemos vernos mañana?

—Por supuesto, Bianca. ¿Donde siempre? ¿A la hora de siempre?

Donde siempre y a la hora de siempre. Bianca no comparte su cama con nadie, para eso están los hoteles.

—Hace tiempo que no hablamos. Me apetece verte —añade él.

A ella también le apetece, se excita solo de oírlo. Le gusta su voz y le gusta él. Cuando cuelgan, Bianca se dice que tras el sexo, después del abandono, del sudor y los jadeos, ella va a proponerle un negocio. Y él no sabrá rechazarlo.

Bianca sigue leyendo y a los pocos minutos el teléfono vibra. Hay un mensaje, es de Victoria, su psicóloga, y es breve:

«Estabas en lo cierto, Bianca. Hay algo y es importante. Lo de Dama no es de ahora, ya expuso en París hace un tiempo».

28

MATEO

Santander, 27 de octubre, miércoles

Son las seis de la tarde, la reunión comienza con retraso, tomo asiento en la mesa redonda y me repito que el día ha sido de locos. Chuchi parece entero, descansado, la presión no le pesa tanto como a mí; ese nutricionista al que está acudiendo obra milagros.

Mientras espero a que se acomode mi equipo —apenas cinco personas— y a que enciendan sus aparatos, repaso las anotaciones del cuaderno. Luego tomo la palabra, y lo hago con contundencia, intentando aparentar un dominio que es ficticio.

—Nos enfrentamos a un asesino en serie que ha empleado la misma firma en todos los escenarios; y con lo de firma me refiero al modo en que expone los cuerpos... Creo que se venga de sus víctimas, que las castiga.

—¿Las castiga? —pregunta alguien.

Asiento, y me observan con escepticismo.

Me pongo en pie, activo el proyector, una imagen en pantalla: Jorge y Rubén muertos, abrazados sobre las sábanas, y la cita en latín escrita en sangre sobre el cabecero de la cama. Hablo del poema basado en la tragedia de Hero y Leandro y de la pieza de Schumann que sonaba en la estancia.

Vuelvo a pulsar el mando, surge la imagen de Lucas, fuerte y poderoso, derrumbado en el sofá con el cráneo perforado; su mirada estática, fría, congelada. Los pegotes negros, sangre y sesos salpicando la pared. He decidido comenzar desde el principio.

—Caso número uno: 9 de octubre, Lucas Cúe. Desnudo, con la cabeza ladeada. Ignoramos si hubo firma, si el asesino intentaba enviar un mensaje o castigarlo. Su crimen podría guardar relación con un cuadro de Dama titulado *Siete*. El representante de Lucas lo había adquirido el día anterior al suceso, y sabemos que habían amenazado al futbolista; alguien quería el óleo, ese óleo y no otro. Pero ni siquiera llegó a obrar en su poder.

Manipulo el mando, aparece otra imagen. No les doy tiempo a asimilar lo que han visto, a interpretar lo que escuchan con cara de pasmo.

—Caso número dos: Lorenzo Sierra, un delincuente de poca monta conocido como Zuki. Fuimos juntos a la escuela, decía tener información sobre la muerte de Cúe, y me anduvo buscando por el barrio el mismo día en que fue asesinado.

—No sabemos si fue un homicidio —me interrumpe Chuchi con desgana.

—Nadie que se suicide se apuñala los ojos ni se secciona las falanges —replico alzando la voz, con la paciencia a punto de ser colmada—. Su cuerpo también se hallaba desnudo, y debe de haber cierta simbología en el modo en que fue mutilado. Murió de hipotermia, tras la ingesta de un cóctel extraño de medicamentos.

—Todo es circunstancial —reitera Chuchi—. No había ningún «Dama fuit ic» en la escena del crimen del Zuki, ni tampoco en la de Cúe.

—Las tres palabras podrían estar camufladas.

—Pues cuando des con ellas, Mateo, si es que lo haces, me lo cuentas. Y entonces sí que podremos hablar de un patrón, y la jueza podría desenmascarar a Dama con un simple trámite... Puestos a elucubrar, me da por creer que ese pintor pueda ser el asesino, quizá pretenda recuperar sus cuadros —dice con sorna—. Quizá se arrepienta después de haberlos vendido.

—A Lucas Cúe le golpearon de frente, en la sien derecha, así que su agresor lo hizo con la diestra —interviene Jana—. Sin embargo, se dice que ese pintor es zurdo.

—Lo que se diga de ese pintor no tiene por qué ser cierto. Solo es humo.

—Tenemos cuatro muertos —los corto—. Cinco si cuento a Mario Cayón. Todos hombres, desnudos, en posturas extrañas; y algunos guardan relación con Dama. En dos de los escenarios se hallaron las firmas claras y legibles, y no es descartable que las hubiera en el resto. Ocultas. Música sonando en casa de Lucas, música en casa de Jorge. No había nada revuelto, todo impecable en ambas viviendas; y ambos, tanto Jorge como Lucas, mostraban vinculación con un mismo personaje, Mario Cayón. ¿Aún te parece poco patrón?

—Había luz en casa de Lucas —recuerda Chuchi—. En casa de Jorge del Cerro habían hecho saltar los fusibles.

—Los hicieron saltar cuando Bianca ya estaba arriba, frente a los cuerpos. Fue poco antes de que yo llegara, el asesino aún debía de andar por allí.

—Se usaron armas distintas en los cuatro casos —continúa Chuchi ignorando mi interrupción—: Un objeto contundente, drogas, un puñal y una pistola. Ni siquiera tendría que ser el mismo asesino y, en fin, Mateo, sí me parece poco patrón —sentencia—. Y me parece más cosas, pero prefiero hablarlo luego, a solas, contigo.

«Hay que joderse», pienso.

—No me voy a traumatizar, Chuchi, puedes soltarlo ahora.

Chuchi deja de hurgar en su *tablet* y me mira a los ojos.

—Pues te diré lo que pienso, Mateo: no estás centrado.

—¿Y qué es lo que me descentra si es que se puede saber?

—Te vas en unas semanas, y los casos no se resuelven con el tiempo pegado al culo. Abarcas demasiado y ya estás más en la Secretaría de Estado que aquí.

—Pues aún estoy aquí, Chuchi, tendrás que esperar a que me haya largado para adueñarte de mi silla y de mi cargo.

Chuchi resopla, se contiene. No me replica y lo celebro, porque suelo moderarme, pero esta vez no pensaba hacerlo.

—¿Qué más tenemos, Valtierra? —pregunta Jana conciliadora.

—Un suicidio. Mario Cayón, el representante de Lucas, se quitó la vida la misma noche en que mataron al futbolista. *Siete*, el cuadro de Dama que había adquirido, se encontraba en su poder; la casa de subastas ha confirmado que ya se lo habían entregado. Cuando llegó el asesino, lo desnudó, firmó tras la viga de la que colgaba el cuerpo y se llevó la pintura. Mario había asistido a casi todas las subastas del artista.

—¿Tenía motivos para ahorcarse?

—Su hija había muerto a finales de septiembre. Leucemia. Tenía motivos, padecía depresión y llevaba un tiempo recibiendo amenazas; podrían guardar relación con algunos expedientes que había manejado.

—¿Habló con Cúe esa noche?

—Cúe intentó contactar con él, pero Mario estaba regresando de Londres en un vuelo con escala, y su teléfono no se encontraba operativo. Cuando Mario llamó a Lucas, más tarde, Lucas ya debía de estar muerto.

—¿Y qué mito clásico pretendía emular el asesino mediante la muerte del futbolista? ¿Y con la del Zuki? —apunta Chuchi.

No hay respuesta para eso. Dicho así, suena absurdo.

—Tendríamos que estudiar si hay alguna inscripción en los otros escenarios; en el chalé de Cúe y en la caseta del descampado.

—Esos lugares se han analizado a fondo.

—Puede que no haya nada —admito—, que el asesino haya ido puliendo su método. El «Dama fuit ic» grabado en el torso de Jorge era inmenso; nada que ver con el de la viga de Mario, que era minúsculo.

Todos me contemplan como si estuviera loco, y sin darme tiempo a seguir argumentando, Chuchi desgrana algo más de información.

—Rubén Hevia murió por herida de arma blanca en el salón de la casa de Jorge. Luego su cuerpo fue trasladado. Según la autopsia, fue apuñalado de frente en el costado izquierdo y repetidamente en el tórax, con afectación en el corazón y el pulmón. Falleció por parada cardiorrespiratoria, y no lo hizo en el acto. Hubo sufrimiento, creemos que fue consciente de lo que estaba ocurriendo.

—¿Lo apuñalaron desnudo?

—Vestido. Su ropa estaba empapada en sangre, destrozada a cuchilladas.

—¿Huellas?

—Nada, Valtierra. El asesino es meticuloso, y la cristalera de acceso desde el jardín debía de estar abierta. Lo tuvo fácil. —Es Jana quien responde—. Jorge del Cerro murió sobre la misma hora, pero no en la casa, le dispararon en el callejón que discurre entre los muros de las viviendas colindantes. El cadáver también fue arrastrado, colocado junto al de Rubén, en la cama.

—¿Cómo lo mataron?

—La autopsia revela que el asesino empleó una Smith & Wesson del 40, muy popular en los Estados Unidos. No se encuentra registrada en IBIS —responde Chuchi—. Si le hubieran disparado en la cabeza, la bóveda del cráneo habría estallado por las suturas. Le dispararon al corazón, la incidencia fue oblicua y las balas se alojaron en el espesor de la pared del ventrículo izquierdo. El sangrado externo no fue profuso, el propio proyectil funcionó como tapón, y se cree que Jorge seguía con vida al ser trasladado. Los especialistas coinciden: una toracotomía en los quince primeros minutos lo habría salvado.

—¿Nadie oyó los disparos?

—Unos críos —responde Chuchi—. Creyeron que eran petardos. La gente está muy ocupada con sus cosas, ya sabes, demasiado entretenimiento en las pantallas como para prestar atención a lo que ocurre al otro lado de la ventana.

—Lo de siempre.

—El asesino no iba a matarlos, iba a por el cuadro. La reconstrucción de los hechos indica que fue Jorge quien persiguió al intruso por el callejón. Al ladrón le urgía llevarse la obra, ni siquiera esperó a que esa casa estuviera vacía.

—Estoy de acuerdo —afirmo—. Pero luego arrastró a Jorge hasta la cama, montó todo aquel espectáculo. ¿Por qué lo hizo, si solo le importaba el Dama? ¿Por qué la firma en los cuerpos, la cita sobre el cabecero, la música de Schumann?

—Hay algo que no me encaja. En principio, el asesino solo

quería un cuadro, el de Lucas. Ese, y no otro. Pero también se ha llevado *Ocho*. ¿Por qué?

—Quizá haya algo bajo esos óleos —sugiero—. Quizá se haya ocultado un mensaje y sea aún más importante que las propias obras.

—No sabemos lo que muestran esas pinturas, Mateo; ni a la vista ni de forma subyacente. En cualquier caso, creo que la clave no está en los lienzos. El nexo entre Cúe y Jorge, claramente, es Mario Cayón.

Mario Cayón. Recuerdo que me he llevado una llave, la del bolsillo del pantalón de Jorge, tirado en el suelo a los pies de la cama; era la llave de titanio de la que me había hablado, la que abriría la caja de seguridad de Mario en un banco de Ginebra. Me muerdo los labios, estoy a punto de comentarlo. Pero no lo hago.

—El asesino lavó las heridas, los orificios de bala del cuerpo de Jorge y las puñaladas en el de Rubén. El modo en que se rozan los torsos de los hombres, en que yacen abrazados, podría reflejar tendencias erotomaníacas por parte de su verdugo. Por la colocación, es como si la pareja acabara de mantener relaciones sexuales... No puede descartarse el móvil homófobo. —Jana hace una pausa, pero aún aporta algo más—: La inscripción en la pared se realizó con sangre de ambos, se empleó un pincel que no ha aparecido. —Se encoge de hombros como si eso fuera todo. No puedo evitar imaginar el pincel, sus cerdas ásperas y elásticas sumergiéndose en la carne hasta empaparse.

—¿Algo del cuerpo momificado que se halló en la tumba de Mario?

—Nada aún. El Instituto de Medicina Legal le ha dado prioridad al homicidio del juez, tampoco tenemos idea de quién pudo haberlo metido ahí... Quien lo haya hecho intenta provocar, debió suponer que habría otra autopsia de Mario Cayón y nos dejó el regalito. El pueblo es pequeño, no hay grabaciones de ninguna clase, y no parece difícil acceder al cementerio. En cualquier caso, esa momia no es reciente; quienquiera que sea, falleció hace años.

Doy por hecho que la reunión ha concluido, pero Chuchi se incorpora, toma el mando del aparato y retoma su exposición, claramente resentido por el intercambio de pareceres que acabamos de mantener.

—Bien, Mateo. —Me mira directamente, sujeta su boli por los dos extremos, como si fuera a partirlo. Se conduce con vehemencia—. Me he propuesto descartar el móvil romántico, artístico, y he conseguido el listado de personas que han ido adquiriendo los cuadros de Dama desde que se iniciaran las subastas en el 2018.

—¿Cómo lo has hecho? Eso, en teoría, es confidencial.

—Después de lo de Jorge, Sotheby's ha colaborado sin necesidad de órdenes judiciales... En fin, todos los compradores siguen vivitos y coleando, y he podido contactar con ellos. No van a revelarme qué representan sus pinturas, y están en su derecho. Todos se sienten tranquilos y seguros. Nadie les ha robado sus Damas, nadie se los ha cargado.

—Lucas Cúe y Jorge del Cerro no debían de estar tan seguros —lo interrumpo.

—Un porcentaje irrisorio —comenta—. También he intentado dar con algún listado, con algún registro de los alumnos que pudieron acudir con Mario y su mujer a esas clases de arte; en Madrid, en Londres o en Santander. Y es como rastrear una aguja en un pajar. —Chuchi no suele usar gafas, pero las saca del bolsillo de la americana y se las planta. Se regodea, y normalmente me hace gracia, disfruto de esas chanzas, pero este miércoles no estoy para juegos—. Solo he encontrado algo extraño, en las fotos del atestado del asesinato del juez, y han sido unos lienzos a medio acabar en casa de Jorge del Cerro. Creo que son de su hermana, de Judit, la restauradora. Pinta como el culo, debe de estar bloqueada. Podría ser la asesina, matar por frustración.

Judit había sufrido una crisis nerviosa la noche que asesinaron a su hermano. Viajaba desde Madrid, iba a asistir al desembalaje del cuadro y, al llegar al chalé, lo encontró precintado por la Policía.

—Judit es una profesional —replico. «Y he de llamarla

para darle el pésame», pienso—. A mí no me haces ni puta gracia, Chuchi.

—No pretendía hacer gracia.

—¿Es todo?

—No es todo, Mateo. Ayer por la noche acompañé a su casa a Bianca de Arbide; ya sabes, después de que hallara los cuerpos de esos dos hombres, fui con ella hasta Loredo, en su coche; se empeñó en conducir, regresé en un taxi a las dos de la madrugada.

—¿Y qué estuvisteis haciendo hasta las dos de la madrugada?

—Me estuvo explicando lo que ha descubierto, porque está investigando por su cuenta, y como tú no le paras los pies, irá a más.

—¿Quieres que la detenga? ¿Que la encierre en el calabozo?

—Me conformaría con que dejaras de alentar su actitud, de seguirles el juego a ella y a otras personas ociosas y ávidas de emociones, como ese juez pichabrava, Jorge del Cerro. Mira cómo han acabado él y su amigo por tu culpa...

No le respondo, la mirada que le lanzo lo dice todo.

—¿Qué cojones hacías en casa de Jorge del Cerro? —insiste Chuchi—. ¿Qué hacía allí Bianca de Arbide? ¿Habíais quedado todos para desembalar el cuadro?

—¿Algún problema?

—Un grave problema: tú solías regirte por la cabeza, no por la polla.

—Ahora tratamos de asuntos profesionales, Chuchi. Lo que yo haga en mi tiempo libre es asunto mío.

—En tu tiempo libre escalas. Todo lo demás es trabajo. —Chuchi me apunta con el boli—. Bianca de Arbide juega en otra liga, Mateo. Asúmelo.

Me recuesto en la silla y lo maldigo en silencio. Doy la reunión por zanjada, todos se ponen en pie y abandonan la sala. Pero Chuchi permanece en su sitio, y yo también. Hemos dejado a medias esta conversación y solemos ser sinceros el uno con el otro. Nos soltamos las verdades sin paños calientes.

—Vale, Chuchi, ahora sí, habla claro. —Cierro el cuaderno, le planto el capuchón al boli y me preparo para oír algo que, lo quiera o no, me afectará sí o sí.

—A las mujeres como ella no les interesan los tipos como tú.

—¿Y quién te ha dicho que a los tipos como yo les interesen las mujeres como ella?

—Mateo, esa tía está forrada y además tiene buenos contactos: la mitad de sus parientes forman parte de consejos de administración de empresas del IBEX. ¿A qué se dedican tus primos? Uno es peluquero de perros y el otro corta jamón en Mercadona. La mitad de tus tíos están en el paro y la otra mitad trabajan como cabrones para ganar mil euros.

—Sigue, suéltalo todo —lo animo.

—No es solo por el dinero —machaca—. Es el estilo de vida. ¿Has repasado las redes sociales de sus amigas? Joder, Mateo, celebran despedidas de soltera en Las Vegas o en yate por el Egeo, posando sobre cubierta en bikini y botas camperas. Tienen apellidos extranjeros o compuestos; montan empresas de *catering* o de *marketing*, les envían bolsos gratis, de firma, y recomiendan hoteles, estaciones de esquí, marcas de bótox para pincharse en la frente.

—¿Y bien? Sus amigas no son ella.

—Tú te has criado en un barrio, has crecido rodeado de raciones de callos y de ensaladilla. Mi despedida de soltero la celebramos en Gijón, haciendo el gilipollas por el casco viejo, tomando cubatas de garrafón. Y lo más que nos han regalado ha sido un llavero o un calendario los del sindicato de la Policía. Bianca acompaña a cantantes en sus giras.

—¿Crees que todo eso me importa? Yo no me siento menos que nadie. Eres un tío muy acomplejado.

Chuchi suelta una carcajada. Irónica, sarcástica.

—Y tú eres un tío ingenuo. ¿Te crees que estás a su altura? ¿En serio? Van a asignarte un cargo en la Secretaría de Estado de Seguridad, pero eso no te pondrá a su nivel. Ella ya lo ha mamado desde la cuna; ahí se nace o no se nace, y tú has salido de una barriada, eres hijo de la calle y lo serás para siempre.

—No me interesa ser hijo de ningún otro lugar —afirmo—, y no me atormenta ser hijo de mi madre y de mi padre. Jamás renegaría de ellos, de la ensaladilla con guisantes, ni de mi primo el peluquero; pero tampoco estoy obligado a quedarme ahí.

—Tú te has tragado lo del ascensor social, como todos los idiotas de las tres últimas décadas: con las carreras, los másteres y los cursillos de idiomas. Pero eso no existe, es un espejismo; aquí los sectores están bien delimitados y nadie accede a su red.

—Según tú, Chuchi, debería dedicarme a preparar pinchos, a servir mesas, a pelar patatas y a barrer serrín y huesos de aceituna.

—Puede que sí, que al final te la tires, pero eso será todo: una muesca en su revólver.

—¿Qué es lo que te molesta? ¿Que no te contara lo del juez Del Cerro? ¿Que te ocultara que fui a la subasta? ¿O te jode mi ascenso?

—Me jode que de pronto todos pasemos a un segundo plano. Y me da pena, Mateo, porque al final no vas a pertenecer a ninguno de los dos bandos; ni a este ni a aquel. Serás un extraño, un verso suelto.

Lo que oigo me duele. Porque ya me he sentido así, muchas veces, cuando andaba por el barrio. Porque me siento así, casi siempre, cuando acudo a reuniones con gente de arriba. Porque Chuchi es burro, malhablado, hiperactivo y metódico; pero suele acertar.

—Sigues pensando que nunca debí haber roto con Rebeca.

—Ni Rebeca ni tú encajáis en ningún lado. Bianca tampoco encaja, Cúe tampoco lo hacía, por lo que tengo entendido... Pero ninguno de los cuatro seréis, jamás, solución para alguno de los otros tres. Y eso es jodido. Lo he visto claro.

Lo ha visto claro, estuvo con Bianca hasta las dos de la madrugada y me tiende un documento firmado por ella, un texto escueto, técnico, mecanografiado a una cara, que podría ser obra de un perfilador. Se lo ha enviado hace unas horas.

—Mientras sus amigas le buscan el perfil bueno al Chanel, Bianca de Arbide se dedica a esto —me resume Chuchi—. No hace falta que lo leas, te lo puedo sintetizar.

Chuchi lo sintetiza, y todo se reduce a lo siguiente: Bianca de Arbide recurre al principio de Intercambio de Locard para concluir que todo asesino deja un buen rastro de huellas objetivas en la escena de un crimen.

«Da igual por dónde camines, cualquier objeto que tomes o dejes, aunque sea de modo inconsciente, será un testigo silencioso contra ti.»

Bianca se pregunta qué clase de sujeto prepararía este tipo de escenas del crimen, se responde y realiza un perfil: «El asesino actúa rápido, de manera violenta, muestra sangre fría, fortaleza física y mental. No le teme al riesgo —es capaz de matar en áreas pobladas a horas diurnas—, y hace gala de un alto grado de control y autodominio —no comete errores ni deja huellas, lo que denota una alta conciencia forense—. El asesino planifica, organiza y va perfeccionando el modo en que coloca los cadáveres, orgulloso de sus actos. Es vanidoso, desafiante, seguro; atributos que se van afianzando en cada crimen. Desnuda a sus víctimas para vulgarizarlas y anular lo que las define como seres humanos; es él quien adquiere el protagonismo. Muestra un alto grado de psicopatía y expresa sus anhelos en la firma —forma en que expone su trabajo, cada vez más personal—».

—Oculta su identidad, pero al mismo tiempo le gustaría exhibirla.

—Como Dama —concluyo.

29

BIANCA

Madrid, 28 de octubre, jueves

Bianca se gira, tiene el teléfono móvil sobre la mesilla; lo alcanza, confirma que son las cuatro de la tarde. Aparta las sábanas, se sienta, posa los pies en la moqueta y vuelve la vista hacia su acompañante.

—Me voy, tengo una reunión en media hora, y es a tomar vientos.

El hombre asiente, extiende su brazo y acaricia la espalda templada de Bianca, que se dirige al baño. No es cierto, no tiene ninguna reunión, ha concentrado todas las sesiones de terapia por la mañana y ya ha tratado a todos sus pacientes. Le pidió a su secretaria que le liberara la tarde para ocuparse de otros asuntos. Uno de ellos era descargar tensiones, echar un polvo, sentir unos cuantos orgasmos; por eso está en esa *suite*, por eso se ha citado con un ejecutivo de la empresa de su familia; con el más joven de ellos. Su intención era almorzar, pero no han probado bocado: de la cafetería del hotel se han ido directos a la cama y han dedicado un par de horas a ejercitar sus cuerpos y a aligerar sus mentes. Bianca practica la psiquiatría moderna, pero está convencida de que Galeno, allá por el siglo II, sabía lo que decía: la privación sexual en mujeres pasionales puede hacerlas enfermar. El coito cura, y el primer vibrador de la historia fue diseñado con fines médicos.

Bianca se ducha, se seca con rapidez y, cuando deja el baño, saca unas bragas limpias del bolso y se viste de espaldas al hombre, que la contempla sin disimulo recostado sobre la almohada: se conocieron en una recepción de la firma, ya hace un par de años, y en ocasiones se llaman. La dinámica es simple, el chico es mono y no es el típico pelma. Es discreto, no suele presumir de lo que no tiene ni acostumbra a aturullarla con lo que va a lograr. No hay muchos tipos así, y los que hay están cogidos. Además, es valiente, o quizá inconsciente: se la juega cada vez que se acuesta con Bianca, a Guzmán no le haría ninguna gracia saber que se pasa por la piedra a su única hija, a su ojito derecho.

—Oí que habías sufrido un accidente. Salvo por esa cicatriz, pareces recuperada.

—Estoy recuperada —responde Bianca—. Ya me han quitado los puntos del costado; me han extirpado el bazo, tenía un par de costillas fisuradas, pero me encuentro bien.

Se pone el sujetador, se da la vuelta y lo mira. Según su amiga María, la rutina que manejan acabará estallando. Pero Bianca no tiene tiempo de pensar demasiado.

El sexo ha estado bien, aunque no como otras veces; la cicatriz le molesta, no solo a ella, él parecía temer hacerle daño, y Bianca sabe que este encuentro no ha sido el mejor que ha habido entre ellos.

—Pasaré una temporada en Cantabria —dice Bianca—. Solo he venido a atender a unos pacientes.

No es a lo único a lo que ha venido, al día siguiente se subasta *Nueve* y es por eso, precisamente, por lo que le urgía quedar con él. Ya han llegado a un acuerdo, va a acompañarla a la subasta de Dama, le ha hecho comprender que una obra de ese artista es una buena inversión. Y él se dedica a eso, a la gestión de activos. De ese modo, ella podrá ver el cuadro sin esquilmar su patrimonio.

—Te noto distinta.

—¿Peor?

—Pareces triste.

Bianca sonríe, se sienta en la butaca, inclina la cabeza y se ata los botines. Está triste, es lógico. Cuando se incorpora, saca un peine del bolso, se cepilla el pelo, lo deja suelto. Él la sigue contemplando, y antes de irse, de cerrar a sus espaldas la puerta de la *suite*, Bianca se acerca y lo besa en el cuello. Con suavidad. Él le acaricia la mano y le roba un beso en los labios que se prolonga más de lo habitual.

—Cuídate, Bianca. Nos vemos mañana.

Bianca recorre el pasillo con el bolso y el abrigo colgados del brazo. No se encuentra bien, debería haber comido, y también tendría que haber descansado.

El hombre al que acaba de dejar entre las sábanas tiene razón: Bianca ha cambiado. Ha estado volcada en sus estudios y en su trabajo durante demasiados años, y eso ha paliado alguna carencia; ahora empieza a ser consciente de que quiere algo más de la vida.

Se pone el abrigo en el *hall*, no es tan fácil como pegar tiros, le cuesta articular los brazos; y recuerda a Mateo Valtierra frente al hotel Bahía, ayudándole a introducirlos en las mangas. La parte izquierda del cuerpo ya no responde como antes, pero lo está dando todo en las sesiones de rehabilitación. Bianca también piensa en Luz y decide llamarla mientras toma un taxi frente al Congreso, mientras recuesta la cabeza en el respaldo. Cuando escucha su voz se siente mejor y charlan un rato de algunas banalidades.

El taxi se detiene unos minutos después. Bianca se apea frente al 122 de la calle Serrano, frente a la mansión ajardinada que alberga el museo Lázaro Galdiano. Antes de acceder al edificio, entra a un bar, pide un pincho de tortilla con un café muy cargado, se sienta en un taburete y empieza a pensar en Dama.

Bianca no ha solicitado cita para utilizar la biblioteca del museo, todo ha sido improvisado. Suele colaborar con el Centro Superior de Investigaciones Científicas y puede hacer uso de ciertos privilegios; uno de ellos es acceder al catálogo bibliográfico de la fundación.

Sube la escalinata de madera oscura hasta la primera planta del caserón y se planta en seco frente a *Las brujas* de Goya. Observa la pintura, se estremece, lleva pensando en ella desde la tarde en que soñó con aquella vieja siniestra de la subasta de Sotheby's.

Goya retrató a un grupo de brujas malignas vestidas de oscuro y rodeadas de murciélagos, mochuelos y lechuzas. Los ojos de las ancianas se hunden en cuencas oscuras y sus risas son crueles, tenebrosas. Una lleva un cesto lleno de bebés, la de al lado lee el conjuro a la luz de una vela y otra extrae sangre del cuerpo de un pequeño animal usando una aguja. En el suelo, acuclillado, hay un hombre aterrado. La luna está en fase menguante.

Bianca ha vuelto a soñar con la bruja de encías sanguinolentas, y ella cree mucho en el subconsciente, en lo que bulle en las cabezas cuando se cede el control. Bianca ha debido ver algo, ha debido intuir algo que le ha hecho obsesionarse con Cresilda Stoner. Cuando irrumpe en sus pesadillas, esa mujer intenta arrancarle el collar de brillantes. Vuelve a encararse al cuadro de Goya, da unos pasos por la sala, contempla el resto de obras, lúgubres y tétricas, realizadas por encargo a finales del siglo XVIII.

La calma que había logrado después del sexo no dura demasiado y no ve el momento de volver a Cantabria, de retomar las clases de tiro y conducir con *Don't you,* de Simple Minds, sonando en los altavoces.

Pasa un par de horas en la biblioteca de la fundación, llena de notas su cuaderno, pero siente que ha perdido la tarde, que ha perdido muchos días. Ni rastro de Dama en estos archivos, de nadie que actuara, ni ahora ni antes, como ella lo hace.

«Lo de Dama no es de ahora, ya expuso en París hace un tiempo.» Bianca relee el mensaje de Victoria, su psicóloga. Se lo envió anoche, y a las siete, cuando sale del museo, vuelve a reunirse con ella en su consulta. Acude caminando desde casa, y cuando apenas le restan cincuenta metros para alcanzar el portal, se topa con el despliegue.

—¿Qué ha pasado ahí abajo? —le pregunta a la psicóloga mientras accede al despacho—. Había un cordón policial y varios grupos de agentes.

—Ayer de madrugada asesinaron a un mendigo. Le dieron una paliza y luego lo acuchillaron. La sociedad está enferma.

Bianca asiente, duda, siente angustia y se le nota. «La sociedad somos todos», piensa. Recuerda al chico que vio anoche cuando regresaba a casa, desde el edificio de Victoria. ¿Podría tratarse del mismo hombre?

—¿Sabes si era de aquí?

—¿El mendigo? Era senegalés, solía estar siempre en esta acera; era un buen chico, maestro en su país, pero no tenía papeles. Así que andaba pidiendo, como tantos.

Victoria conoce a Bianca demasiado bien; le lee la zozobra en los ojos.

—Bianca... Muere gente cada día de las maneras más crueles.

—Creo que vi a ese muchacho. Estaba encogido entre cartones. Fue ayer, llovía mucho y pasé de largo. Luego me arrepentí.

—Bianca, frena, ya es suficiente. Está bien sentir compasión, pero no puedes abanderar todas las causas perdidas.

Bianca no opina igual, pero no ha acudido allí a discutir. Esa historia le avinagra el día, pero Victoria es contundente y la invita a pasar a su vivienda, que se encuentra al otro lado del descansillo. Bianca lleva años visitando a la psicóloga y es la primera vez que traspasa esas paredes, solo ha estado en la consulta.

—Mi padre era galerista, ya lo sabes —le explica Victoria mientras cruzan el recibidor—. Y los últimos años los pasó aquí conmigo, en mi casa. Su despacho está intacto, ya hace un tiempo que murió, pero no he tocado nada.

El padre de Victoria, Pedro Moriz, fue uno de los primeros galeristas que se instaló en Madrid después de la Guerra Civil. Su despacho se encuentra al final del piso, tras un par de puertas correderas que al abrirse muestran una estancia amplia, diáfana y llena de claridad. Las paredes están cubiertas de estanterías atestadas de manuales, de libros, de álbumes de pintura.

—Mi padre nunca coleccionó, pero solía recibir invitaciones para acudir a muestras de media Europa. —Victoria abre un cajón, le tiende un sobre a Bianca—. Pongo este material a tu entera disposición; a mi padre le habría encantado que a alguien le fuera de utilidad.

Victoria se larga, tiene un paciente, deja a solas a Bianca, que con el sobre en la mano, sin abrirlo siquiera, se dirige a la ventana y trata de atisbar al grupo de agentes que se ha topado en la calle; desde aquí no ve nada, y se dice que debe sacarse a ese mendigo de la cabeza; ella hizo lo que pudo. Luego se sienta en un taburete, apoya los codos en la mesa y aspira con intensidad; hace años que Pedro Moriz ha muerto, ya no hay cuadros, pero sigue oliendo a barnices, a trementina y a cedro. Los aromas se han adueñado del aire.

Bianca abre el sobre y encuentra un folleto que anuncia una exposición. Una cartulina que ya amarillea en que se lee «Dama». Solo eso, «Dama».

Letras mayúsculas impresas en negro, y un poco más abajo una fecha y dos lugares: «Biarritz-París, 1998». La imagen que adorna el díptico es una de las pinturas del enigmático artista. Probablemente sea la que encabezó la muestra, y como Bianca no entiende de corrientes pictóricas, no sabe discernir si el cuadro es expresionista, impresionista, surrealista o modernista. Su corazón se acelera, acaba de ser consciente de que está viendo un Dama. Un Dama antiguo, sí, reproducido en papel, cierto, pero un Dama al fin y al cabo. Es muy probable que, más de dos décadas después, apenas queden folletos de aquella exposición, que se hayan destruido, perdido, olvidado o reciclado. Este que sostiene bien puede ser el último.

El único.

En la imagen se ve una barca, sencilla y solitaria, que flota en un océano inmenso de un azul frío y potente; aguas en calma y ambiente plácido que parece adormecido; está atardeciendo, en el cielo empieza a vislumbrarse la luna, y brillan un par de estrellas. La nave es de madera vieja y curtida, y está pintada de rojo. Por la borda, en apariencia vacía, asoma el puño de un remo; el otro flota en el mar, a unos metros de distancia. A Bianca le asalta la curiosidad, le gustaría saber quién ha llevado la barca hasta allí, hasta ese punto en mitad de la nada. ¿Qué ha sido de esa persona? ¿Se ha lanzado por la borda? ¿Yace sobre la cubierta? Bianca ve unas gotas oscuras, manchan la pala del remo perdido. ¿Pintura? ¿Sangre? En la leyenda se cita en castellano el título de la obra: *Sueño en Antibes.* Dama. 1998.

Bianca despliega el folleto, piensa que tiene que haber más obras, más pinturas, más imágenes. Pero solo aparecen las direcciones de las galerías donde se celebraron las muestras —una en Biarritz, la otra en Montmartre— y la fecha de la primera de ellas: del 1 al 15 de noviembre de 1998. Eso, y un texto aclaratorio, escrito en francés, referido al artista:

> Nadie sabe quién es Dama, solo que pinta. Se desconoce si es joven o anciano, si es hombre o una mujer. De Dama solo se ha oído que emplea su mano izquierda, que cuando da pinceladas lo hace pleno de rabia, de ira, que ejecuta sus trabajos como acuchillando el lienzo.
>
> Dama nos muestra sus quince creaciones, una selección cuidada y exquisita de su mundo interior, de su universo propio: sutil, exótico, erótico y evanescente.
>
> Un artista transgresor, una técnica brillante y un pintor sin rostro que invoca ambientes extraños, densos, embargados de suspense. Un pintor libre, ajeno a las modas, que dará mucho que hablar en el mercado del arte.

Bianca sabe que ese texto, las primeras cuatro líneas, ya las ha leído antes.

No hay más, eso es todo, este pliego no contiene más información, y Bianca vuelve a estudiar la imagen de la portada, la de la barca flotando en el mar. Suspense, ese es el término. El cuadro está cargado de suspense. Se pone en pie, se acerca a la estantería, analiza los manuales. Lo que busca no está aquí, eso que busca está en su memoria. ¿Dónde ha leído esa frase?: «Nadie sabe quién es Dama, solo que pinta».

Ahora, Dama titula sus cuadros con números, pero en 1998 sus obras se nombraban con palabras. *Sueño en Antibes* es una de ellas, y necesita averiguar cómo tituló el resto, quiénes fueron los compradores, si es que los hubo, quiénes adquirieron las pinturas de aquellas exposiciones. Bianca cae en la cuenta, al fin lo recuerda: ese texto del folleto, las primeras cuatro líneas, ya las había leído en un artículo de opinión. Y ese artículo, publicado a principios de octubre, lo firmaba Judit C., la hermana de Jorge, esa dichosa restauradora a la que aún no ha llegado a conocer. Por lo que tiene entendido, esa mujer está tan obsesionada como ella con Dama.

La conclusión es obvia: ese folleto no es único, y de un modo u otro también ha caído en manos de Judit, que ha copiado, de manera literal, el primer párrafo.

—O eso o es adivina —resuelve Bianca dejando el despacho.

30

MATEO

Santander, 28 de octubre, jueves

—No nos cabe duda, Mateo. *Las novias* podría ser el original, el que pintó Gustav Klimt en 1916. Según el análisis microscópico, los pigmentos y las lacas son compatibles con los de esa época. La firma es homogénea, no presenta anomalías, y la tela se data en ciento doce años. Se encuentra deteriorada, creemos que ha estado oculta en un lugar húmedo.

Judit del Cerro me da explicaciones al otro lado de la línea telefónica. En unas horas estaré en Madrid, en la subasta de Dama, y no podré acudir al funeral de Jorge, que será el jueves, porque tengo otro viaje programado para entonces. Cuando he llamado a su hermana para darle el pésame, me ha comunicado la noticia: la pintura hallada en la caja fuerte de Cúe podría ser la que se perdió en 1945.

—El cuadro será declarado bien de interés cultural —me explica sin mucha emoción, con un tono triste—. ¿De dónde lo sacaste? ¿Tiene propietario? Debería ir buscando un buen abogado.

—No puedo darte esa información, Judit, *Las novias* forma parte de una investigación.

Yo no puedo darle esa información, pero ella ha estado indagando y atesora más datos sobre el periplo de la pintura.

—Fue hace años, yo ni siquiera colaboraba con el museo, alguien seguía el rastro del óleo y contactó con el Prado. Siempre se creyó que el lienzo se hallaba en el castillo de Immendorf cuando fue incendiado, esa fortaleza estuvo acogiendo obras de arte desde 1942, pero no había fotos de las pinturas que entraban y los formularios de admisión eran poco fiables. Ahora creemos que este cuadro nunca estuvo en el castillo, que pudo ser subastado en Lucerna, bajo cuerda, de manera extraoficial. Un empresario francés lo habría adquirido y años más tarde, huyendo de los nazis, lo habría utilizado como moneda de cambio para viajar a Vigo. De allí, pretendía embarcar hacia Inglaterra.

Lo extraño no es la reaparición del lienzo; eso está a la orden del día. Lo extraño es que se hallara en el domicilio de un futbolista que había muerto asesinado.

Mientras conduzco, hago un repaso mental, un inventario rápido de los criminales que han empleado firma para identificarse con sus obras: William Heirens, el Asesino del Pintalabios, que escribía mensajes en las escenas del crimen con lápiz labial, o Richard Ramírez, el Asesino del Pentagrama, que se cargó a catorce personas a mediados de los ochenta por el placer de matar. Pero sigo pensando que hay más, que nuestro autor no elige al azar a sus presas; quizá disfrute matando, pero ese placer no es su motivo principal.

A medio camino, mientras estoy parado frente a un semáforo, dan las noticias. Y me pongo en guardia. Ha trascendido, ya está en prensa: en el momento del crimen, el juez de la Audiencia Jorge del Cerro estaba acompañado por el prestigioso neurólogo santanderino Rubén Hevia.

—Mierda.

El locutor insiste, podría tratarse de un crimen homófobo.

Nadie ha reclamado el cuerpo de Rubén, nadie ha mostrado interés en sepultarlo, incinerarlo ni despedirlo; según el personal de su consulta, ya hacía años que fue desterrado del núcleo familiar.

La gente está mucho más sola de lo que aparenta. Personas jóvenes, dinámicas, con carreras laborales activas y exitosas: Bianca de Arbide pasó días en la UCI sin ser identificada; tardaron en denunciar su desaparición porque «iba bastante a lo suyo». Lucas Cúe llevaba diez meses sin ver a sus padres, y el cuerpo de Rubén permanece en la morgue, a la espera de un gesto de la que fue su familia.

Versos libres, como dice Chuchi, navíos que zarpan sin carta náutica ni tripulación. Buques que surcan rutas inexploradas, sin ancla ni brújula, hasta que al fin naufragan.

En unas horas viajo a Madrid, voy a asistir a la subasta de *Nueve*. He decidido pasar por el hospital a despedirme de Samu, pero antes voy a casa de mis padres para cogerle algo de ropa. En teoría, está siendo atendido por los mejores psiquiatras, pero se niega a vernos, no articula palabra ni explica lo que le ocurre. Cuando hago girar la llave en la cerradura, compruebo que no hay nadie. Mi familia debe de estar en Villa Alegría; incluso mi padre, que no suele ir por allí; sin embargo, desde lo que le ocurrió a mi hermano, el techo del piso se le cae encima.

Me dirijo al baño y contemplo el panorama. La puerta que reventé sigue descerrajada, no se ha arreglado, y aún no hay espejo sobre el lavabo; evoco la escena del pasado sábado, a Samu fuera de sí, golpeándose la nuca, clavando en su carne aquella esquirla de vidrio; con saña. Soy incapaz de entender qué le ocurre y me dirijo al cuarto que mantiene en casa de mis padres. También fue mi cuarto hasta que me largué de casa, hasta que me mudé con Rebeca a aquel apartamento de mala muerte, alquilado en la calle Alta. Samu es maniático y, en la penumbra, vislumbro sus estanterías llenas de libros. Los organiza por colores y los limpia los domingos. Sé que no hay ni una sola novela, a Samu no le interesa la ficción, solo lee manuales, revistas y álbumes. A Samu solo le incumben «los asuntos de aprender», como él los llama. Doy la luz y me encuentro un escenario que, más que sorprenderme, me asquea. Lo que veo me repugna porque no es natural, solo es el signo de algo que no marcha, de una enfermedad.

Sobre la colcha, sobre los muebles, sobre la alfombra y los libros, hay centenares de cantos redondos pintados con tinta negra, mostrando figuras geométricas de trazo minucioso y significado incierto. Recuerdo haber visto un documental, ya hace años, en el que aparecían miles de huevos de tortuga, esféricos y brillantes, diseminados con profusión por la arena de una playa. Los analizo a distancia, con aprensión, como si formaran parte de una plaga infecta, de algo que erradicar. Huevos a punto de eclosionar. Apago la luz, cierro la puerta y salgo de allí.

Mis padres están en la mesa que suelo ocupar junto a Chuchi. Al aproximarme veo que no están solos, almuerzan en compañía de una mujer de cabello oscuro, cuello esbelto y porte atlético; sería capaz de reconocerla en cualquier lugar, en cualquier momento, y decido que, de haberlo sabido, me habría largado directamente al hospital.

Rebeca siempre ha querido a mis padres, mis padres siempre han querido a Rebeca, y aunque yo no suela ser testigo, sé que la siguen tratando como a esa hija que nunca tuvieron. Que el afecto y el aprecio son recíprocos. Bordeo la mesa, saludo, le doy un beso a mi madre, otro a mi padre en la calva. Rebeca. Hace diez días que no nos hablamos, desde la tarde de viernes en que le dije adiós; un adiós definitivo, duro y terminal. Ahora la tengo delante, y aunque me joda que vuelva una y mil veces, también siento gratitud por que esté ahí en ese momento, apoyando a mi familia. Pero en vez de sentarme, le pido a Rebeca que me acompañe fuera; solo va a ser un minuto.

Nos plantamos en la acera, junto a los cubos de basura, frente a la cristalera. Y al observarla noto algo extraño en su rostro: su pómulo izquierdo está inflamado, un poco amoratado.

—¿Qué te ha ocurrido en la cara?

—¿Te importa lo que me haya pasado, Mateo? —replica—. Dijiste que no querías volver a verme. Ni a hablarme. Ni a llamarme.

—Pues ahora nos hemos visto y estamos hablando. ¿Quién te ha hecho eso?

Rebeca ha salido sin abrigo, lo ha dejado todo en la mesa,

y se abraza a sí misma componiendo un gesto terco. Es guapa, lo sabe de sobra, y ha aprendido a utilizarlo, pero yo también he aprendido a inmunizarme, y en este momento la oscuridad de sus ojos es el menor de mis problemas. Tengo demasiados fuegos que apagar, y el más acuciante se encuentra ingresado en el área de psiquiatría del hospital Valdecilla.

—Se ha abierto el plazo para solicitar la copia del testamento de Lucas —me explica—. Soy la heredera de la mayoría de sus bienes, su familia no lo esperaba, y cuando llegué a casa su madre me estaba esperando y me ha soltado una hostia.

—¿Lo has denunciado?

—No. Clara ha perdido a su hijo, Mateo, y la verdad es que fueron un par de padres de mierda; pero perder a un hijo ya es suficiente castigo.

Recuerdo la charla que tuve con la pareja, el interés que mostraron por una caja fuerte de la que en aquel momento ni Chuchi ni yo teníamos noticia.

—Lucas odiaba a sus padres —apostilla.

Bianca de Arbide había sugerido algo parecido, pero se escudaba en el secreto profesional para no soltar prenda. En ese sentido Rebeca es más accesible.

—¿Por qué los odiaba?

Se palpa el pómulo herido.

—Lucas se sintió explotado, por eso lo dejó todo.

—¿Explotado? Eso es muy subjetivo. Aquí no regalan nada, eso lo sabe cualquiera que esté peleando por algo. Tú tienes un negocio, y no lo has conseguido tumbándote en una hamaca.

—Yo soy adulta, y he sido consciente de lo que quería y de lo que estaba dispuesta a ceder a cambio. Lucas no tuvo opción. Amaba el deporte, el deporte en sí, pero también amaba la música, el dibujo, la literatura. Solo era un crío curioso que aspiraba a ser piloto, médico o profesor. Leía a todas horas, y le prohibieron leer; su padre le tiró los libros a la basura. Ya no jugaba con sus amigos ni veía películas; dejó de ser niño, lo obligaban a entrenar seis horas cada tarde; no hacía la tarea, se dormía en clase, repitió curso. Sus profesores convocaron una reunión con la familia, pero no sirvió de nada. Cuando cumplió dieciséis, Lucas quiso dejar el fútbol; lo amaba, pero lograron que detestara competir.

Escucho a Rebeca, comprendo lo que dice, pero todo es vago, incierto, susceptible de ser interpretado. ¿Explotación infantil? Hay niños trabajando en las minas del Congo.

—Ángel Cúe le dio una paliza a su hijo. —Sus ojos se llenan de lágrimas, vuelve la vista y contempla el interior de Villa Alegría—. Lucas quiso interponer una denuncia, acudió a la Policía y no ocurrió nada en absoluto; creyeron a su familia, nadie le dio importancia porque a nadie le importaba. Más tarde firmó un contrato en Italia. De ahí volvió a España, fichó por varios equipos. Solo aguantó cinco años en la élite.

Trago saliva. Ahora comprendo a Bianca, aquella alusión al recelo de Lucas hacia los cuerpos policiales. Siendo niño, nadie hizo nada por él.

Nos quedamos en silencio, introduzco las manos en los bolsillos, lanzo la cuestión:

—¿Los crees capaces de liquidarlo?

—Al padre, sí. —Afirma con la cabeza, lo tiene claro; mi pregunta no la pilla por sorpresa—. Es un hombre egocéntrico, exigente, fatuo y superficial. Un verdadero encantador de serpientes. Adulador, hipócrita, malgastador y ambicioso.

—Estás describiendo a un perfecto psicópata.

—No me cabe duda, Ángel Cúe lo es. En cualquier caso, hay muchos más psicópatas de los que creemos; no todos matan, a veces ocupan asientos en consejos de administración. —Rebeca inspira—. Hay más, Mateo. Ángel Cúe había perdido decenas de miles de euros con las apuestas *online*, y no hace mucho que Lucas llegó a plantearse solicitar la custodia de sus hermanos pequeños, de Tirso y de Cayetano. Pero los abogados se lo desaconsejaron; llevaba las de perder.

—¿Por qué barajó algo así?

—Tirso también juega al fútbol, pero le confesó a Lucas que si se volcaba tanto solo era por su padre, porque siempre estaba encima. Cayetano es curioso, inteligente, trabajador. Lee mucho, le gusta dibujar, y Ángel lo ridiculiza. Ningún juez retiraría una custodia por motivos como esos; ni siquiera por otros peores.

Intento digerir lo que acaba de explicarme. Me pregunto por los cientos, por los miles de Lucas que puede haber en el mundo. «Niños proyecto», concebidos y programados para paliar las frustraciones de sus familias. También me pregunto cuántos de ellos se quedan en el camino, sin coronar la cima.

—El éxito implica muchas renuncias.

Sabe de lo que habla, y yo también lo comprendo. Lo hemos experimentado en nuestras propias carnes, nos ha pasado factura.

—¿Ya has conocido a Bianca de Arbide? —suelta.

Asiento. No doy más explicaciones.

—¿Qué te ha parecido? —insiste.

—¿Como testigo o como mujer?

—Sé lo que te ha parecido como mujer, Mateo. Es fuerte, como yo, y a ti eso te gusta. O quizá ya no tanto...

—No voy a hablarte de ella.

—Entiendo... —replica negando.

—¿De veras lo entiendes? Tú tampoco me hablaste de ella, ni de Mario Cayón, cuando solicitamos tu ayuda.

—Cuando mataron a Lucas aporté un listado; allí constaban tanto Mario como Bianca.

—Allí constaban cincuenta y dos personas; diste un volumen ingente de datos y camuflaste entre ellos la auténtica información. Bianca aparecía en el último lugar, y no enfatizaste en su nombre, ni en el papel que tenía en la vida de Cúe.

—¿Por qué iba a enfatizar?

—Porque Lucas confiaba en Bianca. Y en Mario. Ambos eran importantes para él.

—No lo eran —objeta rotunda—. No eran sus amigos, trabajaban para Lucas, ganaban dinero a su costa; todo ese lío de la vuelta al fútbol, de los pleitos judiciales... No había ninguna necesidad, él solo aspiraba a vivir tranquilo.

—Sé sincera, Rebeca. ¿Por qué no me hablaste de Mario y de Bianca?

—Dirigí tu atención hacia los padres de Lucas. Clara y Ángel son un par de alimañas, y creo que son los culpables de su muerte. —Rebeca se frota los brazos—. Bianca y Mario..., en fin, habría sido una pérdida de tiempo que os volcarais en ellos, no eran tan importantes como tú crees; y no me los imagino cargándose a nadie, la verdad.

En el cénit de su aura frenética, la tarde del día en que fue asesinado, Lucas había llamado a su psiquiatra. No contactó con Rebeca, marcó el número de Bianca y habló con ella durante casi dos horas. Más que evidente, Rebeca se había sentido desplazada y había resuelto engañarse hasta el punto de ignorar a aquellas dos personas. Una huida hacia adelante como otra cualquiera.

—En fin, vuelvo dentro, que me estoy quedando helada... —zanja Rebeca—. Aunque la última vez que nos vimos me rogaste que saliera de tu vida. ¿También vas a pedirme que me aleje de tu familia?

—Yo jamás te pediría algo así. Me jode que llegues siquiera a plantearlo.

Rebeca se encoge de hombros y me dice adiós. Vuelvo a repetirme lo guapa que es, vuelvo a recordar lo que hemos vivido. Lamento haber acabado así, pero cuando se sacrifica, se pierde. Y solo a veces, de tarde en tarde, se gana algo a cambio.

Los psiquiatras de mi hermano me han permitido acceder a su habitación, y mientras espero en el pasillo, hago algunas llamadas. Todo son malas noticias: la jueza instructora ha desestimado mi petición de paralizar la subasta de *Nueve.* Cresilda, la única conocedora de la identidad del artista, está en pleno derecho de mantener su secreto; nada vincula a Dama con un hecho criminal.

—Aún no se ha establecido el origen del cadáver momificado que había en la tumba de Mario —me explica Chuchi—. Y no me has contado de qué conocías a Miriam Cohen. No te quitaba ojo en la exhumación del cuerpo de su marido.

Le digo a Chuchi que ya hablaremos. Voy con prisa, pero antes de colgar me anuncia que ha llegado un informe forense, el de la segunda autopsia al cuerpo de Mario. Nada indica que no se ahorcara por sus propios medios.

Antes de entrar en la habitación de Samu, el médico me da unas pautas.

—Ha de ser cuidadoso, Samuel está aterrado, se ha recluido en sí mismo. Ha sufrido un fuerte brote psicótico y se siente amenazado. Tememos que padezca principio de esquizofrenia, un traumatismo encefálico como el que se produjo de niño puede ser predisponente.

Samu percibe una realidad distorsionada, y cuando irrumpo en la habitación lo veo de espaldas, tumbado en la cama sobre un costado.

Se ha consumido, muestra unas ojeras profundas y oscuras, y su mirada errante sigue clavada en la nada. Lleva una vía enchufada a la vena, ya ni siquiera quiere comer, y las gotas de suero se van deslizando sin tregua. A un ritmo lento y pertinaz.

Viste un pijama de cuadros marrones; creo que es de mi padre, Samu jamás ha usado pijama, y lleva un vendaje en la cabeza. Bordeo la cama, tomo asiento en la butaca que hay junto a la ventana —una de esas ventanas de hospital con lamas abatibles por las que sería imposible lanzarse al vacío— y le doy las buenas tardes. No responde, no me mira, sus pupilas se pierden en ningún lugar concreto y sus ojos son vidriosos, su fondo vacío; parece que no le pertenecieran. Lleva los brazos vendados hasta los codos, se clavó con rabia aquellas esquirlas. Nunca lo he visto así y me impresiona: resolver la situación ya no depende de mí, eso escapa a mi control, y siento una enorme impotencia. Yo no domino el estado de las cosas, y eso me jode, porque es una de mis máximas: restarle oportunidades al azar.

Samu está aterrorizado, pero yo también lo estoy, por eso empiezo a hablar y aludo al Everest, a la última expedición de George Mallory y Andrew Irvine, la que acabó con sus vidas en la cara noreste, en la Cuchilla. Me refiero al hallazgo de su cuerpo congelado, setenta y cinco años después de haber desaparecido.

Samu no pestaña, su mirada de cristal sigue fija en la pared, pero sé que puede escucharme y estoy convencido de que atiende de algún modo.

—Los restos de Mallory continúan allí, en la montaña helada, cubiertos de piedras. Llevaba una foto de su esposa para dejarla en la cumbre, pero la foto no estaba entre sus ropas cuando se halló el cadáver. Por eso se cree que coronó la cima en 1924, que falleció en la bajada.

Le relato mi ascenso al monte Cervino, en Italia, al monte Elbrús, en el Cáucaso. Me refiero al hielo, al silencio, al filo incierto de las laderas. A la niebla y al vacío. Intento describirle la sensación de pérdida, de desamparo, y la euforia al culminar la cima de un pico.

—El riesgo está ahí, en el descenso, lo complicado es volver; en la montaña y en la vida. Creo que escalo por eso, para sentirme en peligro y más tarde a salvo... Y ahora tu ruta es vertical, hay desprendimientos, pero pronto vas a poder regresar. Cada quien tiene su cima pendiente.

Llevo décadas leyendo, estudiando, trabajando día y noche; y en todo este tiempo solo he aprendido una cosa: no hay nada malo ni bueno que no sea temporal.

Dejo pasar los minutos en una calma ficticia, falsa, tan de pega que palpita. Huele a química, solo se percibe la respiración de Samu; eso, y el sonido del gotero que lleva pegado a las venas. Al cabo de un rato me incorporo, me despido de mi hermano.

—Voy a estar unos días sin venir. Me han convocado en Madrid, en la Secretaría de Estado, también voy a interrogar a algunas personas. Llevo un caso complicado, el caso de Lucas, quizá lo recuerdes.

Samu me lanza un vistazo vago, fugaz, de apenas tres décimas de segundo. Ha reaccionado, soy consciente. Y aunque no sea buena idea, voy a seguir por ahí.

—También voy a acudir a una subasta. En Ansorena.

Samu vuelve a mirarme.

—Quiero saber quién es Dama —apostillo.

Cierra los ojos, los mantiene cerrados hasta que vuelvo a hablar:

—Cuando regrese a Cantabria, vendré un rato cada día, por la mañana o por la noche. Cuando decidas hablar, yo estaré aquí para oírte.

Me sujeta la muñeca, la atrapa con soltura y emplea una fuerza insólita. Percibo su rostro, crispado, noto los tendones rodeando sus falanges, duras y huesudas. Samu murmura algo en un tono frío, cavernoso y gutural:

—No harás cumbre, Mateo, te matará la montaña. Como a Mallory. Tenía tu edad cuando la niebla se lo tragó.

31

BIANCA

Madrid, 29 de octubre, viernes

La mañana es fría, esta noche se subasta un Dama, y Bianca se siente destemplada, también un poco confusa. La prensa del día vuelve a tildar de homófobo el crimen de Jorge y Rubén, y repasa las trayectorias del juez y del neurólogo. No se ofrecen detalles del doble asesinato —ella encontró los cadáveres, pero sigue sin saber qué los mató realmente—, ni del modo en que fueron hallados por la Policía. Pero Bianca se alerta cuando localiza el nombre de Lucas Cúe en el mismo artículo. La periodista no relaciona los acontecimientos, pero hace alusión a la baja criminalidad de la capital cántabra y cita el último hecho inusual ocurrido en Santander: la muerte del futbolista, de veintisiete años, en extrañas circunstancias. Era lo que faltaba, que a la prensa le diera por atar cabos.

Al salir de la ducha, mientras se seca, trata de evocar lo que ha soñado esa noche; y vuelve a hacerlo mientras se viste con elegancia —esta mañana acudirá a su despacho—, mientras se peina, mientras toma el desayuno, de pie, contemplando la calle desde el ventanal. Luego vomita el café, las tostadas, vomita el zumo como lo ha venido haciendo en los últimos días. Siente un leve mareo, se le pasa y vuelve a desayunar. Bianca no está embarazada, se ha asegurado de ello, su neurólogo le ha dicho que es demasiado pronto para haber pedido el alta, para rodar por el mundo como solía hacerlo. No deja de repetirle que ha superado un coma, que todo es reciente, e insiste sin tregua: lo que padece es frecuente cuando se sufre un ictus, un derrame o una conmoción grave causada por traumatismos. Náuseas, mareos y algo de confusión. Antes de acudir a las reuniones que tenía programadas para esta mañana, Bianca se acomoda en el sillón de su cuarto, frente al espejo, y llama a Loredo para hablar con Luz y charlar con su padre. Está bien, les asegura, volcada en su trabajo. También les anuncia que regresará el domingo. Omite todo lo que guarda relación con la subasta de Dama, que va a celebrarse en solo unas horas.

Luego marca el número de su abuela, conversan un rato de algunas estupideces: de la boda de una prima que es interiorista y del divorcio de otra que es paisajista. Se citan para comer y se siente menos sola. Eso no le ocurría «antes de». Antes del crimen de Lucas, del ataque y del coma, Bianca no había necesitado a nadie; mantenía el contacto con su familia, pero no a diario y nunca por necesidad; solo era cuestión de inercia, de hábitos y lógica costumbrista. No puede comprender qué es lo que le está ocurriendo, y en el vestíbulo, mientras se abrocha el abrigo, recuerda que Dama ya expuso hace unas décadas: en 1998, en Biarritz, y en una galería pequeña y prestigiosa del barrio parisino de Montmartre. Entonces sus cuadros no se nombraban mediante números, y uno de ellos, *Sueño en Antibes*, ilustraba el folleto de la muestra.

Bianca pasa la mañana atendiendo a pacientes. Escucha, comenta, anota y resuelve; es pausada, emana una calma magnética, y la gente se abre, mejora, progresa y vuelve. Mitad magia, mitad ciencia.

Come con su abuela, que rompe a llorar nada más verla. La abraza, hunde el rostro en el pecho de su nieta, solloza y la llama «mi niña». Bianca siente un nudo en la garganta y está impresionada porque su abuela no es efusiva, no fue educada para mostrar sentimientos, y esto la descoloca. Sin embargo, no es un secreto que Bianca siempre ha sido su nieta favorita, y haber sido huérfana desde los nueve años no tiene nada que ver; Bianca es su preferida porque era una niña distinta. La cocinera, el mayordomo, el chófer y las criadas: todos la reciben como si hubiera regresado de un largo viaje.

A las cinco de la tarde Bianca se va a arreglar para ir a la subasta, pero antes realiza un par de llamadas. Telefonea a Rebeca, se cita con ella el lunes por la tarde. Ya estará de vuelta en Santander y necesita una buena sesión de fisioterapia; desde la salida de la UCI le cuesta coordinar los movimientos y no está a gusto con el tipo de rehabilitación que ha estado haciendo.

—Si quieres, después vamos a comer juntas —apostilla.

Rebeca acepta, y Bianca recuerda el sueño del que le habló a su terapeuta. Golpeaba a Rebeca con el casco de la moto hasta derribarla.

Cuando corta la llamada, marca otros nueve dígitos. Al quinto tono oye una voz femenina, grave y lejana, suave y calmada. Bianca se pone en pie, se planta frente al espejo, aún no ha decidido cómo se va a vestir para acudir a la puja, y tampoco tiene idea de lo que va a decirle a la mujer que responde.

—Perdone que la moleste —comienza—, sé que no es buen momento, pero necesito hablar con usted de un asunto. —Bianca está sonando demasiado solemne, casi ridícula, y lamenta no ser capaz de emplear otro tono. Hablar por teléfono nunca ha sido su fuerte, y se dice que ante todo debería presentarse—. Mi nombre es Bianca de Arbide.

—Sé quién es, mi hermano Jorge se refirió a usted —le replica Judit sin dejarle seguir—. Sé que se conocieron en la subasta de *Ocho*.

Bianca le asegura que lamenta lo de Jorge. Es cierto, lo siente muchísimo. Luego se embarulla, ve esfumarse su templanza. Comprende que ciertos asuntos deban tratarse en persona, cara a cara, e ignora cuánto sabe Judit, qué desconoce, hasta dónde ha llegado. Fue su hermano quien se hizo con *Ocho,* quien lideró la puja de Sotheby's. ¿Se lo ha comunicado la Policía? Jorge estaba acompañado cuando murió asesinado. ¿La han informado, lo ha leído en la prensa? ¿Le han explicado la conexión del crimen con el de Lucas Cúe? ¿Qué sabe Judit de la primera exposición de Dama, la de 1998? ¿Por qué ha reproducido con exactitud milimétrica varias frases del folleto que anunciaba aquella muestra?

—Tengo que hablar con usted, y ha de ser en persona —suelta al fin Bianca.

—Entre usted y yo todo está dicho. Tengo entendido que han estado a punto de matarla. ¿No ha tenido suficiente?

—Lo siento, no he pretendido ofenderla —dice Bianca mientras se frota la frente.

—Sé cómo son las mujeres como usted —machaca Judit—. Las mujeres con la vida regalada.

—Me está juzgando sin conocerme.

—Sé que se metía en la cama de un futbolista. Que tiene poco que hacer y dedica su tiempo a calentarles la cabeza a hombres como mi hermano; supongo que ignoraba que él era homosexual... Jorge tenía un nombre, una carrera, una trayectoria. Se comprometía con las causas que defendía, y lo han matado.

—No he sido yo quien lo ha matado.

—Eso aún está por ver —decide Judit soltando una carcajada fría y seca—. En cualquier caso, las personas como usted nunca traen nada bueno. Se ha cansado de los hombres, de la coca, de las playas y los yates; de gastar pasta en zapatos. Usted no sabe lo que son las metas, el compromiso, ni perder a un ser querido, al ser más querido. Usted es una pija frívola y hueca, una de esas mujeres que va por el mundo haciendo ruido. No tengo nada que hablar con usted —repite Judit.

Un trallazo, un chasquido, Judit ha colgado, y Bianca posa el teléfono sin mucha contemplación. Se habla mucho del racismo, del sexismo, del machismo y la homofobia; pero existe otro tipo de prejuicio, el que se da entre clases. Bianca ya está habituada, no es la primera vez que le sucede algo así, y ni siquiera se inmuta. Se ha criado en un buen barrio, por eso hay quien piensa que es una de esas personas que viven del capital amasado por un bisabuelo. De entrada, sin motivos, Bianca cae mal en ciertos entornos. Pero Judit sí ha acertado en lo de los zapatos; ahí lo ha clavado: el calzado siempre ha sido la debilidad de Bianca.

Sabe que esas palabras no deben afectarla; Judit ha perdido a su hermano y ha actuado en caliente. Así que se pone en pie, se dirige al vestidor y vuelve a fijar la mente en la subasta de *Nueve*.

Una hora antes del evento Bianca visita la cuenta de Instagram de Dama y lo confirma: se ha realizado una nueva publicación.

Su corazón se acelera, sus pupilas se dilatan, su respiración se agita. Dama anuncia que apenas quedan sesenta minutos para que dé inicio la subasta de *Nueve* y recuerda que va a celebrarse en Madrid. Repite que el acceso se ha restringido: se ha limitado el aforo, y no se han aceptado solicitudes para asistir. Esta vez, las invitaciones se han repartido a voluntad del artista. Dama reitera que su trabajo es inédito y se define como un ser autodidacta.

Como no se puede exponer la imagen de la obra que va a subastarse, aparece la foto de un cuadro impresionista del siglo XIX. *Hero and Leander*, de William Etty. En la pintura, los amantes yacen muertos; Hero se ha lanzado desde la torre al ver a Leandro ahogado.

Bianca, atónita, se dice que no es casualidad. Es un desafío.

Dama podría estar reivindicando la autoría de un crimen, pero nadie admitiría como prueba esa publicación. Ningún juez le daría peso a algo tan etéreo, al hecho de que los cadáveres de Jorge y Rubén se hubieran hallado junto a una cita relacionada con ese mito griego, el de los amantes muertos a orillas del Bósforo.

«A los dos un fuego había quemado, un agua ahogado», escribe el artista, o quien gestione sus redes, bajo la imagen del cuadro.

Casa Ansorena se ubica entre la fuente de Cibeles y la Puerta de Alcalá, ocupa los bajos de un edificio señorial de granito con toldos oscuros y se declara diamantista de la Casa Real desde mediados del siglo XIX. Bianca llega caminando del brazo de su acompañante, el hombre al que ha convencido para pujar por la obra. Acceden media hora antes de las nueve, no hay prensa, no suele haberla en las subastas de Dama, y aunque el despliegue no iguale al de Londres, se percibe el mismo ambiente cálido y lujoso.

Bianca se desprende del abrigo, viste una falda negra de cuero, ceñida, un par de dedos por encima de la rodilla. Su camisa es amplia, de seda en color marfil, muestra cuello, escote y gargantilla de brillantes. Calza un par de salones negros con tachuelas.

Ha conseguido los pases por medio de una tía segunda y, nada más entrar en la sala, un camarero ataviado con librea les ofrece un par de copas de champán. Aún es pronto y apenas hay diez personas, pero la mayoría de los invitados son extranjeros, y Bianca recuerda haber coincidido con ellos en la puja de *Ocho*. Algunos la observan, la saludan con un gesto; también la recuerdan.

—Nunca había estado aquí —comenta su acompañante—. He de admitir que tiene su punto.

Bianca ya había acudido en un par más de ocasiones: años atrás, acompañó a su padre a una subasta de coches de época, y hace unos meses, con su abuela colgada del brazo, visitó una exposición de joyas antiguas. Entonces no hubo champán; entonces no se palpaba, ni de lejos, semejante expectación. Una subasta de Dama es un evento excepcional.

—Es extraño, en estos saraos siempre hay algún famosillo.

—Este sarao no es normal —responde Bianca—. Nada de esto lo es.

Bianca toma un sorbo de champán. En teoría, no debería beber alcohol, pero en la práctica, suele hacer lo que le da la gana. Al retirar la copa de los labios ve llegar a Cresilda Stoner, aquella vieja siniestra con la que ha vuelto a soñar; sin quererlo, de modo mecánico, Bianca acaricia la gargantilla, esa que la anciana intenta arrancarle en sus pesadillas. Cresilda saluda a un par de personas y, cuando localiza a Bianca, sonríe de un modo extraño y se aproxima a ella.

—Querida —exclama Cresilda—. Londres, Madrid... Es usted muy cosmopolita. Y siempre con esa gargantilla espectacular en su escote.

Bianca recuerda a las brujas de Goya, en el museo Lázaro Galdiano, y se aferra sin querer al brazo del hombre.

—¿Va a volver a pujar? —pregunta Cresilda.

—Puede —dice Bianca con aparente indiferencia.

—Siente curiosidad, ¿cierto, joven? Le encantaría poder ver un Dama.

Bianca sostiene la mirada de la mujer. Toma otro sorbo y responde sin pensarlo, de manera improvisada.

—Ya he visto un Dama. Uno antiguo, de los años noventa. *Sueño en Antibes.*

Cresilda mantiene la sonrisa, pero se le ha congelado en el rostro. Apenas tarda un instante en recomponerse, en agarrar una copa de la bandeja del camarero, en arrearle un trago y soltar una carcajada.

—¿*Sueño en Antibes*? No lo he oído en mi vida... Dama titula sus obras con números.

—No fue así siempre —le aclara Bianca—. *Sueño en Antibes* no es un número.

Cresilda posa el champán sobre una peana; parece incómoda, pillada en un renuncio. Evita mirar a Bianca a los ojos y se fija en el chico que la acompaña.

—¿Y este caballero es su marido?

—Soy soltera, él es uno de mis amantes. Y mi mecenas.

El tipo sonríe, cree que Bianca bromea. Sonríen los tres.

—Es un placer cruzarse con mujeres como usted —admite Cresilda—. Con agallas y recursos. Suerte en la puja, querida.

Cresilda se aleja renqueando, y Bianca se siente aliviada.

—¿Uno de mis amantes? —pregunta el hombre parafraseando a Bianca—. ¿Con cuántos tíos te acuestas?

—Con menos de los que crees, y con muchos menos de los que podría hacerlo.

Él abandona la copa, agarra a Bianca por la cintura, desliza la mano hasta su culo y se lo acaricia con suavidad, sin disimulo.

—Cuando acabemos con esto me gustaría llevarte a mi casa. Quitarte esa falda de cuero, esa camisa de seda. Follarte desnuda con la gargantilla puesta.

—¿Dos veces la misma semana? ¿Y en tu casa? Ni lo sueñes. Esto es lo que es, lo hemos hablado y lo sabes de sobra.

Él lo sabe de sobra, su relación no es de esas, y ambos lo han asumido: un desahogo casual, algo esporádico que apenas los compromete. Ella le aparta la mano, le incomoda el gesto, algo posesivo. No está enamorada de él, nunca lo ha estado de nadie, y aunque sea el único hombre con el que se ha estado acostando en el último año, sabe de sobra que no funcionaría. Bianca se asfixiaría.

Antes de que él pueda replicar, Bianca divisa a Mateo Valtierra y se le acelera el pulso. No lo ha visto llegar, charla junto a la entrada con una mujer morena de pelo corto. Mateo sostiene una copa de champán, lleva una camisa blanca y un pantalón de vestir. Está distinto, parece serio. Bianca aparta la mirada y se topa de nuevo con los ojos de Cresilda, que la estudian desde lejos.

32

MATEO

Madrid, 29 de octubre, viernes

El alpinista Don Whillans declaró que hay dos tipos de escaladores: los escaladores inteligentes y los escaladores muertos. Si sigo con vida es porque aplico al trabajo los mismos principios que rigen el alpinismo: no realizo movimientos bruscos, no me manejo en terreno incierto y mantengo sin excepción al menos tres puntos de apoyo. Pero ya hace semanas que he quebrado la máxima más relevante: no se debe pretender hacer cumbre a solas. En la escalada, como en la vida, hay que moverse en equipo —en cordada—, y en los últimos días he estado volando en solitario, planeando a ras de suelo como las águilas negras.

Nada más llegar a Ansorena, al acceder al salón de subastas, me topo con Judit del Cerro; con una Judit que no tiene nada que ver con la restauradora intrépida que conocí hace días en el taller del Prado. Ojerosa, cabizbaja, reflexiva. Me saluda sin mucho interés, desganada y evasiva, y aunque hayamos conversado por teléfono apenas hace unas horas, vuelvo a ofrecerle mis condolencias por Jorge. Va a dejar su trabajo, va a parar unos meses; necesita descansar y baraja la idea de irse de viaje. Nos hemos citado el lunes, tengo que interrogarla, e ignoraba que fuera a acudir a la subasta.

—No me dijiste que fueras a venir.

—Lo sé, Valtierra, tú tampoco me lo preguntaste. Supongo que soy la heredera de mi hermano, he acudido con su invitación, la que le envió Dama. Nadie ha puesto pegas. Y voy a llevarme el cuadro —declara con rotundidad.

No es buena idea. Suelto un suspiro, giro la cabeza, apenas desvío la vista seis décimas de segundo, el tiempo preciso para localizar a Bianca de Arbide al otro lado de la sala. Segunda sorpresa de la noche y otro «Mierda» proferido mentalmente. ¿Cómo ha logrado entrar? Camisa marfil, falda negra de talle alto, trenza larga y un maromo bastante atractivo pegado a ella como una lapa. Charlan con Cresilda Stoner, y de esas seis décimas de segundo aún me sobra un instante para alcanzar una copa de la bandeja que desfila ante mis ojos, pegarle un trago y volver a fijar la atención en Judit.

—No pujes por el Dama —le pido a la restauradora—. Es un error.

—¿Un error? ¿Y por qué no se lo explicaste a mi hermano cuando se adjudicó *Ocho* en Sotheby's?

—Ni siquiera conocía a tu hermano entonces.

—Se están cargando a los compradores de las obras. ¿Me equivoco?

Se equivoca, ha habido más compradores, y solo han matado a Lucas y a Jorge. También han matado a personas que no han comprado, así que ese no es el hilo conductor, pero sé que Judit no atenderá a razones. La estocada es reciente, la dentellada aún late, sangra, palpita con intensidad. Judit del Cerro ya no es la misma mujer que me atendió en el museo para analizar *Las novias*.

Vuelvo a dirigir la mirada hacia Bianca, el tipo que la acompaña la agarra por la cintura, y sin apenas tiempo para ahondar en la escena, me encuentro aquí mismo a Cresilda Stoner, que saluda a Judit.

—Querida amiga, cuantísimo tiempo sin vernos. —Cresilda le planta dos besos y Judit se aferra a mi brazo—. Siento lo de su hermano, tuve noticia de ello y lo lamento en el alma.

Judit contempla el rostro apergaminado de la anciana, atiende a la perorata sin apenas respirar, y me cuesta decidir la clase de sentimiento que la embarga: odio, tristeza o terror paralizante. Me pierdo algo, no sé el qué. ¿De qué se conocen? ¿Qué clase de charla paralela sostienen sus miradas?

—Estuve con Jorge hace unos días —la informa Cresilda

con deleite—, acudió a mi casa a interesarse por Dama, y pasamos la velada hablando de arte y tomando café. También coincidimos en la última subasta del artista, en Londres. Un gran hombre, Jorge del Cerro. Una pérdida inmensa... —Se interrumpe, dirige la vista hacia mí como si acabara de percatarse de mi presencia—. ¿Y este caballero es su marido, querida? —le pregunta a Judit.

—Él es Mateo Valtierra —responde Judit con voz grave, con los ojos llenos de lágrimas—. El inspector que busca al asesino de Jorge. Una eminencia en el mundo policial.

—Encantada, señor Valtierra. Una eminencia, sí, he oído hablar de usted, y tengo entendido que ha pretendido obtener una orden para hacerme testificar, para averiguar la identidad de mi representado. De Dama.

—Y conseguiré esa orden, no le quepa duda.

—Por encima de mi cadáver, inspector, por encima de mi cadáver... ¿Dispone de motivos que convenzan a la jueza? —Cresilda lanza una carcajada, me escruta, creo que intenta atravesar mis pupilas, leer tras ellas. Luego fija la atención en el brazo de Judit, aferrado al mío—. Yo también he sido joven, y cuando se me acercaba gente de edad a intercambiar un saludo no necesitaba sujetarme del brazo de nadie. Yo no llevaba a mi lado a un matón, como hace usted —le suelta a Judit—, o a uno de mis amantes, como hace aquella belleza. —Hace un gesto con la cabeza señalando a Bianca de Arbide—. Ustedes son mujeres de mucho precio, pero de poco valor... Son como un Rothko falso, una de esas pinturas comercializadas por la galería Knoedler en el Nueva York de los ochenta; todos creían que eran auténticas, pero las había pintado un emigrante chino en su garaje de Queens; por doscientos dólares.

—Usted no se ha acercado a saludar —la corto—. Se ha acercado a faltarnos al respeto.

—No se ofenda, inspector. Lo falso suele imponerse a lo auténtico, porque lo perfecciona. Y ese chino del garaje pintó un Pollock que se vendió por diecisiete millones de dólares. —Cresilda da media vuelta y, ya de espaldas, añade—: Dama no habrá triunfado hasta que no le salga algún falsificador. Y es posible que ya tenga imitadores. Les deseo suerte, queridos.

Judit libera mi brazo sin ocultar su alivio.

—El lunes hablamos, Mateo.

Tiene mucho que explicarme, y me pregunto qué oculta, de qué conoce a Cresilda Stoner. Judit se disculpa, necesita ir al aseo, dice. La veo marchar, poso la copa, vuelvo a fijarme en Bianca y nuestros ojos se cruzan; ha llegado el momento de mover ficha, de dirigirme a ella y al tipo que la acompaña.

Bianca no debería beber alcohol, pero en lo que recorro los doce pasos que nos separan la veo tomar un par de sorbos de champán. Cuando estoy frente a la pareja, doy las buenas tardes y ella presenta a su acompañante como un buen amigo de la familia. La cara del tío es un poema, supongo que es más que un amigo, y no debe hacerle ni puta gracia el modo en que lo ha presentado; ni eso ni mi presencia. Parece hábil, debe de haber captado algo sutil perturbando el aire, así que se esfuma con el mismo pretexto que Judit del Cerro: necesita ir al aseo.

Bianca y yo nos quedamos a solas, nos medimos en silencio. Cresilda ha asegurado que es como un Rothko falso, una mujer sin valor pero con mucho precio. También ha admitido que es una belleza, y en eso estamos de acuerdo: una belleza poco corriente. Quiero evitar observarla como lo hago, y dejo caer que no esperaba encontrármela en la subasta.

—Pensé que la muerte de Jorge te habría hecho desistir.

—Yo tampoco esperaba encontrarte a ti.

—En teoría estoy trabajando.

—Tú siempre estás trabajando.

Volvemos a quedarnos en silencio, recuerdo las palabras de Chuchi, mi discusión con él: Bianca juega en otra liga. Pero eludo el pensamiento y vuelvo a fijarme en ella con descaro: sus labios, sus ojos, su culo embutido en la falda de cuero. Bianca es consciente de lo que estoy haciendo y me analiza seria.

—¿Qué vas a hacer cuando acabe la subasta? —le pregunto.

—Despedirme de mi acompañante —decide—. Y esperarte fuera. Técnicamente, en cuanto se venda el Dama dejarás de estar de servicio...

—Eso depende —matizo—. Creo que vas a pujar, y si te llevas el cuadro seguiré al pie del cañón. Porque si se da el caso, te plantaré vigilancia.

—Temes que me asen a tiros al poner un pie en la acera, ¿es eso? Ya lo dijiste, no te lo perdonarías... ¿Y si no consigo el Dama? ¿Si se lo lleva otro?

—Entonces dispondré de toda la noche libre. Y haré con ella lo que me plazca.

Nuestras miradas cierran un trato. No le conviene a ninguno, pero va a permitirnos saldar una cuenta pendiente. Las renuncias no son buenas, Valvanuz está en lo cierto: llevo demasiado tiempo amarrándome en corto, y es increíble que aún no haya estallado.

La subasta comienza con puntualidad británica, y en esta ocasión no hay mesas redondas, solo butacas enfrentadas a una tarima. En ella, sobre el atril, descansa *Nueve* envuelto en papel de estraza, con los cordeles rojos y el sello azul. El procedimiento es similar al de Londres, pero hay menos asistentes y el precio de salida es superior: doscientos mil euros. Me he situado en la última fila y capto una buena panorámica del evento. Cresilda lleva la oreja pegada al móvil, también fue así en la puja de *Ocho*, y supongo que debe de hablar con Dama. Sería lo lógico, mantener al artista informado del desarrollo de la subasta, salvo que el propio autor se halle entre los asistentes.

Rostros conocidos, algunos de los invitados ya han conseguido obras en subastas previas; lo he comprobado en los vídeos y en el listado de Chuchi. El rubio del chaqué rojo que pujó por *Ocho* en Londres se encuentra en primera fila; hoy su traje es a cuadros, y también habla a través del teléfono. No localizo a Judit, pero sí veo a Bianca, que se ha acomodado junto al «amigo de su familia».

Resuena el martillazo y se inicia la escalada. Pujan siete personas en un intercambio ágil y precipitado, y la cifra rebasa los doscientos cuarenta mil con excesiva premura. Demasiadas ganas, demasiado ímpetu, cifras ascendiendo de modo vertiginoso. Apenas han transcurrido un par de minutos cuando entra en escena el tipo que va con Bianca. Así que era eso, lo ha traído con ella para que consiga el cuadro... El precio se desboca, cuando llega a doscientos cincuenta mil, interviene el rubio de la otra vez y estalla la locura. Se desata una vorágine que arrastra la cotización hasta los doscientos ochenta mil. Cuatro postores, más ofertas, Cresilda sigue al teléfono, y el amigo de Bianca se llevará la obra por trescientos mil si nadie da más; sonríe satisfecho. Pero alguien da más, el rubio ofrece cinco mil más y *Nueve* alcanza los trescientos cinco mil euros. La excitación se palpa, Bianca se aproxima a su amigo, le dice algo al oído y él niega. Ella posa la mano en su hombro, él vuelve a negar y, haciendo caso omiso a lo que ella le dice, ofrece otros cinco mil euros. Cuando todos esperan que el rubio vuelva a pujar, Judit del Cerro, desde la última fila, ofrece trescientos quince mil. Silencio breve, un murmullo, muchas cabezas que giran, sienten curiosidad. ¿De dónde ha salido esa mujer? ¿Quién es? El rubio vuelve a alzar la paleta, y Bianca vuelve a susurrarle algo a su acompañante, que se pone en pie y abandona la sala con cara de mala hostia. Bianca acaba de despedirse de él, tal y como prometió; aunque quizá no entrara en sus planes hacerlo de esta manera. Llevamos varios minutos de espectáculo, y Judit y el rubio se quedan solos, batallan sin cuartel con sus paletas en alto. Sé que es un disparate, Judit comete un error monumental: no es pobre de solemnidad, pero no juega ella, lo hacen la rabia, el dolor y el despecho. Observo a Bianca de hito en hito, y ruego por que mantenga la paleta en su regazo; lo sé sin saberlo, arde en ganas de hacer suyo el Dama, no es de las que miran los toros desde la barrera. Pero logra contenerse, y entiendo que tiene su mérito; yo podría escribir un tratado sobre control y autodominio.

A las nueve y cuarto del último viernes de octubre, Judit del Cerro deja el salón. Y lo hace derrotada. Quizás ya haya comprendido que ese absurdo no la conducía a ningún lugar. Posa su paleta, se incorpora, sale de allí cabizbaja. *Nueve* le es adjudicado al rubio del traje. ¿El precio? Trescientos cuarenta mil euros. La sala estalla en aplausos, Cresilda sonríe, sigue conversando con quienquiera que la escuche al otro lado del auricular; y yo me dirijo deprisa al despacho del director. De camino marco un número y doy instrucciones para que se le haga un seguimiento al vencedor del duelo. Por si acaso. Me atrevería a afirmar que no va a ocurrirle nada en absoluto, pero me atengo al principio de precaución.

Bianca me espera. Había dudado que fuera a hacerlo, y cuando dejo Ansorena la veo en la calle, con la cadera apoyada en la barandilla que separa la acera de la calzada. Viernes noche, a estas horas bulle un tráfico intenso, y su vista se pierde en la lejanía: contempla la Puerta de Alcalá, iluminada a lo grande en mitad de su rotonda. Me acerco, me mira, sonríe y le sonrío.

—¿Hoy somos poli y testigo, o somos Mateo y Bianca? —me pregunta.

—Ahí radica el problema —le explico—. Tú y yo hemos sido Bianca y Mateo desde el primer momento.

La noche es templada, ambos llevamos nuestro abrigo bajo el brazo y, sin decidirlo ni intercambiar palabra, iniciamos el trayecto calle arriba. Debería ir pensando en hablar con la jueza, en volver a pedirle que desenmascare a Dama. Esta tarde, para anunciar la subasta, el artista ha publicado una imagen que evoca el mito de Hero y Leandro y la ha acompañado de una frase de un epigrama de John Donne —un poeta del siglo XVI—, basado en los amantes muertos: «A los dos un fuego había quemado, un agua ahogado». ¿Qué más hace falta? Es evidente, el propio pintor o alguien de su entorno señala el crimen de Jorge y Rubén.

Tendría que estar trabajando, elaborando un informe, pero he seguido a rajatabla lo de tomarme libre la noche y paseo junto a Bianca, más pendiente de su olor o del modo en que se le ciñe el cuero a los muslos que de aquel maldito caso.

Siento una calma insólita, nos detenemos en un paso de peatones, ya junto al monumento, y mientras aguardamos a que el semáforo cambie a verde, me acerco a ella y fundimos nuestras bocas. No ha previsto esta maniobra, sé que la pillo por sorpresa, y eso provoca que le guste más, que nos guste más a los dos. Poso las manos en su espalda, la camisa es tan fina que traspasa el calor de su piel, y la aproximo a mi cuerpo sin que oponga resistencia. Sentir sus labios abiertos contra los míos me pone a mil. Nos hemos olvidado del semáforo, ella acaricia mi cuello, y mis manos ya han descendido hasta sus caderas, hasta sus muslos prietos. Estamos tan cerca que casi podemos oírnos pensar. Nos olemos, nos sentimos, nos batimos sin tregua. Y me impacta su fuerza, su cadencia, el modo en que impone su carácter. Recuerdo la historia que me relató Chuchi: Bianca fue detenida por golpear a un hombre con el casco de una moto; le partió dos vértebras. Y entonces nos abate un empujón, nos zarandea un chaval que circula a todo gas en un patinete eléctrico.

—Iros a follar tumbados, gilipollas —nos grita mientras se aleja.

Bianca y yo nos miramos aturdidos.

—¿Vamos a mi hotel?

—Mejor a mi casa —decide.

Su piso no está muy lejos. En los pocos metros que recorremos, noto que no le es fácil disimular su lesión, así que le sugiero que se agarre a mi brazo y tomamos Serrano caminando sin prisa, como si el arrebato que acabamos de protagonizar nunca hubiera acontecido. Quien nos viera pensaría que regresamos del cine, de un entierro, de visitar a un enfermo; lo que se lee en nuestros ojos, sin embargo, no tiene nada que ver: ansia, deseo y excitación contenida. Paseamos en silencio, conectados de algún modo en medio de esa tensión, y en estos momentos me siento a años luz de mi mundo: de mis casos, de mi familia, de la vida en Santander. Aquí, ahora, yo ya soy otro Mateo, y es otra la ciudad: Bianca se adueña de todo mi espacio. Sé que lo necesito, que me lo debo, que lo merecemos ambos. Y no nos tocamos hasta atravesar su puerta, la de un piso oscuro, silencioso, cálido y amplio. No encendemos la luz, y ahí mismo, en el recibidor, envueltos en la penumbra, volvemos a devorarnos. Nos arrancamos la ropa, nos buscamos con la boca, con los dedos, con la piel y con el cuerpo. Bianca me ha inspirado pertinacia, valor, elegancia; he imaginado esto de mil maneras distintas, pero no había pensado en su calor; Bianca arde. Tampoco había pensado en el tacto de su piel, mucho más suave que el de cualquier mujer. Ni en sus jadeos breves que se tornan en gemidos; sutiles, breves, susurrados en mi oído como si fueran dogma, algo íntimo y poderoso. Le rasgo la camisa, le subo la falda, la empotro contra la pared; de pie, con los salones puestos. Sus pechos acarician mi torso, abro los ojos, percibo el brillo de los suyos muy cerca de los míos; la penetro con pulsión, rozo su cuello, aún lleva ceñida la gargantilla. Pierdo el norte, la agarro de la trenza, sedosa y espesa, la tenso hasta hacerle inclinar la cabeza, alzar la barbilla, arquear la espalda; como en aquella escultura de Auguste Rodin. Me pide más, se deja ir. Nos dejamos ir. Diecinueve días después del primero, volvemos juntos al punto de partida; a comprender que hay algo, entre nosotros, que siempre ha existido. Antes incluso de habernos conocido.

—Tengo que pedirte algo. —Se muerde el labio inferior como si le avergonzara decirme lo que me va a decir—. Quédate conmigo toda la noche.

—No me apetece volver al hotel —admito.

No me lo aclara, pero lo leo entre líneas: no invita a hombres a casa, no se los lleva a su cama, este es su santuario.

Nos estudiamos los rostros con interés y calma. Nos leemos las pupilas, estamos desnudos, las cabezas en la almohada y los cuerpos extenuados. Después del asalto del recibidor ha habido otro en el salón, en el sofá kilométrico que hay junto al ventanal. Más tarde hemos pedido comida japonesa y hemos cenado con parsimonia en la barra de la cocina. Luego nos hemos ido a la cama y hemos vuelto a hacerlo con sosiego, sin prisa, paladeándonos lento. Me gustan sus dos versiones; se complementan, me sacian y, al mismo tiempo, me intrigan.

—Estoy pensando en esa escultura de la que me hablaste. *El ídolo eterno.*

—Pura sensualidad. Te hablé de ella a propósito —comenta—. No doy puntadas sin hilo.

—Pues has hilvanado muy bien la pieza.

Su casa es amplia, y no he podido evitar fijarme en ciertos detalles, como que, por ejemplo, acumule una inmensa colección de discos, tenga un gramófono antiguo y decore su cocina con láminas numeradas bastante subidas de tono: réplicas de obras de Gideon Rubin y Alexander Shubin que muestran a personas teniendo sexo o imágenes de mujeres en posturas eróticas. También cuelga fotos en una corchera, instantáneas de sus viajes, de sus tardes de playa en Langre, de veladas familiares y episodios de la infancia. En muchas de ellas aparece con Rebeca, y ahora, en la cama, decido abordar el tema sabiendo que nunca será un buen momento.

—Rebeca te lo habrá dicho, supongo: estuvimos juntos durante mucho tiempo.

Sonríe sin ganas, como si ese asunto le pesara.

—Me lo contó el sábado —admite—. Y lo que acaba de ocurrir va a disgustarla. Pero está meditado, y asumo que puedo perderla como amiga.

—Yo no asumiría la pérdida de un amigo por acostarme con alguien.

—Yo tampoco, pero no perderé a Rebeca por acostarme con alguien, voy a perderla por acostarme contigo. —Cierra los ojos, vuelve a abrirlos y sigue hablando—: Era un dilema complejo, pero has arrasado todas mis líneas rojas.

Sé que no ha sido fácil, que tomar la decisión le ha provocado un conflicto de conciencia; por eso lo dejo ahí, no hago leña del árbol caído. Se frota la frente, parece agobiada, y concluye que todo es distinto desde lo de Lucas, desde que salió del coma. No le respondo, pero sé qué es lo que ha cambiado: sentir la muerte de cerca. Ha sido eso, y no mi presencia, lo que ha barrido las líneas rojas.

—Este lunes veré a Rebeca —añade—, tenemos una sesión de rehabilitación por lo de mi cadera; voy a peor.

Cuando nos citamos por primera vez, frente al Centro Botín, había dado por hecho que su lesión se debía al ataque en casa de Cúe. Ahora me explica que no fue así, que viene de atrás; nació con una malformación en la pelvis.

—Ocurre a veces, muchos bebés vienen al mundo con daños de fábrica. Mi problema, en realidad, no es grave.

—Pero dices que vas a peor.

—Me han operado varias veces. Mi vocación, en parte, surgió de ahí, del hecho de pasar tantas veces por quirófano. Uno de mis abuelos fue médico, y alguna de mis tías; decidí estudiar Medicina... La última intervención, la más dura, fue hace tiempo, a los quince. Pasé un verano muy aburrido, en Loredo, sin poderme mover, convaleciente. Nuestra antigua cocinera me enseñó a preparar algunas recetas. Escribí algún cuento, sacaba fotos, leía a destajo... Gracias a Rebeca, años después, aprendí a caminar disimulando la cojera. Llegué a enmascararla a la perfección, pero el traumatismo cerebral ha alterado algo en mi capacidad de coordinación; algo no marcha en mi cabeza. Me cuesta escribir a mano, disparar como lo hacía y manejar mi paso. —Gira sobre sí misma, señala una pila de cajas de medicación sobre el aparador—. Solicitar el alta voluntaria ha sido precipitado, aunque también asumo las consecuencias... Ser una pieza de material defectuoso encierra cierto encanto.

No es encanto, es más que eso.

—No sé nada de ti —susurra—. Solo sé que eres policía, que te gusta el alpinismo, que siempre estás de servicio.

—Sabes que sé guardar un secreto.

—¿Por qué lo hiciste? ¿Por qué ocultaste lo que te dije de Dama cuando me encontraste?

—No lo sé, Bianca. Algo ya no marcha bien en tu cabeza, pero después de aquello también se ha alterado algo en la mía; y lo de Jorge ha acabado de trastornarme. Apenas lo traté, pero habíamos conectado.

—Tú también te has obsesionado con Dama.

—Yo solo hago mi trabajo. No he acudido a la subasta a pujar, tú sí, y aún no entiendo el porqué.

—Nunca me ha interesado la pintura, no más que cualquier otro asunto, pero quiero ver qué hay en esos cuadros. Y cada día que pasa lo quiero más. Estoy convencida, la clave está ahí.

Ella quiere contemplar los cuadros, yo, cazar al asesino, y lo quiero pronto, porque esta misma mañana me he reunido con gente de la Secretaría de Estado y me han dado tres semanas para incorporarme al puesto, para dejar la Brigada Provincial y amarrar los cabos sueltos. Bianca se refiere a la imagen de Hero y Leandro, a la que ha plantado Dama en su última publicación; todo un desafío: sea quien sea la persona que maneja la red social del artista, le está atribuyendo las muertes de Rubén y Jorge. Su perfil sigue sumando seguidores, crecen como la espuma, y la cotización de *Nueve* se ha disparado más de un cincuenta por ciento en la puja de esta tarde. Bianca también alude a la Abuela Asesina, Dorothea Puente, que enterraba a sus víctimas en el jardín —en el mundo del crimen las mujeres son recolectoras, acaban con personas de su entorno; los hombres, sin embargo, son cazadores—. Luego cita a William Heirens, el Asesino del Pintalabios, y se refiere a un filme basado en el personaje: *Mientras Nueva York duerme*, de Fritz Lang.

Antes de caer rendidos, de quedarnos dormidos el uno frente al otro, Bianca reitera que apenas sabe nada de mí. Y está a punto de lograrlo, estoy tentado de compartir con ella el dilema que me embarga, tan complejo como el suyo. Omito la culpa que siento por estar aquí, a su lado, culpa por reír y hacer planes; por manejar mi vida como alguien normal mientras Samu, mi hermano, se pudre en un hospital. No hago alusión a mis líneas rojas, gruesas y potentes, a mi salida inminente de la Judicial, al hecho de haber comprendido que la vida que llevo ya empieza a ser de otros.

En vez de hablarle de mí, del hombre al que maté siendo un adolescente o del modo en que aquello me coarta cada día, le relato la historia de Reinhold Messner. Fue el mejor alpinista de todos los tiempos; pese a ello, solo logró hacer cumbre en la mitad de sus ascensiones.

—Todo el mundo gana, todo el mundo pierde. El líder también cae, pero sabe aprovecharlo.

Bianca me escucha, su mirada me contempla y pronuncia una cita de Ed Viesturs que nunca antes había oído: «La cima es solo la mitad del camino».

—Útil en todo. Cuando estés arriba, has de ir planeando la bajada.

Regresar no es fácil, a veces las cuerdas se han congelado, las aristas son afiladas o se sucumbe al cansancio.

En 1970, mientras descendía del Nanga Parbat, Reinhold Messner fue sorprendido por un alud. Su hermano Günther falleció, a Reinhold le amputaron siete dedos de los pies, y eso alteró para siempre su pisada. Pero en vez de sentarse a lamer sus heridas, coronó en solitario, y sin oxígeno, los catorce ochomiles del planeta.

Esta noche no sueño, y abro los ojos a las seis de la mañana. Un sonido, una vibración, algo perturba la madrugada. Lo primero que me encuentro es el rostro de Bianca, que duerme con placidez. Ojos cerrados y respiración suave. Lo que vibra es mi teléfono, en el bolsillo del abrigo, sobre el sillón de la esquina. Dejo la cama con sigilo, saco el móvil, salgo del cuarto. En pantalla, uno de los números de la Judicial. Aún no ha amanecido, respondo en el salón, frente al ventanal, mientras contemplo las calles de una ciudad sedada, esbozada en blanco y negro.

—Valtierra, tienes que regresar a Santander. Es urgente —me anuncia un agente de mi Grupo de Homicidios.

—Estoy en Madrid, no volveré hasta el lunes. ¿Qué ha ocurrido?

—No te habría llamado si no fuera indispensable. Se trata de Chuchi; coge un avión, ven como sea.

33

BIANCA

Madrid, 30 de octubre, sábado

Aún es de noche, Mateo la despierta acariciándole el rostro y le susurra a Bianca que tiene que irse. Es urgente, se vuelve a Santander, no quiere largarse sin despedirse. A ella le cuesta ubicarse.

—¿Otro asesinato? —pregunta desperezándose—. ¿Tiene que ver con Dama?

Él no responde, y Bianca comprende que no puede hacerlo. Parece alterado, muy nervioso; ya está vestido, ella aún desnuda y envuelta entre sábanas. Mateo la besa y le pide que, cuando vuelva al norte, si le apetece, lo llame.

—Tú dejaste la pelota en mi tejado —recuerda—. Ahora la dejo yo en el tuyo.

Sale de la habitación, cierra la puerta; cuando abandona el piso, Bianca ya se ha desvelado, no va a poder dormirse, y se levanta a oscuras camino del baño. Aún es pronto, acaban de dar las seis de la mañana, y su vuelo no despega hasta las diez. Si todo hubiera ido como había planeado, el domingo habría estado de vuelta en Loredo; pero Bianca es de mecha corta y ha improvisado una escapada a Biarritz, en la costa sudoeste de Francia. Necesita averiguar tanto como pueda sobre aquella exposición que organizó Dama a finales de los noventa.

Después del desayuno vuelve a vomitar, le ocurre cada día. Luego se inyecta la heparina, se atiborra a medicación, revisa el Instagram de Dama y comprueba que no hay publicaciones recientes. Repasa los diarios de Cantabria, por si hubiera acontecido algún otro suceso en la región; no da con nada y le intriga el porqué de la urgencia de Mateo, de su prisa por largarse. Responde a quince *mails*, cancela la cena que había organizado con sus amigas de siempre, hace la maleta; y, sin querer, al abrir las contraventanas y encontrar la cama revuelta, evoca las escenas de la pasada noche; no le va a ser fácil olvidarlas. Al ver la camisa hecha jirones siente un escalofrío y la lanza a la basura sintiendo cierta satisfacción.

A las diez toma el avión en Barajas; a las once aterriza en Hondarribia, a veinte kilómetros de Donostia. Y un café con cruasanes después, alquila un coche y conduce hasta Biarritz, a cuarenta minutos de autopista hacia el nordeste. Es muy consciente de estar forzando la máquina, de no estar al cien por cien, y decide hacer noche en la villa vascofrancesa.

No conoce la ciudad, no ha estado aquí en su vida. La mañana es fría, luminosa, el cielo es de un azul pálido y el océano despliega un tono más oscuro, un azul denso y profundo.

Biarritz se alza a orillas del Cantábrico, es bella y sigilosa, y en otoño apenas cuenta con treinta mil habitantes. Durante el vuelo, Bianca ha ido ojeando una guía de viajes y ha descubierto que la ciudad se fundó como puerto ballenero, que es una meca del surf y que fue construida sobre colinas, rodeada de calas. Bianca estaciona frente a los muros de la villa en la que se va a alojar, y a lo lejos contempla la silueta de una casa, de un palacio neoclásico que se alza junto al mar encaramado en las rocas. Divisa su torre, oscura y puntiaguda, que se recorta en el horizonte. Ella lo ignora, es Villa Belza, y sin pensárselo mucho le saca una foto y se la envía a Mateo. Él solo tarda veinte segundos en responderle, y a ella le sorprende que reconozca el lugar, que lo haya identificado con tanta rapidez.

«¿Estás en Biarritz? Es imposible, hace unas horas te dejé en Madrid.»

«He venido volando.»

«¿A qué has ido a Francia?»

«Sigo los pasos de Dama.»

Mateo no contesta y Bianca comprende que acaba de dejarle fuera de juego; a ella aún le intriga qué ha ocurrido en

Santander, por qué ha regresado con tanta urgencia. También se pregunta qué le ocurre al inspector, por qué le es tan difícil llegar a él: anoche compartieron cama, piel, placer y caricias; alcanzaron un grado extremo de intimidad física, pero siente que no logra conocerlo, y eso no suele ocurrirle. Para Bianca es fácil que las personas se abran; con él nada va a ser como solía serlo.

La Baleine, la galería en que expuso Dama en los noventa, sigue existiendo; además, abre los sábados tarde. Bianca ha comido en un pequeño restaurante del Port de Pêcheurs —el puerto de los pescadores—, ha devorado con ganas una caldereta marinera y ha ido paseando hasta el centro de la villa, hasta el mercado de Les Halles. De camino ha ido sacando fotos; la belleza del lugar es innegable, y se dice que debe regresar, que debe volver en otras circunstancias. La tarde es fría, el mar, fiero, y está plagado de surfistas intrépidos que cabalgan el oleaje. Bianca se arrebuja en su chaqueta de lana, se siente más sola que de costumbre, y recorre las calles plagadas de comercios. Contempla las fachadas encaladas en blanco con sus balconadas rojas, llenas de guindillas secándose al sol de otoño. Cuando alcanza la galería, toma aire, entra con decisión y da las buenas tardes en un francés aceptable.

La Baleine tiene más de medio siglo de antigüedad, pero ha sido reformada en los últimos tiempos. Las paredes muestran obras coloridas, decenas de pinturas en tonos vivos. Bianca lamenta ser incapaz de distinguir un buen cuadro de otro mediocre; no comprende el arte, pero sí la emociona. Se dirige al mostrador, lo ocupa un hombre que teclea con frenesí en un ordenador portátil. Ella le habla en francés, pero el galerista, extremadamente pulcro y educado, le responde en castellano y Bianca lo agradece; no practica el idioma desde el colegio, y lo que viene a relatar es tan extraño, tan infrecuente, que prefiere expresarlo en su propia lengua.

Bianca plantea la situación, saca el folleto del bolso, el de la muestra de Dama de hace dos décadas, y le resume al hombre lo que busca: necesita saber qué fue de aquel artista, cuál era su procedencia, quién adquirió las quince pinturas; también le gustaría averiguar si hubo más exposiciones. El galerista es alto, desgarbado, algo cheposo; lleva el cabello blanco repeinado sobre el cráneo como si fuera antiguo. Su nariz es aguileña, tan delgada que parece el filo de un cuchillo. Tiene los dedos largos, finos como agujas, y los desliza sobre el díptico con interés, con extrañeza. Es innegable, Dama expuso en esta galería; no solo aquí, también en la delegación que tenían en Montmartre, la que cerraron después de la crisis de 2020. Pero él no sabía nada de eso.

—*Sueño en Antibes* —lee el hombre mientras contempla la obra que ilustra la portada, la de la barca perdida en mitad de la nada—. Una pintura espléndida —afirma.

Bianca lo observa con impaciencia. El hombre tiene razón, el cuadro es hermoso y, como explica el folleto, recrea un ambiente denso, extraño, embargado de suspense.

El hombre reacciona de pronto, se deshace el embrujo que le ha causado la imagen.

—Este cuadro es hipnótico —susurra.

Admite estar impactado, y le pide a Bianca que espere, tiene que hablar con su padre; era él quien llevaba las muestras de aquella época. El hombre abandona el establecimiento y ella pasea por la galería, estudia las obras. Se planta frente a un lienzo que muestra una escena de extrema belleza: una vivienda moderna, acristalada, vacía e iluminada en tonos cálidos. Tras ella se observan unas colinas oscuras que se recortan ante el resplandor vespertino de un atardecer pálido. En primer plano, la piscina inmensa de un azul vibrante. El paisaje es quieto, silencioso, no se ve rastro de vida, y eso a Bianca le causa desasosiego.

—¿Le gusta? —inquiere una voz a sus espaldas.

Bianca se gira sobresaltada. El galerista ha regresado y lo acompaña un anciano idéntico a él, aunque con más años, manejando un castellano aún más pulido.

—*Twilight interior*, de Laurence Jones. Todos nuestros artistas recrean mundos siniestros, algo inquietantes. —El anciano va en silla de ruedas, fue el fundador de la sala, y se llama Jacques Baleine. Se presenta, le tiende la mano, Bianca se la estrecha—. Dama también pintaba de un modo extraordinario.

—¿Pintaba? ¿Por qué se refiere a Dama en pasado? Dama aún pinta. Ya no expone, pero sus cuadros se subastan.

—Eso tengo entendido. —Jacques lleva un periódico en el regazo y se lo tiende a Bianca. Se trata de un ejemplar de *Libération* de ese mismo sábado, y en la sección de Cultura se despliega un reportaje a todo color sobre la subasta de *Nueve*, la última obra de Dama, que tuvo lugar la tarde anterior en Casa Ansorena—. Sé mucho sobre arte, y le puedo asegurar que la cotización de las obras de Dama va a alcanzar el millón de euros antes de que *Quince* salga a la venta.

Bianca pudo haber visto ese cuadro; pero en plena vorágine, se había sentido culpable y le había pedido al hombre que la acompañaba que dejara de pujar. No merecía la pena.

Jacques Baleine quiere saber si Bianca es periodista, y ella asegura que no. Pero no le desvela por qué está aquí ni el interés que la mueve. Él hace un gesto, la invita a tomar asiento frente a una mesita. El hijo se acomoda junto a Bianca y el anciano aproxima su silla, sostiene el folleto y lo examina.

—A finales de los noventa organizamos una exposición con quince obras inéditas de un artista emergente. Se hacía llamar Dama, era autodidacta, creaba desde el instinto, y sus pinturas eran superiores a cualquier otro trabajo que yo hubiera visto antes. —Jacques contempla la ilustración de *Sueño en Antibes*, luego observa a Bianca y le pregunta qué la ha traído hasta aquí—: ¿Qué la ha traído hasta aquí, *mademoiselle*?

—Necesito averiguar quién era Dama. Qué pintaba. Qué fue de aquellos cuadros, quién los adquirió. Por qué trabajaba de incógnito. Por qué ha regresado.

El galerista sonríe con benevolencia, admirado por el ímpetu de la joven.

—Yo no sé quién es Dama —dice—. Era mi esposa, ya fallecida, quien contactaba con el artista. Ella nunca lo vio en persona, hablaban por teléfono, y al principio trató con un hombre. Luego con una mujer.

—Eso no tiene sentido.

—Lo tiene —interviene el hijo de Jacques—. Los galeristas negociamos con los artistas, pero también con agentes o con personas de su confianza: amigos, familiares...

—¿Esa mujer con la que trataban se llamaba Cresilda Stoner?

—No, eso se lo puedo garantizar. Conozco a Cresilda, y no tenía nada que ver con Dama en los noventa.

Bianca recuerda la tensión que captó en Cresilda cuando ella citó *Sueño en Antibes* anoche en Madrid.

—Desconozco quién es Dama —reitera Jacques—, pero sí sé por qué exponía de incógnito: lo hacía por miedo.

—¿A qué?

—¿A una persona? ¿A una consecuencia? ¿A sí mismo? En realidad, lo ignoro.

Bianca se está poniendo nerviosa, las respuestas que obtiene abren aún más incógnitas.

—Me ha preguntado qué es lo que pintaba —continúa Jacques—, y yo debo responderle que pintaba obras como esta que aparece en el folleto. Escenas oníricas, insinuantes, plenas de magia e intriga. Una pintura debe evocar emociones, y Dama inquietaba al espectador.

—¿Tiene fotos?

—No.

—Y no va a describirme ninguno de sus trabajos, ¿verdad?

—El arte no se describe, *mademoiselle*, el arte se siente. Sería un error por mi parte pretender hacer algo así; y un error por su parte pretender que lo haga.

Bianca revive su charla con Jorge, que opinaba como Jacques Baleine. Estudia al anciano, analiza su mirada enérgica y tenaz. Puede que sepa más de lo que admite, pero intuye que sería en balde insistir. No es ella quien está dominando la conversación, y eso también la perturba.

—¿Qué fue de aquellos cuadros?, ¿quién los compró?

—Se vendió el primero, el del folleto. Apareció una mujer vestida de rojo; ya sabe a qué rojo me refiero, a un rojo intenso, como ese de las guindillas que se secan en los balcones.

Como el de las gotas que hay en la pala del remo. *Sang de boeuf.* Sangre de buey, lo llamamos aquí... Esa dama pagó mil francos por *Sueño en Antibes.* Y se lo llevó. El resto de obras las adquirió el propio artista. Todas, las catorce restantes. Suspendimos la exposición.

—¿Por qué lo hizo? ¿Por qué las retiró?

—Ni idea.

—¿Ha vuelto a ver alguno de esos lienzos?

—Nunca. Y es extraño, porque el arte va y viene, no se disuelve en la espuma del tiempo... Habrá oído hablar de obras desaparecidas, pero las cosas no desaparecen, solo se encuentran en lugares inesperados. Hace unos meses se halló una pintura barroca en un piso de Madrid. No se le dio importancia, iba a subastarse en Casa Ansorena, precisamente, por un precio de salida de mil quinientos euros. Pero circuló el rumor de que podía tratarse de un Caravaggio, como así fue. El Prado informó al Ministerio de Cultura, que detuvo la subasta el día previo al que estaba convocada.

—¿Quiere decir que esos Damas podrían reaparecer en cualquier momento?

—En cualquier momento, o en dos siglos.

—¿Por qué ha regresado? ¿Por qué ha vuelto Dama más de veinte años después?

—Me lo cuestioné cuando supe de la subasta de *Uno,* allá por 2018 —admite Jacques—. ¿Por qué ahora? Hasta el momento se han subastado siete pinturas. *Cuatro* y *Seis* nunca se han puesto a la venta. Anoche se ha adjudicado *Nueve,* y me intriga qué ocurrirá tras la salida de *Quince.* ¿Habrá más Damas?

—¿Cree que va a haberlos?

—Depende. Las obras que se han sacado al mercado podrían ser las que se expusieron aquí. Las mismas que retiró el artista en los noventa.

—¿Y si el número de obras ofertadas llegara a superar las quince pinturas?

—Entonces pensaría que Dama ha vuelto a pintar, que puede que nunca haya dejado de hacerlo. Y me intrigaría el motivo de esa pausa, del limbo en que ha estado durante dos décadas.

Bianca asiente.

—Los cuadros de aquella vieja exposición no estaban numerados, ¿cierto?

—No lo estaban —confirma Jacques—. Los cuadros de la muestra se habían titulado con nombres sugerentes. *Sueño en Antibes*, por ejemplo. Tampoco estaban firmados, la rúbrica iba detrás, en el reverso. «Dama», simplemente, y la fecha de ejecución.

—¿Cree que Dama sigue pintando?

—Me gustaría que fuera así, porque soy un viejo romántico; pero no tengo la menor idea. Aunque usted no es la primera persona que acude aquí a hacer indagaciones. Hace unos años, dos o tres, apareció un hombre. Traía el mismo folleto que usted, yo aún no estaba amarrado a esta silla, y me planteó las mismas cuestiones, o casi las mismas. No le interesaba la identidad de Dama; quería averiguar qué fue de las obras exhibidas en 1998.

—¿Recuerda su nombre?

—Se llamaba Mario Cayón.

—¿Sabe por qué mostraba tanto interés?

—No se lo pregunté. Tampoco se lo he preguntado a usted. Yo nunca hablaría con periodistas, pero no tengo inconveniente en tratar con gente de su calibre: gente curiosa, apasionada, conmovida por el asunto.

—¿Románticos como usted?

—Algo así.

Mario Cayón había tenido constancia de aquella exposición, y Judit del Cerro también debía saberlo, porque había copiado de manera literal las primeras frases del folleto de la muestra.

—Sé que usted no es periodista —concluye Jacques—, tampoco parece ser policía, pero he de advertirla, creo que la están siguiendo. Durante todo el tiempo que hemos estado hablando ha habido un hombre observándola desde la calle. Lo he visto reflejado en el espejo del escaparate, *mademoiselle*.

Lo confirma a media tarde, el galerista estaba en lo cierto, la sigue un hombre de aspecto fibroso. Lleva una gorra de los Lakers, una camisa a rayas y unas gafas de sol que le cubren media cara. Bianca piensa en Mateo Valtierra, puede que haya vuelto a ponerle vigilancia. El tipo se ha plantado frente a la villa en que ella se aloja, recorre la acera opuesta paseando de un lado a otro, junto a la iglesia ortodoxa de Biarritz, y habla con alguien por teléfono. Bianca decide que ese sujeto no puede ser policía; no sabría concretar el porqué, pero está convencida. No siente miedo, solo el impulso de enfrentarse a él, de quitárselo de encima; e invierte menos de cinco minutos en decidirse, en volverse a abrigar en su chaqueta de lana, salir al jardín y cruzar la calzada. El hombre alza el rostro, la observa sin disimulo; Bianca se dirige a él con arrojo y a buen paso.

—Viene hacia mí, te tengo que dejar —declara el tipo al aparato, en castellano, despidiéndose de su interlocutor.

Bianca se planta frente a él. Él se retira las gafas con parsimonia, la desafía, compone un gesto chulesco. Bianca traga saliva, no le gusta esa mirada y sabe que ha cometido un error, que no ha debido abordarlo así. Pero es tarde para huir con el rabo entre las piernas.

—¿Por qué me sigues? —le pregunta.

—Porque me pagan por ello.

—¿Eres policía?

El hombre sonríe. Luego hace un gesto brusco, inesperado, totalmente fuera de lugar. Agarra a Bianca por el cuello con una sola mano, la aplasta contra el muro del templo, aproxima su rostro al de ella y susurra algo en su oído.

—No soy policía. Un policía no haría esto... —le suelta sin dejar de oprimirle el cuello—. ¿No has tenido bastante, bonita? ¿La paliza que te dieron no ha sido suficiente? Vengo de parte de alguien importante, quiere rematar lo que empezó contigo porque te estás metiendo donde no te llaman, y yo he acudido a advertirte. —El tipo percibe el pulso de Bianca en las yemas de los dedos; eso le excita, y presiona con más fuerza sobre la curva que limita el cuello y la mandíbula—. Solo tendría que apretar un poco más —señala—. Te dejaría sin oxígeno y caerías aquí mismo. Muerta como un pajarillo. Luego te arrastraría como a un fardo, te llevaría a una cuneta, por la zona del faro. Te arrancaría la ropa, te enterraría. Y nadie más sabría de ti.

A Bianca le laten las sienes, apenas ha comprendido lo que ese tío le ha dicho. Pero sí ha captado lo de «bonita». Ella no es «bonita», ella no está a expensas de nadie, lleva años trabajando con Victoria para poder ser libre. Se está quedando sin aire, se le nubla la vista, apenas distingue la cúpula azul de la iglesia, esa que hizo edificar la colonia rusa en la ciudad. Bianca impulsa su rodilla, la estrella contra los huevos del matón; lo aprendió en las clases de defensa personal, y él libera su cuello y se lleva las manos a los testículos doloridos. Lanza un alarido, Bianca le arrea otra patada en el rostro, en la nariz, antes de que él se incorpore. El individuo cae al suelo, se lamenta, con una mano se cubre la cara, con la otra intenta protegerse la entrepierna. No es tan fuerte como ella creía, aunque sí peligroso. Bianca tiembla, está aterrada, tampoco es fuerte, pero también entraña cierta amenaza: la de esa gente incapaz de medir cuánto podría perder. Se acuclilla junto al hombre, desafía su pánico. A Bianca la mueve el instinto y ha bloqueado su faceta racional.

—Tú a mí no me llamas bonita —le dice—. A mí solo me toca quien yo quiero que me toque. Y vas a decirle a ese alguien importante que yo ya me di por muerta en casa de Lucas Cúe, así que no tengo mucho que arriesgar. También puedes sugerirle que, cuando venga a por mí, me remate en condiciones. —Antes de huir cojeando, asombrada por su actitud, Bianca apunta algo más—: Y ahora voy a avisar a los gendarmes, bonito. Para que limpien de mugre las calles de Biarritz.

34

MATEO

Santander, 30 de octubre, sábado

A las seis de la mañana, después de dejar la cama de Bianca, vuelvo al hotel, hago la maleta, arranco el coche y conduzco, casi sin tregua, durante cuatro horas; solo paro a tomar un café en Olmillos de Sasamón, frente al castillo. Jana lo había explicado sin medias tintas: han hallado restos biológicos de mi compañero de siempre, Jesús Collado, en la escena del crimen de Jorge del Cerro y Rubén Hevia. Y él no estuvo presente durante el levantamiento de los cadáveres; en teoría, ni siquiera ha pisado la casa. ¿Qué hace allí su ADN?

Chuchi ha llorado, sus ojos están enrojecidos, y observa la caseta del perro con gesto taciturno, como si estuviera ido; se ha derrumbado en la tumbona, desmadejado. Acabo de llegar a Santander, estamos en su jardín, y Vero, su mujer, me ha ofrecido un pincho de tortilla y una cerveza; lo he agradecido, no he podido desayunar en condiciones, y el *sushi* de anoche ya es historia. Tomo asiento en la otomana, bajo la higuera, pego un buen trago del vaso y espero a que sea él quien comience; quien apunte hacia el blanco correcto.

—¿Tan grave es? —pregunta—. ¿Tanto como para haber adelantado tu vuelta?

Mucho más grave de lo que pueda parecer. Nadie le ha explicado nada, Chuchi no entiende qué es lo que ocurre.

—Hay dos polis en el acceso a la urbanización —dice—. Estoy bajo arresto domiciliario y ni siquiera sé por qué. Mis propios compañeros me tienen aquí detenido. Dime que no has sido tú, Mateo, que no has sido tú quien ha impartido la orden.

—He sido yo —admito—. Era eso o meterte al calabozo, y he querido ser yo mismo quien te tomara declaración.

—No sé qué está pasando; anoche, cuando me hicieron acudir a la Jefatura, intenté contactar contigo. Te llamé unas cinco veces, estaba cagado de miedo, nadie podía aclararme nada. Como no respondías, telefoneé al hotel, pero no habías ido a dormir. Soy tan idiota que temí por tu vida, temí que te hubiera ocurrido algo. Sin embargo estás aquí, vivito y coleando.

—Anoche estaba con Bianca. En su casa. Y silencié el teléfono.

—Al menos, eres sincero.

—¿Por qué iba a ocultarlo?

—¿Cuánto hacía que no silenciabas el teléfono?

En lugar de responderle, expongo los hechos, lo que Jana me ha confiado.

—Se encontró un pañuelo de papel —comienzo—; se había enredado en unas hortensias, en el jardín de la casa de Jorge del Cerro. La celulosa es un buen reservorio de restos epiteliales y, al cotejar el perfil de ADN con el de la base de datos de la Policía, se ha hallado coincidencia con el tuyo. Una coincidencia indiscutible.

Chuchi se cubre el rostro con las manos.

—¡Es de locos! —exclama—. ¿Me estás diciendo que los restos epiteliales de ese pañuelo son míos?

—Es lo que intento decirte. Los restos epiteliales y la sangre.

Las Policías españolas disponen de un banco genético de miembros de los Cuerpos de Seguridad, pero todo es un sinsentido.

—Sabemos que sufres hemorragias nasales, nada de esto sería un problema si hubieras estado allí cuando levantamos los cadáveres —matizo—. Pero no estuviste allí, ni siquiera llegaste a traspasar la valla. Te pedí que te ocuparas de Bianca, y tú la acompañaste a Loredo. —Hago una pausa—: No pisaste ese lugar después del hallazgo de los cuerpos.

—Aquella tarde estuve contigo, en Terán, en la exhumación de los restos de Mario Cayón. ¿Lo recuerdas?

—Regresaste a Santander mucho antes que yo. ¿Tienes coartada?

—Estuve paseando por la playa. A solas.

—No tienes coartada —resumo.

—Es ridículo, estuve en casa del juez el día de la pintada, cuando le escribieron «Muérete, maricón de mierda» en el vestíbulo. Íbamos juntos, ¿lo recuerdas? No he vuelto desde entonces; alguien me ha tendido una trampa.

Es lo que quiero pensar, que alguien juega conmigo y lo utiliza a él, a Chuchi, uno de mis pilares.

—¿De veras crees que, si fuera el asesino, iría lanzando clínex empapados en sangre por las escenas de mis crímenes?

—A veces los objetos se pierden por accidente.

—¿Es lo que piensas? ¿Que me cargué a ese juez y a su novio? ¿Que se me cayó un pañuelo mientras borraba huellas? ¿Que yo soy Dama? —Chuchi estalla en carcajadas secas y duras. Me apunta con el dedo—. Estás mal, Mateo, muy mal. No te reconozco.

—¿Quién enredó el pañuelo en las hortensias? ¿Qué hacía allí? ¿Recuerdas si sangraste el día que acudimos por el tema de la pintada? Acláramelo, Chuchi, porque la jueza te lo va a preguntar, y te verás obligado a idear una respuesta.

—¿Vas a ponerme a disposición judicial?

—No puedo encubrirte, tapar el asunto ni obviar lo que ocurre.

Chuchi me sostiene la mirada.

—Van a dejarte libre y sin cargos. —Modero el tono de voz, pretendo calmarlo—. Todo es circunstancial.

—Una prueba de ADN nunca es circunstancial. Dolores Vázquez pasó años en prisión por el presunto crimen de Rocío Wanninkhof; y fue por dos fibras textiles halladas en el cuerpo de la víctima. Más tarde se supo que era inocente, así que no tengo claro que se vaya a decretar mi libertad sin cargos. Estoy jodido.

—Presentaré un informe, abundaré en lo de Dama y en el

modo en que el asesino juega con nosotros. Haré constar que ya estuvimos allí días antes del homicidio.

—¿Y mientras tanto?

—Tendrán que suspenderte de manera cautelar.

—No puedes hacerme eso, Mateo. ¿Cómo se lo voy a explicar a Vero?

—Se lo explicaré yo, voy a ocuparme de todo, daré con la clave y cerraré el caso.

—No lo harás, Mateo, ya no eres el que eras. Hace tiempo que lo noto, y ahora me estás vendiendo. Lo hacéis mucho los de arriba, desechar las piezas que fallan. Solo os preocupa que no quiebre el mecanismo, que todo siga girando como un tiovivo. No veis personas, veis máquinas.

—Estás siendo injusto, sabes que no soy así.

—Me estás sacrificando. —Chuchi se yergue—. No hará falta que me suspendas, Valtierra, voy a solicitar un permiso indefinido; y no voy a regresar al Cuerpo hasta que tú te hayas ido. Lo haré cuando te hayas largado a la Secretaría de Estado, a la CIA o a tomar por el culo. Y ahora, por favor, sal de esta casa. Y no vuelvas más.

Pese a ser sábado, he convocado reunión de emergencia. Chuchi no está, su silla vacía en la mesa redonda pesa como un clamor. Recibo una foto de Bianca de Arbide, que se encuentra en Biarritz, reconozco la silueta de Villa Belza recortada junto al Cantábrico. Me sorprende. Asegura que ha ido allí siguiendo los pasos de Dama, y yo bloqueo el teléfono, la pospongo, y aplazo el recuerdo de la pasada noche. Visto a plena luz del día, haberme ido a la cama con ella no ha sido nada profesional. Puede que Chuchi esté en lo cierto: ya no soy el que era.

—Bien —comienzo—. Ayer estuve en la subasta de Dama. Nadie ha atacado al comprador del cuadro, podría concluirse que la pauta criminal es ajena al resultado de las pujas. Nadie se carga a los dueños de las pinturas, que se hayan llevado *Siete* y *Ocho* solo parece circunstancial. Y ni siquiera creo que Dama y el asesino sean la misma persona.

—Pero en su publicación de Instagram se hacía alusión a Hero y Leandro. Y es el mito con el que hemos relacionado el último homicidio.

Eso es innegable. Dirijo la mirada hacia la silla de Chuchi; de haber estado aquí, me habría rebatido mucho antes que cualquiera.

—Ignoramos quién maneja ese perfil social —continúo—. Cualquiera podría hacerlo, abrirse una cuenta a nombre de Dama sin serlo en realidad, tratar de liarnos. Habrá que contactar con la compañía.

También tengo que volver a hablar con Judit. Necesito aclarar su actitud en la puja, la actitud de Cresilda; y aún no hemos zanjado lo de aquel viejo cuadro que apareció en casa de Lucas, *Las novias*.

—¿Cuándo te incorporas a la Secretaría de Estado? —me preguntan.

—En tres semanas.

—¿Quién va a reemplazarte al frente del Grupo?

La cuestión no es oportuna. En teoría, era Chuchi quien iba a reemplazarme, pero dadas las circunstancias hay que cambiar de planes.

—Va a reemplazarme Chuchi —declaro en tono altivo—. Regresará en cuanto quede libre de sospecha. —Suelto el boli, me cruzo de brazos, los miro alternativamente. Desafiante. ¿Van a tener agallas para seguir por ahí, para expresar en voz alta eso que están pensando? Apuesto por Jana, que va de frente, que evita corrillos, murmuraciones y los típicos pleitos que acaban surgiendo en cualquier organización.

—¿Confías en Chuchi, Valtierra? Porque yo no pondría la mano en el fuego. No es fácil hacerse con los fluidos biológicos de una persona, y el clínex estaba en aquella casa, empapado en sangre.

Imagino a Chuchi entrando en la vivienda, cargándose a esos hombres, sangrando por la nariz —aquella tarde hizo sur— y utilizando un clínex para taponarla. ¿Y luego? ¿Lo perdió en el jardín mientras trasegaba con el cuerpo del juez? No tiene pies ni cabeza.

—No me encaja. Chuchi no puede ser el autor de esos homicidios.

—Llamó pichabrava a Jorge del Cerro. Aquí mismo, hace unos días.

—Insultar a alguien no lo convierte a uno en sospechoso de asesinato.

—Eso no, pero una prueba de ADN sí —sostiene Jana—. Aunque entiendo que no quieras verlo, sois muy amigos.

—¿Tú crees que ha sido él?

—A mí no me pagan por creer —responde Jana—. Es lo que tú sueles decir, ¿no, Valtierra? Me pagan por pensar, por confrontar los hechos y por obtener pruebas. Su ADN estaba allí. —Jana se encoge de hombros, va un poco más allá—: Yo no formo parte de esta Brigada, pero veo que Chuchi ya lleva un tiempo irritado; salta a la mínima, y no soportaba que te movieras por libre y te fueran a ascender.

Estudio a Jana y agradezco su honestidad. En el resto de la mesa solo contemplo cabezas gachas y a agentes que callan, tragan y edulcoran lo que piensan temiendo represalias: guardias incómodas, turnos intempestivos o ascensos demorados.

Es una pena. La verdad es cara, y el grado de hipocresía que rige en las estructuras acaba haciendo de ellas instrumentos inútiles. Todos nos vendemos por un plato de lentejas.

—Gracias, Jana. Valoro tu franqueza. —Vuelvo a coger el boli, decido compartir todo lo que he averiguado, dejar de ir por libre como he estado haciendo—. En los próximos días viajaré a Ginebra. Un viejo socio de Mario Cayón le entregó una llave a Jorge del Cerro. En teoría, abre la caja de seguridad de un banco suizo, y voy a averiguar qué oculta en su interior.

—¿Un Dama? —apunta alguien.

—Mario solo compró un Dama. El número siete. Y lo hizo para su representado, para Lucas Cúe. Espero dar con algo, Mario parece la clave de todo.

Se interrumpe la reunión, Jana recibe una llamada, se disculpa, deja la sala y nos quedamos a la espera de su regreso. La atmósfera pesa, podría cortarse con un estilete. Mis agentes revisan sus papeles, consultan los teléfonos, evitan mi mirada. En condiciones normales, estaríamos hablando de cualquier asunto, comentando alguna banalidad, puede que incluso riéndonos. Pero parecen incómodos, y ni siquiera sé cómo hemos llegado a este punto.

Me pongo en pie, me acerco a la ventana. Quiero zanjar esta reunión, irme a casa a descansar. Mañana es domingo y ya he decidido que subiré a la montaña aprovechando que el lunes es festivo. Pero Jana se demora, regreso a la mesa, tomo asiento de nuevo. La situación me carcome, si no hablo, reviento.

—¿Qué es lo que no funciona? —pregunto de improviso—. ¿Qué os pasa a todos?

Se miran entre ellos. ¿Quién toma la palabra? ¿Quién le pone el cascabel al gato?

—Valtierra, hemos recogido firmas, hemos solicitado que se revoque el permiso que te habían concedido para ingresar en la Secretaría de Estado. Que se retrase tu marcha a Madrid.

—¿Por qué?

—Porque eres un buen jefe de grupo. La puerta de tu despacho siempre está abierta, y no nos convence tu sustituto; él es de los que la cierran.

No me da tiempo a responderles, Jana vuelve a invadir la sala. Apresurada, jadeante, carga con un buen montón de papeles y me lanza una mirada de alarma.

—El ADN del cuerpo momificado que se halló en la tumba de Mario Cayón ha dado coincidencia con uno de los perfiles de FENIX, la base de datos de personas desaparecidas. —Jana revuelve sus documentos—. El hombre se llamaba Pacífico García, se largó de casa hace más de veinte años. Telefoneó a su mujer, le dijo que no iba a volver; que se daba el piro porque estaba hasta las pelotas de la familia. Aun así, ella denunció su marcha; no las tenía todas consigo y, por lo que veo, debía estar en lo cierto. La momia llevaba la misma ropa que se describe en la denuncia; están podridas, herrumbrosas, pero las prendas que viste el cadáver son las de entonces.

—¿Ese hombre era de aquí?

—Era inspector en esta Brigada, en la Judicial.

Enarco las cejas. Inspector de la Policía hace más de veinte años. Nadie en la mesa tiene edad suficiente para haber coincidido con él. Pacífico García, el nombre me suena, hago memoria. Y caigo en la cuenta. Rechazo la idea, vuelvo a soltar el boli. Jana me mira y asiente.

—Sí, Mateo, sí. Es lo que estás pensando.

Si se hubiera llamado Paco, Pepe, Pedro o Juan, habría tardado días en percatarme. Pero aquel inspector había respondido al nombre de Pacífico, y ese nombre no es frecuente.

—¿El padre de Chuchi?

—El padre de Chuchi —confirma Jana.

—Pero Chuchi se apellida Collado.

—Chuchi invirtió el orden de sus apellidos al cumplir los dieciocho. Su padre los había abandonado, es lo que siempre había pensado, y él quiso borrar todos los vínculos; lo detestaba.

Había dado por supuesto que el padre de Chuchi había sido un policía borrachín y pendenciero; un tipo mediocre y sin valores que se había esfumado un día, sin más, harto de la rutina. Ahora resulta que estaba muerto, que lo asesinaron. Y dos décadas después alguien pretende llamar nuestra atención plantando su cuerpo en tumba ajena.

—Ese cuerpo se ha introducido en la fosa de Mario con un propósito; quien lo haya hecho quiere anunciar que ya lleva tiempo matando. Lucas Cúe no es la primera víctima, antes se han cargado a uno de los nuestros... Tendremos que averiguar qué casos llevaba el equipo de ese inspector; en qué asuntos andaban entonces.

Hace veinte años los expedientes no estaban informatizados, así que habrá que tirar de papel, de archivo físico.

Unos minutos después nos llega un informe preliminar de la autopsia. Antes de acudir al Instituto de Medicina Legal para reunirme con el forense esbozo un resumen breve a mis agentes.

—Pacífico no se largó, lo mataron. El cráneo mostraba un fuerte golpe con hundimiento óseo, mortal de necesidad. Pacífico era un hombre delgado, y eso favorece la momificación espontánea, pero parece que en él haya sido provocada. Bajas temperaturas, falta de oxígeno, sequedad ambiental y alta salinidad. La piel está oscurecida, apergaminada; los huesos, disueltos. El cadáver perdió todo el líquido en los estadios tempranos; se deshidrató y no llegó a iniciar el proceso de putrefacción. No hubo gases, ni tampoco olor. —Añado algo más, lo leí en algún sitio—: Para que me entendáis, un jamón curado es una pata de cerdo parcialmente momificada.

Nadie va a volver a comer jamón con el mismo ímpetu.

—Ha podido estar oculto en cualquier lugar y nadie lo habría detectado, porque no hedía —interviene Jana—. Pudo estar en una bodega, porque en una de las perneras del pantalón hay restos de vino, y son recientes. Debieron de arrastrarlo para sacarlo de allí, para meterlo en la tumba del cementerio de Terán.

Nos miramos en silencio y estimo la edad de Chuchi cuando su padre «se fue». Unos diecisiete o dieciocho años. Jana cavila más rápido que yo.

—El cadáver del padre aparece momificado. Y el ADN del hijo se halla en la escena de un crimen relacionado con el caso... Se me ocurren dos hipótesis.

Que alguien dejara el clínex en casa de Jorge del Cerro, o que el propio Chuchi fuera, además de un parricida, el asesino en serie que estamos buscando.

—¿Quién avisa a la familia de Pacífico?

Todos me miran a mí. Yo ya lo tengo asumido.

De la Judicial me largo directo al encuentro con el forense, y de allí a Villa Alegría, que está hasta los topes. A mi madre le sorprende que haya regresado tan pronto de Madrid, pero sabe que no voy a darle ni una explicación, así que no se molesta en pedírmela. La hora del almuerzo ya es historia, pero yo aún no he comido y tomamos asiento tras el biombo, en la zona privada. Dice que Samu va haciendo progresos, que ha empezado a conversar con su psiquiatra.

Lo de Chuchi me ha dejado fuera de juego, y me obligo a tragar bonito sin ton ni son, aunque no tenga hambre, a analizar las figuras que ha diseñado mi madre con piezas de fruta en el bol de macedonia. Fresa, naranja, kiwi, fresa. Alguien ha sacado del tablero a mi mano derecha sabiendo, quizá, que para mí es esencial. ¿Quién lo hizo, quién dejó allí el pañuelo? ¿Alguien de la Brigada? ¿Un miembro del juzgado? ¿O el mismísimo asesino? ¿Se le cayó al propio Chuchi hace doce días, cuando acudimos a casa de Jorge por el asunto de la pintada? ¿Llevaba allí desde entonces? Mi gesto de preocupación debe de ser elocuente, porque mi madre pregunta si me encuentro bien; y estoy a punto de admitir que mi mejor amigo me ha echado de su casa, que tengo a mi hermano en estado catatónico e intento cazar a un criminal mucho más hábil que yo.

—He conocido a una mujer. Pasé la noche con ella y silencié mi teléfono después de años sin hacerlo —suelto.

Mi madre me mira como a un chalado. Supongo que no sabe qué responder, por eso agrego que se llama Bianca, que es psiquiatra y que es una testigo del caso Cúe.

—Nunca nos has hablado de ninguna chica, y supongo que las ha habido. ¿Entiendo que esta es especial?

—Lo es, pero me pilla en muy mal momento, así que no voy a volver a llamarla.

Mi madre se encoge de hombros y zanja el asunto con una reflexión certera y acertada:

—Si se esperara a los buenos momentos, la humanidad se habría extinguido.

Me habría acercado a casa de Chuchi para informarle del hallazgo del cuerpo de Pacífico, su padre, pero apenas hace unas horas que me lo ha dejado claro: no quiere que vuelva por allí. Así que marco su número, pero no obtengo respuesta. Duele perder amigos.

Planeo acudir a ver a mi hermano, y me dirijo al hospital sin pasar por casa a deshacer la maleta. Tomo la vía de circunvalación que bordea la zona de las huertas y el descampado; sin pretenderlo, desvío la vista hacia la caseta ruinosa en que apareció el cadáver del Zuki. Modero la marcha, freno en seco, me hago a un lado y detengo el motor. Me apeo del coche sin dar crédito, impactado por la imagen: antes aquello no estaba allí; ante mi mirada atónita se despliega un «Dama fuit ic» de proporciones descomunales, pintado con grafiti de color rojo sobre el muro de la construcción.

Sea quien sea, Dama ha estado aquí. Y lo quiere hacer patente.

35

BIANCA

Loredo, 31 de octubre, domingo

«Los verdaderos amigos te apuñalan de frente.» Bianca está convencida, Oscar Wilde dejó escrita una sentencia para cada situación vital, y da vueltas en la cama sin decidir qué hacer. ¿Le cuenta a Rebeca lo de Mateo? ¿Se lo oculta? Bianca va a apuñalar a su amiga, y aún no ha resuelto si va a insertarle el filo en mitad del pecho o en el centro de la espalda; si va a ser capaz de mirarla a los ojos mientras lo hace.

Se han citado a las doce, aún son las nueve, y después de la odisea del día anterior Bianca está exhausta. Voló al sur de Francia desde Madrid, visitó la galería en que había expuesto Dama allá por los años noventa, se enfrentó a un matón que la estaba vigilando. Y al fin, con las luces del ocaso, adelantó su regreso y condujo durante horas bordeando el Cantábrico, desde Biarritz, para volver a Loredo. El ritmo que se ha autoimpuesto le está pasando factura: está mareada, tiene el estómago revuelto y le cuesta reunir fuerzas para salir de la cama. Nunca lo admitiría en voz alta, pero sí lo reconoce para sus adentros, su familia estaba en lo cierto: se precipitó al pedir el alta voluntaria.

Cuando se ve capaz de plantar los pies en el suelo se acerca al ventanal, lo abre y ve que hace un día espectacular; el islote de Santa Marina resplandece en medio del mar, y el cielo es tan limpio que apetece acariciarlo. Baja a desayunar y percibe las risas desde la cocina. Siente un profundo alivio al ver a su padre con Luz. Desayunan en el porche, Luz conversa con el pelo suelto, con el rostro iluminado, y su padre ríe al escucharla. Parecen un anuncio de Martini, una pareja de revista viviendo el *dolce far niente* en una villa de la Toscana. Zumo, tostadas, rosas en un florero. Bianca se acerca, da los buenos días y espera que el buen humor la libre del chaparrón, de un sermón por lo de anoche: llegó agotada y con décimas de fiebre, se metió en la cama sin dar explicaciones y alguien le subió una cena que ni siquiera probó.

—¿Estás mejor?

Bianca asiente, está mejor, y les ruega que sigan a lo suyo, no los quiere interrumpir. Luz retoma su relato, y eso son buenas noticias: Guzmán no va a soltarle una de sus filípicas. En cualquier caso, le entran por un oído y le salen por el otro.

Tras unos quince minutos de conversación banal, Guzmán le pregunta a Bianca qué ha sido de sus acciones, por qué se ha deshecho de parte de ellas. Era de imaginar que la información trascendiera, a Bianca y a su padre les lleva las cuentas el mismo gestor.

—No es el momento idóneo para vender —repone Guzmán.

Bianca se encoge de hombros.

—Vendí las acciones para comprar un Dama.

Tanto Luz como Guzmán han oído hablar de Dama, pero creían difícil poder acceder a una de esas pujas. El periódico del domingo reposa sobre la mesa, y Guzmán lo abre, va a la sección de Cultura y se lo tiende a su hija. Bianca repasa el reportaje que le muestra, describe la subasta del pasado viernes.

—¿Y por qué quieres un Dama? —pregunta Luz—. ¿Cómo inversión?

—Me he obsesionado con ese pintor.

Bianca omite que Lucas Cúe acababa de adquirir una obra del artista cuando murió asesinado. Luz y Guzmán la observan intrigados, Bianca no se está explicando con claridad, una no se obsesiona sin más con las cosas.

—No soy muy ducho en arte, pero esas pinturas se están revalorizando a un ritmo vertiginoso —comenta Guzmán—, y eso me huele a burbuja. Las burbujas siempre acaban estallando. —Hace una pausa, nadie le contradice, tampoco le dan la razón—. Me gustaría conocer la opinión de un auténtico artista. De los que dan la cara. ¿No pintaba tu amiga María?

—Le viene de familia, compartían esa afición, aunque ella nunca tuvo mucho éxito —aclara Bianca—. Y lo dejó cuando tuvo al niño.

—Yo dibujaba de cría —interviene Luz—. Todo lo que hacía era horroroso. —Sonríe—. ¿Vosotros nunca habéis pintado?

—En una ocasión también me dio por pintar —admite Bianca—. Como a todo el mundo, supongo. Fue aquel verano que pasé convaleciente; estaba aburrida y mataba el rato con eso, la lectura y los videojuegos.

—Siendo joven hice algo de teatro, y es mi único contacto con las artes —dice Guzmán siempre prosaico—. La pintura es un negocio como otro cualquiera, no está mal como inversión.

Bianca vuelve a fijar la atención en el periódico. El artículo ya alude a la próxima subasta de Dama, la de *Diez*, que tendrá lugar el viernes. Y de nuevo, en Ansorena. ¿Qué ha ocurrido con Sotheby's? ¿Por qué tanta prisa en sacar los cuadros?

Guzmán se pone en pie, va a salir a pescar.

—Lo dicho, hija, habla con María y protege tu dinero. Cuesta ganarlo, no hay que gastarlo en caprichos absurdos.

Antes de despedirse le pregunta a Bianca si ha hecho sus ejercicios, si sigue tomando la medicación, si acude a las revisiones. «La letanía de siempre», piensa ella. Y le asegura que se ciñe a rajatabla a lo que le dictan los médicos.

Cuando se va su padre, Bianca pliega el periódico, lo abandona en la mesa, sorbe un trago de café y mira a Luz fijamente. Necesita desahogarse, oírse a sí misma contándoselo a alguien. Vuelve a tomar la palabra.

—Me he acostado con el policía que dirige el caso de Lucas.

Luz la observa impactada, lanza un silbido. No esperaba ese giro en la conversación.

—Por lo menos, no lo has soltado delante de tu padre, Bianca. Le habría dado un parraque.

—Supongo que asume que de vez en cuando me acuesto con alguien.

—Darlo por supuesto no es lo mismo que saberlo. Y para colmo, con ese policía.

—¿Qué tiene de malo Mateo Valtierra?

—Que no encadena cinco apellidos compuestos, no forma parte de ningún consejo de administración ni está emparentado con la realeza.

Bianca aún recuerda la sorpresa de Guzmán cuando le anunció que no estudiaría Económicas en la universidad privada, que se había matriculado en Medicina en Santander, en la facultad pública.

—Cuánto clasismo... —concluye Bianca—. Pues creo que Mateo me interesa de veras.

Luz escruta a Bianca. En sus ojos lee ilusión, desafío, emoción contenida.

—Nunca te había visto así.

—Porque nunca me había sentido así.

—¿Y qué vas a hacer?

—Por lo pronto, conducir hasta Soto de la Marina. He adelantado mi cita con Rebeca, voy a confesarle que me he acostado con su ex. Con el hombre de su vida.

Rebeca es la mejor en lo suyo. Incrusta el pulgar en los músculos de Bianca, lo desliza sobre su piel elástica, brillante, tensa y dolorida. Mientras lo hace, Bianca siente un latigazo que le atraviesa la espalda y recorre su pierna izquierda hasta los dedos del pie. Ha estado un par de horas levantando pesas, trabajando con tensores, ejecutando ejercicios de fuerza y de equilibrio.

Ahora está boca abajo, tiene los ojos cerrados y percibe el olor de la sábana impoluta que recubre la camilla. Bianca y Rebeca permanecen en silencio, pero ambas, sin quererlo, siguen pensando a destajo.

—Tienes la espalda fatal —anota Rebeca—. Estás tensa, agarrotada, has perdido masa muscular. Te va a costar volver a coordinar el paso, a manejar la pierna. ¿Por qué pediste el alta tan pronto?

—Porque aprendí de niña que dar lástima no es bueno. Una debe valerse por sí misma.

—Menuda gilipollez, Bianca. La gente jodida se queda en la

UCI, la menos jodida pasa a planta. La que se recupera se larga a su casa. Pero tú no te has recuperado, y no vas a hacerlo si sigues así.

—Intento averiguar quién ha matado a Lucas.

—Deja trabajar a la Policía y dedícate a tus pacientes, a tus lesiones y a frenar tus arrebatos. Lucas ha muerto, lo han enterrado, y ya no hay nada que hacer.

Bianca no asume el conformismo de Rebeca; ella no era así, por eso se hicieron amigas, porque Rebeca pelea, lucha, sabe bajar al barro. Puede que sea el dinero, la seguridad, el hecho de haber llegado al lugar que pretendía. Rebeca ha alcanzado una situación estable y no ve motivos para plantar batalla. Bianca lo sabe, la vida doma a la gente, y hacerse mayor implica aprender a evitar los conflictos.

Cuando acaba la sesión, después de haberse vestido, Bianca decide hablar con franqueza, explicarle a Rebeca lo que sucedió el viernes. Pero sus ojos se clavan en una fotografía sobre el piano de cola que hay en el salón. No estaba ahí, Bianca está convencida, no es la primera vez que visita esta casa. En la imagen, Rebeca y Mateo, extremadamente jóvenes, sonriéndole a la cámara. Felices, atractivos, con la mirada tan viva y cargada de luz que casi duele mirarlos.

La invade la impresión de pisar terreno hostil, de estar marchando por tierra ajena. Rebeca y Mateo fueron pareja y lo compartieron todo: alegrías y disgustos, sueños y retos. Ambos, Mateo y Rebeca, salieron de aquel barrio peleando desde críos, y lo hicieron juntos, mano a mano. ¿Quién era ella para llegar ahora a escribir lo que está escrito?

Bianca no ha sido consciente, contempla la foto sumida en una vorágine de temores y dudas. Rebeca sí se percata, comprende qué es lo que ocurre.

—¿Sabes por qué casi nunca te hablaba de él, Bianca? ¿Por qué nunca os presenté? Pude haberlo hecho, Mateo conoce a todas mis amigas, nunca dejó de formar parte de mi vida. Pero en todos estos años he procurado, y casi he conseguido, que nunca llegarais a coincidir; que nunca llegarais a conoceros.

—¿Por qué?

—¿Estáis juntos? —Rebeca responde a una cuestión con otra cuestión.

—Nos hemos acostado —admite Bianca.

Rebeca cierra los ojos, suelta un suspiro rápido, casi un silbido. Lo hace como si acabara de quemarse, recibir un pisotón o pillarse un dedo con la puerta del armario. Le ha dolido.

—¿Por qué tienes que ser tan sincera, Bianca?

—Porque no me arrepiento. Lo volvería a hacer. Lo volveré a hacer.

—Tú no eras así. Eras una persona disciplinada, no te dejabas vencer por los apetitos.

—Y si yo no era así, ¿por qué no me lo presentaste? ¿Por qué pusiste tanto cuidado en evitar que el uno supiera del otro? No lo entiendo, me das mil vueltas en todo, Rebeca. ¿Qué temías?

—Temía esto. Esta conexión. Porque habéis conectado, ¿verdad?

Bianca asiente. No es capaz de describir lo que sintió en el baño de Lucas, cuando llegó Mateo, o en su casa de Loredo, cuando él acudió a interrogarla. Lo que sintió en el Bahía, cuando tomó aquel chupito de *whisky*, ni en su despacho, cuando le habló al inspector de *El ídolo eterno*. Bianca no sabe explicar lo que sintió en su cama, cuando pasó con él toda una noche.

Bianca vuelve a mirar la foto.

—Rebeca, nunca tendré con él la décima parte de lo que habéis tenido vosotros.

—Estás muy equivocada. Lo nuestro llegó a ser tóxico.

Bianca comprende que ha llegado la hora de irse. Que ha perdido a una amiga. Se enfrentó a un dilema ético y paga las consecuencias de su elección. Rebeca le tiende una nota, la dirección y el teléfono de otro fisioterapeuta; afirma que es excelente, que con él va a mejorar. De ese modo deja claro que no va a volver a atenderla.

—A pesar de mi empeño, Mateo y tú llegasteis a conoceros. Y para que eso ocurriera, tuvo que morir Lucas... Qué cabrón es el destino.

Bianca se abrocha el abrigo.

—El destino no es cabrón —responde—. Cabronas son las

personas. Las que matan, las que mienten, las que maquinan argucias para influir en aquellos a quienes dicen querer.

—Vete, Bianca, por favor. Ya no soporto oírte, y ni siquiera te he dicho lo que quisiera decirte. Confiaba en ti, admiraba tu calibre, tu valía, pero en este momento solo veo que eres un fraude; un puto lobo con piel de cordero.

Dada la situación, Rebeca está siendo mucho más diplomática de lo que suele.

—Suerte, Bianca. Espero que caces a ese asesino que estás buscando.

Ojalá fuera de piedra. Bianca se contiene hasta llegar al coche, hasta cerrar la puerta con violencia. Arranca el motor, circula hacia la autopista, el nudo en su pecho se le hace insoportable. Toma un desvío que la conduce a un polígono, se hace a un lado, detiene el vehículo. Y entonces rompe a llorar con desconsuelo y rabia.

Una no va por la vida perdiendo amigos, y para ella Rebeca era mucho más que eso. Le duele el dolor que ha leído en sus ojos, la mezcla amarga de odio y decepción. Bianca se seca las lágrimas, saca un pañuelo del bolso, intenta tranquilizarse. Su teléfono suena, y por un instante, la invade la idea fugaz de que pueda ser ella; quizá se haya arrepentido, quizá esté dispuesta a hablar de lo ocurrido. Pero no es Rebeca, en la pantalla se lee un número desconocido con prefijo de Cantabria. Bianca responde, pierde la mirada al otro lado del parabrisas; contempla un terreno baldío, yermo, invadido por plumeros en color marrón parduzco.

—Buenos días. ¿Hablo con Bianca de Arbide? Soy Cresilda Stoner.

El llanto de Bianca se frena en seco. Cresilda Stoner, la agente de Dama.

—¿Quién le ha dado mi número?

—La misma persona que le facilitó el acceso a las subastas de Dama sin invitación.

Poco se puede replicar a eso. Bianca está a punto de colgar, de cortar la llamada, de mandar a esa vieja al infierno. Bastantes problemas tiene para andar con acertijos. Pero no pulsa el botón rojo, mantiene el móvil pegado a la oreja, atenta a esa voz y al modo en que los plumeros oscilan con rigidez.

—No voy a molestarla, querida —dice la anciana—. Solo necesito que me aclare algo. El viernes, en Ansorena, usted dejó caer que ya había visto un Dama. Recuerdo que lo nombró, *Sueño en Antibes,* ¿es así?

—Así es. Me referí a un Dama antiguo de finales de los noventa. Y usted replicó que las obras de Dama siempre se han titulado con números.

—¿Dónde vio ese cuadro? ¿Me lo podría describir?

—Podría hacer algo mejor, puedo enviarle la foto. ¿Qué obtendría yo a cambio?

Cresilda se ríe al otro lado del auricular.

—Excelente, joven, excelente. He estado indagando, tenemos amigos comunes y algún que otro conocido. Sé que ha alcanzado el éxito en los negocios, que personas importantes le confían sus secretos y que usted sabe guardarlos. ¿Qué quiere a cambio de esa fotografía? Necesito ver *Sueño en Antibes.*

—Le mandaré la imagen. Llámeme cuando la haya recibido.

Bianca corta la comunicación, saca el folleto del bolso. Le hace una foto, pero recorta los bordes, el nombre de la galería y las fechas de las exposiciones. Se la envía a Cresilda, y unos minutos después el teléfono vuelve a sonar.

—*Sueño en Antibes* no es un Dama —decreta la agente en tono triunfante.

—Claro que lo es —responde Bianca—. Lo firma Dama, su rúbrica está tras la tabla. Esa pintura se mostró en Biarritz, y se vendió antes de la clausura del evento.

Cresilda procesa la información y tarda en contestar:

—El estilo de ese cuadro y la técnica pictórica no coinciden con los de los Damas actuales.

—¿Y la temática?

—En ese punto tengo dudas, querida.

—Usted sabe quién es Dama, trata a menudo con él, o con ella... ¿Por qué no le pregunta directamente?

—Ya lo he hecho —admite Cresilda—. Y niega tener relación alguna con *Sueño en Antibes,* con esa exhibición de hace dos décadas.

—¿Me está diciendo que su Dama de hoy no es el mismo artista que expuso en Francia en los noventa? Han pasado muchos años, podría haber progresado, haber variado su estilo. Se le llama evolución.

—Cabe la opción, quizá esté en lo cierto —concede Cresilda—. ¿Sabe qué fue del resto de obras? ¿Solo se vendió *Sueño en Antibes*?

—El artista suspendió la exposición a los pocos días de inaugurarse; retiró las otras pinturas, las catorce restantes. ¿Podrían ser las que se están subastando en la actualidad?

—No es probable —resuelve Cresilda—. Pero veo que le gusta teorizar.

—Me encanta teorizar, por eso he pensado que usted podría ser Dama —declara Bianca—, y que yo la he descubierto.

Bianca espera una respuesta, o una carcajada de las suyas, pero Cresilda entona una frase que suena a despedida:

—Gracias, querida. Necesito resolver un dilema complejo, y me ha sido de gran ayuda... Sé que le intriga todo este asunto, y me encantaría compartir con usted ciertas informaciones. Le pondré un mensaje con mis datos, la próxima semana trabajaré desde casa, puede hacerme una visita cuando mejor le venga; como usted hace las cosas, impulsivamente, sin avisar; para que todo sea más emocionante. Y hablaremos.

Cortan la llamada, y Bianca aún pasa un rato en el asiento del coche. Luego arranca el motor, vuelve a tomar la autopista y conduce hasta Loredo para comer en familia.

La noticia la pilla por sorpresa. Son las cinco de la tarde, y acaba de ser publicada en las redes sociales de Dama.

> Lamento comunicar que la puja de *Diez,* programada para el viernes 5 de noviembre en Casa Ansorena, queda suspendida de manera indefinida por causas de fuerza mayor.
>
> DAMA

Bianca baraja una idea: ¿y si la información que le ha ofrecido a Cresilda hubiera motivado esa cancelación? ¿Qué está ocurriendo?

Se ha citado con Mateo en Cañadío. Son las ocho, ha descansado, pero le cuesta coordinar sus movimientos y eso la agota. Mateo la espera, lee el periódico en una de las mesas altas de la plaza, abarrotada a estas horas. Alza la vista cuando Bianca llega a su altura, y no se besan, ni se tocan, solo se sonríen. Él toma una cerveza y ella pide un zumo. Para variar.

Mateo ha pasado el día en la montaña, ha estado con unos amigos en el Espolón de los Franceses, en Picos de Europa, y asegura haber logrado olvidarse de todo.

—De todo lo que me he querido olvidar —puntualiza.

—¿Es un ascenso difícil?

—Para gente experimentada solo es un pico exigente; pero merece la pena culminar Peña Vieja, ver océanos de nubes a más de dos mil metros de altura. Con aire bajo los pies es fácil relativizar.

—¿Te gustan los riesgos?

—Me gustan. Si son calculados, me los puedo permitir.

Mateo se disculpa por haber salido con tanta prisa de casa de Bianca en la madrugada del sábado; y ella comprende que no puede compartir el motivo de su urgencia. Pero sí le dice algo más.

—Han suspendido a Chuchi de empleo y sueldo. Me he visto pillado entre la espada y la pared, no me he podido poner de su parte.

—¿Cómo se lo ha tomado?

—Me ha echado de su casa.

Bianca y Mateo se miran a los ojos. Ella piensa en Rebeca y entiende cuánto le duele, comprende cómo se siente; lógico que resolviera escalar un pico, ver el mundo desde arriba.

Mateo toma un sorbo de cerveza. Luego vuelve a observar a Bianca.

—No me has explicado qué hacías en Biarritz.

Bianca aparta el zumo. En la mesa del al lado un grupo de amigos brinda con vasos de orujo, y ella recuerda la última vez que recaló aquí. Fue con Rebeca, y estuvieron brindando como ellos lo hacen; pero las cosas cambian, y en su último encuentro Rebeca le dijo que era un fraude.

Bianca se centra, responde a Mateo, le muestra el folleto de La Baleine de Biarritz, el de aquella vieja exposición de Dama. Y le aclara, sin omitir ni un dato, todo lo que ha averiguado sobre *Sueño en Antibes.* Insiste en algo: Dama usó ese seudónimo por un único motivo: por temor. ¿A una persona? ¿A una situación? Y Mario Cayón estuvo investigando en esa galería, como ella, hace dos o tres años.

—Pero a Mario no le interesaba descubrir quién era Dama. Pretendía esclarecer qué había sido de aquellas otras pinturas, las que retiró el artista.

—Mario debía de estar muy obsesionado —apunta Mateo—. Había acudido a casi todas las subastas, se había obcecado con ese pintor.

Bianca también alude a Judit: en uno de sus artículos, la restauradora copia, de manera literal, parte del texto de ese folleto. Mateo procesa la información, admite estar sorprendido, también bastante admirado. Bianca analiza su rostro, sus ojos, sus manos sobre la mesa. Y por primera vez en lo que va de día, duelen menos las palabras de Rebeca. Siente que ha tomado la decisión correcta.

—La pintura del díptico es extraña —comenta Mateo mientras la escruta—. Las motas del remo parecen gotas de sangre.

Bianca oculta cierta información, omite lo del tipo que la seguía en Biarritz. Le apretó el cuello, aseguró haber sido enviado por «alguien importante» para que ella dejara de husmear.

Y ahora, ese mismo individuo contempla a Mateo y a Bianca desde la escalinata abarrotada de la plaza de Cañadío. Bebe cerveza de un botellín y se roza los testículos, aún doloridos por la patada de Bianca, con la mano derecha.

Le han encargado que la controle. Y después de lo de Biarritz siente una gran inquina hacia ella. La escruta con tanto odio que acaba llamando su atención.

Ella lo ha visto.

36

MATEO

Santander, 31 de octubre, domingo

La mira un hombre, me he dado cuenta, y Bianca también. Me he percatado al notar un cambio sutil en el modo en que ella se expresa y gesticula, en que escucha lo que le cuento. No sé quién es ese tío, pero Bianca parece inquieta, le cuesta fijar sus ojos en los míos; y de tanto en tanto se acaricia el lóbulo de la oreja. Debe de ser un tic, un signo unívoco de que algo la incomoda. También acaricia la superficie del vaso. Bianca no se ha tomado ni un solo sorbo de zumo y se abraza a sí misma como si quisiera protegerse de una ráfaga de aire y se abrigara en la chupa de cuero. Su lenguaje no verbal se me antoja transparente, y estoy a punto de preguntarle qué ocurre, quién es el tipo y por qué le impone tanto.

—¿Tienes frío? Si lo prefieres, entramos dentro.

Bianca niega, y yo dejo caer que tengo que hacer una llamada. Que es importante, un asunto de trabajo. He barajado acercarme al sujeto, encararme con él, pero esta noche quiero tener la fiesta en paz. Me pongo en pie, me alejo unos pasos, contacto con gente del Grupo y doy unas instrucciones.

—Estoy en Cañadío, hay un hombre sospechoso, creo que me está siguiendo. —Lo describo, les exijo discreción, que den con alguna excusa para llevárselo si es posible—. Sin escándalos —recalco—. Quizá vaya armado. Quiero saber quién es.

Cuelgo, regreso con Bianca, el viento ha cambiado; y los que somos de aquí sabemos que lloverá, que este aire duro y gélido viene del mar y presagia agua.

Apenas transcurren unos minutos, aparece un vehículo policial, se apean un par de agentes y le piden al tipo que se identifique. Él posa el botellín con desgana y chulería y les muestra el carné de identidad. No sé cómo se lo montan, y en este momento tampoco me preocupa. Se lo llevan, y Bianca respira. Su postura se relaja, sus hombros se alzan; toma un sorbo de zumo y se suelta el pelo.

—Ese individuo te estaba siguiendo, ¿verdad?

—Eres muy observador.

—No siempre.

—Esos policías no se lo han llevado por casualidad.

—Los he llamado yo, Bianca. ¿Quién era ese hombre?

Ella titubea, me habla de Biarritz, narra un episodio preocupante y surrealista: ese tipo pretendía disuadirla de husmear. Y me describe, como si nada, la clase de patada que le arreó al final.

—Bianca, me lo explicas con normalidad, como si lo hicieras todos los días.

—Cuando murió mi madre dejé muchas cosas de lado, pero empecé a hacer otras, y he recibido bastantes lecciones de defensa personal. No soporto la violencia, me cabrea y me entristece. Por ahí hay gente muy peligrosa, y también hay gente muy vulnerable. La sociedad está enferma.

No le respondo, pero pienso que la defensa personal no es muy efectiva cuando se tiene en la frente el cañón de una pistola.

—La mayor parte de la formación que nos imparten es totalmente inútil —comenta—. Uno sabe de ciencias, de literatura, de geografía y de historia. Uno habla idiomas, memoriza datos y aprende a cuidar de sí mismo en circunstancias favorables: alimentación, aseo, nociones de supervivencia... Se nos prepara para poder subsistir, pero dime, ¿qué hay del drama?

—¿A qué te refieres con el drama?

—Todos vamos a vivir un drama, antes o después. ¿Cómo lo vamos a gestionar? Eso nadie te lo explica, a nadie lo entrenan para defenderse ante una agresión, para convencer al contrario, para bloquear los miedos. La gente no aprende a afrontar un duelo; porque llegará un duelo, Mateo. El duelo, la ruina o una traición. ¿Cómo se combate la soledad? ¿Y una enfermedad? ¿Cómo se vive el fracaso? ¿Y el éxito?

—¿Piensas en Lucas? ¿Te estás refiriendo a él?

—Todos somos Lucas, antes o después. A todos nos aplasta, al menos, una avalancha. La cuestión es cuándo. Y cuántas. —Se encoge de hombros—. Vivo de enseñarle esas cosas a la gente, a moverse en el abismo.

—¿Cómo se gestiona la culpa? —le pregunto.

—¿Te sientes culpable?

—A veces.

—¿Por qué?

—Por salir del lugar que me corresponde. Por dejar a mi gente.

Bianca me estudia. Sé que me entiende.

—¿Cómo sabes cuál es el lugar que te corresponde? ¿Dónde está escrito, Mateo? Tu lugar lo decides tú.

Le queda medio zumo, mi cerveza ya es historia. Como no replico, ella lanza otra cuestión:

—¿Vas a contarme qué te ha ocurrido?

—Mi hermano ha ingresado en la planta de psiquiatría de Valdecilla. El asunto es grave, Samu intentó quitarse la vida y percibe la realidad de un modo distorsionado. —No he hablado de esto con nadie y se lo estoy confiando sin apenas conocerla—. Yo siempre he sido su apoyo principal, y Samu el mío. Es como un cabo que me amarra a tierra firme, pero en unas semanas me voy a Madrid, paso a un cargo en la Secretaría de Estado, con todo lo que implica: viajes, trabajo, dedicación exclusiva.

Bianca asiente.

—Si te vas y empeora, ¿te lo sabrás perdonar?

—No sabría.

—Tienes dos opciones: aprender a perdonarte o quedarte por un tiempo.

—Quizá más tarde no haya opción de acceder a ese puesto. Puedo perder la oportunidad.

—No te dejes engañar, Mateo, no hay un último tren, siempre caben más oportunidades. Yo he salido del coma, tú y yo tenemos otra.

Bianca ha estado aquí más veces, pero asegura que nunca se había fijado en las farolas de la plaza, que son pequeñas obras de arte, ni en la belleza de piedra de la iglesia de Santa Lucía.

—Se le llama Cañadío porque todo esto era una marisma llena de cañas. Aquí había un astillero de fragatas, y la plaza es terreno robado al mar; las olas llegaban hasta esa escalinata, hasta la rampa.

Cuando comienza a llover dejamos la terraza. El suelo se encharca con rapidez, y de manera tácita ponemos rumbo a mi coche. Le ofrezco mi brazo y nos movemos bajo el aguacero sin pronunciar palabra. Misma acera, mismo trayecto y, con total certeza, casi la misma idea: desnudarnos cuanto antes, volver a fundir los cuerpos. Ninguno de los dos ha salido con paraguas, y ni siquiera creo que nos importe la lluvia.

Tenemos el coche en el mismo aparcamiento; misma marca, mismo color de vehículo. Evoco unas palabras que ella pronunció: «Los que somos como nosotros, entre nosotros, solemos reconocernos». Nos hemos reconocido desde el primer instante.

Bianca saca un neceser de su guantera, luego se acomoda en mi asiento del copiloto. Se le sube el dobladillo del vestido, se le desliza hacia arriba un par de centímetros, y deja caer que el cuero está frío en sus muslos. La idea me excita. Le acaricio la rodilla y ella relaja las piernas; pero no desplazo la mano, la dejó ahí. Mantengo el suspense. Acelero hacia mi casa, y al culminar el Alto de Miranda un rayo parte el cielo; las siluetas de las mansiones se recortan tras el resplandor, cálido y vago, de las farolas altivas. Suena *When Doves Cry*, de Prince, y las luces y la lluvia se confunden con el mar. Ella comenta que hay algo en mí que le intriga; sube el volumen, tararea la canción. Yo solo pienso en llegar a casa, en sentir su cuerpo excitado bajo el mío, sobre el mío; su peso leve y su piel tan suave. También su calor febril. No nos besamos hasta alcanzar el recibidor; entonces se deshace de la cazadora, le subo el vestido, le bajo las medias; y volvemos a hacerlo como el viernes, como si aquella noche fuera la noche del fin de los tiempos.

En la calle ha estallado la tormenta, es 31 de octubre, los celtas celebraban Samhain, la fiesta pagana de transición a la oscuridad. En teoría, los muertos regresan para mezclarse con los vivos. Ninguno de los dos sabe que el asesino ha decidido volver a matar.

Amanezco a las ocho, ha dejado de llover. Para mí ya es tarde, nunca me levanto después de las seis; nunca o casi nunca. Hay algo de luz, nos hemos dejado una lámpara encendida, y Bianca duerme profundamente. Boca abajo, desnuda, con el rostro ladeado y el cabello desparramado sobre la almohada. Me apoyo en el codo y la observo, sigo la línea de su espalda hasta la curva de su cintura, hasta el comienzo de su trasero y la parte alta de los muslos; el resto de su cuerpo se pierde bajo las sábanas.

A nadie le conviene que le atraiga otra persona, que le atraiga tanto, porque eso debilita. Estoy llevando el asunto demasiado lejos, y no me gustaría que esto pase a mayores. Pero en el fondo sé que, lo quiera o no, Bianca de Arbide ya es más que un rollo.

Anoche apenas cenamos, y me parece indecente no poderle ofrecer ni siquiera el desayuno. Dejo la cama, evito despertarla, me visto y salgo a la calle; ha amanecido, pero no hay un alma. Me acerco a una panadería, la mañana es fría y no sé qué voy a comprar. Las pastas se estilan en los desayunos de negocios, el bizcocho lo consumen las familias numerosas y los cruasanes los come la gente enamorada. Al fin me quedo con el pan de molde; a todo el mundo le gustan las tostadas, son neutrales y no comprometen a nada.

Cuando estoy de vuelta Bianca ya ha despertado, ha salido a la terraza, se acoda en la barandilla y contempla el mar, un kilómetro más lejos. Se ha envuelto en una manta y, al verme llegar, señala las piedras, los cantos rodados que hay en las jardineras.

—Los pintó mi hermano

—¿Sabes qué significan?

—No tienen significado, Samu lo hace porque sí.

—Todo tiene algún significado, nadie hace algo por nada.

Bianca toma una piedra en sus manos. La acaricia.

—¿Me la puedo llevar?

Le digo que puede llevarse tantas como le plazca, y ella consulta la hora.

—Será mejor que regrese a casa.

—Quédate, desayuna. Luego, si quieres, te vas.

Lanza un último vistazo al mar, declara que es una suerte vivir aquí, cerca de todo y a un paso de las playas. Volvemos a entrar en casa, y al atravesar el salón veo que me he dejado todos los papeles sobre la mesa de trabajo: los informes de la autopsia del padre de Chuchi, el atestado del levantamiento del cuerpo de Lucas, del Zuki, de los de Jorge y Rubén. Debí haberlos guardado, pero con eso me ha ocurrido como con el desayuno: no he sabido anticiparme.

—La pelota vuelve a estar en tu tejado —decide Bianca cuando toma asiento junto a la barra, aún envuelta en la manta—. Si quieres repetir, llámame. Aunque quizá estemos yendo demasiado rápido.

—No vamos rápido. Aún no he comprado cruasanes para el desayuno.

Ya han dejado en libertad al tipo que seguía a Bianca el domingo; no tenía sentido detenerlo por más tiempo, era un caco de poca monta, y ha negado que estuviera vigilando a nadie.

Los de la Científica han analizado la inscripción en el muro de la caseta del Zuki. Se trazó con pintura roja y no hay huellas; el asesino ha regresado al escenario del crimen a reivindicar su papel.

Desde la Unidad de Investigación Tecnológica se confirma que el Instagram de Dama se ha estado gestionando desde una IP ubicada en el domicilio de Cresilda Stoner. Es ella quien ha estado operando desde ese perfil, quien ha anunciado las convocatorias de las subastas y quien ha colgado la imagen que evoca el mito de Hero y Leandro.

Pero eso no implica nada, Cresilda puede haber actuado en nombre de su representado; pocos artistas manejan sus propias redes sociales.

El martes por la mañana recibo la visita de un viejo agente jubilado, uno de esos policías míticos de los que todo el mundo ha oído hablar en la Jefatura. Fue compañero de Pacífico García, el padre de Chuchi, allá por los años noventa, cuando presuntamente se fue a por tabaco y no regresó. El expolicía recalca que Pacífico era un buen hombre, un tipo normal que se volcaba en sus casos. Charlamos un par de horas, le aclaro lo que ha ocurrido: Pacífico fue asesinado, no fue él quien se largó, y hemos dado con su cadáver. El hombre se muestra perplejo, afectado por la noticia; parece preocupado y hace un barrido veloz de todas las investigaciones que llevaba la víctima en aquella época; todo concuerda con lo que consta en los archivos y no hay nada que nos llame la atención, nada que indique que alguno de esos asuntos guarde relación con el caso Dama.

—¿Cuáles eran las aficiones de Pacífico?

¿La pesca? ¿El montañismo? ¿Machacarse en bicicleta?

—Pacífico escribía.

—¿Escribía? ¿Sobre qué escribía?

—Era policía, pero se había licenciado en Historia —recuerda—. Y esa era su pasión. Impartía alguna clase como profesor asociado en la universidad, también era ponente en los cursos de verano, y preparaba una tesis sobre la huida de los judíos, primero, y los nazis, más tarde, empleando la Península como lanzadera; le interesaba el éxodo durante y después de la Segunda Guerra Mundial. Un episodio apenas divulgado, silenciado durante décadas. Pacífico solía visitar archivos, bibliotecas, registros y embajadas. Investigaba sobre el asunto y se reunía con otros historiadores, con periodistas; con estudiosos y artistas.

—¿Con artistas?

—Los exiliados no se movían con las manos vacías. El viaje

no era barato, atravesaban una Europa convulsa por la guerra y algunos llevaban joyas u obras de arte; para comprar silencios, voluntades y pasajes de barco.

Según Judit, un empresario francés pudo haber utilizado *Las novias* de Klimt como moneda de cambio para llegar a Vigo en su huida de los nazis. Y alguien había indagado acerca de aquel episodio, había contactado con el Prado, ya hacía años, en busca de información. ¿Era Pacífico el investigador al que ella había aludido? ¿Buscaba aquella pintura?

Le envío a la jueza todos los datos: lo del cuerpo de Pacífico, lo del clínex con la sangre, lo del patrón en los homicidios. Y será ella quien decida si hay motivos para mantener a Chuchi apartado del Cuerpo. Pese a haberlo intentado, no he podido hablar con él. Me ha borrado de su vida.

A las nueve de la mañana del miércoles 3 de noviembre, pongo rumbo a Suiza. Vuelo desde Madrid, y un par de horas más tarde aterrizo en Ginebra. Arrastro una maleta, visto un abrigo grueso de lana y llevo a buen recaudo la llave de titanio de Jorge del Cerro; la que recibió de parte de Mario Cayón.

Pretendo averiguar qué es lo que oculta la caja del banco, aunque ya he hecho mis cábalas. Mario sabía quién era Dama, no me cabe duda, había asistido a muchas de las subastas, llegó a adquirir una de sus pinturas. Y según Bianca, visitó La Baleine, la galería de Biarritz. Rastreaba el paradero de las primeras obras que expuso el pintor.

Me invade la impresión de estar compitiendo en una contrarreloj; las subastas se han suspendido, pero intuyo que ese asesino va a volver a matar, que aún tiene motivos para hacerlo.

Tomo un taxi, atraviesa media ciudad y me traslada a la zona financiera. Ginebra se encuentra en un apéndice de Suiza, es un pedazo de tierra que penetra en Francia, como si la estuviera apuñalando. Alberga la sede de las Naciones Unidas, de la Cruz Roja, es un importante centro financiero y cuenta con un buen número de instituciones internacionales. Ya he estado aquí, escalé el Mont Blanc hace unos años, y ahora lo contemplo desde el Quai des Bergues, una de las avenidas más lujosas del centro; la cumbre del pico nevado asoma en la lejanía, tras las montañas verdes que rodean la ciudad. Aquí, en la zona en que me encuentro, se concentran los bancos, las joyerías, las *boutiques* de lujo y los mejores hoteles. Bordean el Ródano cerca de su embocadura, a pocos metros del lago Lemán, que se despliega soberbio, surcado por barcos de vela bajo un cielo azul otoñal. Localizo el Jet d'Eau, el géiser artificial que escupe agua a más de cien metros de altura en mitad del lago. Sigue habiendo cisnes blancos, de pico naranja y ojos oscuros; siempre me han parecido pájaros maquillados. Crisantemos de otoño en los parterres, macizos de ciclámenes. Los árboles no tienen hojas, pero se alzan imponentes a ambos lados del río, y tomo un café antes de dirigirme al banco, de identificarme y aclarar, en un francés bastante oxidado, que he concertado una cita.

Voy cargado de documentos; la jueza que lleva el caso sigue sin contemplar pruebas fehacientes para pedirle a Cresilda que identifique a Dama, pero sí ha contactado con su homólogo suizo y este ha emitido un permiso con el que puedo abrir la caja de Mario. Llevo la llave y lo he confirmado: su uso es nominativo, Mario Cayón solo había autorizado el acceso a Jorge del Cerro —pese al tiempo y los problemas, nunca dejó de confiar en quien fuera su amigo de la infancia—.

El edificio es regio, señorial, muy parecido a los bancos españoles antes de la crisis de 2008, de aquel lavado de cara extensivo y calculado que los llenó de madera clara, de alfombras hogareñas y de decoración cálida de aspecto amigable.

El banco ginebrino parece una catedral, los techos son elevados, y un empleado de aspecto ratonil me acompaña a sus catacumbas.

Firmo un montón de papeles, me toman las huellas, escanean mi pasaporte y la orden que me ampara. Atravesamos varios corredores, cruzamos dos puertas de acero blindado, la temperatura se desploma y localizo cámaras, las hay por doquier. Cuando accedemos al recinto acorazado contemplo las cajas. Son metálicas, de un metro cuadrado, soberbias, encastradas en los muros; como nichos apilados en su cripta. La de Mario es la número veintiuno, el empleado usa su llave y saca un primer depósito de seguridad; me lo tiende, me invita a pasar a una cabina privada, señala un timbre; debo pulsarlo cuando decida salir. Luego se desvanece, me quedo a solas y compruebo que no hay cobertura. Este espacio está blindado.

Inserto la llave en la cerradura del cofre y la hago girar. Veinte minutos más tarde pulso el timbre, vuelvo a la superficie y abandono el banco. He llegado a Ginebra con la maleta semivacía; solo he traído un neceser, una muda y un jersey. Cuando dejo el edificio, no pesa mucho más. Me dirijo al hotel, mi avión no despega hasta mañana por la mañana.

Me dispongo a estudiar el material que he sacado del depósito. Había mucho dinero, pero no lo he tocado. También joyas y documentos, los he dejado en la caja. Me he llevado tres objetos, solo tres discos duros cargados de información.

Mario era un hombre metódico, escrupuloso, y a lo largo de su vida había participado en centenares de casos. Los datos relativos a cada expediente se almacenan en carpetas atestadas de archivos.

Me llevaría meses analizar los historiales y, en realidad, no me interesan. Busco algo relacionado con Dama. Resoplo, dudo, paso un rato dándole vueltas. Localizo una carpeta titulada LNK. LNK debe significar *Las novias* de Klimt; lo doy por hecho, yo mismo he empleado esa abreviatura en alguno de mis informes.

Accedo a la carpeta, contiene fotos del cuadro austriaco, material de hemeroteca, algún que otro artículo relativo al óleo. Y una crónica precisa de las pesquisas de un Mario que aún era joven. Su primer expediente, el relato del verano en que conoció a Miriam.

Santander, 19 de mayo de 1998

Una compañera del taller de pintura me ha hecho mi primer encargo. Miriam Cohen está afincada en Londres, veranea en Santander y me ha abordado esta tarde al acabar las clases. Alguien le había explicado que yo estudio Derecho, que estoy a punto de licenciarme y que escribo un libro sobre la historia de la ciudad. Ella se había fijado en mí, yo también me había fijado en ella, aunque entiendo que quizá fue por causas diferentes. Miriam busca un cuadro, una obra simbolista que había pertenecido a su familia. Se titula *Las novias*, y Miriam tiene motivos para creer que acabó en este país. Sabe de mi interés, de mi pasión por estos asuntos, y nos hemos citado para mañana.

Invierto un minuto en asimilar el fragmento: Miriam Cohen se acercó a Mario Cayón hace más de veinte años y le pidió que localizara esa obra perdida; ella tenía sospechas fundadas de que había recalado en Santander.

Santander, 22 de mayo de 1998

He vuelto a verme con Miriam, he averiguado que está casada y tiene dos hijos. Es seis años mayor que yo. Me ha mostrado una carta de propiedad. *Las novias* perteneció a su abuela, Andrea Cohen, una empresaria judía nacida en Francia. Lo adquirió en Lucerna extraoficialmente, en la subasta de arte degenerado que organizaron los nazis en 1939. Años después el cuadro entró en la Península; la abuela de Miriam lo trajo consigo en su huida de la Francia ocupada. Y acabó en Santander; Miriam no veranea aquí por casualidad, su familia lleva años tratando de localizar el lienzo de la antepasada. Vamos a dar con la obra. He contactado con el inspector Pacífico García, director del curso en que estuve matriculado el pasado verano. Quizá pueda sernos de ayuda, sé que el tema le apasiona.

Santander, 28 de junio de 1998

Miriam y yo nos hemos acostado. No me preocupa que esté casada ni que tenga hijos. Me licenciaré en septiembre y estoy dispuesto a seguirla a Londres. Ella me ha hecho crecer como persona.

Seguimos buscando el cuadro, hemos hecho algunos avances, sabemos que entró en España por los Pirineos, que la abuela de Miriam lo llevaba consigo cuando huyó de su país. Se trata de un episodio histórico poco conocido, la situación geográfica de la Península propició que unos quince mil judíos cruzaran nuestras fronteras. Más de cinco mil de ellos dejaron Francia a través de los pasos de Lleida. El gobierno franquista les permitía el tránsito, aunque no la permanencia, ni siquiera transitoria. Pacífico, que colabora con nosotros, ha contactado con la Joint —el Comité de la Distribución Conjunta de los Judíos Americanos—, y piensa que, entre aquellas gentes, pudiera encontrarse la abuela de Miriam. ¿Llevaba el lienzo con ella? La mayor parte del grupo embarcó en Cádiz rumbo a Palestina, pero aquella mujer se dirigió a Vigo para viajar a Inglaterra. Antes hizo un alto en Santander, porque estaba muy enferma.

Santander, 9 de agosto de 1998

Esta es una ciudad pequeña, y Pacífico, un hombre habilidoso, ágil, taimado como un cuco. Sabe moverse y sabe escuchar. Hemos averiguado que la abuela de Miriam y sus dos hijos embarcaron en Santander hacia Vigo en un viejo barco pesquero. Y hemos contactado con los descendientes del patrón de aquella nave de faena. Admiten conocer la historia, es un viejo relato familiar, solían ayudar a personas refugiadas, pero niegan saber nada de un cuadro. Creo que dicen la verdad, son gente humilde. Pacífico, por el contrario, piensa que mienten, porque, en caso de obrar en su poder, esa pintura no les pertenecería de manera legítima y estarían obligados a devolvérsela a los Cohen, que pueden acreditar documentalmente su adquisición. Vamos a seguir investigando, Pacífico volverá a reunirse con la familia.

Santander, 3 de septiembre de 1998

Lo de Miriam se ha acabado. No iré a Londres, ella no está dispuesta a arriesgar el nombre de su familia ni la estabilidad de sus hijos por un «amor de verano». Le he entregado

> toda la información recabada acerca del óleo; prácticamente lo hemos localizado. Ya sabemos quién lo tiene, y ella asegura que va a negociar con los actuales dueños. Yo, por mi parte, voy a intentar olvidarla. Hace semanas que no sé nada de Pacífico, que no responde a mis llamadas. En unos días regresaré a Madrid, me instalaré allí de manera definitiva, comenzaré de cero. Me habría gustado despedirme de él.

Trato de sintetizar toda esta información. Y deduzco que Pacífico García, el padre de Chuchi, fue asesinado cuando iba a volver a reunirse con quienes, presuntamente, eran los nuevos dueños del cuadro. ¿Llegó Mario a descubrirlo? ¿O murió creyendo, como todo el mundo, que aquel policía se había largado?

El diario se trunca de forma abrupta. Y yo sé que el cuadro ha aparecido, estaba en la caja fuerte de Lucas. Así que finalmente Miriam y Mario se hicieron con la pintura. ¿Por qué la custodiaban en casa del futbolista? Quizá no les fuera fácil transportarla a Londres, facturarla en un vuelo; al fin y al cabo, era una obra valiosa y el Ministerio de Cultura no suele facilitar ese tipo de exportación.

Son las cuatro de la madrugada, pero aún me queda un archivo por leer en la carpeta LNK. Año 2018, Mario y Miriam vuelven a verse. Fue en el despacho de ella, en Londres, décadas después de la ruptura, de haber declarado que el cuadro se había localizado. La pareja había vuelto a cruzarse, pero entonces el motivo del encuentro no fue el óleo de Klimt. Mario trabajaba en la ciudad, había acudido a una reunión y se había dejado caer por su empresa. Conozco esa historia, nada de esto es nuevo: Mario y Miriam se rencuentran, acaban juntos, se casan y él deja la abogacía y su vocación social; nace Nina y vive con remordimientos durante el resto de su vida.

En el fragmento Mario relata cómo es el edificio en que se ubica la sede de Edulis & Cohen, la corporación familiar; describe el despacho de Miriam y alude al impacto que lo sacude cuando vuelve a encontrarla. Por lo visto, el sentir es mutuo; ambos quedan deslumbrados por el otro.

Las últimas líneas de estas páginas son las que más me escaman:

> Londres, 9 de mayo de 2018
>
> [...] y cuando estábamos a punto de despedirnos, cuando empezaba a plantearme si tenía sentido retomar la relación que se había truncado veinte años antes, *Las novias* ha vuelto a salir a colación. Miriam aún negocia con sus propietarios, el asunto se está eternizando, y se ha embarcado en otra obsesión, en un nuevo reto: me ha hablado de Dama, de un misterioso artista emergente que subasta sus obras de incógnito, envueltas. Apenas hace unos meses que ha iniciado su carrera, pero Miriam está convencida: Dama podría ser un miembro de esa familia, de esa gente que se niega, por activa y por pasiva, a entregarle el cuadro de su abuela. Y esa persona podría guardar relación con Pacífico, a quien parece haberse tragado la tierra. Nadie ha vuelto a saber de él desde aquel verano, desde el año en que buscaba el lienzo perdido.

Ahí está el nexo, el punto de unión entre Dama y *Las novias.* Miriam Cohen y Mario Cayón se habían obsesionado con el siniestro pintor, y él había empezado a acudir a las subastas. ¿Con qué fin? ¿Por qué arrastró a Cúe en su afán? ¿Por qué adquirió *Siete*? Y lo más extraño: ¿por qué se había citado con Jorge, su amigo de juventud, días antes de quitarse la vida? ¿Iba a pedirle ayuda?

37

BIANCA

Loredo, 4 de noviembre, jueves

Ya son las dos de la tarde, la tormenta arrecia, y Bianca apenas distingue la isla de Santa Marina tras la cortina de agua.

Ha estado cavilando sobre los datos que obtuvo en casa de Valtierra, en aquellos documentos que encontró desperdigados por la mesa del salón. Mateo y Bianca pasaron juntos la noche del domingo, y al despertar el lunes, mientras él salía a buscar el desayuno, ella aprovechó la coyuntura: les echó un vistazo a los atestados del levantamiento de los cuerpos de Lucas, del Zuki, de Jorge y Rubén. Y también ojeó el expediente de aquel cadáver, seco y extraño, que había aparecido en la tumba de Mario Cayón, el de ese policía llamado Pacífico. Pero Bianca no tuvo tiempo ni audacia para repasarlo todo, y sabe que le falta información.

Es consciente, ha abusado de la confianza de Mateo y no ha actuado bien; se siente mal, pero volvería a hacerlo, volvería a leerse aquellos informes. Se lo debe a Lucas, así que no se puede arrepentir.

En la mesa también se encontraba la agenda de Mateo, abierta bajo el flexo. Y aunque estuvo a punto de apartar la vista, avergonzada de su intrusión, al fin confirmó que el miércoles 3 de noviembre el inspector Valtierra iba a volar a Ginebra. ¿Qué se le había perdido en Suiza? Aquella escapada ¿tenía que ver con Dama? ¿O guardaba relación con algún otro caso?

Le intriga Mateo en sus dos vertientes, la física y la personal, pero no le gusta que le intrigue, detesta que esa pelota vuelva a rodar por el tejado de él. Le inquieta esa incertidumbre, siempre era ella quien daba el primer paso, quien decidía si, excepcionalmente, habría un segundo asalto. Bianca no malgastaba el tiempo pensando en hombres, pero Mateo tampoco parece perderlo pensando en mujeres, y eso la atormenta. Ya lleva un rato con la mente en el asunto, y no se lo puede permitir.

Bianca se dirige al recibidor, se calza las botas de agua, se embute en el chubasquero y sale de casa abriendo el paraguas. Necesita caminar, sentir el viento en el rostro, y pone rumbo a las playas de Langre por la senda costera que bordea el mar. Recorre el acantilado azotado por la ventisca —ese circuito es más impactante al alba, cuando el perfil del sol se recorta en el horizonte—, pero disfruta igualmente de la lluvia y del paisaje.

Tarda una hora en alcanzar la playa pequeña y la otea desde arriba, enclavada a los pies del acantilado oscuro, veinte metros por debajo del lugar en que se encuentra; suele venir aquí en verano, con Rebeca o con María. A veces iba con Lucas, pero sabe que ese agosto ya no será como otros. La neblina es densa, no hay surfistas en la playa contigua, en la grande. Ha dejado de llover, y decide regresar sobre sus propios pasos. A las cinco de la tarde se celebra el funeral por Jorge del Cerro, y ella pretende acudir al entierro.

Una escultura custodia el sepulcro, es una reproducción del *Ángel de Monteverde*, con mirada solemne, porte altivo y los brazos cruzados sobre el pecho de granito. Cementerio de Ciriego. Bianca se mantiene a cierta distancia, evita acercarse; no asiste a la ceremonia religiosa, pero sí a la inhumación del cuerpo de Jorge. Sigue lloviendo, la tarde es gris, se cubre con un paraguas oscuro y contempla desolada la masa de gente vestida de luto, agolpada en torno al féretro. Bianca no suele rezar, pero en esta ocasión lo hace en silencio, sin despegar los labios, lamentando que haya seres que se vayan sin saberlo, sin planearlo, sin tiempo siquiera de hacer la maleta.

Entre el grupo de asistentes Bianca distingue a Judit del Cerro. La hermana de Jorge es la misma mujer que charlaba con Mateo en la puja de *Nueve*, la que describió a Bianca como una pija, frívola y hueca, con la vida regalada. Viste de negro, la arropan un regimiento de familiares y amigos, y llora con desconsuelo.

Bianca no espera al final, venir aquí ha sido un error, porque ha empezado a evocar recuerdos. Su madre reposa en este cementerio —reposa su cuerpo, lo que pueda quedar de él tantas tormentas después—, y ella se dirige hacia el mausoleo de los De Arbide, al lugar en que sepultan a la gente de su sangre. Siente humedad en el rostro, en los dedos entumecidos con que sujeta el paraguas, camina sobre la grija que cruje bajo sus pies y se dice que la tarde también llora, que no deja de llover.

«Sofía Díez de Vicuña.» El nombre de su madre grabado en el mármol. La mañana que sufrió el derrame cerebral, su abuela acudió a buscarla al colegio. Su padre estaba de viaje y regresó esa noche, tarde, cuando Bianca ya dormía. Fue algo insólito, inesperado, fue una de esas tragedias que golpean caprichosas y que le muestran al resto lo afortunados que son. Pero Bianca no llora, se acerca a la losa y sonríe, como siempre al leer el epitafio: «Muero sabiendo que pude vivir sin patria, sin Dios y sin rey».

Sofía dejó escrito que quería esa cita en su lápida; y que su padre, tan circunspecto, accediera a grabar semejante frase dice mucho de cuánto quiso a su mujer. Bianca está a punto de deshacer el camino, de salir del cementerio. Ha tenido suficiente, pero percibe el rumor de unos pasos a su espalda, y alguien pronuncia un «buenas tardes» cansado.

—Buenas tardes.

Bianca se gira y se topa con el rostro de Judit del Cerro. Cabello empapado, goterones de lluvia deslizándose por su frente

—Te he visto desde lejos. Eres Bianca, ¿verdad?

En circunstancias normales, Bianca habría replicado que se largara cagando leches; después de aquello que le soltó por teléfono ya no hay nada que hablar entre ellas. Pero algo en los ojos de Judit le hace contenerse.

—Te estás mojando. ¿No tienes paraguas?

Judit no lo tiene y escruta a Bianca con interés, como si quisiera aprenderse las facciones de su rostro. Bianca también estudia a Judit y siente una mezcla de lástima, de cautela e interés. La persona con la que habló hace días ya no es la misma de hoy. No es violenta, su tono no es agresivo, y cuando saca el móvil del bolsillo del abrigo, Bianca siente recelo y analiza lo que Judit le muestra en pantalla: la subasta de *Diez* ha vuelto a convocarse y acaba de ser anunciada en la versión digital de decenas de diarios.

—¿Lo ves? —pregunta Judit—. Se había suspendido, pero Dama siempre vuelve.

Bianca regresa al sendero y Judit camina a su lado, se acopla a su ritmo.

—Se han ido todos —apunta—. Han venido al entierro de mi hermano, pero yo he querido quedarme a solas. Te he visto desde lejos y quería aclararte que siento lo que te dije.

—¿Qué ha cambiado para que lo sientas?

—Me han comentado que eres muy buena persona.

—Ya, en fin... Lo que Juan dice de Pedro, dice más de Juan que de Pedro. ¿Qué quieres, Judit?

—Creo que sé quién es Dama, y quién es el asesino.

—¿No son la misma persona?

—Apostaría a que no.

—¿Y por qué no has acudido a la Policía?

—El policía con el que quiero hablar ha salido de viaje. Es el inspector Valtierra.

Bianca se detiene, cierra el paraguas y observa a Judit esperando a que prosiga, pero no lo hace, así que es ella quien toma la palabra:

—He descubierto que en uno de tus artículos has calcado, literalmente, el texto del folleto de la primera muestra de Dama, la que organizó en Biarritz ya hace dos décadas. ¿Te gusta copiar?

Judit se agita; parece incómoda, casi un resorte a punto de impulsarse. Bianca insiste:

—Escribes mucho sobre el mercado negro del arte. Leí algo que publicaste, hablabas de restauraciones, del modo en que se simula la reparación de un cuadro para darle el cambiazo; la copia se queda en el organismo oficial, sus responsables son ajenos a la maniobra y el lienzo original va a manos de un particular, de un millonario caprichoso. ¿Hay cuadros falsos en los museos?

—Puede que los haya.

—He oído que en el Prado ya no cuentan con tus servicios. Tampoco en otras instituciones... ¿Por qué han dejado de confiar en ti?

«¿Porque los has estafado?», se dice Bianca rematando la cuestión.

—Circunstancias de la vida... —replica Judit—. La copia es parte de la enseñanza artística, solía serlo en los talleres clásicos. Copiar es rendir homenaje, Rubens emulaba las obras de Tiziano, las imitaciones superaban a los originales. Y Picasso iba al Prado a reproducir tablas del Greco.

Bianca la interrumpe harta de tanta cháchara:

—Tú entiendes que esto no es muy ortodoxo, ¿verdad, Judit? Me sueltas que sabes quién es Dama, quién ha matado a tu hermano, y ni siquiera te has dirigido a la Policía.

—Voy a irme de viaje, estaré fuera una temporada.

—Judit, ¿tú eres Dama?

Judit niega como si Bianca acabara de defraudarla, como si esperara de ella bastante más de lo que está obteniendo.

—No has entendido nada, ¿verdad? —Judit chasquea la lengua, cambia de expresión, y dice que es todo—: Es todo, Bianca, ahora es mejor que me vaya. Gracias por escucharme. Por intentarlo. Buenas tardes.

Da media vuelta, se larga, y deja a Bianca ahí plantada, con el paraguas cerrado y la palabra en la boca. Confusa y perdida.

El viernes amanece crudo y lluvioso, y Bianca se somete a su revisión de rigor en el área de neurología del hospital de Valdecilla.

Le detalla al neurólogo los mareos, las náuseas, el ansia y las pesadillas. Le explican lo que ya sabe, que son las secuelas de un traumatismo; pueden durar más de un año. Bianca no ha sufrido convulsiones, ni ve borroso, ni ha llegado a perder el conocimiento. Aun así, pasan la mañana realizándole pruebas: memoria, concentración, equilibrio y reflejos. La someten a una resonancia magnética y vuelven a reiterarle que limite su actividad, que evite la carga mental, que tome anticoagulantes y que acuda con urgencia si los síntomas se agravan.

Más de lo mismo.

—Mi madre murió de un derrame. Y su padre, mi abuelo. Y dos de mis primos, siendo aún jóvenes. Podría ser algo hereditario.

—No te sugestiones —le dice el doctor—. Eres médico, lo sabes de sobra, puedes morir de un derrame, pero también podría atropellarte un tráiler.

Hay quien se sabe explicar.

—Si se le da muchas vueltas, vivir se convierte en una tortura.

Cuando deja el hospital ya son las dos de la tarde. Telefonea a Luz, le explica lo que le han dicho y, tras devorar un pincho en una cafetería —la tortilla está tan cuajada que parece turrón blando—, resuelve tomar la A-8 en dirección a Novales.

Cresilda Stoner le sugirió que pasara por su casa, le dio su dirección, y Bianca va a hacerle una visita.

Novales es un pueblo popular por sus limones; su tierra es arcillosa, gruesa y pastosa, y las casonas de piedra disponen de jardines plagados de hortensias. Bianca estaciona junto a la farmacia, compra los medicamentos que le han recetado y pregunta por la dirección de Cresilda Stoner. Le indican el camino, puede ir paseando desde allí.

Ha dejado de llover, ya hay claros en el cielo y, aunque la tarde es fría, Bianca se desabrocha el chubasquero y toma el camino que bordea el arroyo; coge el móvil, les saca fotos a las mansiones de indianos, elegantes e imponentes. Vuelve a guardar el teléfono y en el fondo del bolsillo roza un objeto frío, redondo y pesado: es la piedra pintada que cogió en la terraza de Mateo.

Al llegar a la casa de Cresilda Stoner, se detiene impresionada. Su jardín salvaje es oscuro, frondoso, y está lleno de arbolado. Bianca se dirige al portón de madera, hace tañer la campana, junto al muro, y espera. Luego marca el número de la agente, que no contesta. El portón está abierto, Bianca lo empuja y accede a un espacio de ensueño: aquí no se siega a menudo, y las ramas de los sauces se hunden en las aguas, densas y verdosas, de un par de estanques sembrados de nenúfares. Parterres circulares, cogollos opulentos de hortensias rojas, bancos de forja camuflados por la hierba. Al fondo, junto a los columpios, distingue un invernadero de cristal.

Bianca eleva la vista hacia el porche, en lo alto de la escalinata. La puerta de la casa está abierta de par en par y, sin pensárselo mucho, pasa al recibidor amplio y luminoso. Parece la nave de una catedral gótica.

—¿Cresilda?

Nadie responde. Suena música, proviene del corredor que se abre a la izquierda. Puede que la anciana no la haya oído, y Bianca vuelve a pronunciar su nombre, más alto. Deja atrás la entrada, la escalinata, la vidriera que la corona —muestra a san Jorge lanceando al dragón—. Sigue el rastro de la melodía, de la música lánguida que sobrecarga el ambiente. Huele a café, huele tanto que marea, y Bianca llega a un viejo salón. El sonido proviene del equipo de música, pero aquí no hay nadie. Sobre la mesa baja ve un montón de papeles, y los claros del cielo han debido de ampliarse, porque la luz gana en brillo, en calidez y en fuerza. Al fondo, junto al piano dormido, hay unos cuadros adornando las paredes.

Vuelve a sacar el móvil, respira con calma y toma fotos de unas pinturas de Frida Kahlo —Bianca ignora el título de las obras, pero sí es capaz de identificar a la artista—: las niñas con máscara. Una descalza, la otra calzada.

Flor amarilla, cabeza de tigre, montañas blancas y vestido de volantes. Más fotos, de cerca y de lejos, para que pueda captarse en plena magnitud el grafiti que recorre la pared, que la cruza veloz de extremo a extremo. Letras en negro que profanan las pinturas, que les pasan por encima en su trazado violento:

«Dama fuit ic».

En su mente, Bianca reitera la frase de Judit: «Dama siempre vuelve». Y se aferra al canto que lleva en el bolsillo, cierra el puño en torno a él.

El salón está revuelto, hay documentos por el suelo, dispersos, cubriendo la alfombra. Y Bianca se dice que tiene que huir, debe salir de la casa, porque «Dama ha estado allí». Deshace sus pasos, regresa a la calle, respira con fuerza al volver al porche; cuando deja la escalinata dirige la atención al invernadero y se aproxima. También suena música en el interior, es capaz de percibirla, pero no llega a entrar, se detiene en seco frente al acceso. Impactada.

Cresilda desnuda, amarrada a una columna con los brazos en alto. Su vientre abierto, las vísceras húmedas derramándose hasta el suelo. El cabello blanco, mechones secos cayendo sobre sus hombros. Bianca da un par de pasos hacia atrás, como si pretendiera alejarse de la escena; como si al mismo tiempo le fuera imposible hacerlo.

Dama ha estado allí.

Sobre las hojas de vidrio del invernadero hay una inscripción de buen tamaño realizada en color rojo: «Cuando uno se cae, se levanta. Cuando se pierde el camino, se regresa a él».

Bianca no va a poder soportarlo, presiente que va a perder el conocimiento unos segundos antes de alcanzar el portón de la finca, de salir a la calle, y doblar las rodillas. Bianca se cae, pero no se levanta.

38

—

MATEO

Londres, 5 de noviembre, viernes

Cambio de planes, no vuelvo a casa, de Ginebra viajo a Londres sin escalas, para hacerle una visita a Miriam Cohen.

En mi mente, las frases de los diarios de Mario Cayón; las que aludían al rencuentro de la pareja más de veinte años después de haberse conocido:

> Miriam me ha hablado de Dama, de un misterioso artista emergente que subasta sus obras de incógnito, envueltas. Apenas hace unos meses que ha iniciado su carrera, pero Miriam está convencida: Dama podría ser un miembro de esa familia, de esa gente que se niega, por activa y por pasiva, a entregarle el cuadro de su abuela.

Las oficinas de Edulis & Cohen, la corporación que fundó la familia de Miriam, se encuentran en la Tower 42, un popular rascacielos de la City londinense. Es el quinto edificio más alto de la zona, y pocos minutos después de las nueve me apeo en una estación de metro del centro financiero. A estas horas tempranas el área de negocios de la capital británica bulle con hombres y mujeres trajeados que se dirigen a prisa a sus oficinas; nada que ver con la cadencia lánguida de mi Santander de siempre.

Cristal, acero, construcciones de altura imposible que se recortan bajo un cielo recién amanecido. Taxis, tráfico, maletines; y, contrastando de un modo sórdido con este tono futurista, algún callejón de piedra y fragmentos de muralla del viejo Londinium romano; vestigios del Londres que resistió al incendio que asoló la ciudad en 1666.

Edulis & Cohen ocupa la planta número treinta del edificio. En la inmensa recepción me conducen a un ascensor acristalado, uno de los veintiuno con los que cuenta la torre.

Arrastro el maletín, no regresaré al hotel, de aquí me iré al aeropuerto para volar a casa. Avisé de mi visita, Miriam me espera al otro lado de las puertas de acero, no ha enviado a un secretario, ni al becario, ni a ningún subordinado. Debe de temer que me pierda en el camino. Me recibe en persona, viste un traje ajustado de pantalón y chaqueta; creo que es un Chanel. Me sonríe con desgana y no disimula cuánto le incomoda mi presencia en su terreno; me pide que la siga.

Su despacho mide más de cincuenta metros cuadrados, está orientado al sureste y desde esta atalaya, a lo lejos, se contempla el Támesis, que fluye plateado, un pedazo del puente de Londres, y el perfil brillante de The Gherkin, el rascacielos con pinta de cohete espacial que diseñó Norman Foster. Todo allí abajo, diminuto, como si formara parte de una maqueta o de un cosmos de juguete. El sol despunta entre las líneas de los edificios, y ella me invita a tomar asiento; se acomoda frente a mí y le da la espalda a la ciudad.

Conserva su atractivo, pero ha perdido el matiz salvaje, aquel perfil osado y temerario del que fui testigo hace años. Miriam y yo somos viejos conocidos.

—Sabía que volveríamos a vernos, Mateo, pero ignoraba cuándo, dónde y por qué —decreta en tono grave obviando que nos cruzamos en la exhumación de Mario—. La vida nunca deja de dar sorpresas.

«Ni sorpresas ni estocadas», pienso.

—Te veo bien, como siempre —respondo sin efusión.

—Tú estás mejor que nunca. Antes solo eras un crío...

La veo venir, sé cómo se maneja.

—¿Cuántos años hace, Mateo? ¿Cuándo nos acostamos por última vez?

—El 8 de septiembre de 2006.

—Sigues teniendo buena memoria...

Sigo teniendo buena memoria, recuerdo todas las tardes de aquel verano, las de julio y agosto de hace quince años, en su cama.

—¿Qué tal está tu madre? —pregunta.

Le sostengo la mirada.

—Valvanuz está bien; ya lo sabes.

Lo sabe, Miriam asiente, mantienen el contacto. Santander es una ciudad pequeña, y hace unos días Jorge pronunció su nombre: Miriam. Más tarde supe que se trataba de Miriam Cohen, y no me extrañó mucho que la viuda de Mario Cayón fuera la misma mujer casada con la que me había estado acostando al poco de haber roto con Rebeca. Tampoco me sorprende que esta empresaria, decidida y poderosa, acabe de mostrar interés por Valvanuz. Mi madre trabajó para su familia —gente de fuera, pero gente asidua, de esa que retorna cada año a Santander—, y lo había hecho durante muchos veranos, antes de que yo naciera y de fundar Villa Alegría. En julio de 2006, como venía siendo costumbre, Miriam había huido de la vorágine de Londres sin su marido de entonces y sin sus hijos mayores. Yo era joven, había vuelto de Múnich, había pasado un año trabajando allí, estudiando el idioma, y ella necesitaba pulir su alemán.

A Valvanuz no le habría hecho ninguna gracia descubrirlo; aquella mujer a la que tanto admiraba se había acostado con su hijo pródigo.

—Hablo a menudo con tu madre —me confirma—. Y sé que vuelcas todo tu tiempo en el trabajo. Que no te has casado. Que no tienes hijos.

—A veces la vida decide por uno.

—No, Mateo, la vida no ha decidido por ti, siempre has sabido lo que querías. En la cama y fuera de ella.

No puedo permitirme perder más tiempo y abordo el asunto que me ha traído hasta aquí.

—Vengo de Ginebra, Miriam, he accedido a la caja de seguridad de tu marido. Sé que buscabais *Las novias* de Klimt, que lo encontrasteis, que os lo guardaba Lucas. Y que aquello, de algún modo, os arrastró hasta Dama. También sé que Dama os obsesionaba. A Mario y a ti. Sé que él acudía a las subastas y que fue quien compró *Siete*.

Planto las memorias externas sobre la mesa, con la llave de titanio. Miriam se tensa, estira la espalda.

—¿Y esa llave? ¿De dónde la has sacado?

—Era del juez Del Cerro —le explico—; tenía acceso a la caja, Mario lo dejó escrito.

—Lo sé, Mario lo dejaba todo escrito. Y eso es un lastre, porque uno no puede negar lo que escribe. Pero no apuntó lo más importante. ¿Por qué se citó con Jorge del Cerro si había planeado quitarse la vida?

—No tiene mucho sentido —admito.

Miriam se recuesta en la silla; me escruta. Sostiene una de las memorias de su marido y dice que está cansada. Muy cansada de aquello.

—¿Te apetece tomar algo? ¿Un café? ¿Un té inglés?

—Acabo de desayunar.

—¿Algo más fuerte? ¿Algún licor?

—Lo sabes, Miriam, nunca bebo de día.

—Solías hacer excepciones, Mateo, y apuesto a que aún las haces, aunque no sea conmigo.

—Quiero que me aclares lo que está ocurriendo.

—Si has revisado los archivos de Mario, sabrás que nos conocimos en Santander —responde—. En la escuela de arte —añade—. Mario era joven, algo más joven que yo. Me atraía, y había oído decir que conocía bien la historia de la ciudad. Le encargué que buscara el óleo de mi familia, *Las novias*. Y me encapriché de él. Fue más que eso: me enamoré. —A Miriam le cuesta elegir las palabras, articularlas.

—Pero aquella relación no prosperó.

—No, no entonces. Sin embargo, Mario localizó la pintura.

—¿Te reuniste con sus propietarios?

—Tiempo después. Estuvimos negociando hasta hace muy poco... El cuadro me pertenecía legítimamente, y esa gente comprendió que en un pleito judicial habría llevado las de perder. Al fin lo logré, recuperé *Las novias*, la obra de mi familia, por una cifra pactada. Había un pequeño problema, no es fácil trasladar un lienzo como ese sin violar la normativa, y no disponíamos de caja fuerte en Cantabria. Era Lucas quien lo custodiaba; precintado, enrollado en un tubo. Él ni siquiera sabía de qué se trataba, fue un arreglo temporal, mi equipo diseñaba una fórmula legal para sacarlo de España. Temíamos que Cultura nos pusiera trabas; fíjate, Jaime Botín fue condenado a una pena de cárcel, que al final fue suspendida, y al pago de noventa millones de euros por llevarse un Picasso en barco hasta Cerdeña. Ahora el cuadro está en el Reina Sofía y ha pasado a manos del Estado español.

—Volvamos atrás —la interrumpo—. Hace tres años Mario y tú os encontrasteis de nuevo.

—Mario era un hombre comprometido, convencido de que el mundo puede cambiarse. —Miriam se encoge de hombros, como si creer eso fuera una temeridad—. Era un iluso, y entró aquí como tú, arrastrando una maleta. Hacía veinte años que no nos veíamos, y volvió a saltar la chispa; por ambas partes. ¿Sabes lo que es eso, Mateo? No me refiero a algo físico. ¿Comprendes lo que te digo?

—Te entiendo perfectamente.

—Yo ya me había divorciado, mis hijos eran mayores... Todo fue vertiginoso, emocionante, Mario y yo nos casamos, se vino a Londres y tuvimos a Nina. No es fácil ser madre más allá de los cuarenta, y no todo el mundo dispone de otra oportunidad. Mario dejó sus pleitos, cerró su bufete ruinoso infestado de ideales. Y empezó a trabajar para mí, para Edulis & Cohen.

—Sé lo que sois —comento con más desprecio del que hubiera pretendido.

—Somos lobistas, tratamos de influir para que los gobiernos legislen de cierta manera. También moldeamos la opinión pública.

—¿Moldeáis? ¿O manipuláis?

—Ser lobista no es un delito.

—No me parece lógico que tú, siendo presidenta de Edulis & Cohen, pretendieras convertirte en asesora de salud del Gobierno británico.

—Hablas como Mario.

—La cuestión es que Mario se casó contigo y rompió con su despacho.

—Pero llegaron los problemas de conciencia; los suyos, quiero decir. La enfermedad de Nina fue la puntilla. En fin, conoces el resto de la historia; vinieron a visitarnos la ruina y el drama, como explicaba en su nota de suicidio.

No puedo evitarlo, dirijo la vista al otro lado del ventanal.

—¿Por qué te sientas de espaldas a la ciudad? —le pregunto.

—Lo que de veras conmueve lo tengo enfrente.

Giro la cabeza, me pongo en pie y me aproximo al fondo del despacho. Junto a las puertas hay una pared cubierta de pinturas. Óleos, acuarelas, algunos carboncillos. Kandinskys, Boteros, un Dalí, dos Picassos. Un buen número de obras de estilo variado y colorido intenso.

—¿Son auténticos?

—¿Crees que me conformaría con réplicas, Mateo? Claro que son auténticos. Pertenecían a mi familia, los hemos ido recuperando con el paso de los años; no ha sido fácil, esos nazis asquerosos arrasaban con todo cuanto hallaban a su paso. No sabes cuánto cuesta, lo complicado que es defender lo de uno. Cuanto más bello, más difícil.

—¿Y están seguros en este edificio?

—Este edificio ha sobrevivido a un atentado del IRA, a un incendio. —Entorna la mirada—. Este edificio es como tú, Mateo, como yo. Somos supervivientes, es un milagro seguir en pie.

Miriam ha pulsado el interfono, le ha pedido un vino a su secretario y, cuando le traen la copa, se incorpora, se sitúa a mi lado frente a los cuadros, toma un sorbo de Muga y me ofrece explicaciones sin que yo se las pida.

—Desde que murió Nina, tomo algo más de vino. Pero nunca suelo beber tan temprano.

—¿Y por qué lo haces hoy?

—Porque recabas información, ¿no? Yo te la quiero dar. Y como dice el Talmud, entra vino y sale un secreto.

Contengo una sonrisa. «Entra el vino y sale un secreto.» Sé que le intrigan los textos sagrados, que dedicó mucho tiempo a estudiarlos. Pienso en *Las novias* de Klimt, que debería estar aquí, con el resto de las obras que ha ido recuperando.

—¿Dama es la misma persona que se negó a devolveros el lienzo de tu abuela?

—Hoy se podría decir que lo es.

—¿Hoy? ¿El Dama de entonces no es el de ahora?

No hay respuesta. Insisto.

—Pensabais que tenía que ver con la desaparición de Pacífico García, el policía que os ayudaba hace dos décadas.

—Pacífico se esfumó de la faz de la tierra después de ir a negociar con aquella gente —afirma.

—Aquella gente... ¿Quiénes eran?

—La gente que ayudó a mi abuela, sola, enferma y con dos niños pequeños, a llegar a Vigo para embarcar a Inglaterra. La misma gente que a cambio se apropió de su cuadro.

—Mario llegó a localizar a aquellas personas; te dio toda la información, y cuando rompisteis, seguiste investigando. ¿Cómo supiste que «aquella gente», como tú los llamas, tenía que ver con Dama?

—Una de esas personas pintaba, y exhibió sus obras en Biarritz hace veintitrés años. Firmó como Dama.

Señala una de las pinturas y compruebo que me es familiar: *Sueño en Antibes.* La barca en el mar, la luna, el par de estrellas; el remo flotando y las gotas de sangre sobre su pala. Es el cuadro de Biarritz, el único de la vieja exposición de Dama que no llegó a ser retirado por el artista. El que me mostró Bianca en el folleto.

—Tú eras la mujer de rojo, la que lo compró en Biarritz —comprendo—. ¿Por qué?

—Porque lo había pintado una de las personas con las que iba a negociar para recuperar el lienzo de mi abuela. Con seudónimo. Y me hechizó. Fue un capricho.

Pienso en la familia de pescadores a los que hizo alusión Mario en sus escritos. Me aproximo a la tabla, la observo de cerca y entiendo de sobra el magnetismo que emana. Miriam posa la copa sobre un archivador.

Sueño en Antibes. En su despacho. Le pido permiso para descolgarla.

—Adelante.

En el reverso, caligrafiado en negro, un nombre y una fecha: «Dama. 1998». De no ser por Bianca, por las averiguaciones que llevó a cabo apenas hace unos días, jamás habría sabido de la existencia de esta obra.

—¿Aquella gente sabe que lo tienes?

—No imaginan que llegara tan lejos... El asunto empezó a obsesionarme cuando Dama reapareció en 2018, dos décadas después de lo de Biarritz. El mercado del arte se estaba convulsionando con todo ese asunto de los cuadros envueltos, de las obras misteriosas y las subastas secretas. Y yo, sin saberlo, tenía uno de sus lienzos; pero uno muy anterior a todo ese lío. Dama era un artista emergente que vendía con seudónimo; en 2018 aún no era tan conocido como ahora. Cuando Mario vino a verme, apenas hacía unas semanas que *Uno* había salido a subasta.

—¿Quién es Dama? ¿Quién expuso en La Baleine veinte años antes de las subastas de ahora?

Miriam no responde.

—¿Quién es Dama? —insisto.

—Nos obsesionamos con el asunto.

—¿Por qué? ¿Por la desaparición de Pacífico? ¿O hubo algo más?

—Hubo más... Mario empezó a asistir a las pujas de Sotheby's. Volvió a visitar La Baleine, la galería francesa donde adquirí la obra en los noventa. Quería averiguar el paradero de las catorce pinturas que se retiraron, saber si eran las mismas que se estaban sacando a la venta en la actualidad...

—¿Lo eran?

—Creemos que no, que aquellas se destruyeron. Se trata de nuevos trabajos.

—¿Por qué tanto interés en todo este asunto?

De nuevo, no hay réplica.

—¿Llegasteis a alguna conclusión? Esa obsesión ¿os llevó a algún sitio?

—Sí.

—¿Quién es Dama?

Miriam agacha la mirada. «Entra el vino y sale un secreto.» Quizá aún no haya bebido lo suficiente.

—¿Tienes miedo, Miriam?

—Alguien nos envió aquellas notas amenazantes. Quien lo hiciera me conocía, nos quería disuadir de seguir investigando, era consciente de que le temo a Dios, y Dios nos ha castigado. Por soberbios. Lo teníamos todo, y creímos merecerlo, pero todo es susceptible de perderse. Dios te lo da, Dios te lo quita.

—No vas a soltar prenda, ¿verdad? Alguien mató a Lucas Cúe, a Jorge del Cerro, y ambos conocían a tu marido. ¿Vas a seguir callando, vas a ser cómplice de lo que está ocurriendo?

—¿Dónde está escrito que Dama sea el asesino que buscas? Dama podría ser una víctima. —Miriam me calibra con la mirada, me mide, me desafía—. Estás dando palos de ciego, Mateo.

—¿Por qué os obsesionasteis con ese pintor? —reitero.

—¿Pintor? Podría ser una pintora.

—¿Te sientes amenazada? ¿A quién temes?

—Nina ha muerto, pero aún tengo dos hijos; y aunque sean adultos debo protegerlos. —Miriam me da la espalda y contempla la ciudad—. Soy una mujer ocupada, hay que ir zanjando la charla.

—Dimos con la caja fuerte de Lucas —le explico—. Estaba oculta a conciencia, en su chalé, y dentro estaba tu cuadro, *Las novias*. Ahora se encuentra en el Prado.

Miriam se lleva la mano al pecho, horrorizada.

—Ese lienzo me pertenece, fue mi abuela quien lo adquirió en Lucerna, en aquella subasta de arte degenerado; y lo puedo demostrar con documentos. He removido cielo y tierra para recuperarlo.

—Te recuerdo que tu abuela se lo compró a los nazis. Y los nazis, previamente, se lo habían requisado a una familia de Viena. —Me dirijo a la puerta, acciono el picaporte—. Si el cuadro te pertenece o no te pertenece lo decidirá un juez.

Seis horas después del encuentro con Miriam, aterrizo en Santander.

Me largo a casa, me doy una ducha y deshago la maleta. Debería empezar a elaborar un informe, a detallar por escrito lo que he averiguado en la última semana. Pero decido dejarlo para mañana. Y solo entonces, cuando tomo asiento en el sofá, salgo del «modo avión» del teléfono. Lo hago sabiendo a lo que me arriesgo, a la invasión en tromba de varias decenas de llamadas perdidas.

Tengo un mensaje del comisario, le devuelvo la llamada y me comunica algo que en parte me alegra, me alivia, me hace respirar. Y en parte me jode infinitamente.

—La jueza libra de toda sospecha al inspector Collado —anuncia—. Ayer le tomó declaración y no considera que ese clínex con restos de sangre sea motivo para apartarlo del caso. Es algo circunstancial; además, habíais estado en esa vivienda días antes; el pañuelo pudo caerse entonces.

—¿Se ha datado la antigüedad de la sangre?

—El envejecimiento del fluido depende de factores como la temperatura, la radiación solar, la humedad... La Comisaría General de la Científica no puede dar conclusiones definitivas. Se ha realizado una quimiometría, pero es imposible precisar el tiempo de descomposición de la hemoglobina con tan pocos días de diferencia.

Chuchi volverá a incorporarse al Cuerpo. Era de esperar.

—Hay algo más, Valtierra. El día 1 te vas a Madrid, ya se había previsto, se había tramitado hace semanas, y será Collado quien se haga cargo del Grupo. El lunes será oficial, pasarás a estar bajo su mando hasta tu marcha a la Secretaría, y ayudarás a Collado a tomar tierra, a adaptarse a sus nuevas tareas. ¿Qué te parece?

Me parece una pésima idea.

—Necesito autonomía para cerrar lo de Dama.

—Y tendrás autonomía, pero creo que es mejor así.

El resto de mensajes apenas son relevantes, pero a eso de las siete, cuando barajo la idea de salir a correr, suena el móvil. Y respondo a una llamada que viene de la Judicial.

—Ha ocurrido algo, Valtierra. Otro crimen.

39

BIANCA

Santander, 5 de noviembre, viernes

Negro, brillante, de patas cortas y antenas largas. El bicho la aterra, sus pinzas parecen cuchillas de acero emergiendo entre las alas. También tiene ojos, son pequeños y asquerosos, y lo guían en su merodeo, en su devenir frenético por el suelo del cuarto. Bianca sueña que está en Loredo, quiere pisarlo, ha de aplastarlo para evitar el peligro, pero va descalza, como esa niña enmascarada que pintó Frida Kahlo, así que no puede hacerlo; le repugnaría sentirlo duro y crujiente bajo la planta del pie. Sus uñas están pintadas de oscuro, son mucho más grandes que de costumbre y se mueven con sigilo. Se percata, en realidad son insectos agazapados, en letargo, a punto de unirse a aquel ser inmundo. Instilan su veneno, percibe las punzadas, se despierta con violencia; se incorpora cubierta de sudor, su corazón galopa en el pecho y constata que está en el hospital. Lleva una vía enchufada a la vena, y María la acompaña.

Pronto recuerda, no es necesario que su amiga se lo explique, que nadie le aclare lo que ha ocurrido: acudió a visitar a Cresilda Stoner y se la encontró muerta.

—Van a dejarte en observación —dice María—. Parece que estás bien, pero has sufrido un impacto emocional y perdiste el conocimiento.

Lo perdió unos instantes, lo recuperó pronto, y estaba tan alterada que resolvieron sedarla en la ambulancia. En realidad, no fue para tanto.

—¿Has llamado a mi familia? ¿A Luz? Dime que no lo has hecho.

—No lo he hecho, Bianca, te conozco de sobra, y cualquiera te oye después...

Bianca sonríe, acaricia la mano de su amiga, es quien consta en la agenda del móvil junto a las siglas Aa, «avisar a» en caso de emergencia. Luego le anuncia que se larga a casa; no quiere pasar la noche en el box de urgencias.

Discuten el asunto, cuando llega la enfermera, Bianca se deshace del camisón, del típico camisón raquítico y deprimente que dan en los hospitales. Se pone la ropa, se calza los botines y zanja de un modo prosaico:

—Habrá gente que necesite esta cama mucho más que yo.

—Muestras muy poco respeto por los sanitarios, Bianca.

—Me parece ofensivo pretender estar peor de lo que se está en realidad.

Cuando dejan Urgencias rumbo a la salida, Bianca nota un leve mareo, pero sigue caminando junto a María; le han inyectado algún tipo de sedante, no es la de siempre, y al evocar lo que vio en ese invernadero siente náuseas y algo de vértigo.

—¿Sabes interpretar los sueños, María? Yo sé hacerlo, he visto que me acecha un peligro, y no va a dejar de hacerlo por pasar aquí la noche. En los hospitales nacen personas, pero también mueren.

—Muere gente en todas partes, Bianca, y el único peligro que te acecha es tu ida de olla.

Al final del pasillo divisa a Mateo. Charla con otro policía, ellos las ven acercarse y de un modo tácito deciden callar. Al llegar a su lado, Bianca y Mateo se abrazan con fuerza y se besan en los labios. Él le pregunta si se encuentra bien.

—¿Te encuentras bien?

—Perfectamente.

Vuelven a besarse ante la mirada atónita de María y del agente, que se han perdido varios episodios de la serie, los capítulos estelares. María consulta la hora, los interrumpe, y le recuerda a Bianca que hay que ir a casa, que es tarde:

—Tienes que descansar.

—¿Quieres quedarte a dormir conmigo, Bianca? —propone Mateo.

Valtierra tiene algo magnético, Bianca ya lo ha dejado caer, pero olvidó contarle a María que se habían acostado; lo ha omitido a propósito.

—Me quedaré con el inspector —le dice a su amiga—. Luz y mi padre ya se habrán ido a la cama, ni siquiera van a enterarse.

—Puedes hacer lo que quieras —responde María—. Pero pensaba acercarme a tu casa para hacerte compañía. —Estudia a Mateo con una mezcla de intriga, soberbia, recelo y admiración. Lo observa como si fuera un contratiempo, un pedrusco en su camino. Besa a su amiga en la mejilla, le susurra que se cuide. Acto seguido se dirige a él—: Bianca necesita reposo —le explica—. Supongo que no es lo que habías pensado, debes de haber ideado otro plan... Lo mejor sería que le leyeras un cuento, le pusieras el pijama y le ahuecaras la almohada.

—Sé lo que tengo que hacer —replica Mateo—. Bianca ha leído todos los cuentos y en mi cama prefiere dormir desnuda.

Se despiden de María, y el agente le entrega a Valtierra un sobre atestado de documentos.

Han cenado en el salón y ahora charlan, susurran tumbados, frente a frente, en la cama de Mateo. Vuelve a llover, y han hecho el amor de un modo lento y pausado. Bianca se siente a gusto, confortable y confortada, en este momento y en este lugar le parece increíble haber visto lo que ha visto; todo el marasmo, el dolor y el pánico están a años luz de esta habitación. Mateo le cuenta que ha estado en Novales; antes de acudir al hospital ha asistido al levantamiento del cadáver de Cresilda, y el panorama era dantesco.

—La propia jueza, que ha sido testigo de mucho, tuvo que ser atendida por los sanitarios.

Cresilda Stoner: cabello suelto, vísceras derramadas, brazos atados al poste del invernadero. Bianca escucha a Mateo mientras le habla; lo observa con curiosidad, con una mezcla exótica de placer e intriga. Lo vio en su agenda, él ha viajado a Ginebra, y quisiera saber el porqué de su periplo, pero no se lo va a preguntar, y él tampoco podría revelárselo. No sería razonable, profesional ni ético.

—Supongo que eres consciente —dice Bianca—. Cuando le hablé a Cresilda de la exposición de Biarritz, canceló la puja de *Diez*. No le hizo gracia saber que Dama ya había existido. Ahora que ha muerto, esa subasta vuelve a convocarse; la ha convocado el propio artista.

—¿Crees que fue Dama quien acabó con la agente? ¿Por haberse negado a sacar más cuadros, a seguir con el juego?

—Lo creo, sí. La relación de Dama con esa mujer es innegable. Y no era así con el resto de víctimas. Entonces todo parecía circunstancial.

Mateo atiende con interés, ella sigue hablando:

—Vi los cuadros en el salón, los de esas niñas con máscara de Frida Kahlo. ¿Son los auténticos?

—Son copias. La versión conocida de *Ella juega sola* está en Japón, en Nagoya.

Bianca también alude a Judit del Cerro, a su encuentro en el cementerio.

—Es un hecho —admite Mateo—: Se falsifican cuadros, se trafica con las copias, y no me extrañaría que Cresilda Stoner o la propia Judit tuvieran vinculación con esa clase de prácticas. Pero todo eso, lo del trasiego del arte en el mercado negro, es rutina de la gente de Patrimonio. No me compete.

—Tú buscas a un asesino.

Mateo asiente.

—Y a Dama —apostilla.

Mateo plantea una duda, y lo hace con un matiz de dureza:

—¿A qué habías ido a casa de Cresilda?

—Ya te lo dije, habíamos contactado por teléfono y me había invitado a hacerle una visita.

—Y tú no pensaste que podía ser peligroso.

Lo pensó, claro que lo pensó, pero solo cuando vio la pintada, el «Dama fuit ic» en la pared del salón. Mateo traslada la dureza de su tono a su mirada.

—Te estás moviendo en la cuerda floja, Bianca.

—Mataron a Lucas, me hirieron de gravedad, y yo no me quedo de brazos cruzados. Estás acostumbrado a sacarle a la gente las castañas del fuego. Pero yo me las sé sacar sola.

Mateo no le responde, y ella recuerda lo que le contó Rebeca: siendo adolescente, y en legítima defensa, había matado a un asaltante armado que había irrumpido en el negocio de su madre.

—He estado en Londres, Bianca, interrogando a Miriam Cohen, la viuda de Mario. —Mateo elige sus palabras con cautela, no va a soltar más de la cuenta—. El cuadro del folleto de la exposición de Biarritz, *Sueño en Antibes*, se encuentra en su despacho de la City. No puedo darte muchos detalles, la cuestión es que estaba allí, colgado en la pared.

—¿Ella sabe quién lo pintó?

—Lo sabe. Miriam y Mario se obsesionaron con Dama.

—¿Y el resto de cuadros de aquella muestra? ¿Averiguaron qué fue de ellos?

—Miriam cree que se destruyeron.

Pasan juntos el fin de semana, el domingo por la tarde van a Novales y recuperan el coche de Bianca, que seguía allí aparcado desde el viernes. Se despiden, ella se marcha a Loredo y él se dirige a ver a su hermano a la planta de psiquiatría. Hablan de citarse la próxima semana y les cuesta recordar en qué tejado ha quedado la pelota, en el de ella o en el de él.

Ya es lunes, Bianca trabaja en Menéndez Pelayo, en su apartamento del centro de Santander; diseña una estrategia para atender a un músico —sufrió una crisis de pánico escénico en su último concierto— cuando la interrumpe Carmen, el ama de llaves de sus padres, que a veces acude a limpiar. Le anuncia que abajo hay un par de policías. Bianca comprende que el motivo es Cresilda, ha de acompañarlos a prestar declaración, pero deja caer, indiferente, que se debe al asunto de Cúe. Carmen a veces se va de la lengua, la familia de Bianca vive en el limbo, y ella prefiere que siga siendo así.

—No sospecharán de ti...

—¿De mí, Carmen? Yo no puedo ser sospechosa, a mí también intentaron matarme.

Bianca llega al vehículo policial, un Renault Megane oscuro. Pasa a la parte trasera, da las buenas tardes, apaga su móvil. Está convencida, esto no ha sido cosa de Mateo, él le habría ofrecido acudir a declarar por su propio pie. Esta maniobra ha sido idea del tal Collado, el inspector que tanta inquina le tiene. Ella lo ha percibido, y en parte lo entiende: no debe de ser fácil medrar a la sombra de un hombre como Valtierra. Por muy amigos que aseguren ser.

Los cálculos de Bianca son acertados, la acompañan a una sala de toma de declaraciones en los sótanos del edificio. Un agente la custodia, hay una mesa redonda, y ella cuelga el plumífero en el perchero. Se acomoda en una silla, cuenta otras tres, localiza un par de cámaras. No le gusta perder el tiempo y no va a mostrar menos calma de la que siente. Bianca calienta motores. Si quieren fiesta, la van a tener.

Cinco minutos después percibe voces en el pasillo. No es capaz de comprender lo que dicen, pero sí distingue un timbre, el del inspector Valtierra, y no suena a charla amigable. Mateo parece comedido, pero ella sospecha que solo es una pose, algo que él ha aprendido con esfuerzo, algo en lo que ella siempre ha fracasado: el control de los impulsos. Cuando se abre la puerta, aparecen cuatro hombres con caras largas. No hay espacio para todos, Mateo no estaba invitado; alguien sale, vuelve a entrar, le planta delante la silla que falta. El Grupo de Homicidios de la Judicial ha cambiado de riendas, la voz cantante la lleva Collado, pero las lealtades se mantienen en el mismo bando. A ojos de todos, Mateo sigue siendo el líder.

Jesús Collado toma la palabra. Maneja un portátil, remueve unos papeles, mira a Bianca cuando le habla. Pero Mateo lo interrumpe y se dirige a ella:

—No sé si te lo han dicho, tienes derecho a un abogado.

—Gracias, no va a ser necesario.

Bianca resuelve atender a Mateo lo menos posible. Habría preferido que se mantuviera al margen, pero trabaja aquí, y a la gente como él no le es fácil ceder el timón. Collado retoma la palabra, la trata de usted, como en aquella primera entrevista de Loredo:

—En la tarde del viernes se desplazó al domicilio de Cresilda Stoner. Hemos hallado sus huellas digitales en el portón del jardín. ¿A qué acudió a esa vivienda?

—Fui a visitar a la víctima.

—¿Y por qué iba armada? Encontramos una Baikal de calibre 22 en el maletero de su coche.

—Ya se lo dije, practico tiro deportivo... Debería preocuparse de otros asuntos, están matando a demasiadas personas.

—Y usted está muy vinculada a esos homicidios. Se encontraba en casa de Lucas Cúe cuando fue asesinado, en el chalé de Jorge del Cerro cuando acabaron con él y su amigo... Y ahora vuelve a aparecer, oportunamente, en el lugar del crimen de Cresilda Stoner.

—Todo es circunstancial.

—Podría serlo. O no.

Chuchi le sostiene la mirada a Bianca, y ella se la sostiene a él. Bianca espera otra pregunta y él una aclaración. Pero ella no tiene nada que aclarar, porque está diciendo la verdad, y aún piensa que la verdad prevalece.

—¿Sabe que es un delito ir armada?

—Lo sé, portar armas de fuego en lugares no habilitados es una infracción grave.

—Está informada.

—Lo estoy. ¿Le sirvió de algo el análisis que le hice llegar? ¿El del perfil psicológico del asesino?

—La Policía solo da crédito a informes elaborados por profesionales competentes.

—Me considero una profesional competente. Soy psiquiatra.

—No se ofenda, Bianca, usted trata con celebridades, no con psicópatas. Su mundo y el nuestro no tienen nada que ver.

—Es evidente, yo aquí no encajaría. Es la segunda vez que piso este lugar y aún no he visto una sola mujer trabajando en él.

Una pausa de tres segundos.

—Hay mujeres trabajando aquí —dice Mateo.

—No hay ninguna en esta sala —replica Bianca—. Y eso queda muy feo. Me recuerda a aquella escena de *Instinto básico* en que cuatro tipos que sudan testosterona someten a Sharon Stone a la prueba del polígrafo. Salvando las distancias, por supuesto: ustedes no se parecen a aquellos polis chuscos de los noventa, yo no fumo, y esta mañana me he puesto bragas.

El silencio barre la mesa. Es Mateo quien vuelve a intervenir:

—En los grupos de la Brigada Judicial trabajan cinco inspectoras y varias agentes de la escala básica.

—¿Y dónde las han escondido? ¿Solo las sacan para la foto? Las formas son tan importantes como el fondo, deberían tenerlo en cuenta, haber invitado a alguna de esas mujeres a esta sala. ¿Leen novelas policiacas? Cada vez hay más mujeres manejando la batuta en las tramas criminales, pero veo que eso solo ocurre en la ficción.

—Le puedo asegurar que respetamos las leyes de igualdad, las cuotas y el lenguaje inclusivo —apunta Collado.

—Parches —lo interrumpe Bianca—. Aquí hay cuatro hombres interrogando a una mujer, esa es la realidad. Un doce por ciento de presencia femenina en la Policía Nacional. Un siete por ciento en la Guardia Civil. En la escala de oficiales el porcentaje no llega ni al tres por ciento.

Mateo garabatea algo en una nota, se la pasa a Chuchi, Bianca lee de soslayo: «Te está liando», le ha escrito.

—Bien, hemos de ir avanzando. —Collado reorganiza el papeleo ignorando las últimas apostillas de Bianca.

—No tuvo en cuenta mi informe, pero al menos lo habrá leído —dice ella.

—Lo leí —admite Collado—. El asesino es violento, muy inteligente, y muestra un alto grado de autodominio. Planifica y va perfeccionando el modo en que coloca los cadáveres, orgulloso de sí mismo. Oculta su identidad, pero al mismo tiempo le gustaría exhibirla.

Bianca asiente, le agrada comprobar que no solo lo ha leído, prácticamente lo ha memorizado.

—Hizo bien en ignorar ese informe, inspector. La tarde del viernes, cuando hallé el cadáver de Cresilda Stoner, vi que algo no cuadraba. Y hace un momento he caído en la cuenta.

—Explíquese, Bianca.

—El asesino no perfecciona el modo en que coloca los cadáveres. No está orgulloso de su obra. No se ciñe a un patrón ni evoca mitos griegos porque disfrute con ello.

—Y entonces, ¿por qué lo hace?

—Para despistarles. Pura literatura, como lo de las mujeres en los cuerpos policiales. Ya saben, lo típico de las novelas: el patrón, la firma, un asesino ególatra que quiere dejar su impronta, hacer célebre su obra, cosificar a las víctimas. ¿Un criminal que se siente pleno al castigar a sus víctimas como en los mitos? Folclore. Solo lo ha hecho para confundirnos.

—No lo comprendo.

—Necesitaba cargarse a esas personas. Ignoro el motivo, pero en principio no tendría que ver con nada simbólico ni elevado. Debía quitarse del medio a las víctimas porque temía que averiguaran algo; o que ya lo supieran y fueran a desvelarlo. La causa, el móvil de los crímenes, es instrumental. No es un asesino en serie, no disfruta asesinando, aunque tampoco le pesa, porque sí es un psicópata; y el psicópata no siente culpa ni empatía. Ha matado porque no le ha quedado otra. Y dejará de hacerlo cuando se sienta seguro y retome el control. Es el objetivo de este tipo de individuos: el dominio.

Chuchi escribe con rapidez, Mateo la escucha con interés y el resto de policías teclea en sus portátiles.

—Vi el cadáver de Cresilda —sigue Bianca—. Allí, en el invernadero, con esa música en el aire. Apuesto a que tiene algún significado. También leí las frases que habían trazado: «Cuando uno se cae, se levanta. Cuando se pierde el camino, se regresa a él». Es de la Biblia, Jeremías 8, 4, aunque no es literal... En el libro sagrado el profeta aludía al castigo sobre los traidores de Israel, y entiendo que el asesino castigaba a Cresilda por una traición. Pero lo ha hecho de un modo demasiado escandaloso. Sanguinario. Demasiado literario. —Bianca hace una pausa y retoma la palabra—: Tengo más motivos para opinar así: el asesino no firmó el crimen de Lucas. —Bianca se interrumpe, no quiere hablar más de la cuenta. Sabe lo de la inscripción en la caseta del descampado, también lo de Pacífico, pero ha tenido constancia porque revisó los papeles de Mateo, y no quiere delatarse—. Es como si de pronto, al liquidar a Jorge del Cerro y a Rubén Hevia, hubiera decidido hacer algo distinto, y haya continuado con Cresilda. Trata de engañar a la Policía.

Collado y Mateo se miran. Bianca es consciente, lo que dice tiene sentido y ellos saben que es así.

—Creo que es alguien capaz de controlarse. Una persona perfectamente capaz de ocultarse y simular. Un camaleón.

—¿Por qué cree eso?

—No deja huellas ni rastros, no actúa en caliente. Planifica. —Bianca vuelve a pensar en Pacífico. Dos décadas de enfriamiento son demasiado tiempo entre muerto y muerto—. Ha ejecutado los crímenes de modos muy diferentes, con armas variadas. No es un pirado que siga un ritual.

Collado cierra la tapa de su portátil. Ya ha tenido suficiente. Vuelve a intercambiar una mirada con Mateo.

—No la hemos hecho venir por lo de Cresilda Stoner. Y tampoco por lo del arma que se halló en su maletero. Hay otro par de motivos.

Bianca espera, baraja qué puede ser.

—¿Usted es experta en música? ¿En arte, en literatura, en filología grecolatina?

—Ni siquiera me considero aficionada.

—¿Cómo, entonces, logró identificar en la escena del crimen de Jorge del Cerro el mito de Hero y Leandro? La pieza de Schumann no es muy popular, y usted no sabe latín.

Bianca sonríe.

—¿Cree que fui yo quien movió esos cadáveres? ¿Quien organizó aquello?

—Yo no creo nada. ¿Cómo pensó en esa historia? ¿Cómo identificó ese mito tan rápido? En teoría, usted tendría que haber estado conmocionada por la situación.

—Su pregunta es absurda, la verdad. A las pocas horas del suceso se me ocurrió buscar la cita en Internet, y allí di con toda la información. —Puede que hubiera algo más, pero Bianca no lo menciona porque no tiene claro si es importante.

—El otro motivo por el que la hemos hecho venir es que Judit del Cerro ha desaparecido. La última señal de su teléfono sale del cementerio de Ciriego el jueves, y varias personas las vieron hablando después del entierro de su hermano Jorge. ¿Qué puede decirme a ese respecto?

—A ese respecto, inspector Collado, solo le puedo decir que el cargo que se le ha asignado le viene grande. Que es usted un inepto. Que el asesino, sea quien sea, debe estar celebrando su ascenso.

40

MATEO

Santander, 8 de noviembre, lunes

—Judit y yo estuvimos charlando en el cementerio. Luego se largó. No le hice nada.

—¿Y cómo se explica lo de su móvil? La última señal que emitió procede de allí —dice Chuchi.

—Pudo apagarlo al salir. Yo he apagado el mío hace un rato, al subir al vehículo policial que me ha traído hasta aquí. —Bianca se cruza de brazos—. Esto es ridículo —añade forzando una sonrisa—. Deberían sospechar de ella, y no de mí. Mientras pierden el tiempo conmigo, Judit debe de estar en el extranjero intentando colocarle a algún coleccionista ese cuadro que le llevaron, *Las novias* de Klimt.

Bianca se interrumpe, se muerde el labio inferior y enrojece aunque no quiera. No me mira, pero yo sí la miro a ella y confirmo una sospecha: la primera noche que pasó en mi casa curioseó entre los documentos que había dejado sobre la mesa y averiguó que dimos con la caja fuerte de Lucas y con el lienzo perdido.

—¿Quién le ha hablado de ese óleo, Bianca? —murmura Chuchi tomando notas—. ¿De dónde ha sacado esa información?

Le ha costado, pero Chuchi ha logrado dejarla sin palabras. Ella aún es capaz de sostenerle la mirada, pero es la mirada de un animal acorralado, de alguien que percibe la magnitud del asunto. Lo constato, yo no debería estar aquí sentado, porque el impulso que siento, lo que me pide el cuerpo, es apoyarla a ella en vez de a mi compañero.

—¿Quieres llamar a María? —intervengo—. Ya te lo he dicho, Bianca, tienes derecho a contar con tu abogada.

Bianca se estudia la palma de la mano. Vuelve a alzar la vista.

—También tengo derecho a guardar silencio.

—Según la Ley de Enjuiciamiento Criminal, lo tienes —admito.

Chuchi me mira con severidad, y ella, pese a todo, no guarda silencio.

—Pasé la noche con Mateo Valtierra —le explica a mi compañero—. Por la mañana vi unos papeles sobre la mesa del salón y les eché un vistazo. Ahí constaba lo de la caja fuerte, lo del lienzo sellado que hallaron en casa de Cúe. Por eso lo sé.

—¿Se acostó con Valtierra para sonsacarle información? ¿Para husmear en su casa?

—Me acosté con Valtierra porque me gusta. Volví a hacerlo porque me gusta mucho. Ojeé los informes porque estaban allí encima, desperdigados sobre su mesa. Ni siquiera los toqué. Fue casual, no intencionado, lamenté haberlo hecho en ese mismo instante. Y, por supuesto, no le he revelado nada a nadie.

—Entiendo... ¿Sabe que ha cometido un delito? Artículo 197 del Código Penal: «Prisión de uno a cuatro años para quien se apodere de documentos o efectos personales de otro para descubrir secretos o vulnerar su intimidad».

Bianca no le responde, y ruego por que solicite la presencia de María, su abogada. Chuchi le planta el capuchón al boli, recoge sus notas y barre la mesa con la mirada. Es el momento de salir, de dejar a Bianca cociéndose a fuego lento.

—Primero nos cuenta que se ha puesto bragas. Luego critica la ausencia de mujeres en la Policía. A continuación pretende sentar cátedra sobre la presencia reiterada de móviles peregrinos en los crímenes seriales de la literatura actual. Folclore, lo llama... Se carga la idea del patrón, del mensaje en la escena del delito, cuando fue ella misma quien nos envió los datos de Hero y Leandro. Postula que nuestro asesino actúa con fines instrumentales. Nada místico, psicológico ni elevado. Y luego, para acabar, pretende darnos una lección de ética. —Chuchi me apunta con el dedo—. ¿Y tú me dices que me he excedido? Joder, Mateo: husmeó en tus papeles, invadió tu intimidad.

—Soy el policía que trata de dar con la persona que la dejó en coma, que se cargó a su paciente. Ella se topó con esos informes; allí, en el salón, esparcidos sobre mi mesa. Y los leyó. ¿Tú no habrías hecho lo mismo?

—Por supuesto que lo habría hecho, pero ella es una de las sospechosas del caso.

—¿Sospechosa? ¿De qué? ¿Se golpeó la cabeza a sí misma cuando acabaron con Cúe? Ojeó mis papeles, y además identificó el mito de Hero y Leandro en la escena de un crimen. Pero no es sospechosa de nada en absoluto.

Si dependiera de mí, ya habría enviado a Bianca de vuelta a su casa; estamos perdiendo el tiempo, pero ahora es Chuchi quien maneja el percal y no está dispuesto a ceder.

—¿De veras te da igual que hurgara en tus cosas?

—No lo leyó todo. El grueso documental lo guardaba en el cajón, bajo llave.

Chuchi recorre mi despacho en silencio, de un lado a otro, reflexionando. Puede que no reflexione, que esté calculando cómo va a reorganizar el espacio cuando yo me haya ido. Lo analizo; a veces creo que no lo conozco. Vuelvo a pensar que perdemos el tiempo y regreso al caso, a lo que de veras me importa.

—¿Qué hay de lo de Cresilda? ¿Algo reseñable en la escena del crimen?

—Solo las huellas de Bianca de Arbide —replica Chuchi—. No se han hallado signos de lucha, de violencia. Nada que sugiera que quien se haya cargado a esa mujer tuviera dificultades para acceder a la vivienda. La víctima debía de conocer a su asesino.

—O a su asesina.

—Perdona, Mateo, olvidaba ese rollo del lenguaje inclusivo. ¿Cómo era aquello que dijo tu amiga? Polis chuscos de los noventa.

Chuchi me está sacando de quicio.

—No se ha encontrado el arma del crimen —continúa—; se cree que se usó un cuchillo de grandes dimensiones. Según el *rigor mortis,* cuando Bianca dio con el cuerpo Cresilda llevaba doce horas sin vida. La asesinaron de madrugada, en el invernadero, su mayordomo tenía libre el fin de semana. Nadie vio nada, nadie oyó nada, y Novales es pequeño, en esa clase de pueblos la gente duerme con un ojo abierto, nunca se corren del todo los visillos. Siempre queda una grieta, un resquicio por el que atisbar. Sedaron a esa mujer antes de destriparla; se empleó diazepam y, según el informe forense, la víctima no sufrió. Creemos que intentaron cortarle la cabeza, y se la arrastró estando viva durante un buen rato; dando vueltas como en un tiovivo por todo el invernadero.

—Eso respalda la teoría de Bianca.

Chuchi me tiende el dosier.

—Bianca ha soltado teorías como un aspersor, Mateo. ¿A cuál de ellas te refieres?

—El asesino no manipula los cuerpos porque le genere placer, lo hace para despistarnos, y mata por causas instrumentales.

—Cresilda era un problema, tenía que morir, pero al asesino le asqueaba sacarle las tripas. ¿Es eso?

«Y al Zuki lo mutilaron estando inconsciente», pienso. Pero no lo expreso en voz alta.

—La cita del invernadero es de la Biblia, Chuchi, y alude al castigo a los traidores de Israel. El asesino castiga a Cresilda por traidora. La ópera que sonaba era *Le villi,* de Puccini, que está basada en antiguos mitos centroeuropeos sobre la traición y la venganza. Y la víctima fue arrastrada, descuartizada y casi decapitada. Eso recuerda mucho a métodos medievales de ejecución de traidores.

—Esas penas medievales se aplicaban a los hombres. A las mujeres se las quemaba, y Cresilda era una mujer.

—No habría sido fácil cocer viva a una persona, en un invernadero, sin llamar la atención de los vecinos —concluyo.

Ojeo el atestado de la Científica, el del Instituto de Medicina Legal. Chuchi me pregunta cuándo tendrá lugar la próxima subasta de Dama y yo le respondo que será el jueves. Cresilda la había cancelado, pero Cresilda ha muerto, Dama ha dejado las redes sociales y alguien ha vuelto a convocarla. En esta ocasión se ha anunciado por los medios tradicionales: el periódico y la radio.

—¿Qué averiguaste en Ginebra? —sigue Chuchi.

—Que Mario y Miriam se obsesionaron con Dama. Ella tenía uno de sus cuadros. Lo había adquirido en Biarritz, ya hace años.

—¿Mario sabía quién era Dama?

—Lo averiguó antes de morir. Miriam también lo sabe, pero está aterrada, y asegura que Dama podría ser una víctima más.

Le explico a Chuchi toda la historia, incluyendo el papel que jugó su padre —Pacífico— en la búsqueda de *Las novias*. Él carraspea, no hemos hablado de ello, de la identidad del cadáver momificado que se halló en la tumba de Mario Cayón. Pero fue informado hace días.

—Te estuve llamando cuando descubrimos lo de tu padre. Quise decírtelo en persona, Chuchi. Que no se largó a por tabaco, que murió asesinado. Lo intenté, pero no me cogiste el teléfono.

—¿Qué esperabas? Tú tampoco me lo cogiste cuando me arrestaron por lo del clínex. Estabas en Madrid, silenciaste el móvil para irte a la cama con una tía.

Me pongo en pie, me froto los ojos.

—He silenciado el móvil cuatro veces en toda mi vida.

—Y después me pusiste bajo arresto domiciliario.

—Se localizó un pañuelo empapado en tu sangre en el escenario de un crimen.

—El clínex era una trampa, eras consciente, y aun así me arrestaste, le diste parte a la jueza.

—Y has quedado libre de sospecha. Elaboré un escrito, relaté la manera en que ese puto asesino juega con nosotros. Sabía que aquello no iba a prosperar.

—Eres como Dios, Mateo, siempre lo sabes todo. —Chuchi se planta frente a mí—. Te dije que no volvería al Cuerpo hasta que tú te hubieras largado —recuerda—. Si he vuelto antes, ha sido por la Jefatura, porque ya no estás por encima de mí.

Sus palabras me sorprenden, me turban y me impactan.

—No imaginaba que te pesara tanto tenerme por encima, Chuchi. Has sabido disimularlo. ¿Tan mal lo he hecho?

—Llevas un mes haciendo el ridículo, no has avanzado en el caso. Te dedicas a ir, a venir, a tirarte a esa tía y a rellenar informes. Ya no soporto tu condescendencia, tu falsa modestia, ese afán por ser el mejor simulando ser uno más. El chico que se hace a sí mismo; el gran Valtierra, que se pavonea por su barrio y triunfa en las altas esferas. —Hay rabia en sus palabras, mucho rencor contenido—. Ingresé en el Cuerpo tres años antes que tú, pero he tenido que soportar, estoicamente, tu ascenso meteórico. A tu sombra.

—Lo celebro, Chuchi, celebro que te hayas arrancado la careta. Y lamento haber considerado amigo a quien siente tanta inquina hacia mí. No debe de ser bueno padecer cada día semejante malquerencia; de alguna manera, no sé cómo, me tiene que estar perjudicando. —Me dirijo a la puerta, estamos en mi despacho, pero ya no lo siento mío. Este ya no es mi lugar, y Chuchi ya no es mi gente—. Aprovecha tu momento —añado—. Disfruta tu Jefatura, tu silla, tu minuto de gloria. Pronto comprobarás que sigues estando vacío; esto no llena. —Vuelvo a acercarme a él, apuro un par de pasos—. Yo también me he cansado de mi condescendencia —declaro—, de mi falsa modestia, de mi afán por pretender que mis logros son casuales. De tanto paño caliente. Me he ganado todo lo que tengo, a pulso. Tú accediste al Cuerpo tres años antes que yo, y si no has ascendido es porque eres mediocre; traes, llevas e intentas medrar a costa ajena.

—Este tipo mediocre va a resolver tu caso.

—No vas a resolver una puta mierda, Chuchi. Da gracias si no acabas como tu padre.

Estoy a punto de largarme, pero Chuchi vuelve a llamar mi atención.

—¿Dejas el caso?

—Por supuesto que no. Sigo siendo policía.

—Entonces tendremos que avanzar. Solo disponemos de setenta y dos horas para interrogar a Bianca.

—No puedes detenerla, no hay motivos.

—No puedo encubrirla.

Es la misma respuesta, son las mismas palabras que yo pronuncié cuando el asunto del clínex.

—Esto es entre tú y yo, Chuchi. No la utilices.

—Ha tenido acceso a tus documentos, a informes confidenciales de la Policía. Eso es delito, y no puedo tapar el asunto ni obviar lo que ocurre. —Vuelve a parafrasearme—. Si mantiene su mutismo, haremos que pase a disposición judicial.

—Vas a salir escaldado.

—No puedes hacer nada, Mateo.

—Yo no. Pero su abogada puede. Y su dinero también.

Mi padre repetía que evitara destacar.

La eminencia incomoda, levanta ampollas, porque a todos les fascinan los logros ajenos, pero los preferirían para sí.

«En la época de tus abuelos, cuando la Guerra Civil, a los primeros que se cargaron los de los dos bandos fue a los que habían sobresalido; se habían cosechado demasiadas envidias, y es mejor pasar despacio, en silencio, sin elevar polvaredas ni hacer ostentación.»

Hoy ya no se fusila a la gente, no hay una guerra que usar de coartada, pero el enemigo acecha, impertérrito, esperando su ocasión. La excelencia de unos pone en evidencia la mediocridad de otros, y eso no se perdona. Chuchi no me lo ha perdonado, y mis padres se equivocaban: uno no debe pasar en silencio, uno tiene que clamar hasta desgarrarse las cuerdas vocales. Uno debe pisar fuerte.

El resto del día trabajo desde casa. Intento dar con Judit del Cerro, estudio los informes del crimen de Cresilda, analizo el pasado de Pacífico García y recreo sus pasos cuando buscaba al patrón de un viejo barco de pesca. En teoría, fue quien trasladó a Vigo a la abuela de Miriam en su huida de los nazis. En la zona hay pescadores a millares; mis propios abuelos vivían de la mar.

Según los especialistas, los cuadros hallados en casa de Cresilda —los de Frida Kahlo— son reproducciones. Se ha analizado la antigüedad del pigmento, el material del soporte; la estratigrafía muestra un abanico amplio de capas, y las firmas son falsas. Le envío la información a la Brigada Central de Patrimonio. Yo juego en otra liga. Busco a Dama y debo centrarme.

A las ocho de la tarde salgo a correr; he intentado contenerme, pero tras volver a casa y darme una ducha, cojo el coche y regreso a la Brigada. Chuchi ya se ha largado, su día ha sido productivo, agotador, este lunes de noviembre ha cumplido su sueño secreto: ha puesto el culo en mi silla.

A los agentes del turno de tarde les falta tiempo para venir a anunciarme que han cambiado las tornas; yo ya no soy el jefe del Grupo, pero las lealtades siguen inamovibles. Están conmigo.

—¿Ha dejado libre a Bianca de Arbide? —les pregunto.

—Sigue aquí. Collado la ha estado interrogando hasta las seis.

—¿Ella no ha recurrido a su abogada?

—No lo ha hecho.

Cualquier otro día habría evitado mezclar lo personal con lo profesional, pero en esta ocasión bajo al calabozo embargado por la ira. Mitad cabreado y mitad agotado.

Bianca está recostada en el camastro, de espaldas a los barrotes. La cabeza ladeada apoyada en la pared. El resplandor azulado de los fluorescentes ilumina un espacio angosto y desangelado. Algo no encaja, este no es su sitio. Su presencia aquí me genera desconcierto, y también desolación. Gira la cabeza, ve que soy yo quien abre la puerta; leo algo, una emoción callada en sus ojos. Brillan demasiado, como si tuviera fiebre.

—Tu compañero te la tiene jurada, Mateo, y le estás dando motivos para buscarte las vueltas. Será mejor que te largues

Cojo una silla, la arrastro hasta la celda, me siento frente a Bianca. Si mantengo las distancias, me será más fácil conservar la mente fría.

—¿Por qué no has llamado a tu abogada? No tendrías que estar aquí, lo sabes tan bien como yo.

—Cuestión de principios. No voy a salir huyendo, a irme de rositas con la ayuda de María.

Asiento. Me contengo.

—Te debo una disculpa. No estuvo bien fisgar en tus papeles.

—Que lo hicieras dice muy poco de ti, la verdad. —Hago una pausa—. Pareces cansada.

—Solo lo parezco.

—¿Y tu medicación?

—Podré tomarla a su hora.

—No estás bien, no tienes buen aspecto. ¿Has comido?

—Debes irte.

—¿Disfrutas de esto? ¿Te divierte la situación?

No me responde.

—Estás en la celda de un calabozo y la jueza podría enviarte a prisión.

—Iría a prisión, lo soportaría bien.

—No creí que fueras tan frívola. Ni tan simple. Al resto de reclusas no las podrías manipular como a las niñas bien de tu colegio de élite. Iban a divertirse mucho contigo... Allí, en la cárcel, te servirían de poco las clases de defensa personal, la licencia de armas y tus técnicas para el manejo de las cabezas ajenas. Allí no podrías recurrir a tus contactos; a tus tíos, a tus primos, ni a tus amigos banqueros.

—¿Es el concepto que tienes de mí?

—Si fueras racional, llamarías a María —concluyo—. Ella solicitaría el *habeas corpus*, este arresto es arbitrario.

Vuelvo a agarrar la silla, la saco del calabozo. Bianca se muerde el labio inferior, cierra los ojos. Le echo el cerrojo a la puerta.

—Juegas con tu integridad, juegas con tu salud. Lo arriesgas todo por mear más lejos que ese imbécil de Chuchi. No sé cómo manejas los problemas de tus pacientes, pero esto lo llevas de pena. —Le lanzo una mirada cargada de desidia—. Tienes suerte, te rodeas de personas que te apantallan los golpes. De lo contrario, no sé qué habría sido de ti.

Doy media vuelta y soy bien capaz de percibir su tensión, el dolor lacerante que le causan mis palabras. Yo no soy *coach* ni psiquiatra, pero sé que lleva toda la vida peleando por evitar parecerse a eso que acabo de describir. Al cliché.

Vuelvo a subir, entro en mi despacho, puede que lamente lo que acabo de soltarle. Pero era el único modo de lograr que reaccionara. Decido recoger, ir sacando mis cosas de aquí; hasta mi marcha a Madrid, buscaré un espacio provisional.

Apenas transcurren cinco minutos, alguien llama a la puerta. Es una de las agentes.

—La detenida quiere contactar con su abogada.

—Perfecto, acompañadla al teléfono.

—Cuando he bajado estaba llorando.

—No es la primera persona que llora en un calabozo, ni va a ser la última. Ya se le pasará. Y si no se le pasa, que se seque las lágrimas con la manga del jersey.

—Estas pijas no aguantan nada, Valtierra. Parecen de mantequilla.

—Esta, de pija, solo tiene los zapatos. Se mueve bien en el barro, y en un cuerpo a cuerpo te dejaría KO.

A las diez salgo del edificio cargado de cajas. Las meto en el maletero, arranco el coche y pongo rumbo a casa. No sé qué tiene la noche, propicia las malas noticias. Respondo a la llamada mientras conduzco y desvío mi trayecto cuando estoy llegando al garaje. Hace dos horas que buscan a Samu; se ha largado, no lo encuentran, estaba mejorando. Ya hacía días que hablaba, que conversaba y comía, pero se ha esfumado del hospital.

Cuando llego a Valdecilla, me espera el jefe de planta, me esperan los responsables de seguridad del centro. Revisamos las cámaras y comprobamos que Samu se marcha como si nada, que recorre los pasillos caminando como siempre, como cuando estaba bien. Lleva una bolsa de plástico en la mano y nadie sabe aclararme qué puede contener.

—Quiero ver su habitación.

La registro a fondo y descubro una nota bajo la almohada; ya era capaz de escribir y expresarse:

«No me busques, Mateo, he encontrado un escondite limpio de vigilancia. Aquí registraban lo que pensaba, grababan lo que decía. Yo te buscaré a ti, tengo que hablarte del asesino de Lucas. Pero a solas y sin cámaras».

41

BIANCA

Santander, 9 de noviembre, martes

Bianca decide que manejarse en un colegio privado lleno de niñas bien puede resultar tanto o más complicado que hacerlo en la peor barriada de Santander. Fue mucho más difícil siendo ella como era: radical e intempestiva. Mateo la ha golpeado donde más le duele, y ella quiere demostrarle lo equivocado que está: no es simple ni frívola, pero él le ha dado a entender que ella le ha defraudado, y eso la reconcome.

María solicita un *habeas corpus,* alega que la detención no es ajustada a derecho, y a las dos de la tarde del martes se decreta la salida de Bianca del calabozo. Antes se cita a declarar, por separado, a los agentes que detuvieron a Bianca, al jefe Collado y a la propia afectada.

—La jueza no ve causas objetivas para mantenerte bajo arresto; también ha tenido en cuenta tus informes médicos —dice María mientras conduce a casa—. No te voy a aburrir con terminología jurídica, Bianca, bastante has tenido ya.

La jueza no le ha preguntado por su presencia en el escenario de la muerte de Cresilda, de Jorge y Rubén, de Lucas Cúe. Tampoco se ha referido a la desaparición de Judit del Cerro ni al mito de Hero y Leandro. La jueza solo ha valorado si la detención fue justa.

—Debiste llamarme de inmediato —recalca María con la mirada fija en la carretera—. Ese inspector ya te ha tenido enfilada desde el minuto uno, lo vi bien claro al principio. Se nota que folla poco, que folla mal. —María niega muy seria, como si follar poco y follar mal fueran delitos punibles—. Ahora, Bianca, si quieren volver a detenerte, van a necesitar algo más consistente.

Bianca no le responde, contempla el paisaje desde el asiento del copiloto, ve desfilar los árboles, los prados, las iglesias y las casas. Bianca se siente extenuada, y al llegar a Pedreña, cuando la bahía se despliega ante sus ojos, ella los cierra. Ha pasado la noche en vela, reclinada en el camastro de esa celda oscura; ayer apenas comió y necesita una ducha, un buen tazón de leche, sábanas limpias y dormir durante horas.

No hay nadie en casa, Luz y su padre han salido a sus quehaceres, piensan que Bianca ha dormido en el centro, en el apartamento de Santander; y Carmen, la mujer del servicio, ya se ha marchado. Bianca se larga directa a la ducha. Mientras tanto, María le prepara algo de comer. Cuando se mete bajo el chorro de agua caliente, vuelve a pensar en Mateo y en sus palabras: «Vives rodeada de personas que te apantallan los golpes». Quizá debiera bajar a la cocina, hacerse ella misma la comida y pedirle a María que la deje sola. Pero se siente fuera de juego, así que se va a su cuarto, se pone el pijama de invierno y se acomoda en el sillón con la mirada perdida en el islote.

—Cómete esto —le ordena María al cabo de un rato irrumpiendo con una bandeja—. Es lo único que sé preparar, macarrones con tomate, aunque creo que los he cocido demasiado; toda la vida con servicio en casa... También te traigo un zumo.

—Preferiría un vermú, unas rabas y unas aceitunas. En algún garito de Peña Herbosa. O en una terraza soleada, junto al mar.

—Podríamos tomar todo eso el domingo, hace mucho que no salimos por ahí. Si te apetece, podemos llamar a Rebeca; no es santo de mi devoción, pero te veo tan afectada que por una vez sabré tolerarla.

—Rebeca y yo ya no estamos en buenos términos. Mateo Valtierra es su ex, y le conté que nos habíamos acostado.

María se sienta frente a Bianca al borde de la cama. La analiza mientras mastica los macarrones, que están pasados, suaves como babas. No comenta nada acerca de lo de Rebeca, de lo de Mateo, ni siquiera le pregunta cómo está la comida. Repasa con la vista la estantería del cuarto. Hay cuentos infantiles de cuando Bianca era niña, su flauta de plástico, algunos peluches gastados, cuadernos viejos del cole, con dictados, dibujos, sumas y restas.

—Sueles decir que el apego no es bueno, que hay que desprenderse del pasado —dice María—. Pero tú no te aplicas la máxima.

—Consejos vendo y para mí no tengo.

—¿Cómo andas de dinero, Bianca?

—Bien. ¿Por qué lo preguntas?

—Ese policía grimoso no va a darse por vencido. Es una de esas personas con alma de perro de presa; enganchan algo con los dientes y no lo sueltan hasta haberlo despedazado. Así que es probable que intente volver a incriminarte, que vuelva a meterte en el calabozo.

—¿Y para qué se supone que necesito dinero? ¿Para pagar a un sicario que le raje el pescuezo?

—Para comprar tu libertad bajo fianza si la jueza te la impone.

—¿Cabe esa posibilidad?

—Es el problema de las posibilidades, Bianca, que siempre caben.

—Hace poco que he vendido unas acciones; dispongo de efectivo.

María sigue observando a Bianca.

—¿Por qué me miras así?

—El caso se encuentra bajo secreto de sumario, pero he podido saber que reconociste la melodía de Schumann que sonaba en casa del juez Del Cerro; que llegaste a relacionarla con el mito de Hero y Leandro. Y no es una obra muy conocida. ¿Casualidad, Bianca?

—No tanta. Contemplé la escena del crimen y, al ver aquella inscripción, se me encendió la bombilla. Días antes había estado en la Biblioteca Central, con Jorge; creo que te lo conté. Revisé un libro sobre viejos mitos grecolatinos y allí constaba esa historia... No estoy en condiciones de darle muchas más vueltas al asunto, la verdad.

Bianca se traga el último macarrón, posa el plato y se bebe el zumo. En efecto, no quiere darle más vueltas al asunto, y se niega a pensar que quizá alguien los vigilara. María no parece muy satisfecha con la respuesta y solo deja de escrutar a su amiga cuando acaba de comer. Bianca se pone en pie, aparta el edredón, se mete en la cama. María se incorpora, recoge la bandeja, cierra las contraventanas.

—Estaré abajo. Si me necesitas, silba.

—Vete a tu casa, María, no hace falta que veles mis sueños, sé parar sola los golpes.

María sonríe. Aunque estén a oscuras, sigue mirando hacia el lugar en que se encuentra Bianca.

—Bianca, algunos golpes son imparables.

Bianca se recuesta. La sentencia de María resuena en su cabeza.

—¿Me has echado algo en el zumo? Tengo muchísimo sueño.

—Duérmete de una vez.

—Tú también pintabas de niña, ¿recuerdas, María? Lo hacías bien, te acompañé a un par de clases, al principio; en una ocasión me regalaste un estuche, intentaste darme lecciones, y luego ganaste algunos concursos... Lo comentó mi padre el otro día.

Bianca apenas termina la frase; ya ha cerrado los ojos. María aún le responde:

—Todos hemos pintado de niños, Bianca; todos los niños de todas partes. Haz memoria, tú también lo habrás hecho... Luego crecemos, entran las prisas y la gama de colores se va difuminando. Hacerse mayor es ir muriendo; es morir cada día un poco.

Bianca duerme quince horas seguidas. Cuando despierta es miércoles, desayuna en familia, pero omite lo ocurrido en los últimos días.

Bianca se arregla, arranca el coche, se dirige a Santander, a su despacho en la calle Menéndez Pelayo. Pasa unas horas tratando a pacientes por videoconferencia; a mediodía acude a una sesión de rehabilitación.

A las dos de la tarde llama a Mateo. Necesita hacerle ver que ella no es lo que él cree. Pero su móvil se encuentra apagado o fuera de cobertura.

Vuelve a inquietarse y no entiende qué le ocurre; nunca ha sentido esta ansiedad por el hecho de que un hombre no le coja el teléfono. Bianca no se reconoce.

—No me reconozco —le dice a la nada.

Maldice a Mateo y empieza a comprender la letra de algunas canciones, los versos de algunos poemas. Se cree una absoluta imbécil.

A las cinco de la tarde ya ha terminado su trabajo, pero en vez de irse a casa contacta con Victoria, su terapeuta. Después de saludarla, va al grano y le explica el porqué de su llamada:

—El asesino ha vuelto a matar. Fui yo, de nuevo, quien encontró a la víctima. Era una mujer, estaba destripada, con las vísceras fuera; desde entonces no he dejado de soñar con los insectos.

—Mira, Bianca —responde la psicóloga—, no comulgo con las teorías de Freud, pero sí con su modo de interpretar los sueños. Esas alimañas surgen cuando te estresas, cuando caen tus defensas, y simbolizan el ansia de resolver un conflicto. Además, podrías estar censurando una idea.

Bianca vuelve a evocar la pesadilla, va a abundar en el asunto, pero Victoria cambia de tema:

—Va a subastarse otro Dama. ¿Piensas ir?

—Claro que iré. Será mañana, en París.

—¿Intentarás llevártelo?

—Esta vez sí voy a hacerlo.

Cuando cortan la llamada, Bianca entra en Internet y vuelve a ojear la convocatoria al evento. El propio artista se ha hecho cargo de difundirla en los medios.

Me complace anunciar la subasta nocturna que tendrá lugar el próximo jueves 11 de noviembre, a las 7:00 p. m., en Hôtel Drouot. El lote ofertado incluirá una única obra —titulada *Diez*—, de carácter inédito y autoría propia. El acceso a la puja será restringido, debe solicitarse invitación previa.

Diez, óleo sobre lienzo. Dimensiones: 50 × 70 cm. Dama, 2021. Precio de salida: 340.000 €. No se adjuntan imágenes.

Dama ha cerrado sus redes sociales. ¿Por qué? Las subastas se suceden a un ritmo febril. ¿Cuál es la causa? En menos de un mes, las sedes de los eventos han variado en dos ocasiones. ¿Qué razón hay para ello?

Bianca adquiere un billete de avión, reserva una noche de hotel en París. Acudirá a la subasta, se llevará el Dama, planea visitar el museo Rodin; recorrerá el jardín de esculturas y podrá contemplar *El ídolo eterno*, el placer sexual labrado en piedra.

Cuando anochece, se dirige a casa de Mateo.

Mientras conduce piensa a destajo; a Lucas lo mataron por negarse a vender *Siete* y su asesino le dijo que no quería otro Dama, que quería el suyo. ¿Qué tenía ese óleo de especial? ¿Ocultaba algún mensaje?

Bianca aparca a unos cien metros del edificio del inspector. No suele manejarse así, no se presenta en los sitios sin avisar, pero se apresura hacia el portal a paso decidido, sin reflexionar mucho.

Va distraída y pasa de largo frente a un mendigo. Se detiene, abre el bolso, rebusca hasta dar con la cartera y saca un billete de diez euros. Hace frío, ya está helando, apuesta a que el tipo va a dormir entre cartones, en cualquier rincón oscuro y maloliente; tendrá suerte si no se lo cargan, si no le prenden fuego o lo machacan a palos; como a aquel senegalés que murió acuchillado en Madrid.

«Ojalá pudiera darle unas clases de autodefensa —piensa Bianca—. La gente está desamparada, mal asesorada, y ni siquiera es consciente del peligro que corre.»

Vuelve sobre sus pasos, se aproxima al hombre, que se sienta en el suelo con la espalda apoyada en una fachada. Lee un libro, se ha aposentado sobre hojas de periódico y tiene a su lado la mochila abierta. Va abrigado, lleva el cuello envuelto en una bufanda y calza unas botas de montaña. Bianca es observadora, las botas son nuevas, parecen de calidad, no es la clase de calzado que llevaría un mendigo, aunque ha visto mendigos con móviles más caros... Cuando está frente a él, se percata de su error; ese hombre no está pidiendo.

Puede que espere a alguien, que haga tiempo, que se haya cansado de caminar.

—Lo siento —murmura al sentirse descubierta esbozando una sonrisa a modo de disculpa.

—No estoy pidiendo limosna —declara el chico.

—Acabo de darme cuenta. —Bianca vuelve a abrir el bolso, deja caer en él el billete, con rapidez, como si fuera un fardo de coca. Pero se queda ahí plantada, sin moverse, analizando el rostro del hombre y captando de soslayo el título del libro: *El guardián entre el centeno*, de Salinger—. ¿Nos hemos visto antes? —le pregunta.

—Yo no te he visto en la vida. —El chico embute el libro en la mochila, la cierra, observa a Bianca con aprensión y recelo—. No te conozco de nada.

Bianca lo ha visto en fotos, en casa de Mateo. Este hombre es Samuel, su hermano. Estaba ingresado en la planta de psiquiatría, según tiene entendido ya iba mejorando. ¿Qué hace aquí?

—Me llamo Bianca, soy amiga de Mateo, ahora iba a su casa.

Samuel se incorpora, carga la mochila sobre los hombros, recoge una bolsa del suelo y vuelve a dirigir la mirada hacia ella. Con frialdad.

—Conozco a todas las amigas de Mateo y nunca me ha hablado de ti. Mi hermano me lo cuenta todo, así que debes de ser una farsante. —Samu empieza a caminar, se aleja—. Como no nos dejes en paz, te vas a arrepentir.

—No soy una farsante, sé muchas cosas de ti. Sé que eres fontanero, que te gusta ir de acampada, que a veces haces montañismo con tu hermano; este verano habéis planeado escalar el Balaitus, y vuestra madre, Valvanuz, prepara la mejor ensaladilla de la ciudad. —Bianca introduce la mano en el bolsillo y saca una piedra pintada, la que se llevó del piso del inspector—. ¿Ves? —le dice a Samuel—. Sé que la has decorado tú.

Bianca hace ademán de acercarse, pero Samuel compone un gesto con la mano; intenta frenarla, repelerla como a un monstruo. Y ella se detiene con el brazo extendido, con el canto pintado depositado en la palma. La mirada de él clavada en la piedra.

—Llevo una navaja en el bolsillo y no quiero usarla —le advierte Samu—. Deja esa piedra en el suelo. Es mía.

Bianca la suelta, se oye un crac sordo, hueco. El canto rueda, Samu lo recoge y lo aferra en el puño.

Llega un taxi, Samuel le lanza una señal al conductor y Bianca comprende que debía de estar esperándolo.

—Samu, no te marches, solo quiero hablar contigo.

Samu la ignora, se sube al taxi, pero antes de cerrar la puerta, le dice algo a Bianca:

—Dejad de vigilarme, de controlarme, de ponerme micros y cámaras.

El taxi se esfuma, Bianca da unos pasos y luego llama a Mateo, que sigue fuera de cobertura. Camina hacia el portal, pulsa el timbre, no hay nadie en casa. Piensa con rapidez, se le ocurren dos opciones: acudir a la Policía —y volverle a ver la cara al impresentable de Collado— o ir a Villa Alegría.

42

MATEO

Santander, 10 de noviembre, miércoles

A Samuel le aterrorizan los cuartos de baño de los centros comerciales con hileras de puertas cerradas, pero se siente a salvo en ciertos lugares. En su nota aludió a un «escondite limpio de vigilancia», y el valle de Polaciones es uno de los parajes más aislados de Cantabria, un territorio apartado y apenas poblado, al que mi hermano sueña con retirarse un día.

Samu y yo conocemos el terreno, hemos acampado en los montes de la zona y hemos pateado sendas y aldeas. Para mi hermano, cualquier coordenada del valle es un lugar seguro.

Pero no damos con él.

Cuando me llaman de la Brigada por el teléfono satelital —en esta altitud, entre riscos escarpados, no hay cobertura en los móviles—, respiro aliviado. Mientras busco a mi hermano en el culo del mundo, él me busca en la ciudad.

—Tenemos la matrícula del taxi en que se marchó, el conductor dice que lo llevó a la estación. Lo hemos confirmado, ha comprado medicinas, ha utilizado su tarjeta sanitaria y ha pagado en metálico. Lo han grabado unas cámaras y se le ve bien, como si fuera un tipo normal.

A las once de la noche llego a casa de mis padres, percibo más calma que ayer. Pronto comprendo el motivo: Bianca se ha cruzado con mi hermano, ha conversado con él durante unos minutos; luego ha acudido a Villa Alegría y ha tranquilizado a mi familia.

—Esa chica nos ha asegurado que Samu iba bien abrigado;

con bufanda y todo —apunta mi madre—. Parecía sereno, se subió a un taxi como si nada.

Tomo asiento, me cuesta creer lo que oigo.

—Estaba mejorando —admito—. Pero ¿tanto? —me atrevo a preguntar.

—Tu hermano ha ido de campamento con los *scouts* desde los siete años. Es un superviviente.

—Mamá...

—Te recuerdo, Mateo, que ha vivido solo hasta que empezó con los miedos; es un chico independiente... Sabe orientarse, sabe viajar, suele irse solo al monte. Sabría coger el metro, o el avión, dar con información sobre lo que fuera.

—Conoce la teoría, pero nunca ha subido al metro ni a un avión.

—Guardaba dinero en alguna parte —se empeña mi madre—. Copias compulsadas del DNI, una réplica de la tarjeta sanitaria. Cuando comenzó con los terrores, decidió prepararse por si llegaba una catástrofe; lo repetía a menudo.

Uno intenta convencerse de que, en el fondo, pese a todo, nada malo va a ocurrir. De que la tragedia solo golpea a los otros. Se le llama optimismo ilusorio.

—Se ha obsesionado con ese caso que llevas. Resuélvelo, Mateo, sé que volverá. Los psiquiatras insisten, no habrá problema mientras siga tomando la medicación.

Parece simple, pero yo sé de sobra que a veces Samu decide dejar de tomarla. Y que entonces pierde el norte.

El jueves vuelo a París. No me es fácil asumir la decisión, mi hermano continúa en paradero desconocido, pero tengo a media Brigada volcada en su búsqueda. Ahora no puedo dejar lo de Dama, debo acudir a la subasta y resolver el caso. Samu regresará.

La invitación del artista ha aparecido en mi buzón ayer por la noche; se ha sellado en Barcelona, y su lectura me hace cuestionarme quién se encarga de la logística: Cresilda ha muerto. ¿Es el propio pintor quien se ocupa del envío de esas tarjetas?

Antes de subir al avión cierro algunos asuntos: se confirma, a Cresilda Stoner la destriparon estando muerta; la habían atiborrado a diazepam, y eso refuerza la hipótesis de Bianca: el asesino no disfruta matando, lo hace por «necesidad» o por convicción.

Barremos a fondo el grueso documental hallado en casa de la agente; nada que indique quién es Dama, ni un solo escrito que vincule a Cresilda con el artista.

—El asesino de la anciana debió llevarse varias carpetas. Puede que se la cargara por eso, precisamente, para evitar que algo saliera a la luz.

Los secretos son como bombas de relojería, crecen y crecen hasta estallar.

Me reúno con la jueza, le pido que envíe una comisión rogatoria a la justicia francesa.

—La agente de Dama era su pantalla —le explico—. Era Cresilda quien constaba en los papeles, quien negociaba con las casas de subastas. Se embolsaba la cifra de la venta de las obras, al menos a efectos fiscales. Pero Cresilda ha muerto, así que en Drouot deben haber negociado con el pintor. Directamente, sin intermediarios. Quiero saber de quién se trata.

La Justicia gala nos deniega la información, no consideran probado que el artista conocido como Dama guarde relación con los crímenes que desglosa la jueza española. Y es cierto, no está probado, solo tenemos indicios.

Vuelo a París desde Bilbao, aterrizo en Orly a las dos de la tarde y me dirijo a la sede de la Europol en Francia. Hôtel Drouot desconoce quién es Dama, ahora lo representa un despacho de abogados de Boston, y la pintura la han recibido en vehículo blindado; además, se ha rubricado un contrato de confidencialidad. Pero he sido invitado a la subasta, y esta vez tengo un plan.

Tres horas antes de la cita prevista para el evento llamo a Bianca. Hemos hablado ayer, casi de madrugada, no hemos podido vernos y hemos viajado a París en aviones diferentes. Sin embargo, vamos a regresar en el mismo vuelo, y cuando me ofrece quedarme con ella en su hotel, acepto.

Paso la tarde con personal de Europol, reunido con gente del Ministerio de Exteriores. La subasta será a las siete, y me doy una ducha, me cambio de ropa en las dependencias del consulado. El ocaso parisino está cargado de vida, y aunque ya sea de noche, los cafés rebosan y en las calles hay ruido, barullo, risas y vida. Cruzo el centro en un taxi y le pido al conductor que me deje frente a la Ópera Garnier, lujosa y desbordante. Evoco a Rebeca, ya hace años que estuve aquí con ella, pero el recuerdo es vago y las luces de la ciudad hacen que se difumine; que se disuelva en el aire. Me apetece caminar y recorro el Boulevard des Italiens arrastrando la maleta. Callejeo, me pierdo en calles estrechas, y cuando alcanzo la terraza del Café des Antiquaires, cerca de la casa de subastas, confirmo que Bianca me espera; está sentada bajo el entoldado, junto a una de esas mesitas circulares, toma una copa de vino y me contempla con seriedad. Aún le duele lo que le solté en la celda; siempre damos más crédito a lo poco malo que a lo mucho bueno.

Me siento a su lado, y sin mediar palabra nos besamos en la boca. El beso es más largo de lo normal, nos recreamos, estamos en París y hace días que no nos vemos. No sé bien si le debo una disculpa, si es ella quien me la debe, tampoco podría aclarar en qué tejado se ha quedado la pelota. Le dije cosas que no sentía, pero Bianca debía salir del bucle, necesitaba oírlas. Ella parece cansada, yo lo estoy, y solo necesito tenerla a mi lado, hablando o sin hacerlo, sorbiendo vino o café. Da igual, ha vuelto a ser una semana de locos y pido lo mismo que bebe ella —un chardonnay frío que no le llega al verdejo español ni a la altura del betún—.

—¿Se sabe algo de Samu?

—Eres la última persona que habló con él. Lo que te dijo, y el modo en que te lo dijo, nos tranquiliza bastante. Aunque no del todo.

—¿Tú cómo estás?

—El día 1 dejo Santander. Es cuanto sé, Bianca. Eso, y que no voy a irme sin haber zanjado el caso. —Tomo un sorbo de vino, me ajusto la bufanda que acabo de comprar—. No se puede estar más quemado —admito—. Chuchi ha ocupado mi despacho y apenas nos dirigimos la palabra; éramos amigos desde hace siglos, y ni siquiera entiendo en qué le he ofendido. Qué he hecho mal.

—Lo has hecho todo bien, y eso hay personas que no lo soportan. Si lo hubieras machacado, te tendría en más estima. —Sus mejillas están enrojecidas, el aire es gélido y se envuelve en una bufanda blanca que resalta el azul de sus ojos. No puedo estar más quemado, es cierto, pero tampoco podría tener más ganas de eternizar la noche, la charla pausada en esta terraza.

—¿Conocías París?

—He estado un par de veces —respondo—; con Rebeca.

Sonríe con frialdad.

—No va a ser fácil superarla.

«Ya lo has hecho», estoy a punto de decir. Pero no lo hago, y creo que ella lamenta haber hablado, haberlo hecho sin filtrar sus palabras. Pienso en mi madre, no ha perdido ocasión de hacerme saber la impresión que le causó Bianca cuando se dejó caer por Villa Alegría.

«Tiene algo raro, algo que calma. No quería que se fuera, sentía el impulso de contarle cosas. Yo, Mateo, que me paso la vida escuchando a los demás. Fue extraño.»

—¿De veras pensabas aquello que me soltaste cuando estaba detenida? —pregunta.

—No estaría aquí si lo pensara. Ni habría iniciado lo que quiera que hayamos iniciado.

Por volumen de ventas, Hôtel Drouot es la quinta casa de subastas del mundo. Su sede está cerca del café y apenas tardamos diez minutos en llegar. La fachada del bloque, alto e imponente, hace esquina entre dos calles, luce un toque sicodélico y está recubierta por figuras geométricas de estilo cubista. Cuando mostramos las invitaciones, nos conducen a un salón tapizado en terciopelo. Bianca ha logrado un pase, y aunque no le pregunto cómo lo ha hecho, ella comenta algo de una tía segunda; debe ser la misma que la coló en Ansorena.

Más invitados que en las subastas de Londres y Madrid, muchos rostros conocidos. Cresilda ya no está aquí, su cuerpo debe de hallarse a unos dos grados centígrados, depositado en el Instituto de Medicina Legal. O puede que ya haya sido incinerado. Localizo al rubio del chaqué rojo, pujó por *Ocho* en Sotheby's, se llevó *Nueve* en Ansorena; hoy su traje es a rayas y está pegado al teléfono.

Bianca y yo tomamos asiento en la tercera fila. Sobre el atril, como siempre, se encuentra el cuadro envuelto, y mientras esperamos a que dé comienzo el espectáculo, pienso en el quid de todo, en el núcleo del nudo que resolvería el caso: Mario. Él sabía quién era Dama, y era el nexo entre Lucas y Jorge. Ninguno de los dos, ni el futbolista ni, creemos que el juez, llegó a ver la obra que acababa de adquirir.

Resuena el martillazo y comienza la puja. Se palpa la tensión, el precio de salida es de trescientos cuarenta mil euros, y pugnan diez asistentes, hombres y mujeres, jóvenes y ancianos; todos destilan elegancia y sobriedad. El ascenso del precio es vertiginoso, también el modo en que crece el murmullo, y el valor del cuadro sube como la espuma. En pocos minutos la cifra alcanza los cuatrocientos mil y solo quedan un par de postores: un tipo alto y espigado y una mujer vestida de azul. En esta ocasión el rubio es un mero observador, pero sigue charlando al teléfono. Todo el mundo está expectante, el precio sigue ascendiendo, y la mujer de azul oferta cuatrocientos cuarenta y cinco mil.

Sé lo que va a suceder un segundo antes de que ocurra, me lo he estado oliendo desde el principio, desde el evento de Londres: sin previo aviso, de modo súbito, Bianca alza su paleta como un resorte; ágil y rotunda, ofrece cinco mil más. Contengo un suspiro, niego sin mirarla.

—Pareces sorprendido.

—No lo estoy —replico.

Bianca entra en liza, se bate en duelo, apunta y dispara con cifras de infarto; cuando traga saliva, lo hace con tanta fuerza que casi la puedo oír, y siento una mezcla de temor y admiración. Bianca compite contra la mujer de azul, que tiene aspecto de galerista de relumbre. La mujer frena su apuesta en los cuatrocientos noventa y cinco mil; debe haber intuido que en esta ocasión Bianca no tiene tope; decidida, resuelta, desafiante. No hay límite, ha venido a por todas. Bianca va a llevarse el cuadro, y fijo la atención en el rubio del traje a rayas. Continúa al teléfono, y algo me dice que va a entrar en la escalada.

Alzo mi paleta.

Ofrezco quinientos mil.

Un rumor atronador invade la sala; la nubla. Miro a Bianca a los ojos, comprende de sobra lo que le estoy pidiendo. Y el porqué: «No sigas, déjalo aquí», le exijo en silencio.

Bianca no sigue, y unos segundos más tarde *Diez* es mío. A las siete y veinte se le adjudica el lienzo al portador de la pala número veintidós. ¿El precio? Medio millón de euros.

Soy el propietario del último Dama. Aunque solo sea por poderes.

Le ruego a Bianca que me espere en el hotel.

—Llegaré tarde, pero llegaré.

Me observa impresionada, extrañada, como si viera un fantasma. Se pone el abrigo, se lo abrocha, la sala se va vaciando. La gente se larga, muere el ruido, me habría gustado cenar con ella en el Barrio Latino, pero he venido a trabajar; la vida es larga, habrá muchas más ocasiones.

—¿Podré ver el cuadro? —me pregunta en un susurro, con la mirada encendida.

No le respondo que sí, tampoco le digo que no. He rubricado un acuerdo, todos lo hemos firmado al poner un pie en la sala: no debería mostrar la obra ni divulgar su contenido. Nos despedimos, Bianca se encuentra en estado de *shock*, y yo tampoco manejo mi templanza de costumbre. Me siento eufórico.

A las ocho de la tarde dejo la casa de subastas a bordo de un coche del consulado; en esta ocasión se han acortado los requerimientos administrativos y el Dama viaja a mi lado, oculto en un embalaje de porexpán. Nos escolta un furgón con cuatro gendarmes y nos dirigimos a la base aérea de Vélizy, a ocho kilómetros de París. Mientras cruzamos la ciudad, reviso los documentos que llevo en la maleta: la orden judicial que me ha permitido pujar por el cuadro, el acta de la reunión que ha cerrado el acuerdo entre dos ministerios —Cultura e Interior— y una copia del contrato de compraventa. Es la Administración quien ha adquirido la obra, soy un mero intermediario, y pasará a formar parte del Patrimonio Nacional, aunque nunca se llegue a mostrar en el Prado, en el Reina Sofía ni en ningún otro museo. Los quinientos mil euros que se han desembolsado proceden de los fondos del Ministerio de Cultura, y es lo máximo que se me ha permitido ofrecer.

Llueve en Vélizy, transportamos el óleo por el hangar, por la explanada inmensa de la pista de despegue, húmeda y oscura. Irá escoltado por personal cualificado, y existe una orden expresa de no desprecintar la caja; bajo ningún concepto. El Falcon 900B español despega a las diez de la noche rumbo a la base de Torrejón; lo veo alzarse, ganar altura, salir de la pista. Es un avión de transporte de pasajeros, suele emplearse para traslados VIP, pero en esta ocasión, el viajero importante no es un jefe de Estado, un ministro ni un miembro de la Casa Real. Es un cuadro envuelto. Valioso y enigmático.

Cuando llego al hotel, ya es medianoche, Bianca aún está despierta, y después de darme una ducha y cenar en la habitación le explico lo que ha ocurrido, cómo se ha orquestado la maniobra.

—Cultura suele hacerse con obras de arte. En 2020 el Estado invirtió tres millones de euros en la compra de piezas para las colecciones públicas. Va a declararse el Dama Bien de Interés Cultural.

—Así que esa adquisición es ajena al caso.

—El interés es doble: cultural y policial. Se va a analizar la técnica, la época, el trazo y el soporte. Quizá se pueda identificar al pintor estudiando su trabajo.

Bianca no me pregunta si he llegado a ver el Dama, y esta

madrugada nos asalta el sueño hablando, el uno frente al otro, como siempre. Llueve en París, dormimos hasta las nueve, nos despierta el resplandor que filtran las contraventanas; pero aún pasan horas antes de que bajemos a desayunar. Llevamos semanas de ritmo frenético, y este amasijo de sábanas limpias es un refugio de piel cálida, la tregua de unos días inciertos y febriles.

Nuestro vuelo despega a las cuatro de la tarde, hemos planeado pasear por Le Marais, pero dejamos pasar el tiempo en la cama; el deseo que sentimos no llega a mitigarse.

Bianca se queda dormida en el avión, yo reviso documentos y vuelvo a estudiar el caso desde el principio, punto por punto; nada se aclara, todo parece cada vez más turbio. He llamado a Santander, no hay novedades en lo que respecta a mi hermano. A mitad del trayecto, cuando sobrevolamos el golfo de Vizcaya, recuesto la cabeza, cierro los ojos, acaricio el cabello de Bianca, con la sien sobre mi hombro. Y evoco la pintura, visualizo el óleo como lo hice anoche, en la sala cerrada de Hôtel Drouot. Pude hacerlo, me quedé a solas unos minutos y arranqué el envoltorio del lienzo, lo rasgué sin miramientos.

No estaba autorizado, pero he visto *Diez*.

Es uno de los trabajos descritos por Jorge del Cerro, uno de los cuadros que halló en la casa de Mario Cayón: la pareja desnuda yace en la cama. La ventana, el resplandor, pieles frías y ojos cerrados. Unos antifaces cubren los rostros de esas personas, y a su lado hay un niño de gesto serio; lleva el cabello corto, contempla a la pareja y se aferra a un gato de pelaje oscuro. No se aprecian los ojos, tampoco el hocico del animal, que entierra la cabeza en el regazo del crío. Hay una escopeta apoyada en la pared.

Soy profano del mundo arte, y aun así comprendo que la técnica es pobre: trazos simples, rasgos angulosos, colores vivos carentes de matices. Dicen que Dama es autodidacta, y en realidad, este óleo lo pudo haber pintado cualquiera. El valor de la obra reside en el tema, en la niebla, en la atmósfera del mundo que se pretende evocar; ahí está su valía, en la duda que provoca. ¿Van a despertar el hombre y la mujer? ¿Qué ocurrirá si lo hacen? ¿Se ha detonado el arma? ¿O está a punto de emplearse? ¿Qué ha hecho el niño? ¿Ha usado esa escopeta? ¿Qué intenta comunicarnos? Al fin, logro entender la reticencia de Jorge a describir las pinturas. Anoche busqué la firma en el lienzo, el «Dama fuit ic» de letras minúsculas y caligrafía hermosa. Y la hallé sobre el anillo de la mujer del cuadro. ¿Muerta o dormida? La tabla está sin fechar, y eso me extraña; en teoría, Dama solía indicar mediante números romanos los años transcurridos desde el día en que nació.

Seis de la tarde, aterrizamos en Santander y acerco a Bianca a Loredo. Me pide que revise el nuevo sistema de alarmas que ha hecho instalar en el chalé familiar.

—He diseminado detectores de presencia por toda la finca. Pensaba llevarme el Dama en la subasta —se justifica—, y quería protegerlo.

Su familia ignora que ha estado en París, creen que viene de Madrid, de atender a unos pacientes.

—Sígueme el rollo, Mateo, no quiero oír la letanía de siempre.

—Va a sorprenderles que llegues conmigo.

—Que se sorprendan un poco. Luz y mi padre viven como un par de octogenarios.

Luz está haciendo pilates en la piscina acristalada. Mientras Bianca va a buscarla, Guzmán, su padre, me guía por el terreno; reviso el sistema de seguridad que han hecho desplegar, y él me explica resignado que Bianca ha insistido; se ha puesto muy pesada, y han tenido que montar este circuito interno de cámaras de vigilancia. Recorro con él todo el vallado, le detallo cuáles son los puntos críticos, cómo funcionan los mecanismos de detección. Toma notas de manera minuciosa, muestra interés genuino, y aunque me siga pareciendo un hombre taciturno, lo noto más afable que en la anterior ocasión, cuando estuve aquí con Chuchi.

Barremos toda la finca y él insiste: Bianca está obsesionada, desde que le ocurrió aquello en casa de Lucas ya no es la que era.

—Se ha obcecado con lo de las bandas de asaltantes que entran a robar en zonas solitarias —dice.

Localizo una figura, se recorta en la ventana del chalé de al lado, que colinda con los De Arbide por el jardín trasero.

—¿Quién vive ahí?

—María Giannetti, con su marido y su hijo. La amiga de Bianca, su abogada, la que estaba con ella cuando viniste a tomarle declaración.

María se aparta de la ventana, pero Guzmán continúa mirando hacia allí.

—Los Giannetti llevan aquí desde principios de siglo. Consignatarios de buques. El abuelo de María pintaba, su padre también.

—¿Y ella pinta?

—Pintaba de joven; de más joven. Ganó algún concurso, pero luego debió de dejarlo. Tuvo problemas con la comida, anorexia o algo así. —Guzmán anota algo más en el cuaderno, lo cierra y vuelve a dirigir la vista hacia el ventanal; como si no confiara del todo en sus vecinos—. Bianca se ha obsesionado con la seguridad de esta casa, y también se ha obcecado con ese pintor-espectáculo del que todo el mundo habla... Eso ha sido cosa de María, que le ha calentado la cabeza.

Guzmán se equivoca, el verdadero motivo de esa obstinación es el asesinato de Lucas; pero este hombre serio parece sentir una inquina especial hacia la amiga de su hija, y me intriga el porqué.

De vuelta al salón tomamos asiento frente a la chimenea. Bianca aún no ha regresado, y él me ofrece un café. Lo acepto, él dice que están sin servicio y se va a la cocina. Contemplo las llamas, los leños crepitan. Guzmán vuelve cargando una bandeja con una copa de vino, un plato de jamón cortado a cuchillo, pastas de té y una taza de café.

—*Kopi luwak*, café indonesio, de civeta —me anuncia—. Pruébalo.

—He oído hablar de él en alguna parte —admito. Y aunque en este momento no sepa recordar dónde ni a quién, sí sé que se extrae de las heces de un mamífero.

—Solo se producen quinientos kilos al año —aclara—; viajo a Yakarta con frecuencia, por negocios, y siempre dispongo de existencias. Su precio en Europa es prohibitivo. —Guzmán me tiende la taza, toma asiento frente a mí y sorbe un trago de vino—. No le eches azúcar —sugiere—; es algo dulce, de sabor contundente, pero no amargo. En casa soy el único que lo toma, el café corriente me sabe a alcantarilla.

Bianca aparece, Luz la acompaña, Guzmán parece aliviado, le estaba pesando mi visita imprevista. Y yo me tomo el café de un trago. Mientras me pongo en pie, al despedirme, intento recordar a quién le he oído citar esos granos de café cagados por un mamífero tropical. A quién y por qué.

43

BIANCA

Loredo, 13 de noviembre, sábado

Algunos golpes son imparables. La sentencia de María resuena en su cabeza. Golpes imparables, nada que hacer ante ellos.

Bianca pasa la mañana con Luz podando los setos, y luego se arregla para salir a comer. Se ha citado con Mateo en la ciudad y, cuando baja al garaje para coger el coche, se tropieza con Guzmán, que viene de pescar.

—Papá, anoche no comentaste nada acerca de Mateo Valtierra —lo aborda medio en broma, medio en serio—. ¿Qué te parece?

Guzmán estudia a su hija como si no comprendiera la pregunta, como si acabara de volver tras un viaje muy lejano y no le apeteciera dictar veredicto.

—Creí entender que no confiabas en la Policía, Bianca, que no te gustaban los tipos armados. Pero ese inspector me parece mejor que cualquiera de esos peleles que frecuentas en los congresos. Un hombre de verdad.

—¿Los otros son de mentira?

—Los otros llevan demasiado atrezo. Aunque en el fondo da igual, este policía te va a durar lo que te dure el capricho.

Guzmán deja a su hija con la palabra en la boca y entra en casa sin más preámbulos. Bianca se mete en el coche, se ajusta el cinturón de seguridad, da un buen portazo y arranca. La mañana es fría, pero también soleada, y bordea la bahía ajena al paisaje que se despliega ante ella, con las frases de Guzmán percutiendo en la cabeza. Bianca se dice que su padre se equivoca, Mateo no es un capricho, es el lujo necesario, porque cuando está con él se siente inmune a todos los males.

La Bodega Cigaleña está abarrotada, la parroquia toma vino, vermú, la gente charla en la barra junto a vitrinas atestadas de botellas. Mateo la espera, ocupa un taburete, ojea el periódico, y Bianca se aferra a sus brazos. Se besan, la boca de él sabe a café, y ella cae en la cuenta: lleva dos noches sin soñar con los insectos. Mateo huele a jabón —que no es lo mismo que oler a gel de ducha—, a perfume, a loción de afeitado, y ella nota que los están observando, que están ofreciendo un buen espectáculo; a partir de ciertas edades y en determinados sitios, la efusión amorosa sorprende más que un arranque violento o una payasada pública.

—Si lleváramos una polla de plástico en la cabeza, no nos mirarían tanto —decide Bianca.

Mateo sonríe y comenta que ha pasado la mañana trabajando. Sigue en marcha la búsqueda de Samuel, ya lleva cinco días en paradero desconocido. Y aunque no quiera alarmarse, el asunto comienza a ser preocupante; también alude a *Diez*, a la subasta de hace dos noches: pretende hablar con Madrid, con el Prado, saber si ya hay novedades en torno a esa pintura.

Al cabo de unos minutos pasan al comedor, se acomodan en la mesa bajo el reloj antiguo. Sus agujas se han clavado en las once y cuarto, ya lleva años detenido en esa hora.

Bianca recorre la bodega con la vista, las paredes cubiertas con viejas botellas de vino. También hay botellas en el techo, y el suelo es de piedra. Piensa en su padre, Guzmán dispone de una bodega en casa y disfrutaría mucho en un local como este, seguro que lo conoce. Después de consultar la carta, de haber decidido qué es lo que van a pedir, Bianca lanza la pregunta:

—¿Llegaste a ver *Diez*? ¿Le quitaste el envoltorio antes de escoltarlo hasta el avión?

Mateo lo admite: sí, lo hizo, llegó a ver el óleo.

—¿Vale lo que cuesta?

—Puede que valga aún más.

Mateo no le describe la obra y Bianca se resigna: no va a poder sacarle más de lo que ya ha declarado.

—¿Tienes planes para esta noche?

—Pensaba pasarla contigo. Compraré cruasanes para desayunar, y también te pondré café, la típica agua de cloaca, nada de granos cagados por gatos exóticos.

—¿Mi padre te dio a probar su *kopi luwak*? —Bianca parece perpleja—. No lo hace con cualquiera, suele reservarlo para gente a la que aprecia... Y lo raciona, solo se toma una taza a la semana.

Ella detesta ese brebaje que trae Guzmán de Indonesia, su dulzor mortecino no la convence.

—El sistema de seguridad que has instalado en la finca me parece excesivo —continúa Mateo—, digno de una persona muy paranoica. Tu familia debe haber desembolsado un dineral.

—He sido yo quien lo ha financiado. El chalé de Loredo es mío. —Bianca sorbe un poco de vino, pellizca un trozo de pan, se lo lleva a la boca—. Mi padre atraviesa apuros económicos, me vendió la casa hace un par de años, necesitaba liquidez. —Bianca baja la mirada, como si le avergonzara admitirlo—. Lo sabe muy poca gente, heredé un gran capital cuando falleció mi abuelo, el padre de mi madre. Metálico, propiedades, acciones... Y he logrado hacerlo crecer.

—Nadie lo diría.

—Aún no he tocado un céntimo de esa suma, vivo de mi trabajo y detesto la ostentación.

—¿Por qué dejaste de pujar por *Diez*? El precio no parecía un problema.

—Comprendí que te encontrabas en plena misión. Adquirir la obra formaba parte de tu estrategia.

A Bianca la incomoda hablar de dinero; hablar de su dinero. Han cambiado muchas cosas, el mundo no es el que era, pero aún quedan muchos prejuicios, por eso suele ocultar el detalle como si fuera un lastre, alguna clase de tara que debiera encubrir; ni siquiera comprende por qué se lo ha confiado a Mateo.

—Es curioso, nunca me he avergonzado de mi cojera, pero sí me avergüenzo de disponer de tanto, y tan inmerecido.

—Manejas bien ambas cosas.

A las cuatro de la tarde dejan el restaurante. Mateo regresa a la Judicial, Bianca se dirige a su apartamento del centro; va a adelantar trabajo de cara a la semana. Se citan para esta noche, a las ocho, y al despedirse, ella suspira aliviada: a él apenas le ha afectado saber que es dueña de una pequeña fortuna. Es como si le importara un bledo todo lo que ella tuviera o dejara de tener.

Bianca camina hasta el coche, es uno de esos días en que sufre las secuelas de aquel golpe en la cabeza: algo turbio en su mirada, algo nublado en su mente. Escribe un mensaje apresurado para María, le propone verse mañana, tomar unas rabas con un vermú.

Bianca también redacta una publicación para su perfil de Instagram.

> Hay que asumirlo, conocer los propios límites, se puede morir por exceso de optimismo. El ser humano no es imbatible, el intento no garantiza el logro, y no hay éxito para tanto esfuerzo, porque algunos golpes son imparables.

Cruza la ciudad, aparca junto al edificio y, cuando se encuentra frente al portal, al ir a sacar las llaves, algo capta su atención: ve que hay un sobre en el bolso. Bianca no piensa, no se detiene un instante, abre la puerta mecánicamente, llama al ascensor, lo espera, y vuelve a estudiar el sobre, intrigada. Es grande, de papel manila, no pesa demasiado y no muestra marcas ni inscripciones, nada que indique lo que oculta. Está cerrado, y cuando llega al apartamento abandona el bolso en el recibidor, lo deja caer, y se dirige a su mesa de trabajo. Abre el sobre, lo desgarra. Le tiembla el pulso y está nerviosa, intuye lo que hay en su interior: seis fotos en tamaño DIN A4. Ella las dispone como en un damero, las coloca conformando una matriz perfecta, tres filas y dos columnas, con precisión milimétrica.

Bianca no le ha pedido que describiera el cuadro, pero Mateo, de algún modo, siente que se lo debe. Ella dejó de pujar, bajó su paleta para que él se llevara el óleo; y Mateo quiere que Bianca contemple la obra. Por eso, en mitad de la comida, mientras ella ha salido del restaurante a responder una llamada, él le ha metido estas fotos en el bolso. Mateo no puede mostrarle el lienzo ni podría transmitir lo que ha visto en la pintura; en realidad, ni siquiera es suya; pero ahora la tiene aquí, ante ella: *Diez* en seis fotos. De cerca y de lejos, de lado y de frente, en unas reproducciones tan definidas que es capaz de captar el trazo, el grosor de la pincelada y los detalles más nimios.

Bianca se deja caer en la silla, clava los codos en la mesa de cristal. La bruma en su cabeza se intensifica, regresa la náusea. Se fricciona las sienes, no puede ser, vuelve a apoyar los codos, a analizar las imágenes. La mirada del niño, la escopeta y el gato. La pareja en la cama; duermen, no están muertos. El anillo de ella, de la mujer que yace. Y ese detalle ampliado, el de la firma sobre el metal: «Dama fuit ic».

Se incorpora, vuelve al recibidor a toda pastilla, respirando con dificultad. Su bolso aún está en el suelo, sobre la alfombra, tirado de cualquier forma. Saca su móvil, lee un mensaje de Mateo: «En cuanto veas las fotos, destrúyelas. Son únicas, no hay copias».

A Bianca le va a estallar la cabeza, ella no sabe quién se hace llamar Dama, pero no es la primera vez que observa esta obra.

Bianca ya ha visto *Diez*.

Fue hace muchísimos años, cuando el óleo aún estaba fresco.

Ha vuelto a verlo tiempo después, y conoce a los actores de esa escena irreal.

«Marasmo: agotamiento, parálisis, quiebra total.» Bianca ha alcanzado un estado de marasmo, lleva horas sentada en el sillón con las fotos en el regazo; lleva horas contemplándolas, estudiándolas, tratando de ensamblar las piezas del galimatías. Encajan y todo cobra sentido, pero no es el sentido que ella habría presagiado. Bianca está sobrecogida y se enfrenta a un dilema. Ha llorado y le cuesta asumir lo que tiene que asumir, dar por cierto lo que debe dar por cierto. Ha cogido el teléfono, ha estado a punto de enviarle un mensaje a Mateo, pero en lugar de eso ha preferido esperar. Qué ironía; ella, que siempre actúa en caliente, ha resuelto medir sus pasos, ser cauta y reflexiva.

A las siete de la tarde redacta un texto para el inspector Valtierra. No puede revelarle toda la verdad, pero sí va a ofrecerle un hilo del que tirar; ha de ser él quien saque conclusiones:

> Tanto Lucas como Jorge fueron asesinados poco antes de que *YO* fuera testigo del desembalaje de un Dama. Es como si alguien quisiera evitar que *YO* contemplara esos cuadros. ¿Eres consciente?

Bianca cierra los ojos, aproxima la yema del dedo a la pantalla, pero no llega a darle a «enviar». Borra el mensaje, no debe precipitarse, tiene que hablar con Guzmán, exigirle aclaraciones. Porque la última ocasión en que Bianca vio *Diez,* ya hace años, se encontraba en el desván de la casa de Loredo; y ella apenas le prestó atención.

> Mateo, no me siento bien, será mejor que me vaya a casa. He disfrutado mucho de la comida. Te llamaré mañana. Te quiero.

«Te quiero.» Nunca le ha dicho «te quiero» ni a él ni a nadie, pero lo siente de corazón y lo ha escrito sin pensarlo. Manda el mensaje.

Luego se incorpora y permanece inmóvil unos minutos. Necesita meditar, decidir lo que va a hacer, y su primera idea es redactar un *mail,* claro y conciso, para el inspector Valtierra. Un testimonio de lo que ha averiguado. Debe hacerlo, quiere hacerlo antes de arrepentirse, y podría programarlo, dejarlo listo para ser enviado automáticamente cuando ella decida, cuando resuelva lo que debe resolver. Necesita tiempo. Pero nunca se sabe dónde acaban los correos electrónicos, quién va a leerlos, y Bianca solo confía en Mateo. Apaga el portátil y, en vez de emplear un medio digital, toma su boli y empieza a escribir. Papel y tinta, quiere asegurarse de que, fuera como fuese, pase lo que pase, sea él, solo él, quien lea estas líneas. Cuando acaba, cuando vuelca en los folios todo lo que ha descubierto, planta su firma. Dobla las hojas, las mete en un sobre, pega un sello y garabatea la dirección del inspector Valtierra. Hace trizas las fotos de *Diez* y vuelve a coger el bolso, el móvil, las llaves del coche. Deja el edificio, arranca el motor y se dirige a su casa. A Loredo. Antes se apea cinco segundos, con el coche al ralentí, y desliza la carta en la boca del buzón del Alto de Miranda; no hay vuelta atrás, no va a poder revocar lo escrito, retractarse ni anular este envío de ningún modo, ni aunque más tarde quiera hacerlo. Es la magia del correo postal, ya no podrá negar sus palabras.

Mientras conduce piensa en su madre, en Sofía, en el día en que murió y en los años anteriores, cuando ya había enfermado. Bianca no era una niña fácil, sus padres tampoco fueron personas corrientes, y empieza a evocar vagamente cómo era todo entonces. También recuerda algún comentario sepultado en su memoria; quizá lo oyera en casa de su abuela: «Antes de sufrir la primera trombosis, Sofía solía jugar al tenis, tocaba el piano. Y a veces, cuando pasaba el verano en Cantabria, se dedicaba a pintar».

Es curioso, tras la muerte de su madre nunca hubo cuadros en la casa de Loredo; ni allí ni en Madrid. Guzmán se sumió en una fuerte depresión, todos dejaron de hacer muchas cosas. Ella misma dejó de ser la que era, de hacer lo que hacía. Mientras cruza el puente de Pedreña, iluminado en la noche, vuelve a evocar los insectos oscuros que invadían sus sueños; Victoria recalcaba que simbolizan algo latente, algo que Bianca se está negando a admitir: alguien de su entorno es un impostor, ha utilizado el trabajo ajeno para lucrarse. Y por algún motivo que no alcanza a comprender, lo ha estado haciendo usando el seudónimo, desconocido por todos, que ya Sofía debió de emplear hace unas décadas: Dama. Sin temor, sin pensar en que nadie pudiera atar cabos, porque en 1998 Dama no cosechó ningún éxito, y casi nadie supo de aquel viejo nombre.

Hay luz en casa, Bianca estaciona junto al muro de piedra que separa la finca de los acantilados. Cuando atraviesa la cancela dirige la vista hacia los confines del jardín; también hay luz en casa de María, y eso la hace sentir más tranquila. Está empezando a llover, siente en el rostro el roce de gotas finas, leves y minúsculas; pero no es consciente, va sumida en sus reflexiones, tratando de asimilar algo que es evidente: Lucas Cúe y Jorge del Cerro fueron asesinados para evitar que ella viera las obras de Dama. Y le cuesta concebir que eso pueda ser posible, que alguien haya llegado a ese extremo.

Bianca camina hacia el porche, abre la puerta principal, avanza por el pasillo y sigue la melodía de una pieza de música clásica; no logra reconocerla. Cuando entra en el salón se encuentra a Guzmán acomodado frente al fuego. Sostiene un libro y mira a su hija con interés. Baja el volumen, consulta la hora y se refiere al tiempo, a lo rápido que pasa cuando uno disfruta.

—Pensé que te quedabas a dormir en la ciudad.

—¿Dónde está Luz? —pregunta Bianca.

—En la cama. Descansando.

Bianca siente el impulso de correr escaleras arriba, de comprobar si es cierto; pero las piernas le pesan y la mirada de su padre la mantiene clavada al piso.

—He visto un Dama —declara.

Guzmán sonríe, se encoge de hombros.

—Era lo que querías, ¿no? Has movido cielo y tierra hasta conseguirlo... —Añade algo más bajando la voz—: Ya sabes lo que dicen, Bianca: «La curiosidad mató al gato».

—Lo he reconocido —admite Bianca—. Pese al tiempo que ha pasado, lo he recordado. Era uno de los cuadros del desván. Volví a verlos ahí arriba hace cinco o seis años, cubiertos por sábanas. ¿Quién ha sido? ¿Quién ha sacado esas obras al mercado? ¿Quién es Dama?

Guzmán tarda en responder. Cierra los ojos, vuelve a abrirlos, desliza las palmas de las manos por las rodillas. Y al fin lo admite:

—Yo. Yo soy Dama.

Guzmán lo dice con calma. Sin inmutarse. Posa el libro en la mesilla y dirige la vista a las llamas. Ido, como si fuera ajeno a la presencia de su hija.

—Tú no pintaste esos cuadros.

—Da igual, Bianca, Dama soy yo.

—¿Fuiste tú quien mató a Lucas?

Guzmán mira al frente, impávido, y permanece en silencio.

—¿Quién me dejó en coma? ¿Quién me asestó ese golpe en la cabeza?

—Me acompañaba alguien. —Guzmán se frota la frente con lentitud, como lo suele hacer su propia hija—. Yo jamás te haría daño, Bianca, eres lo único que tengo. —Entierra el rostro entre las manos y rompe a llorar en silencio.

—Yo era el único obstáculo —asume Bianca—. Yo conocía el origen de los lienzos, habría podido oponerme a su venta. —Se derrumba en el sillón—. Has tenido problemas económicos, lo sé, pero siempre te hemos ayudado, siempre has contado con mi apoyo. ¿Tanto te avergüenza recurrir a mí?

Bianca está a punto de anotar algo más, de decirle a su padre que está enfermo; pero no lo hace. Acaba de asumir que ese hombre es narcisista, controlador, manipulador y egocéntrico. El mal no es una dolencia, el mal es una gangrena, y solo se aplaca amputando.

—No fui yo quien te golpeó. —Guzmán intenta mostrar entereza, vuelve a mirar a su hija a los ojos—. Llegamos al chalé, creímos que Cúe estaba solo. Yo me encargué de él. —Guzmán hace una pausa y Bianca es consciente: el llanto de su padre se ha cortado en seco—. Me encargué de él —reitera—. Yo iba en son de paz, me descalcé y todo... Pero Lucas no quiso entregarme el óleo; me insultó, me retó, y yo perdí los papeles. No había ido allí a matarlo, no fue premeditado, pero su soberbia era empachosa y acabó con mi paciencia. Solo pretendía que me vendiera el cuadro, recuperarlo; quería evitar que lo vieras, que desmontaras todo lo que he orquestado. Solo eso, nada más.

—¿Quién me golpeó a mí?

—Buscábamos *Siete*, pero aún no había llegado. Aún lo tenía Mario Cayón, que fue quien se lo adjudicó en la subasta. El hombre que me acompañaba subió a la planta de arriba, fue él quien te golpeó, de espaldas. Ibas a darte la vuelta, se alarmó y se le fue la mano. Luego te reconoció, sabía que eras mi hija, y me ocultó lo que había ocurrido. Dejé ese chalé sin ser consciente de que estuvieras allí agonizando. —Guzmán suspira con fuerza, como si ahora, ya, el fardo de culpa dejara de pesar—. Cuando lo supe, días después, cuando tuve conocimiento de lo que te había hecho, acabé con él.

—¿Ese hombre era el Zuki?

Guzmán asiente.

—Ya sabes, esto es pequeño, aquí todos nos conocemos. Era un caco de mala muerte, su tía limpió mi despacho en Santander durante años, y él acababa de dejar la cárcel; yo le ofrecía cosas que iban saliendo, trabajillos puntuales.

—¿Trabajillos? —Bianca alza la voz, trata de contener la ira que la domina—. Pasé allí horas, en el suelo de aquel baño, luchando por sobrevivir; estaba consciente. Luego ingresé en la UCI. La Policía ni siquiera me había identificado y no denunciasteis mi desaparición.

—Sabía que habías salido de Madrid —admite Guzmán—, que en la tarde de aquel sábado te dirigías a casa de Lucas. Pensé que eras tú quien había hallado su cuerpo; pero no imaginé, ni de lejos, que ya estuvieras allí cuando nosotros llegamos: que el Zuki te hubiera atacado, que me lo hubiera ocultado. Zuki se lo calló —insiste—. Me temía, y hacía bien, pero también sufría remordimientos, y a las pocas horas del suceso se hizo el encontradizo con el inspector Valtierra, en su barrio; aunque no llegó a hablar. Luego consiguió el teléfono de Luz, que estaba en el extranjero; contactó con ella y dejó caer que yo había estado implicado en la muerte del futbolista.

Bianca siente un escalofrío, la asalta un vértigo extraño.

—¿Luz? ¿Ella supo lo que había sucedido?

—Luz era ajena al asunto hasta que él la telefoneó. El Zuki sembró la semilla de la duda, y ella tuvo dos opciones: pudo creerlo o no creerlo.

Y Luz prefirió asumir que nada era cierto, que todo era como siempre. No vio, no quiso ver, no era fácil que algo así le cupiera en la cabeza. Luz y Guzmán retomaron la rutina mientras Bianca peleaba por su vida en el hospital. Sin que ellos lo supieran.

—Me cuesta aceptar que Luz no siguiera indagando —dice Bianca.

Guzmán se demora, calibra sus palabras y, al fin, le lanza a su hija una cuestión:

—Tú sí seguiste indagando, Bianca. ¿Has compartido lo que has descubierto?

Bianca no comprende la pregunta, no entiende su sentido. No puede asimilar que Guzmán no lamente lo que ha ocurrido, que no sienta horror ni vergüenza. Él solo teme ser descubierto.

—¿Vas a traicionarme, Bianca? ¿A tu propio padre? Cometí un error, me vi arrastrado por las circunstancias y lo lamento en el alma. Lo mejor para todos será seguir.

—¿Seguir? Empezaste a matar por guardar tu secreto, por mantener tu gallina de los huevos de oro. Pero lo has seguido haciendo, y quizá hayas llegado a disfrutarlo. ¿Cómo lograste que Luz lo olvidara? ¿Que continuara como si nada?

—Ya te lo he dicho, Luz está arriba, descansando. Sube y pregúntaselo.

«Luz está arriba descansando.» Bianca empieza a ponerlo en duda, y recuerda el modo en que Luz la abrazaba cuando salió del coma, cómo se había volcado con ella. «Nadie va a hacerte daño, Bianca, he vuelto», le había asegurado. ¿Qué clase de monstruo se oculta bajo esa fachada? ¿En quién ha estado confiando? ¿Es cierto, está arriba descansando, o se encuentra agazapada en algún rincón de la sala atenta a la conversación?

Bianca vuelve a alzar la voz; la furia vence al cansancio, a la impotencia y al asco.

—No mataste al Zuki por lo que me había hecho —recalca—; lo mataste por si hablaba, por si volvía a hacerse el encontradizo con el inspector. Puede que supieras que me había herido, que lo confesara antes de que yo despertara; por eso, en el último momento, denunciaste mi desaparición. ¿Deseaste que aquel coma se volviera irreversible? ¿Deseaste que muriera? ¿Fuiste consciente de que el único modo de seguir siendo Dama, de poder seguir engordando el negocio, era expulsándome de la ecuación?

Guzmán no da una respuesta.

—¿Qué sentiste cuando abrí los ojos, me identifiqué y os llamó la Policía? Tu hija estaba viva. ¿Sentiste miedo, papá? ¿Decepción? ¿Ira, por ver tus planes truncados?

Silencio.

—¿No vas a responder?

—No quería que murieras —replica al fin—. Me bastaba con encontrarme otra versión de ti.

—Otra versión de mí. —Bianca halla fuerzas para incorporarse, para ponerse en pie y acercarse a su padre—. ¿Una Bianca en estado vegetativo? ¿Ciega? ¿Muda? ¿Una Bianca con las capacidades mermadas, a la que nadie pudiera tomar en serio?

—Me habría gustado encontrarme a una mujer más humana, comprensiva con mis problemas.

—¿Tus problemas? Volví a casa, papá, y era la Bianca de siempre. ¿Qué pensaste?

—Me acordé de tu madre, de Sofía. Cuando te miro es a ella a quien veo. Te ha dejado conmigo para que nunca olvide que sois superiores, que siempre estaré sometido a vosotras.

—Me odias.

—Te quiero, a ella también la quería, pero sois dañinas para mí. No me convenís. Soy el adicto entregado a su sustancia. Vivo por ella, para ella, pero me va consumiendo. Eso es lo que era Sofía. Eso eres tú.

—Lo que dices es terrible.

—Terrible es ser un gran hombre. —Guzmán vuelve a cerrar el libro, lo aparta con calma—. Terrible es que eso termine, acabar viviendo de la caridad. Del dinero de tu mujer primero; del de tu hija después.

—Mi madre no tuvo la culpa de tus desmanes financieros. De tus líos. Y yo tampoco la tengo.

—Pero sí sois culpables de ser como sois. Sofía nunca cometía errores y convertía en oro todo lo que tocaba. En el deporte, en la música, en los negocios. Luego conoció a los vecinos, a la familia de María, y empezó a pintar; no tenía suficiente con todo lo demás... Cuanto mejor le iba a ella, peor me iba a mí. Suele ocurrir, ¿sabes? Es como si la fortuna fluyera de unos a otros, como si solo existiera cierta masa de talento, de gracia, de excelencia y brillo, y debiera repartirse.

—Mi madre perdió el brillo. Se esfumó cuando enfermó.

Guzmán asiente.

—Era algo congénito —aclara—. Tus primos, tu abuelo... En fin, eras muy niña, no lo recuerdas: le dio un primer ictus tres años antes de morir, dos meses antes de su primera exposición. Estaba muy ilusionada, iba a ser una sorpresa, nadie sabía que iba a mostrar su trabajo, pero tuvimos que posponerlo, y allí comenzó su caída a los infiernos. Las secuelas que sufría le impidieron volver a pintar; apenas veía y era incapaz de manejar los pinceles, de coordinar las manos. Imagina, Bianca, imagina lo que es eso para una artista, para una mujer imbatible que se ha obligado a vencer siempre que ha peleado.

—¿Te alegraste de su ruina?

—¿Alegrarme? No soy un monstruo, nadie puede celebrar algo tan devastador. Su ruina fue mi ruina.

—¿Quién se quedó con su suerte? ¿Con la masa de fortuna que ella había ido perdiendo? ¿Mejoraron tus asuntos, papá? ¿Brillaste con más fuerza?

—Aquello fue un auténtico drama, Bianca. Sofía evitaba salir de casa, se avergonzaba de su aspecto, se negaba a acudir a rehabilitación. Al fin lo hizo, lo hizo por ti. Y finalmente, tres años después de lo previsto, decidí exponer sus cuadros. En Biarritz. Con el seudónimo de Dama. Sin que ella lo supiera.

—¿Por qué Dama?

—Porque su rostro quedó desfigurado. No se miraba al espejo, ya no podía asearse, vestirse, ni siquiera comer sola. Para animarla, yo le decía que era una dama; y me seguía pareciendo la mujer más atractiva del mundo... Dama se es o no se es. Eso se lleva dentro, no te lo da el dinero, ni el éxito, ni el coche con que te muevas. Ser una dama nunca se pierde, y Sofía nunca dejó de serlo.

—¿Era cierto? ¿Te seguía pareciendo una mujer atractiva?

—Más atractiva y más humana. Sofía había sido perfecta. Dama, por contra, era un ser vulnerable golpeado por la vida. Deteriorado.

Bianca piensa en los japoneses, que cuando arreglan objetos enaltecen los defectos rellenando las grietas con polvo de oro. *Kintsugi*: algo que ha sufrido daños se vuelve aún más hermoso. Guzmán sigue hablando:

—Sofía había aprendido a sentir gratitud, gratitud por respirar, por tener cerca a su hija, a ti. La adorabas, no te importaba su aspecto. Dejamos de competir, de lanzarnos los cuchillos, y empezamos a querernos como al principio de todo. Abandoné los negocios, aquellos chanchullos que ella aborrecía; renuncié a mi propia naturaleza. ¿Existe mayor sacrificio?

Bianca lo sabe, los hombres como él jamás renuncian; Guzmán es un depredador, el dominio del terreno es su único objetivo. Bianca visualiza *Sueño en Antibes*, la obra del folleto de la exposición de Biarritz, el único cuadro que se vendió.

—La muestra se clausuró, no lo entiendo. ¿Por qué retiraste el resto de cuadros?

—Porque tu madre se enteró de lo que había hecho. Lo descubrió, me oyó hablando por teléfono y a los pocos días me hizo traer sus obras de vuelta, me pidió que las quemara. Había perdido la ilusión, se había dado por vencida. Sofía ya no podía pintar, y ya no tenía sentido exponer. Ni siquiera con seudónimo. Fue lamentable; un suicidio artístico.

—Es lo más triste que he oído en la vida.

Poco después Sofía sufrió otra trombosis. Falleció. Bianca tenía nueve años, y eso sí que es capaz de recordarlo. Piensa en sus primos, en su abuelo, en la masa de fortuna que esquiva a algunas familias. Fatalidad. Pura lotería genética.

—Cambié tras su muerte —dice Guzmán—. Me volqué en tu cuidado y fui mejorando como persona.

—Claro que mejoraste, ya casi nadie te hacía sombra. Te quedaste sin rival.

Bianca y su padre se enfrentan. Ella está en pie, él continúa sentado. La mirada de ella es dura, triste, fría y desafiante. La de él, muerta, huera de sentimientos.

—Necesito tu silencio —insiste Guzmán—. Si cuentas lo que has descubierto, van a encausarme por asesinato. Y todo por un simple arrebato en casa de Lucas.

—¿Quién más lo sabe?

—La gente que lo sabía está fuera de juego. Puede que María lo haya intuido; es lista y últimamente me observa de un modo extraño...

—María solía pintar, tú me lo recordaste.

—También se lo dije a Mateo Valtierra.

—Quisiste que las sospechas recayeran sobre ella.

Guzmán se encoge de hombros.

—¿Y Luz?

—Luz no va a delatarme. Cuando se ignoran las cosas durante tanto tiempo como ella lo ha hecho, uno se convierte en cómplice. Si hablara a estas alturas, lo perdería todo.

—Has matado, has segado la vida de varias personas. De Lucas, de Jorge... ¿Cómo se puede callar algo así?

—Se callan cosas peores —murmura Guzmán—. La paz nunca sale gratis. ¿O crees que existen familias perfectas? —Guzmán acaricia el lomo del libro—. En realidad, no fue para tanto, todo estaba zanjado; se me fue la mano con el futbolista, y el Zuki te golpeó. Fin de la historia. Saliste del coma, continué con mi proyecto, y todos tan contentos.

—¿Qué me dices de Jorge del Cerro, de Rubén Hevia, de Cresilda Stoner?

—Los otros muertos no importan. Solo son eso, muertos. —Guzmán se incorpora, da unos pasos por el salón—. Nosotros tampoco fuimos una de esas familias modelo, Bianca. Las escenas de los cuadros del desván muestran la punta del iceberg. Son un reflejo de cómo era todo; quizá no te acuerdes.

—Me acuerdo de cosas; os llamaron del colegio, estaba dando problemas...

—Todo el mundo tiene secretos. —Guzmán la interrumpe, como si ya no quisiera seguir por ahí—. Los hombres enmudecen por evitar follones. Las mujeres se acostumbran a mirar hacia otro lado, lo hacen por los hijos, por la vergüenza, por evitar el escarnio. Ya no cabría más mierda debajo de las alfombras; bajo las moquetas de los pisos de aluvión también rebosa la mugre, porquería más barata. El horror deslumbra, y se vive mejor un poquito adormecido, por eso se venden tantas pastillas. Se ocultan vicios, se encubren abusos y a veces se entierran atrocidades.

—Yo no puedo ser tu cómplice.

—Puedes. —Guzmán sostiene el atizador de la chimenea, lo acaricia como si fuera suave y cálido, como si rozara el pelaje de un animal amable—. Nunca se halló el objeto que acabó con el futbolista. Con el que se le abrió el cráneo.

Bianca dirige la vista a la barra. Siente un escalofrío y lamenta haber estado tan ciega.

44

MATEO

Santander, 13 de noviembre, sábado

Sexo, sadismo, poder y control. Son los motivos que suelen mover a un asesino en serie. Pero en opinión de Bianca, nuestro asesino se guía por un móvil terrenal como puede serlo el lucro. No nos enfrentamos a un visionario —las escenas de los crímenes, en esos casos, tienden a ser caóticas, y se mata de forma desorganizada, sembrando el lugar de huellas—. La persona que buscamos no persigue el contacto directo con las víctimas; no las estrangula, no necesita sentir su poder.

Nos estamos encontrando con escenas amañadas, simuladas —se emplea el término *staging* en criminología—; es como si el autor intentara confundirnos, darle un cariz literario a sus actos. Cinematográfico. Y eso ha sido así a partir de la muerte del Zuki —falanges seccionadas, ojos apuñalados—, ha continuado con las de Jorge y Rubén —sus cuerpos recreando el mito de Hero y Leandro— y ha culminado con la de Cresilda Stoner, eviscerada.

El análisis de vinculación indica a las claras que el autor ha sido el mismo sujeto, y es alguien inteligente, capaz de prever nuestro próximo paso, de anticipar la idea que nos va a provocar. Nos estamos enfrentando a un depredador responsable de sus actos que emplea la violencia para perseguir un fin. Y ese fin, sea cual sea, guarda alguna relación con Dama.

Diez, el cuadro que he adquirido en la subasta de París, es el mismo que Jorge vio en casa de Mario; sea quien sea Dama, él, ella, o alguien que está a su servicio, se llevó esa obra de Terán y ahora ha vuelto a ponerla en venta.

A las siete de la tarde Bianca me envía un mensaje; no se encuentra bien, cancela nuestra cita, añade que me quiere. Yo le respondo que descanse, que se cuide, que hablaremos mañana. Me pregunto qué es querer, qué es «te quiero» para ella. Qué significado cobran las palabras en función de quien las pronuncia, del momento y del motivo. Su irrupción en mi vida la ha vuelto del revés, pero eso quizá no sea querer. Solo se trata de un ansia incontrolable. Sed insaciable.

Tras responder al mensaje, regreso al caso. La clave está en las víctimas; comparten un nexo, debe de haberlo, y vuelvo al 9 de octubre, a la noche en que mataron a Lucas Cúe. Reviso el atestado, los informes del forense, recuerdo la música que machacaba el aire, y el modo en que encontré el cuerpo del futbolista. También evoco el impacto, la impresión que sentí al encontrarme a Bianca. Y hago algo que me había prometido no volver a hacer nunca: marco el número de Rebeca.

Llueve a mares, ya es de noche, y me invita a pasar sin articular palabra. Me deshago de la chamarra, la dejo en el perchero, sigo a Rebeca hasta el salón y confirmo, con cierta satisfacción, que algo ha cambiado; el ambiente entre nosotros se respira diferente. Rebeca y yo llevábamos años con la herida palpitando, en carne viva, roja y sangrante; pero Bianca la ha cauterizado.

Rebeca viste ropa de estar por casa, su rostro parece sereno, descansado, y tiene encendida la chimenea sicodélica que hizo instalar en el salón gigantesco.

—¿Se sabe algo de Samu? —me pregunta.

—Nada. Me dejó una nota, me juró que volvería para hablarme del caso.

—¿Samu? ¿Qué es lo que tiene que ver con el caso?

No sé ni qué responderle, ignoro cuál es su vinculación y el motivo de su obsesión con Lucas.

Rebeca se cruza de brazos como si intentara protegerse de mí. Me invita a tomar asiento, me ofrece algo de beber: un café, una cerveza, un zumo de naranja. La última vez que estuve aquí no fue agradable.

—¿Qué clase de información necesitas?

—Necesito saber qué llevó a Lucas Cúe a interesarse por la pintura.

Rebeca se acaricia las rodillas, asiente y comienza a hablar como una alumna disciplinada.

—Todo empezó por la influencia de Mario, su representante. Creo que ya te lo había dicho.

—¿Cómo se conocieron Lucas y Mario?

—Fue Mario quien contactó con él; era un hombre comprometido.

—Pero hacía tiempo que había abandonado ese perfil solidario. Trabajaba para su mujer, y hay quien dice que se había vendido.

—Quería resarcirse. Se dirigió a Lucas porque había oído hablar de su cruzada personal contra los *lobbies* del juego. Quiso apoyarlo, colaborar con su causa; empezó siendo su abogado y hace poco se había convertido en su representante.

«¿Sin más?», me pregunto.

—¿Conocías bien a Mario?

Rebeca asiente.

—¿Y ese afán justiciero era real? ¿O era impostado? ¿Crees que tenía otro objetivo en ese primer contacto con Cúe?

Rebeca no responde de inmediato. Duda, titubea y no llega a dar una respuesta coherente. Se encoge de hombros.

—No lo había enfocado desde ese punto de vista, Mateo, pero ahora que lo dices... Tendrías que preguntárselo a Bianca; ella trató con Mario mucho más que yo.

—Explícame eso.

—Ella y yo bromeábamos. Si estaba Bianca y estaba Mario, Mario andaba cerca de Bianca.

Sostengo la mirada de Rebeca, jugueteo con la caja de cerillas que hay sobre la mesa, la de su nuevo local, La Galerna.

—No era una afinidad de tipo sexual —me aclara—. Era otra clase de interés.

—¿Qué clase de interés?

—Creo que se trataba de afinidad personal. Intentaba entablar conversación con ella.

Lo que oigo me intriga. Rebeca también parece extrañada por mis preguntas y por sus propias respuestas; hay algo que ha estado ahí desde el principio, algo sobre lo que nadie ha puesto el foco. Mario logró acercarse a Lucas y luego intentó tratar con Bianca. Rebeca se incorpora, sube a la planta de arriba a por unas fotografías, y yo me quedo pensando. Ansioso e inquieto. Hay algo que se me escapa.

Bianca.

Es curioso, el día 9 de octubre, cuando todo comenzó, se encontraba en casa de Lucas Cúe. Y desde ese instante, Bianca ha estado presente en todos los escenarios, en los momentos cruciales; el propio Chuchi lo recalcó... Bianca halló los cadáveres de Jorge y Rubén, dio con el cuerpo de Cresilda Stoner. Y ahora de nuevo, al referirnos a Mario, vuelve a salir a colación. ¿Algo circunstancial?

Rebeca regresa, carga con dos álbumes de fotos y me explica que Lucas solía imprimirlas; para según qué cosas era un sentimental. Camina descalza, y le pregunto cómo lleva su ausencia; cómo se encuentra, si está mejor.

—Estoy asistiendo a terapia, aunque no es como con Bianca —admite—; ella nunca me trató, pero solía ayudarme cuando tenía problemas.

—Supongo que lo vuestro ya no tiene arreglo.

—No lo tiene, Mateo. Y sé que salgo perdiendo, salimos perdiendo las dos, pero no puedo perdonarla.

Se muerde el labio inferior, vuelve a ponerse en pie. Va a hacerse un té, me ofrece otro, yo lo acepto y abro un álbum.

Apenas había conocido a Lucas, pero siento un latigazo al verlo de niño, de adolescente, de joven y adulto; pasan los años, su mirada se entristece. Una vida truncada a los veintisiete. Bianca y Rebeca aparecen en muchas fotos, en las más recientes. Y en algunas localizo a Mario.

He estado cargando las tintas contra la familia de Cúe, contra su entorno, contra la agente del pintor. He interrogado a Miriam Cohen y he dado por supuesto que la clave estaba en Mario. ¿Qué nexo había entre Lucas y Jorge? Ambos eran propietarios recientes de obras del artista, pero tenía que haber algo más.

—Necesito que hagas memoria, Rebeca —insisto cuando regresa—. Sé que estoy cerca de dar con la clave. Solo me falta una pieza.

Ella sigue obcecada con la traición de su amiga. Bianca y yo nos hemos acostado, y ella aún le está dando vueltas.

—Yo no quería que Bianca y tú os conocierais —declara—. Evitaba que pudierais coincidir. Uno puede mover piezas, hacer que ocurran cosas o que dejen de ocurrir. Se puede interferir en la vida de los otros.

«Se puede hacer que ocurran cosas.»

Rebeca puso todo su empeño en impedir que Bianca y yo nos cruzáramos. Y lo logró.

«Uno puede mover piezas.»

Mario se había obsesionado con Dama. Miriam, su mujer, tenía *Sueño en Antibes*, uno de los cuadros de la primera exposición; y ambos sabían quién lo había pintado, conocían a aquel ser enigmático. ¿Movieron piezas? Mario contactó con Lucas Cúe, se convirtió en su representante, le instiló su pasión por el mundo del arte. Y luego, Mario también se acercó a Bianca. No era de dominio público, pero tampoco un secreto: en determinados círculos se debía saber que ella era su terapeuta. Lo de los *lobbies* del juego pudo haber sido una excusa, una simple cortina de humo. ¿Y si fuera con Bianca con quien pretendía dar? ¿Por qué? ¿Tenía algún vínculo con la exposición de Biarritz? ¿Qué relación guardaba con Dama?

Rebeca señala una foto del álbum.

—Es del 4 de julio, Bianca cumplía treinta y dos, y lo celebró en Loredo, en la piscina cubierta. Organizó una merienda para sus amigos de Cantabria, lo pasamos bien. Lucas y Mario estuvieron allí.

En la imagen, Mario Cayón charla con Guzmán. Sostienen una copa de vino y conversan en pie, ajenos a la cámara de fotos de Cúe. Mario se había despegado de Bianca. Y se había pegado a su padre.

Mario conocía a la familia De Arbide. Puede que los presentaran en esa fiesta. O puede que no. Desvío el foco, lo aparto del lugar al que lo he estado dirigiendo; porque en Mario se encuentra la clave de todo, y si trataba con los De Arbide, hay que tirar de ese hilo.

—Guzmán ha tenido algún problema económico —apunta Rebeca—, es un hombre sin sangre, un viejo prematuro; todo el día con los putos documentales, con la música y el barco. Su familia le ha asignado un puesto en la empresa, algo simbólico, más bien por caridad. Pero el tren de vida que lleva se lo financian Bianca y Luz. No vale una mierda, ni la mitad que su hija.

Mario se acercó a Cúe para tomar contacto con la familia De Arbide; es la pieza que faltaba. Eso, y el sorbo del té que acabo de tragar. Eso y su gusto intenso, amargo, fuerte y potente; un sabor que me hace evocar por contraste el café de civeta, suave y dulce, que me sirvió Guzmán. Caigo en la cuenta: la agente de Dama y el propio artista eran adictos a ese brebaje caro y exótico. No bebían otra cosa, Jorge me lo había comentado en Londres.

¿Y si Dama fuera Guzmán de Arbide? ¿Y si Mario lo hubiera sospechado? ¿Y si hubiera removido cielo y tierra para acercarse a esa familia? ¿Con qué fin? ¿Confirmar su presagio? Mario le había enviado una carta a su mujer diciendo que iba a acabar con todo. Pero quizá no se estuviera refiriendo a su propia vida. Puede que pretendiera vencer a un rival.

—Creo que he dado con algo.

—¿Sabes quién es el asesino?

—Creo que sé quién es Dama.

—¿Dama? ¿Ese artista tan famoso? Lucas hablaba mucho de él. ¿Qué tiene que ver con el caso?

—Lucas, influido por Mario, había adquirido uno de sus cuadros. Pero no llegó a verlo; intentaron comprárselo con muchísima urgencia, una urgencia inexplicable. No querían otro Dama, solo el suyo. Y él se negó a venderlo. Lo mataron antes de que llegara a recibirlo.

Cuando asaltaron a Lucas, el lienzo aún estaba en Terán. Y alguien se lo llevó.

—Lucas nunca lo vio —reitero—. Y Bianca tampoco.

Bianca tampoco.

Bianca no llegó a ver *Siete* en casa de Lucas Cúe.

Tampoco vio *Ocho* cuando Jorge lo adquirió. Lo robaron antes de que ella llegara al chalé.

Aquel rubio de Ansorena pujó como un maníaco cuando Bianca intentó hacerse con *Nueve*.

Y ha sido el Ministerio quien ha pagado por *Diez*. Pero Bianca lo ha visto, yo he introducido en su bolso un sobre con fotos.

¿Quién ha querido impedir que lo viera? ¿Por qué motivo? Si Guzmán es Dama, ¿por qué evitar que una hija pueda contemplar obras pintadas por su propio padre?

Me pongo en pie, estoy a punto de derramar el té. ¿Cómo he estado tan ciego? ¿Cómo no me he percatado? Lo he tenido delante todo el tiempo: el patrón no era el ambiente, la firma, ni los cuerpos desnudos.

El patrón ha sido Bianca. Es el hilo conductor, lo ha sido desde el principio.

—Tengo que irme.

Rebeca también se incorpora, me acompaña hasta la puerta; antes de que pueda dejar el chalé, me sujeta por la manga de la chamarra y me pide algo. Me lo exige.

—Sea quien sea, detén a ese asesino, Mateo. Mételo entre rejas, yo me encargaré de que se haga justicia.

45

BIANCA

Loredo, 13 de noviembre, sábado

—A finales de los noventa, Miriam Cohen contrató a Mario Cayón para que buscara un cuadro, *Las novias* —le explica Guzmán a su hija—. La obra había pertenecido a su abuela, que lo había llevado consigo al huir de la Francia ocupada por los nazis. Aquella mujer atravesó los Pirineos con sus dos hijos y se dirigió a Vigo. Hizo un alto en Santander, estaba enferma, y no disponía de medios para lograr su propósito. Mi padre, que era médico, le ofreció un pasaje a Reino Unido; contrató un barco de pesca de gente de por aquí que la llevara a Galicia, y todo eso a cambio del óleo, lo único que ella tenía. Nadie amasa una fortuna haciendo las cosas gratis, Bianca... Desde ese momento, *Las novias* formó parte de esta casa. Solía estar ahí colgado. —Guzmán apunta al frente con el atizador de la chimenea—. Me fascinaba, esas mujeres del lienzo eran seductoras, hipnóticas, pero ya hace años que lo retiré, que lo oculté en la bodega por precaución.

—¿Mario Cayón llegó a averiguarlo? ¿Supo que tú eras el dueño del cuadro?

—Por aquel entonces Mario era un crío, un panoli, apenas había terminado sus estudios. Estuvo indagando, se olió algunas cosas, habló con tu madre, que era ajena a todo el asunto, y tanteó el terreno; intentó sonsacarle a Sofía y se hicieron muy amigos, porque los dos pintaban. Había otro hombre, un inspector de la Policía. Se llamaba Pacífico García, colaboraba con Mario y llevaba años siguiendo la pista de los judíos en su huida por la Península. Trabajaba en su doctorado, era perro viejo y llegó hasta mí por medio de los pescadores. Nos reunimos, charlamos, él estaba convencido de que ese cuadro obraba en mi poder y quiso alcanzar un acuerdo; en un juicio, nuestra familia habría llevado las de perder, porque aquel intercambio entre la judía y mi padre había sido fruto de la desesperación; el cuadro habría retornado a Austria.

Bianca sabe quién era Pacífico, leyó ese nombre en los papeles de Mateo, y recuerda que su cuerpo apareció en la tumba de Mario Cayón.

—¿Mataste a aquel policía?

—Llegó amenazando —recuerda Guzmán—, sabía de algunos de mis negocios, de mis asuntos turbios, a veces he trabajado al límite de la ley. Venía a joderme.

—Lo mataste.

—Perdí los nervios.

—¿Qué hiciste con el cadáver?

—Ha estado oculto durante años, enterrado en la bodega. —Guzmán se acaricia el mentón, compone un gesto de duda—. Hice creer a todo el mundo que ese tipo se había largado, que había abandonado a su mujer y a sus hijos. Una llamada fue suficiente, siempre he sido bueno fingiendo voces... No podía arruinar mi futuro por un arrebato.

—¿De veras fue un arrebato? Nunca te he visto perder los papeles.

—¿Qué importa cómo ocurriera? Aquel cuadro antiguo me siguió perteneciendo. Me ha pertenecido hasta hace muy poco. Pacífico salió de la ecuación —ataja Guzmán—, y Mario dejó de mostrar interés. Era inofensivo, se vio con tu madre en varias ocasiones, él no tenía talento, pero sí necesidad de aplauso, como la mayoría de quienes se dicen artistas. Visitaba a Sofía en su taller, ella ya no pintaba, ya estaba mal, casi ciega, pero era una buena maestra... Siempre estuvo comprometida con su arte, con su arte y contigo. Muchas mujeres se olvidan del marido en cuanto paren un hijo.

—¿Sentías celos de mí?

—Yo te quiero, ya te lo he dicho, pero era un cero a la izquierda para ella, que vivía volcada en sus proyectos megalómanos.

—Poseía el talento del que siempre has carecido.

—Y un ego desmesurado.

Guzmán toma aire, deja el atizador sobre la repisa de la chimenea y se acerca a la ventana.

—Yo no estaba en mi mejor momento, Bianca, sufría una depresión, tuve mala suerte en los negocios y pasé una temporada internado en un sanatorio. La propia familia puede hacer enfermar a un hombre.

—Enfermo de celos, de fracaso, de ira y mediocridad.

—No me ofende lo que dices.

—Lo sé, los psicópatas sois fríos, no eres capaz de procesar emociones. —La vista de Bianca vuelve a nublarse. Son las nueve de la noche, extiende el brazo y saca del bolso la medicación—. Recuerdo aquellas disputas. —Hace memoria, evoca desencuentros, recriminaciones, discusiones continuadas—. Tú le pedías dinero, ella te cerró el grifo, y tú le gritabas como un poseso. Los niños no son idiotas, tienen ojos y oídos. Me rebelaba contra aquello, ¿verdad? Mi mal comportamiento solo reflejaba lo que ocurría en casa.

—No eras fácil, Bianca, nos llamaron del colegio porque causabas problemas, y te enviamos a aquella psicóloga... En el fondo, Sofía y tú sois iguales; sin filtro, sin medida, impulsivas y arriesgadas.

Guzmán se aleja de la ventana, vuelve a sostener el atizador, remueve los troncos renegridos y aviva la lumbre. Bianca se toma las pastillas, saca un botellín de agua del bolso, da un trago. Intenta ponerse en pie, pero no lo hace.

—Cuando Mario dejó el caso, esa tal Miriam Cohen siguió revolviendo, siguió buscando *Las novias.* Él debió de ofrecerle algo: datos, información, qué sé yo... Ella fue devanando la madeja, llegó hasta nosotros, entabló cierta amistad con tu madre y fue a husmear a aquella exposición de Biarritz, recién inaugurada; Sofía le habló de ella, de lo que yo había hecho con sus pinturas... Entonces no lo sabía, lo averigüé hace poco, la persona que adquirió *Sueño en Antibes,* la única pieza que se vendió, fue la propia Miriam Cohen. Luego la muestra fue clausurada.

Miriam sabía quién era Dama, quién lo era entonces: Sofía. Y en 2018, aquel seudónimo había resurgido; alguien subastaba obras envueltas empleando el mismo nombre de hacía dos décadas. No podía ser Sofía, ya había muerto. ¿Quién estaba utilizando la firma? ¿Era Guzmán? ¿Volvía a la carga?

—Miriam y Mario sospecharon de ti, papá, imaginaron que eras tú quien se hacía llamar Dama. Pensaron que vendías los cuadros de mi madre, y él empezó a acudir a las subastas.

—Creí que su presencia era casual. Siempre les gustó el arte y disponían de medios. Los subestimé y cometí un error: el de iniciar aquello con el mismo seudónimo que ya había empleado en el pasado.

—Debiste haber inventado otro alias. Así nadie habría relacionado las subastas de Sotheby's con lo de Biarritz ni con mi madre. Pero usaste Dama.

—Decidí usar Dama, sí, al fin y al cabo, ese nombre había sido creación mía. Y no imaginé, ni de lejos, que alguien tuviera noticia de lo de 1998. Esa exposición de La Baleine fue irrelevante, efímera, y ya quedaba muy lejos. ¿Quién iba a recordar algo que solo duró unos días? —Guzmán hace crujir los nudillos con rabia, como si quisiera castigar su falta de previsión—. Mario pudo ver un par de Damas, logró convencer a un comprador, se los mostró. Y eso le dio aún más que pensar... Llevaba tiempo intuyendo que lo de Pacífico, veinte años antes, no había sido una marcha voluntaria. Regresó a por la revancha utilizando a Lucas. Utilizándote a ti.

—Ni siquiera presumiste lo que había planeado.

—No soy idiota, claro que me lo olí: demasiada coincidencia que hubiera empezado a representar a Cúe. Pero pensé que volvía, de nuevo, por todo ese asunto de *Las novias,* que continuaba oculto en la bodega. Tú lo invitaste aquí en julio, por tu cumpleaños. Charlé con él y llegamos a un acuerdo sobre aquella vieja pintura. Necesitaba dinero y me deshice de esa basura de lienzo. Por fin. Miriam Cohen recuperó el óleo de su maldita abuela.

—Pero Mario siguió trabajando con Lucas.

—Y ahí surgió mi neurosis. ¿Y si sospechara lo de Dama? ¿Y si hubiera regresado para confirmar su pálpito y desmontar mi idea? Miriam y Mario estaban convencidos de lo que estaba haciendo, quizá me siguieran cuando fui a ver a Cresilda. También se figuraban lo que ocurrió con Pacífico, y temí que pudieran ser peligrosos; eran gente obsesiva, muy pertinaz... Llegué a enviarles notas con sentencias de la Biblia, porque Miriam cree en Dios; quise asustarlos, pero no sirvió de nada. Debiste de hablar con él, Bianca, con Mario; por eso se acercó a Lucas, para acercarse a ti. Y mencionaste esas pinturas del desván; te referiste a ellas, quizá las describieras, y él confirmó que tú las conocías, que eran las mismas que yo iba vendiendo.

Mario había dirigido la conversación, la había desviado a su terreno, y Bianca había aludido a los cuadros del desván con absoluta inocencia, sin saber lo que estaba ocurriendo con ellos.

—Me referí a esos óleos, es cierto, le hablé de aquellas tablas cubiertas por sábanas. Lo hice ignorando que tú las estabas sacando al mercado.

—Mario maquinó un plan. Pujó por *Siete* y lo consiguió. Su idea era entregárselo a Lucas. Dio por hecho que él te lo mostraría, eras su mano derecha, y Mario creyó que entonces, al verlo, se te caería la venda de los ojos. Presintió qué sentirías al contemplar la obra, imaginó tu reacción al conocer mi traición. Mario usó a Lucas para vengarse de mí de un modo muy elegante. Y dio por supuesto que irías a denunciarme; eres como un libro abierto, Bianca, una de esas personas con valores... Y la única capaz de probar la verdad.

—No podías permitirlo.

—No puedo permitirlo. Mario cometió un error, se anticipó, me llamó en la tarde del 9 de octubre, y me anunció que Cúe tenía *Siete*; que tú ibas a verlo. Yo no iba a tolerar que me jodiera el negocio.

—Y trataste de impedirlo. Telefoneaste a Lucas desde una cabina, cambiaste la voz, le ofreciste más dinero por el lienzo, lo amenazaste. Ahora entiendo, no querías otro Dama, solo el suyo. Más tarde te desplazaste a Santander, te presentaste en su casa. Él te abrió la puerta, confiado, porque sabía que eras mi padre, y no te asoció con la voz que lo estaba extorsionando por teléfono. Te invitó a pasar al salón, es probable que tu llegada le hiciera sentirse aliviado. Y lo mataste.

—El cuadro aún no estaba allí, se enfrentó a mí. Sí, lo maté. Despaché al Zuki, que me ocultó lo tuyo, le pedí que se largara; intenté salir del chalé en seguida, no era seguro perder más tiempo. Pero antes hice unas grabaciones del cadáver. Me vine a casa, pasé unas horas planeando una estrategia. Al amanecer le envié a Mario una filmación de visualización única, la del cuerpo del futbolista; desnudo, para causar más impacto. «¿Ves lo que has conseguido? —le dije—. Ahora voy a por ti, y a por mi Dama.»

Bianca cae en la cuenta, recuerda que Mario la llamó esa noche, cuando ella ya estaba inconsciente. Quizá hubiera decidido desvelarle quién era Guzmán. Prevenirla. Pero entonces ya era tarde.

—¿Por qué no acudió a la Guardia Civil?

—¿Mario? ¿A la Guardia Civil? —Guzmán sonríe—. No, hija, sé bien cómo piensan las personas como él. ¿Por qué iba a denunciarme? ¿Con qué pruebas? Desde su punto de vista, él era el único culpable. Su pupilo, Lucas, había muerto de un modo horrible, y todo se debía a sus propias maquinaciones. Ya no razonaba con coherencia, siempre fue un tipo sensible, y la única salida que contemplaba era salir del tablero y sacrificar su vida por la de Miriam. Ya hacía tiempo que Mario no estaba bien, andaba saldando cuentas pendientes, depurando su pasado, llamando a viejos amigos, como ese tal juez Del Cerro. Su hija acababa de morir, estaba consternado, y lo de Cúe, para él, fue la puntilla; no esperaba una respuesta de esas proporciones. Así que puede decirse que, de modo indirecto, también fui yo quien lo mató; por eso estampé allí la firma, en la misma viga de la que lo encontré colgando cuando acudí a su estudio al día siguiente. Lo desnudé como a Cúe. Quise humillarlo. Me llevé su teléfono, por si hubiera algo incriminatorio.

—¿Y su mujer, Miriam? ¿No temías que hablara?

—La mantengo vigilada. Está aterrada, y dudo mucho que se atreva a mover ficha. Tampoco dispone de pruebas sólidas y tiene dos hijos por los que vivir. Aun así, Bianca, no es descartable que acabe tomando medidas. Todo a su tiempo.

En cierta manera, provocando su suicidio, Guzmán mató a Mario. Y recuperó *Siete*, que ha vuelto a ser subastado en París; esta vez, como *Diez*.

—¿Te llevaste algo más?

—¿Que si me llevé algo más? Una buena sorpresa... Junto a *Siete*, me encontré un par de copias, dos aberraciones del propio Mario. Había intentado emular aquellos dos Damas que alguien le permitió ver; con firma y todo. —Guzmán bufa, como si esto fuera lo más monstruoso que hubiera oído jamás—. Había otro tipo en el estudio; le golpeé en la nuca y borré unas fotos de su teléfono móvil, las de los lienzos. Era Jorge del Cerro, que casualmente estaba allí de visita. Pensé que quizá me lo hubiera cargado; no me importaba, la verdad, nunca inicio la guerra en dos frentes. Aun así, empecé a controlarlo, quise tantear hasta dónde era capaz de llegar y lo invité a la subasta de *Ocho*. En buena hora, allí os conocisteis y eso me puso de nuevo en peligro.

«El arte no se describe, el arte se siente», le dijo Jorge a Bianca. Lástima; si él le hubiera revelado lo que había en esos lienzos, ella habría atado cabos.

—¿Cresilda sabía que eras un impostor?

Guzmán niega.

—Yo no he suplantado a nadie. Era el propietario de las obras, pero nunca he pretendido ser el autor; no las he firmado con mi nombre, solo añadí el «Dama fuit ic» en honor al pasado. No quiero fama, detesto los circos mediáticos y sé que valgo bastante más que la mayoría de las personas. Encontré los lienzos en el desván, olvidados, eran buenos, y el seudónimo era la única forma de sacarte del negocio. No podía contar contigo, te habrías negado a venderlos, o quizá hubieras accedido, pero entonces las ganancias te habrían correspondido... Y yo no quería eso. ¿No lo decía Virginia Woolf?

—Mi habitación propia.

—Mi habitación propia y mi propio capital, sin tener que pedírtelo a ti ni a ninguno de mis parientes. Lleváis años asfixiándome, manteniéndome con migas, y cada euro obtenido con esos cuadros, por mis medios, equivalía a diez euros de vuestros bolsillos. Todo iba a una cuenta a nombre de una empresa, y operar de incógnito me ha beneficiado, porque el mundo del arte cada día es más absurdo. Ahí está Banksy, subastando obras que han salido de una trituradora... Todos tenemos de todo, la gente ya no sabe en qué dar, así que unos crean basura y otros se arruinan por ella. Consumismo elevado a la enésima potencia.

—Nunca vendiste *Cuatro* y *Seis*. ¿Por qué?

—Porque en ellos se ve nuestra casa. La veleta del galeón, la isla de Santa Marina y la placa en el muro con el nombre de la finca. Era arriesgado. Esos dos Damas siguen en el desván, nunca van a salir de ahí, pero ellos también merecían un nombre, y su ausencia en las subastas engordaba el misterio.

—Me cuesta creer que Cresilda no sospechara.

—Fuiste tú quien la puso sobre aviso, Bianca, hace unos días. Le hablaste de Biarritz, de la otra Dama de hace años. Y ella empezó a atar cabos. Canceló la puja de *Diez* y rompió mi contrato de representación.

—Tú sufriste otro arrebato. Y la mataste. ¿Te había amenazado con desvelarlo todo?

—Ya nadie sabe guardar secretos.

Bianca, al fin, logra incorporarse. Su móvil empieza a sonar, lo saca del bolso; la llama Mateo.

—Ni se te ocurra responder —decreta Guzmán.

—Tú a mí no me das órdenes.

Apenas tiene tiempo de pulsar la tecla verde; Guzmán lanza el atizador, lo dirige hacia su hija y el metal golpea el móvil, sujeto en las manos de Bianca, con puntería asombrosa. El aparato sale volando, se estrella contra la pared. Bianca se sobresalta, da un paso atrás, pero no ceja en su empeño. Se dirige al lugar en el que ha caído el teléfono, junto al rodapié. Se agacha, lo coge, la pantalla está hecha añicos y el móvil ya no funciona.

—Sabes que detesto las interrupciones, Bianca. Estamos hablando de asuntos serios.

—No estamos hablando. Yo escucho y tú mientes.

—Te estoy diciendo toda la verdad.

—¿Toda la verdad? ¿Por qué no me has lanzado esa barra a la cabeza? —Bianca vuelve a agacharse, recoge el atizador—. Lo usaste para abrirle el cráneo a Lucas; lo llevabas contigo, pese a ir a su casa solo a negociar. ¿Con qué me golpeó el Zuki cuando estaba en la ducha?

—¿Vas a volver con eso?

—Mateo me encontró cubierta con una toalla; aquel caco de medio pelo me causó una conmoción que estuvo a punto de costarme la vida, pero cerró el pico, no le reveló a nadie lo ocurrido. Ni siquiera a ti. Debió de creer que me había matado, pero cubrió mi cuerpo, mi desnudez. ¿Por qué lo hizo? ¿Sintió pudor al verme desnuda?

—No sé por qué lo hizo.

—Dices que Zuki me había reconocido, que supo que era tu hija. Que lo calló por miedo, por temor a tu reacción. ¿Por qué me reconoció? ¿Me había visto antes de aquello?

—Siempre has preguntado demasiado; desde cría. Así nos ha ido.

Ahora es Bianca quien acaricia el atizador, quien desliza los dedos por su superficie fría, pulida, suave y metálica. Domestica al animal.

—¿Cómo sonó cuando lo estrellaste contra mi nuca?

Guzmán cierra los puños.

—¿Sonó hueco, papá? Llevaba el pelo mojado, estaba bajo la ducha; el grifo abierto, el ruido del agua apantalló el estallido. ¿Fue un golpe sordo? ¿O crujió el hueso al fisurarse?

Guzmán sigue sin responder.

—La Policía mantiene que Lucas y yo fuimos atacados con el mismo objeto. ¿Había dos atizadores idénticos? ¿Uno para el Zuki y otro para ti?

—No sabes lo que dices. Yo te atendía de niña cuando estabas enferma; me desvivía por ti, por que estuvieras bien.

¿Quién te llevaba al colegio? ¿Quién te abrazaba cuando sufrías pesadillas?

—El mal nunca es absoluto, muestra trazas de bondad; por eso es esquivo, ladino y artero. No es evidente, va camuflado. El impacto que yo recibí no fue tan fuerte. Tampoco era necesario golpearme como a Cúe, que era fornido, grande, alto y corpulento. Yo soy como un pajarillo. ¿Qué sentiste al hacerlo? ¿Al intentar matar a tu propia hija?

Guzmán permanece en silencio.

—No sentiste nada. Admítelo, reconoce que lo hiciste, que me atacaste en la ducha.

—Bianca, es una locura. Reflexiona, por Dios.

—Sabías que había salido de Madrid, que me estaba dirigiendo a casa de Lucas. Sabías que yo estaría allí y me abordaste por la espalda como lo hacen los cobardes; preferías no mirarme a los ojos, aunque si hubiera estado de frente lo habrías hecho igualmente; atacarme, proyectar la barra contra mi rostro, hacerla estrellarse aquí. —Bianca extiende el brazo, sujeta el atizador, lo sitúa entre el pómulo y el puente de su nariz—. Te llevaste mi ropa, el chubasquero de la entrada, para dificultar la identificación, para ganar tiempo. Apuraste tanto como pudiste para denunciar mi ausencia... El precio de las obras iba ascendiendo, estabas ganando mucho dinero, y aquel era tu propósito inicial: el lucro. Pero quizá al verme allí, en la ducha, tan vulnerable, te hubieras planteado ir más allá... Era tu ocasión.

—¿Mi ocasión?

—Solo era cuestión de tiempo que uno de esos cuadros saliera a la luz. Los secretos son auténticas bombas de relojería y, al final, yo habría visto un Dama. De hecho, lo he visto, y lo he reconocido. Lo habría asociado contigo y te habría vinculado con la muerte de Lucas, que acababa de adquirir una de las obras. Matar a Cúe fue el punto de no retorno. A partir de ahí, recuperar *Siete* y evitar que yo lo viera ya no era suficiente. Habías cometido un asesinato, era algo muy gordo; para encubrirlo, por prevención, solo cabía acabar conmigo. Y tú eres capaz de eso y de más.

Guzmán no articula palabra.

—Principio de precaución, papá. Desconocías cuánto sabía, si Mario Cayón ya te había delatado, si había hablado conmigo esa tarde... Debías dar un paso más. Un golpe más.

—Estás diciendo barbaridades, hija.

—Te cargaste a Lucas circunstancialmente. A por mí fuiste a propósito. Yo era el auténtico peligro. Eras consciente, después de haberlo matado a él, más pronto o más tarde, ibas a tener que liquidarme a mí.

—Es aberrante, ningún padre haría algo así.

—Sé de unos cuantos padres que han hecho cosas así y cosas mucho peores. Solo tendríamos que tirar de hemeroteca, y no habría que ir muy atrás.

Bianca es consciente, los hijos son bendiciones, pero también son lastres, objetos de consumo y armas arrojadizas. Como hija de Guzmán, hoy vale más muerta que viva.

—Cuando fallan las mentiras, el encanto y los halagos, la gente como tú utiliza la violencia, y lo hace sin el menor sentimiento de culpa. Si no has intentado acabar conmigo después de haber salido del coma, es porque entonces el asunto habría cantado a la legua.

Bianca vuelve a acercarse al sillón. Recoge el bolso, se lo cuelga del hombro y guarda el teléfono estropeado.

—Respondiendo a tu pregunta —finaliza—: Sí, claro, por supuesto que te voy a denunciar. Bajar la guardia con personas como tú es imperdonable. En cierto modo, soy responsable de lo ocurrido.

Sin soltar el atizador, blandiéndolo, Bianca se dirige hacia el vestíbulo.

Tiembla, pero sigue.

Le da la espalda a Guzmán, camina con decisión, no sin dificultad; se siente agotada.

—Detente, Bianca, quédate ahí sin moverte. Te estoy apuntando con mi escopeta de caza, la que se ve en el cuadro.

Bianca cierra los ojos. Paralizada.

—Te apropiaste de la suerte que fue perdiendo Sofía, pero ya hace un tiempo que te esquiva la fortuna. Ni siquiera eres capaz de ocultar esa cojera; te humilla, te vulgariza, te hace ridícula. Es mi momento, hija.

Guzmán se aproxima. Bianca avanza. Un paso más, solo un paso, y siente un cosquilleo que se extiende por su cuerpo como un rayo seco. Su padre desliza la yema del pulgar a lo largo del surco, afilado y aún rosáceo, que le rasga el cuero cabelludo: oprime con suavidad la cicatriz de su nuca.

—Fui con el Zuki a casa de Cúe, pero él ni siquiera llegó a entrar en el chalé —susurra Guzmán al oído de su hija—. Zuki aguardaba apostado en la entrada, y supo que había matado al futbolista al verme salir con ese atizador, lleno de sangre.

Bianca vuelve a abrir los ojos.

—Fui yo quien te atacó. Yo. Y me marché convencido de que te había matado. Estabas allí, en el suelo; me repugnaba tocarte, tomarte el pulso, te cubrí con la toalla. Lo hiciste bien, Bianca, supiste engañarme; habías dejado de respirar...

Bianca recuerda, es cierto: dejó de respirar al sentirse observaba. Pero no lo hizo de modo consciente.

—Podría dispararte a bocajarro —anuncia Guzmán sin alzar la voz—. Vas a morir, está todo organizado, van a culpar a Valtierra y mi secreto será enterrado contigo. Enterrado en tu nombre. Para mí falleciste el 9 de octubre. La que salió del coma ya no eras tú, solo era una impostora, un auténtico problema.

Bianca lucha por mantenerse en pie, pero la invade el sopor y sus manos dejan caer el atizador, que golpea el suelo tintineando.

46

MATEO

Loredo, 13 de noviembre, sábado

El número de Bianca está apagado o fuera de cobertura, y hablo con la jueza mientras conduzco; insisto: necesito una orden de registro del domicilio de Guzmán de Arbide, en Loredo. Solo dispongo de indicios y no es lógico, lo sé, no se registra una casa porque alguien acostumbre a beber café de civeta. Es absurdo, y sin embargo sé que Guzmán es Dama. También estoy convencido de que él es el asesino, y tengo la certidumbre de que todos los crímenes, del primero al último, se han visto motivados por un único interés.

—Guzmán pretendía evitar que Bianca viera los cuadros —le explico a la jueza alzando la voz—. Quizá no fuera él quien los pintara, Bianca conoce su auténtico origen.

La negativa es clara, no me autoriza a registrar el chalé. Pero nada me impide acudir a su casa, charlar con el sospechoso, llevarlo detenido si se tercia. Sigo siendo inspector de la Judicial.

Estaciono junto al muro que bordea la finca, ya son las diez de la noche y llueve como si nunca hubiera llovido en Cantabria: con furia extrema. No hay más vehículos aquí fuera, y al apearme confirmo que el mar aún ruge, que la lluvia aún moja, que no hay luz en la vivienda; pero esta gente no se acuesta tan pronto, así que pulso el timbre y espero bajo el aguacero, sumido en una inquietud creciente. En menos de veinte segundos capto un chasquido, alguien acciona el portón automático, y avanzo con decisión, contra el viento. El coche de Bianca tampoco está dentro. Distingo una silueta en el porche; fornida y oscura, recortada sobre el resplandor, al otro lado de la cortina de agua que bate el terreno.

Cuando llego a la altura de Guzmán, me invita a pasar con un gesto y atravesamos la entrada hasta el salón. No oigo qué es lo que dice, masculla algo sobre la borrasca, sobre una ciclogénesis, sobre mareas vivas y cambio climático. Luz me saluda, está acomodada con un libro en el regazo, lee junto al fuego.

—Necesito ver a Bianca —digo sin muchos preámbulos.

—¿Bianca? —Guzmán parece confuso, como si no comprendiera a quién me estoy refiriendo—. Llamó hace unas horas, comentó que pasaría la noche en la ciudad —explica—. Di por hecho que estaría contigo, o con alguna amiga.

—No se encontraba bien, decidió venirse a casa —replico—. Su número no está operativo.

—Se le habrá agotado la batería, ya sabemos cómo es Bianca. —Guzmán sonríe, procura quitarle hierro al asunto—. Siéntate, acércate al fuego, estás empapado.

Intento meterme en su cabeza, discernir qué haría alguien como él al sentirse acorralado.

—Luz —me dirijo a ella, que ha abandonado el libro y me analiza intrigada—, ¿podrías dejarnos a solas? Tengo que hablar con Guzmán.

Guzmán le hace un gesto a su mujer, ella asiente.

—Iré un rato a casa de María, a ver si ella sabe algo de Bianca —dice.

Yo espero a que salga. Cuando oigo cerrarse la puerta, planto las cartas sobre la mesa:

—Lo sé todo —declaro—. ¿Dónde está Bianca?

Se finge sorprendido.

—No la he visto desde esta mañana —me aclara confundido—. Cogía el coche, me la crucé en el garaje, había quedado contigo en el centro; eso fue lo que me dijo.

—Sé que ha vuelto, que ha estado aquí.

—Prueba a llamarla de nuevo, quizá haya cargado el teléfono.

—¿Qué le has hecho a tu hija?

—No comprendo esa pregunta.

—Sé que eres Dama.

Guzmán carraspea.

—¿Dama? ¿El pintor? Yo no he pintado esos cuadros, yo no he pintado en la vida, ni se lo he pretendido hacer creer a nadie. Yo no soy Dama, solo he vendido los lienzos del desván, unos trabajos que nadie echó ni habría echado de menos.

—Te has cargado a unas cuantas personas.

—Escúchame bien —responde Guzmán. Se sienta, se acaricia las rodillas mientras estudia las llamas. Reflexiona unos segundos, creo que toma una decisión; y cuando vuelve a hablar, parece otra persona—. ¿Quieres llevarme detenido? —añade en tono pausado—. ¿Encerrarme en un calabozo? Adelante. No puedes probar nada, vas a meterte en un buen fregado.

—Daré con algo.

—¿Tú? ¿Dar con algo? Permíteme que lo dude. Cada vez que Bianca iba a poder ver un Dama, alguien moría. Era tan evidente... Pero tú te has dedicado a acudir a las subastas, a volar por toda Europa y a tirarte a mi hija. He jugado a ser un psicótico y te has dejado marear desde el principio. Buscabas un patrón desesperadamente, y yo te lo di. Llevaba a un callejón sin salida.

—¿Dónde está Bianca?

—Dímelo tú, que eres el último con quien se la ha visto. Tú sabrás lo que has hecho con ella.

Me dirijo a él, lo agarro por las solapas, lo levanto del sillón y le ajusto las esposas. No opone resistencia, y tengo la impresión de que ha anticipado esta maniobra. Esta, y todos los pasos que la han precedido.

—Explícame algo, Valtierra —exige mientras lo empujo, mientras lo arrastro al pasillo para inspeccionar la casa—. ¿Cuántos asesinos en serie ha dado este país en los últimos tiempos? ¿Cuántos crímenes con patrón, con firma, con guion cinematográfico detrás de cada escena? Es común en los libros, claro, en las novelas negras, en los *thrillers*, como los define ahora la gente cosmopolita. Pero yo no soy un personaje de ficción. —Guzmán suelta una carcajada—. Yo soy un hombre con motivos, como la mayor parte de los hombres, como los asesinos reales que pueblan los telediarios. Y no mataba por gusto, ni porque oyera voces; no disfruté trasegando con los cuerpos de aquel par de maricones para reproducir un mito griego. Menuda ridiculez, no te imaginas lo que pesa un muerto, ni el asco que sentí cuando tuve que destripar al esperpento ese, a Cresilda Stoner. Me vi obligado a sedarla... —Guzmán compone un gesto de repugnancia, lo vislumbro reflejado en el espejo del vestíbulo—. Luego está lo del Zuki —dice—. ¡Joder! Sin meñiques y sin ojos, como la Yakuza japonesa, que seccionaba los dedos a los traidores. ¡Ni en las películas de Tarantino! No tuve tiempo de plantar el «Dama fuit ic», volví más tarde a escribirlo en el muro, tenía que hacerlo. Puede que ahí cometiera un error, me ocurrió como con Mario, con la viga: fui incapaz de reprimirme.

—Esa firma jamás será prueba de nada; la pudo haber plantado cualquiera —respondo.

—¡Todo juego y guion teatral! —abunda Guzmán—. Las invitaciones a las subastas, las sentencias de la Biblia, el cuerpo momificado en la tumba de Mario Cayón... Segundo error, me crecí demasiado, pretendía que revisarais todos los casos que había llevado ese viejo policía; quise confundiros, volveros locos indagando en expedientes que no condujeran a ningún sitio. Y de paso, por seguridad, sacarlo al fin del sótano de casa.

—Pero no nos confundiste, nos ofreciste otro hilo del que tirar. Nada de aquello constaba en nuestros archivos, pero ya habíamos dado con *Las novias* de Klimt y supimos que Pacífico lo había estado buscando de manera extraoficial.

—Qué más da, logré mi propósito: sembrar el caos y la confusión. ¿Qué me dices de mi perfil de Instagram? ¿Del pañuelo con fluidos de tu amigo el policía?

—¿Cómo te hiciste con su sangre?

—Tu compañero acudió al aseo del vestíbulo. Fue la tarde en que estuvisteis aquí, entrevistando a Bianca por primera vez. Cuando salía del baño me lo crucé en el pasillo, vi que aún sangraba por la nariz; se la iba restregando con un trozo de papel. No había sido tan idiota como para dejar un clínex empapado en el cubo de la basura, pero probé suerte, nada más iros me dirigí al camino de la urbanización. Algunas personas guardan la basura en los bolsillos, o en la guantera del coche hasta llegar a casa. Tu compañero utilizó la papelera de ahí fuera, junto al muro donde habíais aparcado. Allí estaba el regalito. Lo conservé, ni siquiera supe por qué, para qué; intuí que quizá me pudiera ser útil. El que guarda halla. —Guzmán vuelve a reír—. Soy previsor, veo de lejos, y cuando fui a recuperar *Ocho* a casa del juez decidí llevar conmigo el pañuelo, por si el asunto se complicaba. Y el asunto se complicó. Me los tuve que cargar a él y a su novio, aunque no era esa mi intención inicial... Me vi obligado, Rubén Hevia me sorprendió en el salón y Jorge del Cerro me siguió y me reconoció.

—¿Os habíais visto antes?

—Días antes, en mi barco de velas negras. —Guzmán sonríe—. Los maté, Valtierra, y luego improvisé, monté aquel circo y simulé un mito que había visto en un libro de mi hija. Bianca lo había tomado prestado de la Biblioteca Central y aquel mediodía lo había estado ojeando en su cuarto; lo había dejado abierto, precisamente, por las páginas de ese pasaje: «Hero y Leandro». A veces, cuando ella no estaba, revisaba sus cosas, controlaba su teléfono, temiendo que hubiera descubierto algo... Fue como supe que te hacías llamar George Mallory en tu cuenta de Instagram.

—Todo repugnante.

—¿Por qué no castigar a aquellos dos héroes, al juez y al médico, con mar y fuego, como en el mito griego? —insiste—. Abandoné el clínex con la sangre de tu amigo para que todo ese asunto os salpicara a los polis.

—No eres tan listo como te crees, Guzmán.

—Pero sí soy más listo que tú. Buscabais a uno de esos iluminados que culminan una obra con cada fiambre que dejan. Sin embargo, la mayor parte de los asesinos matan por dos motivos: odio y poder. Crímenes raciales, homófobos, sexistas. Venganza, lucro, celos. Odio y poder, todo está ahí condensado. Llevo años viviendo a expensas de otros y solo pretendía alcanzar mi independencia. Mi hija habría hundido mi proyecto, no habría cooperado.

Guzmán se refiere a Bianca en pasado y desenfundo la pistola, lo apunto por la espalda y lo arrastro escaleras arriba mientras él sigue hablando:

—Acúsame de asesinato —sugiere sin alzar la voz, haciendo gala de una calma turbadora—. Voy a salir indemne, no tienes ni una sola prueba de peso. En unos días voy a denunciar la desaparición de Bianca. ¿Qué has hecho con mi hija, inspector? Se os ha visto juntos esta mañana, por el centro, y serás tú quien acabe en chirona. Valtierra, el tipo que se la follaba. Porque me has jodido bien al pujar por el cuadro en París. No contaba con eso, la verdad, y fue una buena maniobra. El rubio acudía a todas las subastas y tenía la orden de ofertar por *Diez* si Bianca entraba en la pugna; ni siquiera imaginé que fueras tú quien lo hiciera, un pobre policía muerto de hambre... Tras lo de Lucas, por precaución, pude haber parado las subastas; pero no me dio la gana hacerlo. Dejé de fechar los cuadros, eso sí.

Me detengo en el vestíbulo de la primera planta. Pierdo el tiempo, soy consciente, Bianca no está en la casa. Aun así repito la pregunta por última vez:

—¿Qué has hecho con tu hija?

—Rematar lo que empecé la noche del 9 de octubre. A esta clase de mujeres uno debe silenciarlas.

Le golpeo en el rostro, siento un crujido bajo mi puño y él estalla en carcajadas como si no sintiera dolor, como si esto fuera, precisamente, lo que estaba pretendiendo: rebajarme a su altura.

—Mis asuntos mejoraron mientras ella estuvo en coma. Bianca acaparaba la suerte ajena, como su madre. Ese tipo de mujer consume el aire ajeno; medra, florece, deja miseria a su paso. Mi hija ha sido mi límite, y aún no lo entiendes, Valtierra, pero te he hecho un gran favor. A esas alimañas habría que erradicarlas como a las plagas. Esperaba un buen momento para acabar con Bianca sin levantar sospechas. Casi lo consigo al hacer saltar los fusibles en casa del juez cuando ella llegó. —Sonríe mientras asiente, como si hablara para sí mismo y empezara a asimilar todo lo ocurrido—. Me costó entenderlo, al principio todo era un juego. Desnudé a Lucas Cúe para impactar a Mario con la imagen de su cuerpo. Luego pretendí sorprenderos a vosotros con lo de los ojos del Zuki, lo de sus dedos. Solo era un modo de despistaros. Castigué a Jorge del Cerro, que se creía un héroe, castigué a Cresilda Stoner, por traidora. Y algo empezó a funcionar. Mi fortuna mejoraba. «El sombrío Hades se enriquece con nuestros suspiros y lágrimas», escribió Sófocles. Y yo me convertí en Hades, el invisible, que no era malvado, era justo, y se iba apropiando del vigor de los demás. La justicia que he impartido me ha hecho rico y poderoso, como a ese dios inmortal.

Enfilo las escaleras y lo arrastro a empellones. Sigo subiendo en vez de bajar, y Guzmán frena el discurso. En seco. Es inteligente, como bien ha apuntado, no es un psicótico y asimila de sobra hacia dónde vamos. Dónde y por qué. Se ha dejado cazar creyéndose impune, pero ahora cesa su verborrea; este giro lo pilla desprevenido.

—No puedes hacer lo que creo que vas a hacer, inspector. Eres un hombre de ley.

—Sé muy bien lo que soy —declaro—, me conozco hace tiempo.

—No te diré lo que he hecho con Bianca. Jamás lo haré.

—Acabarás hablando —replico—; no me cabe duda.

Recorremos dos tramos de escalera hasta alcanzar el desván, en la tercera planta; es un espacio amplio, diáfano, de unos cien metros cuadrados. Doy la luz, y la actitud de Guzmán cambia: intenta zafarse, brama y se agita. Muestra una fuerza insólita para su aspecto; lo llevo sujeto con firmeza y paseo la mirada por la estancia. Busco los óleos, él mismo ha aludido a «los cuadros del desván», y doy por hecho que, haya cuantos haya, sean cuantos sean, un día se acabarán.

Esto se encuentra atiborrado de objetos, recargado hasta los topes: hay maletas nuevas y viejas, muebles antiguos, montones de libros, cajas apiladas. Tablas de surf, botes de pintura de los de encalar paredes. No localizo ni un solo cuadro, pero sé que están aquí, él se ha referido a ellos. Guzmán también ha admitido que ha silenciado a Bianca, y el hecho de repetírmelo me impide razonar con claridad. No me es fácil manejarme con la templanza que suelo. Vuelvo al estado primario, al origen, al Mateo de antes.

Apenas transcurren unos minutos, no tardo mucho en dar con los lienzos al fondo del desván, semiocultos tras unos espejos. Están cubiertos por sabanas y, al retirarlas, veo pinturas al óleo fijas en sus bastidores.

Libero una de las esposas de Guzmán, que se debate enloquecido, y la cierro en torno a una reja de hierro; parece pesada y se apoya en la pared.

—Exijo negociar —reclama fuera de sí.

Cojo un cuadro de entre el resto, una de las obras originales de Dama. La sostengo desde atrás, evito mirarla. Se la muestro, la contempla, respira con furia. Se agita. Metal contra metal, el chirrido de la esposa chocando contra la barra inunda el altillo y se funde con el ruido de la lluvia en el tejado, con el rumor del aire, denso, que él mismo está respirando.

—Supongo que esta pintura iría a ser *Once* —apunto—. Su precio de salida, quinientos mil euros. ¿Dónde iba a subastarse? ¿Nueva York?

Guzmán asiente. Picaba alto, cada vez más.

—Vamos a negociar —repite—. Puedo darte lo que quieras.

—Ya sabes qué es lo que quiero. ¿Dónde está Bianca?

—Acabará con mi suerte; si ella habla, yo estoy muerto.

—Vas a estarlo, en cualquier caso. Dime dónde la tienes.

—Jamás.

—Contempla la obra, Guzmán, estudia el cuadro. El trazo, las pinceladas, memoriza cada poro. —Poso la tabla sobre un caballete, doy unos pasos por el desván, vuelvo a sostenerla—. ¿Sabes por qué me gusta tu hija? Porque los golpes no la derriban, los golpes la hacen más fuerte. Y a mí solía ocurrirme lo mismo.

—Deja ese lienzo en su sitio.

—¿Cuántos cuadros hay aquí? ¿Seis? ¿Siete? ¿Qué ibas a hacer tras haberlos subastado? Antes de sacar un Dama al mercado, cualquier especialista va a confirmar que lo sea realmente.

—Cuando se acaben, ya habré ganado dos o tres millones de euros. Puede que más. Libertad e independencia.

—Pues como no me expliques dónde está Bianca, vas a quedarte sin arsenal para pujas.

—No podrás robarme esos óleos, Valtierra. Te sería imposible hacer dinero con ellos.

—¿Hacer dinero? Voy a prenderles fuego.

Suelo llevar gasolina en el coche, pero no me hace falta bajar a buscarla, hay de todo en el desván. Cojo una lata de fuel que asoma tras unas cajas; pesa, está colmada hasta arriba, la abro y rocío la obra; desprende un olor intenso y Guzmán rompe a llorar, solloza de un modo absurdo. Tensa la cadena de la esposa, la reja chirría, él intenta arrastrarla, pero pesa demasiado. Guzmán no está fingiendo, se siente abatido. Saco del bolsillo la caja de cerillas, *pub* La Galerna, me la acabo de llevar de casa de Rebeca. Elijo un fósforo, lo rasgo contra el lateral y se percibe el chasquido, el estallido breve de luz blanca. Arte y fuego, como en Immendorf; la historia se repite una y mil veces, por más que nos pese.

—Tú conoces bien la Biblia, Guzmán. Apocalipsis. Los ángeles hacían sonar las trompetas y el fuego arrasaba la tierra.

—La Biblia también dice que el que encienda el fuego pagará lo quemado.

Aproximo al lienzo la llama, lo hago despacio, y Guzmán vuelve a bramar; con furia, con horror, como si fuera su carne la que estuviera ardiendo; el fuego se extiende, zigzaguea por la tabla como una culebra y se enrosca alrededor en unos segundos. Las llamas la devoran, sedientas, emitiendo un fulgor cálido, varios chisporroteos y un aroma primitivo como de especias viejas.

El resplandor ilumina el rostro de Guzmán, crispado y marchito, ajado y duro. La luz se refleja, centellea en sus ojos. Es la mirada del mal, y siento un placer insano y turbador.

—¿Seguimos negociando? —le pregunto. Lo hago asombrado por mi propio aplomo, por mi calma, por la pérdida absoluta de los rigores y el límite. Y recuerdo aquella frase, la sentencia rotunda enunciada por mi madre: «Eres como un reactor a punto de estallar». Elijo otra pintura, la separo del resto sin mirarla—. Vamos a por *Doce* —anuncio con firmeza—. Y si se acaban los cuadros, le prenderé fuego a todo lo demás.

47

BIANCA

Playa de Langre, 13 de noviembre, sábado

No hay luz, no es como entonces. Ya no hay un resplandor que la ilumine a lo lejos. Tampoco hay una mirada, ni un tacto ni una voz que la acompañen. Cuando mataron a Lucas, Bianca no estaba sola. Cuando mataron a Lucas, no sintió la certidumbre de entender que iba a morir. Hoy nadie le estrecha la mano, nadie le acaricia el rostro mientras le habla. Hoy no hay fulgor, no hay ruido, no caben frío o calor. Bianca no sabe si está despierta, si duerme; solo alcanza a recordar qué es lo último que ha oído, la sentencia cruel pronunciada por su padre antes de dejarla aquí, en la arena: «Anoche abrí el pastillero, Bianca, volví a cambiar tu medicación; ya hace unas horas que has empezado a morirte, y la cuestión no era cuándo, sino dónde ocurriría. Conduciendo, paseando junto al mar, mientras dormías. Has vuelto a casa, así que vas a morir en la playa. Cuando den contigo, pensarán que te has quitado la vida. Si tu cuerpo no aparece, si lo devoran las aguas, inculparán a Valtierra».

Bianca es incapaz de llorar, de gritar, y trata de arrastrarse sin avanzar ni un solo milímetro. Inmóvil, boca abajo, con el rostro hundido en la arena mojada; traga agua, se está ahogando, un ser inerte junto a la línea inconstante en que rompe el oleaje. Siente el sabor de la sal en la boca y, aun con los ojos cerrados, ve desplegarse a unos bichos que solo pueblan su mente. Acuden en masa, se dispersan, un pelotón de insectos crueles y disciplinados capaces de conformar una gran lámina oscura, extensa, brillante y tenebrosa. Un manto repugnante que cubre su anatomía, la envuelve, que la sepulta en la arena. Percibe el cosquilleo de sus patas diminutas y el dolor lacerante de aguijones afilados. Siente asco, pánico, la asalta un terror febril; la están devorando, invaden sus venas, han hendido sus tenazas, minúsculas y dentadas, para adueñarse de ella, y han abierto su cicatriz. Siempre han estado ahí, al acecho. Bianca no supo leer las señales, y ahora se agitan bajo su piel.

Bianca intenta desplazarse, arrastrarse, se esfuerza hasta el último instante, nunca se da por vencida.

«Si no lo consigo, van a culpar a Mateo —se dice. Piensa en la carta, la que metió en el buzón—. ¿Lo hice? —se pregunta—. ¿Escribí esas líneas o programé un *mail*? —Le cuesta recordarlo, se estremece, si fue un correo electrónico Guzmán lo habrá cancelado; tiene acceso a sus mensajes, a sus claves, a toda su vida. Y encerrarán a Mateo por lo que no ha hecho—. ¿Fue una carta? ¿Fue una carta?»

—Fue una carta —susurra—, tinta azul —concluye. Evoca su mano, sus propias palabras sobre el papel. Guzmán no va a interceptarla, y suspira con alivio. Esas letras manuscritas van a salvar a Mateo, pero es tarde para Bianca: no hay luz, y ella se ahoga, lo hace como el amante del mito griego; como aquel héroe que atravesaba a nado las crestas oscuras del mar de Mármara.

Bianca comprende que va a morir. Y lo va a hacer condenada por las aguas.

48

MATEO

Loredo, 13 de noviembre, sábado

Tres tablas, tres Damas destruidos, devorados por el fuego. El olor es penetrante, la humareda, densa, la luz, cegadora. Guzmán está descompuesto, abatido, su furia se ha evaporado y solloza con desgarro. Pero sigue sin darme una sola respuesta. Mi paciencia se agota, ya hace unas horas que vago sin rumbo, a la deriva, que no hay trazas de cordura. Mateo Valtierra ha dejado de existir, el hombre racional se ha perdido en la ofensiva, en algún instante incierto entre aquel 10 de octubre y este 13 de noviembre. Siempre he tenido vocación de héroe, y una derrota de ese calibre ya no sería salvable; por mí, por mi carrera, por mi propio autoconcepto. Pero, ante todo y sobre todo, por Bianca de Arbide. Apenas hace cuarenta días de nuestro encuentro, no es una eternidad; y aun así, sé que sería incapaz de asumirlo. «Las cosas no valen por el tiempo que duran, sino por la huella que dejan.» Lo dice un proverbio árabe.

—Bianca ya debería estar muerta. —Guzmán fija la vista en un fuego que se apaga—. Pierdes el tiempo, Valtierra. —Tose, el humo lo ahoga, se contorsiona con ímpetu.

Doy media vuelta, arranco la sábana que cubre el resto de lienzos, la retiro por completo. No cojo un cuarto cuadro, hago recuento. Cinco Damas exactamente, ni uno más ni uno menos; varios millones de euros y un buen golpe de prestigio. Sostengo la lata de combustible, la vacío sobre las obras, las empapo en fluido oleoso. Guzmán vuelve a debatirse, vuelve a alterarse, a tensar la cadena de la esposa. Arrastra la reja de hierro, la hace chirriar, se desplaza un ápice, y yo enciendo la cerilla. Va a ser la última. La aproximo a las tablas sin más ceremonia, me mantengo a cierta distancia.

Todos tenemos algo que perder.

—Habla —le exijo—. Hazlo, o no quedará ni uno solo.

Él prorrumpe en alaridos y se oye una voz, se pronuncia una frase que lo hace enmudecer. Hay alguien más en el desván, una silueta oscura se recorta en el hueco de la escalera.

—Yo te diré dónde está Bianca. —Luz me apunta con un arma, el pulso firme, el tono duro y seco que no da lugar a equívocos—. Deja ahí esos cuadros, Valtierra, y podrás ir a buscarla.

—No le digas dónde está —brama Guzmán—. ¡No me traiciones, Luz!

—Has perdido, Guzmán, estás de mierda hasta el cuello, y al final has pretendido implicarme en esta mugre. Pero no puedo asumir delitos de sangre, me niego a seguirte.

La cerilla se consume, se me apaga entre los dedos; Luz sostiene mi mirada, no deja de apuntarme.

—Sé disparar, Mateo, con puntería. Bianca lleva toda la vida insistiendo, repitiéndolo: «El deporte aclara la mente, el equilibrio la fortalece». A veces me da clases de tiro, aunque nunca he manejado la escopeta de Guzmán.

—¿Dónde está Bianca?

Enciendo otra cerilla, vuelvo a aproximarla a los óleos empapados.

—Olvídate de esos lienzos, son verdaderas obras de arte, no puedes destruirlas. Te estoy ofreciendo la única salida, Guzmán nunca va a decirte qué ha hecho con ella.

—¿Qué le habéis hecho?

—Yo no he tenido nada que ver, yo no sabía nada de esto.

—Entonces, no te importará que acabe con las pinturas.

Soy consciente, esta caja de cerillas se ha convertido en un seguro de vida. Enciendo el último fósforo.

—Guzmán me llamó por teléfono hace unas horas —declara Luz—. Yo estaba descansando en mi cuarto, y me pidió que fuera a buscarlo al camino que conduce a la playa de Langre. Había salido a andar y lo pilló la tormenta; eso fue lo que me dijo. Pero yo creo que fue allí con Bianca, conduciendo el coche de ella. Habrá borrado las huellas, la habrá dejado en la arena, a la intemperie...

—Para no saber nada de esto, me has ofrecido muchos detalles.

Luz no responde. No afirma, no niega, tampoco aparta los ojos de mí.

—La marea está subiendo —susurra—. Y ella está allí.

Un chirrido, la reja a la que he esposado a Guzmán ha vuelto a desplazarse, y yo sé que Luz dice la verdad: Bianca está en Langre. Pero también comprendo que se ha copado mi límite. Miro a Guzmán, lo ratifico: no hay vuelta atrás, ya no cabe alternativa. Vuelvo a encender otra cerilla antes de que él brame, de que sea capaz de arrastrar la reja, con fiereza, porque nada insufla tanta fuerza como el odio. Guzmán se abalanza sobre mí como un fantoche colérico, ciego de ego y locura. Y yo me dejo vencer por el ansia destructora y separo las yemas de los dedos. El fósforo cae, se precipita sobre las obras y estalla un incendio violento, voraz, una llamarada súbita que asciende furiosa hasta el techo. Luz grita, Guzmán me derriba, caemos sobre los cuadros y rodamos por el suelo envueltos en llamas. Luz dispara, pienso que puede que me haya alcanzado, y siento el fuego que he provocado, su lengua ácida y áspera. Me arrasa la piel del hombro derecho, del brazo, de toda la mano. Más estallidos, más disparos; sumido en un torbellino de dolor y confusión, empuño mi pistola. Me incorporo, apunto hacia el lugar en que Luz se encuentra y detono el arma. Apenas se ve a través de la humareda, pero sé que la he dejado fuera de juego, que he salvado la vida; y entiendo que esta es mi última baza, la única que me queda.

Guzmán intenta sofocar las llamas, rescatar sus obras. Lo oigo toser lastrado por la reja, y algo me dice que corra, que huya, que no pierda un mísero instante. La marea está subiendo, y he de salir de aquí cuanto antes.

Cuando me precipito escaleras abajo, oigo un aullido, el

clamor del monstruo que se achicharra vivo para salvar sus cuadros, un nombre y una fama inmerecida.

Mi mente persigue un único propósito: alcanzar la playa de Langre. Apenas tardo cinco minutos en llegar, la oscuridad es total, el temporal, feroz; aparco en lo alto del acantilado. El coche de Bianca está aquí, vacío. De camino, mientras conducía, he solicitado refuerzos; no sé qué voy a encontrarme y bajo con los focos tácticos. El viento golpea con fuerza, la lluvia cae sin cesar y la marea ha subido; la pleamar será a la una y siete minutos, y ya pasa un cuarto de hora de las doce de la noche. No soy consciente de la gravedad de las quemaduras, del dolor que me va consumiendo con crudeza. Inicio una batida ciega y febril, recorro el arenal, su kilómetro escaso, de una punta a la otra. Asumo la realidad, las muchas realidades que se pueden haber dado: es posible que Luz me haya mentido, que Bianca no se encuentre en la playa. También podría haber dicho la verdad, y entonces lo más probable es que Bianca ya no esté aquí, que el océano y las olas la hayan engullido. Pasa una hora, pasan dos horas, llega la ayuda que he requerido: Policía, Guardia Civil, una ambulancia. Transcurre la noche y el cielo amanece. La tormenta amaina, se apagan los focos.

Rastreamos cada roca, cada poza, cada grano de salitre; Bianca no está, y el sol comienza a nacer por el este. La marea ha vuelto a bajar, y la arena, dura y fría, se extiende como un erial. Me parece ofensivo que despunte un día con semejante luz, que el mar traidor se despliegue soberbio. Tan bello. Alguien de la Brigada se acerca con unas mantas, me cubre los hombros; entierro el rostro en las manos y siento la carga de un vacío pavoroso. Uno de los agentes me muestra una captura en su teléfono móvil: la primera publicación del nuevo Instagram de Dama, de una cuenta creada apenas hace unas horas. La imagen es de las diez de la noche de ayer, de unos minutos antes de mi visita a Guzmán: un óleo, una pintura antigua firmada por Henri Lévy. En ella, una mujer joven y hermosa de largos cabellos rubios es sostenida sin un hálito de vida por el ángel exterminador. La dama y la muerte.

Si fuera posible volver atrás en el tiempo, yo habría regresado a aquella mañana lluviosa, a la del 10 de octubre. Y no habría respondido a la llamada de Rebeca. Tampoco habría acudido al chalé de Lucas Cúe. Así, de ese modo, nunca habría conocido a Bianca. Me habría quedado en la cama, durmiendo, oyendo el sonido de la lluvia en la terraza. Apenas me habría involucrado en el caso, habría delegado en la gente del Grupo. Y ahora, al amanecer glorioso de un 14 de noviembre, sería el Mateo de siempre, el de antes, porque nunca nos duele lo que no ha existido.

La buscan desde el aire, rastrean el mar. Un helicóptero, dos lanchas, un arenal atestado de efectivos. Ella no habría tirado la toalla, yo tampoco voy a hacerlo. Sin pensarlo mucho, mecánicamente, vuelvo sobre mis pasos, regreso a las escaleras y subo al aparcamiento. El coche de Bianca sigue aquí arriba. Y me planto ante los vehículos idénticos, el suyo y el mío, estacionados el uno junto al otro. Me comunico por radio y le ordeno al helicóptero que realice un nuevo barrido por la otra playa, por la pequeña; no comparte acceso rodado con la grande, pero hay un sendero que las conecta a pie, desde lo alto, a través del acantilado.

Decido bajar al otro arenal y vuelvo a dirigirme al helicóptero.

—¿Veis algo?

—Nada que pueda apreciarse desde el aire.

Nada que pueda apreciarse desde el aire. Echo a correr, bordeo el precipicio hasta el punto de descenso, hasta la bajada a la segunda playa, menos extensa que la primera. La cala apenas alcanza doscientos metros de largo, se ubica en una hondonada, y el acceso a la arena se ha cortado por desprendimientos. Pero la portilla que cierra el paso a las escaleras está abierta, alguien ha descerrajado el candado.

Entonces aún no lo sé, han de pasar varios días para que

uno de los técnicos de Informática Forense me haga llegar las fotos, las imágenes que obtienen del móvil de Guzmán. Su padre no tuvo suficiente con hacerlo, además de abandonarla cerca del lugar en que rompían las olas, boca abajo, inmortalizó la escena con cámara de infrarrojos. La marea iba subiendo y ella estaba inmóvil, inerte sobre la arena, sentenciada a morir ahogada por las aguas.

Pero yo la localizo echa un ovillo, agazapada entre las rocas. Oculta, varios metros más arriba del punto en que él la dejo. Bianca ha sabido orientarse, ha vencido al temporal, a la lluvia, a las olas y a la noche; se ha arrastrado por la playa, las yemas de sus dedos están destrozadas, sangrantes, en carne viva.

Cuando la encuentro, su corazón aún late, pero es un latido débil, efímero, fugaz y lejano; lo sé al rozar su muñeca, al tomarle un pulso incierto, al volver a recordarme cuánto odio los domingos.

Entonces lo entiendo: debió haber muerto en casa de Lucas, los días pasados han sido tiempo a crédito, una pequeña cesión de los dioses.

La luz es cálida, su fulgor, dorado, y volvemos al inicio, al punto en que ella abre los ojos, solo un instante, y vuelve a mirarme del modo en que lo hacía. Pero ya no leo temor, pánico, ninguna angustia febril. En su mirada hay calma, alivio, cierto sosiego. Estrecha mi mano, la aprieta con fuerza. Y tras sus pupilas negras, demasiado dilatadas, intuyo un poso de sabiduría antigua.

Epílogo

—

MATEO

Zermatt, Suiza, 8 de junio de 2022, miércoles

A cuatro mil cuatrocientos metros de altitud el cielo no es tan pesado. El Cervino se erige solitario, blanco y rocoso en mitad de los Alpes. Su cumbre es altiva y peligrosa, y a lo largo de los años ya se ha cobrado más de quinientas vidas. Esta tarde de junio, al descender por la arista de la vertiente helvética, pierdo la vista en el glaciar helado y evoco una cita enunciada por Bianca: «La cima solo es la mitad del camino».

En el refugio de Hörnli, a unos tres mil metros de altura, me deshago del equipo, de los crampones y la mochila. Llegamos aquí ayer a las ocho de la tarde, llevamos en pie desde las tres de la madrugada, y me despido de los clientes, un grupo de argentinos bastante experimentados. Tomo el funicular para bajar a Zermatt, el enclave suizo en el que llevo instalado desde noviembre.

La ciudad alpina apenas cuenta con seis mil habitantes, y hay ambiente en sus calles frías y soleadas, libres de tráfico rodado. Rebeca me espera en la cafetería del hotel, en la avenida principal, Bahnoffstrasse. Desde allí, acomodada frente a la cristalera, contempla las praderas de un verde ácido, los picos nevados que cierran el valle, las balconadas floridas de las casas de madera. No ha cambiado, conserva el mismo aspecto de siempre; muy buen aspecto.

—En invierno hay más nieve y el turismo es de otra clase —le explico después de intercambiar dos besos y un fuerte abrazo—. ¿Has venido sola?

Rebeca asiente y me invita a tomar asiento frente a ella.

—Has dado con un buen lugar en el que morir en vida —comenta a modo de respuesta, sin paños calientes.

Me desprendo de la chaqueta, pido un café y replico sin dudarlo:

—Culmino el Cervino siempre que quiero, y me pagan bien por ello. Pese a todo, me siento más vivo que nunca.

Ella dirige la vista hacia la pirámide de piedra que se alza tras las praderas, un centinela que protege la ciudad. Le agradezco la visita, y ella me agradece que la haya recibido, sabe bien que quiero estar solo.

—Ese pico es traicionero —dice—. Llegará el día en que no regreses, Mateo, en que solo completes el viaje de ida. ¿Por qué te la juegas así?

—Todo el mundo se la juega de una manera u otra. Vivir es eso, ¿no crees? Culminar la cima sin tener muy claro cómo va a ser el descenso, si soplará ventisca.

—¿Volverás a casa?

—Esta es mi casa.

—En Santander tienes una familia, amigos. ¿Qué es lo que tienes aquí?

—Un lienzo en blanco.

—No se puede avanzar sin pasado.

—Se puede avanzar como se quiera, corriendo o a rastras. Me ha costado comprenderlo, uno decide quién quiere ser.

Me estudia con escepticismo; y aun así sé que en el fondo me entiende, que en parte me apoya. Si no lo hiciera, tampoco me importaría.

—Supongo que, aunque vivas aquí arriba y reniegues del pasado, estarás informado de lo que ocurre en el mundo —apostilla.

Me llegan noticias, aislarse es imposible, y tengo constancia de que Miriam Cohen ha donado *Las novias* de Klimt al museo Belvedere, de Viena. También he oído que tras el escándalo el valor de los Damas se ha disparado y algunos de los propietarios ya empiezan a revender, a sacar al mercado los cuadros que adquirieron. Envueltos, como lo hacía Guzmán. Los precios de salida ya han superado el millón de euros.

—¿Por qué has venido, Rebeca?

—Tu familia te espera.

—¿Te ha enviado mi madre?

—Yo también quiero que vuelvas.

—Tendréis que acostumbraros, no pienso regresar.

Rebeca me contempla con resignación, sabía de sobra lo que le iba a responder.

—Samuel no deja de preguntar por ti —insiste—. Quiere verte, pero no se atreve a coger un avión.

Samuel... Poco antes de morir, el Zuki acudió a Villa Alegría; me estaba buscando, quería confesar, denunciar lo ocurrido en casa de Lucas. Pero yo no estaba allí, y Samu, obsesionado con el asunto del futbolista, se dirigió al descampado a sonsacarle; al fin y al cabo, el Zuki siempre era majo con él. Allí, de manera inesperada, asistió a una escena dantesca.

Aquel hombre serio de rostro pétreo —Guzmán— había estado bebiendo con el Zuki, lo había emborrachado y luego le había clavado una aguja, le había amputado los dedos y le había apuñalado los globos oculares. Samu, testigo del crimen, se calló. Días después sufrió un ataque, intentó quitarse la vida. Tras huir del hospital se ocultó en una tienda de campaña del *camping* de la Arnía. Aguardaba el momento idóneo para abordarme, para contarme lo que vio sin las cámaras ocultas ni los dispositivos de escucha que tanto le obsesionaban.

Abro la mochila, saco un documento. Llevo meses trabajando en el informe, y en unos días se lo haré llegar a la jueza que instruye el caso Dama.

—Yo vi a Bianca en aquella playa —le digo a Rebeca—. Se había dejado la piel, literalmente, para vencer al ascenso de la marea. Se había arrastrado sobre la arena, agonizante por la hipotermia. Las yemas de los dedos en carne viva, la piel de su rostro arañada, abrasada por la fricción. —Trago con fuerza—. Cuando sufrió el paro cardiaco, estaba a su lado; la vi irse, Rebeca, murió despacio. Se estaba aferrando a mi mano. —Me recuesto en la silla, tomo un sorbo de café—. Ella, ahora, debería estar aquí. —Vuelvo a posar la taza—. Debería estar viva, y no me he quedado de brazos cruzados, aunque a ti te lo parezca.

—¿Qué hay en ese documento?

La gente de la Judicial revisó a fondo la vivienda de Guzmán, en Loredo, y descubrió un juego de velas negras plegado entre los barriles de la bodega. También un estuche de maquillaje y unas lentillas azules. Días antes de matar a quemarropa a Jorge del Cerro, Guzmán provocó un encuentro con él, a bordo de su embarcación, simulando ser otra persona, fingiendo un acento extranjero; para él era fácil, de joven había hecho teatro. Guzmán le entregó al juez la llave de la caja suiza, esa que le sustrajo a Mario Cayón cuando lo encontró ahorcado. ¿Por qué no la empleó él mismo? ¿Por qué no viajó a Ginebra a abrir esa caja? El uso de esa llave era nominativo, y solo Jorge estaba autorizado. El padre de Bianca debía haber planeado volver a asaltarlo tras haber sacado el material del banco, porque no carecía de medios.

Guzmán era un hombre de mundo, un hombre de negocios «sensible a las realidades» de los países que visitaba; solía apadrinar a personas sin recursos y disponía de un pequeño catálogo de contactos. Guzmán, como buen psicópata, recolectaba personas: exreclusos como el Zuki o el rubio de las subastas, tipos como el individuo que había intimidado a Bianca en Biarritz, o sujetos como los que habían orquestado el atropello de Londres —Jorge y Bianca habían trabado amistad en Sotheby's, alguien había informado a Guzmán, y este quiso tomar medidas antes de que aquello fuera a más—.

—Muchos sabían lo que era Guzmán —declaro—, y hubo un pacto de silencio.

Rebeca se cuadra, toma aire, y yo inicio el abordaje:

—Judit del Cerro. Cuando se encontró con Bianca en aquel cementerio, sabía que Dama era Guzmán; creo que fue allí a explicárselo.

—No lo puedes probar.

—Judit trataba con Guzmán de Arbide, con Cresilda Stoner, se conocían de siempre y solían citarse. Aún está siendo investigada por Patrimonio, sigue detenida, podría haber estafado a grandes museos. Judit va a acabar entre rejas, pero quiero que sea encausada por encubrimiento. Y lo voy a conseguir.

—¿Qué más tienes?

—Guzmán no pudo ir a Langre sin ayuda. Sin un cómplice. Abandonó a su hija en la playa pequeña, aparcó su coche en la playa grande. ¿Cómo regresó a Loredo? ¿A pie? No tuvo tiempo de hacerlo, cuando fui a detenerlo me lo encontré en su casa, tan tranquilo junto al fuego. Luz estaba con él, y más tarde, ella misma aseguró que había acudido a buscarlo, que creía que Guzmán había dejado a Bianca en la arena. Luz insistió, la marea subía.

Bianca llevaba un par de semanas sin tomar los anticoagulantes; y en su lugar, había estado tragando un cóctel nocivo de anfetaminas y estimulantes. Guzmán se lo había introducido en el pastillero, quiso causarle un aumento de la presión arterial, un aneurisma o un accidente cerebrovascular. Después del ataque en casa de Cúe y del coma, no habría sido ilógico que ella hubiera recaído; tampoco que se hubiera suicidado. ¿A quién le habría extrañado? Pero Bianca era fuerte, y había resistido hasta el último día, hasta aquella sobredosis fulminante.

—No puedes demostrar que Luz ayudara a Guzmán. —Rebeca niega vehemente—. Pero sí sabemos que te ayudó a ti. Tarde, pero lo hizo, te dijo dónde podía estar Bianca y acabó herida en el fuego cruzado. Ella lo admite, aquella noche Guzmán la llamó para que fuera a por él; pero niega haber tenido constancia de lo de Dama, de lo que estaba pasando.

—¿La crees?

—Luz no va a soltar prenda, no está dispuesta a acabar en la cárcel. Encubrir a un delincuente es un delito, pero solo encubre el que sabe, y ella dice no saber.

—El mundo no es así por los que matan, el mundo es así por los que callan. Lo de Guzmán era un secreto a voces, como lo son la mayor parte de los secretos. Somos víctimas, somos cómplices al tiempo, y a veces entiendo que personas como Mario no puedan más.

Rebeca se recuesta, me analiza derrotada.

—Quiero ver a Luz entre rejas —concluyo.

—¿Qué hay de Victoria Moriz, la psicóloga?

—Fue quien le entregó a Bianca aquel folleto de Biarritz, el de la única exposición de Dama. Victoria reitera que lo encontró por casa, en un cajón de su padre, que fue galerista y solía charlar con Sofía. Menuda coincidencia, ¿no? El evento apenas tuvo repercusión, fue cancelado, y debieron de imprimirse poquísimos dípticos. La psicóloga lo ha admitido, conocía de siempre a los De Arbide, empezó a tratar a Bianca siendo una niña. ¿Sabía lo que era Guzmán? ¿Que había sido Sofía quien había expuesto en Biarritz? ¿Quiso poner a Bianca sobre la pista? ¿Le dio el folleto por eso? —Le tiendo a Rebeca el informe que he elaborado, la invito a leerlo con calma—. Guzmán era un psicópata integrado —subrayo—. En otro entorno más marginal se habría convertido en un delincuente muy peligroso. La educación, la instrucción y su posición social hicieron de él un depredador algo más sofisticado; sabía controlarse, pasó por periodos de enfriamiento, y sus vaivenes financieros eran apantallados por decenas de parientes bien situados o por su hija.

—Esos asuntos suelen ocultarse.

—María percibió algo extraño en Guzmán, era algo visceral, y no lo asoció a lo de Lucas ni a lo de Dama. Ignoraba su nexo con todo aquello, pero sabía de sus apuros económicos y pensó que se estaba aprovechando de su hija.

—Yo también llegué a pensarlo...

—Las propias casas de subastas empezaron a mostrar recelo —insisto—. Esa prisa del artista en sacar las pinturas... Sotheby's se negó a seguir con el juego, luego fue Casa Ansorena. Barajaron iniciar una investigación, ya no confiaban en Cresilda. ¿Se hablaba de Dama entre bambalinas?

Guzmán está ciego, inválido, totalmente paralizado, pero es muy consciente de lo que ha estado haciendo, de la vida que le espera. Buena parte de su cuerpo fue afectada por quemaduras que calcinaron sus nervios, aunque no la planta de uno de sus pies, que ha podido analizarse: un sector de la huella coincide con la de la cuarta pelmatoscopia de la vivienda de Cúe.

—¿Por qué entró descalzo en casa de Lucas?

—Todos os descalzabais al entrar allí, y Guzmán pretendía que Cúe se confiara. Debía haber ocultado el atizador, y en octubre aún usaba mocasines náuticos, sin calcetines. Antes de dejar el chalé, intentó borrar los rastros, pero la gente de la Científica pudo obtener una huella parcial.

Guzmán de Arbide se ha convertido en una estatua de piel negra, infecta y correosa; un monstruo seco y siniestro, un lagarto varado en el tiempo. Paga su deuda con sufrimiento y se consume despacio, atrapado en un cuerpo que no le responde; deseo que viva muchos más años, que se ase a fuego lento. Sin embargo, conozco a Rebeca, que es implacable en el arte de Sun Tzu: suda más en tiempos de paz, sangra menos en tiempos de guerra.

—Hay quien diría que ostento el derecho, y casi el deber, de acabar con él —decreta—. Tengo motivos, tengo los medios, tengo las ganas.

—También yo los tengo, Rebeca, pero en ese caso le ahorrarías a Guzmán mucho sufrimiento. Puede que él mismo espere algo así, que ruegue que alguien lo quite de en medio. Lo tengo bajo control.

Rebeca asiente, es visceral, hace crujir los nudillos y cambia de tema:

—No he venido a hablar de Guzmán —dice—. Hay más cabos sueltos.

Comprendo por dónde van los tiros. Al fin y al cabo, puede que no haya sido mi madre quien haya enviado a Rebeca a Suiza. ¿Chuchi? ¿Mis superiores en la Judicial?

—¿Te han enviado a que me sonsaques?

—La Policía ha recibido un informe del Ministerio de Cultura —me explica—. Se ha analizado *Diez*, el cuadro por el que pujaste en París, y el veredicto es claro: el trazo es limpio, la técnica, simple, los materiales pueden datar de finales de los noventa y el lienzo es de algodón. La obra de Dama es genial en su simplicidad, pero la autoría de *Diez* no se corresponde con la de *Sueño en Antibes*, el cuadro de Sofía, cuyo lienzo era de lino. No los ha pintado la misma persona. —Rebeca gesticula, habla con vehemencia—. En teoría, según ha declarado Miriam Cohen, Sofía habría destruido todas las pinturas que retiró de Biarritz. Se ignora cómo lo hizo, pero es una realidad. Así que no pueden ser las que estaban en el desván —concluye—. Los Damas que ha subastado Guzmán no son obra de Sofía, como habíamos supuesto. Él estampaba esa firma, el «Dama fuit ic», usó el viejo seudónimo que ya había empleado con su mujer, pero no fue ella quien pintó esos cuadros. ¿Quién lo hizo, Mateo? ¿Quién fue el autor de los lienzos subastados?

Me tomo de un trago lo que queda de café.

—¿Ese silencio es una respuesta?

—Habla claro, Rebeca. ¿Qué insinúas?

—Cuando murió su madre, Bianca dejó de hacer muchas cosas. Presumo que se lo habrías oído decir, ella solía comentarlo. Bianca dejó de andar en bici, dejó de jugar con muñecas... ¿Qué más dejó de hacer? ¿Dejó de dibujar?

La observo sin replicar, espero a que siga.

—Creemos que habló contigo, en la playa, antes de morir. La Policía insiste, los sanitarios tardaron unos minutos en bajar, y ella había recobrado la conciencia. ¿Qué te dijo?

—Eso es asunto mío y de Bianca.

—¿Quién había pintado los lienzos del desván? ¿Quién fue el auténtico autor de las obras? Los expertos mantienen que eran de alguien autodidacta. Y hace un tiempo Bianca me contó que en alguna ocasión había pintado. A los quince, en Loredo, durante un verano que pasó convaleciente de una operación.

—Lo siento, Rebeca, les puedes decir a quienes te han enviado que llegan tarde. Todos hemos llegado tarde. Ha muerto gente excelente, y yo, mientras tanto, he estado dando palos de ciego.

—Has resuelto el caso, Mateo, vas a lograr que la jueza encause a esas personas. Tienes a Guzmán bajo control, pagando muy caro por lo que hizo...

—Y los muertos siguen muertos.

—Aquellos cuadros no eran de Sofía —insiste Rebeca—. Lo dimos por supuesto, pero no lo eran. Los números romanos de los Damas indican los años transcurridos desde el nacimiento de su autor; y en el último lienzo, aunque luego se ocultara bajo una capa de óleo superficial, se había escrito XXXII. Lo han revelado los rayos X. Treinta y dos, la edad de Bianca. Al menos, en eso, Guzmán se ciñó a la verdad.

Me incorporo, planto diez euros sobre la mesa, cojo mi chaqueta del respaldo de la silla.

—Necesito una respuesta, Mateo.

—Preguntadle a Miriam Cohen. Ella y Mario estaban al tanto de todo.

—Miriam Cohen ya no colabora. Es muy dura, ha acabado a la gresca con la gente de la Judicial, y dice que esto no es relevante, que no le aporta nada al caso. Te lo pregunto a ti.

—Mira, Rebeca, métetelo en la cabeza: Bianca escribía con la derecha, comía con la derecha, abría las puertas con la derecha. Y siempre se ha dicho que Dama pintaba con la izquierda.

—Bianca disparaba mejor con la izquierda, interpuso la mano izquierda cuando fue atacada en la ducha. Como Lucas, como muchos deportistas, que son diestros, pero rematan con la zurda.

—Esos cuadros ya no existen. Ardieron, les prendí fuego, y Miriam Cohen tiene razón: ya no importa quién los pintara.

Rebeca se pone en pie, sostiene el documento que le he ofrecido.

—Estoy contigo, Mateo, apoyaré hasta el fin esta cruzada que has iniciado, pero exijo saber lo que ha ocurrido.

—¿Regresas a Berna? ¿O haces noche en Zermatt? —Cambio de tema, eludo su mirada—. ¿Te apetece cenar en mi casa?

—No puede haberte afectado tanto, Mateo, apenas hacía unas semanas que la habías conocido.

Niego, me muerdo los labios mientras camino hacia la calle, y ella me sigue. ¿Afectado? «Afectación» no es la palabra. ¿Desolación? ¿Desgarro? El término preciso ni siquiera existe... He salido de expedición, ha estallado una tormenta, intento hacer cumbre sin cuerdas fijas y las rocas se desintegran. Esa es la sensación. Bianca ha muerto, ya no hay suelo que pisar.

—No vas a responderme, ¿verdad?

—Te estoy respondiendo, Rebeca, sabes leer entre líneas. ¿Vienes? ¿O te quedas?

Playa de Langre, 14 de noviembre de 2021

Bianca no articuló palabra, no le quedaban fuerzas, pero sí nos comunicamos de alguna manera, sin necesidad de hablar. Al fin y al cabo, los que somos como nosotros, entre nosotros, solemos reconocernos.

No asistí a su funeral, abandoné Santander a las pocas horas de que ella muriera. Pasé por casa como una centella, hice una maleta con lo justo, registré un amplio informe y declaré en la Brigada; nadie cuestionó que el incendio de los cuadros y el fuego cruzado no fueran daños colaterales; en teoría, reducir a Guzmán no había sido tarea fácil. Conduje hasta Suiza sin mirar atrás, ni siquiera me detuve en Villa Alegría. No acudí al hospital, no me curaron las quemaduras, y eso tuvo consecuencias.

Se puede viajar al futuro, la carta de un muerto es una buena prueba de ello, y Bianca lo hizo, compuso aquel texto sabiendo que yo iba a leerlo pasara lo que pasara. El mensaje era simple: las obras de Dama eran sus obras.

La misiva llegó a Suiza a finales de noviembre —dos folios manuscritos con caligrafía azul, limpia y precipitada—. Estaba seguro, de haber sido un *mail*, se habría interceptado, habría acabado en algún despacho o en manos de Guzmán, pero ella empleó tinta y papel. Mi madre encontró la carta en mi buzón, en Santander, me la envió a Zermatt, y estaba fechada aquel sábado fatídico, el que dejé en su bolso las fotos de un Dama.

> Todos hemos pintado de niños. De niña, yo dibujaba.
>
> Lo hacía junto a Sofía, mi madre, prácticamente inválida, en el taller. Y lo hacía bien, aunque fuera una simple afición pasajera. Todos los críos dibujan, y nadie se suele fijar demasiado. Usaba unas viejas pinturas Alpino, de made-

ra. Puede que tú conozcas el pico, la cumbre nevada que hay junto al cervatillo que ilustra la caja.

De niña recreaba lo que soñaba, y soñaba una mezcla de lo que vivía, de lo que anhelaba, de lo que temía. Mis padres discutían sin descanso, a veces se insultaban, mi madre había enfermado; en realidad, nunca llegué a verla pintar, aunque creo que lo hacía antes del derrame, porque era ella quien me animaba a dibujar; quizá intentara transmitirme su pasión.

Solía retratarme a mí misma como a un niño, no me gustaba llevar vestidos. Mi padre amenazó a mi madre con la escopeta, y pienso que eso no lo soñé, aunque ahora es difícil saberlo, supongo que he ido olvidando... Él solía salir a cazar, y, en el dibujo, el arma estaba junto a la cama.

Fantaseaba con la idea de verlos así, dormidos como en el cuadro. Sin gritos ni golpes, con antifaces; cuando jugaba conmigo, mi madre solía usar antifaces; le avergonzaba su rostro, estaba desfigurado tras el primer derrame. Yo era una cría, pero algunos críos se enteran de todo, y yo detestaba que discutieran; no podía soportarlo.

También dibujaba en el colegio, y debieron de captar algo extraño en mis trabajos. Empecé a visitar a aquella psicóloga; por eso y por mis arranques de mal genio... Como niña no fui fácil, y el entorno tampoco era propicio. El relato que hilaban aquellos dibujos era siniestro, también muy revelador. No sé por qué, siempre empleaba la mano izquierda.

Mi madre murió y abandoné mis pinturas; fue un mazazo, dejé de hacer muchas cosas, y no pensé más en ese cuaderno. Lo metí en un cajón, pero volví a encontrarlo años más tarde, a los quince. Fue aquel verano que pasé convaleciente, tras aquella operación. No era capaz de hacer casi nada y ocupaba mi tiempo como podía. Algunos días leía, otros cocinaba, aprendí a hacer postres, volví a tocar el piano, como de niña. Suelo guardarlo todo, y encontré el cuaderno de cuando era cría por mi cuarto de Loredo. Había unos cien dibujos. Eran bonitos, eran extraños. María me había regalado un estuche de pintura, un buen montón de lienzos; todos pintaban en su familia, y en varias ocasiones la había acompañado a alguna de sus clases. Me dio unas nociones básicas de perspectiva, de veladuras, me explicó lo que era el círculo cromático: «Grueso sobre fino —me dijo—, se pinta siempre grueso sobre fino». Y se marchó a Reino Unido a hacer unos cursos. Era verano, yo estaba sola, aburrida, y empecé a pintar al óleo para matar el tiempo; a ratos, puro entretenimiento. Recompuse los dibujos que había ideado de niña, ya no en papel, sino en pequeños lienzos. Debe de haber miles, millones de personas que pintan así, de forma casual; o que hacen cualquier cosa sin mucho afán.

Por Dios, Mateo, ¡los cuadros de Dama eran mis cuadros! ¿Cómo iba a imaginarlo? Aquello fue puntual, muy limitado en el tiempo, ni siquiera una afición, y jamás lo habría relacionado con las subastas de Dama. ¿Por qué iba a hacerlo? En teoría, Dama era un pintor profesional, y mis óleos carecían de calidad técnica, eran sencillos. Trazos simples, tonos puros, eran los cuadros que pintaría un crío, una cría que se aburre. Acabaron muertos de risa en el desván, y jamás les di importancia.

Cuando pasó el verano me olvidé de ellos. Creo que ni siquiera se los enseñé a María, volvió muy cambiada de Londres, deslumbrada y deslumbrante. Regresé a Madrid, recuperada, comenzó el curso escolar, y fui viviendo como lo he hecho siempre. Los estudios, los viajes, mis amigas; la vida que avanza como un torbellino. Aquel verano supuso un paréntesis, y aquel pasatiempo breve y efímero, algo anecdótico. Los lienzos iban languideciendo en el desván, no volví a pensar en ellos, llegué a verlos tiempo después, otro verano, hace cinco o seis años. Un día, de pasada, estaban rodeados de trastos, ocultos bajo unas sábanas; iba con prisa y los ignoré sin más, no me paré a analizarlos. Nunca creí que tuvieran valor, ni siquiera pensé en ellos cuando Lucas empezó a mostrar interés por la pintura... Todos hemos pintado en alguna ocasión, ¿no? Incluso él lo hacía de vez en cuando. Guzmán debió de encontrar mis obras; más tarde, casualmente, como yo... Pero él no pasó de largo, él sí que supo sacarles partido; al fin y al cabo, estaba metido en el mundo del arte, debió de captar algo especial. Sabía que eran mis lienzos, me vio pintarlos de joven, él fue el único testigo durante aquel verano; nuestra vieja cocinera murió hace tiempo y Luz aún no estaba en nuestras vidas. Me cuesta creer que mi padre haya ideado todo esto, que estampara esa firma y empezara a hacer negocio.

Dama podría haber sido cualquiera; incluso tú, Mateo, si es que algún día has cogido un pincel. ¿Cuántas pinturas hay en los desvanes? ¿Cuántas personas haciendo las cosas sin darse importancia? ¿Qué es el arte, Mateo, quién el artista? ¿Quién lo pretende ser, o quién lo es sin elegirlo?

Quiero borrar lo ocurrido, lo más fácil sería callar, pero han muerto muchas personas, y te envío esta carta porque así sabré que va a pagar quien deba pagar.

De esta manera, ya no podré revocar mis palabras.

Pero nunca, bajo ningún concepto, ha de saberse que yo soy Dama.

No quiero serlo.

Hace tiempo que he decidido quién quiero ser, y yo NO soy una artista. Yo soy Bianca, la que ayuda a las personas a salir de los agujeros.

Los óleos de Bianca eran los óleos que compondría un crío: simples, humildes, sin rigor técnico. Pero exhibían otro tipo de calidad: el valor del arte moderno no reside en el realismo, subyace en el fondo más que en las formas. En el mensaje.

Bianca no malgastaba el tiempo pensando en los lienzos que pintó a los quince. Pero cuando vio *Diez* en las fotos del bolso, lo había reconocido: ese cuadro era suyo.

A finales de los noventa, Mario buscaba *Las novias* de Klimt, y había sido asiduo al taller de Sofía. Iba allí a recibir clases, y Bianca no se acordaba de él, pero él, quizá, sí la recordara a ella; a la cría reflexiva que dibujaba a destajo junto a su madre, prácticamente inválida.

He vuelto a hablar con Miriam, me lo ha confirmado: en 2018 Mario empezó a acudir a las subastas. Quería vengar la «marcha» de Pacífico, sospechaba de Guzmán y se había obsesionado con Dama y su entorno. Tiempo después, Mario se había acercado a Bianca, logró frecuentarla por medio de Lucas y constató un hecho: los cuadros de Dama, los que Guzmán subastaba, no eran obra de Sofía. Habían sido cosa de Bianca, porque ella, del modo más inocente, en una charla casual, había aludido a los lienzos del desván, aquellos que había pintado de joven. Y Mario había resuelto orquestar una venganza que, al fin, le había estallado en las manos.

Rebeca viene a cenar. No insiste, no vuelve a preguntarme por las obras del desván ni su auténtica autoría. Conversamos como antes, como si nada de eso hubiera ocurrido; de sus proyectos, de mi familia y de la gente del barrio. De los injertos de piel a los que me he sometido después de las quemaduras; del dolor crónico, continuo, agudo y desgarrador. A las once de la noche apago las luces, dejamos la casa y la acompaño a su hotel. Necesito sentir el aire en el rostro y paseamos por las calles dormidas de Zermatt. Al llegar a su destino me dice que sabe que voy a volver.

—Regresarás, Mateo, lo sé mejor que tú mismo. Eres policía, lo eres ante todo, y te acabará hartando subir a esa cima. Este no es tu lugar.

Nos despedimos, se pierde en el vestíbulo, doy la vuelta. Empieza a llover, y en mi trayecto pienso en Rebeca; estamos condenados a volvernos a encontrar. Siempre, por más que llueva y vuelva a escampar.

El 13 de junio llega otro sobre, en esta ocasión no es una carta y no me lo envía mi madre. Se trata de un paquete del tamaño de un libro, bien precintado, no tiene remitente, el matasellos es de Madrid. Salgo al jardín, me siento al sol, tomo un sorbo de café. Desgarro el envoltorio y me encuentro un cuaderno azul, viejo y gastado, de tapas blandas. El típico cuaderno de dos rayas. Lo abro, lo reviso, repaso los dibujos con pinturas de colores; dibujos de crío. Todos están firmados por Bianca, son el germen de sus Damas.

¿Dónde ha aparecido? ¿Quién me lo envía? Pienso en María, en Victoria, pienso de nuevo en la propia Rebeca. Acaricio el papel, calibro el precio de este objeto y aventuro cuál será su valor, un valor incalculable. Bianca solía guardarlo todo. Vuelvo a ojearlo, le dedico un par de horas. Tras lo ocurrido, viendo lo que han suscitado esos dibujos, ¿cuál habría sido su reacción? ¿Qué habría hecho Bianca con el cuaderno?

«Nunca, bajo ningún concepto, ha de saberse que yo soy Dama», me había escrito en noviembre.

—Hoy por hoy, ella lo habría despedazado —concluyo en voz alta.

Hoja por hoja, una tras otra, lo habría reducido a trozos de nada. Pero yo no podría hacer algo así; de haber sospechado que los Damas del desván eran sus cuadros, jamás les habría prendido fuego.

Dejo el jardín, entro en la vivienda, sepulto el cuaderno en un cajón del armario, entre dos jerséis gruesos de lana.

En unas horas inicio una expedición, voy a escalar la punta Dufour, en el monte Rosa. Preparo mi equipo, cierro el chalé, vuelvo a batir las calles de Zermatt.

No lo evito, pienso en Bianca, en su muerte caben todos los nuncas. Sin embargo, algo de ella ha resistido, ya forma parte de mí.

Soy consciente, llegará el día en que este reducto en mitad de los Alpes deje de ser mi refugio, en que sea capaz de volver a empezar.

Y entonces, solo entonces, regresaré a casa.

Valle de Cabuérniga-Santander-Donostia-Bilbao,
22 de enero de 2021 - 7 de julio de 2021

NOTAS DE LA AUTORA

—

(Contienen espóileres)

Las novias de Klimt fue destruido por las llamas en el castillo de Immendorf, y me he tomado la licencia literaria de suponer que fuera adjudicado en un evento que sí aconteció realmente, el de la subasta de Lucerna, organizada por los nazis. También tuvieron lugar la Entartete Kunst y el éxodo judío a través de la Península en los años cuarenta.

No hay ninguna reproducción del *Ángel de Monteverde* en el cementerio de Ciriego, el arquitecto que acabó el diseño de la Casa Montero de Bilbao —Jean-Batiste Darroquy— jamás ha construido en la villa de Novales.

La Galerna —el bar de copas de Rebeca— y Villa Alegría son lugares imaginarios.

Al describir Terán me he tomado la libertad de mezclar elementos de varios pueblos de la zona, como Sopeña, Barcenillas, Valle de Cabuérniga, Selores y el propio Terán. Recomiendo visitar sus viejas escuelas, de estilo neoclásico y belleza apabullante pese a su estado ruinoso; también los castaños milenarios que hay frente a ellas, junto al cementerio. Un cementerio, por cierto, en el que apenas hay tumbas, solo nichos.

Según Thriveworks, una empresa dedicada a la psicología deportiva, uno de cada tres deportistas de élite sufre ansiedad y depresión.

Las estadísticas que da Bianca sobre el papel de la mujer en los cuerpos policiales son reales, aunque los policías de la novela son ficticios y no tienen nada que ver con los de las Brigadas de Santander. Hoy la jefa superior de la Policía de Cantabria es una mujer. La Brigada Científica de Santander fue la primera en emplear un otograma —análisis de la huella de una oreja en una superficie— para detener a una banda de ladrones que escuchaba a través de las puertas de los domicilios antes de asaltarlos.

Aún hay alpinistas volcados en la búsqueda del cuerpo de Andrew Irvine y su máquina de fotos Kodak en el monte Everest. Organizan expediciones para dar con su cadáver, con su cámara, y poder demostrar que tanto George Mallory como el propio Irvine fueron los primeros en coronar la cima del mundo en 1924.

Hace años, mi abuelo me habló de un epitafio: «Muero sabiendo que pude vivir sin patria, sin Dios y sin rey». Lo había leído en una lápida.

7 de noviembre de 2021

AGRADECIMIENTOS

A Pablo, por animarme a empezar y a seguir, por intercambiar conmigo tantas historias sobre la vida en un barrio obrero con bar incluido.

A Rocío, por sacar tan bien las fotos de espaldas, ayudarme a saltar tapias y seguirme en todas mis «investigaciones» de campo por locas que sean.

A mi padre, de quien heredé el amor por los libros y la pintura, por la vida sencilla, y el desinterés por las cosas sin las que se puede vivir.

A mi madre, por revisar mis historias con tanto interés y ser tan inspiradora.

A Lorena, por aparcar las responsabilidades para leer el libro en tiempo récord.

A Isabel, por responder a mis llamadas intempestivas.

A Óscar, por ese folio de letra indescifrable.

A Isabel, por leer mis libros con tanta ilusión y hacer tantas aportaciones.

A esas personas que no he citado —apenas son siete u ocho—, que sabiendo quién soy en realidad me guardan el secreto. En especial, mi agradecimiento a la escritora Leticia Sierra.

A todos los lectores de mi primera novela, a todas las personas que he conocido en las redes sociales, que leéis mis textos por largos que sean, que me acompañáis; sin vosotros yo no escribiría, porque no hay mensaje sin destinatario.

A quienes me han entrevistado sin importar que solo fuera

una voz al otro lado del auricular. Gracias por respetar mi decisión de mantener oculta mi identidad y por ofrecerme tantas facilidades para poder expresarme.

A Justyna Rzewuska por sus valiosos consejos, su apoyo y su claridad meridiana.

A todos los trabajadores de Editorial Planeta, y a la propia editorial, por seguir confiando en mis letras pese al hándicap que supone no disponer de un rostro.

Muy especialmente, a Zoa Caravaca, por su calidad profesional y humana, y a Raquel Gisbert, por su franqueza, su confianza y su fe en mi talento.